国家社科基金一般项目结项成果

（项目名称"世界华文微型小说综合研究"，编号：09BZW064；
结项名称"世界华文微型小说综论"，编号：20160785）

谨以此书献给我的父亲！

世界华文
微型小说综论

下册

龙钢华

主编

中国社会科学出版社

目 录
（下 册）

第三编　中国大陆微型小说代表作家作品研究（二）

第十章　中国大陆微型小说代表作家作品研究（2） …… 727

一　于德北微型小说的历史风味
　　——与井上靖中国历史题材小说比较 …… 727

二　邓洪卫"系列微型小说创作"人物群分析 …… 741

三　王海椿微型小说浅析 …… 753

四　论王往微型小说中的"底层人物"形象
　　——以微型小说选集《蜗牛天使》为例 …… 767

五　论白小易微型小说中的婚恋观
　　——以微型小说集《客厅里的爆炸》为例 …… 781

六　司玉笙微型小说初探 …… 794

七　安石榴微型小说思想内容探析 …… 808

八　红酒微型小说初探
　　——以微型小说集《花戏楼》为例 …… 821

九　刘殿学微型小说的讽刺艺术
　　——以微型小说集《有关部门》为例 ………………… 837

十　朱雅娟微型小说初探
　　——以微型小说选集《神箭手》为例 ………………… 848

十一　论孙春平微型小说的题材特色 …………………………… 861

十二　诗化的乡村牧歌
　　——伍中正微型小说初论 ………………………………… 873

十三　芦芙荭微型小说初探
　　——以《错出的姻缘》为例 ……………………………… 889

十四　杨崇德微型小说初探 ……………………………………… 903

十五　闵凡利新禅语微型小说的人物心理 ……………………… 916

十六　吴万夫微型小说中的乡村人物 …………………………… 930

十七　周波"轻官场系列"微型小说初探
　　——以微型小说集《一张可持续发展的脸》为例 …… 948

十八　非鱼微型小说初探 ………………………………………… 965

十九　宗利华微型小说浅析 ……………………………………… 983

二十　范子平微型小说初探
　　——以微型小说集《欧文的试验》为例 ………………… 995

二十一　相裕亭微型小说初探
　　——以微型小说集《威风》为重点 …………………… 1007

二十二　浅析徐慧芬微型小说中的人物形象 …………………… 1021

二十三　秦俑微型小说初探 ……………………………………… 1036

二十四　喊雷微型小说主题初探 ………………………………… 1051

二十五　谢志强微型小说的探索精神 …………………………… 1072

二十六　墨白微型小说初探 ············· 1087

二十七　墨中白微型小说初探
　　　　——以微型小说集《天安门的天》为例 ············· 1098

二十八　魏永贵微型小说初探 ············· 1113

第四编　海外华文微型小说代表作家作品研究

第十一章　新加坡华文微型小说代表作家作品研究 ············· 1131

一　黄孟文微型小说初探
　　——以微型小说集《吻别孩子，吻别马尼拉》为例 ············· 1131

二　希尼尔微型小说中的中国想象
　　——以微型小说集《希尼尔小说选》为例 ············· 1139

三　林锦微型小说初探
　　——以微型小说集《搭车传奇》为重点 ············· 1155

四　浅谈董农政微型小说的多元化艺术特征
　　——以微型小说集《窗外是窗外吗》为例 ············· 1165

五　艾禺微型小说浅析 ············· 1173

六　骆宾路微型小说浅析 ············· 1180

七　林子微型小说的现实人生 ············· 1187

八　周粲微型小说的标题艺术 ············· 1193

第十二章　马来西亚华文微型小说代表作家作品研究 ············· 1205

一　朵拉微型小说初论 ············· 1205

二　曾沛微型小说初探
　　——以微型小说集《原创》为例 ············· 1218

第十三章　泰国华文微型小说代表作家作品研究 …… 1227

一　司马政微型小说中的情感元素初探 …… 1227

二　曾心微型小说浅析
　　——以微型小说集《消失的曲声》为例 …… 1242

三　鞭挞与赞颂
　　——试论老羊微型小说集《芒果飘香的时候》的内容基调 … 1250

四　陈博文微型小说初探
　　——以微型小说集《书魂》为例 …… 1256

五　浅析杨玲微型小说创作内容上的特色
　　——以微型小说集《曼谷奇遇》为例 …… 1262

第十四章　中国香港华文微型小说代表作家作品研究 …… 1271

东瑞微型小说初探
　　——以微型小说集《天使的约定》为例 …… 1271

第十五章　中国澳门华文微型小说代表作家作品研究 …… 1286

一　贺鹏微型小说的讽刺艺术
　　——以《贺鹏微型小说选评》为例 …… 1286

二　许均铨微型小说中的人文关怀意识初探
　　——以微型小说集《一本公证书》为例 …… 1299

第十六章　澳大利亚华文微型小说代表作家作品研究 …… 1313

一　吕顺微型小说初探
　　——以微型小说集《车站依旧》为例 …… 1313

二 李明晏微型小说浅析
　　——以微型小说选集《老人和鸽子》为重点 …… 1320

三 庞亚卿微型小说浅析
　　——以微型小说集《谁是澳洲人》为例 …… 1328

四 心水微型小说浅论
　　——以微型小说集《飞鸽传书》为例 …… 1335

第十七章　新西兰华文微型小说代表作家作品研究 …… 1344

浅谈林宝玉笔下的"移民情结"
　　——以微型小说集《移民路》为例 …… 1344

第十八章　美国华文微型小说代表作家作品研究 …… 1353

一 冰凌的幽默世界
　　——以微型小说选集《蓝色梦幻》为例 …… 1353

二 纪洞天微型小说初探
　　——以微型小说集《木偶的新生》为例 …… 1360

第十九章　荷兰华文微型小说代表作家作品研究 …… 1367

浅谈池莲子的微型小说
　　——以微型小说选集《在异国的月台上》为例 …… 1367

附录：中国知网·微型小说论文录 …… 1375

参考文献 …… 1436

第三编

中国大陆微型小说代表作家作品研究（二）

第十章　中国大陆微型小说代表作家作品研究（2）

一　于德北微型小说的历史风味

——与井上靖中国历史题材小说比较

于德北，1965年出生于吉林省德惠县，1984年开始文学创作。迄今，他在国内外几百家报纸、杂志上发表了文学作品近400万字，出版了长篇童话《绿色和平城堡》《吹牛大王历险记》，长篇小说《零点开始》，长篇少儿科幻小说《拯救海底城市》，长篇少儿侦探小说《失踪的妈妈》《夏令营奇案》，长篇儿童小说《密林失踪者》以及微型小说集《青春比鸟自由》《杭州路十号》《秋夜》等近40部作品，于2007年获得第三届中国小小说"金麻雀"奖，2009年《美丽的梦》获得"冰心儿童图书奖"，其部分作品被译介到日本、俄罗斯等国。文学圈内对于德北的研究并不是很多，从已有的研究来看，大多注重于研究其诗化的语言和孩子世界的主题，对其历史题材微型小说的研究更是凤毛麟角。

日本作家井上靖（1907—1991）被广大中国读者所熟知，不仅仅是因为他的日本文坛著名作家、评论家和诗人以及中日文化交流协会会长的知名身份，更是因为他创作了数量众多、质量上乘的中国历史题材小说，如《敦煌》《孔子》《楼兰》《天平之甍》等。他在中国史传文学中撷取题材、借鉴经验，表现出他对中国文化和中国历史的向往。

于德北与井上靖的中国历史题材小说有相同之处，也各有特色。下面分三部分予以论述。

（一）自我与他者眼光：中国历史题材的不同呈现

中国上下五千年的历史为古今文人墨客提供了丰富的题材资源。"一千个读者就有一千个哈姆雷特"，因为作家自身经历以及世界观、人生观、价值观的不同，对于同一个历史题材、同一个文化根源的不同作家会有不同的见解和诠释。同样，因为自身所处的文化背景、自身观念等各个方面的差异，使得中国历史题材在中国本土作家眼中与外国作家笔下呈现出不一样的面目。于德北和井上靖二人的历史题材微型小说不管是在选材还是在艺术表现手法上，都有不同之处。对这两点，分别论述。

1. 选材差异

五千年的历史是一笔丰厚题材宝藏。写作题材的选择与作者想要表现的主题息息相关，历史题材小说更是如此。现今的历史小说与古代文学作品中的"用典"有着异曲同工之妙，都是为了表达作者内心的思想情感，给读者启示和教育意义。当然，爱好影响选择也让我们不容忽视，题材选择的另一影响因素便是作者的喜好。

于德北熟知中国历史，不会因为地域以及对中国历史文化了解不深等原因而在选材方面有所拘束。因此，影响于德北历史小说选材的原因是作者想要表达的主旨及要向受众传递的思想。从于德北先生的微型小说集《百合花布》中的历史题材微型小说来看，选材分正史和野史两大类，正史题材小说有《歧途》《山鬼》《夜杀》《浮萍》《易水寒》《广陵散》等，而野史题材小说则主要是《梦》。这其中既有对历史英雄悲壮命运的感叹，如《夜杀》《山鬼》《广陵散》《易水寒》等，也有对历史长河中儿女情长的感叹，如《点绛唇》《哀莲说》等，更有对野史中奇人异事的记载，如《梦》《浮萍》等。可以说，于德北的中国历史题材微型小说的选材并不局限于某一朝、某一事，而是贯穿于整个五千年中华文化史。

日本作家井上靖在选材方面以自己对西域历史的喜爱为主。井上靖的中国历史题材小说不仅体现了作者对西域的无限喜爱之情，更寄寓了作者对人生、对历史的独特思考。井上靖先生从孩童时代就对西域历史产生浓厚的兴趣，对敦煌更是有无限的向往之情，在他整个写作生涯中，对"西域"这片土地更是倾注了不少的心血。日本毗邻中国，从唐代开始的众多中日文化交流事迹来看，中日文化是血肉相连、一脉相承的。作为一名日本文学家，一旦开始与历史有交集就免不了与中国历史文化的接触，在悠长的中国历史中寻找文化根源。

井上靖从20世纪50年代起就投入以丝绸之路和敦煌历史为主题的文学创作中。在这漫长的研究过程中，他参阅了大量与敦煌有关的资料，包括文化、经济、地理、历史等各个方面，还亲自前往京都，向研究敦煌方面的专家请教学习，完成了历史小说《敦煌》《楼兰》以及一系列中国历史题材小说。分析井上靖的长篇中国历史小说《敦煌》《孔子》《楼兰》《天平之甍》《明妃曲》《昆仑玉》等17部（篇）中国历史小说，发现他的历史小说主要集中在西域题材和对中国历史中的名人故事。这一系列取材于中国古代的历史小说不仅增进了日本读者对中国历史的了解，还对当时正在兴起的中日友好关系起到了良好的促进作用。

纵观于德北的系列历史微型小说和井上靖40年间创作的中国历史小

说，我们可以看到，于德北的历史微型小说不是简单直观地陈述历史事实，更多的是对已有的历史题材进行了改编，更多地融入了作者自己的思想情感。而井上靖的中国历史题材小说其实更多的只是借助了中国历史题材的外壳，其表达的仍然是世界文化的主题。也就是说，井上靖在乎中国文化的内涵与存留，而不是这种文化所处的国家。也正因为如此，与于德北的中国历史题材微型小说相比，井上靖的中国历史小说在某种程度上与中国读者之间存在着一种似是而非的疏离感。这或许就是中国历史题材小说在自我与他者的眼中呈现的不同，同时，我们也可以看到，两者之间的差异不仅是体现在主题方面，在艺术手法方面也有所表现。

2. 艺术加工差异

作品的艺术手法大多源自作家的个人修养和自身的写作风格，与作者的国家本身并没有太大的因果关系。但是，因为作者所写的对象是一样的——中国历史题材小说，那么本土作家和他国作家如何诠释同一事物就与艺术手法有了必要的联系。于德北的历史小说与他的其他微型小说、散文有着相同的特征——诗化。在于德北先生的微型小说中，我们可以看到其体现出来的诗人优雅、浪漫的气质。杨晓敏在《诗人气质与浪漫找寻》一文中曾说："于德北的微型小说在展示现实人生时，往往有意避开纷扰的命运沧桑和人世纠葛，而专意探求那些富有诗意的层面。"[①] 从他的历史微型小说在选材上的虚实结合，我们可以看到于德北执着于艺术手法的诗意的追求。仔细分析于德北的历史题材微型小说，我们可以看到他的历史微型小说具有以下两个特色。

第一，于德北的历史题材小说具有朦胧的诗意美。如果说于德北的小

---

① 杨晓敏：《诗人气质与浪漫找寻》，《小说林》2013 年第 4 期。

说像诗，那一定是像极了朦胧诗。从他的微型历史小说中我们可以感受到一种微妙的气场，像是一种五味杂陈的味道萦绕其间，暧昧不清。例如，《梦》这一篇历史微型小说的主题就并不明朗，像是隐藏在云朵中的月亮，你感受得到却见不真切。他给我们一个似是非是的线索，却并不急于解开谜团。但是我们知道，在谜团背后一定有某种更深层次的隐喻。于德北微型小说中"诗话"的特点不仅仅体现在主题表现方面，更体现在语言方面。例如，《点绛唇》通篇都充满着诗意，清秀淡雅的语言意境如清新浪漫的音符在跳动，韵律婉转有致，故事情节从诗意的邂逅到雨后相思的清晨都处理得圆润而通畅。例如，小说中有这样的描写："于是，她也看见了刚好转过假山的白衣少年——他惊艳一般地停下脚步，紧接着，就羞愧似的低下了头。但是，相望的瞬间，四目碰撞，溅出来的却是刚刚冷却的春水。莺儿笑了，那笑声清脆得像晨起的黄鹂，婉转，开放，甚至有些肆无忌惮。"① 小说中这一段李清照与赵明诚偶遇时的情境诗意盎然，像是在不经意间一笔带过，却能拂起人心中的涟漪，将待字闺中的少女情怀描写得像清晨的雾一样迷离又清新，让人读来就能感受到作者心中的情意。诸如此类的语言在于德北的微型小说中数不胜数，在这里就不再一一列举。总之，朦胧而难以捉摸的主题以及像诗一样委婉雅致的语言，构成了于德北历史微型小说中的一大艺术特点。

第二，于德北的历史小说中有一种纯正的忧伤，这或许与其作品的选材有关。在于德北的微型小说集《百合花布》一书的10篇历史微型小说中，《夜杀》《哀莲说》《山鬼》《歧途》《易水寒》《广陵散》《浮萍》这7篇历史小说不管在语言还是故事情节方面无一例外地充满了忧伤的曲调。于德北体现的这种忧伤不似英雄穷途末路时的悲壮，他更倾向于立足独特的视角，用细细的语言，用缓慢的调子让人在阅读的过程中扼腕叹息，以

---

① 于德北：《百合花布》，世界图书出版公司2011年版，第105页。

致久久不能释怀。在以往接触的众多文学作品中，我们接触到的都是年轻气盛、意气风发的周瑜，他或许好胜心强，或许足智多谋。我们几乎感觉不到公瑾的忧伤，然而，《夜杀》中的周瑜却颠覆了我们以往的看法，他因不能与曹操为友而感伤，因寻不见小乔而心伤，因世人不识刘备、孔明虚伪而难过，这些都是其忧伤的源泉。文章的最后一段这样描写道："年轻的时候，我放不下我的长枪白马亮银甲，可现在，你们只把我一个人送到江上就行，如果有力气，我就唱'青青子衿，悠悠我心'，如果没有，我就努力保持微笑，微笑，直到最后。"[①] 没有想象中的血战江河，没有历史流传的豪迈悲壮。作者没有将周瑜的悲剧描述成英雄壮烈的结局，而是这样缓缓道来，然而，其悲伤之情丝毫不逊于大肆渲染。略显忧伤的语言，字字扣人心弦。其实，不仅仅是《夜杀》，作者其他历史小说中也大多充满着忧伤的情怀，如《哀莲说》里为情所困、被世事所逼的纳兰容若，《山鬼》里蒙受冤屈的忠臣屈原等，都是悲伤的结局。蕴含着纯正的忧伤便成了于德北历史微型小说的另一个显著特征。

与于德北朦胧忧伤的诗意相比，井上靖的中国题材历史小说的艺术特征又是另一番不同。井上靖的中国题材历史小说创作分为明显的前后期，前期着重描写单一的历史人物，写作技巧等各个方面也十分生涩，而后期的创作更多的则是记述名人轶事，其写作手法也日臻成熟。总的来说，井上靖的中国题材历史小说的艺术特征有以下三点。

首先，淡化人物情节，着力描写历史的沧桑感。这一特征在他初期创作的《漆胡樽》和长篇小说《楼兰》中体现得最为明显。《漆胡樽》讲述了一对从西域来的漆胡樽在时间的长河里颠沛流离的故事：汉朝士兵把它们从匈奴人那里带到了中原，在中原流转了几百年后又被唐王赏赐给了从日本来的遣唐使，又在辗转多年后来到了日本。在这篇小说里没有特定的

---

① 于德北：《百合花布》，世界图书出版公司2011年版，第93页。

人物，没有集中展现的情节，贯穿故事的主角就是随时间流逝而辗转的漆胡樽。整篇小说，作者都只是将一对漆胡樽的故事娓娓道来，而在它们流转的背后展现的却是人世的沧桑离合。在整篇小说中，作者就好似在与历史对话："回顾人类在漫长的历史中的活动，从变形乃至无形的空间风貌里发现古今相通的情愫，从有限的人活在无限的岁月里。并且从中体味着丧失的悲哀——美的毁灭的凄凉。"① 这种艺术特征还体现在井上靖后期的长篇小说《楼兰》中。楼兰是存在于古代西域中的一个小国，长期以来都在汉朝和匈奴的压迫中求生，汉朝的军队来了，他们就投靠汉朝，匈奴的军队来了，他们又投靠匈奴。犹如"墙头草"的楼兰之所以像这样两面讨好的原因却仅仅是"小国在大国间，不两属无以自安"。然而，这样"两属"的选择却并没有给楼兰带来安稳的生活，在经受了一年又一年无休止的被压迫之后，楼兰最终还是走向灭亡，从此淹没在时间的长河里成为传说。在这部小说中，作者用温婉细腻的语言描述了一个小国的无奈，字字叹息，让人倍感凄凉。

其次，井上靖的中国历史小说在引用中国历史题材的同时在日本文化中找到了历史同源。这在井上靖的小说《洪水》中就可以看出来。《洪水》中有索励与洪水搏斗的情节，"索励忽然拔出军刀，用嘴叼着刀身，仰天而立"②。在万般危难之中，为了战胜洪水，他号召部下与他并肩作战，可是战斗没有想象中的容易。"那奔腾呼啸的浊流，在他们眼里竟不知不觉的变成了巨大的怪物。它疯狂地扭动着身子，涌到岸边，像人们袭来，一会儿又落了下去。"③ 在这里，作者将汹涌的河水比作疯狂凶猛的怪物，具有能够操作一切的力量，这个比喻让熟悉日本文化的读者迅速就联想到了日本神话中速须佐之男命斩杀大蛇为民除害的故事。在日本最早的古书

---

① 郑民钦：《井上靖文集》，安徽文艺出版社1998年版，第3页。
② ［日］井上靖：《永泰公主的项链》，赖育芳译，作家出版社1988年版，第6页。
③ 同上书，第7页。

《古事记》中曾对此有所记载："速须佐之男命拔出所佩的十拳剑,将大蛇斩成一段段,氾河的水都成了血水。汹涌的流着……"[①] 研究认为,索励与速须佐之男命的故事在情节和意象上面有很大的相似性,他们认为,《洪水》中索励与洪水战斗的故事就是借鉴了这个日本古代神话中的情节。在这个故事里,索励的英勇与速须佐之男命的勇敢如出一辙,他与洪水搏斗的情节也可以看成井上靖对古代神话故事的继承和发展,而洪水也正是大蛇的原型再现。不仅如此,在神话中还有记载,在速须佐之男命斩杀大蛇之前,人们每年都要将一位处女献给大蛇,而在《洪水》中也有类似的情节,索励在与洪水的战斗失败之后,每年都要将一位阿夏族的女子投入河水中以平息河神的愤怒。这个故事情节的设置就与古代日本的习俗有着相似之处。由此可见,受文化环境的影响,井上靖的中国历史题材小说中仍然有日本文化的影子,在构造中国历史情节的同时在日本文化中寻找文化同源。

最后,充分借鉴了中国的史传文学。井上靖的中国历史小说大多取材于中国的史传文学。不仅如此,在写作手法等方面也在中国的史传文学中汲取经验。井上靖的治学态度十分严谨,在整个的创作过程中,他都会查阅大量的资料文献,尽量让小说情节符合历史事实,让小说有据可依。小说整篇基本就是以中国历史人物的行动为主线,即使文章中作者想象虚构的部分,也尽量做到历史的真实与艺术的真实相融合。因此,他所写的中国历史小说是经得起推敲的。在这一点上,井上靖与于德北有很大的不同,于德北的选材不局限于历史,更广泛地吸取了野史甚至历史传说中的各样题材。例如,《梦》这篇小说是以历史人物蒲松龄为描写对象,但是文章中描述的故事是与现实生活相违背的。

[①] [日]安万侣:《古事记》,邹有恒译,人民文学出版社1979年版,第24页。

（二）异曲同工之妙：异样视角下的相同主题探究

于德北与井上靖两位作家分属于不同的文化背景，他们接触到的文化不同，了解、关心的事情自然也会有所差别，但是不管他们之间的不同存在有多大，他们总归是运用了同一种题材——中国历史题材。相对于小说主题比较明显的日本作家井上靖而言，于德北的历史题材微型小说的主题表现感就相对微弱一些，粗略来看，只觉得他的历史小说主题依旧与原来的历史素材表现的主题并无二异，但仔细读来，仍然可以感受到小说中作者自身的情怀。因此，两人就算选择了不一样的具体历史片段，运用了不一样的创作方法，寄寓了不一样的思想感情，但是在他们的小说中，我们仍旧可以探寻到他们要表达的相同主题。

1. 小说中共同展现出来的悲剧意识

"悲剧"的概念源于西方，顾名思义就是指一个悲伤的故事。但是悲剧又与惨剧有所不同，它在讲述悲伤的同时蕴含着一种既折磨人又净化人的苦难。纵观于德北的微型小说集《百合花布》中的十篇历史题材微型小说和日本作家井上靖的中国历史题材小说，我们就可以发现，两位作家的历史小说中都无一例外地存在着悲剧意识。于德北历史小说中的悲剧意识在其历史微型小说《哀莲说》和《易水寒》中都有体现。《哀莲说》记叙了著名词人纳兰容若悲凉的一生。小说并没有对他的故事进行细致入微的描写，只是以湖中的莲花为诉说的对象，将纳兰容若的品性及悲剧原因一一诉说出来。这种"千呼万唤始出来，犹抱琵琶半遮面"的写法更能让读者体会出其中蕴含的深深的悲凉之感。纳兰容若的悲是必须与心爱之人相忘于江湖的悲，是摧眉折腰事权贵之悲！而《易水寒》中荆轲与高渐离则更能让人产生一种深深的无力感。荆轲是怀抱使命的刺客，他与高渐离是惺惺相惜之人。全篇以高渐离的口吻诉说易水送别时的情境，更说出了高渐离作为音乐家而无法助荆轲一臂之力的悲哀，最后只能空怀一颗为其报仇的决心！通篇就展现出了一种"壮士一去兮不复还"和"心有余而力不足"的哀伤。其实，于德北历史小说中蕴含的悲剧意识不仅仅体现在这两篇小说中，其《夜杀》《广陵散》《山鬼》等都笼罩了一层浓厚的悲伤的色彩。

悲剧在诞生之日起就染上了浓重的英雄主义色彩，似乎只有英雄才能更好地诠释出悲剧的含义。最典型的悲剧人物莫过于古希腊神话中的悲剧《普罗米修斯》。这样浓重的英雄主义悲剧意识同样在井上靖的小说《异域人》《洪水》中得以体现。《异域人》讲述的是年过四十的班超。他第一次出场时便已经是不惑之年，但是年龄并没有削减他的抱负，年已不惑的他仍然怀抱着建功立业的雄心壮志，而奔赴西域则是实现他人生价值的起步。班超的一生充满了凄凉的悲壮色彩。他与匈奴、胡人以及风沙周旋了近30年，他用浴血奋战的30年换来了汉朝边境30年的巩固和繁荣，但是，这样伟大的人物却在回到洛阳仅二十几天后便与世长辞，这或许是他夙愿了却后的安详，是班超心愿已了的体现。可是，西域却在班超去世后又重新陷入了混乱，而汉朝最终放弃了西域，紧紧关闭了玉门关！班超30年的心血付之东流！所有的一切也终将如浮云一般散去。其实，井上靖在描写班超付出了毕生心血的同时就暗含了一个悲伤的结局。这种悲壮的情绪随着漫漫黄沙传入读者的心中时，便汇聚成了一股无法抗拒的力量，深深地叩响着读者的心扉！

2. 对和平的渴望与赞美

于德北生活在一个和平稳定的年代，与参加过"二战"的井上靖不同，他并没有亲身经历过战火纷飞的年代，为何他的作品中还会有对和平的向往？在这里，笔者认为，于德北小说中对和平的向往更多的是站在小说主人公的角度思考的。这在小说《夜杀》《易水寒》《浮萍》《广陵散》中就有所体现。《浮萍》讲述的是西施的故事,但是文章中只是截取了吴国灭亡前的一个小的时间段,从这一个短短的时间里展现出西施内心的情感活动。"她画了一座山,那山在水雾中立刻变得青翠无比。西施的眼睛亮了,家乡的苎萝山和她离开的时候并无二样,风声阵阵,鸟声阵阵,花香阵阵。她在山间的小路上奔跑,耳边传来母亲的呼唤。"①"西施跨上小舟,回头看了他一眼。夫差问:你去哪里?西施没有回答。同样的问题出自范蠡的口,范蠡问:你去哪里?西施没有回答。"② 从小说中我们就可以看出西施对以往存在的和平安逸生活的向往,在这里,在那样一个时代背景下西施的情绪已经不能在简简单单地归结为思乡之情,而是一种向往和平的升华。而同样的对和平的向往在井上靖的《孔子》中得以体现。《孔子》是井上靖生前最后一部小说,也是凝聚了井上靖毕生心血的一部小说。井上靖对生活在春秋末年的孔子形象有自己独特的见解,在作品中作者赋予了孔子爱好和平、向往和平的形象。当然,在儒家文化中,孔子一直以来就是爱好和平的典型,所以他的政治主张在战火纷飞的年代无用武之地。春秋末年的中国混战不休,民不聊生。孔子为了实现让社会变得更好、更和平的理想,不断奔走于各诸侯国之间,也因此遭受了不少的苦难。但是孔子并没有放弃心中的理想,即使他没有实现自己的愿望,在临终之前,他也坚信,在自己死后,和平安稳的年代终究会来临。这大概也是当时深处病痛折磨中的井上靖的愿望,他也坚信在自己死后,那个和平美好的世界也终究会到来。我们阅读井上靖的中国历史小说,往往能够感受到其中体现的古代中国形象,那就是爱好和平的国家形象,这也在一定程度上反映了其作品中一直存在的主题——和平。

---

① 于德北:《百合花布》,世界图书出版公司2011年版,第107页。
② 同上书,第109页。

（三）文化同根与他者视域：两者差异之原因探析

于德北与井上靖中国历史题材小说的异同显而易见，产生这种差异的原因有很多，如微型小说与长篇小说的差异，个人写作方法的差异以及作者世界观、人生观、价值观等各个方面的差别。但是，笔者认为，造成这种差别的最主要的原因还是文化同根与他者视域的问题，看待问题的角度不同，笔下呈现的世界也自然就不一样。在这里，我们就来分析一下造成这种情况的两个具体原因。

1. 作者及读者对中国历史文化的熟悉、认识程度的不同导致了差异的产生

中国文化博大精深，即使作为土生土长的中国作家，对过去几千年的历史也不可能是彻彻底底的了解，但是与日本作家井上靖相比，则更多了一份耳濡目染的熏陶。作为一名外国作家，井上靖了解中国文化的渠道大多是通过史料记载，对文化本身少了中国作家特有的灵动的理解，反映到文学创作上就使得两位作家的作品在处理方式上存在一些差异。其中，对材料的处理体现得比较明显。在于德北的小说选材中，我们可以看到一个极其明显的特点，就是小说选材只是集中于历史题材的一个片段之中。例如，《山鬼》一文中就只是描述了屈原被贬这一个片段，对事件的前因后果都没有进行细致的描述，只是通过"山鬼"的口吻来描述事实。文章在材料的处理上比较灵活。而井上靖的小说则更多的是有非常完整的故事情节，对故事的来龙去脉也交代得十分清楚。即使有一些虚构成分的存在也并不影响故事的整体。例如，《孔子》中虚构了一个历史上没有出现过的人物——鄡姜，但是并不影响孔子这一关键性人物的展现。这就说明了两者之间的不同有一部分原因来自对中国文化

的熟悉与认识程度的差异。于德北小说的受众群体更多的是中国读者，因此他的小说可以没有一个明显的前因后果，因为即使作者不说，读者也都明了，对于微型小说而言，细细说明反倒拖沓。但井上靖不相同，他的受众群体不仅有中国读者，更多的是日本读者。从某种程度上来说，井上靖只是借中国历史文化的外壳来着力描写符合日本群众阅读习惯以及价值观念的小说。日本群众对中国的文化并不是那么的熟悉，因此，若想写好一部所有人都能理解、都能读懂的小说就必须有完整的故事情节、人物形象以及清晰的前因后果。只有这样才能方便广大读者读懂作者蕴含其中的深切含义。

2. 所处的文化背景不同

于德北与井上靖生活在两个不同的国家，接受的是两种不同的文化教育，两位作家所处的大背景也有很大的区别。这就深深地影响了两位作家的写作风格。于德北是中国作家，其小说的表达方式、写作手法都是纯正的中国式表达，符合我们的文化背景。但是，井上靖在这一方面存在着不同。井上靖的小说虽然是以中国历史故事为主题，但在写作风格和人物刻画上继承了日本传统文学的写作方法——语言细腻，感情纤细。在井上靖的小说中我们时常可以看到，他擅长借中国古代历史故事来对当时日本所存在的问题进行批判。例如，在短篇小说《圣人》中就讲述了一个村寨的发展历程，这其实就是在告诫当时正处于高速发展的日本社会，要注意社会发展的正确方式。这与当时日本正处于经济快速发展但暗含着环境破坏、社会不稳定的大背景之下是相通的。其实，不仅仅是短篇小说《圣人》，包括井上靖的长篇小说《敦煌》《天平之甍》《孔子》等，虽然都具有恢宏的气势，故事情节波澜壮阔、跌宕起伏，其笔下一系列的中国历史人物也被刻画得栩栩如生，但我们也必须承认，作者的这一系列中国历史人物中蕴含的大多是日本人的世界观与价值观，与"原汁原味"的中国本土形象有着很明显的差距,可以说这是为日本的文化、价值内涵包上了中国历史故事的外衣,表达的仍旧是一种典型的大和民族思想。因此,这种"和魂汉材式"的叙事总给中国读者一种若即若离、似曾相识又绝非本我的疏离感。

于德北是中国著名的微型小说作家,其作品总有自己独特的风格视角,不落俗套。他的历史题材微型小说,既有对传统故事的新的描述,也有自己全新的不同于传统的观点体现在小说当中。对于一位中国作家而言,创作优秀的中国历史题材小说存在的困难势必要比日本作家井上靖要少一些。作为一位学者型作家,他在着手写任何一部小说的时候都进行了深入的研究,尽量使小说达到最大的真实性,以还原历史原貌、重塑历史事件。井上靖对中国文化充满了喜爱与敬仰,他的历史小说主要描写了中国西域故事、中国历史名人故事以及在历史上对中日文化进行友好交流做出过杰出贡献的人物。作者怀着严肃的感情与强烈的社会责任感,讴歌中日两国的深厚友谊,赞美了珍贵的爱情、可贵的友情。作者热爱中国文化,但是在中日的特殊关系上,作者仍然能用一种客观端正的态度塑造小说中的中国人物形象,没有对小说中的中国人物进行污蔑或者诋毁,这是难能可贵的。当然,作为一位日本作家,其中国历史小说中对某些人物事件存在着一些误读这也是可以理解的。于德北与井上靖两位作家的小说都有一种忧郁的情感蕴含其中,很多时候是看似平淡,但其中暗藏着一种平静的哀伤,字里行间都蕴藏着深厚的感情,描述了人生中那些最无奈的忧伤。中日两国要想世代交好,就离不开致力于中日文化交流的学者大师。对中日两位作家的同一种题材的小说进行研究,笔者一方面是期盼中国也能出现像井上靖一样深入研究中国文化的学者去研究日本文化,毕竟,面对一个如此强劲的邻国,熟悉总好过于一无所知。另一方面,是想通过对中国历史题材小说的研究以激励中国年青一代主动了解中国历史,改变在年轻一代"不问过去,不记史实"的现状,毕竟,如果外国人比我们更了解自己的历史,那真是一件值得我们反思的事!

(周佩 姚武)

二 邓洪卫"系列微型小说创作"人物群分析

邓洪卫,1972年生于苏北响水县的一个小乡村,某银行职员、郑州市小小说学会副会长、盐城市作家协会理事。

邓洪卫出生在一个普通而又平凡的家庭,父亲是家乡的一名人民教师,母亲是普通的农村妇女。他有一个当教师的理想,却找了一个和梦想不搭边的工作,成了某银行职员。他对《三国演义》里的1200多个人物如数家珍,这样的人生经历,为他后来的创作积累了大量的素材,让他充分感悟、认识到了社会的各个方面,尤其是"人性"。邓洪卫从2000年起开始创作小小说,其作品多次被《小说选刊》《小小说选刊》等选载,两次荣登中国小说学会排行榜小小说榜,已出版小说集《飞翔的草帽》《大鱼过河》《大三国的小人物》等8部作品。其代表作《父亲的泪》《同学》等入选《中国当代小小说大系》《中国当代小小说排行榜》《世界华文微型小说年选》等100多家选集及多家中学语文教材、外文选本。

邓洪卫说作品中的那些人物、故事,有些在他的脑海里存活了许多年,有些是很多人身上典型特征的集合。作为一个成熟的小小说作家,邓洪卫有着自己真诚的生活观和文学观。"讲述老百姓情感、透视底层人物的生存状态"的平民化写作态度更贯穿他创作的始终。当代曲艺泰斗袁阔成称赞邓洪卫:"农民出身的他,自有一种平民情怀,饱含热情,为三国的小人物立传，从出生到成长，从情感到命运，说前因讲后果，偶然中有必然，凸显他们新的生命意义和历史价值。"① 邓洪卫用现代平民的视角，重新审视和解读那些三国时代鲜活的面容及他们的命运。而从心理学上讲，命运主要由两个因素决定：环境和性格。环境规定了一个人遭遇的可能范围，性格规定了其面对遭遇的应对方式，而应对方式的不同，相同遭遇也就在具体的意义上有了不同，因而也就成了本质上不同的遭遇。邓洪卫的"三国系列""寂寞有声系列""响水河系列"这三个系列微型小说创作的人物群像，具有独特的审美意义。下面对这三个系列分别论述。

（一）"三国系列"中的人物群分析

邓洪卫的"三国情结"源于他父亲的"三国故事"。那时，听"三国"是他每天的必修课，并由此喜爱上"三国"，喜爱上文学。平民出身的他，自有他的平民情怀。他从《三国演义》里1200多个人物中挑出一些来，除少数几个还算重要的谋臣武将外，大多是小人物，且有的在史书或演义中不过三言两语，甚至几个字，但他饱含热情，为他们立传，从出生到成长，从情感到命运，从父子、兄弟、夫妻，到朋友、上下级、同事的关系，从前因到后果，从偶然到必然，叙说人情世态万象，具有强烈的现实感，让人看了，仿佛就是身边人、身边事，无隔阂，很亲切，很深刻。他的"三国"新颖别致，符合时代精神潮流，能引起现代人的共鸣。下面以五个人物为例，分别予以论述。

1. 贾诩：旁观者

在邓洪卫《贾诩：三国第一智者》（三题）中的贾诩是一个谋士，是

---

① 袁阔成：《平民的三国》，《盐阜大众报》2013年4月20日。

有智慧的人，他虽然没有其他谋士如诸葛亮、郭嘉、荀氏叔侄那么出名，但他能够看清局势，审时度势，最终能够在那个战乱纷争的时代稳定下来，得以善终。这就是具有大智慧的体现。可是，这又何尝不是贾诩孤高自诩的体现呢？他把自己放在了一个旁观者的位置上。在他少时，因为父亲是个被害妄想症者，与邻里不睦少来往，贾诩"也懒得搭理他们"，于是徜徉于书海，自成一世界。独自在一个世界里待久了，人就会变得以自我为中心，显得自私。他出仕做官，不管是郡还是京，都是待不久就腻了、烦了，总共不过一年，就回到家感叹：远离是非地，隐居在山林。虽然有能力，但这已经是不适应处理复杂的人际关系的表现。贾诩一直是自傲自得的人，四十好几的他好不容易动一次春心，看上了貂蝉，佳人却被当成政治工具许了这人送了那人，而自己却没被放在眼里，致使错失佳人。于是，他脑袋一发热，出了个馊主意，造成了腥风血雨，才深感德行有亏，亡羊补牢般地拒官回乡作为浪子回头路。旁观者清，当局者迷。贾诩，当之无愧的"成功的旁观者"。在现代社会，人际关系冷漠，人人都是旁观者，人人身边都有旁观者，他们孤芳自赏，不需要别人的认可。他们理智高于情感，是理性的人。

2. 许攸：虚荣的聪明人

人是一种群体活动的生物，不管是哪个阶段，总是会三三两两地聚在一起，搭个伴。许攸、袁绍、曹操三人在学习阶段是同学，他们玩得好，总在一起。可是"有一好，就有一恼"。一山不容二虎，袁绍与曹操都认为自己有背景、有本事，都想做老大，于是，二人都起了挑剔之心，猜疑、矛盾越来越深，可是又不想撕破脸，就想得到第三方许攸的支持。许攸就为难了，两方都是好友，伤了谁的心都不好，只好做老好人、夹肉馍。但是老好人心里也有想法：袁绍你长得好呀，我站你身旁就是给你当绿叶做陪衬的；还是曹操好，和他一起，我的光彩也没谁挡，而且他对我也亲切，不把我当外人。许攸称曹操小名"阿瞒"，小名可是只有长辈才能叫的呀，于是心里感到无限光荣。人都有表现欲，所以许攸在曹操身上找到了自信，找到了认同感后，就把曹操视作了自己人。但当自己人在许攸要做大事时都不入伙帮忙，让他失败了，真不够义气。于是，许攸找到了失败的借口，同时，袁绍又在这当口陪着他、安慰他，还伸出了橄榄枝。可接了枝头，他发现自己享受不到凤凰鸟般贵重的珍视感，就又投了曹操，协助曹操灭了袁绍。到这里，还可以说他是良禽择木而栖，那么下面就是他不识时务、恃功自傲了。

许攸跟着曹操入了冀州，还是如小时候一样称呼身为丞相的曹操为"阿瞒"，不分尊卑、不分场合，最后被面甜心苦的曹操假借设宴，诱犯禁令，斩杀于旧时长街上。在死神来临时，他还在感叹："如果，当初袁绍用了自己的计谋，那么，曹操又可能作阶下囚、刀下鬼了。那么，此时他一定和袁绍在许都庆贺呢！"这是"聪明人"的自得。

许攸是一个聪明人，为曹操立下了汗马功劳。但他的聪明也有禁地，即人际关系上。在与人相处中他被虚荣一叶障目了。他以称呼身为丞相的曹操的小名为荣，忘记了此时已不是亲密无间、两小无猜时，忽略了丞相与小吏之间的尊卑有别，漠视了身边的人对他的不满。这是一个拿着别人的成就狐假虎威、自欺欺人的"聪明人"。这类人有着不一样的心理：错都是你的或者功劳都是我的。你说无理，我偏觉得理所应当。他们患有一种很常见的心理疾病：自卑。他们渴望得到认同、关注，获得存在感，这种渴望十分强烈，以致忽略了时间、空间、尊卑的差别，最终下场凄惨。

3. 邹氏：贪生人

"自古红颜多祸水"，在《邹氏：害过多少男人》中邹氏在张绣等多数人眼中，无疑就是这个祸水。她，大家闺秀，貌美如花，精通音律，可谓才貌双全。她，临危不惧，施美人计保周全，称得上智勇双全。可这个时代从来就不是女子的天堂，如果再貌美一些，就可以当作上天安排她们历劫，苦与难都是考验。于是，当拥有过邹氏的张济、曹操出事兵败后，世人就污她"败家之相"，落实了祸水之名。最后只得一个贾诩在她死后说了一句公道话："是男人害了她。"她只是一个手无寸铁的女人，一个面对不公无法抗拒的可怜人。无论男女，这类人是坚强的人，他们"贪生"，却又不苟且，背负着污名却又坦荡地活着。无论最后他们"生存"的意向是否能够得到实现，他们对"生"的渴求值得尊敬，他们比现代社会屈于工作、学习压力和爱情等各种挫折就选择死亡的"玻璃人"可爱得多。过刚易折，过柔易损，纵观历史，"纯"清官、"大"奸臣下场都不怎么好，而"墙头草"固然可恨，但对于他们自己而言，这只是审时度势下的不得已的选择，只是利益权衡下的必然结果。

4. 胡车儿：义士

胡车儿是张绣府中的死士。他力能举鼎，豪饮能不醉，邓洪卫赞他"义盖云天"。胡车儿与典韦不打不相识，第二次见面，两人把酒言欢，深觉志趣相投，结为异姓兄弟，其中虽掺杂了别的原因，但二人惺惺相惜的情感也没作假。张绣毁约谋反，令胡车儿绊住典韦，在兄弟之义与对张绣的忠之间，胡车儿选择了"忠"，然后两个同样不曾醉过的人，都情不自禁、不约而同地手软脚软，导致典韦在打斗中身负多处重伤，不支倒地。常言道"自古忠义难两全"，胡车儿尽了忠，对得起张绣，对得起张绣阵营里的将士，但有愧于典韦。他把典韦抱至洧水河边，用双手刨了个坑，掩埋了典韦，让典韦能够望见他效忠的阵营，然后，自尽于坟前，履行了结拜时的誓言，了了忠与义。

像胡车儿这样的人，他们忠于承诺，讲求诚信，真正是一口唾沫一颗钉。现代社会是一个金钱的时代，追求利和益，追求享受，旧时的价值观念受到了很大的冲击，甚至被扭曲。有些人认为"义"就是为兄弟上刀山、下火海，为朋友两肋插刀，甚至牺牲生命也在所不辞，他们在那个时候忘记了他们除了是别人的兄弟外，还拥有着儿子、丈夫、父亲等身份。这类人可以放心地交付后背，却最好不要成为一家人。

5. 淳于琼：酒鬼

淳于琼，字仲简，豫州人。他生就一副不能喝酒的身体。可男人之间讲究"情在杯中"，朋友小聚，离不开酒，更何况和他关系最铁的袁绍、曹操都酒量惊人。袁绍更是无酒不欢，只有他连酒杯都不能端，尴尬不已。本来"爱喝酒"就是他家的家族遗传，受家庭环境影响熏陶，淳于琼从来就不认为酒是什么不好的东西，更不用说有要节制的认知。于是，在袁绍的劝说和周围人的起哄中，一杯一杯地试，一试再试，一发不可收拾，纵酒无度，终是丢了性命。中国历来就有一个陋习：酒桌上谈事，也不知道是不是因为信奉"酒后吐真言"。因此，一大把年轻人在步入社会后，由滴酒不沾到无酒不欢。"物竞天择，适者生存"，在没有成为引领潮流的人物前，随波逐流，不可避免，这是生存生活的方式。只是有些人有分寸，不烂醉，如曹操般在酒桌上"玩酒"，耍心机；有些人却迷上了醉后飘飘的仙态，这类被生活环境误导、形成错误认识的人，在物欲横流的社会里，会不会像淳于琼一样因贪酒而成为酒中鬼，成为各种欲望里的"鬼"呢？

（二）"寂寞有声系列"中的人物群分析

"寂寞有声系列"小小说是以婚姻爱情为主要题材的作品。邓洪卫在这些作品中着力展示和开掘人物的思想命运，表达现代人物情感的复杂和丰富性。他在接受采访时曾说："在'婚姻爱情'的写作中，我让女性的性格、情感、命运，与现实生存状态纽织在一起，挣扎沉浮，使作者和读者都强烈感受到命运感的波动，从而产生爱与恨的共鸣。"①

初恋是美好的，是令人难忘的。在邓洪卫的作品《初恋》中，有一对夫妻，都拥有过一份刻骨铭心的初恋。美好的初恋却没有一个美好的结局，有的人选择自此珍藏，如文中的女人小苏，有的人选择念念不忘，如文中的丈夫陈皮。陈皮从30岁爱上了酒，爱上了借酒说事，爱上了拉着老婆说初恋时的风花雪月事，一说就说了30年。小苏的初恋是她心上的一粒朱砂痣，不能碰，一碰就痛。那样一个为她无私奉献的人，对她说：找一个门当户对又对你好的人吧。她听他的话，找了陈皮，却开始了30年的忍耐，终究忍无可忍。于是，她也醉了。丈夫过去的风花雪月事，可以当个风花雪月的故事，这都不算什么，伤人心的是被当成了丈夫心底深深眷恋的人儿。这也不是最令人崩溃的，最绝望的是丈夫时时提醒着你终究不是这个人，让你清晰地知道30年的相依相偎只是白费功夫，终究没能留在他的心上。怜惜、愧疚，让陈皮戒了酒，然后夫妻俩谱写了一首浪漫、温情的黄昏恋曲。为什么忍耐？为什么原谅？初恋男友以爱为名的抛弃，身边丈夫30年无意的折磨，她坚强地挺了过来，但已精疲力竭，这时大漠里降起甘霖，怎能抗拒，怎抗拒得了？绝望的人，面对触手可及的救赎可以抛开一切！

女人似水，至刚至柔；男人如山，至情至性。

生活节奏快速的时代，没时间浪费在婚姻爱情里的婆婆妈妈，"闪婚""闪离"，屡见不鲜，似乎离婚不是难事，可有人一辈子也离不了婚。邓洪卫的作品《离婚》里的吴同就是这类人。吴同自30岁那年，丢了自行车的那晚、发现妻子出轨的那一刻起，他就萌生了离婚的念头，却因为各种

---

① 任晓燕：《小小说也可以写出命运感》，《百花园·小小说原创版》2007年第10期。

各样的原因把蹦到喉头的俩字咽了下去,一咽就咽了近30年,他也就痛苦了近30年。他以为只要离了婚就能解脱,就能抚平受伤的自尊,就会重获幸福。终究"以为"就只是"以为"。在妻子生命的最后一刻,他终于把近30年来的心愿说了出来。他曾认为:自行车的被盗是以后家庭不幸的征兆。可是,当一模一样的自行车出现在眼前时,他却清楚再也无法还原他的幸福。因为,就在妻子说出她很幸福的那一刻里,他猛然明白了为什么简简单单俩字自己在这近30年里也吐不出,是因为不甘心。"世上无难事,只怕有心人。"离不了婚的这些人呀,总有一些是像吴同一样,不甘心真心换不了真心。他们忠于爱情,认为婚姻的神圣不可侵犯。

《谢东玉的生活》讲述的是谢东玉的感情生活。谢东玉是个对生活很认真的人,她对工作认真,对感情也认真。谢东玉在一家储蓄所上班,不可避免地见到人性的很多丑陋面。因为男人让她感动,她草率地把自己嫁掉了。可惜,也许正因为相遇是由错开始的,所以结局也是错误的。离婚后的谢东玉,对现实生活中的爱情充满了失望与不信任,她封闭了内心,在网上寻求慰藉。虚拟的网络、虚幻的人物,治愈不了她内心的伤。受过两次伤的人期望得到救赎,期望一份纯粹简单的感情。学生的感情是最纯粹的。于是,高中时期向她表白过的男生成了她心灵的慰藉。遗憾的是,一次相见,那个男生已被欲望社会改造的与曾经的记忆面目全非。回到家,回到虚拟的网络中,网友"他山之石"又给了她一击。双重的打击把她那颗还停留在淳朴的家乡的心打碎了,把她打回了现实。不久,她又嫁了,嫁给当初留下她的人事部长,现在的副行长。基本上,大部分人会有相类似的经历,在生活的磨砺下,天真以及对生活的热情都会消失殆尽,只是有时间的早晚、长短之分。

《洗浴》是从少妇余佳的一次洗浴开始的,也为余佳后来的出轨设置背景,埋下伏笔。少妇余佳洗浴中借口没拿衣物,想让丈夫给她送过来,以色诱丈夫,可惜丈夫头都没抬就走了。丈夫明显的冷淡使余佳无论是心理还是身体都感到了无比的失落。余佳是一个性欲较强的人，她得意于自己拥有完美胴体，无论心理还是身体，她都渴望得到关注。在外界的引诱下，虽然对丈夫感到很抱歉，她还是顺从了身体的欲望。但在感觉到情人沈文不是真心的时候又决心回到丈夫身边。经过无数先驱的努力，人性、女性都得到解放，他们能够大声喊出自己的欲望，并敢于实践自己的欲望。这是这个世道的宽容，却并不意味着可以为所欲为。法纪、道德是人们的行为准则。放纵欲望超过应有的底线，任何的情非得已都是借口。不满足，既是贪欲，也是人性。

（三）"响水河系列"中的人物群分析

邓洪卫生长于农村，他有着浓浓的乡土情怀。"响水河系列"小小说就是以反映乡土风情为主要内容的作品。邓洪卫把"响水河系列"小小说中的人物性格都设置得简单直白。换句话说，只选取这些人物的最主要性格，在生活的关键处，在既定的背景里，运用"性格决定命运"的理论来做出反应。与"三国系列"里各处纷战的营地和"寂寞有声系列"里欲望横流的都市相比，这个系列人物生活的农村简直是天堂，邓洪卫借它表达的也正是对乡土的深深眷恋和对人物命运的深深叹息。

《庄保四寻妻》中庄保四是个冲动的人，接到一封信，连地址都不清楚就冲动地离乡背井去寻找给人借腹生子的老婆。到了海城，却阴差阳错地到了同样给人借腹生子的小美身边。目睹了小美的遭遇，他想到了妻子。又一冲动，他把小美带回了家，完全忘了如果妻子回来怎么办。于是，就出现了更戏剧化的场面。善良憨厚的人，难得冲动了两回，却把自己陷入两难的场面。只能叹一句：冲动是魔鬼。人生路很长，周围的风景很诱人，停下来欣赏欣赏即可，不忘初衷地前行，才能安享最后的幸福喜悦。

在"计划生育"实施之前,讲究"多子多福",农村里几乎都是攒着劲地生,一家通常都好几个小孩。只是经济来源少,一年不停歇地忙活,也只是那仨瓜俩枣,很少有家庭能供得起所有的孩子上学,于是,只能进行舍弃,留下最有希望的那一个,这是普遍状况。《父亲的泪》这篇文中,"我"家就是这样一个情况。大哥第二次高考落榜,父亲选择让"我"这个成绩更好的儿子继续读下去,这个选择是合乎情理而又残忍的。大哥作为被放弃的一方是接受不了的,但他心里也明白家里只供得起一个,于是第二天就南下了。大哥是个性烈的,当了两年村支书,没得到一分钱,就果断放弃了。从后文中,可以看出大哥和"我"的关系不错。他只是恨父亲,恨父亲的主动放弃。现实的残酷遇上烈性的孩子,无奈的父亲唯有站在儿子的门口,泪花闪烁。

除了善良的冲动、人性的选择,爱是邓洪卫小说主题之一。因为爱,丁发一厢情愿地请父亲出面定下婚事;因为爱,父母觉得丁发人品、身家都不错就应了婚事;因为孝顺,因为善良,梅子对婚事不置可否;因为爱,梅子从此不吃羊肉巧退婚;也是因为真爱,丁发忍痛叮嘱情敌;同样因为真爱,小周婚后从不吃羊肉。这是爱的蔓延。身处在充满爱、充满善意的环境中,人人收起了分明的棱角,不伤害别人,也不虐待自己。"父母之命,媒妁之言"的婚姻时代虽已远去,但儿女是债,常言道:"养儿一百,长忧九九。"

如果父母之命媒妁之言是没有受过教育的人的选择,受过教育后的"我"是遵从内心选择抗拒的。王大丫,从小就和"我"是娃娃亲。一开始,只是几个妇女的八卦闲扯,可耐不住王小丫的父亲王大嘴是个较真的人,他说:婚姻大事,岂能儿戏?十来年过去了,旧话重提,两家条件相差无几,两个孩子也都不错,这亲就正式定了下来。可后来,"我"上了大学就回家退了婚。"水往低处流,人往高处走",这是人之常情。大家也都能理解,理解是理解,可这并不代表身为当事人的王大丫就能心平气和的接受。她生在村子，长在村子，没有享受过，没有苦过，"大学生""大官"在她眼里只是一个符号，无知者无畏。所以，受委屈的王大丫用了农村妇女最常用的手段——"骂"来表达自己的气愤。

一个作家具有怎样的个性，是与他独特的经历和生长环境密切相关的。不同的经历和环境，产生不同的经验和感受。例如，卡夫卡一辈子都是个受人欺凌的小公务员，他在生活极端压抑的情况下，拿起笔来借文学来宣泄胸中块垒的。所以，他的作品才具备独一无二的视角和锐不可当的想象力，如《变形记》《城堡》。而邓洪卫的人生经历中，角色的转换自然而然，他有时间、有精力去思考人性，所以，他的小小说作品纯文学意义明显，主要表现为以下四点。

第一是人性深度。邓洪卫偏爱捕捉人性的细微处，他认为能够写出人性细微深处的一种坚持与永恒的作品是好作品。在他的作品《洗浴》中，丈夫明辉联合沈文，一个花心风流的男人，有预谋地设计自己的妻子余佳出轨，冷眼旁观妻子的挣扎沦陷，却只是为了一部社会婚姻家庭的纪实性长篇小说的创作。这篇小说一般人看了可能会说明辉作为丈夫太无情，该文写得太夸张，太不合常理。对，用文学的眼光看，这就是在特定背景特定人物下的非常态的人性深度。

第二是文化深度。具有文化深度的作品主要靠写人物行为性格的坚守来折射人性，解读文化意义。邓洪卫为了探究《三国演义》里面的隐情而再创作"三国"，想突出其"偶然性命运"，却发现因为原著的特定年代，其人物性格、命运是不可更改的，体现不了他想要的那种深度，于是，他把目光投到了现实社会。《庄保四寻妻》里的丁哥想要个男孩。花8万块养"二奶"，没想到还是生了一个女孩，就想把女儿送人，认为留女儿在这儿，会多花钱，又不吉利。别人见了他，都会啐他一句：道德败坏，无情冷漠。可从文化层面来看，他这就是对传统价值观念的一种坚持。

第三是发现意义。日益复杂的社会使人和生活也变得复杂，有时，这个世界的行为和话语让我们感到很迷茫。这个时候，需要作者去发现、揭示生活的真相和矛盾，需要作者有这个智慧和勇气。这是作家的品质。邓洪卫想起去创作新"三国"，就是因为他发现《三国演义》在人物心理、细节、事情前因后果的解读上都很简略，他认为很多人物有更大的创作空间。于是，他把其中的人物抽出来，对其生命中关键时间进行整理，形成一道相对完整的命运之路。比如陈琳，他文章写得好，有见解，文辞犀利，有很强的战斗力。可是，领导们都只是看重他的写作能力，打压他的积极主动性，生生让他成了一个"檄文专业户"。后来，事实证明了他的见解的可靠性，领导们就又想重用他，可人已经心灰意懒了，不想再表现了。这时，领导就在那说：唉，不行呀。这里面表现的是人性的复杂和人与社会的矛盾。

  第四是开放意义。看邓洪卫的作品，不是一篇接一篇不停歇地翻下去，而是在末尾的地方要停一停，要么回过头去补充一下能导出这个结果的历程，要么想一下这样子之后故事会怎样。这种意味绵长的结尾，是邓洪卫作品的一大特色，杨晓敏称之为"招牌式的结尾"。例如《衣裳》，它的结尾：丈夫深夜独坐，脑海中想着一个女人，一个讨厌衣裳的女人。而妻子自睡梦中醒来，为"我"轻添一件衣裳，细语一句"小心着凉"。一个动作，一句话，就还原了衣裳的"清白"，让读者不由自主地去思考这个"罪名"该由谁来承担。它巧妙地打开了一扇门或多扇门，也证明了邓洪卫的"小小说应越读越厚"的说法不是空话。

  另外，命运感、美好情操等纯文学意义在邓洪卫的小小说作品中也是不乏体现的。

  邓洪卫把小小说创作当成日常行为中不能省略，连改变也不能的一部分。他的微型小说自成体系，风格多样。他把自己融入小说人物的情感世界当中，带着对历史人物、底层人民、婚恋女性的最大限度的尊重，用现代人的视角，细致观察他们的生存环境，循序渐进地探讨和关注他们展示的人性困境及矛盾，为他们的命运做出解释。他在任晓燕的采访中说，他要不断地关注人的命运、情感、生存状态，他要如"禅宗音乐大典"上的大师一般，把小小说做到极致。

（尹秀梅　袁龙）

三　王海椿微型小说浅析

王海椿，男，1974年生于江苏淮安，作家、编辑、记者，中国当代微型小说代表性人物之一。先后服务于《小小说选刊》、家庭期刊集团、《山花》等媒体，曾任编辑、记者、执行主编等职。主要学术论文有《期刊呼唤品牌》《论期刊封面设计》等。著有小说集《小城纪事》《一人酒吧》等。在《文汇报》《青年作家》《作品》《花溪》《短篇小说》等多家报刊发表作品300多篇，多次被《小说选刊》《小说月报》等选刊转载，并被《中国文学》推介到国外。曾获1995—1996年全国优秀小小说奖、《小说月报》二等奖、《人民日报》三等奖、江苏省报纸副刊奖等多种奖项。2002年入选中国作家协会、文艺报社等单位联合评定的"当代小小说风云人物榜"。

关于微型小说创作，王海椿说过："尽管我现在已很少写传统的笔记小说了，但我是以传统笔记小说的金钥匙叩开小小说大门的。人生有时真有某种参悟不透的机缘。初时我爱好诗歌，后来发现诗歌已进入式微时代，写诗的比读诗的还多，就思量着改写小小说。"① 正因为如此，王海椿

---

① 土海椿：《双灯》，吉林出版集团有限责任公司2010年版，第180页。

在他丰富的作品中向我们呈现了另一类风采的微型小说，使文学界对微型小说的发展也有了新的认识，充实了微型小说的文学宝库。从自我和现实出发，挖掘出了微型小说的光华，其作品选材尽展世态人生百相与时代变迁；叙事真实又不乏传奇色彩；人物形象丰满，性格鲜明；语言简洁明快，清雅平实。这些都是属于王海椿的标签。下面分四个部分予以论述。

（一）在世态人生百相的选材中隐现时代变迁的足迹

"微型小说的精短篇幅首先制约了它的选材。选择什么样的题材，对微型小说来说是个既简单又复杂的问题，关键在于作者的艺术感受力。所谓'简单'，是说微型小说的选材广泛而多样，几乎什么样的题材都可以写；所谓'复杂'，指的是'精'，是新颖奇特，是高标准而不是随便一个素材就能敷衍成一篇微型小说的。"[1]

王海椿的微型小说创作特色首先表现在其题材的选取及内含的时代信息。"微型小说从悄然兴起到蓬勃发展，除了文学自身的发展规律外，时代历史发展背景与社会大众精神文化都为其提供了最大的可能，而微型小说扎根于基层大众、立足于平民百姓、极富亲和力的独特内涵恰与当代中国建设新文化、先进文化的时代相一致。"[2] 从这里来看，在选材方面，王海椿特别钟情于两类：一是生活中的琐事，从日常生活图景中揭示人生哲理，以及随着时代变迁人们生活的变化；二是《聊斋》之类的虚幻之事，从中透露出的是底层民众为过活所受的悲苦，又内藏着深厚纯洁的人间情谊。

例如，《大玩家》讲的是同村的金有钱从落魄到发迹的事。文章的主人公是金有钱，可是开篇就讲他不爱读书，念到初一就读不下去了，进城

---

[1] 滕永文：《微型小说文体特征刍议》，《文学教育》2012年第2期。
[2] 李阳：《微型小说叙事时间研究——以微型小说选刊（2005—2009）为例》，硕士学位论文，中南大学，2010年，第4页。

捡破烂为生。有了这个开头,让人对文章顿时有了兴趣,这样一个出身的人要怎样才能成"大玩家"呢?这自然是读者好奇的。"他捡破烂积了一些钱后,开了一个专营古玩的奇宝斋。他说现在有钱的人多,古玩也很有赚头呢。"由此我们就不难看出,一个不爱读书、脑瓜不笨的乡下人,在计划生育罚款之后走投无路,进城拾破烂。随着经济的发展,人们生活水平的提高,在享受方面的消费越来越多,金有钱瞅准了商机,做起古玩,而且对"玩"有了一番哲理性的见解:"这世上一个'玩'字,也分三六九等、高低贵下。有人把打牌下棋视为享乐,我认为凡'玩'字,一旦有输赢胜负之分,必得搏杀,搏杀必伤神,带彩输财,不带彩输心,已背离'玩'的初衷。有人认为玩古陶玉器赏古字就是雅,依我之见,这些陈年旧货,都是死物,无灵性可言,不能与人相通,对其痴爱,实在是空寄情怀。"①"大玩家"并不是一味地胡玩,而是对"玩"有了形而上的认识。而金有钱与"我"之间的交往,则是由于在他落魄拾破烂之际,"我"仍然热情对他,于是他在富贵后甚是慷慨。从中我们也窥视出了一个出身乡土的人的淳朴和其精神境界的发展,人生充满了各种不确定也是文中对现实做出的注解,更揭示了社会生活变迁对人们生活产生的深刻影响。于文章结尾,作者更是寄托了美好的想望,希望将来某一天大家都有钱了,能像金有钱那样惬意地生活。面对不平等的生活,如何不为物质所束缚,知道如何尽心地自由地"玩",在经济发达的今天,这一人生哲学无疑也具有启发作用。

在世态人生百相中,王海椿的选材策略还可以分为城市题材和乡土题材。前者如《爱情大厦》,情节是相爱的恋人分开后重聚的故事,但作者在这一题材中揭示了现实中司空见惯的现象——对物质的追求与至诚爱情之间的冲突。小灿果断离开富丽堂皇的大厦,重归高远的怀抱,最终幡然醒悟高远才是自己的大厦。结局是理想的,但这一题材给人的思考超越了

---

① 王海椿:《双灯》,吉林出版集团有限责任公司2010年版,第5页。

文本，现实生活中的剧情真的会如这般上演吗？这是一个很大的问号。《卖鼠药的男人》和《流行墨镜》都揭露了大都市人们道德的日渐低下，不管是卖鼠药的人在城市所受的各种排挤，还是人们犯错后以墨镜为幌子，这些都让人们看到了物质与精神发展的不同步。

乡土题材揭示的是底层民众之间的淳朴与观念的变化。《生活小调》表现了现代社会新思想跟乡土观念的碰撞与融合。小说通过老蒲与老陶两位老人在春节过后孩子们返城务工后的唠嗑中展开。南下的打工仔，归来后与农村习俗的种种不搭调：二浪把头发染成了大绿，说话动不动就"耶"；小芳刚进家门就给父亲额头一个吻，尽得外国人的礼节。在听到小芳没买到票偶遇邻村发迹的小鱼，一起吃了饭，喝了酒，搭了顺风车才得以回家的事情，引起了老陶强烈的不满。在老陶看来，女儿家是不宜随便跟男人喝酒的。而小芳一句再平常不过的"那样子"，在老陶眼里也觉得是做了不该做的事，于是小芳就莫名其妙地还挨了父亲一巴掌。小说读来让人忍俊不禁，这是生活中极细小的事，却可以看出时代的变化、经济的发展与人们思想观念的解放，但是在闭塞的农村一切都变化得很慢很慢，所以才有这么多的笑话。文末，两位老人恍然大悟，老陶甚至学起了二浪——"耶"。《鞋子》则讲述的是大学毕业后久未找到工作的姑娘和修鞋匠的故事。修鞋匠过的是几十年如一日的细水长流的日子，没有起伏没有波浪，不变的节奏就是补鞋。就业难，姑娘找不到理想工作，生活简省到了极点，于是成了修鞋摊的常客。鞋匠钦佩姑娘的要强和不随波逐流，在一次紧急的应聘前赶着修鞋的时候老人递给她一双"红蜻蜓"应急，事后才知道是特意送她的，而老人修了一辈子鞋自己却没穿过一双好鞋。读罢不禁让人眼眶湿润。如今就业形势是越来越严峻了，很多人会放弃道德的底线，但也不乏高洁之人，更难能可贵的是在喧嚣的闹市能有纯美的人间情谊。不管如何变迁，人与人之间交流的情感总有打动人的一方面，小说也说明了在竞争愈加激烈的今天，做一个有原则、自强不息的人始终是立足的根本。

第二类小说取材有蒲松龄《聊斋》的韵味。"我国古代神话传说就是一种具有特殊意义的文言微篇小说,只不过它还不是完全意义上的成熟的微篇小说。"① 而王海椿的《双灯》篇,一反常态,没有蒲松龄和汪曾祺笔下的男女之爱,波谲云诡间诠释的更多的是兄弟姐妹的深情厚谊。孤苦无依的兄弟俩冯喜和冯响以打铁为生,生活很是孤寂,偶然出现的要打两把小鱼钗的阿盏和阿荧给他们的生活增添了生气。他们一起喝酒一起猜谜,兄弟俩的生活出现了斑斓的色彩,四个人手足情深,幸福地生活。就像《聊斋》的情节一样,接着兄妹俩就离开了,而冯喜和冯响越发想念他们,后来,每天晚上出现了奇景:那就是两只萤火虫每天都来,不管春夏还是秋冬。这番情意让人久久回味,也让人惋惜不能长久。从这一类的作品中,王海椿在尺幅之间就给我们描绘了昔日底层民众的生活情状,也传播了人与人之间那份至纯至真的感情。

(二) 起伏有致又细腻隽永的叙事

微型小说注重在短小的篇幅内营造一种和谐氛围,有时有出人意料的收尾方式,留给读者想象的空间。王海椿的微型小说创作注重传达人性之美,故事性较强,在当下这个碎片化时代,从含蓄的表达中我们领略到的是一份流露在字里行间的亲近感,更有反刍的余味,"言有尽而意无穷"是真切的体悟。这也是王海椿的微型小说在学界和读者中广泛认可的原因。

繁复的生活事件在本质上是相近的,正如须弥峥嵘之相可纳于芥子之中,大千世界可借一传神片段展示底蕴。历史风云浓缩于一人之身,文化冲撞融结于俗人俗事,在高明的作家那里,文本叙事总是一

---

① 龙钢华:《小说新论——以微篇小说为重点》,湖南人民出版社 2006 年版,第 221 页。

面镜子，折射出芸芸众生的生存本相。①

在小说创作的历史中，"五四"是一个转折的时间段。在这之后，大体小说都更注重对人物及其心理或者综合性的深层剖析，故事性相对来说在小说创作中有所削弱，而王海椿则："背倚古典进行创作""更注重表现艺术，力争在有限的叙述里体现厚重感和艺术张力"②。我们知道微型小说的创作有字数的要求，在如此短小的篇幅内如何把文章叙述得精彩很是考验作家的文字功底。古代的小说在叙述上特别注重故事的完整性以及作品发展的始和终、来龙去脉等，甚至在文末为提起读者兴趣往往要加上"欲知后事如何，请听下回分解"云云。故要想有自己的特色必须有所突破。王海椿文章的叙事设计独具艺术性，让人感觉好像在进入一个曼妙的境地，文中主人公之间的对话语言、神态动作，构思匠心独运，背倚古典又融入了现代元素，在继承中发展创新，均显示出作者在微型小说创作中的功力之深与自成一家。从中也容易让人想到同样来自水乡的汪曾祺，淮阴的气息在字里行间便更加浓烈起来，令读者爱不释卷。

《张九驴》篇，也有点聊斋之类故事的味道。小说叙述的主体以驴为主，主人公没有名字，也没有来龙去脉，只因他牵着九头驴而被称张九驴，这就在叙述上给读者留下了想象的空间。为了进一步营造扑朔迷离之感，作者有意突出他行事的奇怪：讨饭为生，却只在黄庄这一个地方讨；庄上的畜生染疾而死，张九驴的驴却安然无恙；在黄安接济他后，他却不念及报恩不肯借驴，面对天灾，他的驴尽管被偷却也完好无损，不仅人的行事奇怪，他的驴也令人充满不解。至此，作者没有草草收尾，而是有意将文章的悬念拉得更长：驴病死后他还叫黄安帮忙把驴埋了，于是出现了

---

① 凌鼎年、姜广平：《我不是坚守"小"，我是选择"小"》，http://www.zuojiawang.com/pinglun/132.html。
② 王海椿：《双灯》，吉林出版集团有限责任公司2010年版，第182页。

黄金。这就有点古代传奇的味道了，但是作者还是没有点出张九驴的"非人"，直至逃荒的女子阿红嫁给黄安后的一年，说出自己是张九驴的女儿，阿红要离开时飘过的一阵烟才彻底揭开了张九驴的身世谜底。我们从中可以看出王海椿的叙事把握住的一点就是从民族的元素出发，借鉴古典文学的表现手法和技巧，并注意设置波澜与悬念，在继承中创新，达到"青出于蓝而胜于蓝"的效果。这一类作品中我们也可以看出作者要表达的那种对人与人之间互相帮助、不求回报的品行的欣赏。这样的关心在现实生活中是极其虚幻的，所以也只能用这一类的传奇笔触，因此，作品给予人的思考也就更深了。

《老古》一篇更是体现了王海椿的叙事艺术。语言是一篇文章的叙事工具，分析文本语言的有机构成是分析叙事学文本的伊始。小说开门见山，直入话题："说来真让人难以置信，好端端的古远清突然患了精神病。"猝不及防就是这样一个开头，语言极其简省、疏放，读者的兴趣就这样被激起，就在这样漫不经心的文字中掩藏着极深的技巧。紧接着作者就介绍老古的生平。"淡泊超然，从不屑名利"是属于老古的标签，退休后没有像其他同事那样转战商海，而是与线装书为伴，与花草为友，生活得悠闲自得。这也为下文埋下了伏笔。只看到这里我们不禁会疑问，一个这么懂得生活、懂得享受的人怎么就会患精神病呢？这真是匪夷所思。于是下面作者一一揭开谜底：邻居小金帮忙把老古的锁孔拔不出的钥匙拔出来了要收费5元；在自己昔日的学生尤美丽手中买下的按熟人价80元一斤的普洱茶没有地摊的下脚茶口感好；在乡下回来后发现自己心爱的吊兰被儿子卖给了花贩……而对应的老古的反应依次是：觉得有一阵冷风吹得他直打颤；脾气更古怪了，看到钞票就会胸口发闷，听到人家谈钱就大脑发晕，摸钱就手发抖；目光也呆滞了，神情也变得恍惚，看到钱就要撕；看到电视上数钱的镜头竟要砸电视。于是，老古患了精神分裂症，结果是郁郁而终。看到此，读者可能会觉得有点荒唐与滑稽，但想想作者赋予老占的性格，又好像其来有自。当然，令人惊异的是王海椿能在如此短的篇幅内将叙事艺术淋漓尽致地发挥出来。其实文章远没有就此结束。文末，在吊唁的悲凉声中，古远清令人猝不及防地挺身站了起来，还吼着："我不要钱！"这真的是让人大跌眼镜，如此出人意料的结尾掀起了情感的高潮。从文章开始到结束，作者一路都在设置波澜，读者就这样在虽然短小的篇幅中经历着文字带来的一道道悬念，结尾的大转弯更是出乎意料。这般一波三折，曲折变化的情节发展、精到的语言，一次又一次将读者的兴趣提起来，一次又一次让读者在亲和中感受作者用笔的细腻与文章带给人的隽永之感。在这个纸醉金迷的时代，多少人钻在钱眼里跳不出来，老古成了"独树一帜"的奇人，他的遭际也成了街头巷尾议论的奇事，也许老古有他可笑的一面，但关于金钱的思考是文章留给我们的反思，值得我们反复咀嚼。

"由于篇幅超短，所以微型小说要特别讲究叙事容量的适当，不能讲述复杂的故事，不能纠缠于多重的人事关系，内容要单纯，人物关系要简洁明了。要做到这一点，就须提炼主题，使之集中明确，不牵扯太多的关系和问题。在具体的写法上，往往是开门见山，不啰嗦，不绕圈子，直接点明主题或提出问题，让读者很快产生兴趣，有所期待，到结尾出人意料却又在情理之中，让人有所回味、有所反思，产生一气呵成的整体感。"[①] 王海椿就是这样在细小、普通的细节之处，用极少的笔墨，有效地梳理我们周遭的生活，帮助我们理解生活，理解自身，理解我们身处的现实世界。

（三）丰富鲜明的人物形象

细品王海椿的微型小说，留给人印象最深的总是他笔下那些特点鲜

[①] 陈国恩：《微型小说的问题特点和构思方式》，http://blog.sina.com.cn/s/blog_904900170101nq5a.html。

明、类型丰富的人物形象,有手艺人,有书生,有狐仙,有小商人,有市井小儿,有政府官员……足见王海椿是一位对生活百相有着细致观察的作家,是一位热爱生活、关注生活的学者,是"人民作家"。有些人物也很有地域特色,颇具淮阴之气。他笔下的人物形象,一个个特点鲜明,栩栩如生,只简单几笔,活灵活现的人物便跃然纸上。王海椿的微型小说取材精细,人物精当,构思精巧,语言精练却思想深邃,构思巧妙,意味深长,妙趣横生。具体而言,刻画了以下三种人物形象。

1. 刻画了具有民族劣根性的人物形象

具有民族劣根性的人物可能与作者生活环境中所见有关系。作者挖掘出现实中这一类人的生存状态和内心感受。

《大家子弟》中的傅少迟是典型的例子。在文章的开头,作者就告诉我们傅少迟在里仁镇是个有个性的人物。家里本是望族,无奈父亲挥霍无度,家道中落,傅少迟在战乱中苦心经营亦无起色。紧接着,作者开门见山地就将其"个性"展现出来:"人活一口气,这大家的架子仍要撑下去。"① 毫无疑问,作者在下文就将傅少迟的大家架子一一点破。下酒菜本就少得可怜,吃起来斯文到极致,一粒花生米要在嘴里嚼个半天,豆腐丁也是一小块,一条萝卜干也得分几口吃,还要留下一两块。这的确也算不上"个性",顶多是省吃俭用罢了。紧接着,作者便深究其理。原来,由于狼吞虎咽、一扫而光是穷人吃饭的相,为了把大家的架子撑起来,哪怕从牙缝里艰难地省出一点傅少迟也是会毫不犹豫地践行的,将吃食再倒进泔水桶也是心甘情愿,有意而为之的。再有就是从动作上刻画傅少迟的形象。今时不同往日,吃的由大鱼大肉的山珍海味跌落到豆腐、萝卜之类的粗茶淡饭,傅少迟还是要剔牙。这样一个虚荣的落魄子弟形象就很丰满

---

① 王海椿:《双灯》,吉林出版集团有限责任公司2010年版,第1页。

了，作者还不满足，这一系列的动作还不够说明傅虚荣的程度。作者于是巧妙地借邻人的疑问将讽刺升华：邻人揶揄他吃豆腐也塞牙的时候，傅少迟不觉羞愧，反倒据理力争，以人不走运，喝凉水都塞牙为说辞。他看上去好像机智了，其实是将人物的虚荣性展现得更加淋漓尽致。更进一步，作者揭露到"文革"时期，在吃不饱的情况下，傅少迟鄙视同伴将碗舔得干干净净，骂人家穷相。本来自己早就是穷苦人之列，却看不起自己的同类人，哪怕饿着肚子也要把面子扬得老高。诸多劣根性就这样呈现了出来，篇幅虽小，人物刻画却极其到位形象。从傅少迟的家境变迁和他的遭际我们也可以了解到民族的那一段历史，从这一窗口中窥视民族中那一代落魄子弟的心理病态和生活境况。微型小说人物形象塑造，受篇幅的限制，作家要具备发现的眼睛："有了发现之眼，就有了创作最基本的素材，接着就要依托放大之笔了。放大之笔，即写作过程中放大人物或情节的刻画，达到塑造人物性格，突出个性文风，可明可暗地揭示或暗示主题的作用。"[①] 从这里我们就更能读懂王海椿笔下的人物了。

再看《蛇王》篇，蛇王是自己童年的伙伴，不爱读书，小时候做过一系列胆大的事，随意耍弄蛇玩，抓蛇吓唬老师。之后，辍学捕蛇卖，做这个生意却得了富贵，还慷慨地捐款给村小学盖了教学楼，对待教育的态度来了个大转弯。本来是值得称赞的事，但深究起来才知道学校有很多学生都辍学到他那打起了工，他自己的女儿成绩出色也被他叫回了家。在"我"的劝说下蛇王的一番话令人深思："我讨厌读书。哼，想当年我受老师的那份气，那……些成绩好的被老师宠，那个得意劲，我就窝火。是的，他们不少考上了大学，可那点工资，也真寒碜。我没文化，却盖得起教学楼！他们哪个能盖得起？我捐钱盖楼，就是要……要让他们瞧瞧我的……本事！"蛇王的这一番说辞，让我们看到了一个不

---

① 李晖、谢曦：《浅谈微型小说写作》，《文学教育》2013年第2期。

清醒的生意人，对教育的蔑视，对自己认识的糊涂，种种劣根性，诸多的痼疾；而他所说的老师对待成绩稍差学生的态度也值得反省。通过蛇王这个鲜明的人物形象我们看到了社会的众多不平等与改造劣根性的艰巨性和重要性。

2. 塑造了品行高技术强的手艺人形象

手艺人是最能代表民间的一类人，也是民族艺术中的瑰宝。王海椿在他的小小说创作中就塑造了这样一类令人称赞的手艺人形象。

例如，《神雕刘》中的刘千闲是雕刻高手，随便取块材料就能把图案雕得生动逼真，把桃核掏空还能雕出壁画。技艺精湛到了令人称奇的地步。为了更鲜明地表现人物性格，作者接着点出的是刘千闲处事的奇：生性就有怪癖，有着丰厚的家产却要自己搭个草棚居住，自己开土种菜，过着清雅恬淡的生活，一派超然物外的样子。按常理来说，人们大抵都是喜欢将自己好的一面公之于众，有出色的技艺更是要显露显露。刘千闲却是奇上加奇，不愿意将自己的雕刻轻易示人，得到他雕刻的也只有他岳父和剑客谢如壁。人物形象进一步丰富的伏笔就此埋下。通过插叙的手法作者道出了刘谢二人相识的过程。原来，谢如壁的除暴安良的侠义之行令刘千闲为之敬佩，当下就将从不轻易示人的雕刻赠予谢如壁。英雄惜英雄，从此俩人成了知交。好景不长，清末年间英军纵横行凶，谢如壁行刺之时败露被斩，首级被悬于城门示众。见知己遭此横祸，刘千闲悲痛不已。在英军要求刘千闲"敬献"雕刻真品的时候，刘千闲将暗器藏于雕刻中，英军首领约翰逊顷刻毙命，而刘千闲早已不知去向。至此，一个雕刻技艺高超、品行高洁、临危不惧、具有高尚民族气节的侠气手艺人形象跃然纸上。

又如，《兽医》篇，出身书香门第的鲁小桐偏偏做了个兽医。富户段万金的蟋蟀病了，鲁小桐本是不愿意去医的，但由于段家管家的一句对自己的医术大加贬损的牢骚，便负气前往，将蟋蟀医好了。鲁小桐给黑道的人医骡医马也尽心尽力，取财也有自己的原则，不给也不要，多给也不收。面对医生康仁先的鄙视，他也不计前嫌，尽力地替其医马，但是当康仁先做了汉奸的时候，鲁小桐趁医马之际用兽刀杀了康仁先，为民除害。"你这种病，只配我这个兽医来治！"这又是一个刚正不阿的手艺人形象，对于这些具有民间传奇色彩的手艺人，我们更多的是敬佩。

3. 塑造了个性鲜明的女性形象

曹公在《红楼梦》中借贾宝玉之口说"女儿是水做的"，歌德对女性也有过高度的褒奖，在他看来唯有女性才能够引导我们走上永恒之境，只有女性才在意志和情感上秉持了最基本的人性。女性是柔中带刚的，有着自己鲜明个性和独特的意志。《狐仙》篇，讲的是泗州城内专爱画狐的杜凤鄂，一次在猎人手中救下受伤的幼狐。在按自己的思维想象与幼狐的交流中，杜凤鄂问其能否变个美女。看到这里不免让人想起《聊斋》，按那样的志怪传奇，接着幼狐就会变成美女，与杜凤鄂至此"不羡鸳鸯不羡仙"。但王海椿有他自己塑造人物形象的技巧，幼狐没有变成美女，而是在第二天领着一大群狐来见杜凤鄂。从此杜的狐画得就更出色，但不管怎么出神入化，作品还是无人问津。接着作者笔锋一转，出现了女子高价购买狐画，一买就是连着几日。在问及原因的时候女子言自己是狐仙，杜凤鄂也就信以为真，真把她当作狐仙。直到东窗事发，一青楼女子由于刺杀了县令为非作歹的儿子要斩首示众，而这女子就是狐仙。杜凤鄂心想狐仙是会法术的，所以肯定能逃过这一劫，谁知刽子手一刀下去，女子头身异处。通过旁边狐仙的妹妹坦诚相告，谜底才揭示出来：女子并不是狐仙，而是穷苦人家的女儿，被县令的恶子相逼才不得已沦落风尘，却心仪于杜凤鄂的画作，又知他日子贫寒，在不便透露真相的情况下用狐仙做了托词。读罢此，不禁让人心生怜惜之情，这般的女子，想来应是长相清丽脱俗的，又有着善良的品行，又不畏权贵，敢于自保，让人敬佩。这就是作者赋予她的女儿品性。作者突破了聊斋式的仙妖情深的女子，借虚幻之事烘托出现实中的美丽女子，发掘其性格的多重性，虽然字数极精简，但读者脑海中已经烙下了不是狐仙而真实无比的个性女子形象。"他不是一般地写小小说人物在做什么，也不是一般地写这个小小说人物与别的人物不同的地方，他比较注意将构思的机智、写人的力度引向写人的深层行为动机上，而且，这个行为动机与人的深层人生内涵紧密相连。"①

诸般有原则、有爱心、有性格的女子，还有《琵琶魂》中的小玉和青衣，也有在看清所爱之人的真面目后果断诀别，如有《爱莲说》中的荷香、《古灯》中的柳莹等。这些女子都突破了古时的三从四德的教条，懂得真心付出，懂得分清真伪善恶，做自己的主人，再加上点传奇色彩，使人物性格特征愈加鲜明，形象更具吸引力。

（四）平实凝练又简省幽默的语言

王海椿的微型小说创作之所以能产生巨大的影响力在很大程度上也取决于他在小说语言技巧上的成功探索：他的语言平实，读来大有评书的味道，朗朗上口。例如，《威风》篇"马长腿长得确实有点官架子。高个子，四方脸，浓眉大眼，前额红润发亮。所以马长腿虽是草民一个，但脾气犟，喜欢耍个威风"；《龙舟会》篇"淮阴的历史上曾出过太监。这个当太监的人就是顾六"。又如，《麻三》篇"麻三在村里是个不起眼的人物，平时有他无他都是一样，灶膛一样生火烟囱一样冒烟。连三岁的小孩也能欺侮他，常常一大群围在他身后尖着嗓门喊'麻三脸上麻子多，左一颗右一颗，数这颗忘那颗'"。这些语言读来很是亲切，就好像日常与故人聊天，

---

① 刘海涛：《〈季哥的椅子〉〈唐小虎的理想〉的人物描写：小小说读写（90）》，http://blog.sina.com.cn/s/blog_89295d630101p7lz.html。

平实质朴，表达清晰明朗，极具个性，别有一番生活的兴味。在简省凝练的字里行间就刻画出了鲜明的人物形象，勾勒出故事的概况。另外，我们也可以看出王海椿自己的创新，他在运用语言的时候较少选择那些土语、方言，不会照抄照搬传统名家的写作方式，也不会刻意雕琢，而是精当有个性地挑选，精心推敲、锤炼，力图用最简省凝练的语言传达出最丰富的信息。经他加工后的语言也有了幽默之效，那些日常的交流在王海椿笔下也成了有生命的力量，使作品熠熠生光。

"吟咏之间，吐纳珠玉之声；眉睫之前，卷舒风云之色"，[①]刘勰的这句也可以用来说明王海椿的微型小说创作，他的小说注意营造一种氛围，一种和谐优美的意境，平凡中的清新典雅之气。他不依仗辞藻，他以自己的意识流动为中心，不矫揉造作，不刻意为之，而是极具人情美与自然美，能给读者营造一种氛围是美的写作境界。例如，《太阳花》一篇，在文首就有这样的句子："我不知道她找我有什么事。三年前的一幕又在我的眼前浮现出来。那是个清冷的秋夜。"先提出疑问，再回忆往事，接着是清凉如水的秋的夜，没有华丽的语言，就这样随着心绪的流动，一切如行云流水般展开，瞬间意境就出来了，给读者想象的空间。还有《风铃》篇："桐树街上有一家士多店，站店的女孩叫布小布，梳两个小辫，清爽秀气。只是，你仔细看，就会发现她的目光有点散淡。"《闲云茶馆》篇："闲云茶馆坐落在小城的灵隐深巷，两层旧式小楼，粉白的墙上挂着中国字画，清淡雅致。红木桌椅纤尘不染，古色古香。茶案上放着织有图案的草编茶垫，茶具是上好的紫砂壶，茶叶是上等的龙井、碧螺春。沸水则取自八十里外都梁山的天然泉水，泡出的茶清香扑鼻，回味长久。品茗之时，还可听一两段地道的苏北小调，心旷神怡。"一幅幅充满意境和唯美的画面就呈现在读者面前。

[①] 周振甫：《文心雕龙选译》，中华书局1980年版，第130页。

微型小说是文学艺术宝库中不可忽视的瑰宝,立足于平民百姓,扎根于社会生活现象,以滴水见太阳,以平常映照博大,在尺幅之间容纳丰富的内容,深刻的叙事,塑造个性鲜明的人物形象,从而帮助人们发现自己、检查自己,让读者更好地认识社会、认识自然,从而更好地生活。王海椿在继承中国传统传奇志怪小说的精华的基础上很好地融入了现代元素,进行自己的创新,给人无限的余味,其微型小说创作在很大程度上都达到了这样的境界。总体而言,他的微型小说选材出发点基于社会现实,紧扣生活,在短小的篇幅内尽显世态人生百相,从平凡小人物的生活细节隐喻时代变迁和人生哲理,引人深思;叙事亲和,张弛有度,在精心构筑的小故事中表达作家的深沉思考与理想情怀的寄托;人物形象更是丰富多彩,也不乏传奇色彩,读来趣味性较强,很是引人入胜,简单几笔就刻画了特点鲜明的主人公形象;语言运用凝练、简省、疏放、平实,又有清丽脱俗之美,亦兼有幽默之效,颇具艺术感染力。可以说,王海椿的微型小说创作注重人文精神与伦理价值,站在真善美的高度与人物进行对话,表现优美的生命形态,是一曲优美的牧歌,是对生命的礼赞。在他的努力探索下,实现了艺术性与大众性的契合。

(张燕　袁龙)

四　论王往微型小说中的"底层人物"形象
——以微型小说选集《蜗牛天使》为例

王往,男,江苏淮安人,1970年生,现为江苏省淮安市文学艺术院专业作家、江苏省作家协会会员。1995年发表微型小说处女作,至今已经发表微型小说 400 多篇，另外有中短篇小说 50 多篇及诗歌发表。《船魂》获得 1997 年度全国微型小说优秀作品奖，《活着的手艺》获得 2006 年度全国微型小说优秀作品奖，《风云散》获得 2007 年度《百花园》读者推荐奖，《雨花狐》获得 2007 年度首届"吴承恩文学奖"。另外，有中篇小说《岁月刻刀》获得《作品》杂志"金小说"全国征文二等奖。

王往的微型小说选集《蜗牛天使》（吉林出版集团有限责任公司 2010 年版）共包括 65 篇作品，塑造的"底层人物"群像别具一格，体现了丰富的人文思想和精神内质。下面分三部分予以论述。

（一）"底层人物"图谱

"底层人物"的生活是艰辛的，在困苦、无奈的生活压迫下，有打工仔（妹），有以土地为生、靠天吃饭的农民，有退伍的青年军人，有以捡垃圾为生的残疾人，还有没有勇气走出堕落迎来新生活的懦弱之人，以及收废品的青年作家。然而，这些"底层人物"的生活正是那些"高贵"阶层所不屑的，他们会为了简简单单的吃饭穿衣去出卖苦力，甚至出卖肉体；为了简简单单的吃饭穿衣给自己的思想以及生活戴上手铐、脚镣。他们只能遥远地望着丰富的物质世界，一切对他们来说遥不可及。具体而言，描写了以下三种人。

1. 为了生活靠双手去打拼的劳动者

被压迫、类似软禁的打工生活异常艰辛，但是打工妹们还是向往着自由。《月下苍鹭》讲述的是打工妹们内心对自由的追逐。打工妹们在一个被包二奶的老板抛弃的老板娘的厂子里面打工，晚上下班了就会蹦蹦跳跳、勾肩搭背地出去溜达。这也是老板娘看不过眼的，所以经常晚上查寝，还让保安把守大门。老板娘注意到一个锁门后还能进入宿舍的女工。

老板娘和保安跟踪并想抓住她时，竟然发现她在水塘边变成了一只苍鹭飞走了。等回到工厂大院，只见女工们在和一群苍鹭愉快地玩耍，女工们在那个突然光辉无比的月光下从来都没有这么开心过。

当然，《月下苍鹭》也是带有神奇色彩的，老板娘和保安怀疑变成苍鹭的女工是妖精，但究其缘由，还是描述的是打工妹向往的那么一点点自由，在老板娘压迫下的那么一点点的自由，只是这一点自由对她们来说也变成了奢侈品，为"高贵"阶层所不屑的奢侈品。

王往微型小说里面的"底层人物"形象是多样的，但是他们的目标和愿望几乎是相似或者相同的，简单地说就是：吃饱饭，穿暖衣，过上像样儿的日子。

用心品读《父亲的麦子》，你会发现"父亲"眼里的泪珠也会晃在你的眼里。父亲晾在晒场的麦子不幸遭了大雨的突袭，让父亲即将实现的梦破碎了。麦子被雨水泡得发芽了，收麦子的老板来收麦子，说磨成面掺在好面里。父亲没有卖，只是一直在说："我怕吃了黑面黑心肠。"老板被气走了，父亲把发芽的麦子撒在了田里沤肥，这时"我"看到父亲盯着远方的眼里晃着泪珠。这泪珠里映射出的也许就是一份心痛、一份无奈、一份失望、一份男人对家庭的责任、一份肩膀上的责任吧。对于靠天吃饭的农民，指望的也就是那一亩三分田地，可是他们也有自己的原则，不会为了自己利益而去违背了自己做人的原则。王往也借这个故事揭露了一种腐败、侥幸的心理，虽然处于"底层"但是也有自己为"高层"所不及的"底层"骄傲！

打工不仅是为了自己能够生存，也是为了子女的未来。《大学的楼》里面的父亲起初是每天饮酒的，还不听别人的劝诫，甚至破口大骂，但是看到了和他一起打工的民工被女儿叫走的背影时才恍然大悟。他领悟到，那个民工虽然每天做苦工，但是为了他的女儿能有个好的将来，也是幸福的，因为这便是奋斗的目标和希望。他也要为了女儿去打拼、去奋斗，也要让女儿读大学，让女儿出人头地。

2. 无力自强隐忍于生活困苦中的沉默者

当一个人没有办法改变当下的困苦生活时，唯一的办法也就只有隐忍。例如《海天》讲述的是一个拥有好嗓子又会唱歌的主人公海天，经一位教授指点说适合唱美声，但是家里穷，就连外出都碍于面子向别人借皮鞋穿。同样是因为穷，报考学校失败，因为没钱送礼，在屡遭打击后，他被迫结婚后学了木匠。后来回老家的"我"用录音机给放了一段音乐，他竟然表现出不适应，关了录音机告辞了。海天虽然心有大志，却没有能力去实现，也只能隐忍于无奈的生活下，丢弃原本的目标，不好不坏，默默地去赚钱养家糊口，做一个不忍回忆当初美好志向的沉默者。

困苦的生活偏偏喜欢折磨那些对于生活无能为力的人，因为他们无力改变。《生死境》讲述的是和一位知青相恋的女孩儿。弟弟说他有面生死镜能看到人以后的日子，女孩儿信了，因为她想看到和恋人以后的日子，但是弟弟只是为了骗女孩儿给自己摘山垭果才编了这样的谎言。知青已经回到了自己的家乡，女孩儿没有办法去改变这样的结果，只能埋藏了心底那深深的思恋，最后疯掉，失去了生命。如果女孩儿有能力去改变现状，她也可以走出家乡去寻找恋人，但是她无能为力，隐忍着那一份眷恋直到死去。这便是生活在"底层"的沉默者，不论心底有多大的期盼，最终无力实现，只好默默地忍受现实的蹂躏。

尽管生活的方式是卑微的，但是以一种淡然的方式去面对，不抱怨、不愤世嫉俗，默默地去劳动，那么它也会为你点缀一些别样的色彩。《捍卫》中的陆萍为了自己的目标，收卖废品，用每天赚来的三五十块钱吃饭看书，坚持写稿子，慢慢地有了小小的成就。但是她并没有停止她最初的生活方式。她淡然、自食其力的干劲，让人深深折服。

3. 屈从现实压力而失去尊严的沉沦者

生活本就苦涩难忍，可是当一个人没有勇气去拼一拼的时候，也就只能继续忍受生活的煎熬。例如，《烟花》中的主人公自小和"芬姐""豆姐"是玩得很好的姐妹，两个姐姐也很疼她，好吃的东西都会留给她一些。三个小姐妹们之间的友情世界是纯真的，没有生活中物质需求的烦恼，内心世界也是单纯的、腼腆的、害羞的。就连上街买"小衣裳"脸都会红到脖子根，最终决定让自己的妈妈代买。就是这样的纯真时代，怎会让人想到芬姐婚后，丈夫吸毒上瘾；豆姐在发廊工作还没有找到合适的结婚对象。两个人的生活并不美好，而"我"站在广州大桥上，看着穿梭的人流，一个人都不认识。或许，主人公陌生的不只是人流中的人们，也伤感于现在的两个姐姐，为了生计打拼，为了吃饭穿衣，褪去了小时候的那份天真与纯洁，让她感到陌生与迷茫，和小时候一样傻。

在人生观、世界观、价值观面前，没有所谓的"底层人物"和"高贵"阶层。而对于"底层人物"来说，不论是退伍军人、农民还是常年在外奔波的打工者，那一份对社会的责任、对自己的约束都如影随形。

（二）"底层人物"精神内质

虽然"底层人物"的生活环境是恶劣的，生存方式是卑微的，生活压力也是巨大的，但是他们也有对未来的憧憬和对生活的美好希冀。有的人会不甘现实的打压，咬紧牙关努力走出束缚，争取让自己的生活焕然一新。他们的现实世界是灰色的，但是心里是多彩的，为了自己憧憬的美好生活不懈地奋斗着，或失忆或跌倒，耳畔那不屈的声音一直在鼓舞着他们向前向前，再向前；而有的人则无力抵抗这强大的压力，慢慢走向堕落。正是他们对待生活的态度映射出了各自的精神内质，越战越勇、萎靡不振、积极乐观、消极颓废……那些迎难而上的人得到了精神世界的再次升华，而那些在困苦生活中放弃挣扎的人，则永远沉沦在了无休止的折磨中。

身为"底层"，但是身坚志不残，他们也在追求着自己的目标，努力奋斗着。《命运》让你感到凄婉、压抑，写足了一个少年诗人心灵上的痛苦。在贫穷的家庭里诞生出一个"诗歌爱好者"，这等于是"雪上加霜"，他注定将生活在物质和心灵的双重苦难之中。对于他来说，他仅有的幸福与慰藉在哪里呢？一个无法懂得他的衰老的父亲，再一个就是冥冥中的、面世无望的"诗"了。面对父亲的慈爱，他只有在父亲的肩头感动得恸哭起来。面对生活无情的打压，还会有人站在身边给予一个肩膀。虽然是"底层"，但是那份真情是不会被磨灭的。

人一旦有了努力的方向，那么做任何事情也就有了意义。《大学的楼》则是一个突然醒悟的"田宝"为女儿"盖楼"的故事，受卢老六父女的影响，他也决定让女儿继续上学，并且要上大学。如果是爱，就算是迟来的父爱也是难能可贵的，因为里面包含的情感是我们意想不到的，也是弥足珍贵的。人本身也就是这样，有的人就是缺乏一种动力去闯一闯拼一拼，为了自己或者为了家人。都要去奋斗，去拼搏。只有尝试过了才会有机会成功，如果不去拼一下，那么就一点点成功的机会都没有了。

有些事情经历了，才会成长。成长了才会有实力去面对挫折和苦难。如果保持初心不变，那么你也终将是一个对得起自己的人了。尝试对他人表达自己的友好，你也可能会收到扭转局势的好效果。

"底层人物"也活在一个被"情"包围的世界里。《雨中的鞋》，讲述的是一个小孩与母亲的故事。女人的丈夫嗜赌成性，为了孩子，女人只好和别人通奸赚钱，却被人捉奸在床毒打了一顿。女人想买双新凉鞋去城里的妹妹家避几天风头，可是发现私藏的20块钱都被丈夫偷去赌钱了，女人又被丈夫毒打了一顿，起了轻生的念头。她上了大堤想跳进河里，心里只有一个念头：死了才能解脱她的痛苦，谁也不要想拉住她。孩子手里提着她跑掉的鞋子追了上来，叫着："妈妈，长大了，我给你买一双鞋！"女人就这样被孩子留下了。其实，"底层人物"人物的愿望就是那么简单，可是就是那么简单的愿望都是难以实现的，却又在苦苦地追逐着。王往笔下的女人拥有一个不成气的男人，同时拥有一个懂事的孩子。生活就是这样，它不会让人进入绝对的绝望，它关上了一扇门，却又为你打开了一扇窗。"底层人物"的生活大多是悲苦的，但是他们大多能从绝望中走出来，那种顽强的精神是不容小觑的。总是有一些或大或小的事情，让人们去发现生活中的善与恶、美与丑、高贵与卑微。在王往的笔下，我们发现了"底层人物"生活的艰辛与无奈，但在精神与生活的双重打压下，意外地爆发出人性的善良，给生命镶嵌出一层绚烂无比的光辉。

"情"潜藏于每个人的内心世界，有的人渴望被爱，有的人则期望给别人爱。《捉鱼小孩》讲述的是小孩捉来一条鱼让已经绝望的母亲重新振作的故事。母亲被赌钱、酗酒又懒散的丈夫打了之后，彻夜坐在门槛上。小孩是第三个孩子也是唯一正常的一个儿子。孩子在走到村外的大水塘边的麦茬地里发现了一条大鱼。在几经波折与大鱼奋战后，孩子终于捉到了它，并且抱回家给母亲。孩子要母亲把大鱼卖钱，可是母亲说要做给孩子吃，这时去屋里掏出了农药。亲情是伟大的，如果不是孩子的懂事，母亲可能也就真的喝下了那瓶农药，酿成了惨剧。对比起来，卑微的人物情感可能是更加纯洁的，没有那么多的杂念，只是单纯的爱和关心，不为任何名与利。

美丽的爱情是每个人都期待的，"底层人物"也不例外。《渴望》的主人公是个以捡垃圾为生的瘸子。在这篇作品里，我们读到的是富于浪漫主义的动人情景。瘸哥身份低微，但心灵高贵；瘸哥生理上有缺陷，却有着最健全的人格和真挚无私的情感；瘸哥的居处阴暗狭仄，但他的生活坦荡光明，他胸襟宽厚；瘸哥衣食粗陋，但他作为一个男人情趣盎然，温情脉脉。癞哥和小巧这两个"底层人物"的爱情故事显现出人格的洁净和情爱的纯美。这样的人物，足以让那些自许"高贵"者汗颜！"底层人物"的爱情可能也是那些杂念太多的"高贵"者艳羡不来的。这也体现了"底层人物"更高的一个精神层面，不会在意金钱、势力、地位，真正懂得自己需要的东西，自己追求的生活，不卑微，不造作，乐观积极地生活在"底层"。

"底层人物"的爱情大多是沧海桑田似的，深深地把对方植入心底，如《盖房子》；也可以是"山重水复疑无路，柳暗花明又一村"的，如《依米花》；也可以是忙里偷闲、苦中作乐的，如《真情从头说》。这也说明了王往所说的一句话："文字是因为能够言说喜悦之情而存在的，虽然它也诉说苦难，也记录罪恶。"他的文字确实也展示了"底层人物"朴实的爱情。在笔者看来"大难临头各自飞"这句话，也就是怕受到牵连或者怕被周围的人看不起而已。但是有些人也并不在意这些，他们看中的是已经超越了表象的那一份情义。

不被金钱和权势蒙蔽的友情才是真友情。《小未的保尔》就描写了一段令人惋惜的友谊。小未喜欢看《钢铁是怎样炼成的》，他在老家过暑假的日子里认识了小保尔一样的得宝，并且成了好朋友。在得宝的保护下，没人敢欺负她。后来得宝去了城里打工，小未坚信他像小保尔一样会有出息的，可是得宝因为抢劫被抓了。后来《钢铁是怎样炼成的》被拍成了电影，小未没去看，她哭了。这样幼时结下的友情，并没有因为他的抢劫而被割舍。小未哭了，是为得宝感到惋惜还是失望呢？

可生活是很现实的，没有那份精神头就会沉沦，没有敢拼的那份决心，就得屈服在"艰辛"的脚下，要隐忍着那一份不与人说的内心的苦痛，屈从者的生活就算是抬头看天，也是暗淡无光的吧。唯一能做的只有隐忍，因为选择了屈从。

毕竟是"底层人物"，不比那些"高层"的衣食无忧，他们也要遭受苦难，但是在没有能力反抗的条件下，只有屈从。例如《水月的爱情》，水月因为换亲嫁给了木瓜。木瓜是个二百五，但水月又俊俏又伶俐，她编的东西特别好卖。水月认识了东邻的虫亚，两个人产生了感情。虫亚为了她出去打工，并且答应回来娶她，水月织了一件带有"OK"字样的毛衣等他回来。人是等回来了，可是他的身边却多了一个花枝招展的姑娘，水月把毛衣给了木瓜。王往的微型小说里面也透露出了现实的人物形象：人一旦有了钱，也就有了更多的欲望和杂念，不再是那么简单的吃饭穿衣了。他们追求豪车、美女、奢侈的生活，当初纯洁的爱情也不再坚定，甚至可以被抛弃到九霄云外。对于他们来说，外面的花花世界才是他们生存的空间。令人作呕的铜臭味围绕着忘记最初的美好。那已经堕落的精神世界，还会记得自己最初的模样吗？

"底层人物"是想摆脱原来的生活的，但是有的人已经沉沦在腐朽的精神世界中，无论你当初为他做了怎样的努力，换来的只有伤痛和大彻大悟。不能走出困境的屈从于现状，走出困境的屈从于权势、金钱、地位对精神的腐蚀。例如《忧伤的兔子》，兔子想和正在晒太阳的乌龟交朋友，可是乌龟在为每次游泳大赛自己都是最后一名而忧伤。于是，兔子决定帮乌龟在动物王国的运动会中获胜，结果乌龟在兔子的帮助下真的获胜，也被提拔为动物王国体委主任。让兔子想不到的是，它再去找乌龟玩的时候，乌龟不但没空，还取消了兔子和乌龟比赛的资格。兔子走在红杉林，听到歌声"朋友一生一起走，那些日子不再有……"流下了眼泪。虽然故事是带有传奇色彩的，但是故事背后反映出来的道理很现实、很入骨。所谓的朋友当是"同甘苦，共患难"的，兔子和乌龟的"友情"现实得让人睁不开眼睛，闪得那么的刺眼，那么让人无奈，让人叹息。变身"高层"的乌龟，那个曾经热情地陪兔子散步的乌龟，转眼间就做了个"换心手术"，不认它的朋友，也不认那一份恩情，什么"滴水之恩，当涌泉相报"也就成了过往烟云了。在现实的权力与地位面前，又有几个人禁得起诱感,还记得当年的朋友?所以,友情禁得起穷苦日子的打磨,却不一定禁得起金钱与利益的考量。"底层人物"的情感是真诚却又是卑微。他们的世界有着隐秘的、说不出的伤痛。

"底层人物"的精神世界是简单的、朴实的、无杂质的,经历了大风大浪,也不变初衷,是满手铜臭味、利欲熏心的人不及的;亦是现实的、沉沦的、堕落的,为了那么一点点的名和利,为了能有奢侈的生活,不惜牺牲了原本美好的人和事物。但最终优越的精神力量在主导着绝大部分的小人物。王往在这方面给了我们清楚的诠释,让人们从心底去考量,他的微型小说是这么的接地气,发人深省。透过形形色色的坎坷生活,小人物焕发出让人惊叹的生命光辉。

(三)"底层人物"的形象意义

生活便是生下来,活下去。人生下来最基本的意义也便是活着,这也就注定了我们要面对很多的不平等和苦难。隐忍还是反抗,拼搏还是屈从,这也就决定了未来的生活方式。"底层"并不等于"卑贱",他们也有乐观的心态、崇高的精神。丑与恶才是决定人生高度的一把标尺。

人活着便有了自身的意义,即使"底层人物",他们也要生存,实现自身的意义。王往的《风云散》描绘了一个辉煌过后的少妇面对欲望与诱惑淡然处之的故事,表达了经历过风起云涌的极致生活之后才懂得"平淡是真、心安是福"这样的一个生活道理。面对着豪车,她可以无动于衷,安安静静、本本分分地和丈夫做着自己的小生意,对于生活她是知足的,对于感情她是不负丈夫的。所以说,"底层人物"也不是见利忘义,也是有着自己的原则的。不论是退伍的军人还是一个小店的老板娘,他们爱着自己的生活,并且努力追求着自己想要的生活,没有一点点矫情、虚伪,就算是一点点贪念,也不过是为生活所迫而已。

对理想的追求也不过是为了做点什么来证明自己的存在，明确活着的意义。例如，《剪羊毛的女孩》里的小小，一心想着学剪发，等了三年，她并没有丧失心里那片希冀。每天赶着羊群，把剪羊毛也当作练习，每天开开心心，她在家乡等待成为理发师的日子是灿烂的，可是母亲用身体换来的未来却迟迟没有到来：她被记者占了便宜，还被卖到了"烟花之地"。小小在一个秋天回到了家乡，她疯了，拿着剪刀只想理发。文章的最后一句："那把挥舞的剪刀将村庄刺得皮开肉绽，使整个村庄惊恐起来，疼痛起来。"只是一个在追求着理想的小女孩，却遭到了社会现实的扼杀，这不仅是一个故事，也是一记耳光。王往通过对这个小女孩形象的塑造，写出了自己内心的那一份怜惜，让读者体会到"底层人物"生活的那一份艰辛与无奈，那些凝固了的情感在思绪中慢慢地扩散开来，发人深思。难道"底层人物"就注定要遭到不公平的对待？

作者从简单的生活中塑造简单的底层人物形象，但是有着不简单的效果，时而让人感叹，时而让人羡慕。《赶集》是围绕着单萍赶集的事件展开的，讲述了一个穷苦女孩渴望爱情却又不敢面对爱情的故事。而童老师的出现就成了让单萍思想觉悟的关键人物。童老师的最后一句："我在这里扎了根，你们这里人却一个个往外跑了。"就是这样一句话，道出了对生活的无奈，对自由、美好生活的向往，希望朝着自己的理想生活大步地迈开步子。证明自己活着就是一种人生意义。

"底层人物"为了生存终将要寻个依靠，心里有了着落，也就慢慢找到了生活的意义。读了《拉弯的天空》，也读了一遍自己的心，母亲对土地的那种热爱、怀念、眷恋之情，是当儿子的"我"起初不理解的，来了要饭的老妇，"我"还让孩子去给老妇拿米。后来听妻子说了，才知道那米都是母亲秋天去田里拾回来的，她走到服侍了大半辈子的最后却不是自己的土地上，弯着腰捡回来的。看着米缸里的米粒，"我"想到"她弯下腰，哭出声来，她要土地对答她：这是你自己的土地"。这种情感，也许只有当了农民,视土地为生命才会体会到的。一个来自农村、离开了土地的农民的悲哀,生活没有了着落,没有了每天日出而作、日落而息的勤勤恳恳,没有了奔头,日子也变得索然无味起来。人的精神需要寄托,精神有了归宿才会体味到活着的意义。

生活里终究避不开苦难。如《拾穗》这篇作品里,讲述了小布和陈奶奶、冯奶奶去平原上拾穗的平淡无奇的日常生活。小布每天"天一亮""吃了早饭""吃了午饭"都会和两个老奶奶一起去拾穗,日子是平淡的,就连对两位老奶奶自己能活多久的讨论的描写都是很平常却接近生活的,但是作者在这样平常的生活中折射出了生活的艰辛与无奈,对于生老病死、生命轮回的自然规律的无奈。看似普通的拾穗故事,也就潜藏了生命与传承这样的一个大主题。后来,小布拾穗的时候都会挑两根最饱满的稻穗放在两个奶奶的坟头,也流露出了作者对生老病死的悲伤之情。

"底层人物"自身就要面临着苦难,如果外界都不以平常心对待他们,那将是更大的苦难。例如,《报纸上的地震》表现的就是一件微不足道的小事,但是让人在小故事中发现大问题。他坐在对面的石凳上盯着"我",让"我"感觉浑身不自在,他穿得破烂,"我"没把他当成好人,他一直盯"我"到天黑。原来,他只为了"我"手上的那份报纸,原因就是听送水的同事说家里发生了五六级地震,住的地方没有电视的他不知道真假,所以很不放心。回家后和女朋友的一番对话,"我"体会到了1块钱对很多人的重要性。王往在这篇作品里就将女友和"我"刻画成了两种人,女友属于生活滋润却麻木不仁的那一类,"我"则属于对"底层人物"有偏见却良心未泯的人。作者通过对这两种人物形象的刻画,揭示了人心存在的偏见,也许身份卑微,一个动作、一个眼神都要遭人怀疑。这时连"底层人物"对家人的最真诚的关心都成了一件奢侈的事。

不同的人物形象表现出来的社会意义也是不同的,虽然生活贫苦,日子平淡，但是"底层人物"也能表现出乐观、积极的一面，是不容小视的。那份对理想的追求也让人心痛、惋惜。

难道身份卑微，就注定自由也被剥夺，遭受生活的不平吗？在《逃跑的蛇》中，作者赋予了蛇思想和言语能力，一条想获得自由的蛇，在即将进入冬眠期的前几天，试图逃出蛇笼子。蛇成功了，但是冰天雪地，等蛇醒来的时候自己躺在了农夫的怀里。这是农夫第二次救它了，尽管心存感激，可是它还是渴望自由，向往自由。想过回在水里自由玩耍，在草地上任意穿行的日子。情急之下，它咬了农夫。农夫倒下了，蛇哭着爬走了。一条被农夫用来跳蛇舞赚钱的蛇，不也象征着为老板卖力却不被重视的"底层人物"吗？王往了解他们渴望自由并向往着自由的内心，也许是因为王往自己也曾经是这样群体中的一分子吧。

我们应该尝试去挖掘事情的内质。前面提过的《小未的保尔》，讲述的是一个有家境的女孩和一个农民儿子的故事，小未小时候与得宝相遇并建立了友情，但是长大后物是人非，得宝进了监狱，从小时候见义勇为的"小英雄"变成了一个抢劫的"大狗熊"。逆境里的得宝和顺境成长的小未形成了鲜明的对比。这两个鲜明的人物形象，反映出了他们各自生活的环境和个人的不幸。他们前后的两种生活，就是两种人生的侧面反映。王往巧妙地把这种反应隐藏起来，让读者自己去感叹，去寻找得宝堕落的原因。

"底层人物"虽然生活贫困，但是他们也有同情弱者、回报社会的高尚品德。比如《鲤鱼》一文中，夫妻俩相互扶持、恩爱，正在面对着生活的巨大压力时，他们捡到了一条鲤鱼，剖开鱼肚子，发现了2万块钱，解了燃眉之急。他们没有吃掉那条鱼，而是撒上了盐挂在了屋里祈求它的保佑。圣诞节那天，妻子在挂在马路两棵树间的绳子上的每个鱼肚子里面都塞了20个硬币，用来救助那些流浪儿，二人幸福地笑了。幸福本就简单，只需要一个小小的机会去实现。

此外，在这部作品里面，也谈到崇高的爱国精神。《画仙》的主人公王小古被人誉为"画仙"。王小古巧遇一位倒地呻吟的白发老翁，并把白发老翁送至家中，从而得知老翁家中的奇花异草、飞禽走兽等奢侈神奇之物皆出自老翁笔下。经过老翁点化，小古回家后因作画玄妙名声大震，所以被人委托作画，但得知所作之画可能会落入日本人之手后，小古谨慎作画。他画的《樱花图》实际暗示了日本必败。虽然是一个画家，但是他内心是爱国的。"底层人物"也有着精神高贵、不贪图富贵的一面，精神的高度才决定人性的高度，并不由贫富决定。

王往的作品是一种充盈着理想主义激情的文学，是真正从亲历的生活（包括灵魂生活）土壤里萌生出来的诗情与意境。他的微型小说以其独特的视角审视生活中的苦与难、人性的美与丑。他的描述并没有太多的跌宕起伏的故事情节，而是以日常生活为着眼点，但以不平凡的视觉去探究人性，以淡然的心态、细致入微的细节描写去挖掘生活中触动人心的点点滴滴。他能把"底层人物"的形象、情感巧妙地融入自己的创作中，给人们展现了一个诗意的世界，给读者生活的启示，这和他本身的生活体验是分不开的。具体而言，有以下三个原因。

首先，王往本身就是从那一阶层走出来的作家，所以他们的生活和情感世界是作者能掌控的，他的文学是从亲历的生活中产生的，没有虚假，没有造作，没有伪善。所以，王往的微型小说给人的第一感觉就是真，贴近真实，在平淡的生活的描述中透露着生活智慧，又隐藏着哲理。他将生活中被掩埋的情感挖掘了出来，让读者领悟到了生活的诗意，以及"底层人物"生活贫苦但精神不"贫苦"的一面，同时领悟到了那些底层人物的无奈生活，引起社会的注意。

其次，王往的微型小说和他本人诗人般的浪漫主义情怀和积极乐观的生活态度密切相关。他用平凡的家常事、平凡的人物来触人心弦，用鲜明的人物对比来反映出截然不同的两种生活，打捞出潜藏在人最心底的那一份脆弱却又真诚的情感，让读者为主人公的堕落而唏嘘、惋惜，为受压迫的小人物感到不平、同情与愤怒，又为生活充裕却又打压贫苦劳动者的强势群体而咬牙切齿。从贴近生活的故事出发，是更容易被人所接纳和理解的。那一份祖孙情、乡情、邻里情、友情、夫妻情在王往的作品中一一浮现，给社会添加了一丝温情和暖意。

最后，"底层人物"的生活、感情得以呈现出来，离不开王往的一双善于发现生活的眼睛和一颗体味生活的心。成为作家的他记得当初自己的打拼，他将生活的体验转化成了文本，将其展现在了人们的眼前，他关注着"底层人物"的千奇百态、居无定所的生活状态，并注入作品中，加以巧妙、简单的刻画描述。这样读者感受到了一个真实的世界，而不是一个世外桃源，这不但是艺术的真实，也是生活的真实——悲喜交加的生活。

王往的微型小说，深刻地渗透了一位现代作家的人为情怀和文化理想，不仅体现了"底层人物"为了生活不断努力，奋力追逐，拥有淳朴情感的温馨片段，也体现了"底层人物"生活的艰辛与无奈。面对生活的苦难和心灵上沉重的撞击发出的不屈的声音，是一篇篇受人瞩目、让人回归自然、感悟人生、令人叹服的作品。

（包飞飞　李婷）

五　论白小易微型小说中的婚恋观

——以微型小说集《客厅里的爆炸》为例

白小易，1960年出生于辽宁沈阳，1983年毕业于辽宁大学中文系。历任《体育天地》记者，《芒种》杂志编辑、主编等职，现为沈阳市作家协会秘书长、国家一级作家。1981年开始发表作品，1997年加入中国作家协会，1999年获得第五届"辽宁省优秀青年作家"称号，2000年获得"沈阳市德艺双馨艺术家"称号。主要专集有《痴情指数》《白小易微型小说一百篇》《温情脉脉》等。微型小说《客厅里的爆炸》获《中国青年报》和中国文联千字小说大奖赛一等奖、1985年辽宁省政府及沈阳市政府奖，曾被国内数百种报刊和选集转载，并于1990年入选美国Norton出版社出版的《世界60篇优秀短小说》；《正常》获全国1987—1988年微型小说大赛三等奖，《好戏》获1993年萌芽文学奖、春兰杯世界华文微型小说大赛优秀奖。其中，不少作品已编入中外各种文学教材。

白小易的作品题材集中于改革开放初期，人物以文学青年居多，读他的作品能体味到那个年代特有的人文气息。白小易性格内向，不善交流，但他的作品极富人情味，渗透着他对世间百态独特的理解和对人性的深刻剖析。他以人物的内心活动为切入点，着眼于人们的内心世界，通过人们的心理感受和体验，折射社会生活。他的作品语言精练，叙事简洁，没有错综复杂的人物关系，就是一个个简单的小故事。但是，这些简单的小故事中蕴含着深刻的哲理，留下足够的艺术空白，给人想象的空间。他的微型小说亲近社会，平凡的社会生活片断往往能瞬间抓住读者的心。一部《客厅里的爆炸》（四川文艺出版社2011年版），展示了一个时代的众生相，作品中主人公的婚恋观就是一个时代婚恋观的缩影。从人与人之间言说不清的尴尬处境到被利益驱动的淡漠亲情，从精神高压下现代都市人的生存困境到官场潜规则造成的人生悲剧，从家庭意识的淡薄到性欲之花的肆意绽放，白小易的作品中无不浸润着他的人文关怀，他的微型小说是人性的一面镜子。

（一）怀抱理想，追求爱情

爱情是美好的，可以给人力量，是人类永恒的追求。在爱情面前，每个人都有自己独特的见解，都憧憬一份理想的爱情。婚姻是爱情的驿站，是爱情走到亲情必然的桥梁，它是简单而现实的。

在白小易的作品中，我们可以看到主人公对理想爱情和理想婚姻的追求。但是，过分理想就是空想，现实才是浪漫的最终归宿。过于理想化的爱情观最终会带来一个悲伤的结局；过于理想化的婚姻观则会滋生猜疑，当婚姻中信任危机出现时，美满婚姻便不复存在，婚姻中原有的和谐也会遭到破坏。理想与现实是婚恋的双刃剑，处理好理想与现实的关系至关重要。

《浪漫》中的主人公，是一位渴望浪漫爱情、期待惊喜的女学生。在朋友的介绍下，她与男主人公通过电话联系。第一次，双方都强烈要求自己去对方那儿，然而，在还没有最终确定地点的时候，电话突然挂断，并且无法再接通。女主人公其实是希望男主人公浪漫一点，主动去学校找她，给她一个意外的惊喜；男主人公则认为初次打交道，应该顺着她些。结果是俩人都空等了一个下午。第二次，女主人公在电话中表示两人没必要再见面了，之后沉默地挂了电话。结果是这次俩人都扑了空。两次见面都以失败告终，女主人公大发脾气，这段恋情无疾而终。女主人公追求浪漫，想当然地认为对方能猜透自己的心思，希望爱情能像自己理想的那样来临，却最终错过了爱情。《跟随一生的偶然》也将这一婚恋观表现得淋漓尽致。女孩儿在去上美学课的路上与男孩儿偶遇，手不小心打在他身上，一种从未有过的温软触感让她记忆深刻，并跟随了她一生。她甚至没有看清他长什么样，但男孩儿的形象随着她对男人认识的加深而变得越来越丰满，越来越美好，以致在她的婚恋生活中，时不时会幻化出这个形象，并把想象中的"他"与现实中自己的丈夫相对比。最终，她离婚了，因为她觉得丈夫完全背离了那形象。这个理想中不知名的"男性"左右了她的婚恋，对过于理想化的爱情的追求直接导致了她婚姻的失败。每个人都希望拥有幸福，尤其是拥有幸福的婚姻。

婚姻中的琐碎与平淡很容易让人患得患失，一些想当然的、捕风捉影的事情一旦被认为是现实中真实存在的，那么，婚姻的幸福感就会大打折扣。当夫妻双方中的任何一方以怀疑的态度来对待这段婚姻，把对方想象成一个禁不住诱惑、容易出轨的人时，婚姻的裂痕就会随着矛盾的升级而越来越大。例如《正常》中，女主人公与同在一间办公室的小林老是被丈夫怀疑"有事"，而事实上他们很少有交流。但是丈夫总觉得她神情不正常，由偶尔的盘问变成家常便饭式的审问，要她"交代清楚"。丈夫的不信任令她受不了，终于有一天，她在下班后主动要求小林送她回家。在慢慢走回去的过程中，她心动了，竟抑制不住软软地靠在了小林身上。这天晚上，她心平气和地等到半夜，丈夫也没有盘问她，原因是丈夫认为她今晚的脸色再正常不过。女主人公对丈夫本是一心一意，却总是被丈夫怀疑出轨，最终，这种怀疑变为现实，本来没有的事情因为信任感的缺失而弄假成真，由"被出轨"变为真正的出轨。《一个"听众"的广播》则描写了一个被妻子怀疑的丈夫的尴尬处境。主人公文良是一家广播电台的主持人，正值而立之年，有一定的名气，他的妻子所在的单位午饭时会收听文良主持的节目，文良的声音令她感到荣耀。然而有一天，一个娇滴滴的声音打破了这种荣耀，文良的新搭档小艾的出现令她烦躁不安：她总觉得小艾"贱乎乎"的，担心丈夫会出轨。在她的反复查问下，文良不得不向台长要求调动，结果被上司误会，指责他沉不住气，想要做官。文良终于"心血来潮"，邀小艾去吃晚饭，甚至雄心勃勃要带小艾去旅馆开房。虽然由于小艾的犹豫，文良出轨未遂，但夫妻之间终归是有了隔阂。

抱有理想、追求爱情的婚恋本没有错，但是，过于理想、不切实际的爱情观，最终会错过现实爱情的美好。同样的，过于理想、不切实际的婚姻观，最终也会使现实的婚姻陷入困境。

小说中描写的形形色色的爱情和婚姻，男女之间的地位、对家庭的观念、对女性的看法等，都与主人公个人息息相关。主人公的婚恋观，直接受主人公个性品质的影响，并关系到婚恋生活的质量。

例如，《天堂失足》中杀人入监的童先生。他把与打扫卫生的校工发生的一次性关系看作一场浪漫爱情的开端，对于女工威胁他用钱"摆平"这件事，他感到无法接受，最终杀害了女工。当理想与现实产生冲突时，童先生极端的性格使他铸成大错。又如，《悬念》中精明强干的丈夫，他打开家门，发现妻子正放下电话，于是便警觉地怀疑妻子有外遇，两脚还没踏进家门，就开始了审问。当得知妻子刚刚那个电话是打给自己的，他讪笑着岔开了话。丈夫的多疑使夫妻间的信任出现裂痕。再如，《复原》中死性不改的男人在手术前夕，他想到了妻子和儿子，为自己之前偷偷摸摸地与别的女人眉来眼去而"虔诚"忏悔，但当手术成功之后，他又对来给他量体温的护士起了色心，趁妻子离开的间隙对护士动手动脚。这个男人家庭责任感的缺失源于他自己内心的不坚定，也源于他爱情观的畸形。

因此，我们要树立正确的爱情观，处理好理想与现实的关系。真正的爱情不是空中楼阁式的幻想，而是建立在一定物质基础上的人与人之间产生的特殊而重要的感情。物质基础是爱情的保障，但不能过分看重物质基础，陷入功利主义的泥潭。美好的爱情是真实存在的，只要我们相信爱情，珍惜现实的幸福。有一句话说得好"你是怎样，你的世界就是怎样"，同样，我们的爱情观是怎样，我们的爱情也会是怎样。

（二）情怀缺失，耽于肉欲

随着社会的发展，性观念越来越开放，这种开放的性观念也正在被越来越多的人所接受，部分人甚至全盘否定了中国传统的性观念。但是，性观念过度开放，不但会使人耽于肉欲，存在健康隐患，还会影响婚姻家庭稳定，甚至造成社会责任感的缺失。

在白小易的作品中，有很大篇幅是描写这一婚恋观的。作品中的主人公对待婚恋的态度是随意的，两个素不相识的人能发生关系，肉体可以成为利益的牺牲品，没有爱情的婚姻得以延续……灵魂与肉体并不统一，甚至可以说是完全背离的。当肉体成为达成目的的工具，我们感受到的不是交易成功的喜悦，而是深深的无奈与悲哀。

《情仇》中聂鲁夫妇的遭遇及其采取的解决方式，正是这一观点的生动写照。聂鲁夫妇的女儿跟"大流氓"发生了关系，为报仇，聂鲁的老婆用安眠药把"大流氓"的女儿诓了来，要聂鲁以牙还牙，让"大流氓"也尝尝女儿被"祸害"的滋味。聂鲁无奈之下，只得横下心来。没想到老婆竟着急地替他解腰带，聂鲁的激情瞬间了无踪迹，再也下不了手。正在聂鲁的老婆失望痛哭之时，床上的女孩儿醒了。在得知一切之后，女孩儿不仅没有哭闹，反而兴奋了起来，表示要帮助聂鲁做成这件事，替父亲"买单"。聂鲁的老婆终于感觉到"不对劲儿"，愤怒地把女孩儿赶了出去。无论是聂鲁夫妇还是女孩儿，性关系的神圣性在他们眼中都荡然无存，这是不负责任的表现。《隔壁》也深刻地揭露了这一社会问题。张教授的隔壁住着刘教授，每到指导论文的时节，刘教授就进入了"渔色"的旺季。张教授是"真君子"，绝不肯去做那等无耻的勾当。然而，当隔壁刘教授那边隐隐响起的呻吟声持续不断地冲击他耳膜的时候，他还是动了心思，但又担心自己"晚节不保"，张教授的内心既动摇又矛盾。于是在指导女学生姚影的论文时，张教授总是心不在焉，不看稿子，却向她打听请刘教授指导写论文的那个女生是谁，以致那个女生的论文早就通过了时，姚影的论文还没个准数。最终，姚影妥协了，但张教授这时又"正派"了起来，每次都不了了之。快毕业了，姚影的论文还没通过。女孩儿终于愤怒了，一句"你还不如这对门的呢"引人深思。刘教授性欲的放纵、张教授内心的贪婪、无数"上钩"的女孩儿与女学生姚影的不满……在这里，性欲的泛滥已经一览无余。

恋爱、婚姻与家庭是婚恋生活的重要组成部分。婚恋的成功与否，关键在于能否经营一个幸福的家庭。然而，在白小易的作品中，有那么一群人，他们家庭意识淡薄，将"婚外情"作为恋爱、婚姻的出口。他们既想获得婚外感情的刺激和补充，却又不愿打破原有关系分手或离婚。

《天鹅与蛤蟆的一种奇遇》中的主人公癞子是个残疾人，以擦鞋为生。癞子的鞋摊对面是一片豪华住宅，他经常能看到一对开奔驰的男女，男的财大气粗，女的光艳照人。虽然癞子只给女人擦过一次鞋，但女人的"香腿"令他难以忘怀，娶不到女人的癞子晚上总会想起她。后来发生了一件事，让癞子付出了七颗牙齿和另一条好腿的代价，但癞子觉得很值。女人的丈夫有了外遇，女人一气之下便把男人最看不起的癞子带回家中，两人在沙发上草草了事。女人想以此来"恶心"有外遇的丈夫，即使她对癞子并无好感。果然，认为癞子癞蛤蟆想吃天鹅肉的男人，找了三个大汉，把癞子狠狠教训了一顿，癞子的一句"谁让你，守着天鹅，还去打野鸡……"让癞子失去了唯一一条好腿。男人虽仍不解气，但最终"没种"为癞子搭上性命，于是安慰自己，女人也不是什么好东西，可算个"破鞋"，便转身走了。男人从始至终都没有追究过自己的责任，没有意识到这一切都是他一手造成的。他对家庭不负责任，将婚姻关系看得随意，背叛了妻子，却无法忍受妻子的背叛。文章虽没有说出他们的结局，但预示了这个家庭的不幸福。

失缺情怀、耽于肉欲的婚恋源于家庭中信任危机的产生，而性欲的放纵、家庭观的淡漠，更是激化了婚姻中的矛盾，使婚姻裂痕开始出现。这种错位的婚恋观不仅会破坏婚恋关系的纯洁，也为家庭的不和谐甚至破裂埋下隐患。

家庭因素是影响这种婚恋观形成的主要因素，在作品中主要体现为家庭成员之间的沟通与交流情况。在婚恋生活中，夫妻之间的沟通显得尤为重要，误会的产生很大程度上是因为夫妻双方缺乏沟通。当夫妻双方或其中一方在家庭中得不到感情上的充实时，就可能去寻找"婚外情"，产生家庭意识淡化的婚恋观。

例如，《荷花》中反映的是夫妻之间由隐瞒而产生的种种不愉快。主人公荷花从省城"打工"回来后，嫁给了同镇一直在等着她的大强。作为小镇最美的女人，荷花的"打工"经历受到诸多猜疑。因为荷花回来前曾做了个小手术，大强"验收"时，并没有发现有什么不妥，便也不再理会流言。之后，大强靠荷花"借"来的钱发家致富。然而，纸终究包不住火，大强发现了一切，认为被荷花当猴耍了的大强找起了小姐。荷花之所以成为婚姻的不幸者，不仅是因为她的不贞，还有她的刻意隐瞒。而大强也在这一过程中，由一个痴情的农村小伙子，变成了一个家庭意识淡漠、滥情滥性的"坏男人"。大强同样也是婚姻的不幸者。两个不幸的人在婚姻出现隔阂的时候，没有及时沟通，最终导致了家庭的破裂。又如，《绝境》里讲述了一个妻子对丈夫缺乏理解关爱，丈夫因精神负担过重而出轨的故事。主人公汪禹最终在妻子的"严厉监管"下精神失常了。来自家庭的精神高压让汪禹想通过"婚外情"来放松自己，以弥补感情上的缺失，而汪禹的妻子在发现这一问题时，没有跟汪禹进行任何感情上的交流，就采取了简单粗暴的方式解决，让汪禹"老老实实在家待着"，留得住汪禹的人，却守不住汪禹的心。

婚恋观的发展变化与社会意识形态和政治经济的发展变化密切相关。一个人所处的社会经济地位、社会文化氛围以及社会价值认同等，对一个人婚恋观的产生与发展起着不容忽视的作用。

例如，《你有没有搞错》把一个醉心于炒股赚钱，随"性"而为的少妇形象刻画得入木三分。在少妇眼中，性爱不再是严肃的，而成了一场与炒股无异的游戏，当男主人公表示自己还"不太习惯"时，少妇嘲笑他"有没有搞错"。炒股这种氛围，异化了少妇的婚恋观。又如《不得不》，主人公水儿之所以会和小恋人连冬分手，仅仅是因为追求她的"土不土洋不洋"的小老板有灰色宝马。"宁愿坐在宝马里哭，也不愿坐在自行车上笑"这种畸形价值观左右了水儿的婚恋观。

伴随着婚外性行为、未婚同居、试婚、不婚、未婚先孕、婚外情等现象的出现，人们在爱情和婚姻中的困惑也越来越多。这些问题在白小易的作品中也得到了充分的体现。

例如《角度不同》，"云上浮萍"与"把根留住"经过三天网聊后，进入第一项——见面，下一项——共进晚餐，再下一项——开房。讽刺的是，一夜过后，当"把根留住"拿着录有两人色情画面的数码相机威胁"云上浮萍"时，对方也拿出了"角度不同"的另一台数码相机。两人的算计与心机可谓"棋逢对手"，双方的贪婪给两性关系抹上了浓浓的功利色彩。又如《谁的孩子》，老李家的小保姆莫名其妙地和大花猫一起怀孕了，老李家三代同堂，共有三位男性：老李、大李和小李。老李年过七旬，小李只有两岁，正值壮年的大李最具"危险性"，而大李的矢口否认让这件事变得扑朔迷离起来。究竟是谁的孩子，没有人知道，小保姆的尴尬处境却是有目共睹。未婚先孕的小保姆最终决定"回家生娃"，做"单身母亲"。小保姆这种情况，在当今社会并不少见。未婚先孕而又无人负责，有其值得同情的一面，同时，我们要认识到，这是不健康的婚恋观的产物。再如《局部"开放"》中，当主人公于老师的裤扣没系，因局部"开放"而被学生嘲笑时，与他未婚同居的学生丹给他系裤扣的亲密行为，使他们之间的关系公之于众。于老师的做法，必然会给学生们的婚恋观造成不良影响。《出神入化》中，主人公万景热衷于观察漂亮女人、窥探漂亮女人的生活，却不恋不婚的行为更令人咋舌。万景的婚恋观已经在他这种"出神入化"的窥探中变得畸形了。

因此，我们要树立正确的婚姻观，处理好激情与理智的关系。婚姻是爱情的归宿，是婚恋双方责任的承诺。婚姻的本质在于共同相爱，精彩的生活并延续自己的生命,它是为当时的社会制度所确认的,男女两性以永久生活为目的的结合。过度的性开放、婚前同居、婚外情违反了基本的婚恋道德,也会导致许多法律问题和社会问题。美满的婚姻需要夫妻双方的共同努力与付出,以及面对诱惑时的共同坚守与克制。

(三) 保全生命,为了活着

任何感情都是建立在生命存在的基础上的。在婚恋中,爱情很重要,忠诚很重要,家庭的完整很重要……但活着才是最重要的,即使所爱的人已不再一心一意,但只有活着,才有重新开始的可能。

在白小易的作品中,现代社会婚恋观的不良倾向展露无遗,如爱情追求的理想化、婚恋价值的功利化、性观念的开放化、婚恋关系的随意化、家庭意识的淡漠化等。这些不正常的婚恋观,给读者带来的是强烈的震撼,而保全生命、为了活着这一观点,则让人眼前一亮,引发对婚恋生活更深层次的思考。

《意外》中,主人公兰兰在洗漱间昏倒,对面楼上"正用天文望远镜'看星星'的专家"误以为是奸杀现场,于是报了警。一心准备查验尸体的法医却发现兰兰没死,只好临时担当了治病救人的重任。苏醒的兰兰泣不成声,根本不理睬这些不速之客。正在大家不知所措的时候,一位邻居猛然想起兰兰很可能是听到收音机里播报的航班失事的消息才晕倒的,因为兰兰的丈夫就是乘坐这次航班。警察走了,众人正想散去,兰兰的丈夫却拥着一个娇小玲珑的姑娘赶回来了,兰兰再次昏倒。当兰兰再次醒来时才知道,昨晚丈夫因为一直和这个姑娘在一起,没上飞机。大家都以为兰兰会生气,没想到兰兰抱住那个不知所措的姑娘,拼命吻她的脸蛋,并一个劲地感谢她"救"了自己的丈夫。当"死而复生"的丈夫带着第三者回到家中向兰兰示威的时候,兰兰不仅没有想象中的哭闹愤怒,反而庆幸丈夫还活着。从对第三者的那句"要是没有你，我们就完了"中可以看出，在兰兰心目中，只要丈夫的生命得以保全，能活着回来就好，因为活着才有未来，生命高于爱情。

《想到或没想到的》中的主人公肖祁是个有想法的城里人，他不安于城里的生活，知会了妻子一声后，便独自一人来到岐河峪这个小山村。在一间被遗弃的石屋里，他办起了学校。全村数十个大大小小的孩子都来了，全在一起从识字学起。他感觉到"创造历史"的喜悦，与此同时，难以忍受的冷寂也侵蚀着他的心。一个月后，一直令他担心的事到底发生了。他与总来给他生火做饭的村姑在石屋里点燃了熊熊欲火，干柴烈火般的片刻放纵却被几个突然冲进石屋的汉子泼了冷水。肖祁带着一身伤痕和羞辱回到了都市。在他最艰难的时候，他的妻子宽恕了他，并把他接回了家中。一句"这是我想到的结果之一"表明了妻子对他的接纳。在妻子的眼中，能活着回来就好，生命是最珍贵的。

保全生命、为了活着这一婚恋观有它合理的地方。但是，如果仅仅为了活着，就很可能会陷入另一种极端，那就是对爱情和婚姻的麻木。这种观点直接导致了婚恋与生活的分离，在其影响下，爱情变得可有可无，婚姻反倒成了一种负担。

例如《复仇之旅》，围绕一段匪夷所思的复仇之旅而展开。"他"用名贵的洋酒把杨局长夫人灌醉后，怀着无比复杂的心情，开始撕扯她的衣服，为"他"那和杨局长暴死在公务车上的老婆喜喜复仇。杨局长是喜喜的上司，风流成性，早就看上了喜喜，尤其是当"他"失业后经济困难的时候，杨局长变本加厉，直接以喜喜的工作相威胁。为了把女儿好好养大，喜喜无奈之下，选择了继续工作，卑微的"他"只能寄希望于事情不会太糟。然而，悲剧还是发生了。孽债无人买单，"他"这才出此下策，但这位朴实善良的下岗工人最终还是下不了手，放弃了复仇。可是，杨局长夫人的一句"你的喜喜和我的老杨都没了，什么好也享受不着了。可你还活着啊……老杨留下的，以后不是就归你接着享受了吗……"令人深思。在杨局长夫人的眼中，活着就意味着能享受物质，而一起生活的那个人是谁，无关紧要。这不仅仅是对爱情和婚姻的麻木，更是对生活的麻木。又如《拉皮狗》，以"我"在等待的过程中，自娱自乐玩"拉皮狗"为开端，将两个面对婚姻倍感无奈与沉重的男性形象展现在读者面前。这种将叶柄相互交叉拉扯的"拉皮狗"游戏是大多数人儿时的回忆，而两个即将走向婚姻殿堂的大男人却玩得不亦乐乎，以致两个女人来"搅闹"时还意犹未尽。"我"的女人一路上不停地数落"我"，而"我"只是"将两耳调成贯通状态，一句话也不回"。婚姻的负担让主人公想暂时逃离，但逃脱不了，只能无奈接受。在文中，我们看到的不是爱情的甜蜜，也不是婚姻的幸福，而是一种无力的适应、被迫的习惯。

在生命面前，婚恋生活中的一切矛盾纠葛都变得渺小起来，活着是幸福的前提。但是，这并不是放弃追求爱情，无奈接受婚姻，甚至无情背叛家庭的理由。保全生命、为了活着这种婚恋观是无可厚非的，但是，不能仅仅为了保全生命而活着。每个人都有其社会角色和家庭角色，不能以实现社会角色为由，忽视甚至抛弃家庭，逃避责任。在保全生命的基础之上，我们应该更有意义地活着。

因此，我们要树立正确的家庭观，处理好社会角色与家庭角色的关系。幸福的家庭是婚恋双方共同维持的结果，需要夫妻之间的信任、坦诚、理解与沟通，需要相互扶持终身的意愿，以及对未来家庭生活的携手与共。这些与贫穷富有无关，与地位高低无关。每个人都希望拥有幸福，而家庭的和谐就是幸福，和谐的家庭氛围也有利于一个人更好地实现其社会角色。

总之，白小易对现代物化社会给人带来的婚恋困境，及由此产生的不合理的婚恋观进行了深刻的描摹。爱情的随处安放，性爱的放纵，家庭观的淡漠，正是对现代人婚恋迷茫的反映。无论是抱有理想、追求爱情的婚恋，还是失缺情怀、耽于肉欲的婚恋，归根结底，都是婚恋双方不懂得怎样经营一段现实的婚恋，这是它们之间的共同点。保全生命、为了活着这一观点，则是将婚恋观升华到了生命的高度，即生命高于一切。作者在描写这些婚恋现象的时候，没有大肆张扬，而是将一个个平凡的小故事讲述给读者听，其中体现的观点，是作者自己获得的社会生活体验的总结，也是作者对社会的解剖与揭示。这些婚恋观的形成不是偶然的，也不能简单地认为是个人的原因，而是个人、家庭、社会三个因素共同作用的结果。

现代社会竞争激烈，经济迅猛发展。生活的沉重压力，精神的高度紧张，对婚恋生活产生了重大影响，婚恋观呈现多元化的发展趋势。受社会压力、文化教育、经济利益、价值取向等的影响，婚恋观出现了一系列不良倾向，并引发了诸多婚恋心理问题。文学作品是现实生活的反映，白小易微型小说中反映的错位畸形的婚恋观，促使我们更加认识到树立正确的婚恋观的重要性。

白小易创作微型小说，是因为他对微型小说充满热爱，绝不仅仅是为了创作而创作。他在一次访谈中表示，只要发现自己的作品有重复之嫌，便马上自觉停笔，暂时不写。正是他的这种真诚严谨的创作精神，才会呈现出这么多优秀的作品。他创作微型小说的独特之处就在于，他讲述的故事只要有相似的经历，读者都会觉得是自己的经历，他说出了读者想说而说不出的感受。无论是起伏跌宕的情节、清新隽永的语言，还是出人意料的结局，都深深地牵引着读者的心。

白小易的微型小说集《客厅里的爆炸》，深刻地渗透了一位现代作家的人文关怀和社会责任感，既体现了抱有理想、追求爱情的婚恋，又反映了失缺情怀、耽于肉欲的婚恋，还表现了保全生命、为了活着的婚恋。作者将社会婚恋生活的现状展现在读者眼前，让读者认识到其中的美与丑，促使读者树立正确的婚恋观，具有重要的现实意义。白小易的微型小说内敛、低调，却耐读，经得起推敲。从他的作品中，我们能看到很多东西，远远超过了作品本身。这样的作品，有深度，有广度，值得我们细细品味。

（刘晶　李婷）

六　司玉笙微型小说初探

司玉笙，1956年4月出生于河南开封，河南省作家协会会员、郑州小小说学会副会长、商丘市作家协会副主席、《读者》签约作家。1978年开始发表作品，在《北京文学》《天津文学》《小说界》等报刊发表小说、诗歌、散文、杂文等作品1000余篇，约230万字。作品多次被《读者》《小说月报》《青年文摘》《小小说选刊》和大学教材等选用，近百篇作品获得省市以上奖项。多篇作品被译介至美国、加拿大、日本等国或改编成电视剧。已出版微型小说集有《高等教育》《盘子里树》等4部。2002年被中国作家协会创联部评为"中国小小说风云人物"[①]。2013年以《寻犬》《孝心》《最亮的灯》《净手》等作品参评，获得我国目前微型小说界最高奖项第六届"金麻雀奖"。

司玉笙的创作是从诗歌开始的，但成就于微型小说。他主张在微型小说中有所建树，常常能立意奇特，构思精妙，形成自己的风格。1978年发表的第一篇小说《最后一个早晨》只有3000多字，篇幅虽小，却内蕴深厚，是司玉笙两年创作的结晶。1979年，司玉笙复员回老家，被分配到一个机关当了打字员。工作性质使然，司玉笙接触到的大都是公文和冗长的

[①] 司玉笙：《中国算盘》，光明日报出版社2010年版，第1页。

文字材料，这就为后来司玉笙的成名作《"书法家"》提供了素材。1983年《"书法家"》的成功问世，司玉笙在创作这条道路上越走越远、越走越宽，开始形成了自己的创作风格。

阿·托尔斯泰说："小小说是训练作家最好的学校。"① 司玉笙说："山不在高低，有名则立；文不在长短，有灵则存"② ——这里的"名"和"灵"有着明显的指向，即深厚的文化内涵和思想。什么文体能以最短的文字、最快的速度反映现实中的变幻无穷，体现当代人的思想感情和精神风貌呢？是微型小说。什么文体在表现人物，开掘主题，剖析灵魂深处另一个世界有不可替代的作用呢？还是微型小说。诚如杨晓敏先生所言，"小小说是平民艺术"，③从事微型小说创作的司玉笙，以他的开拓精神和非凡的创造力，对社会各色人物，特别是对平民百姓进行了别具一格的关注，在人物表现、主题开掘、表现形式上都进行了有意义的探索，表现出相当的社会责任感和思想内涵。改革开放40年来，微型小说创作可谓是异军突起，而司玉笙也通过自己的努力和勤奋成为微型小说界的中流砥柱。内容主旨上，司玉笙善于以小见大，以微见著；结构形式上，则以构思巧妙、精致见长；语言艺术上，平白朴素，却生动形象；创作风格上，注意在现实主义的基础上学习借鉴现代主义。杨晓敏评价司玉笙的微型小说"注重人物精神的描绘，所塑造的人物具有社会责任感和正义感，唤起人们对社会现状加以思考和重视"④。"其小说和细节的安排有感情色彩，可以看出构思的匠心。"⑤

司玉笙的微型小说，无论是内容主旨、结构形式、语言艺术，还是创作风格，都走出了一条独具个性的创作道路。下面分四部分分别论述。

---

① 司玉笙：《沉在水底的房间》，远方出版社2001年版，第28页。
② 司玉笙：《中国算盘》，光明日报出版社2010年版，第57页。
③ 杨晓敏：《小小说是平民艺术》，河南文艺出版社2009年版，第170页。
④ 同上书，第11页。
⑤ 同上书，第78页。

（一）内容丰富思想深厚

司玉笙的作品以思想深厚著称，东方出版社评介他为"微型小说作家中的思想者"；① 王卫东称他"在写作思想上，他追求大的利益，故能内蕴丰富，气高意深"②；而司玉笙自己也说"创作的过程其实就是一个思想的过程"③。其创作内容体现为以下三个方面。

1. 对传统教育的赞扬

司玉笙的笔下，描绘了一大批乡村教师形象，代表了当时特定年代的教育风貌。他们是国家培养的大学生，却奉献在最遥远的乡村，他们清贫而无怨无悔；他们淳朴而兢兢业业，外表邋遢，内里却正气凛然。他们兢兢业业、甘为孺子牛，为国家培养出一批又一批的人才。这些乡村教师像是遥远乡村一首美好的歌谣，为保守、落后的乡村带来些许希望。司玉笙在这里寄托着一种祖国花朵盛开的希冀，知识改变命运的美好愿景。

《教鞭》中，赵老师是个大学毕业生，书教得好，但严格得很，看到谁做小动作，就拿着教鞭往学生头上一敲。他不惜用让学生记恨的鞭打方式，固执着自己的教学理念，坚守在这片贫瘠的教学土地上。在当时，就是这样"不打不成才"的教育方式，这样的良苦用心确实使箍儿走上了一条从良之路，促使箍儿发奋学习，最终有所成。在《重心》一篇中，孙老师与同学们心心相印、相处融洽，因为老师对学生有心，心字才可以写得那么好，学生感受到了老师的心，所以"并没有谁喊'起立'，学生们都站了起来，站得笔直"，所以"就是那个'心'字，已被描过多遍"，这体现了对传统美好的师生关系的呼唤。又如《书包》一文，刘老师为了说

---

① 司玉笙：《中国算盘》，光明日报出版社 2010 年版，第 12 页。
② 赵丹琦：《新世纪中国小小说的创作和评论》，《求索》2007 年第 3 期。
③ 司玉笙：《中国算盘》，光明日报出版社 2010 年版，第 164 页。

服小二爹让小二上学,承诺帮助小二交学费。这是一个善良的乡村育人者为我们撑起的一个知识殿堂,而小二也在这样的殿堂中获取知识,获取生命存在的可能,最终大学毕业在一家大公司工作,改变了自己的命运。

这些散落在各个乡村的大学生老师们为当时贫瘠的教育事业撑起了一片天,用与生俱来的生命良知实实在在教书、实实在在育人,看不得学生不好好读书,想方设法也要让贫困的孩子有书读,相信只有读书改变人的命运。他们就像一股原始、美好、淳朴的风,带着泥土的高贵气息,给现代教育最大的启迪。

2. 对官场腐败的揭露

司玉笙的微型小说不仅描绘平常人的生活和情感,还朝官场的防腐主题去发挥和引申。他通过特定的生活场景,揭露出官场的腐败。譬如1983年的成名作《"书法家"》,人们围住前来观看的高局长,并请其题字。高局长大手一挥,写出的"同意"二字劲秀有力、刚劲十足。意犹未尽的人们提出要求再写一幅时,高局长面露难色"能写好的就数这两个字……"情节一转,讽刺之气瞬显,人们在恍然大悟的同时,更深一步思索官场的平庸无能、尸位素餐。这是一篇建立在对社会深刻洞察基础之上的扛鼎之作,作品在诙谐的笔调下,蕴藏着司玉笙如黄河般汹涌的思想和思考。而在《中国算盘》中,算盘爷的大儿子因为算盘打得好,当上了大官,扬眉吐气,光宗耀祖,好多轿车开进了算盘爷家,许多酒送进了算盘爷家。所谓"成也算盘,败也算盘",也因为算盘打得过于好,心过于高,算盘爷的大儿子陷进了贪污的泥淖里,并因此而坐牢,作者的立意显而易见,这里的"算盘"与"算计""往上赶"扯上关系。人,不管如何聪明,只要成为私欲的珠子,那算盘就牢牢地箍住你了。又如《错辈》一篇,真是既讽刺又真实地把官场作风描绘了出来,就像鲁迅先生所说的,当人遇到比自己弱的人,就显现出兽性;当人遇到比自己强的人,便表现出羊性。当他的职位高过张叔时,他感到尴尬、别扭,"老张"的叫法便代替了"张叔"的称呼。但是当听说,老张的儿子亚光在市委机关当办公室主任时,他又动了脑筋,改称张叔为"张爷",一下子连降两辈。一个是居高临下的"老张",一个是趋之若鹜的"张爷",一前一后形成鲜明的对比,从而收到意想不到的讽刺效果。在官场中,如此的善变不会是个例,官场中的虚伪便在这称呼的变化中露出令人鄙夷的嘴脸。

3. 对纯真爱情的缅怀

司玉笙的创作不仅贴近尊师重教的主旋律、响应反腐倡廉的政策,对于描写普通人的情感,也显示出了别具一格的特色,表现出对纯真爱情的缅怀。《红杏树》中,她栽的杏树,偶然一次被电视台的小伙子摄入摄像机中,同时被摄入的,还有她的情感和灵魂。自此以后,她小心翼翼地侍奉着那颗被摄入镜头的杏树,执着而又多情。别人说她"傻了",当然,她并不傻,只有她自己知道这份蕴藏在平静表面下的波涛汹涌的爱情。这样的爱情,在司玉笙细腻的笔下,变得如此撩人。人的情感,仅仅因为那一瞬间的心动,就让她的后半生充满了无尽的甜蜜与痛苦。在《无堤河》中,她像千百年来的女人一样柔弱。但是为了爱情,她又像千百年来的女人一样大胆。出走、私奔又何妨?只是当心爱的人没有出现时,她的心便也死了。唯"中间的栏杆上系着一条红纱巾"。这条红纱巾既是印证,也是诀别。我们在红纱巾的飘摇中听到了千回百转、荡气回肠的哭泣声。在《不菱花》中,男子的情愫同样叩击我们的心灵深处。文中这样说护堤人听到女人的笑声"初听耳热,再听脑热,而今心热",护堤人的胸中充满了异样的愉悦。这是爱情的力量,这爱情来得轻手轻脚、小心翼翼,但还是被护堤人捕捉到了。这份捕捉到的情感神圣而美好,绝不能容任何世俗金钱将它玷污。

司玉笙笔下的情感总是润物细无声的,纯净而长久,在甚是喧嚣的现今社会，爱情也变得快餐化、世俗化。司玉笙用他特有的笔调带我们一起缅怀这些逝去而纯真的真挚情感。

司玉笙以为："如果没有思想，再华丽的文字也是肤浅的；如果没有思想，所谓的艺术品是没有魂灵的、苍白的——没有思想，就没有精品。"① 思想是看不见的，它存在于文字之外。无论是描写淳朴的乡村教师、对腐败官场的揭露鞭挞还是对逝去纯真爱情的缅怀，司玉笙都以自己特有的洞察力、想象力和独到的文字魅力表现出了一种深邃的思想，那就是一种饱含深切社会责任感释放出来的忧患意识和艺术魅力。

（二）结构多样构思巧妙

"小说结构是小说作品的形式要素，是指小说各部分之间的内部组织构造和外在表现形态。"② 构思一部小说的过程，就是小说家根据自己对生活的感知和认识，按照塑造形象和表现主题的要求，运用多种表现手法，把一系列生活材料、人物、事件分轻重主次匀称、合理地加以组织和安排的过程，包括小说作品情节的处理、人物的配备、环境的安排以及整体的布置。下面对情节和细节分别予以论述。

1. 饶有余音的情节设置

微型小说的结构，应力求时间、地点、人物都尽可能地压缩、集中，使作品结构简练、精巧，因此，在选材布局、情节结构设置方面都必须下功夫。司玉笙的作品大都篇幅短小，角度新颖，善于因小见大，往往在有限的字数和篇幅中，最大限度地留给读者无尽的想象空间，常常收到内涵大于文字的艺术效果。司玉笙小小说的情节往往在篇章的前半部分按照时

---

① 司玉笙：《中国算盘》，光明日报出版社2010年版，第169页。
② 李宗刚：《站在传统文化立场上虚构的乌托邦世界——评司玉笙的小小说〈高等教育〉》，《山东商业职业技术学院学报》2010年第1期。

间结构,或者按照逻辑结构循序渐进地发展,似乎毫无出彩之处,可到结尾处,突然笔锋一转,震撼之感顿发于胸。

司玉笙在讲述《高等教育》时,人物的外貌、人物的动作、人物的心理都没有铺展开来,即使人物的对话——这种非要占领艺术空间的描摹,甚至连人物说话的一般不可缺少的神态的描摹也没有。全篇所有的对话都是"他说",连引用人物语言的标点符号都被取消了。这篇小说有三个故事情节:强在暴风雨的夜晚不顾本家哥的劝骂去了老板的露天仓垛加固仓篷;强被老板重用做了经理,自己的本家哥和持有大学文凭的助手都心服口服;强在与外商的商业谈判中,以自己的作风和为人赢得了对方的赞誉。这三个情节随着时间的推移逐步推进,因果相随,从而引出本篇要讲述的深刻内涵——"你能做好自个儿的事就中""你受过人生最好的教育,把你的母亲接来吧",即最高等的教育不在课堂上,而在于优秀传统文化下的耳濡目染、潜移默化。

司玉笙的微型小说情节既有层层铺进的错致感,又有余音绕梁的韵味。微型小说是切入更直接、更精炼,少悬念、重尾音,收尾后常给人"醍醐灌顶"之感,常常不见文字却又有更大的想象空间、更绚丽出彩的梦、更多哲理的光环。比如,《"书法家"》全篇仅仅250字,但他通过一个人物、一个场景、一个细节、一个疑问,用"同意"俩字完成了一个巨大的发现。末尾中高局长面露难色道"能写好的就数这两个字",笔锋一转,其思想直抨中国两千多年来的官僚主义。司玉笙千回百转的构思能力可见一斑,其作品虽然篇幅短小,但让你觉得韵味无穷,余音绕梁。

2. 独具匠心的细节安排

细节在整个艺术作品中具有举足轻重的地位,是刻画人物性格、展开故事情节、构造环境不可缺少的重要环节,"没有细节,便没有情节的生动性、形象的明显性、主题的深刻性"①。司玉笙可谓深得其道。一篇成功的微型小说，只有成功运用细节描写，才能够反映广阔的社会生活，从而具有丰富的社会内涵。

在《永远的阳光》中，文章是这样描写鞋匠的："每天早晨八九点钟，鞋匠摇着轮椅姗姗而来……然后双手撑着身子下来面对太阳靠着墙盘腿而坐……"鞋匠"摇着轮椅"，"双手撑着身子下来"，这些动作细节显示鞋匠行动已经不很方便了，可他为什么还要来摆摊呢？疑惑随之而生，细节继续推动着情节，"她身子一紧：'你？你——'""'我就是那个鞋匠……'老头儿艰难地挺起腰身"，俩人在一问一答中，答案即将揭晓。鞋匠凭着自己的职业操守，几十年如一日地在等待着一个顾客的归来。所以当女人拿走鞋之后，鞋匠就再也没有出现过了，只是"他坐过的那块地方是一片灿烂阳光"。此处景物描写，从侧面暗合了鞋匠阳光般的美好品质，文终，我们早已被折服。在《熊掌》一文中，出现过三次脸部细节。第一次是科长看得他那张脸"紧紧巴巴地乱颤"，第二次是科长"脸上的肌肉歪歪地颤了几颤"，第三次是饭店小姐"神色紧张地进来"，一只熊掌为什么弄得大家这么紧张？不言而喻，此熊掌乃世间稀有物，作者用简单的人物外貌描写衬托出复杂的心理活动，不能不说是司玉笙的技法高超之处。而在《活手》中，有一个异常恐怖的细节画面，"女人躺在一推钞票中，毫无知觉，一条蛇在她身上盘动"——那不是蛇，是一只手，就那一只手还活着，它永远活着，活得既恐怖又满足，既战栗又结实，一个爱钱如命的女人形象跳跃而出。

可以这么说，任何一部成功的作品，任何重大的主题，任何动人的情节，都不能没有一定的细节描写，"缺乏细节描写的作品，会失去生命力，

---

① 卢翎：《新世纪小小说初探》，《天津师范大学学报》（社会科学版）2015 年第 1 期。

任何一篇短篇小说都会变成契诃夫所说的熏鲑鱼的干子"①。

（三）方言世界的动词王国

如果说，思想是作家灵魂的气象，那么语言便是投影。司玉笙的微型小说语言简洁干练、平实质朴，很少用形容词、副词，很少有盘枝蔓节，但厚重、坚实，经济又实惠。他极爱用动词，寥寥几笔，人物形象便跃然纸上，很像齐白石的白描，简洁却生动形象。由此，他让微型小说成了一个方言的世界、动词的王国。下面对这两种分别论述。

1. 平白朴素的方言口语

可以说，司玉笙的微型小说语言是无技巧的，是一种天然去雕饰的语言，散发出一种纯朴的自然美。司玉笙微型小说中大量方言、口语的隐喻性运用，为传播保存中原方言，特别是豫东方言做出了独特的贡献。"哩""咋""啥""中""儿""吆"等河南方言随处可见，不仅使文本充满了乡村野味儿，还拉近了作品与读者的距离。这种新颖的审美效果，更促进了作者文体的形成、语言风格的形成。比如在《巴巴拉拉之犬》一文中，"巴巴拉拉"系豫东方言，意为不完整、有缺陷的意思。"少了那一圈儿，就疤疤拉拉的了"一次醉酒中的话语，使他有了个绰号"巴巴拉拉"，他是一个矛盾的综合体，一方面厌恶妻子的嘴脸，恨不能扇她的耳光，另一方面又不得不依附后来成为领导的妻子。于是，在这样的矛盾境遇下，他的抑郁在一次醉酒中爆发，灵魂深处的痛苦使他把暴力释放出来，小狗被当成妻子被他勒死了。可以看出，他的痛苦，可以说是传统文化在他身上作用的显现。正是"巴拉"观念的耻辱使他做出了这样的行为。传统文化

---

① 李宗刚：《站在传统文化立场上虚构的乌托邦世界——评司玉笙的小小说〈高等教育〉》，《山东商业职业技术学院学报》2010 年第 1 期。

认为,新娘必须是处女,否则就"巴拉"不完整了。但时代在变化,如果一个人的思想不能赶上时代的潮流,一种传统与现代的冲突就必然而然地发生了,悲剧也就不可避免。从这个观念层面看,方言的存在恰恰也是一个文化的显现。在《成长密码》中,我们看到的又是另一种传统文化的精髓,"拉巴三个孩子",文本的乡村泥土气息随即扑面而来,"花那个钱干啥?""咱不入大店进小餐馆,中吗?"都是些地道的口语,充满了纯朴、自然的气息。"你就是大学生、研究生、博士、教授,中不?可学历再高,本事再大,不知感恩、报恩,连自己的父母都不知惜怜、孝敬,还算个人吗?"淳朴的语句自有一种穿透人心的力量,"男孩愣了一下……圆规便在无声中折了、矮了……"当最后孩子表现出一个成年人的责任意识和成熟气息时,他"望见了一片葱绿"。这就是中国土地上培养出的人才。农民出身的司玉笙,本身也带着一身泥土味,把淳朴化进了文字里,直撼我们的内心。一篇优秀的文章其实是不需要华丽的语言装饰的,平白朴素自有一种击透人心的力量。

2. 形象生动的动词王国

动词是细节的灵魂。动词如细节一样,也是塑造人物的不二法宝。司玉笙不仅爱用动词,也善用动词。他用动词、动作勾画人物的表情、心理,不但以一当十,生动形象,还蕴藏着深厚的隐喻和象征。比如在《狗粮》一文中,妻子有两次出现"噘"这个动作,一次是大明说,"最好不要带贝贝去乡下",第二次是大明母亲、二婶、三婶、黑大娘把狗粮吃了后,妻子的嘴噘得老高老高。妻子的噘嘴显示出城里人的市侩、娇气,与来自农村的大明身上特有的乡村淳朴气息形成强烈、鲜明的对比,可清晰地看出作者的心之所在。作者向往的是一种纯朴而干净的力量,这种力量可以放下身段、放下面子、放下城里的骄傲,俯身吃下狗的粮食。而在《精种》中,"一张十元的票子拍在棍棍儿的肩上,棍棍儿便觉得那份重量被夺了去"。一个"拍"字,一个"夺"字,便把一个人的财大气粗显露出来,有钱怎么了,有钱就可以买到人间神物,有钱却连基本礼貌都丧失了,但棍棍儿就向往这样的气势。棍棍儿是与众不同的精种,他"攥住这10元钱……那种子迅速膨胀,拱出一丛嫩芽来,撩拨得他有些躁"。"攥住""膨胀""拱""撩拨",几个动词下面隐藏着他巨大翻涌着的心理活动,一股看不到的欲望正侵蚀着他、撩拨着他,几个动词就把棍棍儿的心理活动描绘得出神入化。让人领悟出其最后的疯癫,其实是必然。

司玉笙的语言既有着海明威般的味道,又有着屠格涅夫的风格。无理论,无分析,语言吝啬,精悍规范,简洁明净,惜墨如金,微言大义,可以用最经济的语言,表达生活中最精彩、最生动、最感人的片段,客观、冷静地描写出人物的言行,并善于留白,从而进入二度创作和多义空间。

(四) 创作风格

"所谓创作手法,是指作家、艺术家进行文学艺术创作时所遵循的基本原则和方法。"① 对每一个作家来说,他之所以采用或遵循某一种创作方法,又总是和他的世界观和生活经验、艺术观点、创作个性等众多因素紧密相连。司玉笙的作品体现了以下两种风格。

1. 现实主义风格

从20世纪80年代初期的《"书法家"》,到90年代的《高等教育》,司玉笙一直走的是一条现实主义的道路,他总是扎进现实的土壤,从生活出发,创作出一批又一批反映当代社会的具有高度社会责任感的作品,其微型小说已成为反映中国改革开放40年来的一面镜子。司玉笙坦承,

---

① 赵炎秋:《文学原理》,湖南师范大学出版社2006年版,第90页。

1983年发表的《"书法家"》其实是"拾来的",因为他每天接到的文件上,大都是领导签的"同意"二字,领导的字大都不敢恭维,唯有这俩字写得飘逸潇洒,这不是现成的好素材吗?所以这是一篇建立在社会现实基础之上的又反映着社会现实的社会主义扛鼎之作,是当时特定年代计划经济的产物,其讽刺的锋芒直指官场的平庸无能。1996年发表的《高等教育》也是一篇建立在现实生活的原型人物之上,通过司玉笙对现行教育制度的反思和思考之上得出的一篇美文——最好的教育不在课堂上——人性美才是高等教育的底色。这是一篇市场经济时代弘扬民族精神的一曲赞歌,他用"写实"手法,通过描写高考落榜生强成长为职业经理人的过程,提取出了"自尊、自爱、自信、自强"的民族精神,"节俭、诚信、守职、性善"的传统美德,从一个侧面反映了在新的历史条件下,折射出社会转型之际,作家对个人前途、民族文化、国家命运的强烈关注,作家对商品时代价值重构、中西文化融合等重大问题的深层思考。在经济、政治全球化的大背景下,在一些人精神危机崩溃、价值观彷徨迷失之时,及时释放出"商道即人道""人人自强,国家必强"的时代命题,表现了一个作家勇于站在时代前沿思索的勇气,表达了对本民族文化和价值观的强烈自信。一个作家,只有将他的"根"扎进生活的土壤里,他才能长成一棵枝繁叶茂的大树;一个作家,只有根据生活实践来进行文学创作,他的作品才有厚重感、生命力。而司玉笙,就是一个将自己的根深深扎在黄河故道上的作家,用现实主义的笔触思考着时代发展的走向。

2. 现代主义风味

20世纪80年代末90年代初,西方的各种文艺思潮陆续涌进中国,文艺界纷纷趋之若鹜。勤奋、好学的司玉笙自然不甘落后,他如饥似渴地广泛涉猎西方各种现代的、后现代的作品,并将其创造性地运用到自己的创作中。于是，他的创作一方面意境更为空灵虚幻、表现手法更加丰富多彩，另一方面则是情节越来越怪诞，思想越来越艰涩。然而，在看似怪诞的表象下我们还是隐约可以推断出着司玉笙对社会的独特思考。在《错变》一文中，作者用夸张、变形的手法写出了人在无尽的欲望中不断地索取，"他在商场的首饰店里找到了套上戒指的八根指头，在游乐园的鸟笼里找到一对塞满绒毛的耳朵，在饭店的餐厅里找到了一个朱红已退的嘴巴……"还有脸皮、眼珠子，都在不同的地方找到。荒诞不经的内容，司玉笙的思维在跳跃，在这里其实暗示女人对男人的依附、索取是无穷无尽的，间接、隐喻地讽刺了当代女人的欲望。在《怪衣》中，根儿在一次扶贫的捐赠项目中得到了一件女官人的西服，自此变了很多，不光气色好了，走路的姿势也跟以前大不相同。总之，这件西服是有魔力、可以施魔法的。当西服被偷去了，根儿如被抽去了魂灵一般，蒲包一样地倒在地上。这件西服在司玉笙的笔下变得怪诞十足，其实不过是从小没爹没娘的根儿的主观臆想，年近三十还没有媳妇（正好西服给了他这样一个想象），显示的是一个男人对女人的渴望，一个农村人对权力的向往。在《补偿》这篇文章中，男人出门在外许久不回，女人思念无比，只能借猫解思。当猫与外面的母猫交配回来时，女人终于崩溃，残忍地阉了猫，无奈地告了夫。其实，女人并不是真的想这样做，而是男人不归导致的绝望。司玉笙就是这样，表面上是写女人的变态行为，实际上批判的是从未出过场的男人，用一个荒诞的故事告诉我们一个普遍的真理，即一个合格丈夫的重要性。《猪妖》一文与王小波的《一只特立独行的猪》有异曲同工之处，但荒诞色彩更加浓重，如果物价、房价、官运等已经把大家弄得以不正常为正常，那么，荒诞就是最核心的真实。

　　司玉笙从现实生活出发，通过汲取生活经验，发挥其丰富的想象力和非凡的文学创造力，将"写实"手法大胆地与空灵、夸张、怪诞融合起来，既从容地把一个个故事叙述开来，又把文学之外的"写意"留给读者思索,融消遣与教化、通俗与高雅为一体,进一步张扬了他独特的艺术个性和作品魅力。

司玉笙用高度的社会责任感把对社会的理性思考和对人性的犀利剖析,熔铸在一个个颇具匠心、生动活泼的故事中,但又以朴素无比而张力十足的语言使作品达到一种穿越时空的震撼。生活的沉淀化为思索唤醒朴素的人生,铭心的眷恋变化为生存的号角。王蒙在《我看小小说》中说:"小小说是一种敏感,从一个点、一个画面、一个对比、一声赞叹、一瞬间之中,捕捉到了小说——一种智慧、一种美、一个耐人寻味的场景、一种新鲜的思想。"[1] 如果说历史是人类的生活史,哲学是人类的思想史,那么文学便是人类的心灵史。三位一体,作为人类共同的精神记忆,司玉笙的文学作品站在时代的高度,无疑成了中国现代微型小说的亮丽奇葩。诚然,司玉笙在学习西方文学的技巧中,曾经走过一点弯路,写出来的作品情节过于怪诞,思想过于艰涩,读者如坠云雾中,完全不知所云,但在解读他的《中国算盘》过程中,我们依然感受到了其作品的巨大艺术魅力。独特的结构方式、天然的语言艺术、多样的创作手法,形成内容和辞采的相得益彰、相辅相成。他身在豫东,以黄河故道为基点,以中原为中国之缩影展开创作,形成了以小见大、平中出奇的艺术风格;他倡导小小说的精品意识,故有"麻雀虽小,榨香油非它不可"[2] 的精深论断;他洋为中用,大胆探索,所以境界上、内涵上借鉴西方现代意识,而形式和灵魂又不忘民族传统。总而言之,厚重是沉淀的力量,丰富是时代的倒影,思想是思想者的徽章,司玉笙用他的努力和责任创造了中国微型小说界的一个奇迹。

(周玉香 李婷)

---

[1] 李永康:《为了一种新文体——作家访谈录》,中国文联出版社 2006 年版,第 115 页。
[2] 杨晓敏、王晓君:《话说小小说三十年——郑州小小说文化传媒有限公司董事长、总编辑杨晓敏访谈录》,《小说林》2013 年第 2 期。

七 安石榴微型小说思想内容探析

安石榴，本名邵玫英，女，黑龙江人，黑龙江省作家协会会员，曾获"2008年全国小小说新秀选拔赛"亚军，也是第六届小小说金麻雀奖获奖作家之一。出版有微型小说集《全素人》《蚊舞图》《完全爱》等。她的笔名与水果"安石榴"同名。安石榴营养丰富，具有多种药效功能。这个特点就如同她的人格和作品一样，看似温和却有着振奋人心的力量和深切的影响力。

安石榴寓居偏远之地，这既是一种局限，也是一种拥有，她笔下的故事尤为鲜活奇特。[①] 安石榴将视角定位于生她、养育她的那片肥沃的黑土地。这片土地不仅生长了小麦、大豆、玉米、高粱，还培育了一群又一群如黑土地般朴实、豪爽、坚韧、执着的人。这些人物不仅活在安石榴的笔下，也重现在我们的现实生活中，甚至将来。在她的微型小说中，具有民族特色和人物性格特点的细节描写，供读者细细咀嚼，令人惊喜和动容。她擅长以平淡的现实生活折射出引人深思的哲理，而且侧重联系现实，关注婚恋；歌颂人性的光辉和生命的美好，批判人性的荒凉；注重通过各种哲理故事，传奇传说来展示各色人物的现实与梦想。她的微型小说中人物具备的中华民族崇高品质——正义、勇敢、勤劳、坚韧，是培养和塑造青少年思想品质和行为习惯的典范，是社会主义精神文明建设的重要内容，也是传播社会积极力量的主旋律。

中国小小说领军人物杨晓敏先生说道："作为女性的安石榴纤指操管，

---

① 安石榴：《全素人》，光明日报出版社2010年版，第167页。

竟也能发出千钧之力，令人徒然变色，是谓侠女，不为过也"①"今天的安石榴以当代人的视野与眼光，兴致盎然地去打捞、整合和续写那些在风雪弥漫的国度里，存在的或正在发生的或忧伤或悲壮或明晰或隐绰的故事时，本身就有一点儿传奇色彩，假以时日，这些动人故事也许能成为新的一宝。"② 安石榴在创作微型小说的同时，也在不断地整理它们，同时，客观地、认真地重新审视文学意义上的缺点和不足。在她的不断开拓进取中，那些故事不管从背景还是从内容看，都具备耀眼、闪亮和夺目的光彩。整体上看，安石榴微型小说的思想内容，从婚恋观、人性的光辉、人性的荒凉、现实与梦想等多个角度都能体现传递正能量的特点。下面分别从这四方面予以论述。

（一）婚恋观

马克思主义认为，所谓爱情，"是一对男女基于一定客观基础和共同生活理想，在各自心中形成的倾慕并渴望对方成为自己真正终生伴侣的最强烈的感情"③。无论在过去、现在或是将来，每个人因为理想价值观的不同，都会具有各自不同的婚恋观。安石榴微型小说中的婚恋观主要从四个方面来叙述：婚恋需要有"爱"的存在；理想、价值观是爱情、婚姻的社会内容；互相信任，互相扶持；男女平等，互相理解，互相尊重。安石榴在展示独特的婚恋观的同时，也着重塑造了一系列坚强乐观、独立自主、自尊自爱的新女性形象。她们的存在让安石榴的作品绽放出美丽馨香的花朵，让人忍不住采撷，细细品味和感受。

婚恋需要有"爱"的存在，爱情是婚恋的基础。《感应》中，当赵馨

---

① 安石榴：《全素人》，光明日报出版社2010年版，第166页。
② 同上书，第168页。
③ 刘超：《青年婚恋观历史演变与发展趋势研究》，硕士学位论文，天津商业大学，2011年，第43页。

月遇到危险时，梦中的张峰听到呼喊能第一时间飞奔到赵馨月门前。那时正是滴水成冰的寒夜，张峰只穿着背心，平脚短裤，光着脚丫，这需要多大的勇气！简单的肖像描写，流露出张峰对暗恋对象赵馨月的深刻爱意。越是无意识做出的事情，越能反映内心真正的想法。这一系列的细节描写，反映了作者对至纯至美爱情的歌颂和赞美之情。最后，她结婚的对象不是她的恋人汪建军而是张峰。作者设置这样的结局不禁让人深思，婚姻到底屈从世俗的习惯，还是感应心灵的召唤？其实，答案就在我们自己的心里。有时候我们内心的呼唤，连自己都没有意识到。有爱情的存在，婚姻才能幸福。婚姻不是恋爱，作者告诉我们需要认真审视自己的内心。如果可以找到一个自己真爱也爱自己的人，何乐而不为？《冤家》中，作者刻画了一对经常小吵小闹的夫妻。当遇到黑熊时，夫妻两人都为了保护对方，即使被黑熊咬得鲜血淋漓，仍然相拥相持，勇敢与黑熊作斗争。作者歌颂了爱情的朴素与纯真，也赞美了夫妻之间在遇到困难时，却能相互扶持，共渡难关的真情。

《没有发出的诘问》中的张淑范不爱赵志勇，面对赵志勇拿着电工刀的威胁，她却隐忍再隐忍，最后因为懦弱，不敢反抗，不但没分手还结了婚。她接下来的一生都在痛苦和压抑中度过。作者塑造这一人物，反映的是众多劳动妇女没有爱情存在的婚姻生活状态，可谓以"小"见"大"。生活中有无数个"张淑范"，她们内心在诘问，却没有勇气和力量表达出来，没有勇气去为自己争取一些权利，一直到她们把所有的压抑和诘问带到坟墓里去。这是传统劳动妇女的悲哀。作者告诉我们没有爱情的婚姻会导致人生的痛苦和精神的压抑。面对婚恋，我们需要谨慎思考。

理想、价值观是爱情、婚姻的社会内容。现当代很多人因为理想、价值观差异导致婚姻不幸福，甚至离婚。《五四式离婚》中两位主人公无论学识还是职业都具有较大的差异。淑范是个典型的不识字的农村家庭妇女，而少卿是个有学识的校长。他们的婚姻没有共同的理想，学识差距令他们的婚姻步履维艰，之后少卿出轨，他们的婚姻也走到了尽头。最后淑范也同意离婚，对于自己的婚姻，她看得很清楚。他们之间相差的不仅仅是十步的距离，还有更大的鸿沟是她穷尽一生也无法跨越的。她很理智，对待婚姻和婚姻中不爱自己的男人，不死缠烂打，不强求。安石榴对淑范的心理活动刻画细腻而生动。淑范对生活的乐观与豁达，正是作者对广大婚姻中不幸福男女寄予的期盼和诉求。《缘分》中，女人离婚后，面对另一份爱情，当发现男方经济情况不好时，毅然选择了分手。作者并没有直接去判断这种做法的对与错，而是理智客观地分析这种社会上常见的现象。对于一个离婚的女人来说，她在考虑下一段爱情和婚姻的时候，不可能只考虑到男人是否爱她、疼惜她，还需要考虑对方的经济情况。这是个很现实的问题，大家都无法逃避。婚姻需要一定的经济基础，如果连温饱都无法解决，还有什么条件去谈爱情？同时，作者也告诉我们如果太过看中男人的经济情况，那么真爱会与我们失之交臂。何轻何重，关键看自己如何取舍。

在《平行的生命线索中》，作者通过对比展示了两位因价值观和生活态度不同而离婚的男女。故事中的女人偏爱一种最彻底的持家方式——追求创新，与时俱进。而男人与她完全相反，他追求平稳、踏实，追求那种彻头彻尾的、从内到外的守恒。面对生活的一成不变，女人也不再压抑自己内心最真实的想法，她选择了离婚，并心甘情愿地选择净身出户。之后，男人又结了婚，两口子热衷积攒废弃物品卖钱，小日子过得舒心、踏实。女人没有结婚，她与志同道合的情人利用假期走遍了中国所有神奇的地方，这时女人的笑容如阳光般灿烂，她发现了生活的美和意义。男人把女人拍照做成的画册给女儿当书皮，裁剩下的画册又被他收拾起来放在最底层的抽屉里。作者匠心独运，把两种生活做对比。男人把未欣赏的东西压在"箱底"，并同时正在错失生活呈现的美。男人与女人之前的婚姻并不适合彼此，他们的生活观念相差甚大，关注的层面不一样，侧重点也不一样。男人只停驻于物质消费和守旧,女人关注精神消费和欣赏生活的变化之美。作者通过这一事例揭示出引人深思的哲理:当两种生活观念很难磨合时,婚姻就很容易破裂。适合自己的才是最好的,勉强的婚姻只是凑合,而不是幸福。志同道合,在一起才会觉得快乐。

婚恋需要双方互相信任,互相扶持,这样的婚姻和爱情才能持久,才能鲜活。《日子》中,作者塑造了一对性格和心态对比鲜明的夫妻。华子面对失业,乐观豁达,能看到生活中好的一面,不怨天尤人,重新振作起来找新的工作。钢子与华子正好相反,他遇到困难,不是想着如何去解决,而是产生怨气,抱怨命运的不公。他不再努力生活,而是闲居家中,整天无所事事。心态不一样,决定人生道路也会不一样。华子在面馆里辛辛苦苦工作,钢子却跟踪她,怀疑她与面馆老板有不正当关系。华子捍卫自己作为女性的尊严,选择了离婚。华子自尊自爱,面对丈夫的侮辱,不轻易妥协。她有自己的思想,是自由和独立的。作者塑造华子这个传统劳动妇女形象,表达了对广大坚韧、乐观、开朗、自尊、自爱的妇女的热烈赞美之情。通过这个故事,作者传递的正能量是,面对婚姻,要学会相信对方,无端的怀疑和猜忌,只会使婚姻破裂。《链条》中,李志豪因为儿子长得不像自己,觉得妻子背叛了自己,怀疑那不是自己的儿子。历经出言出手不逊之后,他选择了出轨。妻子知道丈夫出轨后,奔向厨房,抄起刀扑向李志豪。最后夫妻双亡。他们在天庭相遇,李志豪才知晓儿子长得像他的祖爷爷,儿子就是自己的亲生儿子,可是悲剧已经酿成,大家都回不去了。如果他相信妻子,不随便怀疑妻子,那仍旧是幸福的三口之家。

婚恋需要男女平等、互相理解、互相尊重。《有一种男人是毒药》中,男人说了解自己的前妻,并说她邋邋遢遢,不会打扮自己,是个窝囊废。对于现任妻子,他是呵斥和辱骂。作者用反衬的手法告诉我们:妻子是要尊重和爱护的,而不是欺压。男人的前妻张梅离婚后嫁了一个年轻潇洒的男人,现在她时尚、漂亮,会打扮自己,精明能干,还当上了教学副校长。作者擅长对比的描写方法，通过描写张梅离婚前后不同的生活状态，反映婚恋中自己的另一半品德是否高尚，决定了自己所过生活的水平。同时作者侧面塑造张梅这一女性形象告诉我们，女人有时候要为自己好好地活一次，不卑不亢，敢于反抗，活出人生的精彩。要自强、自尊、自爱，才能得到别人的敬重。命运掌握在自己的手里，不要轻易被人牵制。想要什么样的人生，是需要自己去争取的。作者通过这一事例向我们展示了一个大胆的婚恋观：婚恋中，女人要适当地打扮自己，让自己要有精气神。要有自己的事业，并靠自己的努力，做好自己的事业，提升自己的能力。

婚恋中，夫妻之间如果不相互理解、不相互体谅也会导致婚姻的破裂和精神的压抑。《真相》中的母亲对丈夫、婆婆、儿女的爱都无限厚重淳朴，而她48岁时却失踪了。开始"我"并不知道原因，当"我"也为人母，出于母性的本能一年又复一年地带孩子，对丈夫的要求也终于无法忍受了，"我"终于知道当年母亲去了哪里，而"我"也正好48岁。在婚姻中，中国传统妇女太累了，生活的重压，婆婆的冷眼与责备，孩子的压力，丈夫的不理解……婚姻和生活的枷锁，没有让母亲感到幸福，而是无边无际的痛苦和压抑。尤其是当女人处在更年期时，如果这些压力得不到缓解，她们就会寻求对死的向往和解脱。作者最后并没有设置"我"跟母亲一样跳江死了的结局，而是在"我"跳江时，丈夫抱住了"我"。这样的结局瞬间就将昏暗的画面明朗起来。作者告诉读者，婚恋中，一方要学会关注另一方的精神状态和生活诉求，要学会理解和包容对方。当对方对婚恋感到绝望时，要学会让婚恋保鲜，让对方看到生活中的美好和精彩。

（二）展现人性的光辉

安石榴擅长讲故事，无论是历史故事、传奇传说还是生活中的剪影，她都能以独特的视角，另辟蹊径，去发现人性的光辉、生命的闪光点。安石榴以至诚的态度去挖掘和讴歌人性的真善美。每一个故事都透露着她对生活积极向上的态度和对具有高尚品格的人们的崇敬之情。

无论在任何年代，具有民族大义、爱国、有奉献精神、自强不息的人们，他们的生命和人格都是美好的，有着耀眼的光彩。

例如《萨布素的信使》，第一次雅克萨之战时期，杨阿福需要从黑龙江送紧急公文到北京城。那时正是天寒地冻的时候，杨阿福冒着被冻僵的危险坚持亲自去送信体现了他作为信使的坚韧和执着，不达目的不罢休。接近一个星期不眠不休的策马奔驰，他冻得全身僵硬，但他并没有放弃，始终牢记着必须在规定的时间内完成任务。第七天，终于到达北京城，他倒了下去。杨阿福用生命完成了自己的使命。在中国的历史上也有很多像杨阿福这样的人，他们背井离乡，为了祖国的繁荣富强，他们用血肉凝成一道道护国墙。又如《关先生》，作者在特定的历史背景下设置了一个血肉丰满、栩栩如生的关先生形象。"乱世用不着中庸的斯文，乱世只要英雄的气血。"这样大气、振聋发聩的语言，既表现了关先生的豪气，也体现了安石榴的侠气。一个女作家能有这样的眼界和见地，不禁令人叹服和钦佩。关先生作为一个私塾老师，他无法改变孩子们必须学日语的命运，就如他即使爱国也无法救国一样。悲哀和愧疚令他一睡不起。关先生在用生命来证明他对祖国的忠诚和挚爱。

例如《满洲姑娘荣九》，日本部队围剿抗联时，荣九和她的阿玛冒着生命危险进山给抗联报信。《1945年8月15日》中的新郎按约定日期给要塞送了最后一次货（盐、酱油、醋），抗日战争结束时，他却永远也回不来了。《九一八》中的大哥哥在九一八事变开拔后，再也没有回来。在抗日中，多少人失去了父母、子女、丈夫、妻子、兄弟……他们的满腔热血和青春热情播撒在战场上。为了早日恢复和平，多少人失去了宝贵的生命。《身教》中的儿子在汶川大地震时，为了救几个孩子而不幸牺牲在汶川。在危机时刻，他将个人的生死置之度外。他牺牲自己宝贵的生命拯救了无数个年轻的新生命。安石榴的内心也有一腔热血，否则这些英雄故事怎么那么壮烈，那么感人！作者的心中始终为民族英雄们点亮一盏明亮的灯。她笔下的文字就是一支支动人的赞歌。

有这么一群人，他们普通平凡，却有着一颗善良、闪亮的心。

《余木易》中，哈尔滨爆发大洪水，杨毅用一根金条雇到了一条小船，在危机时刻，他不由自主地搭救落难的人。当看到自己的恋人处在快要倒塌的危楼上时，他毫不犹豫地解下腰间的金条和重要文件丢到水里去救恋人。至此，一船人重生。《救赎》中的如冰因为任性导致大志出车祸死亡。大志的妻子向第三者如冰索要大志生前遗留的贵重物品。大志的妻子知道大志的睡衣对于如冰来说是最贵重的东西，所以她选择了要回房照。她的理解和包容让如冰的灵魂得到了宣泄和救赎，她的善良和宽容也挽救了如冰。如冰的余生不再觉得灰暗和凄凉，她终于有了重新生活下去的勇气。而且如冰也默默祝福大志的妻子。《深居山中》的儿子进入松林看到花鼠在倒木上晾晒储物因受惊吓而躲起来时，他为花鼠捡起一颗掉在松针上的干蘑菇，并细心地替它放在蘑菇队列里。作者抓住这些动作和细节描写，不经意间透露出他对小动物的无限怜爱。当儿子返回时，发现倒木被其他入侵者推翻了，蘑菇和松子撒了一地。他细细地捡起蘑菇和松子揣进怀中，爬上一棵松树，选一根粗枝，把它们摆在树枝上。他希望花鼠能躲过黑熊，回家时找到它过冬的储物。这份对小动物的关爱和爱护，也流露出了作者对自然界万物的敬意和疼惜。

亲情是人世间温暖的火焰，关心父母，了解父母，爱护孩子……都能为人性增加绚烂的光彩。

例如《主流话语》中，赵家老爷子、老奶奶知道儿女们忙，没时间做饭，为了减轻他们的负担就吃从超市买回来的红烧肉、速冻馄饨、三鲜馅水饺等熟食，让儿女们以为他们只吃肉不吃青菜。律之回家后，收拾绿绿的小油菜，擦胡萝卜丝，炒三丝，并精心熬制菜粥给老两口吃。赵家老夫妇吃这菜粥，表情十分欢喜。随着当今快节奏生活的运转，父母们真实的愿望也被毫无恶意地边缘化了。作者用这个令人心痛的故事告诉人们，要关注父母的真实愿望，要了解他们的真实想法，而不是视而不见。《完全爱》中，女人抱着孩子突然摔倒时，她迅速地用几乎伤害自己的方式来救孩子。安石榴把女人摔倒护孩子和检查孩子的一系列动作描写得细致、传神。将一位母亲对孩子完全的爱和付出刻画得入木三分，触动人的心弦，让人感动。让读者也深深地感受到我们自己曾经也被一位伟大的母亲细致而认真地呵护着。

人与人之间相处也是一门学问，在相互交往中，互相谅解，互相宽容，互相帮助，也是人性的闪光之处。

例如《谁动了老崔的习惯》，老崔内急时习惯从后窗跳出去把尿撒在邻居的墙上。邻居气不过，为了压制老崔就养了一条狗叫国庆，而国庆就是老崔的大名。一天，老崔去外面喝酒内急时跳窗却摔进了医院。在别的医院都不敢收时，老崔的邻居白大夫不计前嫌主动给老崔医治，还给老崔输血。后来老崔出院了，就用自来水把邻居的墙冲洗干净。邻里之间相互帮衬，少一点争吵，多一点温馨与和睦，生活才有乐趣。

即使犯过错，只要勇于改错，人性觉醒了，你的生命同样让人觉得可敬。例如《密林中一双女皮鞋》，他逃匿到密林深处，却看到草丛中整整齐齐摆放着一双女皮鞋。他犹豫了很久最终选择下山向警察报案，由此，教师被杀案终于揭晓。最后，他也如实交代了一个月前他抢劫价值350万元的黄金首饰的罪行。作者设置这个故事非常巧妙，采用倒叙和插叙的手法，将一个犯罪之人知道报案会暴露自己，却最终选择报案的人性回归描述出来。他说看到那双鞋，他想到了他的妈妈：当他一天不回家时，妈妈就会担心得睡不着觉。天下所有的母亲都会心疼自己的孩子，他想到了那个女人的母亲也会因为担心和牵挂孩子而愁白头。每个人都会犯错，只要愿意回头改错，将人性回归到真善美，都会让人欣喜，让人觉得庆幸。

遇到挫折和困难，仍能乐观开朗，也是人性的闪光点。《小桂的小筐儿》中，小桂要入学考试了，老师拿起大铁锁问是什么，小桂说是小筐儿。因此她没有通过入学考试，第二年才上一年级。接下来的岁月，小桂仍然快快乐乐地生活、学习、工作。她没有因老师缺少童心而错判的命运而影响自己的一生。"不要拿别人的错误惩罚自己。"这也是作者通过故事要告诉人们的哲理。人生这辈子长着呢，哪个人不会经历一点坎坷和挫折，打倒了也要有勇气爬起来并更坚强地往前走。

（三）书写人性的荒凉

宇宙孕育万物，每个事物都有它的优点和缺点。人性有它的光辉之处，同样有它的荒凉之处。人性的荒凉让人觉得失落、无奈和痛惜。

大自然给予了人类众多的恩惠，而人类为了发展经济，却对大自然进行一次又一次的掠夺和破坏。

例如《大鱼》，"我"和众多的人一样去镜湖里寻找大鱼，"我"看到了大鱼却无法把它拍摄下来。并且伯父告诉"我"有很多东西都不能让人知道，不然它们就很难存活。作者设置这样一个带有传奇性的故事情节，反映出人类的贪婪和对大自然的破坏程度之深。现在，森林覆盖率越来越低，很多珍稀动植物也濒临灭绝，甚至有些已经灭绝。人类在追求发展的同时，以破坏生态环境为代价，这样的代价终究是弊大于利。作者通过这个神秘的故事告诉人们，相对于事情不能让人知道，不能说出来，更关键的是身体力行，节制自己的行为，不能让人做破坏生态的事情。要养成保护生态的意识，还原大自然的原始状态。又如《全素人》，许多人热衷穿裘皮大衣，这些裘皮有很多是从珍稀动物身上剥下来的。那些受伤害的动物接受救助时，它们往往气息微弱，胳肢窝却是温暖的。人类伤害了多少动物？作者只是简单地叙述，沉重感却让人难以呼吸。

人性的荒凉还体现在亲情的丧失、灵魂的堕落。例如《解不开的魔咒》，她在丈夫逝世后收留了来历不明的广子，丈夫留下的钱，她不给女儿缴学费却全部花在广子身上。为了拴住广子，她牺牲女儿，把女儿和广子关在一个房间里，在自己受到广子的暴打时还把房产证交给广子。这样的女人不配当一个母亲，她的人性已经完全丧失了，母性的光辉也在她身上完全失去。

人性的荒凉体现在为了追求时尚，贪慕虚荣，盲目从众。《裘皮伴侣》中，文娟为了跟从机关买裘皮的时尚风，不顾自己的经济实力和家庭负担，毅然买了价值1500块的裘皮大衣。女人的贪慕虚荣一旦开始，就很难结束。为了让周身的服装跟裘皮般配，她又买了达芙妮高筒靴、鄂尔多斯羊绒衫和靴裤，这些行头她又花了5000多。文娟经过重金精心打扮的确显得很光彩，可是丈夫和儿子跟她一对比，就显得灰土土的。为了让父子俩与自己的光彩搭配合适，她又给儿子买了耐克鞋和MP4，也给丈夫买了尼克服，父子俩的行头又花了5000多。为了一件裘皮衣，需要花更多的金钱和精力去般配它，盲目的虚荣只会给自己增加更大的经济压力和负担。

人性的荒凉还体现在价值观的扭曲。《无法预料》中一个男人驾驶着车，在猝死的前一刻，他踩住了刹车。避免了马路上的车祸，让十几个人活下来。对于这样重大的事件，没有任何新闻报道。作者在结尾说，也许，这不是新闻事件。略带讽刺性的话语直击人的内心深处，不禁让人思索和反思：如果这不是新闻，那么什么是新闻？是不是只有出了后果，发生车祸，有人死亡，才会成为新闻？在这个经济社会中，人性没有像经济一样增长，而是逐渐往下递减。新闻代表的是国家的主流意志，如果主流意志丧失，那么我们该如何捍卫人性？《一封 E-mail》中一个男人给"我"发了一封邮件，让"我"做他的情人，他可以给"我"工作。一个简单的故事，作者却揭示了社会招聘中众多人道德的沦丧和价值观的扭曲。《缘非缘》中，在主人公万旗红和王永革快要结婚时，万旗红对王永革说在他们结婚后，她能不能每个月和她的厂长就像他们相处那样待几天，因为她留城是厂长办的。王永革没有同意，最后他们也没有结婚。每个人的选择不一样，命运也会不一样。万旗红选择了以牺牲自己为前提的前途，就注定与爱情无缘。王永革选择了纯洁没有瑕疵的爱情，就注定与万旗红无缘。作者通过这一充满遗憾而沉痛的事例告诉我们：每个人的道德底线如何确定，这是大家各自的自由。当我们的爱情因为前途而受到挑战时，怎么权衡，怎么选择，也是自己的自由。人生是你自己的，你是想让它平凡却快乐也好，想让它光鲜却痛苦也罢，全在你自己怎么选择。选择了就不要后悔，否则接下来的一生，你的精神都会痛苦。

（四）反映现实与梦想

每个人都有自己的梦想，有的平凡，有的伟大。不管怎样，有梦的生活都会不一样。安石榴通过一个又一个的故事展示了各色人物的现实与梦想。

例如《栋梁》，赵家爷爷仔细观察喜鹊做窝，抓住喜鹊上房梁的时辰给小五子取名为赵栋梁。后来"我"亲自见喜鹊做窝，才明白根本没有所谓的房梁，也才真正理解和明白，那是赵家爷爷的信仰，是对孙子寄予的厚望，是他纯洁而坚韧的心。开始小五子的确挺有出息的，可是在他15岁那年却死了。这样的结局让人沉痛，却也让人明白现实与梦想的差距。这正是作者的独具匠心之处：以残酷、悲剧的结局去让人发现生活的本来面目。又如《就算拼尽所有力气》，一位母亲和女儿在街上看到一个女人蓬头垢面抱着孩子在乞讨。女儿和年轻时的自己一样讨厌这样的人，不愿意给钱，并抱怨那个女人连养活自己的本事也没有。而母亲在经历一些事情之后才明白，不管在任何年代，总有一些人就算拼尽所有力气也不能让自己活得好一些。作者告诉我们，想要收获的确需要耕耘，但不是只要耕耘了就一定会有收获。梦想和现实是有差距的，要实现梦想仅凭个人力量和聪明才智并不够，还需要机遇、运气、"伯乐"、一个合适优秀的领路人……

再如《石榴》，杨玉德不爱念书，喜欢琢磨书本和学堂之外的东西，家里请来师傅教他学木匠。他学得很认真，可以做出精致、漂亮的家具，却没有当木匠。他不上学，专门琢磨玩的物件，笛子、箫、胡琴、扬琴、冰灯等他都会做。没人教他开汽车，他硬是自己学会了。他坚持自己的梦想，即使被父亲打骂也没有轻易放弃。这是他自己的理想生活，并且竭尽全力让自己活得多姿多彩、有滋有味。《绝望的骨头》中，他有梦想，也在失业后重新创意自己的人生，却没有为了自己的梦想努力奋斗。他失业闲居在家，没有重新找工作，只会做三件事：看电视、上网、打麻将。他不知道做其他的事，却能把吃鸡肉当作一种艺术，吃得那么精美。他无法在现实生活中实现自己的梦想，却把那份希望寄予到鸡肉上。这样的生活太绝望了，透骨的绝望。

安石榴擅长讲故事，她所讲的每一个故事，不管是传奇传说、历史故事还是生活纪事，都具有振奋人心的力量。故事看似普通、平凡，却扣人心弦，发人深思。

这是因为她出生在黑龙江，而且她的祖先曾生活在东北，安石榴才能写出那么多对东北黑土地的赞歌。面对生她养育她的黑土地，她的内心充满了黑土地情怀。她关注她的祖先，并对她的前辈充满了敬意。所以，她的故事中总会透露无法言说的敬意。在她的家族和经历中，她遇到了很多位擅长讲古的老人。这些都为安石榴的创作提供了丰富的资源。

安石榴创作的故事源于现实生活，所以她的故事，无论讲述的是人生场面、民间记忆还是沉思冥想，都具有让人信服的真实和真诚。她关注现实生活和普通民众，因此，她的故事有一种朴实美、纯真美、简单美。她热爱那片黑土地,她创作的故事几乎都根植于黑土地上。安石榴的那份热忱、真诚的乡土情怀,让她的作品中有着浓浓乡土气息和东北风情。她创作的每一个故事几乎都透露着她的独特价值观以及对生活的态度。她笔下一系列的小人物形象构成了她传递正能量的代言人。安石榴微型小说中的思想内容具有一种朴素却震撼人心的力量,这样的力量会成为传递正能量的主旋律。

(蓝小玉 李婷)

八 红酒微型小说初探
——以微型小说集《花戏楼》为例

红酒,原名周剑虹,取自一匹马的名字,她认为"红酒的颜色不张扬,不热烈,不妖不媚却很诗性、很浪漫、很能让人遐想无限"[①],故名。她是河南省作家协会会员,第五届小小说金麻雀奖得主、现居河南洛阳。她为人和善亲切,幽默大方,由于父亲在文化局工作,从小就熟悉梨园生活,所以对戏剧的喜爱近乎痴迷。其作品散见于《芒种》《百花园》《文学港》《小说月刊》《大河报》等报刊。多篇作品入选《中国当代小小说大系》《新中国60年文学大系》《中国新文学大系》等权威选本。《头牌张天辈》《花戏楼》分别获得2005—2006年度全国小小说佳作奖和2007—2008年度全国小小说优秀作品奖;《二功子》《咖啡男人》分别获得2007年、2009年度原创作品奖。曾入选"新世纪小小说风云人物榜·新36星座"。

---

① 红酒:《中国小小说名家档案:花戏楼》,光明日报出版社2010年版,第196页。

从小生活在比较优裕的小资环境中的红酒是以"小小说票友"的身份出道的,虽是半路出家,作品不多,但大多称得上精品,主要专集有《花戏楼》《大钟馗》等。受父亲的影响,红酒从小接触戏剧,所以其创作题材也多为说书唱戏的梨园生活以及一些陈年往事,而对于梨园题材的创作这一部分,更多的是出于对父亲去世的缅怀。其小小说写作篇幅短小,制式灵活,笔下的人物多为舞台上的才子佳人、生活中的平民百姓以及都市中的职员等。作品注重立意的深刻、构思的巧妙、情节的曲折,内容上贴近现实,贴近生活,贴近群众,通俗易懂,笔调轻松,于质朴中见幽默,于调侃中见温情,于娓娓叙述中蕴含人生哲理,展现了作者对生活的深厚体验和独特思考,有着非常鲜明的时代气息,对广大读者和写作者都有着极其特殊的启悟意义。

百花园杂志社总编杨晓敏评论:"红酒以现代人的眼光,成功地演绎出具有戏剧舞台与人生舞台的双重角色的复杂人性。"[1] 小小说作家刘建超也说:"她把自己的雅致与淡然融入笔端,使她为数不多的小小说作品总是映现出经典的痕迹""红酒心静淡泊行文清雅,精雕细琢,作品不多,却是篇篇耐读。"[2] 文学评论家高军认为:"红酒凭着对文学的聪颖感悟,用诗意的目光审视现实,挖掘现实层面下的人生真相,并实现了艺术化的有机表达。"[3] 红酒总是能以她风趣的画笔来描摹一幅幅充满诗意与人生哲理的篇章,在感受故事意思的同时思考着人生的意味,将情理与哲理结合,创作了一出出精彩的人生戏曲。

红酒的微型小说集《花戏楼》(光明日报出版社2010年版)比较全面地体现了作者的创作风格。下面从两个角度来分析。

---

[1] 杨晓敏:《戏里戏外写人生》,《文学港》2012年第4期。
[2] 红酒:《中国小小说名家档案:花戏楼》,光明日报出版社2010年版,第181页。
[3] 同上书,第182页。

（一）内容与人物

内容呈现出来的美有以下三种。

红酒总是能以简短的话语、轻松幽默的笔调，将一个个人物活灵活现地勾勒出来，展现出一段段生动有趣的故事，随着故事中人物情绪的变化，让读者在享受作品的同时，不忘反观现实，体会其教育意义。无论是淳朴的爱情还是简单的童真，抑或书中人物表现的熠熠生辉的人性、人生，都给人一种美的享受、美的教育。读好书如饮美酒，让人酣畅淋漓，红酒的作品正如她的名字一般，越品越醇。

1. 内容——美与教的呈现

（1）美的呈现

首先，情美。红酒的文章字里行间总是透露着一股暖暖的情意，这种情感不自觉地温暖和感动着读者。例如《花奶奶》中的花奶奶，她头上总是带着一朵"红灿灿的花"，过着简朴的生活，平日里也总是爱说爱笑爱唱曲儿。可是妞子在睡觉时，却听到了抽泣声；当妞子看到大鸟，问花奶奶那叫什么时，花奶奶却告诉她，那叫"长脖子老等"。妞子不知道，花奶奶常带花，是因为"人老不能转少年"，抽泣声是花奶奶在哭，大鸟叫长脖子老等，是因为花奶奶对花爷爷无尽的思念。万物本无情，是作者赋予了它生命，所以皆变得有情。花奶奶虽没有能和花爷爷长相厮守，却也如伴在侧，她做的每件事、说的每句话，都蕴含着对花爷爷无尽的相思，这种情是质朴的，是美好的，更是崇高的。

有质朴而温暖的爱情，当然也有浓厚而可贵的亲情。例如《花绣鞋》中的九婆与巧儿，九婆一心想要把自己一手精湛的绣艺传承下去，结果亲生女不成，只能将这一心愿寄托在儿媳巧儿身上，却不料儿媳也无望。于是，平日里不论儿媳做得多好，九婆心里总是对她有几分不满与别扭，直到巧儿病倒了，九婆才发现，平时的朝夕相处，早就与巧儿形成了浓厚的亲情。当得知巧儿想学刺绣时，九婆便没日没夜地用自己全部的刺绣针法绣出了两双一模一样的鞋，还梦到巧儿穿着自己绣的绣花鞋从身边经过，于是大声呼唤着巧儿，九婆被自己的声音惊醒，不禁老泪纵横。作者通过这种前后的反差，将婆媳之间浓厚的亲情，刻画得愈加深刻动人。这种情是经过时间的累积、生活的沉淀慢慢培养出来的，是值得我们颂扬的。

其次，人美。红酒的文章，不仅情美，而且人美。她笔下的人物具有人性本真的美。例如《梁工》中的梁工，因为他"太老实"，而显得与这个社会格格不入。他不会阿谀奉承，不会拐弯抹角，不会附庸权贵，有一说一，直来直往，无所顾忌，却也因此惹出大量令人啼笑皆非的事。作者以幽默的艺术手法，将梁工的极度老实刻画得活灵活现，着实令人觉得憨厚可爱，在享受梁工趣事的同时，却也不得不反思自我。通过刻画这样一个极端性格的人物，讽刺了那些阿谀奉承、狡黠圆滑、自比天高的人，歌颂了简单质朴的精神品质，让人回归本真，寻求人性善美。当然，作者远远不止于追求人性本真的美，更是追求一种心灵上的美。例如《阿绫》，红酒笔下的女性多是长情者。阿绫虽然美得张扬，可她不因她的美就变得放肆，而只专情于一人，无论那人贫穷富贵、疾病健康，也不管多少男人如饥似渴地想得到她，她只不忘初心，不改始终。女人多是因忌妒而对她恶言相向，男人多是因得不到而内心骚动，由他人行为表现的病态的丑，更凸显出阿绫心灵的美。红酒不仅在人物心灵上设置极致的美，更赋予人物思想上一种崇高的美。例如《Armani是一种生活方式》，外面的花花世界总是充满诱惑，繁华喧闹的都市，令人迷离神往，很多现代都市人，每天只知忙于工作，而没有去好好享受生活，被权势牵着鼻子走，被名利熏了心。文中的大刚是名牌设计师，按理来说，他应该崇尚有品质的都市生活，可是他偏偏爱乡村，追求简单质朴的生活。他的设计秉承着回归自然的理念，不掺杂任何与名利有关的思想。从他身上，我们看出作者赋予了大刚一种现代人少有的人文意识，是一种思想上的崇高美。

最后，童真美。如果说以上是大人身上呈现的美，那除此之外红酒的文字中还洋溢着一股童真美。红酒总是能通过描写一些童年故事，站在儿童的视角去审视周围的人与事，令作品更多了几分童趣与纯真。例如《花奶奶》中的妞子，花奶奶不姓花，可妞子偏要叫她花奶奶，就因为她头上常带一朵花；花奶奶家就住在山的那边，妞子却说离城有"八百里"，而妞子说的八百里就是很远很远的意思。花奶奶睡觉时因为思念花爷爷，哭湿了枕头，妞子抱着枕头玩时，发现枕头是湿的，于是惊讶地说"我的枕头娃娃哭了"。妞子的世界，妞子的观点，妞子的童言无忌，从里至外，无一不刻画出一个孩子天真幼稚的形象。同时，妞子的活泼可爱又给孤寡的花奶奶的生活平添了几分乐趣，带来了生活的希望，这就是童真的可贵。作者用孩子热闹天真的世界来温暖老人孤独的心灵，两者的融合更凸显了童真的人文价值，歌颂了童真的美好。

除了对童真的歌颂，更多的是对童年的一种缅怀，如《老屋》就是通过描写家人想要卖掉老屋，可是妞子不舍，于是再次回到老屋，回忆起了小时候的点点滴滴：简单自由的童年生活，叔叔婶婶淳朴传统的生活方式，以及奶奶对妞子细心体贴的照顾等，老屋装载着妞子的童年，对老屋的一切妞子都有着强烈的归属感与亲切感。不过是平凡的事件，却道出了妞子与奶奶、与老屋之间的深厚感情，表达了对童年的无限缅怀。又如《第一枪》《别动队》《根据地》《保卫战》，分别描写咣咣将军的童年趣事——集体偷枪；组织别动队去仓库偷苹果；与老刘斗智斗勇；在山章村开创根据地；最后真正实行了一次保卫战；等等。作者以第三方叙事，用轻松幽默的手法，展现了咣咣将军敢作敢为、调皮搞怪的童年生活，童年生活越是美好，怀念越是深刻。这是一种对青春的缅怀。

当然在缅怀之余也有对未来的憧憬，如《童年的歌谣》中，一支歌谣，一脉相承，苏玉的童年，日子虽过得艰苦，却也很知足，知足则常乐。虽然随着时代的变化，经济的发展，到了儿子这一代，他们对童年生活的需求远不止苏玉那时候那么简单狭小。可是，儿子在离家前一夜对着苏玉唱起了她童年的歌谣。作者用同一支歌谣，串起两代人的童年，诠释了生命的延续、亲情的厚重，同时，也是对童年的缅怀，更是对美好未来的一种展望。

(2) 教的呈现——寓教于乐

红酒总是能让我们在享受故事的同时，体会其带来的教育意义。在通俗易懂的故事中，用艺术写作手法将人物形象化，以讲述深刻的道理，教育我们积极的人生态度和为人处世的原则。在《拔牙》中，通过拔牙一事，道出"生活"二字，生活本是这样，充满各种困难痛楚，可纵使有千万难也应有积极向上的态度去面对。而《花媳妇》里的改改，平日里总是趾高气扬地使唤人，一条毒舌呛死人不偿命，泼辣傲骄，却不想后来生出个憨憨娃。作者给改改一个戏剧化的结局，通过前后的对比，更凸显出事件的荒唐可笑，教育我们做人还是得谦虚，懂得尊重他人。如果说《花媳妇》里的改改是反面教人，那《茹先生修面铺》里的茹先生就是正面教人了。作者笔下的茹先生颇为神秘，素不爱说话，却极为敬业，尽管黑虎砸了他的店铺，他还是不计前嫌尽心尽力地帮他爹剃头，完成了他爹的最后心愿。作者通过黑虎的行动对比茹先生的处事，更加深化了茹先生的敬业精神以及伟大的人格，他不争不显，不为名、不为利，宽容大度，谦虚认真的为人准则与行事作风是值得我们颂扬的。

除了教予普通百姓为人准则的，还有批判政府官员的。比如《示范》中，极力描写了彪子的"榜样"形象，从小在家，彪子是家长用来教育自己孩子的好榜样；在学校，彪子是每个老师的表扬对象；在部队，彪子是上级夸赞的对象；当了局长的彪子更是每个人心中的示范对象。可是，彪子却突然传来了被"双规"的消息，这令每个人都很惊讶，鲜明的前后对比，加上情节铺垫，使彪子的结局看似意料之外，却又是意料之中，同时又以小见大，发人深思，借此批判了官场的腐败、人心的险恶。

2. 人物塑造多方面呈现

人物塑造有以下三种。

首先，性格型人物塑造。所谓性格型人物是指"通过生动具体地描写人物的音容笑貌、言谈举止而塑造出来的人物类型。按冰山型人物观点，微篇小说中的性格型人物往往只写人物性格的一个侧面、一个点，通过有选择地对某一性格侧面、性格点的重点描写，来凸现人物的性格，从而实现写作意图"①。红酒笔下的人物大多极具个性，善于聚焦于某一人物，通过情节的铺排，突出对其主要性格特征的描写，使人物更加鲜活生动，玲珑剔透。如《梁工》中，作者首先就直说梁工的性格"太老实"，听到什么就是什么，要做什么就做什么，如施工现场出了问题，老板要他速到工地，而梁工却听成了耕地，如小旋风般赶到现场，一分钟都没敢耽误；同事总是懒得动，要他帮忙带盒饭，尽管工作熬夜没精神，他还是乐于服务，丝毫没有任何怨言；给老丈人送月饼，途中饿了吃了半块月饼，他又将剩下的如数送给了老丈人；出去应酬，老董拼命奉承，而他却是直来直往，有一说一，丝毫不给建设方面子。等等，通过这几处情节的描写，运用夸张的手法，将梁工的"太老实"逐一深化，令人哭笑不得的同时给人留下深刻印象，仿佛如见其人，如闻其声，如临其境。

---

① 龙钢华：《小说新论——以微篇小说为重点》，湖南人民出版社2006年版，第269页。

其次，理念型人物塑造。理念型人物是指"有些作家为了表达对社会人生的看法，为了形象地展示某种抽象的、带有思辨色彩的观点理念，往往运用象征、夸张甚至变形的手法来塑造人物，让人物成为某种观点理念的形象载体"①。例如《头牌张天辈》中张天辈不顾别人的异样眼光，迎娶了比自己小很多的女子作妻子；《祭秋》中也描绘了女性的悲哀，男尊女卑、重男轻女的封建传统禁锢着人们的思想，文章最后写到金雀儿离开时，缨子问娘"那妖精还回来不"，却得到了娘的一巴掌，看似给缨子一巴掌，实则是给封建传统一巴掌。无论是《头牌张天辈》中的旁人还是缨子爹，作者都给他们戴上了封建传统思想的帽子，从某一层面来说，象征着文化的劣根性，而作者又借张天辈和缨子娘的行为，表现了对腐朽思想的反抗，展现了思想的解放，弘扬了个性与自由。

最后，还有心理型人物塑造。红酒注重人物的心理描写，善于通过环境的渲染，故事情节的安排，融情入景，情景结合，将人物心理描写的细腻深刻。例如《花瓣雨》中，从阴霾天到晴天的变化，尤佳的心情也随之变化，从压抑走向释然；《苏苏的风和雨》中，通过风和雨等环境意象的描写，将情与景融合，融情入景，更显心绪的迷离；《幸子的灯光》中，极力地描写城市灯火的热闹繁华来凸显人物内心的烦乱，通过对比烘托，心理情绪显得更加饱满而丰富。

（二）情节与语言

红酒的文章追求情节结构的多样发展，总是能出奇制胜，通过情节结构的发展，使文中人物性格更加丰满生动，往往能给一些老掉牙的故事，创造出新意，增添文章的趣味性。原因有以下三点。

---

① 龙钢华：《小说新论——以微篇小说为重点》，湖南人民出版社2006年版，第275页。

1. 叙事方式多样，构思精巧

叙事方式有以下三种。

第一，双线交叉式结构与时空交叉式的结构并驾齐驱。"所谓双线交叉，在微型小说里，它或者是一人两事，或者是两人一事，每条线索都串起若干个细节单元，既可以平行展开，殊途同归，也可以交叉重叠，相互衬托。"① 而"所谓时空交叉，在微型小说里，或者是把现实的时空和心理时空，或者是把现在和过去，交叉错叠起来，错开了生活客观逻辑，打破了情节发展的本来次序，进而重新组成叙述结构。这种结构形态给人一种复杂多变、综合立体的感觉，它能较为充分地展示生活的复杂性和人的丰富性"②。红酒将两者高度结合来组织全文，使文章更加意味隽永，如《幸子的灯光》和《纸船》。《幸子的灯光》中，一方面写幸子欲瞒着丈夫与大学时喜欢的人约会，因为心情的纠结与不踏实，所以她一个人去了外面散步；另一方面又写散步时坐上了一个出租司机的车，于是听司机说了一些自己的陈年往事，知道司机现在最大的幸福就是"每天出车回家，他媳妇儿就会把热菜热饭端上来"。于是，幸子觉得自己心里的想法原来跟司机是一样的，平凡中简单的幸福就够了，这看似两处毫无关系的情节，却又相互联系，相互重叠，相互衬托。同时，文章还穿插着时空交叉式结构，幸子坐在出租车里听了司机的故事，看着外面城市的灯火通明，虽然城市灯火璀璨撩人，而此时的幸子眼里心里却只有家里那束橘红色的灯光。接着，写幸子当即给丈夫发短信，收到丈夫的回信"家里温暖"，而"家里温暖"四个字对于此时的幸子来说，不仅仅是一种与外面的寒冷的对比，更是一种心理

---

① 刘海涛：《双线交叉式与时空交叉式：微型小说学》（17），http：//blog. sina. com. cn/s/blog_ 89295d630101nuld. html，2013 - 10 - 03/2015 - 02 - 04。

② 同上。

上对家的心安感。作者通过现实时空与心理时空的交错进行，将人物活动刻画的愈加深刻饱满，同时与两人一事的双线结构相结合，更加深化主题：外面的诱惑太大，有家才是心安之处。《纸船》也是一方面写樱子遇到了柏拉图式的理想情人；另一方面又写樱子与现实生活中的丈夫的幸福婚姻，一个是精神上的伊甸园，另一个是柴米油盐酱醋茶的现实生活，将两条线交叉进行，更凸显樱子纠结的心理。而在时空交叉方面，一开始写现实中纠结于要不要见情人，而后写樱子回忆与他的相识过程，再回到现实写樱子与他约会于西湖桥边，又回忆写樱子如何处理他送樱子的画，然后再一次回到现实。通过现在与过去交错进行的时空交叉式结构的描写，再与一人两事的双线交叉结构相结合，再一次诠释了家的重要性，深化了家的含义，在道德面前幸福的家庭显得尤为重要。

第二，完整的单线叙事结构。"一篇优秀的小小说就更加讲究情节的高巧设计。看似轻巧随意的情节，作者在设计它时一定是颇费苦心的，因为这些情节不是孤立存在的，还必须与整篇故事的延伸相辅佐，与人物的性格和内心相融合。"[①] 在完整的单线叙事结构中，红酒特别注重情节的高巧设计。例如，《花戏楼》中翠儿与琴师刚开始的琴瑟和鸣，到两般面孔，随着琴师的板胡戛然而止，翠儿也硬生生岔了音这一重点情节的描写，将故事推向高潮，从而使整篇文章主题升华到了顶点，将人物心理刻画得尤为出色。

第三，红酒的文章中也不乏插叙式结构描写。插叙是在叙述中心事件的过程中，为了帮助展开情节或刻画人物，暂时中断叙述的线索，插入一段与主要情节相关的回忆或故事的叙述方法。例如《老屋》是通过卖老屋一事，中间插入关于"我"小时候与老屋的一些回忆，更加凸显老屋对

---

① 刘建超：《妙趣横生说花脸》，《雪花》2009 年第 6 期。

"我"的重要性，使文章情感更丰厚。

当然，除此之外，红酒的文章也很注重多样化发展，具有蒙太奇式的写作手法和意识流般的艺术结构。所谓蒙太奇就是将不同时空的生活碎片，进行平面粘贴到一起的艺术手法，而意识流则注重描绘人物意识流动状态，以内心独白、自由联想、现实与虚幻交织为主要方法，在《花瓣雨》中，就是将女主人公尤佳的一些零碎的情绪与回忆拼接起来，跳跃的画面让人恍若隔世，再通过对环境的描写，使主人公这种压抑的心绪表达得更加浓厚而凝重。同时，全篇只是随着主人公的思想前进，没有固定的顺序，从现实跳转至虚幻，又跳转至现实，交织进行，主人公想到什么就写什么，注重刻画人物的内心世界。这种意识流式的写作手法，使文章特别有画面感，能将读者不自觉地带进书中人物的生活中，并随着人物情绪的变化而变化。

2. 出奇制胜的结尾艺术

一篇好的小小说不单单只有内容结构上的丰满曲折能取胜，有时候结尾的别具匠心，也会令人眼前一亮。而红酒的文章更是追求结尾的新奇多样，不拘一格，从而使文章变得更加精彩而有趣。下面分别介绍四种结尾。

第一，自然结尾。例如《紫草随风花千树》，结尾处写到"风华绝代的美人花千树端坐溪旁，轻拨琴弦，送上了一曲《凤凰于飞》……"将故事的内容浓缩于曲中，自然收尾，再结合文章拟人的修辞手法，使情感表达的更加深厚而深刻，深化了主题。又如，《花戏楼》最后写到"两般面孔"四个字，既是对翠儿夫妻关系变化的总结，也是对翠儿自身变化的一种总结，自然结尾，起到总领全文的作用。

第二，神话式结尾。例如《坯王》中，写杏儿爹棒打鸳鸯，使杏儿与坯王大柱有情人不能终成眷属。本以为故事就此结束，可是结尾又写到来年洪水冲塌了村里不少房屋，却独有大柱的房屋完好无损："据说，是因为坏王大柱把杏儿的头发剪碎搅和在了土中。"结尾将故事神化，给杏儿与大柱之间的情感赋予了一种浪漫色彩，将大柱对杏儿的感情进一步深化，更令人多了一份惋惜。

第三，求异式结尾。例如《阿绫》中，结尾处写忽然有一天，阿绫推着一个坐着轮椅的英俊男人从小巷走来，臀摆得更欢，满面春风。这令镇上的人惊讶之余，也给了读者一个意想不到的结尾，几乎颠覆了所有人对阿绫的印象，同时使人觉得是在情理之中：阿绫本身美得张扬，可并不放肆，只是人言可畏。而在《小贱妃》中，也是前面都着力描写小贱妃的"媚"，可结尾处写到小贱妃遭人调戏时，她却字正腔圆地唱起了红娘的段子，与往日表现的狐媚样大相径庭，不禁令人刮目相看。结尾出乎意料，更增加了文章的趣味性。

第四，画龙点睛式结尾。例如《咖啡男人》中，最后写到森哥抓住要逃跑的米兰，朝服务员说了句"来来来，顶级蓝山，先上十壶"，结尾这一句极具画面感，充分增加了文章的幽默色彩，既展现了森哥的性格特征，又点明了主题。又如《跑龙套》中，海椒终于抱得美人归的夜晚，不可置信地"朝自己大腿上使劲拧了一把，颤声说：'师姐，这回我不是跑龙套吧？'"一语双关，一是与剧中人物身份相对应，二是现实的幸福来得太突然，自己都不敢相信，结尾风趣而幽默，贯穿全文，是点睛之笔。

3. 语言艺术

除情节的多样发展外，红酒的文章最突出的特点就是语言的质朴辛辣，生动有趣，诙谐幽默。一段段长长的人生，一个个精彩的故事，红酒总是能于紧要处浓墨重彩，于闲散处三言两语便可带过。以幽默的语言，运用艺术的写作手法将人物性格、心理、外貌等描写得惟妙惟肖，将人物活灵活现地展现在读者眼前。具体来说，作品采用了四种语言。

（1）精练而含蓄的语言

精练的语言，首先表现在极高的炼字艺术上，如《坯王》中，描写坯王大柱第一次见到杏儿，"大柱的眼睛让这个长发妹结结实实地给弄伤了"。一个"伤"字就将大柱对杏儿的一见钟情描写得淋漓尽致。其次，留白艺术的运用。留白，顾名思义，就是在作品中留下相应的空白。张学岚说："再创造空间的留存，一方面倚仗情节的突然逆转所形成的巨大空白，另一方面与语言的简练密不可分。凝练的语言，往往具有深刻的表现力；而有时候较多的文字，反而限制了读者的想象。"① 红酒的文章大多是语言的简练带来的留白，如《阿绫》中，镇长在傍晚时分闯进了阿绫的熟肉店，以后发生什么不得而知，只是用简短的语言描述了次日镇长脸上有三四道抓伤的痕迹，中间一大段情节的省略，留给读者很大的想象空间。

含蓄的语言，主要表现在修辞手法的运用，凸显了红酒语言的极高造诣，如《阿绫》中，写男人的"眼光机关枪似的在阿绫胸脯上瞄来扫去，火舌般地舔着不放"，这一比喻的运用就将男人猥琐的色相描写得鲜活生动；《童年的歌谣》中，描写包子的香味是"不讲道理的香"，运用拟人，将事物赋予人的形象，使抽象的事物变得具体化，更显语言的轻松活泼。又如《老穆》中，描写"艺术系有几个长相奇特的人，我曾说过，假若没有老穆，拍戏时地主没人演了；少了金畅，狗腿子没了；缺了大夏，汉奸上哪儿找去？这几个人站一块儿，我天，世界上就没好人了"。这一段运用排比、反问、夸张等手法，以风趣幽默的语言，对人物形象特点进行了

---

① 张学岚：《"留白"的艺术与构思的精巧——略论微型小说的审美属性和创作特征》，《中州学刊》2001 年第 1 期。

高度的概括，令人看了忍俊不禁。

(2) 散文诗般的语言

散文诗一般的语言。红酒炉火纯青的语言运用，把人物衬托得愈加高大。例如《二功子》中，描写二功子说书情节："左手月牙板，如银蝶翻飞，叮咚有致，极尽缠绵；又似珠滚玉盘，清音悦耳，和风扑面，一曲清音，宛如山涧溪流，潺潺涓涓，经绝不断。右手执鼓槌，把那玉鼓催动，如沸如腾。鼓槌翻飞，红缨舞动，鼓声时疾时缓，时近时远，时而低徊幽怨，时而悠扬婉转。"这一大段的比喻排比，平仄押韵，如散文诗一般，读起来朗朗上口，仿佛一个活脱脱的二功子正站在你面前说书一般，将人物形象刻画得活灵活现。而《紫草随风花千树》中，作者运用拟人的手法，将大自然中的一切都赋予人的思想，在唯美宁静的大自然中，以诗化的语言，编织了一个童话般的故事，将人物的心理、情感，娓娓道来，使全文都笼罩着一股浪漫色彩。又如《美人尖咖啡》中，莫依依的幸福日子是："碧波涟漪，临水入影，渔舟唱晚，香樟树，石拱桥，廊檐下，我们依着美人靠品咖啡，看摇橹的船娘一顶斗笠，一双红鞋，江南小调盈耳。"诗一般的语言，营造诗一般的意境，宛如一幅诗情画意的风景画，极具画面感。

(3) 幽默化的语言

读红酒的文章不仅仅是了解故事大意，体会其思想内涵，更是语言文字的幽默带来的精神上的一种享受。这种享受不是一种脱离实际的幻想，而是富含生活中的真实存在。例如《小贱妃》中，描写县文化局的头儿"在练功房时，头儿的眼睛像图钉一样，只按在马花身上，时不时地把手放在马花的腰上说，穿这么少冷不冷啊？操心程度跟妈似的"。用风趣幽默的语言描写了头儿的下流猥琐，讽刺批判了人性丑陋的一面。《跑龙套》中，师姐带海椒去相亲，师姐对那姑娘说海椒是架子花脸，而海椒说"那是以前，如今我跑龙套"；师姐又说海椒人心眼好，海椒却说"我说话冲，脾气辣，会打人"。短短的几处对话描写，以幽默式的语言塑造幽默式的情节，将海椒固执、孩子气的性格刻画得形象生动，不禁令人莞尔一笑，同时在幽默轻松的语言中，又将海椒对师姐的深情款款尽显无疑。又如《咖啡男人》中，描写森哥为了过上上层人士的生活，尽出奇招，于是发生了生活中一些令人哭笑不得的事，作者以幽默的手法，将故事的情节娱乐化，特别是结尾处写森哥"豪爽地大喊：来来来，顶级蓝山，先上十壶"，将语言与其性格相对应，语言艺术的高度运用，更凸显事件的滑稽可笑。

（4）具有地域色彩的语言

语言的地域色彩化，有方言的运用，如《老马》中，老马问媳妇儿到底要啥素，媳妇儿说"啥素都中"，一个"中"字便带有强烈的河南味；也有民谣的运用，如《童年的歌谣》中的"小花猫，咪咪叫，翘尾巴，蹦蹦跳，想捉一只老鼠吃，老鼠吓得连忙跳"；还有民间俗语的运用，如《花奶奶》中的"小小青杏尝个鲜，二月果子涩巴酸，三月樱桃搁暑天，四月李子甜又酸，五月石榴疙瘩瘩，六月葡萄一串串"，等等，这些都使得文章更富地域特色，更具亲和力和感染力，增加了文化色彩。对这个因素，下面分别予以论述。

总之，红酒的微型小说，无论是内容主旨上还是情节结构上，抑或人物塑造上，都嵌入了健康的、向上的美。这种美与她创作的态度、生活的环境与深厚的文学功底是密不可分的。

首先，在创作态度上，红酒一直是以戒浮戒躁、宁静致远的创作心态来抒发情感的。杨晓敏曾说："作家写作动机主要有三种：一种是立志为艺术献身的人，他们有着深邃的思想、诚信的良知和特殊的写作禀赋；其二大约是为求改变生存状况而投入创作的人；第三种人，他们之于文学，注重的是参与，少了些虔诚，多了些随意，只想让人生多些色彩，让生活变得轻松。这种创作，没有功名利禄之忧，没有生存之虞，就是觉得有些胸中块垒需要宣泄冰释，某些有意思的物事需要随手描绘。"[1] 而红酒就是属于第三种，可能因为她从小生活在比较优裕的环境里，所以她的作品更多的是一种纯粹的文学创作，不带有任何的功利目的，只是一种情感的宣泄、一种美的表达，所以你能感受到文章中人性本真的美，情真意切，不刻意为之。

其次，一出出精彩的戏曲人生，一段段深刻动人的故事，都离不开红酒从小生活的环境。由于父亲是"戏痴"，所以她深受父亲影响，喜欢戏曲舞台，喜欢地域文化，对梨园生活非常了解，所以她的题材大多为梨园生活，并将这些精彩的故事都编排在她构建的王国——相思古镇中，加上她有一个会讲故事的母亲，这又为她的写作提供了许多素材。所以，她笔下的作品，更加地贴近群众，贴近生活，是一种真情实感的表达、美的自然呈现。

最后，要在一个很短的篇幅中，描绘出精彩的故事，刻画出生动的人物形象，这都离不开她深厚的文学功底。语言的轻松幽默，简练含蓄；人物的异彩纷呈，鲜活灵动；结构的多样呈现，不拘一格，这都显示其微型小说写作的深厚功底。

红酒写作虽内容饱满，情感丰厚，但是其创作题材还是比较窄小，多为梨园生活和陈年旧事，很少有其他类型的题材，像都市生活题材等，人物类型也多为普通百姓，所以也期待红酒能创作出更多题材、更多人物类型的作品。

红酒的微型小说集《花戏楼》，通过情节结构的多样发展，以轻松幽默的笔调，将人物刻画的活灵活现，呈现出一种人美情美童真美的世

---

[1] 杨晓敏：《小小说是平民艺术》，河南文艺出版社2009年版，第5页。

界，具有丰富的思想内涵，是一部非常有品质的、值得研读的微型小说作品。

（黄蓉　李婷）

九　刘殿学微型小说的讽刺艺术
——以微型小说集《有关部门》为例

刘殿学，男，中共党员，汉族，1942年3月出生，江苏盐城市人，大学文化，中国作家协会会员。现任新疆奎屯市文联常务主席、奎屯市作家协会主席、伊犁哈萨克自治州文联委员。20世纪70年代早期开始发表作品。1987年于北京鲁迅文学院学习。至今著有各类小说、散文及影视剧本300多万字。刘殿学是小说界一位重要的作家，他以丰富的创作成果和微型小说独特的创作风格推动了微型小说的进一步发展。

刘殿学的微型小说集《有关部门》（四川文艺出版社2012年版）充分体现了作者的创作个性，尤其是小说的讽刺艺术具有独特的审美价值。下面分三部分予以介绍。

（一）直面现实，对社会不良现象的冷峻呈现

社会上存在着丑陋、荒谬、邪恶等黑暗的一面，这些往往会以各种各样形式表现出来，如社会上的腐败现象、官员的贪得无厌处处皆是，享乐主义、物质主义、投机现象盛行。刘殿学以辛辣的笔锋揭露社会现实问题，具有强烈的现实意义。下面分别介绍其作品对三种现象的批判。

1. 对腐败现象的批判

刘殿学的作品成功地塑造了一些腐败官员的形象。在《非常很好》中，刘生作为省里派到灾区调查灾情的勘察委员，刚开始的时候由于受到灾民的热情招待，并且未收到当地富绅的"实惠"，想"不如积点阴德"，据实呈报灾情，以减去灾民的租税。可当收到当地富绅的礼物之后，立即把呈报的稿件撕碎，还得意洋洋地想，"一个人要往大处想，不能贪小"，于是重新呈报情况。小说就通过这样一个富有典型意义的事，揭露典型的腐败行为，腐败思想腐蚀了官员，使他们丧尽天良与人性，表现了他们对人民的迫害。

同时，刘殿学还把批判的矛头指向地方基层实力雄厚的官员，对这些"恶霸"进行深刻的揭露与鞭挞。《黑暗中看到的》中某县官员"他"把一个地摊小贩误为小偷予以拘捕，小贩的妻子前来求情，"他"借机对小贩的妻子进行调戏，要小贩的妻子满足他的兽欲才肯放掉小贩。地方恶霸在一个毫无抵抗能力的弱女子身上为所欲为，给这些底层劳动人民肉体和精神上都带来了严重的伤害。作者揭示了普通劳动人民在这些地方势力的欺负下不但没有人身安全，而且人格尊严也要受到欺辱。

除了以上两个方面以外，刘殿学还对为达目的不惜一切的"权钱交易"现象进行揭露。《一步之差》中一名市里老干部的儿子大学毕业不久，老干部天天张罗着给儿子找一个合适的职位。为此，他动用一切可用关系加上他准备的金钱、名烟、名酒去打理，最终儿子进了当地的民政部门。"公平"这个词语在此面前显得苍白无力，"公平"是属于有权钱者的，普通百姓根本享受不到竞争的权利。

2. 对享乐主义、物质主义现象的批判

在享乐主义文化盛行的时代，享乐主义、物质主义在社会各阶层的人身上都有体现，尤其是在广大青年身上。《小毛驴进城》中的小崔大学毕业后，刚开始的时候是一个斗志昂扬、积极向上的有为青年，然而在几次创业失败后，迷恋豪华阔绰的生活，抛弃了曾经的梦想，她最终嫁给了做木材生意的老板李明义。《离开以后》中的何聪开始还想挣扎，离开爸妈到陌生的城市发展，可由于过惯了安逸的生活，最终还是没有忍住，他爸妈电话一来就立刻决定回家。小崔、何聪都是受过先进文化熏陶的人，可最终还是抵挡不住享乐主义文化的影响，而做出个人的选择。

与此同时，物质主义也是刘殿学批判的对象。我们身边有很多人把物质主义理解为现实主义，这是一种完全错误的理解。在刘殿学的微型小说《猴头金》中村子里的五个壮汉出去淘金，在一条河边终于发现金光闪闪。炎炎烈日下，大家干得都非常卖力，使劲往河床下面挖，经过千辛万苦终于挖到一块猴头金。在喜悦之下也带来了一丝忧愁，这块金子怎么去分？每个人都以为有人想独吞而互相猜忌，最后导致自相残杀，无一人活下来。在物质面前，生命都显得毫无意义，刘殿学对这种拜倒在物质主义下的社会现象进行了深刻的讽刺。

3. 对投机现象的批判

刘殿学的作品讽刺社会另外的一个不良现象是投机、不务实，借以揭露社会上的一些丑态。《我找马局长》中一个女人为了自己的孩子能上重点高中，不惜一切代价地给局长送礼，想通过这样的"捷径"达到目的，而不在自己孩子的学习上下功夫。《报酬》当中一个年轻的小伙子因为没有合适的工作，到大街上要饭，最终过上"安逸"的日子。作者塑造的这两个人物形象，具有典型的讽刺意义。刘殿学笔下的《一种惆怅》可以算是小说集中的经典之作经。科长老徐忙得"恨不得每天有四十八个小时"，他每天忙什么呢？忙的就是开各种会议，每次会议都要发指示，指示强调

"清正廉洁，服务于人民"。实际上他主要忙在为自己服务，因为他心里每天想的就是晋升、权力，所以每次机会都不放过。当听说市里要举行文化技能竞赛时，没有找他去，他就到处打探消息，还特意找相关的负责人，想尽一切办法最后挤进去了才心满意足。像老徐这种以工作为借口，却在为自己谋名利，不乏其人。相比较于那个女人为自己的小孩能上重点高中和要饭的那个年轻人，老徐的投机行为显得更加虚伪。

作者通过对这些人物的塑造，毫无顾忌地撕毁社会现象的面纱，让更多的人认识丑恶。刘殿学的作品反映生活实际、人民大众的苦乐，把批判的矛头指向社会的不同层面，达到对社会上丑恶现象的深刻揭露。

（二）直指人心，对人性弱点的深度揭示

在刘殿学的作品当中对人性的弱点进行了深刻的揭示，具体体现在人物性格上的虚伪、自私、奴性等方面。社会上各式各样的人物，揭穿他们内心的实质，拨开这些人物虚伪、自私的面孔，从而达到警示世人的作用。刘殿学主要揭示了人性的以下三种弱点。

1. 虚伪

刘殿学着力讽刺的第一个层面是人性弱点上的虚伪。鲁迅在《论睁了眼看》指出："我们中国人最缺乏的是敢于正视，而是在敷衍和自欺中混日子。"由于传统文化的影响，这种习性已经深深地印在人们的心里，对它的改变也不是一两天的事。虚伪之人常常有，这类人不仅麻痹自己，而且欺骗他人。刘殿学在讽刺时对虚伪这类人物进行了深刻的揭露。《书记他爹》中塑造的邻居来找书记办事，别人都以为这就是书记的爹，大家都极力地讨好，端茶送水，服务周到。很多人在对生活的恐惧中，不敢正视，而是选择欺瞒作为精神逃路，在虚伪中苟且偷安。刘殿学将这类虚伪

人物刻画得淋漓尽致、入木三分。

刘殿学对人性上的虚伪不仅仅指向于"自欺、欺人"方面，更多的是人物性格上表现出来的"假"。《有关部门》中三豁爹来找有关部门解决有关问题，在整个办事过程中，无一人是真心实意想为三豁爹解决事情，遇到的都是冷嘲热讽的面目。"哪个有关部门？我们都是有关部门，我们又都不是有关部门。有你这么问地方的吗？"一个文化程度不高的老年人找有关部门办事，遇到的都是有关部门工作人员的虚情假意。这从侧面也展示了普通百姓办事难的问题。

2. 自私

刘殿学讽刺的第二个层面是人性弱点上的自私。在刘殿学的作品《红棺黑棺》中，罗幺爹的亲戚中有许多有权有势的人。他利用他们的权势为自己谋利，经常和他们来往，只要有和自己利益相关的问题，罗幺爹绝不放过。为了一个低保的问题，罗幺爹利用亲戚的关系，做出虚假的相关证明，而真正需要低保的人又得不到。罗幺爹的行为就是典型的自私自利的表现。对这一类生活在社会底层的人，刘殿学虽然同情他们的处境，但对他们自私自利的丑态是极力反对的。

自私之人时时刻刻都在为自己着想，从不考虑他人的遭遇，经常会为自己的言行找一个冠冕堂皇的借口，而不愿正确看待自己的恶行。《级别》当中司炉班的负责人为了得到科长的赏识，自编了一个属于理想派的剧本，为了保证演出，一个组员生病卧床不起都要来参加演出，没有表扬反而还受到了负责人的批评。《高书记吃顿饭》中一个下属为了一个晋升的机会，请高书记到最好的酒店消费，最后连母亲看病的钱都没有了。刘殿学对这一类自私之人尽情地嘲弄，而且给他们安排一个可悲的结局，使他们的目的落空，造成强烈的反差讽刺。

3. "奴性",失去自我

刘殿学集中于讽刺的第三个层面是"奴性"十足,失去自我。奴性思想的人很容易表现出随遇而安、逆来顺受、听天由命的性格特征,并且永远唯唯诺诺,不知道什么是尊严,只要有钱权,就会低声下气奉之为神明。刘殿学笔下的奴性表现在,首先安于做奴隶,寻找一切机会表现自己是个"好奴隶",但心中有明确的等级界限,谄上骄下,为了做主子拼命往上爬。《一种惆怅》当中的小范依靠舅舅的权力得到一个民政部门的差事,就开始厌恶平时的朋友,每年过节都要给舅舅送礼。舅舅病了,他却东躲西藏,害怕有事赖在他身上。刘殿学对这样的一种人深恶痛绝——完全丧失了自我的原则,通过作品的揭示,目的在于使社会上少些奴性的人,多些自立的人。

这种奴性思想在马贵身上也得到了体现。《听话听音》当中的马贵刚刚被提拔,就立刻与昨天的朋友反目以待,把他们看作仆人,呼来喊去,还极力模仿上司训他的嘴脸,道貌岸然。刘殿学批判的主要是社会中层阶级人物的奴性。这类人物寻找一切机会展示自己已经坐稳了"奴隶"的位置,而且是个"好奴隶"。

作者通过对这些奴性型反面人物的鞭挞和嘲讽,间接肯定对人性美好的向往,更能达到强烈的讽刺效果。

(三)独特的讽刺手法

刘殿学的微型小说客观地写出生活内容和人物本身的性格,在作品中他几乎从不发议论,使生活的原样形态与最辛辣的讽刺意味完美统一起来。之所以能达到这种效果,与刘殿学能够围绕讽刺目的创造性地运用多种讽刺方式和手段是分不开的。下面分别介绍四种讽刺手法。

1. 夸张

夸张是讽刺手法之一，是为了达到某种表达效果的需要，故意把事情夸大，言过其实。夸张手法曾被各类名人大家使用，如鲁迅先生就曾说过："在或一时代的社会里，事情越平常，就越普遍也就愈合于作讽刺""有意偏要提出这等事，而且加以精炼，甚至于夸张，却确是讽刺的本领。同一事件在拉杂的非艺术的记录中，是不成为讽刺的，谁也不大会受感动的。"而夸张亦是刘殿学达到讽刺效果的重要方式之一，他的夸张不落俗套，敢于创新，在人物性格、行动、外貌特征等方面予以突出，揭示人物真实的嘴脸。

在微型小说《茶圣》中对人物性格、行动的夸张从平凡中可以看到，有时在突出人物外部特征的时候，对其人物的行为和言行进行夸大，从而达到讽刺的效果。对小舅弟这个人物的刻画，为了充分表现他在家人和外人面前的不同，语言、行为动作完全不同："妈耶！你算账了没有呀姐夫？一个字值三千三百三十三元呀姐夫！值了！"从日常生活中提炼情景，也能够更好地对人物进行讽刺。《我找马局长》通过一个陌生女人找马局长办事而出现一系列滑稽场面，对这一人物进行深入的讽刺。她为了自己的小孩能够上重点高中，找马局长送礼而被拒绝后展现了一系列丑态。刘殿学把这样一个常见的生活场景，夸大提炼为小说情节，能够更好地体现一个被生活现实压迫的小人物的处境和精神状态。

2. 对比

对比也是一种较为常见的讽刺手法，把相同或相反的事物放在一起进行比较。刘殿学在《有关部门》中，每篇文章都抓住了社会、生活中的矛盾，以客观对比揭露了人物言行不一、前后行为相悖、心口不一等矛盾，从而使人物自己撕破了虚伪的脸皮，逼现人物真实形态。刘殿学采用以下三种方法,实现了对比。

首先,刘殿学通过观察人物对事物的言行不一、口是心非现象,通过描写不同人物对待事情的不同态度,再接着进行比较,凸显人物心灵和灵魂的卑劣、丑陋不堪。其中,以揭露批判过相关部门人员在其位却不谋其政的丑恶嘴脸为主,也衬托出下层平民百姓生活的无奈、艰辛的生活状态。刘殿学在《有关部门》这篇文章中,讲述了三豁爹寻找相关部门解决低保的问题,而在解决低保问题过程中,有过这样一段描写:(三豁爹)手抖抖地拿出报告,说:"请你同志哥看看,市长叫我找有关部门解决我的有关问题,我都找了两年了,才算找到你们!"那男干部挺住抓牌,接过报告一看,很果断地说:"嗨!这个市长早提到省里去了!既然当时市长同意你享受低保,你咋不去找民政局呢?他们才是你要找的有关部门,你跑我们这里来干吗?我们是管精神文明的,哪管你这事?"从这段描写中可以看出,三豁爹对于低保问题心里充满了希望,而部门人员的态度则是事不关己、冷淡,正是通过这种对于同一问题,但处于不同位置人表现的不同态度,从而进行比较,推测人物内心思想,凸显不同的人物性格。

其次,善于抓住人物自身前后言行相悖的矛盾,凸显其卑劣可笑的龌龊行径。对比这一手法在刘殿学的作品里时常可见,在《多走几步路》这一篇文章中也尤为明显。周县长风光时,总是有专门司机、专门的公车接送,给人的印象总是当官就是好,风光满面。在旁人、邻里看来,这些是周县长一贯的而且不可能改变的状态。但是当周县长因为某些原因被贬了职、没收了车之后,他开始步行回家,每次回来就气喘吁吁。而在周太太询问其原因时,周县长却说道:"县长咋啦?县长就不能走路?我们这人是人家南方吗?要几辆小车干什么?"作者将周县长之前坐小车春风得意与现在走路气喘吁吁进行对比,通过语言对话的描写以及动作描写,使得人物自撕虚伪嘴脸,逼现其真实形态,讽刺其卑劣丑陋的行为。

最后,通过描写社会现状或社会政策的美好与现实遭遇的残酷进行对比,对被讽刺者进行嘲讽,而这点在《有关部门》一文中最为明显。其中三豁爹因为国家政策,即给予农民低保待遇而高兴,而感到国家对弱势群体的恩惠,而实际上在他办理低保手续的途中,各部门"踢皮球",最后他无获而归。国家政策的出发点确实是好的,是便民惠民的,但实现过程的残酷、人情之冷漠,让三豁爹又回到原点,白白付出两年的努力。将社会政策美好和现实残酷相对比,凸显了基层百姓生活的苦楚、不易与无奈,唤起读者的同情与愤怒以及对无情的相关部门人员的痛斥与憎恨。

3. 反讽

反讽又称倒反法、反语,即说话或写作时一种带有讽刺意味的语气或写作技巧,单纯从字面上不能了解其真正要表达的事物,而事实上其原本的意义正好与字面上所能理解的意涵相反。通常需要从上下文及语境来了解其用意,即在一定的语境下,表层意义和深层意义具有相对对立性,但表层意义或字面意义的表述对话语真实目的具有一定的歪曲或者迷惑意义,只有深层次的意义才是说话人或作者真正想要表达的意义。通常,反讽手法表现为夸大叙述和正话反说等形式,常通过制造一种诙谐、辛辣甚至怪诞的形式,达到作品表面看是随意愉悦易懂,实则凝重、精致、深奥的作用,达到耐人寻味,而这种随意和凝重的矛盾,会使读者造成强烈的反差。

在《多走几步路》中,文章开篇对周县长官场受挫描写道:"这几天,周县长上下班,自己走路。小车坐久了,腿都有些不自然了。"

从表面上看,这是对周县长官场得意、配车有司机的生活的描写,但实则其双腿并不是不自然了,而是享受习惯了,一般正常人都能够走路,为什么周县长走路腿就不自然了？这看似不合常理、怪诞。当然，这是刘殿学先生对那些把当官当作享受、当作痴迷的人的赤裸裸的讽刺，揭示了政坛仍存在腐败现象，引起读者对他们当官初衷的思考。

在《有关部门》中，作者最后写道："找到了，在外面。"三豁爹看也不看看门小伙，信心十足，走出大厅，去找有关部门解决他的有关问题，这是种强烈的讽刺。三豁爹说："找到了，在外面。"不难看出三豁爹语气中透露着喜悦与希望，是他真的找到了相关部门了吗？当然不是，这只是相关部门常用的一种推卸责任的做法罢了。另外，"信心十足"这个词表层意义表示很有把握做成某件事，但在这里运用反讽中正话反说的手法，表现出三豁爹一走出这栋大楼，这栋楼的人员就"安宁"了，但三豁爹要解决的低保问题，仍是个未知数。这种通过某些词语运用反讽，让读者体会更加深切，表达出更为强烈的愤怒之情。

4. 反复

反复亦是讽刺手法之一，反复是为强调某个意思，对语句和段落进行反复的描写。反复某一关键词语时，恰好能够对对象进行讽刺，从而更有利于彰显笔者的思想与态度。在《有关部门》中，描写了三豁爹在寻找"有关部门"的过程中，遇到一个相关工作干部，三豁爹与其对话中使用的反复手法尤为明显，三豁爹问："丫，丫头，有关部门在哪屋？"小姑娘干部听不懂四川话，瞪起两只描得绿黑绿黑的大眼睛，问："你说什么呀？什么在哪屋？""有，有关部门在哪屋？""什么有关部门？你到底要找哪个部门嘛，这大楼里有两百多个部门啦。""不，我只找有关部门解决我的问题，他们在楼里做事的，都不知道有关部门吗？"

以上对话中反复写到"有关部门""部门"等词眼，但每次使用的意义更加深刻，当三豁爹第一次说到"有关部门"时，语气带着迷惑、彷徨与无奈，而当小姑娘干部看似不解地反问"什么有关部门"时，体现出社会中仍然存在的人情之冷漠，反映出官员高高在上而并未切实帮助百姓解决实际问题的不良社会风气。再者，小姑娘干部紧接着说道："你到底要找哪个部门嘛，这大楼里有两百多个部门啦。"看似三豁爹无知，实际反映的是政策实施过程中仍然存在官僚机构膨胀，官员在其职不谋其政的社会现象。刘殿学运用反复手法，揭露了官员高高在上的姿态，讽刺了有关部门人员名义上为人民服务，实则两耳不闻百姓事，揭露了部门人员惺惺作态、虚与委蛇的虚假面孔。

刘殿学的微型小说的典型风格就是带有强烈、辛辣的讽刺。他的微型小说善于挖掘人物的恶性，对此加以嘲讽和鞭笞，并通过人物揭露社会的黑暗，帮助读者认识生活，认识世界。独特的风格还需要独特的语言，刘殿学的语言简练、严肃中含有诙谐。他的叙述语言平淡机智，绝不生硬晦涩。另外，他在叙述语言中少用形容词和连词，少修饰语的长句，而多用短句，句式结构简单，简洁明了。

刘殿学的微型小说以辛辣的笔触深刻地揭露了社会的不良面，展示社会生态的真实面。其微型小说中人物形象的魅力不仅在于生动、形象，还在于他把人性的弱点刻画得淋漓尽致。他竭力发现人物身上多方面的社会影响和印记，通过人物复杂性格的描绘，力图反映出社会本质。他的讽刺技巧主要通过夸张、对比、反讽、反复等手法展示人物的丑恶嘴脸。刘殿学的《有关部门》体现的风格既明快尖刻、又幽默辛辣，在写作题材上揭露社会生活的方方面面，在人物刻画方面，揭露人物本性，具有强烈的讽刺色彩。

（周帅　李婷）

十 朱雅娟微型小说初探

——以微型小说选集《神箭手》为例

朱雅娟，1974年生于甘肃陇南，曾在《小小说选刊》《短篇小说》等杂志发表微型小说200余篇，有中短篇小说、散文、随笔等作品散见于省内外杂志，有30多篇作品被选入多个权威选本，已出版个人微型小说集《琉璃灯》《和树一起长大》《神箭手》等。获大大小小的各种奖项数十次，三次入围"金麻雀"奖，全票当选"新世纪小小说风云人物榜·新36星座"。

朱雅娟是一位富有才情的创作者，她对微型小说有着独到的见解，她的作品视角独到，立意新颖，内容充实，语言细腻。朱雅娟的微型小说选集《神箭手》（光明日报出版社2010版）中的67篇作品，无论是内容主旨、女性视角还是艺术特色，充分显示了作者的风格。下面从这三方面分别予以论述。

（一）内容——人性的呈现

朱雅娟的微型小说内容饱满，意蕴深厚，有着丰富的内涵。初读时，读者会被淡雅从容的文笔和变化难料的情节所吸引；再稍作深入，会发现作品充满了人性之美；读完细细回味，会惊讶这短短的篇幅竟能淋漓尽致地展现所要表达的内容、情节以及构成的点点滴滴。读她的微型小说，让人眼前一亮，恍若踪迹渺然，却又似曾相识。单是文字上的阅读享受便已沁入身心，更不用说心灵上的洗涤。她以丰富的阅历，将平凡的情感、平凡的故事写入微型小说，使人感同身受之余，或羡慕，或同情，或称赞，抑或讽刺。她赞扬真情，深深同情底层小人物坎坷不幸的命运；批判丑恶，将人性的弱点暴露无遗。美好的感情使我们升华并蓄积力量，丑恶的现象叫我们嗤之以鼻并警醒。下面对此两类情况分别予以论述。

1. 真情的颂扬

真情，即真实的情感、情谊，包含着人们所说的亲情、友情、爱情。自古以来，好的文学作品离不开真情的表露，没有真情实感的作品如同没有灵魂的人，只是空空的一副皮囊而已。朱雅娟的微型小说包含了各种情感：夫妻间的真诚、为不耽误未婚妻而放手的无私、童养媳对夫家的感恩之情……爱与真情相互交织，融于其中，展现人性的真善美。

在《陶戒》中，成为窑匠十多载妻子的女人到了肝癌晚期，她一直有一个心愿，就是能拥有一枚戒指。其实，之前窑匠带她去看过戒指，但她总是嫌价钱太高而舍不得买。女人去世后丧事办得风风光光，每个手指上都套了陶制的圆环，那是窑匠亲手为她烧制好的陶戒。生活中处处有真情，这一对夫妻，虽生活不富裕，但相互扶持，相互体谅，将热烈汹涌的爱情以朴实、细微的方式呈现出来，诠释了普通小人物的深情。"我要让你的手滑过我的每一寸皮肤，让我在你的手里诞生，让你的手叫醒我。"女人愿来生能成为陶器，在窑匠的手中绚烂。这发自内心的告白更加为他们之间的爱情增添了不可磨灭的情愫。

另一篇微型小说《一生》中则是因为爱而甘愿放弃对方，让对方寻求幸福。文中麻连长被抓了壮丁，全国解放后回到村里，等了他几年的未婚妻一心想要嫁给他，他却死活不肯。后来，麻连长与被他救下的寡妇结了婚，未婚妻翠儿对他死心后嫁到了邻村，生活美满，儿孙满堂。没有看到结尾时，我们心头都会涌上这个问题：为什么麻连长宁愿娶一个寡妇也不愿娶等了自己好几年的未婚妻？翠儿也一直疑惑，她弥留之际她终于知道了答案，原来麻连长在战争中负伤导致他失去了生育能力，所有的疑惑和怨恨就此烟消云散。麻连长是爱翠儿的，但他不愿耽误她，他给不起翠儿相夫教子、子孙满堂的生活，所以他宁愿自己独自承担一切，放手让翠儿去寻找真正的幸福。这种感情是真挚而又无私的，如同寒夜里的灯，孤苦无依却始终为照亮别人而跳跃着光。麻连长是一个真正的男人。

真情，人性中最温暖的一个词，看似简单做起来不易，朱雅娟笔下的换弟做到了。在《换弟》中，作者以旧时社会的童养媳为切入点，写换弟因娘家穷得揭不开锅而被兄长卖为童养媳后的生活。她没有对生活感到绝望，她对自己的小丈夫照顾得无微不至，对自己的公婆也侍奉得全心全意。小丈夫执意去当兵，她哭了一晚上；小丈夫归来后，她却讨要起休书来，因她一直知道小丈夫因别人的闲言碎语、因自己而感到为难。在离婚以后，换弟也因公婆的挽留一直尽心照顾他们。换弟比平常女子多了一份豪气，虽是童养媳，但她从心底里感激夫家，所以从不抱怨命运的不公，任劳任怨，想要多做些什么来报答他们。

感情，若只停留在语言上而没有用实际行动付出，便也不能很好地维持下去。《男人应当对女人好》一篇中，作者通过两代人的夫妻关系进行解读，父亲告诉儿子"男人应当对女人好"，儿子颇有异议，因为他看到父亲对母亲也只是高高在上地发指令，当老妈子使唤。当儿媳被送进产房，儿子在外面焦急地等待时想起了一些事，想起了那句话，"男人应该对女人好"，他仿佛真正领会了这句话。所谓的对谁好并不是说说就能体现出来的，只有用行动去证明。男人对女人好，也应该是尊重她们，爱惜她们。在《老女人的镜花恋》中，一个名声不好的女人为了守护一生最真挚的爱情，半生守寡，甚至当自己爱的人求婚时也拒绝了他。不是她不爱他，而是心里存留珍贵的感情，她默默守着就好。若是关系变了，那这份感情也将变质。朱雅娟的这些微型小说，下笔深情真切，无一不体现了人性的真善美。

2. 丑恶的批判

善恶之殊，如水与火不能相容。一枚硬币，有正面和反面。如果正面是善，那么反面必定是恶。人性如此，善恶兼存。社会的冷漠、人性的丑恶、官场的腐败，朱雅娟一一揭露出来，批判、警示的意蕴不言而喻。

在《五斤》中，五斤的娘被狼吃了，他成为孤儿后为了生存经常做一些偷鸡摸狗的事来填饱肚子。如同废物一般整日为了吃的在街上游荡，这是他的宿命吗？不，不是的，若村上的人能够对他抱有同情心，施以援手，他的命运定将不同。这让我想起了鲁迅先生笔下的《祝福》一文，文中祥林嫂丈夫死了，孩子被狼吃了，她不断地向别人讲述自己的悲惨遭遇，起初是得到了些许同情，但最终被人厌恶，她的精神、生活每况愈下，结局可想而知，成了那个社会的祭品。让人印象深刻的是文中看似平淡的一群"看客"，他们冷漠、麻木、空洞，用别人的痛苦为自己的生活增添乐趣。五斤村里的人也属于这样的"看客"，若不是他们内心麻木、愚钝，绝不会在五斤的娘被狼吃后还挑趣五斤问他的娘咋了。他们时刻提防着五斤，却不知道造成这个局面的其实是他们每一个人。社会的冷漠、良善的缺失一览无遗地展现在我们眼前。

人性往往与财富绑在一起，财富能够衡量出一个人的善恶。在《会吐金子的人》中，男主人公当着最爱的人的面说"我爱你"时就能吐出金子。他遇上了心爱的她，对她说"我爱你"，每一次都能收获金了。爱情、婚姻、财富，他都拥有了，但并没有一帆风顺，后来吐出的金子居然含金量不足，甚至吐出来的全成了石头，妻子因此离他而去……原来男主人公贪图黄金，使感情变质，并且他的妻子贪慕财富。小说中的人物只是两具因金钱绑在一起又因金钱分开的贪得无厌的躯壳，物质、财富固然重要，但不是全部，一心为了追求财富而迷失了自己是最可怕的。作者对此嘲讽得不露声色，令人怅然。

官场，也不乏腐败、丑恶的现象。朱雅娟别出心裁，以为官腐败之人的口吻叙述，将官场的丑态暴露在人们眼中。《我要懒到不呼吸》，全文围绕一个"懒"字展开，文中的"我"十分懒，懒得计较，懒得做事，懒得做报告，懒得拒绝别人的贿赂，懒得动……最后得了病还要懒到不呼吸，就这样永远闭上了眼。以权谋私、钱权交易，是官场腐败的典型现象，作者仅仅是写了一个人，就折射出整个社会的影像。贪官污吏数不胜数，说到底这其实也是人的贪心在作祟。为官者，一心为民方为好官。有多少人已改变了这一初衷，转而与腐败同流合污？本性的遗失叫人痛心，在揭露、讽刺的背后，更多的是深深的遗憾与惋惜。

另有两篇《历史追踪仪》和《朱晓晓的富贵梦》，文中的历史追踪仪可以还原历史真相，所有的丑恶都将无处遁形。前一篇中人们惶恐不安，为了保护自己的隐私用一场大火将历史追踪仪付之一炬。后一篇中人们又误以为历史追踪仪再现，所有人都巴结拥有仪器的人，希望不要将自己的丑行暴露，最终却发现所谓再次出现的历史追踪仪只是一台普通的收音机。这一出闹剧将人性的弱点剖析得入木三分。

朱雅娟的微型小说对人性进行深刻的分析，无论是人性的真、善还是人性的丑陋都能一一表现出来。对真情的颂扬闪耀着人性的光辉，对丑恶的批判其实更引起人们的反思。她笔下的人物形象多样，映射了社会上的千情百态。从细微入手，通过语言、行动等的描写，将真实的人性以平常的姿态还原出来。

（二）女性视角——细腻深沉、自由独立

通常，相对于男性视角，女性视角更显得细腻、感性，朱雅娟以女性视角展开微型小说的叙述，包含许多细微的情感在里面，呈现出秀美而有

灵气的人物形象。此外,她也能深沉、细致地利用女性视角来剖析社会,彰显女性意识。下面从感情和意识的角度分别予以论述。

1. 细腻而深沉的感情

朱雅娟的微型小说善于通过女性独有的情感体验,塑造出秀美的人物形象。在《落花情》中,霍生钟情于如嫣,锲而不舍地求爱,令如嫣感动。本以为两人就能如此幸福下去,但霍生因偶然的际遇对一位富有才情的女子上了心,虽然他甚至没有见过那位女子的面。秘密是藏不住的,如嫣对他的举止了然。当霍生终于激动地见到朝思暮想的女子时发现她竟是自己的未婚妻如嫣。最后,如嫣在婚礼上逃走,她虽爱霍生,但是在她看来,霍生并不爱自己,而是爱着会咏诗作赋的放纸船的姑娘。这在一般的人看来,两个人都是同一个,如嫣根本就不用逃婚。但在作者笔下,这份爱情被放大了,如嫣虽是个女子,但期盼的爱情也是容不下一点瑕疵的。霍生的心猿意马就像在如嫣心里割了一道口子,虽能愈合但痕迹始终存在。得不到的最值得挂念,果然,在后来的岁月里,霍生经常会想起如嫣。

女性总是多愁善感、为爱执着的,尤其是中国古代的女子。在《卓文君的夜》中,作者把人尽皆知的故事以自己的方式解读,将一段千古佳话以心酸、无奈的样子呈现出来,读起来却毫无违和之意,因为作者从女性视角出发,将卓文君的心理活动都描写出来,似乎让人觉得历史就是这个样子。当卓文君已不能够用温情换回司马相如时,她默默地将丈夫决绝的话语藏在心里,她要活在他们美好的爱情故事里,任别人美化。当司马相如想要纳妾,卓文君回信威吓,她不怕玉石俱焚。我们感受到的是一个个性刚烈的女子,她的寂寞、哀怨透露在字里行间显得非常真实。

在《莲花灯》一文中,"我"是武则天,"我"的第一个男人李世民异常的老,当看到少年李治,"我"坚信这才是"我"的真命天子。全文通过武则天的视角展开叙述了她的感受,将少女时的羞涩、期待爱情,与李治在一起的欣喜、娇媚都勾勒了出来,读者也随着她的步伐与整个故事紧紧相扣。如此细腻的、丰富的感情,叫人感同身受。

从女性的心理出发,将各种因素融合在一起,使感情表现得热烈、真切,加之女性缜密的心思、独有的柔美和不屈的刚强,使得人物形象鲜明生动,为朱雅娟的微型小说注入了一道明媚斑斓的光芒。

2. 女性意识的觉醒和彰显

中国封建社会男尊女卑的思想极为突出,男性主宰着整个社会,女性地位低下,一夫多妻制、"女子无才便是德"的说法,都是轻视女性、愚弄女性的证据,由此可见封建礼教对女性的迫害绵长而又深远。这种状况维持了很久,男主女从的思想直到中国近代才有所改善。由于受到自由、平等思想的影响,女性意识渐渐萌芽、发展,女性意识也成为衡量一部作品是不是女性文学作品的重要因素。朱雅娟的微型小说从女性视角出发,体现了女性意识的觉醒和上升。

在《秋天花会开》中,钟离春相貌丑陋,难以嫁人,于是她索性抛却琐事,着眼于国家大事,一番时局分析令齐宣王刮目相看,齐国由此强盛一时,钟离春也因此被立为了王后。在阅读过程中,我们并没有因为钟离春奇丑无比而对她有所看轻,反而佩服于她的坚强勇敢、隐忍聪慧。要知道那时候的女性没有几个像她一样有胆识,关心国家大事并能倾力辅助的。在她的身上,体现出了女性的强势、刚毅,没有人可以依靠,靠自己也照样活得很精彩,女性独立意识充分地展现在我们眼前。

弱女子常常身不由己,被男子当成物件转手。东汉王朝被权臣董卓操纵,王允定下连环美人计离间董卓与吕布之间的关系,最终除去了董卓。貂蝉周旋于不同的男人之间,以色事人,这难道就是她想要的生活吗?换做任何一个女子都不愿这样。朱雅娟笔下的貂蝉一改以往软弱、任人摆布的姿态。在《蓝屏》中,貂蝉撩拨王允外放吕布、偷偷驳回李傕的求赦书导致战事的发生,天下大事她不看重,她想要的只有真正的自己。"不会是谁的奴婢谁的棋子谁的玩物,貂蝉将是自己的战利品。"这句话喊出了对自由的渴望。她期待王允、吕布死在战乱中,如此一来,她将永远自由。女人,并不是男人的附属品,她有自己的想法,有自己的意识,怎甘心被男人利用来利用去?只有自己掌控自己的命运,才能更好地生存,才能不负这一生。

女性视角是朱雅娟微型小说的一大特色,她将女性的情感体验、女性意识的独立性、丰富性统统融入进来,将女性异于男性的思想充分表现出来:她们勇敢坚强,她们敢爱敢恨,这是女性对个体生命、情感价值的重要历练。古与今交织,现实与虚幻融合,谱写出真实大胆的女性传奇。

(三) 艺术特色——新奇精妙

下面对作品中的构思、语言和静态技巧分别论述。

1. 灵活巧妙的构思

朱雅娟说过,小小说女性创作至少要注意四个方面,其中一个方面是"要有野心,有雄心,大胆着墨,敢于推陈出新,不拘泥于阴柔美。在选题上善于发现,善于捕捉,不只着眼于爱情婚姻家庭,而是进行生命多层次问题的考究和提问"。她的微型小说,大胆创新,精雕细琢,题材丰富,立意突出,构思灵活,善于观察细微的实物,善于把握人物的微妙心理。她就如军师般运筹帷幄,把握住了微型小说创作的技巧。

微型小说篇幅精短,单一的情节需要体现出丰富的变化与曲折。朱雅娟笔下的作品情节简单、紧凑、精致、巧妙，结尾出人意料又合乎情理。在《女人与蚊子》中，描述了女人的平淡生活，她从小怕蚊子咬，怀孕时因母性不忍心打死蚊子，生下宝宝后蚊子咬了宝宝把她气得咬牙……故事到这里似乎一切都显得平淡无奇。但谁也没料到，在她将蚊子拍死在丈夫洁白的衬衫上时她竟发现了一根弯弯柔柔的酒红色女人长发。文章戛然而止，留下了无数遐想的空间。一个专注于生活琐碎的女人，为家里、为孩子操劳，得意于自己的先见之明嫁给了婚后异常有魅力的丈夫，却没想到丈夫竟然有外遇。文中并没有写她之后的感受，但我们能感觉到她的愤怒、失望，也对她抱有深深的同情。这一结局转变得太突然，但并不突兀，于平淡之中注入了一汪清泉，变得灵动起来。

《指头》中，三爷的右手只有三根手指头。村里的人各个都好奇，问三爷原因，他每次说的都不一样，大家一致认为他没说实话。当读者也好奇究竟是什么原因才让三爷的右手致残时，情节陡然反转道出了事实：文中借一个贼的出现让所有人都知道了三爷因为曾经偷窃被人剁去了两个手指头。如此出乎意料的巧合，令作品起伏跌宕，具有可读性。

《手》一篇中，作者选了人们熟知的荆轲刺秦王的故事，但构思的别出心裁，颠覆了人们固有的思维。历史上有名的剑客荆轲竟然变成了恋手癖，因为喜欢狗屠夫和高渐离的手，他们三人成了朋友，因为见到一双玉手而失魂落魄。当他夸赞那双玉手之后，燕太子丹竟把手砍了下来送给他。去刺杀秦王时，因秦王的手很美，也因他想要秦王活着为自己心爱的女人报仇而没有下手。全篇紧扣"手"，见证了荆轲因一双玉手爱上一个女子，最终丧命的结局。《卓文君的夜》也是如此，卓文君与司马相如并不像传说中那样琴瑟和谐、恩爱有加，原来司马相如是一个喜新厌旧、胆怯懦弱之人，可怜卓文君空空守着他们的爱情佳话。

朱雅娟似乎还喜欢将同一个故事进行不一样的构思，用不同的表达方式表现出来。嫦娥奔月的故事广为流传，朱雅娟在原有故事的基础上进行筛选加工，添加进自己的想法，创作出两篇不一样的《嫦娥奔月》和《月亮之上》。前面一则中后羿射下九个太阳犯了大罪，嫦娥为救他与天帝做交易并住到了月亮里头。后一则我们则看到了为权力而迷失了自己的后羿，最终嫦娥服下仙丹离他而去。

一部好的作品少不了好的构思，题材、立意、人物还有各个细小的方面都需要被考虑进去，朱雅娟正是通过新奇、严谨的构思，使微型小说立意新颖，使人物形象活灵活现。

2. 引人入胜的语言

微型小说的成功离不开小说语言的运用，朱雅娟的微型小说文字简约、语言精简、幽默诙谐，并独具匠心，运用了许多当下的流行语句。她的作品就如平静的湖面，而引人入胜的语言就像沁人的微风，轻拂水面，荡开一圈圈耐人寻味的涟漪。

朱雅娟的微型小说短小精炼，文字简约，语言精简而不铺陈。在《为君理得半面妆》中，梁元帝问妃子徐昭佩爱不爱他，"爱我吗？我不语。你一定会爱上我。我不语"。这两个"我不语"看似短小，其实意蕴无限。徐昭佩满心欢喜以为自己嫁的皇家大才子是一位英俊少年郎，却不想竟只有一只眼，这对她来说是多大的打击。所以，梁元帝问这个问题时她只好用沉默来代替回答，她知她永远都不会爱上他。"我的眼神从羞到娇，从娇生媚。"这是《莲花灯》里面少女武则天去池塘放莲花灯每次都见着李治的模样。羞、娇、媚，只三个词，便将少女面对自己喜爱的男子时的每一副灵动的样子刻画了下来，闭上眼，我们仿佛能感受到她的悸动与欢欣。

幽默诙谐是朱雅娟语言的第二大特色。作家杨晓敏在谈朱雅娟微型小说印象时认为："幽默、机敏、俏皮、调侃元素等构成了朱雅娟的潇洒写作姿态，这使得她的每一篇小小说都有'点'可看，阅读中生怕错过了一个暗藏不露的玄机。"《我要懒到不呼吸》中"我"在病房里发现了一个跟"我"一样懒的年轻人，为了突出"我"更懒是这样写的："我"一定要比他懒出境界，懒出水平来。哈，他再懒总要呼吸空气是吧？"我"就不，"我"要懒到不呼吸。阅读的同时我们隐隐发笑，作者用诙谐、风趣的语言将一个贪官污吏塑造成因懒而一步步走向死亡的形象，不仅没有削弱主题的表达，反而引发了人们更多的思考。同时，语言的幽默让文章变得轻松，为作品增添了喜剧效果。《会吐金子的人》中"我"想吐出金子，对母亲说我爱你时，"我"满怀期望地在嘴边放了个大瓷碗，但除了唾沫星子没半点金子的影子；后来又对着女友说我爱你，当"我"用目光将秋天最具杀伤力的电波射向她并说出这三个字时，奇迹还是没有发生。通过夸张化的幽默语言我们仿佛看到了一个十分贪财而不得的小丑形象。《脸皮出租公司》一文，从头到尾，作者使用诙谐的语言，揭露了社会上种种不良现象，发人深省。

若说精简、幽默的语言在微型小说中并不出奇，那么，接下来这一点充分体现了作者运用语言的独具匠心。在朱雅娟的微型小说中，许多与历史、神话等相关题材的作品中使用的都是当下的流行语句。譬如《空洞》里："我们那个时代，烟花女子都是有上岗证的""我们既给群众服务，也给官家服务，我们还是光荣的纳税人"……像上岗证、群众、纳税人都是现代社会中的，将现行的词与古代社会相结合，别有一番韵味，读来也觉亲切、流畅。神话故事《嫦娥奔月》，天帝悲痛后羿射死了自己的九个儿子，立誓要食后羿的肉，但人间万民坚决要求这个案件按司法程序走，民意不可强奸，后羿被判了个防卫过当，蹲了一年半的号子。这完全就是现在的语言。法律上的用语本跟神话故事凑不到一块，但在作者笔下竟显得十分融洽，似乎也让人眼前一亮，原来还能这么写微型小说，提供给我们更多的灵感。《蓝屏》《二奶》《死亡之吻》等均有流行语句的使用，富有新意，增强可读性，并且将历史古今、现实虚幻放进同一个画面，丰富了作品。

3. 丰富多样的表达技巧

表达技巧多种多样，作用也是各有千秋，朱雅娟的微型小说运用了各种表达技巧，在表达方式、表现手法、修辞手法等方面能够恰当地展现小说的魅力，同时，这些技巧相互交织，为小说增添了趣味。

读朱雅娟的微型小说我们可以发现，叙述在她的表达方法里占了相当大一部分。通过对人物、事件、环境所作的具体概括的说明、交代和介绍，将一个完整的故事呈现在我们眼前。很多故事是从开始到结束，一路叙述下去，顺序井井有条，文章条理清晰，也能直观了当地让读者了解事情的始末，自然通畅，文意贯通。但作者也会根据主题的表达变换叙述思路，在《月亮之上》中，用的就是倒叙。文章开头交代了嫦娥住在月亮上，月亮上还有一颗桂花树、一只玉兔和一个叫吴刚的男子，一男一女住在同一个地方会有怎样的故事发生？"其实，我的故事，在人间。"接下去便开始讲述嫦娥奔月之前在人间的故事。还有《神箭手》，两师兄弟四次比试，开头竟是他们第四次比试的场景，然后再慢慢地引申出前三次比试的情形及结果。如此一来，使文章有了悬念，更能吸引人。

修辞手法对文学作品来说是不可缺少的因素，在微型小说中运用各种各样的修辞能使小说形象生动，增强感染力。《酒精灯》中，禾将自己比作一盏酒精灯，将茜比作火柴，他的爱被火柴点燃后无法熄灭，直到油尽灯枯。少年青涩的爱恋绵延不绝，但自己喜欢的人离他而去。为了开导少年，文中的"我"劝他找一个罩子，只要用罩子盖上酒精灯，火焰立马就熄灭了。这让笔者想起张小娴说的一句话：遗忘一段感情最好的方法就是时间和新欢。那罩子，就是能让少年忘掉所有痛苦的新欢。抽象的感情经过作者的手，化为具体的事物，使深奥的道理变得浅显易懂。《莲花灯》中，武则天偷偷去池塘放莲花灯，"在琳琅满目的河塘里，她是那样单薄、拘谨跟羞涩啊"。把莲花灯拟人化，赋予它人的姿态，形象生动，实际上也是在写武则天的单薄、拘谨与羞涩。

朱雅娟作品中，融合了许多表现手法，想象、象征、渲染、反衬、虚实结合、情景交融……《假痴不癫》中唐婉去世时，雨顺着赵士程的眉毛、睫毛往下流，那是他整个人生最大的雨。用大雨来渲染赵士程丧妻的悲痛，教人倍感哀伤。无论是哪一种表现手法，作者都下笔稳当，仿佛在该处就该用这样的表现手法。多种方法相互交织，巧妙运用，增加了作品的趣味性。

微型小说虽篇幅短小，要写出真正好的小说也不是人人都能做到。朱雅娟从现实出发，用心创作，坚守文化理想，无论是作品的情感、语言，还是作品的立意、艺术韵味，都表现得十分全面，让我们能够紧跟着徜徉其中。朱雅娟钟情于微型小说创作，写出了一篇又一篇优秀的作品。她用自己的情感体验，为微型小说注入活的源泉，或虚构空间，或解读历史，或创造未来，开启一段段精彩的旅程。每一个微妙的细节，每一处紧凑的情节，每一句精简的话语，都述说着灵动跳跃的创作思绪，如山间一抹清风，如午后一道阳光，温温浅浅，萦绕在心头，挥之不去。

纵观朱雅娟的微型小说，我们可以看到：在内容主旨上，她赞扬人性的真善美，对生活中每一份真情存有赤子之心，爱的力量无穷。同时，她也批判丑恶，社会上种种丑恶的现象无处遁形，统统显现出来。在视角上，她常常以女性视角展开叙述，思维细腻缜密，将女性的柔媚、刚强、独立、自由等美好的气质展现出来，女性个体并不依附男性而存在，她们是有血有肉有灵魂的。在艺术特色上，她的微型小说吸取各种不同的表现手法、表达方式、修辞手法等，为微型小说主题的表现、人物形象的塑造添了许多色彩。她的微型小说，是充满力量的，是洋溢着人性的。

（吕媛　李婷）

十一　论孙春平微型小说的题材特色

孙春平，男，满族，1950年生，辽宁锦州人，中共党员，1985年毕业于辽宁广播电视大学中文系。1968年赴辽宁省兴城县元台子公社插队务农，1971年后历任锦州铁路局工人、共青团干部、党委宣传干部、锦州市文联副主席、主席，专业作家，文学创作一级，中共北宁市委副书记。1975年开始发表作品。1990年加入中国作家协会。中国作家协会第六届全委会委员，辽宁省作家协会驻会副主席。

孙春平用他的坚持书写着文学生涯，用文章彰显着文学态度。他在以现实主义为主流的文学时代从亲近现实主义开始，到80年代各种西方文学思潮和技巧涌入中国的时候，却"舍不得"丢弃最初的喜爱，一直坚持着现实主义的写作，直至今日他的作品脱颖而出，如一块被埋葬很久终于被发现的宝石，为人们所喜爱。

近年来，随着孙春平的作品被越来越多的人所接受，研究者从不同角度解读其作品，但是关于其题材方面的特色少有人思考。其实，开阔的视野、丰富的题材，正是孙春平微型小说重要的亮点。下面从四个方面予以论述。

（一）校园题材的价值和意义

孙春平微型小说众多题材的小说中其一便是校园题材。在这类题材中我们可以看到那校园中单纯的笑脸、单纯的心灵，在那里没有世俗的追求，没有险恶的钩心斗角，是一个纯净美好的世界，从中我们也不难体会出作者那不受尘埃污染的赤子之心。

这类题材的文章一方面是表现孩子的纯净善良，希望能守住校园那一片净土的美好愿望。例如，《讲究》一文中父母为了让自己的孩子在学校能混得开，都费尽心思为孩子筹备礼物，各有各的"讲究"。王玲的父亲送的带有"八人团结紧紧的，试看天下能怎的"字样的大红苹果，讨得了八个小女生的欢心。这一举动不仅表达了父母对考上大学的各位学子的祝贺，也表达了父母对女儿王玲的疼爱，增加了王玲在宿舍的人气。可是，这也给后面其他室友的父母为了孩子各种"讲究"开了头，为其他父母在这方面施加了压力，才会有了吴霞的母亲送的八件不同颜色的针织衫、李韵父亲送的皮挎包……直到收到赵小惠带来的瓜子仁儿，问起来才知道这十来斤瓜子仁儿是赵小惠那因排炮炸伤只剩一条胳膊的残疾父亲经过了好几十个日日夜夜剥出来的，被触动的八姐妹才渐渐意识到事情已经偏离了原先发展的轨道，而更令人感到内疚的是赵父为室友剥瓜子的初衷，赵父说："别人家的姑娘是爸妈的心肝儿，我家的闺女也是爹妈的宝贝……"一句简短的话表达出了赵父对赵小惠的无限疼爱，不想因为家庭条件让自己的孩子受到任何委屈。正因为赵父的举动才终于让八姐妹意识到让父母为自己如此"讲究"实在不应该，本来父母当初是因为一片好心，却在无意中给其他家庭造成了不必要的压力。这就是好心却办了"坏事"，从开始的祝贺演变成了后面的"攀比的一种方式"。校园本是一片不被尘嚣打扰的"净土"，却慢慢蒙上了社会的污浊之气，作者也正是想通过这一小故事警告全社会"别把社会上的那些不当风气带进学校，别'污染'了孩子纯净的心灵，还学校一片净土！"。

孙春平这类题材价值的另一方面是警醒作为孩子成长路上的引路人的老师注意自己的言行，不可忽略自己的言行对于孩子的影响。《爱心无尘》一文反映的就是这一主题。在发现王小倩同学准备给灾区捐赠的钱不见了，教室里乱哄哄的时候，姚老师无疑变成了整个事件的关键人物。王小倩等一干人还等着老师能主持公道，为她找回丢失的钱。在学生的眼里，姚老师便是他们最信任和依赖的人，而不小心犯错的学生此时无疑是害怕老师的，被抓住不仅丢人，还有可能会被学校处分。在这个时候，姚老师处理这件事的方法变成了整个事件的关键。在文章中作者并不是意在批评那个犯错了的学生，而是想向所有的老师敲响警钟，一个教师的言行对于孩子的影响是不可忽略的，老师的一句话有可能成就一个人，也有可能摧毁一个人。在这篇文章中作者并没有把学生的心理描写出来，而只是简短地将事情概括，但这些心理似乎都通过几句简短的概括无形地展示给了所有的读者，从这里足可以看出作者深厚的文字功底。在事情发生时，姚老师不是十分愤怒地痛斥全班学生，逼迫"拿钱的孩子"交出来，而是平静地笑笑，说了句"一定是哪个同学怕你的钱丢掉，替你保管起来了"。这句话看似平常，却在无形中轻松化解了这场矛盾，既找回丢失的钱，又不使那个犯错的学生太难堪。在遇到这样的事时大部分人会想到要好好教训一下犯错的孩子，却没有想过直接教训或许会起到让所有人警醒，让所有人不会再犯同样的错误的效果，但太过于直接的方式对于犯错的孩子的心理会带来无法抹去的阴影，甚至让他在以后的人生中永远无法抬头而彻底毁了整个人生。这篇文章题目为"爱心无尘"不仅表明的是孩子们那纯净的心灵，还在于表明了作为老师应注意自己的言行，即使做某件事的出发点是为了孩子好，也该注意处理方式，给别人留条后路。这并不是说对于孩子犯错的行为采取纵容态度，而是用恰当的方式使事情取得圆满的结局。这个道理不仅告诉老师要采取合适的教育方式，还告诉所有人凡事不要太绝对，"得饶人处且饶人"，给别人一个台阶下，为别人的人生留一条活路。

（二）官场题材的价值和意义

对于有着丰富的官场经验的孙春平来说，官场题材的文章无疑是他最擅长的题材类型，而曾经身为官员的他又会从什么样的角度来剖析熟悉的官场呢？具体产来说，孙春平采用了以下五个角度。

第一，塑造全心全意为人民服务的官员形象，表达希望所有官员都能够具有奉献精神，真心实意为百姓办实事的美好愿望。例如，在《啊，铃声》中塑造了一位退休老干部老韩的形象。老韩在退休后身是闲下来了，但心始终闲不下来，天天在家守在电话旁边，生怕有人打电话进来需要帮忙而找不到人，可是多天后他家的电话始终如哑铃般沉寂。第五天的早晨铃声却突然响起来了，老韩便百米赛跑般跑去接电话，全然不顾中间绊倒了桌椅等物，接起电话才知道是找急救站的，而自己已经退休了。当电话再次响起的时候，他已没有了刚开始的慌急，但这次确实是一位年轻人的母亲突然发病，急需救助。虽已退休，但老韩在时候还是毫不犹豫地以自己的名义自己掏油费调出了老干部的车前去救援……在退休后还在保持着在职时的职业习惯，从这里可以看出他是一位热情、认真、负责的干部，而他对于工作的认真负责也正是作者所要褒扬的精神。

《最后一击》中在年事已高、身体欠安的情况下，一生尽职尽责的韩局长不得不退休了，但在他即将离岗前，他还是坚持站好最后一班岗，布好局，一举"割除"多年盘踞在镇上的"毒瘤"，只有去除心里的忧患，他才能安心去治病。在这篇小小说中虽是侧重于表现韩局长的尽职尽责，但不得不说作者还是有其他意图的：就如作者在文中提到"天一号"等几家大酒楼成为一大"毒瘤"的原因，作者虽说得十分隐晦，却从侧面体现了不为人知的阴暗面，而这原因恐怕才是作者真正的意图。这几家酒楼能如此"猖狂"，不难想出这背后一定会有强大的势力支持着，而要铲除这一"毒瘤"的难度便不言而喻了。韩局长精心策划了这一突袭行动，希望在他在职的最后时间里能为民除害，显示出了韩局长一类人不顾个人安危、为民除害的崇高精神。

第二，批判官场中的官官相护的现象，用文章中塑造的人物表达自己的为官的态度，向官员阐述从政者该有的为官之道。例如，《玩笑》中几个同学之间看似开玩笑却牵扯出了不好笑的事实。作为县委副书记的李海仁在无数的应酬饭局中终于抽出点时间与老友一起聚聚。为了调节一下气氛，娱乐一下，于是与马恒商定以"李书记找他有事儿"为借口捉弄林景元。而在李海仁与林景元的对话中不难看出林景元心里是有鬼的，虽只是同学间的一个玩笑，到最后李海仁却退却了，不敢再演下去，生怕真的知道什么不想知道的事。李海仁的退却足以显示这段对话的惊心动魄，也正说明了官场的一个现实——官官相护，也道出了各官员之间存在的千丝万缕的联系。作者通过同学之间的这一玩笑，运用心理描写以及人物的神态暗讽官场的某些"潜规则"，表达作者对这种风气的不苟同，向世人做了一个保证：他绝不会做向那些"潜规则"屈服的人。

第三，用具体的事例描述官场中上下级之间的微妙关系，批判那些为了官途畅通而绞尽脑汁讨好上司的行为。在《请您走好》一文中细致地描写了小娜及大菊为了不惹领导（林县长一行）生气而小心翼翼伺候左右的场面。作者通过描写小娜小心试探该如何在食堂门口为领导掀门帘，做好接待工作，不断揣摩领导心思的心理活动来表现下级为了以后能更有前途而卑微地讨好上级的姿态。从小娜的角度看来，得罪领导或许就相当于给自己的未来"判了死刑"，只有让领导开心了，她的日子才会好过。当然，从文章中便可看出领导是十分享受这种被人"恭维"的感觉的。这个小环节道出了社会上存在的一种怪现象：讨好了领导就等于可以升官发财。越来越多的人开始用物质走"后门"，为自己或儿女谋个好职位，渐渐的这种关系网越来越大……这一文章表现了现代人想通过不正当的途径谋取福利而不是通过真正的能力往上爬的"病态心理"，这样下去，国家设置的很多考试制度便如同虚设，也导致政府部门的腐败常抓不绝。作者通过在生活中小事来反映社会现实，这些事看似平常，但反映的现实是值得我们深思的。

在孙春平微型小说的官场题材文章中，有不少是写上下级之间的难以捉摸的关系的，表现的都是上级领导的捉摸不透和下级的小心逢迎。例如，《应变》中随领导的不同而变换茶杯的办公室主任王吉元；《应急之策》中因人手不够而利用"技术"编辑新闻的高台长；《自作自受》中邵力法与戴仁的斗智斗勇……而作者在《请来一个大丰收》中通过小赵在官场中"左右逢源"的"事迹"来告诉人们一个道理：许多人总是能对领导的喜好观察入微，随后投其所好，讨得领导的欢心，但终究都只能做领导的"宠臣"，难以统领大局，也正是因为这种讨好的行为让他变得让别人看不起，投机取巧，终难成大事！

第四，展现部分正直的官员深陷官场"怪圈"的无奈，表达了有时候官员的身不由己。例如，《探视》中想要以普通身份去探望同学李焕林，却被下级官员缠身的新任市委书记冯天顺。对于身处官场的他来说，老一套的对待领导的、方式让他无所适从却又无可奈何。又如，《米字幅》中本十分单纯的薛市长，在文化局长那儿求来一幅米字后，人们便对她求来这一幅字的意图纷纷进行猜测，真相却是她只是因为写米字来治好了颈椎病，因而在当时想起了"米"字而已。不得不说，人们对于她求字意图的猜测无疑是一场笑话，可看出因为官场长期存在的怪现象让人们已经形成了一种惯性思维。这也从侧面反映官场的一些阴暗面已经严重影响了人们正常思维，导致正直的人也受到了波及。

第五，对于社会中形式主义现象的讽刺。在《独角戏》中各市文联主席组团出国交流学习时，都沉迷在旅游之中，早已忘了出国的目的。为了交差决定举行座谈会，他们让作为导游的鲍小姐负责安排，但这次座谈会谈及的内容让人匪夷所思。原来，鲍小姐在匆忙找不到人的时候便找了酒店的三个厨师来参与这场"喜剧"演出，而毫不知情的双方因语言不通，所以双方谈及的内容也是牛头不对马嘴，竟然这样开完了整场座谈会。后来知道真相的"我"只要几张文联主席与外国人交谈的照片，不管内容如何，只要能交差就好。从"我"的态度便可看出其敷衍的程度，出国学习是假，旅游是真。从鲍小姐的态度看出她对这群人的轻蔑，看惯了形式主义的作风，便也只是随便应付而已……在《廉洁》一文中，作者借老师之口警示官员们得时刻记住要清正廉明，某些学员在考试时的草稿纸都从单位拿，从这一小事中可以看出某些官员在利欲的熏陶下早已被迷了心，忘了他们最该坚持的为官之道。从几张纸便看出了一个人的品质，作者也在借此告诫着官员们要做自己该做的事，每个人都有一双眼睛，"纸是包不住火"的，得时刻把廉洁二字谨记心中！

孙春平官场题材的微型小说敏锐捕捉到了官场的潜在规则和许多不为人知的内幕。在这类题材的文章中作者并不是直接揭露官场的黑暗腐败，而是委婉地折射了官场中人物在无奈中的一种积极状态。这类人物的无奈有两个部分：一是通过积极的方式来实现自己的价值；二是通过对他们的负面消极的东西的展现来促使人们反思、警醒和实现自我批评。对于官场题材小说的写作源于他的亲身经历，和他对于官场生活的细致观察。正如他自己所说："虽然自己没有亲力亲为地担任重要领导职务，但是我毕竟真实地生活在那个环境当中""我接触的官员非常多，而自己大大小小也算忝列其中。所以我仍然坚持着自我，不忘本心，用自己的行动表明熟悉他们的生活，了解他们的想法和处境"。正因为熟悉，所以写起来才会手到擒来，真实地反映某些官场。在这类题材的写作中他也表明自己的态度：他十分清楚身在官场中所要面对的诱惑，但他始终坚持不为所动。这其中的不易没有经过的人是难以理解的，正因为不易才显得珍贵。

（三）家庭生活题材的价值和意义

家庭生活题材也是孙春平微型小说的一种题材类型，作者最擅长的便是从生活中挖掘深刻的哲学。作者这类题材的小说具有以下三个方面的意义。

首先，在子女的教育问题中体现父母对子女无私的爱，通过文章警醒所有人对自身进行反思，而不仅仅是做"语言上的巨人，行动上的矮子"。例如《妻子的生日》中，妻子生日的当天，女儿却迟迟没有送来祝福。妻子虽嘴上不说，但时时盯着家里的电话，又不停问是否不小心把手机关了，生怕因为疏忽错过了女儿的电话。可是，等到晚上直到天亮连短信都没有，此时她便难过得红了眼眶。这时，她作为一位母亲是有多么落寞与伤心啊！直到第二天晚上亲眼看到女儿站在家门口的时候，她才知道原来她一心疼爱的女儿并未忘记她的生日，只是想亲自给母亲一份惊喜才会瞒着父母连夜赶回家里，只为给母亲说上一声祝福，而这一声祝福于母亲而言却比什么物质都来得珍贵。正当"我"为对女儿的教育的成功而自豪地在自己的父母面前炫耀时，父亲的那句"我们的生日你都忘了多少年了，我们何时怨过"才令"我"猛然惊醒。原来，"我"只知道教儿女要孝顺，却忘了对儿女最好的教育方式便是以身作则，父母的无私奉献让儿女永远都在亏欠着，而父母在乎的只是儿女的心中对他们有一份挂念。

其次，展现父母与子女间浓烈的亲情。例如，《奶奶的吊筐》中不管去何处始终不忘的吊筐，几十年来奶奶一直当宝贝一样护着，却没有人知道这破旧的竹筐中到底藏了什么宝贝。直到奶奶死去才知道原来吊筐里并不是别的，而是当初她出嫁时她母亲给的两粒板栗，到现在都已经板结了，但奶奶一直舍不得扔，当宝贝一样地保存着，直至生命的最后一刻都始终紧握着。70多年来从未听奶奶念叨过她的母亲，不曾想她对母亲的思念却是时时刻刻与其生命紧紧相连的。那两粒板结的栗子便是她对母亲思念的寄托，承载着她对母亲无限的感情。文中的奶奶在死去的时候应该是笑着的：她手中握着母亲给的栗子是去天堂与她母亲相会，她再也不用承受对母亲的思念之苦了，这于她而言并非不是一件好事。

而在《雨夜平安》一文中，作者采用平实的语言叙述一位母亲担心在外开出租车的儿子的安全而在雨夜出去寻找的情景。在文中虽没用过多的语言描述母亲那种忐忑的心情，当知道去医院的儿子并未受伤的时候，母亲那种如释重负的感觉，那种心里的石头终于落地的释然，这便是一位母亲最真切的反应。作者寥寥几笔便将那位光辉的母亲的形象跃然纸上，让人能够真切地体会到母亲时刻挂念孩子的心情，也就告诉我们得时刻谨记"父母在，不远游，游必有方"。不管孩子多大，在母亲眼里永远是那个长不大的孩子，就如歌词所说"生儿养女一辈子，满脑子都是孩子哭了笑了"。作者无非是想告诉我们珍惜父母，关爱父母，别真正印证了那句"树欲静而风不止，子欲养而亲不待"！

最后，是塑造了一群心地善良、品德高尚的普通人物，用具体的事例展现人性的闪光点。例如，在《晚霞中的红樱桃》中那个单纯善良的邢师傅把帮助人当成了自己的责任，默默地把樱桃树当成自己该守护的阵地。在樱桃红的时节，尽管再忙，他还是坚持守着樱桃树，生怕趁他不注意有人摘了樱桃。他这样做，是不是真如其他人议论的那样为了自己摘呢？直到文章后来才知道，原来某天晚霞时分他见过一位中年人推着年老的母亲在樱桃树下的那副天伦画面是那么温暖有爱，让他不禁想起在他母亲病重的时候尽管他费力去寻却未让母亲吃上一颗鲜艳欲滴的红樱桃。这便成了他的心结，他认为这是他作为儿子对于母亲的愧疚。所以，当第二天门外的樱桃被人摘光，下午亲眼看见那对母子再来时却只剩下树时的失落，邢师傅看来这是他的失职，心中竟生出深深的愧疚，从此便下定决心来年一定要守住这树樱桃，让那对母子再来的时候不再看见那失落的目光。就这样一天一天，直到樱桃尽数落下却始终未见那对母子再来。有天傍晚终于看见了那位中年人，但不见推着的母亲。这时候邢师傅才知道，那位老人还是带着遗憾离开了，再也尝不到那心心念念的樱桃了。他终究还是未能弥补对母亲的那份遗憾，那位老人还是跟自己的母亲一样没能等到来年樱桃红……

作者在他的家庭生活题材的微型小说中写了许多生活中不起眼的小故事、小人物，不仅仅是邢师傅，还有《搓澡》中的韩铁良。曾经身为焊工班骨干的韩铁良因为意外失去了双眼，但他并没有因此消沉。为了家中5岁的儿子，他坚强地撑过来了，继续做着力所能及的事，给厂里的人擦车、搓澡。坚持了两年，后来他明白这样下去是不可能养活家的，便果断辞了职，另谋生路。他回家拿儿子做实验品练习搓澡，觉得差不多了就到了澡堂去给别人搓澡，坚持靠自己的双手来赚钱。在文中的寥寥几笔便勾勒出了一位自立刚强的盲人，他那种对生活始终不放弃的精神更是鼓励了我们这些拥有健康的身体的人对生活更加热爱。不管多困难，始终顽强地活着，相信终有一天会得到上天的眷顾，只有努力地活着的人才会感受到生活的精彩。

不同的普普通通的人物构成了生活中的精彩。孙春平抓住了普通人物便是构成生活的元素这一特质，倾向于塑造这种生活中随处可见的人物形象。这样就更加拉近了他与读者的距离，让读者更感真实，这便是他的作品能经受住"风雨"的原因。《清风拂面》中那个朴实却充满智慧的理发员，在亲眼看到小伙子拾金不还的场面后，他选择的不是当场揭穿，而是采取"迂回政策"。当看到他为了怕耽误自己而顾不上吃饭的场景，小伙子被良心唤醒，悄悄地把钱放在了地上。而在旁边看客都看不过去的时候正准备喊出来时，理发员还阻止了他，让小伙子走后才给他看了放在地上的钱。最后理发员的那句话才是本篇文章的点睛之笔，只见他说："唉，人哪，谁没从年轻时过，知道错了，就中啦！"这句看似简单的话语却显现了理发员的大度与宽容。正因为这些平常人物身上有着高尚的品质才会让人觉得更加暖心。作者通过这些平常人物身上的闪光点给我们带来正能量，让我们知道生活中到处充满着美好，并不是有些悲观主义者所说社会中充满着黑暗，只要善于发现，就会发现生活的美好。

《远山呼唤》中,当孩子的母亲知道他骗了一位顾客的事,她狠狠地教训了他,不许他吃饭并把柿子送回去。因为母亲的责骂而乖乖认错的孩子形象就如站在读者面前,似乎还能看清他那低着头、咬着嘴唇的可爱模样儿,而文中的母亲则是一位严母的形象。一位农村妇女,虽未受过高等教育,但其纯洁的心灵是无法用受教育程度来衡量的。拥有一颗美好的心灵才是最重要的,就如那位母亲说的"人穷点富点在其次,可不能让他从小学得贼奸溜滑,坑偷拐骗"。作者也正是想借这个故事告诉我们"君子爱财,求之有道",人不能因为钱财的诱惑而蒙蔽良心,必须做到抵抗诱惑,做一个有原则的人。

孙春平微型小说中塑造的都是普通的人物形象。他们虽没有做什么惊天动地的英雄事件,但他们都有一个共同的特点,那就是都拥有一颗美好的心灵。作者想通过颂扬在这些再普通不过的人物身上的纯良精神来发挥榜样效应,唤醒那些已经或即将走上迷途的人,让他们迷途知返,永不放弃人性的善良!

(四)动物题材的浪漫色彩

孙春平的微型小说虽以写实为主,但除了上述的现实主义文章外,他的一系列人与动物的文章极富浪漫色彩。这类题材小说里面有狡猾的狐、凶残的狼、愚笨的猪和鳖,它们都是人类的朋友,并不是人们口中所说的那样不通人性。《老人与狐》中的那只灵狐为了救小狐崽不惜牺牲生命,不正是如人类一样,为了孩子可以牺牲一切?当德四爷放了它们之后,白狐的那个揖更是体现出了感恩之心。在这个物欲横流的社会,人类似乎早已忘了应该对世界上的一切怀有感恩之心,作者也正是通过狐的故事让人们谨记对于你拥有的要有一颗感恩之心!

孙春平的老人与动物系列多表现了人与动物之间的和谐，孙春平用笔塑造了一个人与自然和谐共存的美好世界，在《老人与狐》中狡猾的狐也会为了自己的孩子向猎人苦苦哀求，只为让猎人饶过它的孩子一命，它也懂得感恩。而在《老人与蛇》中，驯蛇人徐老顺与野地中的蛇如朋友般相处。夏天他会走到阴凉处，静静躺在草地上，几条蛇便会乖顺地趴在他的身上一起静卧。在文章的最后当徐老顺下葬的时候，那条白蛇不顾生死也要与他作伴的那份真情显得那么和谐美好。原本冰冷无情却"有情有义"的蛇与原本善良却在现实中渐渐变得冰冷绝情的人类对比起来，更加突出了人类的无情，表现出了人不如蛇的主题。这正是对现实世界中那些无情无义的人类的批判，表达了对人与人能和谐相处的美好愿望。

孙春平的这类小说用浪漫主义的笔法反映出了社会中的现实问题。此类作品还有《老人与狼》《老人与猪》《老人与鳖》等，寄托了作者对现实社会的美好愿望，通过人与动物的对比批判人类的冰冷无情，表达了他对天人合一境界的向往。

孙春平以实际行动证明了写作素材源于生活更高于生活，"说实话"的文章永远不会被时代淘汰的道理。他的小说很容易就能找出生活的原型，看着那些故事感觉就像发生在身边一样，无比的真实与亲切。看似简单的故事却能反映深刻的道理，这便是他写作的难得之处。他并没有长篇大论地给人讲晦涩难懂的道理，却用平实简单的语言达到了想要的效果，足以看出其文字功底的深厚：一言一语没有丝毫多余，语言平实却不乏味。以乐观积极的精神贯穿始终，用文章向世人传递正能量，在他的文章中做到了现实主义与浪漫主义的完美结合。正如余美卿和刘天平在《根植于现实的浪漫主义——孙春平小小说研究》一文中所说：孙春平的作品是根植于现实的浪漫主义，而他便是一位穿现实主义行装、着浪漫主义西服行走于文坛的文之大者。但在众多的题材类型的小说中，孙春平很少涉及各地风土人情，他的文章目前大都只是用普通的的事例来揭示人生哲理，若能在文章中涉及各地的风土人情的描述，相信会使文章增加不少趣味，为文坛增加更多的色彩！

（张云凤　姚武）

十二　诗化的乡村牧歌
——伍中正微型小说初论

伍中正，男，1968年生，湖南常德人。1987年因高考落榜回乡并开始业余文学创作。1990年自费去鲁迅文学院学习。曾在《北京文学》《天津文学》《文学报》《百花园》等百余家报刊发表文学作品1500余篇。1998年致力于微型小说创作，获国家、省、市级奖项30余次。现为湖南省作家协会会员，有多篇微型小说被《小小说选刊》《读者》《微型小说选刊》等刊载。曾获首届全国微型小说年度评选二等奖。多部作品入选《中国小小说300篇》等选本。出版微型小说集《翻越那座山》《倾听桃花开放的声音》《就要那棵树》。其中，微型小说集《倾听桃花开放的声音》荣获2009年"冰心儿童图书奖"。[①] 微型小说《戏子老二》获第八届中国报纸副刊好作品二等奖；小小说《旮旯羊事》获首届全国微型小说年度评选二等奖并入选多种选集。《籽言》等作品被选入《中国小小说300篇》及微型小说年度选本。

伍中正是一位来自湖南澧水河畔的农民作家。他的作品远离城市的喧嚣，更多的是对乡村诗意生活的描写。他用诗化的语言谱写着一首首既悦

---

① 伍中正：《就要那棵树》，古林出版集团有限责任公司2010年版，扉页。

耳动听又引人深思的乡村牧歌。

本节试图从题材、人物、语言和结构等方面探究伍中正微型小说集《就要那棵树》的诗化特点。下面分别从这四个方面予以论述。

（一）诗化的乡村题材

伍中正的小说都是关于农村的传记，是对农村生活的反映，对农村人物个性的解读。伍中正善于从平常的生活中演绎不寻常的情感变化，将自己的耳闻目睹通过简洁有力的语言真实地表达，从细节上刻画一个独特的充满诗意的乡村，引起读者心灵的触动。

在伍中正眼中，乡村美丽的景色、淳朴的民风、充满人情味的村民构成了令人赏心悦目的乡村图景。在这一幅幅民俗风情画中，最让人印象深刻的就是生活在其中的芸芸众生。他们都是生活在社会底层的人们，肩上背负着沉重的生活，即使如此，他们仍能充满诗意地生活，用诗的眼光对待生活。作为一位农民出身的作家，伍中正长期在农村生活的经历也使他看到了农村的不同面貌，他用手中的笔为读者展示了一个真实全面的农村。伍中正的小说关注以下三个方面。

1. 淳朴的民风

淳朴的民风在乡村表现得尤其突出：农民醇厚朴实，邻里之间和睦相处，互相帮助，村民相亲相爱，路不拾遗，夜不闭户……这些朴实无华的风尚不仅表现了百姓生活的幸福美好，更体现了人性之美。

《筋豆》中，木柱请筋豆做煤。每天天一亮筋豆就开始做煤，从不偷懒，天再热也不怕。遇到雨天不做煤，筋豆会对木柱说："木老板，光吃饭不做事，对不住呃。"[①] 等天一放晴，筋豆就使力做煤，中午也不歇息。

[①] 伍中正：《就要那棵树》，吉林出版集团有限责任公司2010年版，第94页。

木柱的女人看到筋豆如此卖力工作提出要加工钱，筋豆摇头拒绝，甚至将她偷偷塞进他衣服里面的多余的工钱还给了木柱。

又如，《椅子》中的芋头发现棉桃正在大雨中收豆。棉桃的男人春天在工地里出了事，留下棉桃一人生活。芋头想要和自己的女人一起去帮助棉桃收豆，但是芋头女人不同意，更不让芋头去帮忙，甚至用离婚威胁芋头。芋头不顾女人的威胁，冲进雨里帮助棉桃收豆。伍中正笔下真诚朴实、勤劳实干的筋豆，热心帮助邻里的芋头表现了农村社会的人性、人情之美，展现了人与人之间和谐融洽的关系，成为淳朴民风中一首充满诗意的赞歌。

农村人的善良、真诚是乡村淳朴民风中另一段优美的旋律。例如，《寻找康静》中的"我"想找一个女孩在年底带回家给娘看看，让娘开心。与"我"素不相识的善良的康静答应了"我"的请求，并在离开"我"家不久之后将"我"给的红包以及娘给的银手镯寄回"我"家。康静不求任何回报帮助孝顺的"我"，从中我们可以看出人与人之间难得的信任，更可以感受到康静的善良。《福锁》中五年级的福锁让汽车伤着了，福锁的叔想让在医院治疗的福锁胡乱说话，以便让司机赔偿更多的医药费。但是懂事乖巧、纯真诚实的福锁告诉医生自己已经好了，并感谢司机出的医药费。福锁的行为体现了孩童的纯真善良，更寄托了作者对农民继续保持淳朴民风的期望。

2. 浓厚的乡土情结

乡土是伍中正不可割舍的文化情结。他从小生活在乡村。成为一名作家后仍坚持居住在乡村，伍中正对生他养他的家乡的深厚感情深深扎根于他的心灵深处，成为他小说创作的精神支柱。

伍中正对家乡的每一寸土地都有不尽的赞美之情。在他的作品中，表达乡恋、乡情的作品随处可见。例如《倾听》中，伍中正借林乡长和卜站长这两个人物表达了对乡村的每一棵树木、每一寸土地的深厚感情。卜站长管理的那一山好树是陈村人心中最特别的地方。那一山树,经风一吹,林涛起伏,那风吹树林的声音总能给倾听者带来愉悦。但是为了还债,林乡长不得不提议砍掉陈村的树。卜站长想留下那片树林,于是拉着林乡长来到那片林子里,脸色铁青地说:"林乡长,你听,满山都是砍树的声音,满山都是倒树的声音。"① 林乡长不为所动,卜站长不依不饶。两个人在大青石上静静地坐了两个时辰,在卜站长要放弃时,林乡长说:"我在这林子里倾听到了一种声音。"② 此后,林乡长辞了职,陈村的树保存下来了,由林乡长和卜站长两个人守着。仅仅一山的树就能让村里人产生如此深厚的感情,更何况是他们生长的那一块土地,可见农民对土地深深的眷恋之情。

又如《戏子老二》中,蛤蟆坝的唯一戏子老二,演戏深得蛤蟆坝的人的喜爱。年轻又求上进的老二希望能进县剧团当演员,天天苦练苦演,就盼望能早日站在真正的舞台上。但是剧团始终没有把这当一回事,"戏子老二总是等呀盼呀,就是没进剧团"③。老二因此伤心落泪,但在蛤蟆坝的人的劝说下重新振作,在蛤蟆坝这个大舞台演戏,为蛤蟆坝增添高兴的色彩。老二在蛤蟆坝找到了演戏的意义,不仅拒绝了县剧团的招纳,而且将自己的一生都奉献给了蛤蟆坝。戏子老二为蛤蟆坝演了一辈子戏,为蛤蟆坝的人们带来了无限的欢乐。这不仅仅是老二对演戏的真正意义的理解,更是对蛤蟆坝的深厚感情,对家乡无限热爱的体现。伍中正作品中的人物,总能让人深深体会到作者来自内心深处对乡土的真挚情感,以及作者对家乡农民真切的爱和赞美之情。

---

① 伍中正:《就要那棵树》,吉林出版集团有限责任公司2010年版,第11页。
② 同上书,第12页。
③ 同上书,第19页。

3. 乡村风气的疑问

伍中正的微型小说刻画了乡村生活中百姓的生活百态，寄寓着作者对爱和人性美的呼唤和礼赞，也写下了些许对乡村的疑问。面对淳朴的农民开始注重对物质生活的追求时，面对善良的村民开始为彼此利益钩心斗角时，面对现实与理想产生冲突时，作者的疑问便由此产生。

在《就要那棵树》这部微型小说集中就有几篇作品写到了作者对乡村的疑问。例如，《我要王八》中的娃为筹学费而离开课堂下塘叉王八卖钱，叉到的王八被爹卖掉后所得的钱经历了许多波折，最终成了娃的学费，但是"天亮时分，娃来了忧郁，自己没参加考试，老师还要自己吗？这学期的学费交了，下学期的又从哪儿生根呢？"① 娃的遭遇表现了农民在现实生活中的渺小，面对梦想被打击的现实总是感到无能为力，即使有偶尔的反抗，最终也会沦为现实的奴隶。又如，《宋苍生》中原是为病人着想的好医生宋苍生转变为"宰病人"赚钱的人，完全被城市生活中普遍的追求个人利益所影响；《选择》中的娃为了完成娘的心愿，用卖了谷和猪所得的收入娶了媳妇，放弃了上学的梦想，等等。

伍中正为我们展示了一个多面的农村，用真诚、同情的口吻诉说着他心中的农村。面对乡村生活中的艰辛沉重和挑战，平凡的百姓并未因此失去对生活的情趣和希望，反而在种种逆境中创造和寻找生活的诗意；面对农村渐渐产生的不良分歧，作者只是用独特的审美向读者展示一个真实的诗化的乡村，表达了对农村未来发展的期望。

（二）诗化的女性人物

伍中正笔下的农村人物的个性各有不同，在一个又一个乡村故事中，他对农村女性人物形象也有诗意化的刻画。如笑容跟玫瑰一样生动的向葵

---

① 伍中正：《就要那棵树》，吉林出版集团有限责任公司2010年版，第38页。

花（《清静》），眉清目秀、头发梳得精致的女人（《椅子》），像一朵盛开的荷花的叶小开（《向果》）等，将女性内心的情感诗化，使读者感受到一个真实、灵动的生命体的存在。伍中正主要塑造了以下三种女性。

1. 温柔深情的女性

温柔深情是伍中正笔下女性人物的特点之一。他在塑造农村女性人物形象时，必定是将耳闻目睹的农村女子真实命运的故事以及对她们命运的体会和感受结合起来，表现出农村女性的温柔与情义。

伍中正擅长通过生活现状和内心情感的变化来描写乡村女子的温柔与深情。例如，《籽言》中面容姣好的籽言，她是一个勤劳、心思细腻的女人。在外打工的丈夫家柱回家了，籽言就细心地给家柱洗脚，像槐花香轻轻飘过一样的温柔。原本对籽言隐瞒了在城里洗脚这件事情的家柱，面对籽言的温柔和默然的爱，不忍欺骗自己的女人，向籽言坦白了。籽言流下的泪水深深打动了家柱，家柱愧疚后悔，并向籽言保证再也不让小姐洗脚了。籽言的温柔和对丈夫深深的爱打动着每一位读者的心灵。跟随飘着的槐花的香味，我们可以看到一个个幸福温暖的家庭。又如，《糟糠》中的年轻寡妇糟糠，在那年冬天失去男人后，仍然在男人生活过的村庄生活。带着孩子，生活艰难的她常常得到小叔子黑皮的帮助。黑皮和糟糠一起车水，糟糠和黑皮一块打年糕，村里人都以为"糟糠怕是黑皮的了"[1]。但是过了年，黑皮带回一个牛高马大的人，在那个冬天糟糠随着那牛高马大的男人离开了村庄，留下黑皮一人在漫天飞舞的雪花中。作者诗化的环境描写使人物也富有诗意。当了解了黑皮的心意，明白自己将与那牛高马大的男人生活时，糟糠对黑皮说："叔，下辈子还做你的嫂。"[2] 从这些情感细

---

[1] 伍中正：《就要那棵树》，吉林出版集团有限责任公司2010年版，第89页。
[2] 同上。

节我们可以看到一个重情重义的女子。

2. 善良勇敢的女性

伍中正笔下的农村女性也具有新时期女性勇于冒险的精神，渴望为保卫家园奉献自己的一份力量。

《云很白》中的柳叶眉就是善良女性的代表。丈夫黄毛在粮站卖了谷子后拿着钱与粮站站长胖子打牌，结果把钱全输给了胖子。黄毛觉得没脸回家见柳叶眉，于是在粮站喝了瓶农药自杀了。但让人意想不到的是，柳叶眉不但不追究胖子的责任，反而在村子里的人集体闹事的时候维护胖子，甚至挺身而出替胖子挡了黄毛兄弟六斤的一刀。对于胖子丢了工作，柳叶眉的反应是自家男人对不住站长。这样的女人要有多宽广的胸襟才能如此宽容。又如，《赵雪娥》中的赵雪娥为了让贫穷的村庄不再受穷，在村民暴力打压来村办厂投资的老板时，挺身而出挨了村民一锄，只为留下投资老板，让贫穷的家乡摆脱困境。这些善良勇敢、深明大义却平凡的女人让我们对农村女人有了新的认识。

3. 敢爱敢恨的女性

伍中正的作品中敢爱敢恨的女人也值得一提，这些女性的爱与恨彰显了女性复杂多变却又纯洁的内心情感，体现出乡村女性面对生活中的背叛与欺压敢于反抗的精神。

例如，《新草帽旧草帽》中的蔡子池原本和丈夫王行水在家耕田劳作，过着幸福的生活。后来丈夫坚持去城里干活，但没有抵制城里的诱惑，蔡子池知道后，留下王行水在家守田，只身一人去了城里。蔡子池最后愿意待在城里赚钱，而不愿回来像最初一样与丈夫守田割稻：一方面说明蔡子池想借此表达对丈夫之前过错的怨恨，另一方面也表达了作者对蔡子池这一类女性生活不幸的同情。《鱼籽》中的小女子廖小花则体现了农村女人机智的一面,丈夫外出打工,村里的恶霸鱼籽想占廖小花便宜。廖小花于是就装疯卖傻将鱼籽送进了公安局,从此村里再也没有鱼籽这个恶霸。从这个简单的故事中,我们看到一个聪明正义又敢爱敢恨的乡村小女子。

伍中正笔下这些平凡的女性小人物,大都是面容姣好、内心善良、性情率真、情感丰富的女子,她们是诗化的,是美好的。作者通过塑造一系列女性形象,表现了其思想情感,也寄托了其审美理想。

(三)诗化的结构

微型小说篇幅短小,情节单一,任务单纯,但是麻雀虽小,五脏俱全,它具有"小说"的各个要素特征。微型小说的短小不等于简陋,单一不等于单调,单纯不等于单薄,在短小中开掘深蕴,在单一中追求精美,在单纯中体现丰富,一句话:以小见大,以微显著。因此,在结构上也就注重雕琢,伍中正的微型小说结构上也注重琢磨,以凸显诗化特征。具体表现在以下两个方面。

1. 篇幅短小精炼如诗

伍中正的微型小说具有短小精炼的特点,并且透露着一种诗化的气息。《就要那棵树》这部微型小说集中《辘轳》《鱼算个啥》《木头》《麻地有风》《糟糠》《破鞋》《棉袄》《粒豆》《回家》《冬日阳光》《筋豆》等皆是代表。此处以《棉袄》为例作重点分析。

《棉袄》全篇共 47 个自然段,包括标点符号在内共有字数 975 字,由这些数字我们不难发现全篇短小的特点,每个自然段也极其短小,绝大部分段落都是由一句话构成,全篇颇具现代诗句分行的特点,诗化气息浓重。

本篇结构上可分为三个部分。第一部分为第 1—12 自然段，约 270 字，主要写彩桥穿着借来的棉袄去相亲并成功了。第二部分为第 13—31 自然段，约 300 字，主要写红桃知道彩桥相亲时说了假，要求彩桥买回了棉袄。第三部分为第 32—47 段，约 400 字，主要写彩桥因相亲时对红桃说了假话而愧疚，至死仍不安心。本篇三个部分，每个部分都仅用三四百字将情节内容叙述完整，表达准确传神，字字珠玑。

本篇开头第一句写天空下着很大的雨，点明彩桥娘借来棉袄给彩桥去相亲的原因，由此引出棉袄这条线索，为之后的情节发展作铺垫。接下来写彩桥与红桃因棉袄成亲，红桃知道彩桥说了假话，要求买回棉袄。两人做三年苦工，彩桥成了棉袄的主人，拥有了自己的棉袄，但是彩桥因相亲那次说了假话，一直不肯穿那件棉袄，心里一直难受，到去世时也感觉不安心。全篇情节简要，叙事功能弱，在一言一事中完成了人物性格发展，富有哲理性的诗意美。

全篇叙述了从彩桥与红桃相亲成婚到彩桥去世的事，从时间跨度看，浓缩了他们将近一辈子的事。伍中正用短短 975 字写完了彩桥的一生，省略了一些事实的现象和过程，内容精炼，具有跳跃性，短小如诗，给读者留下想象的空间，通过联想与想象再创造，把握了生活的本质。

2. 段落分行排列如诗

在《棉袄》这篇作品中，结构上另一个显著特点是段与段之间的排列如诗，局部的描写充满诗意，如：

> 一个雨季过了。
> 又一个雨季来了。
> 彩桥终于走不动了。
> 彩桥老了。

红桃也跟着彩桥老了。①

这短短 5 段如诗一般写出了彩桥与红桃这对农民夫妻一起慢慢变老的情景，意蕴丰富。这一特点在其他作品中也有体现，如在《麻地有风》中写秀求和宽叁情投意合：

麻地有风，吹乱割麻人的衣衫和秀发。

秀求割麻。

宽叁割麻。

秀求割到和宽叁坐的地方了。

宽叁割到和秀求坐的地方了。②

又如在《糟糠》中，作者采用一问一答分段排列的方式写黑皮和嫂子糟糠在艰苦生活中萌生的美好情愫：

满身是雪的黑皮就远远地跟着，在出村口的路上，黑皮不想止步。

糟糠边走边对那男人说：带我走的，记得不记得黑皮的老大？

记得！

糟糠又说：带我走的，记不记得黑皮？

记得！

糟糠还问：带我走的，往后还回来看不看黑皮？

看！

糟糠吼：那你就对后面满身是雪的黑皮说，让他回家。③

这种段与段之间自由分行，排列如诗的结构既突出微型小说短小精炼

---

① 伍中正：《就要那棵树》，吉林出版集团有限责任公司 2010 年版，第 107 页。
② 同上书，第 16 页。
③ 同上书，第 89 页。

的特点，又能让读者轻松明确作者的意图，给人一种诗的感受。伍中正的微型小说在结构和叙事上都具体有诗美效果，既有生活的具体美感，又有引人深思的博大的思想内涵。

（四）诗化的语言

伍中正的微型小说已形成自己独特的语言风格。他的微型小说语言简洁而有质感，叙述如诗歌般空灵跳跃，注重抑扬顿挫的音乐节奏美。[①] 在他的作品中随处可见交错运用的长短句，整散结合，句式灵活跳跃。其语言诗化的特质表现为自然清新、含蓄凝练、形象生动三个方面，接下来将具体从这三个方面来探究和感受语言诗化的特点。

1. 自然清新

自然清新，这种语言风格往往用清丽的语言来营造优美的意境，语言力求平淡自然，不追求辞藻的华丽，但于平淡中蕴含着深意。伍中正是一位出色的农民作家，其文学创作源于农村，他细细描绘的每一幅美好、可爱的乡村美景都很好地表现了自然清新的语言风格。

《就要那棵树》这本微型小说集子中就有许多体现清新自然这一特质的例子——

> 米唐的门口长着一棵树。树是樟树，枝繁叶茂，像一大团无法握住的云。（《就要那棵树》）
>
> 天气一暖和，村庄就暖和了。游桃的院子里有一株桃树。桃树不高，是女人那年走进游家的门槛后栽的，一枝一枝地开着花，要是静下心来，就能听到桃花开放的声音。那花红红的。远看近看，似桃树

[①] 刘海涛：《小小说的创作群体与艺术个性——常德市武陵区小小说作家群论》，《创作与评论》2013年第17期。

的衣裳。(《倾听桃花开放的声音》)

那一山树像绿色的波涛无时无刻不要吞没陈村,吞没每一个进入它内心的人。(《倾听》)

这就是伍中正笔下的树,在这三个例子中,作者用平淡自然的语言描绘了一幅绿树茂盛、繁花盛开的美好乡村图景。伍中正仅用"云""声音""波涛"这三个平凡的事物来表现乡村树绿、茂盛、美丽的特点,尤其是"吐"字的运用,看似平淡,却能营造出一种特别的氛围。

除此之外,伍中正作品中表现语言清新自然的例子还有:

邱桃的地让一秆接一秆的玉米占据。玉米长得旺,一片片油亮的叶子长出来,整块绿得像一张阔大的毯子,搁在邱家庄的眼里。(《守住玉米》)

这时的玉米在腰里长出来,吐出的缨子淡红淡红地美丽着,像邱桃脸上的笑。(《守住玉米》)

竹筒眼前散乱的是一些儿桃树杏树,桃树上的花朵正灿灿地开着,杏树上的花朵也是一个劲地白着,那些花影里,红砖青瓦的屋宇坚定地站着。(《清风庭院》)

夜晚安静下来,家柱屋外的槐花,像挂在树上的白灯,亮亮的,那槐花散发的香味水一样地轻轻流来又缓缓流走。(《籽言》)

当那微微的南风变得有力时,就知道这是陈家堡的夏天了。粒豆男人还没回来,粒豆家的桃却很有意思地在那些参差的枝枝丫丫上红了,整个堡里保持着安静。(《粒豆》)

方木要在田里割稻。田就在山脚下,远远望去,那一丘丘的稻子像一张张黄毯子,空气里漂流着稻子成熟的声音。这个时候,村庄的内容多部分让稻子占领。(《割稻的方木》)

宋海年知道,芒种越来越近了,地里的麦很快就要黄了。不大不小的风吹过来,麦子就涌起波浪。站在地边,她的眼里是麦子跟麦子拥抱的形象,耳里是麦子跟麦子说话的声音。那些麦子兴奋地挤在一起,叽叽喳喳。(《那一年芒种》)

从这些例子我们可以感受到他的小说透露着乡村水彩画般的透明美,散发着土地的清香,这也正是源于其作品语言自然清新的诗化特点。

2. 含蓄凝练

含蓄凝练是伍中正诗化语言的另一个突出特质,含有深意,藏而不露,在人物的语言方面更是笔墨俭省,却又内涵丰富。作品中人物语言的描述无不含蓄精练,耐人寻味,同时透露着诗意。

例如在《粒豆》中,粒豆与粒豆男人一起摘桃时的对话,写出了粒豆与男人之间的恩爱以及对美好生活的憧憬——

> 有时候,粒豆喊,桃子接着呃。男人就接粒豆递过来的桃。
>
> 粒豆男人喊,粒豆小心自己的脚。
>
> 粒豆就谨慎地在梯子上站牢。
>
> 树上醒着的桃子在筐里睡着了。粒豆望着那两筐桃,就来了话,卖了桃,买两只羊喂喂,闲在家里没事,年底还吃得上羊肉。
>
> 男人一笑,依你。
>
> 粒豆又改变了主意,说不喂羊,一人喂羊,十人骂娘。喂羊遭人骂,买头猪喂算了。
>
> 男人又一笑,依你。
>
> 摘了桃,粒豆出去找桃贩。粒豆回来说,赶紧挑出去。
>
> 男人挑一担桃晃悠悠出门。粒豆在后也跟着背一袋。
>
> 粒豆问,挑得起?
>
> 男人肩上回过来一句话,挑得起!

卖完桃，粒豆得了钱。男人说要走。粒豆说，回来一天光忙着摘桃卖桃，还没好好疼你呃。

粒豆与男人摘桃过程中的一言一语，一举一动，无不暗含了粒豆与男人之间的深厚感情。粒豆满脸幸福地规划着卖完桃后的生活，粒豆男人两次回答"依你"，可见粒豆男人对粒豆的疼爱。短短两字就蕴含着无限的爱意，着实令人感觉幸福。

又如在《麻地有风》中，宽叁与秀求在麻地上的对话，含蓄地说出了宽叁对秀求的喜欢——

  宽叁这才看清秀求的脸。
  看一眼就醉人咧。宽叁说。
  鬼话。秀求说。
  秀求，眼看麻秆明天就要割了，再不来，就差机会咧。
  秀求答话，割了可以再长呃。
  我等不得了。锅巴村的女人好多不相识，看我宽叁总是不上眼。
  那我秀求就看你上眼？秀求说。

宽叁一句"我等不得了。锅巴村的女人好多不相识，看我宽叁总是不上眼"间接表明了宽叁对秀求的喜爱，希望得到秀求的急切心理，如此表述，既含蓄又不失真意。

伍中正的小说中出现这类用含蓄凝练的语言描绘的人物话语着实为作品增添了不少美感，让读者回味无穷。

3. 形象生动

在人物的刻画上，伍中正运用形象生动的语言，将人物的生活状态、情感需求以及审美倾向表现得淋漓尽致，突出人物特点。

例如，在《倾听桃花开放的声音》中，是这样写游桃女人知道游桃在城里有了婆娘之后的伤心、失望——

> 女人再没说什么,坐起身子,把蓝色的衣服很自然穿在了身上,生动地晃着游桃的眼睛。
>
> 游桃女人的眼睛湿了,游桃没有发现……
>
> 女人极自然地甩了蓝色衣服。衣服歇在地上,不再生动,像一圈散开来干了好些日子的蓝漆。

游桃女人自然地穿上蓝色的衣服又自然地甩开蓝色的衣服这一平静的动作变化形象地表现出游桃女人内心情感的波澜起伏,伤心失望由此蔓延开来。

又如,《向果》中是这样写处于恋爱中的叶小开——

> 向果和叶小开出来的时候,浑身是汗。向果在篓子里抓出几朵棉花,擦了擦叶小开脸上的汗。
>
> 叶小开幸福地让他擦着,洁白地擦着,轻轻地擦着……
>
> 秋天里,叶小开回味着向果擦汗的动作,她拿出在城里赚回来的钱,给向果买了摩托车。
>
> 冬天里,叶小开回味着向果擦汗的动作,她拿出在城里赚回来的钱,给向果买了羊皮大衣。
>
> 春天里,叶小开回味着向果擦汗的动作,她脚步轻盈地进了向果低矮的家门。

向果一个擦汗的动作就让叶小开幸福无比,回味了秋、冬、春整整三个季节,形象地描写出恋爱中女性甜蜜的模样。

在《守住玉米》中,他是这样写得了重病但仍惦记着玉米的邱桃——

> 邱桃想看一地玉米熟透的样。

安福看出了邱桃的心事，说，我背你去看看玉米。

安福就把邱桃背到了地边。安福指着地头的一杆玉米说，这是你种下的第一杆玉米！

邱桃的嘴对着安福的耳朵又问，那你种的第一杆呢？

安福说，在旁边，有用手指了指挨着邱桃种的玉米。

邱桃在安福的背上一笑，说，看见了，都好着呢。

安福再把邱桃背到地边时，邱桃就看见玉米一个个像木棒样坚挺。她努力地说，安福，这是我跟你见到最好的玉米！

安福应声，是最好的玉米！

邱桃就在安福背上奄奄一息，声音低低地说，安福，一地的玉米就靠你了。

从邱桃和安福的对话中，我们可以感受到身患重病的邱桃对那一地玉米的深厚感情。这一地玉米不只是邱桃和安福辛勤劳作的结果，更是一种情感的寄托，寄托着邱桃对安福的不舍、对土地的眷恋。

在形象生动的语言的描绘下，小说中的人物仿佛诗意地生活在乡村图景中，感染着每一位观赏者。伍中正的小说描写清新自然、对话含蓄凝练、叙述生动形象，追求一种清新明净的诗意美，将读者带入一个优美的诗的境界。

伍中正用诗化的语言为我们谱写了一曲动人的乡村牧歌，他的作品语言简洁质朴，充满音乐节奏韵律美。其微型小说具有诗化的结构，不仅篇幅短小，而且分行分段排列如现代诗歌，在此基础上，表现小说诗化语言的自然清新、含蓄凝练、形象生动这三个特质。伍中正微型小说的诗化特点除了在语言、结构上有所体现，在题材和人物形象方面也比较突出。在其作品中，他站在农民的角度来描绘乡村的诗意生活，同时塑造了许多具有诗化特点的乡村女人。其微型小说表现的人性美和人情美具有很深刻的现实意义。

伍中正的作品之所以可以称为"诗化的乡村牧歌",其实与作家自身的生活经历息息相关。伍中正高考落榜后就回到自己的家乡,一边干农活一边进行文学创作。农村生活的千姿百态给了他无限灵感,农村的瞬息万变也让他产生疑惑。伍中正用一双慧眼观察着这个自己熟悉又热爱的地方,用真实的笔触表现乡村人们的本真性情。

本节仅分析了伍中正作品的题材、人物、结构、语言这几个方面的诗化特点。对于一位具有一定水准写作技巧的高产作家,单从这些方面探究其作品是远远不够的,从其他方面我们也能发现其微型小说的特色,如在构思上伍中正的小说也有值得探讨的地方。总而言之,伍中正作为在全国有较大影响力的小小说作家,在长达十多年的创作过程中早已形成了自己的风格,他是新乡土叙事的高手,其作品值得研究探索。

(黄蕾 李婷)

十三 芦芙荭微型小说初探
——以《错出的姻缘》为例

芦芙荭,1963年出生,陕西省镇安县人,当过教师,曾就读于上海戏剧学院中文系,现在陕西省商洛市文艺创作研究室工作。迄今在《作品》《雨花》《北京文学》《长江文艺》等刊物发表小说、散文多篇。其中,微型小说《一只鸟》《三叔》分获1995—1996年度、1999—2000年度中国优秀小小说作品奖。2002年中国作家协会授予其"中国当代小小说风云人物榜·小小说星座奖"。2009年荣获"中国小小说金牌作家"称号。作品多次被《短篇小说选刊》《小小说选刊》等各种媒介转载并入选各种选本。短篇小说《吹小号的男人》入围柳青文学奖。出版的微型小说集有《一只鸟》《扳着指头数到十》《错出的姻缘》。

芦芙红是中国微型小说知名作家,引领商洛多位作者走向全国,并获得了小小说金麻雀奖。艺术源于生活,但并不是所有的生活都能成为艺术,芦芙荭从生活中寻找能激发微型小说创作冲动的种子。侯德云在他的《小小说的芦芙荭》一文中写道:"芦芙荭是一个聪明的糊涂人,也是一个很有生活情调的人,在芦芙荭的作品中,我看到了一个生活哲学的研究者所应该拥有的素养:1.他是靠直觉而不是靠推理来获得思想。2.他面向痛苦和绝望的个人,探讨生命的意义。3.他把读者带到自己的灵魂深处,与读者分享他的生活体验。4.他企图理解生活,并暗示人们应该怎样生活。5.他的作品具有很强的大众性、深刻性和现实性。"[①] 著名评论家杨晓敏认为:"芦芙荭的作品带有一种对未来生活深切渴望而不时对生活的沉重进行调侃的意味。读芦芙荭的作品,我们可以看到,他不是在小说中创造一种理想的生活方式,而是用戏剧化的方式,给一些原本很沉重的、也无力去改变的日子,增加一些过下去的勇气。"[②]

芦芙荭的微型小说集《错出的姻缘》(吉林出版集团有限责任公司2010年版)充分体现了他在微型小说领域独特的个人魅力和不一样的微型小说世界。下面从思想内容和艺术成就两个方面予以论述。

(一)思想内容——人性的探索

微型小说是描写生活中一个个镜头的小说,而通过芦芙荭的镜头能带

[①] 芦芙荭:《错出的姻缘》,吉林出版集团有限责任公司2010年版,第161页。
[②] 杨晓敏:《在偶然中寻觅答案(评论)——芦芙荭小小说》,《红豆》2013年第6期。

给读者生活的智慧，在困惑和困境中找到通往出口的路。读芦芙荭的《错出的姻缘》不仅仅是一种精神上的享受，更多的是精神上的引导。他的微型小说在内容上体现了他对人性的探索，用幽默与讽刺的手法来表现文章的主题。其作品扮演了以下两种角色。

1. 爱情的教科书

爱情，是人与人之间的强烈的依恋、亲近、向往，以及无私专一并且无所不尽其心的感情。《错出的姻缘》这部微型小说集，大部分是讲述的一个个爱情故事。爱是人类永恒的主题，而在芦芙荭的作品中就不仅仅是歌颂了，他呈现给我们的爱情故事不是如童话般浪漫美好的，而是通过朴素的语言、生动的细节描写，赋予它们沉重而又惋惜的色彩，给予人们的是会爱的智慧和去爱的勇气。具体说来，芦芙红对爱情采取了两种方式。

第一，揭露虚幻的爱情。

芦芙荭的微型小说深刻地揭露了在爱情中人性的弱点，在坚硬的现实面前，爱情就像彩色的泡沫，往往一触就破。

在《傻子叫睡》中，因为玫的一个玩笑，使他变成了一个双手和双脚活动不灵活的傻子。但他的脑袋不傻，反而更清醒。当他心中还在想着曾经痴心不改要嫁给他的玫，他不愿意心爱的人跟自己遭一辈子罪时，玫却对他的父母说了谎，说是她下河挑水的时候救了他。从此，玫就丢弃了他，嫁了人有了孩子，重新开始了新的生活。而偶然的一次孩子和他玩耍，玫却很生气地骂孩子是个没用的东西，怎么和傻子一起玩。他的心在哭泣，却说不出来。这个爱情悲剧，揭示了爱情的虚伪，曾经的海誓山盟，曾经的天长地久，在现实面前是那么不堪一击。文中批判了玫的自私和绝情，她的玩笑造成了他一生的悲剧，自己却推脱责任，很快重新开启了快乐的生活。在爱情中，现实往往打败一切，上一分钟的彼此一辈子，下一分钟的彼此如同陌路。

在《胸罩》中，作者通过巧妙的情节设计，开始主人公笑笑发现邻居玲玲的胸罩在自己装衣服的纸箱里，加上上一次丢失的方巾在邻居家找到了的事情，加剧了对丈夫少峰的怀疑。笑笑坚信丈夫和玲玲有见不得人的关系，为此两人开始马拉松式的争吵，最后导致分手。暗地里，笑笑还造了很多关于少峰和玲玲的谣言，以致他们两个申请调离了学校。新学期隔壁又住了一个女孩，在偶然一个失眠的夜晚，笑笑亲眼见到一只老鼠拖着隔壁女孩的裙袜进了自己的房间。作品中的笑笑无疑能在我们生活中找到很多原型，"多疑"是笑笑性格的主要特点，她固执地认为丈夫少峰和隔壁玲玲一定发生了见不得人的事，完全听不进丈夫的解释，最后造成了劳燕分飞的结局。作品的最精彩之处是最后用笑笑看到的事实解释了少峰无法解释的一切。在物质化飞速发展的今天，人的感情也是变化的，人们会因为太在乎而患得患失。作者生动地描写了人们在爱情里往往会因缺少安全感而多疑的表现，告诉人们信任在爱情中的重要性：有了彼此的信任，感情才会长久，因为信任才会理解，因为理解才会和谐。

第二，歌颂美好的爱情。

芦芙荭在作品中善于运用戏剧化的方式，在失望过后又能看到经过时间考验的真情，让人在黑暗过后能看到光明。《爱情》一篇中，男孩非常爱女孩，每天在她的作业本里夹亲手折的纸船，久而久之学习受到了影响，为了阻止男孩的行为女孩当众撕烂了小船。故事在这里读者就会感觉到淡淡的哀愁，一种悲伤的情调，但最后作者感情基调一转，多年后男孩回到自己家乡，看到一个老太太在和孙子给自己放纸船。纸船传递着男孩和女孩之间的深厚情谊，承载着经过岁月蹉跎过后不变的纯真爱情，故事到这里，给人一种温暖的感觉。作者歌颂的是这种无私的、默默无闻的爱情，从另一方面作者也告诫人们爱一个人要趁早，不要等韶华不再的时候徒留遗憾。又如，《爱情两个字好辛苦》中男主人公每天去叶子的电话亭给在乡下教书的妻子打电话。后来叶子哥哥介绍的人正是这个男人，叶子认为他说了谎,他明明是有妇之夫,两人再没见面。后来得知他妻子两年前就去世了,而留给叶子的问题是:那每天他为什么还去打电话呢?同时,这个问题更是留给读者的。看前文我们就会得到答案,男人去打电话是为了叶子,故事最后却让人备受鼓舞:男主人公那么不怕吃苦,不是为了贪图富贵,是为了在贫困地区建一所学校。这正是作者所歌颂的,在人们都在追求享乐追求权力的时候,而作者笔下的主人公却让人感觉一种时代的小清新,淳朴而又敦厚的性格让人有种亲切感和熟悉感。

《回头》中,写了一对因父母逼迫而分开的青梅竹马,各自都成立了自己的家庭,后来男孩和女孩见面,女孩哭诉生活的不幸,希望和男孩私奔。男孩最后做出的决定和不回头的绝然,都让人看到的是,男孩的童真善良和可贵又可爱的童心。从男孩到男人,更多的是多了一份成熟和担当。男孩深知自己和女孩已经回不去了,他懂得把握这份感情的距离。现代生活中我们身边多的是怀瑾握瑜的人,人到了一定的年纪就应该有一定的担当,不应该心里只有儿女私情。作品告诉我们,生活中我们应该坚决做决定,做一个理性胜于感性的人。

2. 人生的思考者

芦芙荭在《错出的姻缘》一书中,不仅描写爱情,还写了其他方面的内容。他是一个人生的思考者,用睿智的眼光、独到的视角俯瞰生活,见微知著,见近知远。

第一,站在时代边缘思考人生。

芦芙荭的微型小说作品《一只鸟》,可以说是"一鸟惊人",也奠定了他在新锐作家中无可置疑的地位。《一只鸟》讲述了一个法官因多年前错判了一件冤案,退休后良心始终都得不到安宁,一直缠绕在心头。他无意中看到了盲眼老人养的一只叫"阿捷"的鸟,然后就想尽一切办法从老人手里买回来,甚至因为没得到那只鸟儿而生病,得到鸟后又把它放生。殊不知，他当年冤死的那个阿捷，正是鸟的主人的儿子。那只"鸟"既寄托了法官对错判青年阿捷的愧疚，也寄托了盲眼老人对死去儿子的深深的思念之情。退休后仍然背负着良心债的老法官，让我们肃然起敬，如果他对错案麻木不仁哪还有这个触及灵魂的故事。悒郁的语调蕴含着人性深处的忏悔，作者是对非理性时代职业道德缺失的泣血控诉，引发人深深的反省，也是对被伤害人的同情：在现实面前他们只是砧板上的鱼肉，任人宰割而无力反抗。《一只鸟》不只是描写了一个悲剧，更像是现代职场社会的警告书，也表现了人与人之间的亲情与友情。

《水秀》中，小北与水秀在初中的时候互相喜欢，没上完高中水秀就跟着几个姐妹进城了，"我"没考上大学也进城闯闯，听工友们说看到了水秀。而此时的水秀已经不是当初小北认识的水秀了，"染了一头黄头发，说着一口普通话，那衣服穿的，半个奶子都露在外面"。"我"悄悄地跟着工友们出去看到了水秀，她跟在一个男人身旁。在丛林中男人直直地向水秀的胸前扑去，然后他们就倒在了草丛中。小北拨打了那串熟悉的号码但水秀却久久都没有接。这个故事深刻地反映了社会状况，水秀不去上高中，她的一句"杨老师不是上了大学吗，怎么还在乡里教书"反映当时人们的精神状况：精神上落后，对知识不重视。虽然写的是个人的命运，更映射到一个时代的精神面貌——水秀更愿意靠出卖身体来赚钱，揭露了人性的堕落，形象丰满而主题深刻。

在《大哥》中，大哥因为村里的人事关系而找在城里的弟弟帮忙，当站在立交桥上看到城市人的生活时，才发现自己现在做的事是多么无聊。作者写农民在面对灯红酒绿的现代生活时，自觉催醒浑噩的身心，也让读者顿悟到，在生活中有时候我们不顾一切去追求的东西，竟是这样的无聊。作者描写生活不是只停留在表面，而是对人性深刻的探索，对人的灵魂深处的反省。他笔下的人物是放在历史发展和社会学角度去观照思考，使文章的主题上升到一个更高的层次，极富有思想性和哲理性。又如《三叔》中，刻画了一个争强好胜的人物——三叔，写了三叔和村长家旺"窝里斗"的故事。当家旺衰败下来时，出人意料的是三叔竟然愿意借钱给家旺让他振作起来，为的是能像以前一样和他继续斗，那样的日子才有意思。作者本质上是写的"窝里斗"的故事，但透过事情仔细思考，作者更是用人生和社会哲学去看三叔的人生哲学，好斗的人物不也正是社会发展的动力吗？有竞争才会有压力，有压力才会有动力，有动力才会进步。人们在帮助别人的同时，也是对自己的帮助。生活需要对照，有了对照就会有差别，我们才能够从别人身上看到自己的不足和缺点，扬长避短，完善自己。由此，我们可以联想到一个国家的发展和未来，也不应该像前人那样关起门来搞发展，只有在激烈的国际环境中一个国家才不会落后，才能顺应时代发展。

第二，深入生活感悟人生。

芦芙荭的作品，在对人性深刻的揭露和探索的同时，也引发人们对人生的思考，在思考中知道生活的方向，这样才使人在以后的生活中更明智。例如，《死亡体验》中一对男女青年约定好一起自杀，但目睹了花炮厂爆炸的惨状，才恍然明白：他们为了死绞尽脑汁最后却活着，而那些快乐地活着并想永远活下去的人，却遭遇了不测风云，最后他们决定放弃自杀。生与死往往是很偶然的，人生的命运变化只是一念之间，谁也无法掌控和预知命运的未知，而体验过死亡的人才知道生命的可贵，才明白自己拥有的东西也许是别人苦苦追寻也无法得到的。这对青年男女在将失去生命时才明白它的重要，而觉得自己能够活着是多么幸运啊。他的作品虽是描写的一个让人哭笑不得的青年男女的戏剧性故事，却蕴含着作者对人情世故的体味。《午夜热线》体现了作者很强的讽刺与幽默的才华，赵闻因"午夜情感热线"节目在电话中认识了一个拥有百万存款的女孩，便频频地给女孩打电话，后来决定去见那个女孩，到了那个地方才发现女孩是个心理医生。这篇作品写出了人性的弱点，令人一笑之余，又让人陷入深深的思考中。

又如《活得好》中，文中的男孩是个小车司机，对单位的女秘书一往情深，为了女秘书求作家写信，信打动不了女秘书，又找女秘书当面谈，醉酒后更是放下狠话："等着瞧，她活是我的人，死是我的鬼。"这些话很快传到很多人的耳朵里，女秘书担心出事所以就想了办法，出了趟差回来说自己已经结婚了。大家都担心男孩会闹事，可没想到什么事也没有，过了那么久男孩又重新爱上了一个女孩。当问到以前的事时男孩只是笑笑："干嘛要干那傻事，活着多好！"是的，活着多好啊，真是"留得青山在，不怕没柴烧"，活着比什么都重要，这也是作者要表达的主题。

《心镜》中，文中的"我"原本很讨厌办公桌墙壁上的大镜子，因为在镜子里"我"能看到"我"那惨不忍睹的脸和阿芳那秀美的粉脸形成强烈的反差。后来，"我"要求拿掉镜子，阿芳要"我"每天坚持看几眼，就会发现新大陆。带着这样的好奇心，慢慢地"我"就习惯了，并发现了新内容，阿芳那张好看的脸也是有瑕疵的，而"我"那张难看的脸其实也有动人之处，"我"开始有自信，也离不开那面镜子了。最后，那张丑脸和笑脸的照片成了"我"床头的结婚照。在一个看脸的社会，往往外貌条件好的人会比较开朗和自信，在鲜明的对比中外貌条件差的人通常会比较自卑和封闭。作者想要表达的是，在这个世界上每个人都是独一无二的，每个人也不是十全十美的，正如作者在文中所说的"大美是一种美，大丑其实也是一种美"。

（二）艺术成就——平中见奇

芦芙荭的微型小说具有引人入胜的魅力，写人叙事，字里行间，看似平凡，却匠心独运，富有感染力。笔者认为，芦芙红的作品有以下三个艺术成就。

1. 塑造鲜明的个性人物

人物在小说的三要素之中是最重要的，塑造好人物是小说的关键。芦芙荙擅长塑造鲜明的个性人物，小则是个体命运的速写，大则是一个时代的侧影。有时芦芙荙为了更好地表现人物形象，还会将人物放在特定的社会环境中，抓住人物形象的一个闪光点。把人物刻画得形象逼真，活灵活现，这就是他最鲜明的艺术特色。

例如，《三叔》中描写三叔每次提到家旺总是这样说："家旺……哼！"在村里斗了几十年。而听到家旺家出事后，三叔脸上先是抽出一丝笑，随即手上的那枚鸡蛋就脱落了，后来竟然借钱给家旺重振起来。这些细节的描写，写出了一个活脱脱的争强好胜的农民形象，将农民狭隘、朴素、淳朴的性格特点写得淋漓尽致。又如，《叫我一声哥》中塑造了一个未脱尽男孩气、身体成熟而心理未成熟的男孩。文中描写男人生理上对女人充满了"种种邪念"，而心理上又会被女孩的单纯把种种邪念驱赶得一干二净，把一个有贼心没贼胆、心理上还有一方净土的男人写得形神兼备。与它相似的还有《仓仓》，作品中的男人用自己编织的谎言，与其说欺人，更不如说是自欺，他与《叫我一声哥》中的男人都是作者刻画的两个可怜又可笑但不至于可悲可憎的人物，生动而形象，让读者记忆尤深。

《一只鸟》中，作者描写了两个主要人物，一个是退休的法官，一个是每天遛鸟的盲眼老人。将两人联系在一起的是一只鸟，而两人对这只鸟的感情却是不一样的，通过两人对"鸟"的感情而将两人的形象立体化。如文中法官想尽一切办法想要得到那只鸟，把一个法官因判了错案而背负良心债，想弥补却无力回天的那种无奈和内心无尽惭愧的心情写得淋漓尽致，令人深有感触，有力地捕捉到了人物形象的着力点。盲眼老人对自己的儿子是浓浓的父子深情，对于法官则表现出常人难有的宽容和善良，用平淡的语言、巧妙的细节描写了一个让人可怜又可敬的普通人。这些人物反映着时代的脉搏，控诉着社会的黑暗，表现着丰富而又深刻的现代生活。

《拐子》中，作者刻画了拐子这一好吃懒做、无所事事的人物形象。拐子因好吃懒做才混进文艺大队宣传队，专门帮人搭台子，一次爬上桌子往天幕上挂毛泽东像镜框时，不小心摔断了腿，可毛主席像却紧紧地握在他手上。这事使他成了宣传队的先进分子，红得发紫，到处做报告。实行改革开放后，大家都富起来了，他才说出了真相，他的腿根本没摔坏，是装的。当他丢掉拐杖想走路时，才发现自己已经不会走路了，腿再也伸不直了，成了真正的拐子了。作者通过刻画拐子这一鲜明的人物形象，对拐子这一人物作者进行了辛辣的讽刺，反映了在特定的时代环境下人性的荒唐、人的悲哀、人在当时环境下的可笑又可悲的荒谬行为。

2. 戏剧化的情节

芦芙荭的微型小说不仅在人物塑造上表现得特别出色，而且情节极富有戏剧化，情节既不拼凑，也不显得过于平淡。微型小说的篇幅短小，而要在这么少的字数里讲完一个生动的故事，必须高度浓缩，小而精，富有戏剧性。芦芙荭的微型小说既讲究情节的环环相扣，又讲究情节的独特性。

《结局》的结局令人不可思议，但细想想也是在情理之中，作者在前文就已经埋下了伏笔，这就使得主题与结局合二为一，是水到渠成之事。《结局》开头就写了整个大杂院都没有人知道小龚是干什么的，平时也很少看到他，只是每次回来他都提着大包小包的零食。从小龚为小老板从小偷那里抢来裤子，以及小龚受伤满脸都是血和他们悄悄地搬家等这些细节的描写，我们就可以知道结局并不是离谱的，是符合情节发展的。而文中人们猜测小龚是刑警，更给最后的结局小龚是神偷加入了戏剧化色彩，文章波澜起伏，意味深长。

在《一只鸟》中，故事的结尾老法官为盲眼老人整理遗物的时候，发现了老人的笔记本里当年那个因冤案而死的青年阿捷的照片。细细看前文也可以知道，如果阿捷不是盲眼老人的儿子，他就不会把那只鸟取名"阿捷"，并用父亲喊儿子那般亲昵的口气叫"捷儿、捷儿"，也不会在别人出大价钱的时候不卖掉自己仅用十多元买回来的普通鸟，也不会在听了法官说出真相后流下泪水，这些举动都说明了他把对儿子的思念都寄托在一只鸟上。另一方面就在法官如此强烈的占有欲，想尽一切办法想要得到那只鸟，并愿意花大价钱去买那只普通鸟，甚至因为得不到那只鸟得重病，得到那只鸟后又把它放生了，而百思不解的时候，老法官道出了事情的真相——那个叫阿捷的青年冤死的不幸命运。故事的情节奇崛而又独特，作品凝聚着丰富的时代和历史的内涵。

《大哥》中的情节也是极具戏剧性的。大哥从乡下到城里，1000多里的路程，跑到城里找"我"办事，但故事的结尾在人的意料之外。文章中用很大篇幅写了"我"和大哥的谈话，如大哥的用词"他狗日的""充孙子"等，人物语言恰如其分地表现人物在这种环境下的身份、地位和性格特点。用平常的语言写出了大哥内心的不服气和想要出口气的心情，与后文大哥因为站在立交桥上看到城市的生气勃勃的样子后突然改变自己的想法。作者写了一个细腻的人物形象，用跳跃的节奏，情节上起伏变化大，让人读起来有味道。《死亡体验》中，一对青年男女费尽心思地想要寻死，最后却因为目睹了很多想活的人反而死了的惨状，开始对死亡恐惧，结局是他们放弃了自杀选择活下来。从这对青年男女费尽心思自杀到放弃的过程的情节转变，在深广的生活认识和丰富的生活感受的基础之上，作者构思精巧，使小小说有着无穷的后劲，令人回味无穷。

戏剧化的情节开拓了文章的主题，使文章的主题更深刻。在《回家》中，奶奶生了重病，爷爷去给奶奶抓药就再也没有回来了。奶奶振作起来照顾两个孩子，奇迹的是奶奶不但没死，病还一天天好起来了，故事的最后爷爷竟然回来了，但没过多久奶奶就死了。这一作品中的情节可谓波澜起伏，戏剧化的情节丰富了文章的主题，表现出困境催人奋进，而安逸却使人堕落颓废，女人要学着自立自强，这样才会活得精彩的主题。

3. 善用白描手法

微型小说篇幅很短小，但要用有限的文字把小说的开端、发展、高潮、结尾都交代清楚，必须惜墨如金，字斟句酌。这就需要以白描手法舍去那些不必要的铺排渲染和不必要的过渡和主观抒情，即用朴素简练的文字描摹形象，不重辞藻修饰与渲染烘托，寥寥几笔勾勒出事物状态、人物形象的方法。芦芙荭曾说过，一篇好的微型小说，我们在阅读它的时候，你是会忽略它的文字的。芦芙荭擅长运用白描，能使作品更加生动感人，形象更加鲜明，并从不同角度折射出社会生活的各个片段。

例如，《错出的姻缘》中作者在介绍主人公瓦时，做了这样的描写："瓦是小镇中学的语文教师。人长得一般，书也教得一般。为人处世迂腐呆板，不善辞令，可瓦却能写文章。"三句话交代清楚了瓦的职业、外貌、教学能力、人的性格和人物擅长的事情，一个立体的人物就呈现在读者面前，语言简练，形象而令人深刻。又如，《回头》中男孩最后做出的决定是回家。文中是这样写的："一直走出了竹林了，他才停住脚步，他想回头再看她一眼，但终于没有。"一句简单的话却将男孩那种复杂的情感表现得淋漓尽致，让人看到了男孩的犹豫，也让人看到男孩最后还是理性战胜了感性，做出了坚定的决定。《银杏树》开篇就这样交代："很小的时候，黑子就没见过爹，每日里娘背着他扛锄挽篮下地去干活"。一句话就写清楚了黑子的家庭状况，黑子没有爹，和娘生活在一起，生活很艰苦，生动地刻画了一个穷苦孩子的形象，简洁而传神。在《扳着指头数到十》中，开篇作者用简洁的语言这样写道："那一年，刚过完年，爹就让娘收拾东西，说要回单位上班。"一句短短的话，就一一列出了故事的主要人物——"我"、爹和娘，交代了故事发生的具体时间——刚过完年，也交代了故事的起因——爹要回单位上班了。一句话竟然含有这么丰富的信息量，没有多余的成分，却在文中起着必不可少的作用。

微型小说对人物侧重于重点勾勒，写人物的传神之处，突出人物的主要性格。例如，上文中提到的《一只鸟》，通篇作者主要围绕那只鸟来描写，重点突出老法官因内心背负着良心债而愧疚的思想感情和盲眼老人对儿子深深的眷念之情，表达了作者对当时社会职业道德缺失的强烈批判。《劝婚》中，侧重描写了长来吃饭的样子，长来用左手夹菜，更要命的是长来吃菜，"他将菜送进嘴里，即使是最软的菜，也会被他嚼出猪吃食一样的一片轰响"。通过突出描写长来吃饭这一动作，将长来吃饭的样子生动地展现在读者面前，就如自己看到一样，推动了后面情节的发展。又如，《三叔》这一作品中，侧重写三叔和村长家旺窝里斗的一系列事件，将一个争强好胜的农民形象写得惟妙惟肖，也揭示了当时环境下农民的狭隘、朴实、善良的性格特点。再如，《水水之死》中侧重写了一个农村妇女因为外出打工不回来的丈夫寄回来的区区 5000 元钱导致自己身体一步步垮掉，最后丢掉了自己性命的事情，表现了农村妇女思想落后，感情脆弱，独立性不强，不珍爱生命的特点，字里行间流露出作者对悲剧性命运的同情和对不珍爱生命行为的批判。

微型小说在运用白描艺术手法时，也侧重人物主要动作的描写，通过人物的动作来使形象更生动。在《小样儿》中，作者全文侧重写了："他搂着女孩细细的腰，手就有点不规矩了，总是想顺着那腰探头探脑地往下摸。女孩让他的手摸摸索索地往下走一截，再走一截，突然就不让了。"这一动作细节，将情窦初开的男女写得生动形象，就是这一动作的描写也为后文男女之间悲剧的结局打下了铺垫。在《一个新兵与三个俘虏》中，侧重写新兵阿福每次吃饭时都远远地离开三个俘虏，并且吃得稀里哗啦，这一动作的描写，与最后他们发现阿福碗里什么也没有形成了鲜明的对比，突出地表现了阿福人性的美，对阿福这种触动灵魂的伟大精神的赞美和歌颂。在《结局》中，作者侧重写了小龚在潇白项链被偷时说的话："算了算了，赶明儿重给你弄一条。"重点强调了一个"弄"这个动作，简单的动作描写，巧妙地为后面的情节做了铺垫，写得精准而又传奇，使文章顺理成章。

总之，芦芙荭的微型小说，具有他个人的独特魅力。他的微型小说源于现实生活，源于他长久生活的积淀，但又高于生活，是把生活提炼后的艺术。他在作品中表现的主题，不是只停留在生活的表面，而是深入生活的内部，深刻地挖掘生活的本质，将作品的主题上升到社会历史发展和人生哲学的高度。在芦芙荭的作品中，不仅仅是故事生动，小说更表现出一定的哲理性，耐人寻味，引人深思，给人启迪。读芦芙荭的微型小说，是一次知识上的熏陶，更像是精神上的洗礼。他的作品用平淡通俗的语言来表现一个个动人的故事，选材宽泛，主题复杂。在他的作品中，我们可以看到芦芙荭对微型小说的挚爱，他把他的故事插上思想的翅膀让它们自由飞翔，用人性的美感动人，又鞭挞人性的阴暗，用善恶辩证来引导人。

芦芙荭的《错出的姻缘》，无论从内容上还是艺术特色上，都显示了他高超的微型小说写作能力。在内容上，《错出的姻缘》这一微型小说集，主要描写的主题是爱情，但也涉及生活的其他方面，在作品中我们看到了作者对现代生活一些丑恶行为的揭露和批判，对触动人类灵魂的人性美的赞美和追求。我们感受到了一个有情怀的、有智慧的作家，他的作品在反映生活的同时，也在反思生活，让人在看到生活沉重的一面后，又给人继续走下去的勇气。在艺术特色上，芦芙荭擅长塑造具有鲜明个性的人物形象，通过人物朴实的语言、传神的性格特点，将人物塑造的活灵活现，使微型小说主题具有深刻性和开拓性；戏剧化的情节，又使文章不会枯燥无味,富有可读性,节奏感强,扣人心弦;白描手法的运用,用符合人物形象的通俗语言,在文中抓住一两个人物形象来重点描写,突出他们的鲜明个性。芦芙荭让我们看到了微型小说另一番独特的风景,也使他在微型小说领域独树一帜。

(聂明 李婷)

十四 杨崇德微型小说初探

杨崇德,出生于 1965 年 10 月,湖南省中方县人,湖南省作家协会会员,1986 年 7 月毕业于湖南银行学校,分配到怀化市农行工作,曾经任过办公室副主任、副科长、支行副行长。1992 年开始从事小小说创作。在全国报刊发表小小说 800 余篇,已出版《故乡的云朵》《麻亮的天》《冬天的生活》等多部微型小说集。多篇作品获省及全国性奖,有些作品被改编成轻型音乐剧、连环画。1997 年杨崇德被《微型小说选刊》选为"当代微型小说百家之一"。

杨崇德有着丰富的人生阅历,写了很多脍炙人口的佳篇。这些微型小说饱含生活气息并颇具文化底蕴,用通俗易懂的语言,向人们传达出耐人寻味的人生真谛。王晓峰曾说:"这些由普通人构成的小小说作家,是由工人、战士、农民、公务员以及普通的作家构成。他们生活在社会的基层甚至底层,富有生活经验,又不乏文学的观察力和敏感性,对一般读者的文学期待有着天然的联系,有着天然的沟通与理解。"[①] 自从开始创作微型

[①] 王晓峰:《小小说:温暖和谐的审美艺术》,《文艺报》2005 年 1 月 15 日。

小说以来，杨崇德以踏实认真的态度，以独特的观察视角和多角度的思考方式创作出了一大批优秀的文学作品，满足了读者的阅读需求。而小小说虽然篇幅短小，却是言有尽而意无穷。江曾培也写道："小小说是斗方、册页、扇面儿。斗方、册页、扇面的画法和中堂、长卷画法是不一样的。"① 所以，杨崇德的微型小说也具有很大的思考空间。如果一部小小说没有给读者留有思考的空间，那这部小说就没有可读性，就像"没有未定性的成分，没有文本的空白，我们就不能发挥想象"② 一样。

杨崇德的微型小说题材广泛，有官场生活、城市生活、乡村生活以及其他方面题材的作品；从多角度、多方面来反映社会问题，把人性写得出神入化，让人百看不厌，特别是描写农村生活的作品不得不让人叹服。其作品的幽默特色也是杨崇德小小说的一大亮点，更重要的是杨崇德的作品还对现代人有着一种厚重的现实意义。下面从三个方面予以论述。

（一）题材种类

杨崇德微型小说题材之多，内容之广，包含的思想价值和文化价值更是惊人。由此，我们可以看出杨崇德是一个生活的有心人。他能将生活中杂乱无章的东西，通过自己的加工和思考，有条理地以微型小说的形式传达给读者，能让读者领悟到其作品思想之光辉和作品中人性的淳朴。关于杨崇德微型小说的题材种类，本节主要从乡村题材、官场题材以及城市题材三个方面进行研究。

1. 乡村题材

在杨崇德的笔下，关于描写乡村生活的作品很多，反映乡村人们思想

---

① 江曾培：《世界华文小说大成》，上海文艺出版社1999年版，第815页。
② ［德］姚斯·霍拉勃：《接受美学与接受理论》，周宁、金元浦译，辽宁人民出版社1987年版，第8页。

状况的作品更是不计其数。读这些乡村题材的作品，可以了解乡村的经济状况、风俗习惯，农村人的思想变化历程以及乡村人的思想文化水平。杨崇德笔下的农村，能让一个地地道道出生于农村的人有一种亲切感。也许，这就是杨崇德以农村生活为题材的作品之真正魅力所在。杨崇德以农村生活为题材的作品主要有：《担子》《故乡的云朵》《浮出水面的鱼》《1973年的病》《农民兄弟》《雾山奇案》《天要下雨》《莽山野夫》《历史》《哭泣的晚餐》等。其中，《雾山奇案》这部作品在2001年获全国级奖项；在湖南作家协会主办的《作家与社会》中刊发了个人专辑作品。2003年《哭泣的晚餐》入选《2003中国年度最佳小小说》一书。

《雾山奇案》既能给人一种神秘的气息，又能充分地体现当时农村的生活现状。小说中的爷爷当时担任雾山修路队中一个小组的组长，田大兴恰恰和爷爷编制在一个小组中，后来田大兴莫名其妙地坠入了崖谷。这座雾山有一个非常奇特的特点，就是这雾山上的雾很大，终日不散。作品是这样描述雾山的："当年的雾山，树木森森，雾气重重，站在林子里，常常看不清自己的脚，一口痰出去，往往会招来痛骂，吐出去的痰，十有八九落在别人的身上。"从作品中的这些文字表达，可以知道雾山的雾特别大，那是一个无论白天还是夜晚都伸手不见五指的地方，在这样的环境下，要修路更是一个大问题。作品对修路的情形是这样说的："大家的劳动协作基本上是拿声音作信号，比方说，前面有没有人？站开点，我要动锄头了。易麻子那条没了后跟的脚，至今还不清当年是被谁给挖掉的。"所以，在这种环境下工作，不仅工作困难，还随时有生命的危险。所以，田大兴的死就变得扑朔迷离，爷爷当时是田大兴所在组的组长，调查组的人便认为是爷爷害死田大兴的。可是，过了几天爷爷也跌进了崖谷，后面同样又有人掉下崖谷去了。就在调查组不知所措的时候，有一个叫周大昌的医生找到了管雾山基本建设的领导，要求将雾山的修路队定期撤换，每一个修路队驻山时间不能超过两个月。结果周医生被关进了精神病院，而命案一直不断在发生。领导迫于上面的压力，按周医生的方法做，却再也没发生一桩命案。其实，雾山真正死人的原因是："环境决定着人的心理，没有阳光的日子会严重压抑人的情绪，长期如此，会导致人的自卑和自弃，甚至会自灭。"《雾山奇案》虽然充满神秘感，让人很难想象满山遍野的雾便是杀人凶手，但是，这部作品更迷人的在于它以农村为写作背景，以纯朴的农民为主角，展现出来的是一种温柔的恐怖氛围，并不会让人感到毛骨悚然。同时，这部作品向读者传达了这样的一种思想：不能忽视人的心理问题，特别是在心理问题频发的今天。从这部以农村题材为切入点的作品中，我们可以感知到杨崇德先生有着厚实的文学根底和丰富的人生阅历，更有奇特的艺术构思和敏锐的社会观察力。

杨崇德描写农村生活细致独到，不会把农村人写得像是城里人一样。在他的以农村生活为题材的微型小说作品中到处都散发着一股独特的农村乡土气息，充满了泥土的芳香。有的作品充满了童年的乐趣，如《掌上的战斗》；有的作品饱含了作者对乡村农民生活不如意的同情，如《哭泣的晚餐》；有的作品是对乡村爱情的歌颂，如《老夫老妻》《像水一样》；有的作品充分肯定了农村人的无私奉献精神，如《村官康强》；有的作品是对农村有伤风化、败坏道德之事的讽刺，如《故乡的云朵》；有的作品则写出了农村人为小事而斤斤计较的丑态，如《天要下雨》。这些以农村生活为题材的作品可谓内容丰富，现实感强，再现了农村生活的原貌，深刻地反映了农村生活的本质，构成了一幅以农村人为主体的"农村生活百态图"。

《老夫老妻》《像水一样》都以农村生活为背景，充分肯定和歌颂了农村爱情故事。两部作品中的主人公都对爱情忠贞不渝，从一定程度上反映了农村人的爱情生活和爱情理想。特别是《老夫老妻》这部作品向我们传递的爱的力量是惊天动地、震撼人心的。作品中这对老夫妻的对话，是临终的话别，充满了心酸，极具凄凉之美，催人泪下，让人内心不由得伤感彷徨。其实，不管谁读了这部作品，他的唯一愿望就是希望时间能定格在那一刻，多给这一对老夫妻一些时间。

《村官康强》中展示出了一个淳朴勤劳而具有奉献精神的村官康强形象，这位村官为了修通村里面的公路，到处奔波，筹集资金，对在外地工作不肯捐款的人，康强全以他们的名义为修路捐款，把自己的积蓄也全捐了出去。一直这样，从不抱怨，就这样默默地奉献着，直至最后献出了自己的生命。这部以农村生活为题材的作品，展现了康强的心灵之美和无私的奉献精神。像这样体现农村生活的丰富多彩，是杨崇德微型小说的一大特色。

2. 官场题材

杨崇德以官场生活为题材的小说也不少，可以说独具特色、独当一面。与官场生活有关的作品有《官疗》《官财》《官运》《官习》《官殇》等，都值得研究和分析。这些作品一定程度上反映了官场生活的现状：有给领导送礼的人，有为钱而变质的官员，有热衷于做官的人。《官疗》中的柳局长，一退休就心脏病频发，随时都有生命的危险。在这样的情况下，柳局长只有一个要求就是再让他做官，而一做官之后他又马上焕发出活力。在《官疗》这部作品中，只有继续做官才能救柳局长的命，体现了人们对做官的无限热衷。而《八月二十七》采用倒叙的方式，描写了罗高明的一生，通过罗高明的官场生活反映了官场中存在的一些腐败现象，极具现实意义。《不足之处》说明了官场中形式主义之风盛行，开会做报告都是走过场。《找个理由》中的王鹏为了找个不给局长送礼的理由，不断自我折磨，想要自己感冒住院，这样就可以不给局长送礼，就不会得罪局长。结果，住院的钱比送礼的钱还多，更可笑的是在王鹏住院的第四天，局长被检察院盯住了，有人举报他受贿。由此可见，读杨崇德的以官场生活为题材的微型小说不仅能对官场生活有一个全面而深刻的了解，更重要的让人不得不思考这样的一个问题：怎样做官才是好官。这也是杨崇德以官场生活为题材的作品之现实意义所在。刘海涛在《微型小说的理论与技巧》一书中指出："微型小说的审美特征规定了所选择的生活素材、必须是生活中的一个有意义有包融的聚集点……它包含了一个故事中最精彩、最有特色的高潮情节，也概括了一个人物性格中最富有特征的闪光点，它同时也蕴含了这个题材中巨大的主题能量。"① 也就是说，一个作家创作一部好的作品，如果只有创作意图，而没有丰富的人生阅历和生活经历是不够的，而有丰富的经历但没有创作意图，也不行。只有二者兼备才能创作一部好的作品出来。杨崇德正是具备了这两点，所以，其作品才极具魅力和无穷意蕴。其以官场生活为题材的作品就是很好的例子，值得研究和探讨。

3. 城市题材

杨崇德以城市生活作为小说背景的作品为数不少，有《打工仔》《这孩子干吗像我》《昨天让我难以启齿》《妻子不在家的夜晚》等。其实，杨崇德以城市生活为题材的微型小说作品，反映了城市生活中的一些细枝末节，也体现了城市居民的生活节奏和生活状态。《妻子不在家的夜晚》写出了高先生的生活无聊、枯燥、寂寞。结果，他不断地干一些无关紧要的事情，最后还是失眠了。这其实写的是城市中产阶级生活的无聊无趣：除了上班还是上班。而《窗户里的城市》形象地刻画了奋斗在大城市最底层的人们的心酸与无奈，体现了大都市的生活之艰难与不易。

杨崇德在微型小说领域取得的成就，一定程度上得益于其小小说题材种类多，题材广泛，内容丰富，能满足各个阶层读者的需要。特别是以乡

---

① 刘海涛：《微型小说的理论与技巧》，中国人民大学出版社1990年版，第92—93页。

村生活为题材的作品，展现了农村的广阔生活图景；以官场生活为题材的作品，更是刻画出了官场中的异化现象；而写城市生活，则能让人在心酸与无聊中不断彷徨、不知所措。

（二）幽默艺术

杨崇德曾经说："我喜欢文学，更热爱生活，我愿意在文学和生活之间，用笔架起一座小桥，把人生中的一些有意思的物事，用笔墨描述出来，给理解生活的人看。"[①] 这可以看作杨崇德的创作宣言。而"把人生中的一些有意思的物事，用笔墨描述出来"，这也许就是杨崇德微型小说幽默艺术产生的原因。其作品中的幽默艺术有以下三种。

1. 故事中的幽默

一部优秀的幽默微型小说，它应该是一个完整的故事。经过作家的加工使语言、内容极富幽默特色，让人开怀大笑。黄子平在论及短篇小说的发展时指出："无论中外'短篇小说'都是由'短篇故事'发展而来的。"[②] 所以，杨崇德具有幽默色彩的作品也应该有着浓厚的故事性。冯骥才先生也指出："小小说是以故事见长的。"[③] 这些文人学士对于微型小说的观点和看法有着惊人的相似，这并不是一个巧合，而是一个真理。微型小说就应该具备这样的特点，幽默的微型小说更应该如此。杨崇德的微型小说其幽默色彩就是在故事中彰显出来的。

作品《停水》中的小职员张志高在办公桌上发现了一封自来水公司寄来的信，拆开一看，信上写到 7 月 27 日晚上 7 点正式停水一天。张志高一

[①] 杨崇德：《故乡的云朵》，吉林出版集团有限责任公司 2010 年版，第 195 页。
[②] 黄子平：《论中国当代短篇小说的艺术发展》，《文学评论》1984 年第 5 期。
[③] 冯骥才：《小小说不小》，转引自杨晓敏、秦俑主编《中国当代小小说大系》，河南文艺出版社 2009 年版，第 10 页。

看到这个通知，7月27日就是今天，就马上回家拿各种能装水的东西来装水。并通知了他的一个好哥们儿和马局长、薛副局长，使得这三家也忙起来用各种装水家具来装水，结果7点钟到了，还没停水，然后，他把那封信仔细一看，原来是去年7月27日下发的通知！这样大家就白忙了。张志高还被好友、马局长、薛副局长等人指责。杨崇德的《停水》这篇小小说有较强的故事性。笑点在于人们所做的事情都是白费劲，没有起到任何作用，而造成所有人都白忙的原因就在于张志高的粗心大意，做事不稳重，把去年的停水通知当成是现在的停水通知。虽然每个人看过了小说都会默默地会心一笑，但是，这一笑不得不让人思考做人做事要细心，细节决定成败。这部作品最后给人留下的最深刻的印象也就在于此。作品只有有一个完整的故事，才能最大限度地发挥它的幽默色彩，杨崇德的幽默艺术能震撼人心也许就在于此。

《1998年的车祸》更是让人不得不笑。"我"的儿子"小小"被摩托车撞了，送进了医院，"我"还没有揍摩托车司机，而摩托车司机却被两个女人莫名其妙地揍了一顿。第一个揍摩托车司机的女人，"我"以为是摩托车司机的老婆，而摩托车司机却以为是"我"的老婆，而我并没有将"小小"被撞的事情告诉她。看到这样的情节，闭上眼睛想着这样的画面：一个人莫名其妙的，无缘无故被两个女人揍了一顿，能不让人发笑吗？

2. 讽刺中的幽默

杨崇德的作品不仅在故事中凸显幽默，而且在讽刺中穿插幽默，从而又形成了他的一大幽默艺术风格，即幽默讽刺艺术。在《苍蝇》中，"在一个大礼堂开会的时候，主席台上的领导在做着无聊的报告，而台下面的与会者，都昏昏欲睡，有一个人从厕所回来，却引来了一只苍蝇。当他坐下来还想睡的时候，他发现那只苍蝇在一位熟睡的参会者脸上飞来飞去，嗡嗡不止。只看见那个人迷迷糊糊甩着手驱赶苍蝇。结果，他决定帮助那个人消灭那只苍蝇,他用力一拍,苍蝇拍死了,也拍出了响亮的一掌。这一拍,一群昏昏欲睡的与会者以为领导讲完了,竟头也不抬,跟着鼓掌,紧接着,一个个拿了公文包,全出了会场。这时,领导感到莫名其妙,因为报告还有五页没讲完"①。这篇微型小说极大地讽刺了那种务虚的会风,作者也是抓住了这一点,将其以幽默的形式表现出来,从而达到讽刺之效果。又如,作品《官习》中的讽刺效果更加强烈,矛头直指官场生活中的一些不良现象、不良作风,特别是揭露了一些领导的行为不规范。在《官习》中每一位领导都只是严格要求员工,而自己却很随便。有些领导随便到让机关员工通宵烤电炉、玩麻将,闹了一场火灾被调离职;有些领导随便搞了几个副手的老婆而被调查;有的领导拿公款去赌博而进了监狱。可以说在《官习》这部作品中,这些领导的行为作风,令人大跌眼镜,难以想象。有的领导在下属面前一本正经,但在人后都干了些什么事?我们不难想象,都是一些有损形象、败坏道德之事。虽然领导的这些行为可笑,但是这些可笑而又荒唐的背后,却藏着一个深刻的道理,就是官场需要净化,某些领导的素质需要提升,要有务实的工作作风。读杨崇德的微型小说,有这样的一种感受,他的幽默讽刺小说总能让人情不自禁地发笑,也能让人情不自禁地去深思一些社会问题。杨崇德在《我的小小说观》中这样写道:"小小说是作者用文字编制的一副'放大镜',透过它会让你发现社会生活中的某一个'点'。"② 所以,杨崇德的幽默艺术小小说,让我们又笑又思考,就是情理当中的事情了。

3. 温情中的幽默

在杨崇德的微型小说中,既没有激情纵横和疾恶如仇,也没有尖

---

① 杨崇德:《故乡的云朵》,吉林出版集团有限责任公司2010年版,第192页。
② 杨崇德:《我的小小说观》,《小作家选刊》2007年第2期。

酸刻薄的挖苦，而是从温情中彰显幽默。他在作品中从来不对某一个艺术形象进行无限制的否定。也就是说，在杨崇德的笔下没有绝对的好人，也没有绝对的坏人。所以，他的幽默小小说，自然而然就具有温情的色彩。像作品《在我们回城的那个晚上》，本来"我们"是去乡下扶贫的，没有功劳也有苦劳，把那个扶贫点的路修好了，学校建好了，也安装了自来水，给那儿的百姓干了不少的好事。可结果，那儿的村干部非但没有感谢"我们"，而且"我们还在走的时候还请那里的村干部吃饭"。看到这样的结局，我们既觉得可笑，笑那些人的无知，但不管作者对他们怎样的挖苦，也察觉不出作者对他们的不满。因为在杨崇德的作品中并没有过分贬低那些农村的人，而是把他们塑造成了一种"圆形人物"，既不好也不坏。在这部作品中隐含的温情之幽默力量，能让人淡淡一笑，也能让人深深地思考。又如，在作品《刀尖上的笑》中塑造了一个极为生动的喜剧式人物形象——孙明。他为了竞选，特意去理发店刮胡子，却遇到了自己的竞争对手。他总认为他的竞争对手不如他，而一直在想象竞争对手的丑态，故而一直在不断地笑。因为笑，刮胡子就变得非常危险了。老板娘多次提醒，孙明还是忍不住笑，结果刀刃进入了他的喉管。因而，这部作品也流露出一种苦笑或啼笑皆非的幽默。

杨崇德微型小说的幽默艺术主要体现在故事性、讽刺性和温情性这三个方面。其小说正因为富有这三大幽默艺术特色，值得让人细细品味和研读，回味无穷。

（三）现实意义

如果一部作品没有思想，没有人文价值，不能为社会服务，不能启迪人生，那么，这部作品就不是一部好作品。研究任何作家，研究任何作品，如果不研究其现实意义及其对现实生活的作用，那么，这项研究也是存在缺陷的，因为"小小说的艺术空间不小，滴水观海、篇幅千里、微言大义。一篇好的小小说作品，如同露珠，能折射出太阳的光辉"①。所以，研究杨崇德的微型小说，必须深入挖掘，研究其现实意义和对现实生活的重大作用。

了解杨崇德微型小说的现实意义可以指引我们的生活、帮我们了解社会。因为他的微型小说将形形色色的社会问题、社会现象都摆了出来，并能在小说中深入剖析这些问题和现象的本质，给人深思和启迪。其作品的现实意义体现为以下3个意识。

1. 生态环保意识

随着经济的发展、科学技术水平的提高，当人类取得了这些可喜的成绩时，人们却忽略了一个问题，那就是生态环境保护问题。经济发展了，人们的生活水平提高了，但环境被污染了。破坏环境、破坏自然就等于人类自己毁灭了自己。就目前而言，环保问题已经成为世界各国关注的问题。杨崇德笔下流露出的这种环保意识就显得犹为重要了，它能时刻告诉我们：不要为了自身的利益，而去毁坏环境；不要为了追求片面的经济发展，而忽略环保问题。他的小说中的环保意识在现实生活中，能够起到宣传教育的作用，能提高人们环保意识和环保水平。

在作品《莽山野夫》中，杨崇德就对环保问题进行了深入的阐述，告诉读者要引起对生态环境保护的重视。在作品中，杨崇德塑造了"枯藤"这一艺术形象。相传莽山有野人，但谁也没有真正见过，枯藤也是听"父亲"说的，而父亲是听他的爷爷说的。在作品中只说了"爷爷"见过野人。村民们听说莽山有野人之后再也不敢进山伐木、捕杀动物了，而枯藤的"爷爷"依

---

① 王宇明：《小小说写作心得点滴》，《写作》2008年10期。

然进山，毫不惧怕。后来，枯藤的"爷爷"和"父亲"都死在了莽山。而枯藤又扮成了"爷爷"口中的野人，把进山的捕猎人都吓得魂飞魄散，之后再也不敢进莽山捕猎了。这部作品我们可以很明显地感到，作者是为了通过对这样一个故事的描写，来告诉读者保护环境、爱护环境是每个人的责任。这是从"枯藤"的角度来解读这部作品。从捕猎人的立场来看，反映了人们的生态环保意识不强，需提高环境保护意识。所以，杨崇德微型小说中的环保思想之现实意义是不容忽视的。

2. 民间文化保护意识

民间文化作为中华文化的一部分，我们没有理由不去了解它，不去尊重它。民间文化以其独特的形式和姿态存在于人民百姓中间。也许，在目前，还有一部分人存在着这样一种错误的想法，认为民间文化是一种劣质文化，不愿意去了解它、接触它，从而对民间文化有所了解的人很少。我们知道，如果某一种文化被越来越少的人知道，那么，这种文化就面临着消亡，它就无法再延续下去。从这种程度上讲，这是中华文化的一大损失。杨崇德以其敏锐的眼光和深度的观察，就意识到了这一点：民间文化是中华文化中必不可少的一部分。他在《历史》这部作品中，就提到了民间文化。这部作品中以一个历史专业的大学生为切入点，写出了这位大学生对民间文化的了解还不如农村的算命先生。其实，作品告诉我们这样一个信息：现在连大学生甚至是历史专业的大学生都对民间文化一无所知了，那么，还有谁会去关注民间文化，还有谁会去传承民间文化呢？杨崇德把民间文化写入自己的作品之中，无非是号召社会各界人士，要重视保护民间文化，不能让民间文化消失，要将民间文化发扬光大，让其大放异彩。所以，杨崇德笔下的这种民间文化意识，其重大现实意义就在于此。

3. 教育意识

教育问题在当今社会已成了一个急需解决的问题。教育质量的好坏关系到一个孩子的未来，说大一点，教育关系到一个国家的未来和发展。在《捉贼》中，杨崇德就提到了教育问题。作品中写了一个名叫"太平村"的村子，从来没有人丢失过东西，夜不闭户路不拾遗。而现在，出现了一个小偷，这变成了太平村一件非常震惊的事情。当小偷在"七公"家偷东西的时候，躲在房梁上被大家发现了，而所有的人都装作没发现那个小偷，而是将因东西被盗对失主家造成的损害说给那个小偷听。像宝爷说的是："恶贼啊，你可知道，五十年前你们的作为，曾使我老婆子赌气身亡，害我打了几十年单身。"福嫂也说："没家教的东西，腊肉我可以不吃，那可是我一年的劳作换来的呀！你不知道，为了喂那头猪，打猪草，我三次从五米多高的山坡上跌下来，现在还在吃药。"发叔说道："没出息的东西，何必做贼呢？都怪我管教不严，要不我儿忠明也不会出去做贼，也不会被人打个半死，也不会因为残废被水淹死。"躲在房梁上的小偷听了这些话，被感动得流泪了。从此以后，太平村再也没有出现过偷盗的事情了。杨崇德在这部作品中，其实给我们提供了一种教育方式，就是感化教育，很多时候用硬措施去使人改变很难，也许他是口服心不服，而用一种宽容的方式、一种感化的方式去使人变好，也许是一个不错的选择。

《威胁》中指出教育的方式要因人而异，要根据每一个人的具体情况来制定教育方法。这样的教育方式才能达到预期的效果。所以，杨崇德微型小说中蕴含的教育意识对现代人极具现实意义。感化教育、因材施教的思想极具研究的价值。

杨崇德微型小说的特色包括以下三点。其一，题材种类繁多，内容广泛。从《雾山奇案》到《老夫老妻》《像水一样》以及《村官康强》，深刻地反映了农村生活的原汁原味，展示了爱情的忠贞、无私的奉献精神等。而城市生活和官场生活的题材也别有风味，让人读而不厌，思而有味。其二，独具特色的幽默艺术，更是为小说增添光彩，其故事性、讽刺性、温情性的幽默风格，让人忍不住发笑，又让人忍不住思考。其三，是其小说的现实意义。主要是生态环境保护、民间文化保护以及教育方式等方面给我们的启迪。

从这三个方面研究杨崇德微型小说的现实意义，是针对现代社会的需要出发，进行探讨和研究。就目前而言，生态环境保护问题是当今社会急解决的问题，只有解决了这一问题社会才能稳步发展。民间文化又是中华文化中的重要组成部分，只有保护好民间文化，中华文化才能长盛不衰，国家软实力才会提高。从这一点来说，提高民间文化保护意识，具有高度的文化战略意义。教育问题的解决，关系到人才的培养，人才的培养关系到国家的强盛，人才强国战略就应该是从教育开始的。

总体而言，杨崇德微型小说的文化价值、现实意义不容忽视，应该深入研究，从中挖掘对社会、对生活有价值的东西。这也是研究杨崇德微型小说的目的和意义。

（袁智琦　袁龙）

十五　闵凡利新禅语微型小说的人物心理

闵凡利，男，1971年出生于山东省滕州市，现就职于滕州市文化馆创作室，从事专业写作。1989年开始发表文学作品，已发表小说、散文等150余万字。获省级以上文学奖十余次，代表作有《神匠》《三个和尚》《行路的和尚》《死帖》。小说集《心中的天堂》荣获2009年"冰心儿童图书文学奖"。

所谓的"新禅语小说"就是通过佛道中人的故事,对他们的生存状态和心路历程进行追溯,以展示生命的玄妙和禅机,引人深思,并指导现实的生活。"新禅语小说"被广泛认为是闵凡利小说创作的重点。如果我们要真正理解闵凡利的这类作品,还需要对"新禅语小说"做一个较为清晰的界定。其实,"新禅语小说"的名称就存在两个不妥之处。其一,这个"旧禅语小说"的流派和称谓在中国文学史上并不存在,既然不存在"旧",那么也就不存在"新"。其二,闵凡利的"新禅语小说"也并非宗教文学,同时没有刻意地对禅宗的教义进行宣传。虽然在"新禅语小说"的名称只有一个"禅"字,却不能不说跟禅宗毫无关系,但两者的关系是在思维方式上的相似,而不是表面名称的借用。

心理学与中国禅学又有着方千丝万缕的关系,我们可以从心理学的角度来浅析闵凡利新禅语微型小说的人物心理,以洞察人性最清澈、最深刻的一面。下面从三个部分予以论述。

(一)人格结构

人的精神活动被弗洛伊德分成三个层面,从低到高分别为潜意识、前意识和意识。在他看来,任何精神活动若无法被意识到或经过努力集中也不能浮现在意识中,就属精神的最深区域——潜意识;如通过联想,努力集中注意而被意识到的,就属于前意识;任何能被我们清醒地知觉到的,就属于意识层面。潜意识里的内容主要是个人的原始冲动、本能的欲望和感情。由于这些往往与父母、师长等教授的社会道德规范和行为标准相抵触,且会受到社会舆论的谴责,于是被个人压抑或排挤到潜意识中去,而不愿意和不能想起,只有在克服压抑的作用或压抑解除之后才能进入意识,而只有在睡眠、做梦、催眠或者精神失常时,压抑才会被解除,人们才能够意识到潜意识中的内容。所以，潜意识可以看作人们被压抑的经验的储藏库。这是西方心理学对于人性中阴暗面以及欲望的解释，从这些理论出发他们提出了人性解放的观点。

下面，我们可以用弗洛伊德这三个层面的精神活动来分析闵凡利"新禅语小说"中人物的心理层次。

1. 意识层面

任何能被我们清醒地知觉到的，就属于意识层面。这是我们在日常生活中展现在外人面前，可以被外人察觉或希望外人察觉的心理内容，通常是被个体加工后的、高尚的、光鲜的内容。《一直向东走》中作者以一个出租车司机的口吻来叙述，用社会底层的眼睛看世间事物，是作者的又一个高明之处。好比摄影，生活里，很多东西我们已经熟视无睹了，但一幅好的摄影作品往往在我们身边挖掘出焦点：把真善美与假恶丑分割清晰，展示给人，给人分辨。让人叹服！出租车司机在深夜载女孩向着漫无目的的东边行驶，到最后我们才知道她是要回家。面对着"家"她失声痛哭，无比无奈，让人觉得可怜。与之前"女孩打扮很新潮，穿戴很前卫。女孩身上还有一股很重的香味"形成鲜明的对比。这是女孩在"梦巴黎夜总会"，在众人面前的样子。给他人她最光鲜、最美的一面。她有钱，她随便出手就是好几百，她还有美貌，她似乎拥有现代人希望有的、追求的所有东西。可是一句"我的家没有了"使这些美好瞬间崩塌。闵凡利在作品中没有大篇幅的、直接的、赤裸裸的心理活动描写。这些心理活动通过女孩和司机的对话淋漓尽致得体现出来。女孩每天内心肯定备受煎熬，无论灯红酒绿的生活如何多姿多彩，多么热闹繁华，可她最渴望的是一个家。那一瞬间她的意识失控了……

2. 潜意识层面

潜意识这个概念是由弗洛伊德最先提出来的，在心理学上有划时代的影响。其在人格结构理论中占绝大部分的比重。潜意识里的主要内容一般为个人的原始冲动、本能的欲望和感情。这种潜意识的内容在他的学术研究生涯中被大力地提倡宣扬。

然而，在东方的宗教中恰恰相反，禅宗提倡"五戒"特别是"戒色"。其实，食色乃性也。在闵凡利的作品中不乏对空门弟子情感的描写。例如其代表作《神匠》，"这是我化了二十年的缘才盖起来的，目的就是为了塑这尊神，和尚说得很凄凉。和尚从怀里掏出一张泛黄的纸，说：照图上女人的样子塑，一定要塑活。图上是挺俊秀的女人"。可见，情欲乃人之本性，不可能被压制。20年和尚心里一直住着这个女人，他所有的坚持和隐忍都是为了这个女人。情欲根本无法戒除，有的只是坦然和放下，就像最后和尚的顿悟，"和尚猛然间明白了他为什么永远不能拥有那个女人，他知道自己一辈子只能当和尚了"。文章很少有直白赤裸的心理活动描写，但处处是思索，处处是领悟。从一开始的坚持到最后的坦然，和尚内心经历了波澜壮阔的跌宕起伏，他在回忆，他在反思，他在超度自己。最后终于修成正果，终于肯面对自己。然而，在闵凡利的"新禅语小说"着重描写的还是人们对情感的释然。

《行路的和尚》中讲两个和尚对于背一位美貌女子过河的心态和禅悟。了空和尚背女子过河后与师兄了尘有这样一段对话：

　　了尘说，师弟，刚才你知道你干了什么了？

　　了空说，我什么也没干呀！

　　了尘说，你干了。

　　了空说，我没干。

了尘问，你忘了？

了空说，我忘了。

了尘说，师弟，你背一个女子过河呢！

了空噢了一声说，对了，我背了一个女子过河，不过，我背过河之后就放下了，就忘了。不像师兄你，现在还背着呢！

了尘没有吱声。

其实，这一举动在弗洛伊德的理论中是不提倡甚至是异常的，因为人性向往美好的事物也包括人，特别是异性。然而在佛门中人是"跳出三界外，不在五行中"的一类特殊人群。他们有的是被尘世厌弃，有的是厌恶尘世，有的甚至从未涉足尘世。他们或经历过多，对尘世没有留恋。他们什么都没有了，但有的只是漫漫的时间和长长的岁月。他们用这大块的时间来静静地思考人自身的来去归还问题。他们或从未经历，便已被戴上枷锁。可是，在他们看来这样也未尝不好，从开始到最后都是简单的、纯净的。无欲无求，终其一生。当其意识和潜意识趋向整合时那么也就修成了佛，悟到了禅。

3. 前意识层面

"前意识"这个概念如果只听读音和上文提到的潜意识是一样的。但它们的内容完全不同。通过联想，努力集中注意而被意识到的内容，就属于前意识。前意识处于意识和潜意识的中间，充当一个过渡者的角色。

在闵凡利的"新禅语小说"中我们可以把那些通过努力或者他人点播而开悟的内容暂且称为"前意识"。因为，在修行的过程中这些意识其实是存在的，但是因为尘世的种种喜怒哀乐，各种权欲、贪欲而使之蒙蔽，需要我们经历一些事、遇见一些人才能看得见，领悟得到，才能慢慢使自己通透。《神匠》中和尚花了 20 年的时间想为自己心中的"女神"塑像，以为自己才是最爱那个女子的，直到发现神匠用自己的心去塑神时才瞬间顿悟：真正能够赢得感情的，不是代表物质名利的庙宇和神像，而是代表情感和真挚的心意和汗水。执着了 20 年，坚持了 20 年的信念在瞬间崩塌，这种心理上的摧毁作用是极其强大的。这种顿悟也是闵凡利"新禅语小说"中人物心理描写的一个极其显著的特点。《真爱是佛》讲述了一个非常质朴的故事，一位智者和一位年轻人探讨这世上是否有佛，如果有那么他们在哪，他们是谁的问题。智者讲了一个故事，一位迷恋修仙成佛的人去找天下最有智慧的得道高僧。结果，高僧告诉他：佛其实非常好找，他就是为你赤脚开门人。母亲赤脚为我们开过门，父亲赤脚为我们开过门。佛没在西天，佛并非遥不可及，真正的佛就在身边，因为真爱是佛！这些最熟悉又最陌生的东西就藏在心里的某个角落，但是它们需要一些力量去催化，使之更加明朗。意识的东西太直白、太虚伪，潜意识的东西又太丑陋，埋藏太深，笔者更喜欢前意识的内容，给人一种豁然开朗的感觉，给人智慧和力量。

（二）森田疗法

森田疗法是日本慈惠医科大学森田正马教授 1920 年创立的，是适用于神经质症的特殊疗法。森田疗法主要的适应症是所谓的"神经质"，大体包括当今分类中的焦虑症、恐怖症、强迫症、疑病症、神经症性睡眠障碍等。其治疗原理是"顺其自然，为所当为"。这一点在某种程度上和中国的佛学思想有很大的关系，或者说它们是相通的。"应无所住而生其心"，这是佛学经典《金刚经》一书的重要思想，具有博大精深的含义。明代藕益大师在《金刚经破空论》解释为："言无住者，不住有为相也；言生心者，生六度万行心也。"我们试从心理的角度做一些粗浅的解释，"无所住"即无所执着。也就是说，一个人的心理上应没有什么牵缠与挂碍。佛学认为，执着是导致烦恼和痛苦的根源，一旦放下这种对人对事的牵缠与挂碍，就可以熄灭烦恼，获得内心的安详与宁静。用这种心态去处理事务，就能使注意力专注于当前的活动，这便是"生其心"的意思。

森田疗法也涉及"无所住心"的思想，"所谓无所住心就是指我们的注意力不断移动，注意指向全面分布的状态。在这种状态下我们接触事物才能够随机应变，才能立即采取最恰当的行动加以应对"。由上可见，森田先生的对无所住心解释和佛学思想的原意有相通之处。此处，我们试从森田疗法的治疗特点中探寻闵凡利的"新禅语小说"给人心灵温暖的慰藉。下面从四个治疗特点分别予以论述。

1. 不问过去，注重现在

森田疗法认为，有神经质倾向的人是在现实生活中遇到某种偶然的诱因形成的。治疗采取"现实原则"，不去追究过去的生活经历，而是去引导患者把注意力放在当前，鼓励患者从现在开始，让现实生活充满活力。

当前很重要，闵凡利的作品中频频通过人物的心理变化向人们暗示这样的道理。《我是幸福的》讲述两位同病房的白血病患者宏图和玫瑰相互鼓励的故事。俩人为了支撑对方活下去，都让自己的亲人代替自己继续给对方写信。这是一个谁也没想到的结局。两个在死亡边缘的人没有过多地去缅怀过去的喜怒哀乐，也没有为即将来临的死亡而恐惧，而是过好生命中真正属于自己的那一天。不问过去，不畏将来。注重现在，才是我们应该尊崇的人生哲学。而恰恰在《我们的幸福》中，闵凡利用了反讽的艺术手法讽刺批判那些喜新厌旧、对感情不负责任的人。他们不断变换伴侣，当感情出了问题，不是去面对、解决问题，而是逃避，寻找另外的对象"重新开始"。他们永远不满足，他们觉得后面的总是好过之前的，于是不断往前寻找。最后才发现真正对自己好、真正爱着的是最初的那个人。我们总是走得太快，一直昂首向前，却忘了来时的路、脚下的路。其实，幸福就是把当前的事做好，把当前的人珍惜好！

2. 不问症状，重视行动

森田疗法认为：患者的症状不过是情绪变化的一种表现形式，是一种主观性的感受。治疗应注重引导患者积极地去行动，"行动转变性格""照健康人那样行动，就能成为健康人"。行动的力量是巨大的。

虽然闵凡利在作品中极力推崇心灵的力量，但是我们会发现当心悟出了某些道之后便是一系列强有力的行动和改变。他在写"心"的时候真正的落脚点在于"心"对行动的影响和促进作用。《丢不下手中那粒果》中写作者与朋友猎人王一起去龙山捉能猴的经历。龙山上有种特别的猴子叫"能猴"，特别聪明，一般的人、一般的捉猴方法根本抓不到它。但是猎人王屡试不爽。"我们都很好奇，为什么猎人王能轻松抓到能猴？猎人王说，抓能猴其实很简单，因为花生是能猴最爱的食物，而且只要是他手抓到的东西，就永远不会松手。我呢，就把花生果放到酒瓶里，然后用两块大石头固定住。能猴闻到酒瓶里有花生果，就努力去抓果子。它的手臂很有伸缩性，手伸进去很容易。只要抓住花生果，它就不会松手，就是被捉住了它也不会松手。因为它手中正攥着几颗下想吃又吃不到的花生果。"[①] 作者正是想通过猴子的行动给读者启迪：何为"舍得"？有舍才有得。奔波于世，想要的东西太多太多，路也越走越远，可是越来越累，究其原因无外乎不愿放下，贪恋的太多却没有相应的精力去承受。我们绝大多数人就是那只能猴，任凭自己再聪明，也始终学不会放下。于是，禅宗总是劝告人们在心灵上，更是在行动上学会放下，学过放过他人，更要放过自己。猴

[①] 闵凡利：《一路莲花》，吉林出版集团有限责任公司2010年版，第28页。

子不懂这个道理，但是我们是可以懂得的，并且在今后的生活中、行动中不犯这样的错。

但是有些事情必须自己经历了才能真正懂得，并付诸实践。《拣石记》中一老一少去龙山捡石头看风景。老的在山上一篓石头中选择了一块然后轻松下山。而少的则背了满满的一筐，由于不堪重负，在路途中不断忍痛扔掉一些，扔到最后只有几块了。老的看了风景又拣到了最心仪的石头，少的一路什么风景也没看，反而一路纠结心疼不堪，拣到的石头也没几块。老的说："人来到尘世，就好比去龙山拣彩石，一路上，各种欲望、名利就好比一块光彩夺目的彩石，你不想放弃。所以你的背篓就越走越沉，越来越重。你也就活得越来越累，越不轻松。所以说你走了一路，也就累了一路，苦了一路。"这个道理如果不是年轻人自己与老者一同经历是不会明白的，否则在下山的时候他不会背那么多彩石，不会忽视一路的美景而一直纠结石头的多少。经历了才能彻悟，才能有真正的行动。读者似乎看到下次年轻人和老者一起上山下山时一起谈笑风生，满足而归。

3. 生活中去指导，生活中去改变

森田疗法不使用任何的器具，也不需要采取特殊的治疗设施，它主张在实际生活中让接受治疗者像正常人一样生活，在不知不觉中改变患者不良的行为模式和认知，在生活中治疗，在生活中改变。

任何东西都源于生活，它给予我们方向和力量。闵凡利也深信这一点。在一次访谈节目中他说过这样一段话："我是一个用想象力写作的作者。前期的作品的背景多是现实之外的故事。也就是我在现实之外重新给人们塑造了一个可能存在的空间，那是梦幻中的景象，但人们相信那是存在的，是活在他们精神层面上的。因为这些人物很纯洁，很美好。他们有着胎儿般的无瑕和洁净，他们一个个没有被污染。在他们身上，人本来的真诚和善良,纯净和质朴,自然与美好都体现得淋漓尽致。近年来,我对自己的创作在题材上进行了扩展。我觉得一个作家是活在现实中的,他是现实生活中最有良知和责任的人,他不能回避现实,他应当关注现实、融入现实,与现实中的人们同呼吸共命运,并及时反映他们的生存状态及心路历程。"① 这种思想深深地植根于他的作品中。

一个孩子的将来跟他的成长环境有极大的关系,从小在孩子心中种下一颗梦想的种子让其生根发芽则显得尤为重要。《给孩子撒一次善良的谎》中,面对两个孩子的同一个问题——山的那边是什么?两位父亲给出了两个截然不同的答案。一位父亲实事求是说山的那边还是山,什么都没有。而另一位则发挥想象给了山那边无限的可能。带着这两个答案他们开启了相应的人生。很多不经意的话和行为都会在孩子心中刻下深深的痕迹,甚至影响一生。其实,生活中出现的问题最佳的处理方式就是在生活中解决。闵凡利是20世纪70年代出生的作家,他的生活经历坎坷曲折,况且他的学历只是初中毕业,又是身居底层的农民,要在文学上有点成就,所受的痛苦和折磨一定多于别人。笔者一直认为,磨难是一个人的试金石。闵凡利初中毕业后便上不起学了。在五个兄妹中他排行第四,当时父母的艰苦劳作是家里的主要经济来源,生活异常艰辛。从那时起,他便学会了如何去平和地面对苦难,消解苦难。他说,面对苦难的最好方式是把自己融入苦难,苦中作乐。他曾说过:让他感到最大的欣慰是磨难培养了我不屈的斗志,教会了我默默忍受和无声地抗争,教会了我流泪了就擦掉,把目光投向光明的前路;磨难于我是一笔资源,一笔财富,它让我理解了生活的含义和做人的根本。他比很多人都明白生活对于写作的意义,并且虔诚地在这条路上越走越远。

---

① 闵凡利:《浓情挚爱书善州——访青年作家闵凡利》,《辽河》2003年第4期。

4. 陶冶性格，扬长避短

森田疗法认为，性格并不是固定不变的，也不是随着主观意志而改变的。无论什么性格都会有积极面和消极面。神经质性格特征也有它的双面性。神经质性格有许多的长处，如反省强，做事认真，踏实、勤奋、责任感强；但也有许多的不足，如过于细心谨慎、自卑，夸大自己的弱点，追求完美等。我们应该积极地面对社会生活中的磨炼，发挥性格中的优点，抑制性格中的缺点。

《自己的天空》中有一句话：道路平坦了，心儿反不在目标上；艰难崎岖，才能磨炼一个人的心智。人生这一路不可能平直舒坦，总有些坎坷颠簸。闵凡利创作的"新禅语小说"就是一直在平抚我们急躁不安、患得患失的心灵。他更善于在作品中通过那些充满智慧的和尚向人们传达某种信仰和人生的真谛。通过某种柔软的东西去触碰人性最坚硬的某个角落，以柔克刚。在一次采访中有人问他："你认为在一部作品里什么最重要？"他说，智慧！就是作家的聪明才智，包括作家的叙事技巧、语言力度、人物内涵的扩延和主题思想的拓掘等。这些也就是海明威"冰山理论"的7/10，透过这些我们能够预知这部作品的寿命和作家的生命力。一位年轻的作家能在微型小说界占据一席之地，作为"新禅语小说"的开创者，他一定有他的智慧，并且一直保持着清醒。因为这是一个标新立异的年代，如果一个作家不保持着清醒的头脑，他很可能会走失了自己。这是一件很可悲的事！比如，写一些应景的文字时他很清醒地知道自己在干什么，所以有时间就写自己擅长的东西，写自己真正想写的、想表达的东西。

（三）存在的三个世界

在人类思想史上，存在问题一直是令人困扰的谜团。古希腊哲学家亚里士多德说过:"存在之为存在,这个永远令人迷惑的问题,自古以来就被追问,今日还在追问,将来还会永远追问下去。"① 有时,我们也会产生如古人一样令人惊讶的困惑:自己居然活在这个世上。罗洛·梅着重于人的存在的心理层面,不同于哲学家们的思辨探讨,具有自身独特的风格。

罗洛·梅关于人的存在的观点最为核心的是存在感。所谓存在感,就是指人对自身存在的经验。他认为,人不同于动物之处,就在于他具有自我存在的意识,能够意识到自身的存在,这就是存在感。在他看来存在有三个相互联系、相互依存的世界:生物场、社会场和自我场。这些场又与闵凡利"新禅语小说"中探讨的个人存在问题有着某种微妙的联系。下在分别论述这三个"场"在作品的体现。

1. 生物场

组成生物和物理环境的内部和外部世界,包括自然环境和生理的内在环境。这一世界是客观存在的世界,不以我们的意志为转移。对于它我们只有适应和接受。

在中国的禅文化中与生俱来透露着一种与世无争的气息,强调有矛盾时去宽容、去适应而不是冲撞。在闵凡利的作品中塑造了很多如此柔软的形象。《莲花的心愿》中悟了禅师在院子里种了很多芬芳扑鼻的菊花,不管谁要都慷慨相赠,即使只剩最后一棵。然而,那些人都不懂得珍惜,把玩过后就一弃了之了。禅师就去山下把人们扔了的花背回来,重新用心栽种。然后下一年,如果有人想要又继续送人。其实,笔者看到这里也没弄清楚禅师为什么要这样做,作者又要告诉我们一个怎样的道理呢?带着与小和尚一样的疑问,继续读下文。禅师只是看了看佛堂的佛祖,说:孩

---

① [法]安若澜:《亚里士多德的形而上学》,曾怡译,华东师范大学出版社2015年版,第115页。

子，能让漫山遍野荡漾着菊香，这是佛祖的心愿啊。是的，我们不能强迫每一个人都如自己一样爱花并且精心呵护，唯有放宽心态，平和面对，才能笑看人生。慈悲为怀，宽以待人，严于律己，才不会活得那么累、那么纠缠不清。

2. 社会场

社会场是由他人组成的人际关系世界。对任何一个人来说，被他人接受并得到信赖，意味着他自由地获得了体验自己的存在的机会。也就是说，这是通过参与社会、融入社会来感知自己的存在。

一个人的绝大多数行动是为了融入社会，闵凡利也不例外。他直言自己的写作目的：一是偿还稿债；二是多挣些银子养家糊口。他说，虽然有很多人说这些作品怎么怎么感人，怎样怎样的高明，我明白，他们那是在恭维我、抬举我，一个傻子都有人恭维，一个哈巴狗都有人说乖，何况一个作家呢？我们通过各种各样的方式或手段来拉近与这个社会的联系，以找寻自己的存在感。《神匠》里的和尚，《我是幸福的》里面两位患白血病的年轻人，《张三奇遇记》里的张三更是通过各种荒唐的手段来找寻这种久违的珍贵感觉。其实，我们也无一例外，当今盛行的微博、微信朋友圈的各种"晒"不正是最真实的写照吗？只是，笔者觉得真正的存在感不是通过"晒"来获取的，而应该身体力行，应该用心去生活，去感受，去爱。

3. 自我场

自我场是自我价值和潜能的自我内在世界。罗洛·梅认为，自我内在世界是主观的和内在的世界，是我们真实察觉、理解事物意义与外界世界进行联系的基础。这个与马斯洛的需要层次论里的"自我实现需要"很相似，就是重视自身的能量，通过自己的努力给自己最大的满足和存在感。

作家创作的过程其实就是解剖自己的过程，将作者的所有作品搭建起来就是他们的骨架。每个人都有一种想象活在自己心里,那么作为一个写作人,这种想象的结果就是他一部部的作品,作品中一个个鲜活的人物,过去的、现在的或者以后的。每一部作品的受孕或诞生,就像心中花儿的孕蕾与绽放。每一滴心血的浇灌,每一次深情的关注,每一回笔墨的抚摸,都将使心花的颜色更加鲜艳,都会给骨架增添一丝血肉。

这种自我的存在感,很多时候是通过外界对自我能力和自身价值的肯定来实现的。闵凡利的"新禅语小说"从1996年在《天涯》杂志发表《神匠》开始,就没有停止过。《死帖》《木鱼里的天空》《三个和尚》等大量作品都在著名期刊上陆续发表,其中《死帖》还被安徽电影制片厂改编拍摄成电影《江湖道》,在央视电影频道播出。这一系列的肯定和荣誉使他在"新禅语小说"这条新路上越走越远,越走越踏实。

总之,在"新禅语小说"中,闵凡利通过一个个委婉曲折的故事,向人们展示了他对人生的看法、观点和感悟,让读者产生共鸣,给人启迪和警示。他的善心通过他笔下一个个得道高僧流淌出来,给困惑迷茫者指点迷津,深入浅出,温和而深刻。能够使浮躁的内心趋于清醒,能够使物欲横流的欲望安于平淡,能够使失落的心理化为平衡。他在用他那深厚的生活化语言、简洁的口语化语言、淳朴的乡土化语言和一颗善良真诚的心向人们娓娓道来,给人人性化的思考、美的享受和哲理性的人生感悟,让读者在很短时间内就能"满载而归",满足审美需求和人生感悟。

在当今经济繁荣、人心浮躁的现代社会,我们置身其中,但在丰富的物质生活面前易感到极度的困惑。正寻求一种精神追求和精神寄托的时候,闵凡利就像一位仙风道骨的高僧,用他的"新禅语小说"给我们带来了一泓"清泉"、一片"佛光",让我们从他的作品中领悟到了这就是人们正在追求的人间真情、真爱和一颗平常心。

(周艳芳　袁龙)

十六　吴万夫微型小说中的乡村人物

吴万夫，1969 年生，河南省光山县人，中国作家协会会员，现供职于河南日报报业集团。1989 年发表的处女作《阿香》，1992 年被郑州电视台拍摄成电视剧。迄今已在全国数百家报刊发表中短篇小说、诗歌、散文、评论等近 200 万字。小说《坠落过程》被收入土耳其大学教材《汉语阅读课教程》，作品荣获飞天奖、莽原奖、《人民文学》散文奖等各类文学奖项近 50 次。

吴万夫的生活可以用"历尽艰辛"四个字来形容。常年患病的父亲，双目失明的母亲，再加上 8 个兄弟姐妹，让他小小年纪便开始为了生计奔波，甚至在读高中和卫校时都曾因交不起学费而辍学。然而，正是这样一个不被命运青睐的青年，却在自己的生活稍微变好之后，毅然决然地选择了弃医从文这条注定不轻松的路。他抱有和鲁迅一样的初衷，认为医学只能拯救少数的人，但文学能拯救大多数人。怀揣着这个微小但伟大的理想，他辗转流离，以一个文化打工者的身份，做过报社记者、杂志社编辑、刊物发行、图书编辑等。

柴静曾说，没有深夜痛哭过的人不足以谈人生。同样，没有足够社会阅历的人不可能写好文章。苦难是一所大学，吴万夫从中看过了太多的人间百态，正是因为这样，他笔下的每个人物才得以跃然于纸上。艰苦奔波的生活没有压垮他，反而让他拿起笔，写下了许多描述普通人生活状态与情感诉求的篇章。

这样一位关注社会底层人物并获得不少荣誉的作家，他的作品自然引起了许多微型小说作家的注意。何泓评价他"通过对日常生活中小人物一些传奇事件的书写，表达了当下人们的生存状态并对现实生活中人与人之间复杂而微妙的关系做了深入的探究"①，认为他是保持对社会现实的批判姿态的作家。汝荣兴评价吴万夫的小说是"人性的深刻张扬与故事的精巧构思"②，因此而"营建了一个属于他的微型小说世界"③。知名作家凌鼎年则称赞了吴万夫微型小说中蕴含的深刻寓意。作家高军认为"（吴万夫的）小小说在不懈的艺术追求中呈现出更加深化、更加成熟的趋势"④。

很多文学评论家说吴万夫的另一个身份是农民工的代言者。但本文认为，一方面，吴万夫生于乡村，长于乡村，即使骨子里也蕴含着浓厚的乡村气息，他的灵魂中已经打下了乡村的烙印，乡村才是他的根；另一方面，在吴万夫的微型小说篇章中，以乡村题材为主题的作品占据了很大一部分，他笔下众多的人物中又以乡村人物描写得最为灵动。所以，与其说吴万夫是农民工的代言者，倒不如说他是乡村的忠实记录者。

微型小说集《捡回的忧伤》（吉林出版集团有限责任公司2010年版）成功地刻画了各种乡村人物形象，充分展示了吴万夫内心的乡村世界和他独有的人文情怀。作品中，吴万夫主要描绘了以下三种人物。

（一）大社会中的小人物

"人物是小说重要的构成元素之一"⑤，只有通过全方位展示乡村人物的生活，读者才能看到一个真实并全面的乡村社会。所以在创作中，作家对形形色色小人物的描写显得至关重要。在《捡回的忧伤》一书的乡村人物中，我们可以看到小人物对家庭的渴望、对面子的追求、对爱情的思

---

① 吴万夫：《捡回的忧伤》，吉林出版集团有限责任公司2010年版，第161页。
② 同上书，第168页。
③ 同上书，第171页。
④ 同上书，第172页。
⑤ 顾建新：《微型小说人物论》，《甘肃社会科学》2000年第6期。

考。下面分别论述作品中的三种行为。

1. 对家庭的渴望

家,永远是每个人心中最柔软的地方,是不管相隔多远心中都会惦记的地方。世界上有谁会不渴望家庭,不想要家庭的温暖呢?不管是位高权重的总统,还是流落街边的乞丐、流浪汉,他们的心中永远充满着对家庭的憧憬,对温暖和爱的向往。吴万夫关注到这种情感诉求,并用自己的笔描绘了一个关于乞丐与家庭的故事。

《挑着的家》中的乞丐,挑着两个筐,带着两个残疾孩子。没有生计来源,却还要带着小孩四处奔波。他在小镇上搓麻绳挂蚊帐,拿变形的洋瓷盆做饭,哪怕不会做饭,也要将讨来的饭重新热一遍和两个孩子分享,别人问他为什么要烧火,他说自己还有个家。别人说带着两个残疾孩子是个累赘,他说自己的日子还指望着他们。他尽力模仿一个正常的家庭生活该有的模样,试图在心里营造出自己也有个家的感觉。乞丐心目中的家与他现实中四处行乞的窘境相矛盾,形成了巨大的反差,但表现了乞丐对家庭、对温暖的强烈渴望。

他对自己挑着的家满怀希望,对这个简陋家庭的未来充满信心,甚至还将自己的未来托付给两个残疾孩子,但他的希望是建立在虚无缥缈的憧憬上的:他没有建立一个家的物质基础,连一个可以称为家的住所都没有,又怎么谈他和两个孩子的未来呢?文章的最后写道,瘫子女孩的死因正是父亲的行乞。乞丐的家实际上只是他的一个美丽的梦想,是他尽力营造的一个美丽的泡沫。

乞丐既可悲又可怜,同时也可敬。他带着家四处奔波,为了家庭不懈努力,风吹雨打都坚持去外面乞讨。他捡来两个被人抛弃的残疾孩子,去哪都带着走,看到他们在吃泥巴就急忙收拢放在筐内,别人嘲笑时还坚持认为他们是自己未来的依靠。他对两个残疾孩子的无私父爱使这个虚幻的家浮上了一层温馨的现实感，也让他对家庭的渴望更贴近现实。得知瘫子女孩死后，他悲痛欲绝，因为他在内心深处已经将两个残疾的孩子视同己出，孩子是他的家庭存在的基础，也是这个家庭的未来，更是他积极生活的精神支柱。所以，女孩的死是作者设置的一个大炸弹，它让乞丐心中对于家庭的梦想完全破灭，让他看清这个所谓的家庭实质上只是一个笑话，只是他尽力营造的美丽梦境，这个家庭的未来只能是一部彻头彻尾的悲剧。

乞丐对家庭的极端渴望和他努力营造的家庭之间，间隔着现实生活的鸿沟，他的梦想注定无法实现。家庭对于他永远只是一道遥不可及的彩虹，但这份不可能的奢望与乞丐为此拼命付出的努力，两者之间的矛盾对比，又使得乞丐这个人物的悲剧性撼动人心。

2. 对面子的追求

爱面子是中国农民的普遍特性，具体表现为农民为了外在的名声不惜一切代价，拼命维护自己在他人心中的形象。作为一个撰写乡村的忠实记录者，吴万夫针对这一国民性写出了众多作品，《猎凤》《死缘》便是其中颇具代表性的两篇。

《猎凤》中的老丁拐毫无疑问是爱面子的典型。他少年时因为抓野鸡而不慎摔断了腿，为了面子却一遍遍地哄骗儿子，谎称自己是进山逮凤凰才从山上摔下。在这个特意修饰过的充满英雄色彩的猎凤故事中，他成功地把自己塑造成了一个不慎失足的落魄英雄。为了增加可信性，他还自豪地拍拍自己的瘸腿，将自己瘸了的腿作为一枚军功章，光荣地戴在了胸前。儿子的盲目崇拜与信任，让他的自尊心得到了极大的满足，他不遗余力地想把这场戏继续演下去。演到最后，他带着儿子进山去猎凤凰，仍然装出曾经真的见过凤凰的样子，指点儿子哪里才是可以隐蔽的地形，让儿子以为自己是了解凤凰习性的捕猎老手。他甚至不耐烦地打断儿子的问题，指着野鸡说"这就是凤凰"。

他的戏份做得很足，从头到尾都装出一个昔日英雄的模样，如果不是最后自己亲手将子弹打进了儿子的屁股，这场戏应该还会继续演下去，他仍然会一遍遍地对儿子讲述自己当年差点捕到凤凰的传奇故事。即使因为他的好面子让儿子中了一枪变成瘸子，他也没有丝毫后悔自己为了面子撒的谎，反而是泪迹斑斑地回答儿子说：等你长大了，慢慢也就会懂的。这说明老丁拐仍然没有认识到自己存在的问题，也没有深思过面子到底重不重要。好面子俨然已经变成了他性格中的一部分，已经改变了他的价值观，已经根深蒂固地存在他的脑海里。

而这个谎言的受害者小丁拐，在莫名地瘸掉一条腿，知道凤凰只是老丁拐为了面子编出的谎言后，摸索出了其中的道理，也还是走了老丁拐的老路，对着自己的儿子一遍遍讲述自己那次猎凤的英雄事迹。这种因果循环的故事情节，展现了大小丁拐甚至他们的子孙对面子的追求或者说是广大农民对面子的追求。

老丁拐是可悲的，但明白一切后还走上老丁拐的老路的小丁拐更加可悲。好面子已经不是纯粹的个人性格特征，在乡村它已经变成了一种具有普遍意义和象征意义的集体特征。它植根于乡村的土壤，依赖人们的思想过活，它已经变成了农民与生俱来的个性，并且会一代一代地传承下去，永远不会断绝。

《死缘》中的宋爷比起老丁拐来，更是有过之而无不及。宋爷以占卜准确而闻名，四里八乡的人都会特意过来占卜，宋爷的家门庭若市。他所到之处更是像太上皇驾到一般，倒茶递烟者数不胜数。但是在接连两次的算错后，为了保全自己神算的名声，借口道"吾算不准，是因为吾将劫数尽"，又说七月七日洪雨降，自己必将缘水而死。但是七月七日并没有下雨，宋爷也并没有缘水而死。他为了向村民证实自己占卜没错，不惜用自杀来装出死在水中的假象。

宋爷的悲剧是自己亲手酿造的苦果，为了名声，他不惜公开预测自己的死期，甚至用自杀来证实自己的预测。俗话说，可悲之人必有可恨之处。宋爷的可恨之处，即表现在纵使自己儿女成群，家庭和睦，却依旧放不下对面子、对名声的向往。他四处给人占卜，在占卜闻名后充分享受别人对自己的崇拜，全然陶醉于别人的敬仰之中。当他的形象遭到质疑后，便立刻惶恐不安，若躁动之鼠，到最后将自己的性命也寄托在占卜上，走上了死亡之路。

3. 对爱情的思考

爱情是人类永恒的主题，文学界也从未断绝过对爱情的思考。不管是《倾城之恋》中白流苏与范柳原的充满利益与权衡的爱情，还是《围城》中唐晓芙与方鸿渐的理想主义爱情，他们的爱情都不是真正纯洁的感情，因为掺杂了太多的利益与理想，已经失去了爱情原本的色彩。在吴万夫的《尴尬人生》中，这对老夫妻的爱情有着吴万夫对爱情更深层次的探究，他们的爱与恨相互交织，可以说，他们之间已经没有了纯粹的爱与恨。

《尴尬人生》中的窅婆与豁爷，是一对争吵了一辈子的老夫妻。两人互相看不惯，总是为了鸡毛蒜皮争吵，吵到厉害处时还互相坐在村头，嚷着要散伙，可是到了天黑，两人又都朝着自己家的方向走。

这样一份恨与爱交织的婚姻。豁爷选择了恨的一面，他在死前交代的最后一句话就是自己恨她，让儿子不要把他俩葬在一起。他与她生活了一辈子，争吵了一辈子，也恨了一辈子，他到死都不愿意和她埋葬在一起，不想在死后的世界里与她继续生活，这是多强烈的恨意啊！

而窅婆则选择了爱的一面。在豁爷死后，她没有像其他人一样大哭，而是平静地去厨房烧水洗澡。平静的外表下却是风起云涌，豁爷走了，如同她的心也走了，留在人世间的不过只是一副皮囊，她的全部人生都终结在豁爷死去的那一刻。在豁爷死去的当晚，她在床上无疾而终，只希望儿子能将两人埋葬在一起。与豁爷相比，她更能体会到自己的爱，她后悔过去的一辈子只与他争吵。她觉得自己对不起他，她想弥补自己的过错，想和他继续相守相依，哪怕是在死后的那个世界。

相伴一辈子的俩人，在生命的最后却做出了截然相反的决定，这种结局看似不可理解，实际上却另有深意。豁爷的恨不是真正的恨，而是别扭的爱，争吵了一辈子，若是没有爱，哪能每次到天黑就往家里走，又哪能走完一辈子这么长的光阴。他的爱，就像每次吵架谁也不理谁，做出冷漠又讨厌的样子，或许在他心里，就像之前无数次的争吵一样，死后埋葬这件事，只是一件最平常不过的小事，而他只是习惯性地不愿意和宵婆一起。与豁爷相比，宵婆的爱要深刻复杂得多。她与他争吵了一辈子，最后选择埋葬在一起，是内疚，是感激，也是爱。她内疚于常年的争吵，感激豁爷的不离不弃，爱豁爷和他几十年的陪伴。她在豁爷去世的当晚"无疾而终"，为了豁爷，她甚至选择了死亡的方式，只为了当初同生共死的誓言。她的爱，虽无言，却掷地有声。

（二）充满悲剧色彩的女性人物形象

古往今来的众多文学作品中，女性往往更容易被作者赋予独特的性格特征。当代农村妇女身上蕴含的悲剧色彩引起了吴万夫的注意，一方面，社会的飞速发展带来了经济的增长。农村劳动力外出打工，而留在农村的妇女承担了抚养子女、服侍老人、操持家务的责任，女性在家庭中的比重越来越大。另一方面，三从四德、为夫是主的观念依然存在于偏僻农村。女性地位低下，自己不能突破传统束缚，没有具备自我意识，而这正是造成女性婚姻与生活悲剧的源头。

对吴万夫笔下的女性形象，本节初步分为勇敢的新女性和被传统束缚的旧女性。这里的新旧不是以改革前后或是年龄来区分的,而是以女性的思想新旧程度为划分的依据。下面分别论述两套类女性。

1. 被传统束缚的旧女性

在某些偏僻的乡村,农民的思想观念仍未开放,价值观腐朽陈旧,针对女性的旧思想、旧文化仍然普遍存在。在这样的环境氛围中,一味遵守三从四德、以夫为纲等传统伦理,无法认识自我意识重要性的女性毫无例外成为乡村旧体制的牺牲者和受害者。她们无法为自己抗争,不懂得掌控自己的命运,是自己悲剧人生的导演与主角。《端坐在阳光下的女人》《杠子村人物》《红裤衩,绿裤衩》与《谋杀》这四篇微型小说,凝聚着吴万夫对传统旧女性的同情与对乡村旧道德的控诉。被传统束缚的旧女性有以下四个。

(1) 忆莲:不敢为自己抗争

文中的悲剧主人公忆莲是旧女性的代表,她的思想被传统伦理道德与礼法束缚,在被王木匠侮辱之后,放弃抗争的权利,只是选择沉默,一味地忍辱吞声。她的思想里充斥着封建道德,认为说出事实是玷污了自己的贞洁,玷污了夫家的名声。她也不敢向王木匠拼命讨说法,不敢为自己抗争,认为男性的地位始终优于女性,只敢在王木匠的坟头对他咒骂。她的怨恨之重、受伤之深可见一斑。

忆莲的悲剧究其实质,可以说是时代社会的悲剧、性格的悲剧。

忆莲生活的地方是偏僻、信息阻塞的乡村,农民法律意识淡薄,传统道德伦理是乡村思想的主流支柱,而贞节牌坊、失节事大、男女私通浸猪笼等一系列针对女性贞洁的旧思想、旧观念仍然普遍存在,甚至植根于包括忆莲在内的所有村民的头脑中。在信息闭塞的僻壤,忆莲若是将所受到的屈辱公之于众,那么等到愤怒的村民冷静下来,他们的枪口对准的就是忆莲，而等待忆莲的就是沦为一个被丈夫抛弃、被村民诟病、被家人嫌弃的失节妇女。

忆莲的悲剧与她的性格弱点分不开。

忆莲在受辱后忍气吞声，沉默寡言，即使坐在阳光下晒太阳，她的脸上也永远没有笑容。她性格上的软弱决定了她在遭到侵犯后没有告诉亲人，没有告诉丈夫，她的委屈甚至在表情上也没有丝毫的体现。因为软弱，她只能在王木匠死后的半夜在他坟头钉铁钉，朝这个曾经毁掉她幸福的始作俑者挥出愤怒的拳头。她用尽世上最难堪的词来辱骂这个已经长眠于地下的人，却在他生前连一句话都不敢抗争。她不敢摆脱道德对自己的束缚，更无法卸掉背在自己身上沉重的十字架，只能默默忍受加在自己身上的不公平。这正是忆莲悲剧性的深刻一面。

（2）秀：思想新旧交织

秀是一位具有浓厚悲剧色彩的旧女性。她的思想新旧交织，但最后旧思想战胜了新思想，她的人生走向了悲剧，这使得她的悲剧色彩也格外地令人唏嘘。一方面，她坚强勇敢，善良体贴，忠于婚姻，承担责任，她在丈夫死后想出门打工赚钱，证明她的自我意识已经开始萌芽。从这些角度上说，她的思想是新的。但是另一方面，她以别人的意见为自己行动的准则，根本上还是脱离不了三从四德对她思想的冲击，所以她无法正视别人的指点与评价，无法在家人与村民面前为自己争辩，只能像忆莲一样，忍辱吞声，任由流言越来越凶猛。她最后的自杀，也是象征着她的思想被旧道德占据，自我意识也被掐死在摇篮之中。

秀的悲剧是社会造成的。

丈夫死后，家人怀疑秀是凶手，村民也指指点点，这种无形的压力时时笼罩在秀的心上。她无法排解这种令人窒息的压力，只能晚上抱着儿子哭泣，在寄养儿子时公公与小姑子的冷言冷语，更是成了她自杀的导火索。秀的自杀虽然是软弱的举动,但也是她心中积累的悲痛与怨愤的集中爆发。

秀的悲剧更多的是自己的性格决定的。

她热爱家庭,有责任,敢担当。一方面,她在丈夫死后坚强地承担了一切。这种表面的坚强实际上根基不稳,它的实质只是她在当前的困境下对家庭的强烈责任感。这份责任感建立在家人的信任和理解的基础上,只要信任不再,理解成了误解,她的坚强也会顿时土崩瓦解。秀的内心深处是脆弱的,在经历了丧夫之痛后,她的心已经出现了裂痕,家人与村民的嘲讽与不信任更是让她的心彻底碎成两半。她的脆弱可以理解。另一方面,她内心深处还是残留着旧的封建伦理道德的,她仍然摆脱不了三从四德、出嫁随夫、夫不在随夫家的观念。她的自我意识在丈夫突然去世之后的紧急情况下萌发,没有让它继续生长的土壤,所以在面临家庭的不信任和村民的指点之后,这份并不强壮的自我意识迅速衰败,丧失独立思考的能力。她在困境面前选择了自杀,妄图以死亡来逃脱现实上的困境,期待事实有所改变。殊不知这才是她和儿子的人生悲剧。

秀的悲剧不是必然性,而是可控性的悲剧。她本来可以努力地过完一生,尽力让儿子过上好日子,但她听从了旧思想的召唤,没有具备自我意识,做出了错误的判断和选择,给自己画上了生命的休止符,塑造了自己悲剧的人生。正因为如此,与充满必然性、人为无法改变的悲剧相比,秀的悲剧更让人惋惜。

(3) 银儿:藤蔓般的小女人

银儿是典型的小女人代表,是依附在男人身上的藤蔓。一开始二球是她依傍的大树,在她和二球离婚之后,左庄又变成了她的保护伞。她终生恪守着三从四德、为夫是主的旧观念,无法认识到自己身为一个人的独立与自尊,在家庭生活中一味地服从男人,这就是她悲剧的源头。

银儿被一群男人调侃，回家后二球质问她怎么能和他们开这种玩笑。她嗫嗫嚅嚅，不敢解释，只能吐出"是他们"这样的三个字，从这就可以看出银儿没有主见，不敢表达自己的想法，习惯性地将自己置于被压迫的一方。文中还写道"二球让银儿向东，银儿不敢向西；二球让银儿撵狗，银儿不敢撵鸡"，可想而知银儿在家中毫无地位，对二球事事都唯唯诺诺的小女人态度。在被二球痛打过无数次后，她忍受不了挨打，不知道自己反抗，也不要求离婚，却选择哭着去找左庄，让左庄来说清楚事实。这说明她的思想里从来就没有反抗的想法，她甚至都没有想过为什么自己就应该被打，为什么自己不能好好地向二球解释，为什么自己还要继续接受这种虐待。她和无数的乡村妇女一样，没有自我意识，没有独立人格，一味将自己当成男人的附属品，在家庭生活中选择逆来顺受，压抑自己的想法。这样的妇女注定只是藤蔓，一辈子都只能依附于男人过活。

（4）杠子嫂：刻薄版的"严监生"

杠子嫂是《杠子村人物》中的主角，也是一位传统的旧女性。如果说忆莲是封建家庭中受尽委屈的小媳妇，那么杠子嫂就是封建地主家庭的当家太太。她性格泼辣，又心胸狭窄，好胜要强；她被传统束缚，不接受新思想、新文化的熏陶，不知道人人平等，也不知道文明是何物。她的一生是封建的一生，也是可悲的一生。

和忆莲一样，杠子嫂人生的悲剧是由她的性格决定的。她心胸狭窄，别人的一点过错就能使她在家中连着骂六天六夜，装疯卖傻，又哭又闹。而她天不怕地不怕的性格又让她即使心胸狭窄处处招怨，也能在村里继续飞扬跋扈。她不服输，好强，哪怕是在大雪封山、家里揭不开锅的情况下，也不愿意低着头去借粮，别人来问时还在厨房舀了碗凉水，特意用筷子叮叮当当地敲着碗，装出大声吃饭的样子。正是她这种好强要面子的性格，使得她在得了肠炎之后不去诊所，不愿声张，最终肠炎恶化，死于结肠癌。

吴万夫将这个"静态人物"① 刻画得入木三分是在描写杠子嫂临死前的那一幕。杠子嫂弥留之际，人们聚集在她床前，她躺在床上，艰难地说出的最后一句话却是嘲讽别人一辈子都娶不到老婆，甚至面带微笑，说完就头一歪断了气。这段描写与《儒林外史》中的严监生有异曲同工之妙，一个是刻薄到了极致，而另一个则是吝啬到了极致。在生命的最后关头，她没有对家里人交代的遗言，没有回顾自己的往生，而是将仅剩的精力，用尽所有的力量汇聚成一句尖酸的嘲讽。可想而知，她骨子里的刻薄占据了她全部的思想，侵蚀了善良，她已经彻头彻尾地变成了一个令人厌恶的旧社会妇女。

2. 勇敢的具有自我意识的乡村女性

改革开放后，经济的发展带动了交通的进步，改革的春风也吹进了乡村，宣扬男女平等，尊重女性地位等一系列维护女性的措施使农村的生活得到了天翻地覆的变化。在这个变化过程中，女性自身的思想和地位转变尤为明显。特别是一部分女性自我意识开始觉醒，不甘心做男性的附庸，勇于追求自己的爱情与权利。由此，吴万夫创作了《阿香》《在后方》这两篇主要描述乡村进步女性的微型小说。

（1）阿香：勇于追求爱情

吴万夫的处女作《阿香》是现代女性自我意识的萌芽。她美丽善良，勤快能干，愿意为家庭奉献自己，勇于追求自己的爱情，具备基本的自我意识与独立意识，是一位优秀的现代女性。

阿香性格上的独立和自我意识的具备，贯穿了她和拾娃的整个婚姻，

---

① 王悦：《对微型小说人物描写的探讨》，《科技信息》2008 年第 8 期。

但这也导致了她婚姻上的悲剧。她勇于追求自己想要的爱情，所以选择和老光棍拾娃在一起；她勇于追求自己想要的无杂质的爱情，所以才在看清拾娃已经不再是当初那个娶她的少年之后，毅然决然地选择了再也不回来。这种人若无情我便休的利落感，哪怕是在现在的城市，也不是所有女性都能做到的，更何况是在20世纪偏僻的农村，离婚带来的诟病、村里人的指指点点，后果严重得超乎想象。

阿香婚姻上的悲剧是他人造成的悲剧。

村里男人不带善意的调侃是阿香婚姻悲剧的导火线，但拾娃性格上的缺陷才真正给予俩人婚姻的致命一击。拾娃的自卑与脆弱战胜了他对阿香的爱，让他在听到村里人的调侃之后，浑身不舒服，回家盯着阿香美丽的脸直呆呆地看了几个小时，不相信阿香对自己的爱，最终决定以半夜闯进门的陌生男人试探她对自己的忠贞。正是拾娃的不信任，让阿香心冷不已，最终离开了他们俩的家庭。

阿香婚姻上的悲剧又是她具备自我意识的必然结果。

正是因为自我意识，她勇于追求理想的毫无杂质的爱情，并且在拾娃让自己心寒之后，理智选择了永远地离开拾娃。如果阿香是自我意识并没有苏醒的农村妇女，认为婚姻大事由父母做主，那她当初就不会选择和拾娃这个老光棍结婚。同理，若是阿香以夫为尊，万事依仗男人，她也不会在拾娃伤害了她之后毅然决然地离开。她想要自由恋爱的意识，使得她和拾娃走在了一起。正是她追求纯粹的爱情，才终结了和拾娃的一切。阿香婚姻的悲剧是性格上的必然结果，所以才格外令人嘘唏。

（2）水香：勇于承担责任

《在后方》中的水香是具有现代意识和自我意识的新女性代表，主要体现在她明白事理，敢于承担责任，敢于在丈夫犯罪后主动带他去自首。

这种紧急情况下做出的选择更能体现出她的独立思想，同时她的自我意识已经足够强烈，并且已经上升到了丈夫和整个家庭。但自我意识的存在也导致了丈夫入狱，婚姻暂停的悲剧。

水香勤劳善良，任劳任怨，在丈夫出去赚钱后承担了养家的重任，吃遍了所有的苦；她忠于婚姻，即使独自在家也默默忍受住寂寞，村里人说来帮忙的男人是她的相好，她也会怒不可遏地赶走别人；她为了家庭的未来不懈努力，辛苦劳作，一个人做了男人的活计，再苦再累也不吭声。但她的自我意识更体现在她敢于承担，在知道丈夫犯罪之后，她默默哭了一晚，第二天就领着丈夫去派出所自首投案。她没有像大多数妇女一味哭泣逃避，相反，她选择了直面错误。她这份承担责任的勇敢，哪怕是在如今，也不禁让人动容。她不拘泥于和丈夫的小爱，能够明辨是非，知道什么才是真正对丈夫好，真正对这个家庭好。她的爱跳出了他们两人的小家庭，真正地和整个社会联系起来，在这一点上，她是可敬的。

水香的悲剧性体现在即使她和丈夫俩为了盖瓦房不懈努力，辛苦劳作，但最终的结果却是丈夫犯下重罪，三间大瓦房也一直无法盖起来。而丈夫为了赚钱盖瓦房远走他乡，穷困潦倒，却因为水香编造的急病谎言而走上了犯罪的道路。阴差阳错，冥冥中命运安排了一切。所以，水香的悲剧性不是个人性格因素的制约，而是被赋予了典型的悲剧色彩，如同《俄狄浦斯王》中弑父娶母的预言，水香的悲剧性充满着偶然性和命定性。

水香的命运具有悲剧性，但作者并不局限于简单的命运悲剧，而是将命定的悲剧与人物性格的冲突进行深层次的转化，从而得以让水香的形象更有内涵。水香在丈夫走后承担了家庭重任，再苦再累，哪怕大病三场，她都没有放弃等待丈夫回来盖瓦房的希望。她知道丈夫犯了案之后的痛哭，尤其是最后一晚没睡带着丈夫去派出所自首，她的勇敢、善良、朴实,勇于承担责任,以及她的正确的是非观念,再联想到她的悲剧性,现实与梦想的冲突,命运与人性的对立,使得水香脱离了文字上的虚拟世界,转变为现实生活中具有丰富人文内涵的人物。

(三)围观群众——乡村中的看客

看客是鲁迅的一种典型创作艺术,在他的小说《祝福》《示众》等系列作品中,都出现了看客——这一承载着国民劣根性的载体形象,反映当时中国民众精神生活,揭示当时社会的病态;将社会病态具体浓缩到某一类特殊的人群中,使这一画面深刻烙印在读者脑海,时刻给予世人警醒。这就是看客在鲁迅小说中的主要作用,也是鲁迅作品深刻性的一面。

时隔100多年,和鲁迅经历相似的青年作家吴万夫,在如何尖锐而又深刻地批判社会弊端这个问题上,也继承了和鲁迅一样的创作方式,那就是塑造出乡村中形形色色的看客形象——围观群众。吴万夫不是从正面去赞颂村民的淳朴与厚实,而是具备忧患意识,从反面去批判农民的劣根性,揭示出村民身上潜在的性格特征,使读者明白农村苦难的根源所在。

纵观吴万夫乡村题材的微型小说,农民的形象无处不在,他们出没在每一个主角会出现的地方,与事件总有着千丝万缕的联系,他们可以推动事件的发展,甚至影响主要人物的命运。

《做人》中,在东爷偶然救人反被诬赖偷钱之后,围观的农民站在屋外指指点点,认为东爷是隐藏已久的小偷,这让东爷大看清了人心的可怕,病好后烧毁了所有的祖传医书,并决定永远不再给人治病,后来甚至转行成了一名兽医。《谋杀》中的村民都认为是秀谋杀了年轻的丈夫,流言越传越猛,秀的心也越来越寒,以致到最后她不堪重压,选择了自杀的方式来逃脱。《在后方》中水香独自在家做农活,好心帮忙的后生被围观的村民说成是老相好，水香一气之下独自扛了所有的活，累得大病了一场。正是这场大病，她急切想要丈夫回家，所以才用谎言欺骗丈夫使他犯下重罪，酿成了悲剧。

这些看似不重要，但实则能影响主角命运的看客，他们身份地位虽不同，但都有着以下四个共同的特征。

第一，内心愚昧，盲目从众。《猎凤》中的凤凰本来是一个并不存在的东西，但因为人们津津乐道地传颂，一代又一代，以致很多人相信了它的存在，并且真的打算去山林中打猎凤凰。《死缘》中因为宋爷对几个人的准确占卜，村民便互相转告，大肆宣扬，宋爷所到之处，村民无不是递烟端茶，擦桌抹凳。他们简直将宋爷捧成了神仙在世，将这种装神弄鬼的行为吹成了神机妙算。《做人》中的东爷在受到诬陷时，围观的村民人云亦云，没有独立思考的能力，一味顺着别人的话就轻易断定东爷是小偷，完全不记得东爷之前给予过的恩情。

第二，爱看热闹，精神空虚。在他们心中没有对理想的追求，没有是非观。他们对自己所说的话、所处的位置没有丝毫的自觉。他们奉行着独善其身的主旨，无论是大事小事，即使没有亲身参与，也要围在事情旁边看热闹。《谋杀》中秀与丈夫的先后死去，成为孤儿的蛊儿便每日跑去爹娘的坟前哭，哭到天黑才被人发现领回家。蛊儿这样悲惨的境地，村民也只是在心里抹了一把"同情"泪，觉得有点酸戚戚，他们的这份同情只停留在口头和心里，并没有付诸实际行动帮助蛊儿，甚至还莫名其妙地请来了算命的瞎子为他算命。由此可以看出，这份同情并不是真正的同情，其中夹杂着看热闹、事不关己的意味。

第三，唯利是图，两面三刀。《井》中的村民因为一口井，产生了三次截然不同的态度转变。在大旱没有水源时，村民集体涌上了"我"家的井，对爹阿谀奉承，溜须拍马。每次打水都要和爹无话找话说，还连连夸赞爹是个大好人，为村民做了一件大好事。后来井水枯竭、爹不让村里人打水之后，村民对爹痛骂不已。他们聚集在家门前，大声骂爹做事真绝，只想养活自家人，各个对爹咬牙切齿，恨之入骨。最后，村民得知井已经坍塌，心里幸灾乐祸，脸上露出可惜的样子，和声细语地安慰爹，再不说一句责骂爹的话，还邀请他一起去挑水。

村民这三次态度的转变，形象地展现了他们的劣根性所在，他们的态度以自身的需求为基准，以可得的利益为行动的准则，有事求人时万般谄媚，没有好处可得时瞬间翻脸。他们不知道感恩，不知道帮助，在面对他人的灾祸时心中幸灾乐祸，偏偏脸上还要装出同情怜悯的模样。这样两面三刀、口不对心的村民模样，毫无疑问是当代乡村社会中人们真实性格的写照。

第四，窥探癖强。《怪胎》中从知道田七儿是个怪胎之后，村里人就开始众说纷纭，纷纷推测田七儿的怪究竟是怪在哪个地方，有的说是他背上有鱼鳞，有的说他胸上有两只手，还想把田七儿衣服解开看个究竟。这种窥探癖在村中蔓延开来，就连不懂事的小孩子都产生了想一探究竟的欲望，他们围住田七儿，一窝蜂地把他的衣服撕成一道一道的才住了手。年幼不懂事的小孩尚且如此，可想而知村里成人的想法又该多么疯狂。田九麻子不准田七儿出门之后，这种欲望愈演愈烈，甚至十里八乡，方圆几十里的人都闻名而来，纷纷站在屋外想要看田七儿这个怪胎。这时，田七儿的身份已经不是一个小孩，俨然已经变成了马戏团中的演出道具，变成了供村民无聊消遣的饭后茶点。

村民的窥探癖使怪胎越来越怪。表面上看，是村民想要知道田七儿究竟怪在何处，所以才无所不用其极地窥探，甚至演变到疯狂的地步，但实际上他们并不关心怪胎。他们真正在意并且乐在其中的是这窥探、八卦别人隐私的过程，他们在乎的是如何将别人的隐私或痛苦当成自己消遣的调料品，如何使心理得到变态的满足。所以，即使田七儿不是怪胎，也会有李七儿、王七儿沦为窥探癖的道具。只要乡村不消失，窥探癖也会永远存在。

从吴万夫的微型小说中,我们能够看到现实社会的人生缩影,或者说,他的微型小说就是一个小社会。从领导到乞丐,从城市到乡村,吴万夫无一遗漏地描绘出了一个广阔的文学天地。文学来自生活,并反映生活,吴万夫正是牢牢恪守这一真理,在创作时融入自己几十年来对世俗人生的深刻体味,批判现实社会存在的尖锐问题,不断地为普通人的普通生活书写篇章,他的文章在现代微型小说领域独树一帜,颇具风采。

在《捡回的忧伤》一书中,我们可以发现,吴万夫的微型小说立意深厚,能熟练地从多角度切入生活,向读者展示人间百态,写出了现实人生的厚重感,而交叉使用的幽默手法,使作品避免了史书记录般的沉重,读来意义非凡又颇为有趣。同时,他在创作时意深言轻,深入浅出,讲述故事时娓娓道来,又以笑骂式的方式叙述,这使他的文章克服了一般微型小说只在乎内容奇巧的弱点,读来意味深长。

吴万夫用现实的笔触,通过对故事情节的铺叙安排、对人物内心深处敏锐的洞察力,细致深刻地刻画了一个个性格真实、形形色色的乡村人物,展现了不同性格、不同命运下的人物行动轨迹。尽管有些文章还存在着如艺术张力不够的缺陷,但他的微型小说对于今天我们研究普通人的普通生活有着独特的意义。在社会日新月异、贫富差距拉大的现在,吴万夫站在普通人的视角,为普通人的生活撰写传奇的创作意识与创作自觉更显得弥足珍贵。

(范姣姣　袁盛才)

十七　周波"轻官场系列"微型小说初探

——以微型小说集《一张可持续发展的脸》为例

周波，1968年出生于浙江岱山县，现为浙江省作家协会会员、舟山市作家协会副主席。迄今在全国几十家报纸、杂志发表200余篇微型小说，并在《萧山日报》《文化昌国》等报纸、杂志开设专栏。2005－2006年度获全国小小说佳作奖，全国第五届、第六届微型小说年度评选一等奖，并入围第三届中国小小说金麻雀奖。现已出版《行走的沙粒》《头条新闻》《棉花糖》《鱼眼》等小说集，被评为中国小小说十大热点人物之一。

近几年，篇幅短小、制式灵活的微型小说日趋发展成熟。其最大的特点是"小"，因此有人称之为"螺蛳壳里做道场"，也有人戏称"戴着镣铐的舞蹈"。那么，如何在狭小的篇幅里容纳深刻的思想便是微型小说创作的重中之重，如何在描述最深刻思想的同时注入作者自我风格的笔调更是难上加难。因此，大多数作家倡导以"系列化"来进行小小说创作，并以此强化其创造的人物形象的典型性和作品内涵的深刻性，如冯骥才的"市井奇人系列"、谢志强的"沙漠系列"和"国王系列"、蔡楠的"白洋淀系列"等。

微型小说作家周波也在"系列化"这条坎坷道路上不断摸索、力求创新，他的创作主要经历了"从'情感'到'官场'再到'童年'几个系列的转变"。

初涉文坛时，周波没有特定的写作风格，但主要创作在"情感系列"方面较为突出，这个时期他的创作灵感大多数源于别人的故事，而对于作品中的深度和厚度则较少关注，虽然在事件讲述方面独特新颖，但在人性思考方面显得彷徨且笨拙。而后，为了能将更本质化的社会真实地表现出来，他将写作意向转到与自己密切相关的职业——官员。他认为官场文化是五千年中国政坛文化的特色体现。虽然前人多有叙述，但自己作为基层官员，更能够从民间视野对政坛动荡产生不同的看法与体会。周波从第一篇官场微型小说《书记的幽默》到其成名作《头条新闻》，共创作了百余篇官场作品，这些作品"深受外界的认可和好评，使作者的小小说写作出现了第一个高峰期"[1]。官场系列的成功让他对微型小说创作的理解和技巧的运用都提升到了一个新的层次。然而就在全盛之际，周波却走了步意料之外的棋——将创作题材由"官场系列"转变为天真散漫的"童年系列"以及极富地域特色的"海洋系列"。这些"系列"写作手法不但继承了官场作品注重创作技巧的精粹，而且其感悟也从冷峻转向了温情，以孩童的视角去叙述那个年代，对描绘人物内心世界的微妙之处更为纯熟精致。

微型小说集《一张可持续发展的脸》（光明日报出版社 2010 年版）充分体现了周波"轻官场"系列作品的特点。具体而言，有以下三个特点。

（一）"轻隐化"的人性剖析艺术

周波的系列化微型小说贴近生活，取材相似而表述意境迥异，如"情感系列"中平凡男女的脉脉温情，"童年系列"中天真孩提的怡然逗趣，"海洋系列"中独具特色的民俗风情。这些系列展示的大多是平凡生活中人性美好的不同方面，而"官场系列"则更注重对现实社会的体察、名利欲望的讽刺和隐秘人性的剖析。他不去对人性中的大贪、大欲进行说解，而将人内心中细微的阴暗面刻画得入木三分，这在一定程度上呈现出"轻隐化"的特点。正如评论家刘海涛所说："周波的官场系列概括出了人类的人性心理中的某种劣根性，政治的立意一旦和人性的立意汇合，作品的

---

[1] 周波：《一张可持续发展的脸》，光明日报出版社 2010 年版，第 209 页。

含义就变得丰厚起来。"①

其"官场系列"中"轻隐化"人性主要体现在以下三个方面。

1. 扩大化的虚伪

一件无足轻重的小事,在不同环境下能产生不同的寓意,而人处在不同环境下也就会把相同的事情演化出不同的情感,说到底还是大环境氛围对人心性的改造。而官场对人性的腐蚀在于把人性中"虚伪"的一面延伸扩展。

就如同送贺卡这件事,看似不值一提,但在《新年贺卡》和《堆积感情》中演化出截然相反的结果,前者是邻里之间的情感摩擦;后者是官场仕途的政治延伸。前者两家积怨已久的对门邻居,因为一张送错了的贺卡误认为对方有心缓和矛盾,再而误打误撞、弄拙成巧,最后大气地冰释前嫌;后者到了官场上,相同的事情却演变成在机关单位盲目攀比,以获得贺卡的多少来评定自我人格魅力,甚至上纲上线地将其作为个人业绩向领导汇报。

形式主义、浮夸之风盛行的官场将人的心性慢慢腐蚀,贪慕虚荣和追名逐利往往都是常态,大部分人从初进官场的鄙夷厌恶到浸淫多年后的"引以为傲",然而这一切都是人性中隐秘的虚伪因子作祟。

2. 膨胀化的私欲

由"虚伪"引申而来,周波官场作品中展现的另一个人性阴暗面是"自私"。因为身处环境的特殊,任何不经意间的话语、动作甚至眼神都有可能被其他有心之人刻意扭曲,所以官场中人大都会戴上与人为善、为人着想的假面具,面具后面却藏着一个自我私心膨胀的灵魂。

---

① 周波:《一张可持续发展的脸》,光明日报出版社2010年版,第208页。

《和老爹共进午餐》中用父亲和儿子对于"结账"这一行为的不同反应来将人物形象进行对比：父亲是个安分守己、老实巴交的农民，他死认"吃饭必须给钱"的理，并且对当官的儿子借用自己的官权"打白条""付空头支票"的行为感到异常愤慨，义愤填膺。父亲的循规蹈矩、执拗顽固是一种道德品行的坚守，儿子却基于职权的诱惑最大化谋求个人利益，逐渐失去心中的道德准则。表面上是儿子请客对父亲尽尽孝心，实际上儿子并没有付出什么，只是以"父子亲情"的名义让饭店对自己"尽孝心"而已。

人性的自私在官场中被夸大化到了极致，在对自己仕途发展不确定之时，想的不是多为百姓办实事提升业绩威望，而是如何最大化地运用权力多捞好处来满足自我私欲。这让人不禁为其谨小慎微、急功近利的可笑模样感到悲哀。

3. 偏执化的权念

萧伯纳有名言"生活中有两个悲剧，一个是你的欲望得不到满足，另一个则是你的欲望得到了满足"。当欲望未能满足时，人会不择手段，竭心尽力地满足；然而一旦自我欲求得到满足，又偏偏去追求更大的痴念欲念，如此永无止境……官场中人对权势的操控欲是非常强烈的，更有少数产生偏执倾向，一旦踏入，若没有坚定的人生信念和自我追求，很少能做到心如止水。

例如，《座无虚席》中张三因无心之失在会场中坐了县长的前排位置而在备选干部名单上被除名，工作仕途遭受了重大的影响。大人物的狭隘思想却让一个素不相识的公务员蒙受如此不公平待遇，权力物化般地随意操控、扰乱正常官场秩序，法律性的选官制度被视为一纸空文。又如，《一张可持续发展的脸》中因为"当官的脸"，从当初童年时期"很风光的穿着皮鞋……是我一直引以为豪的一件事"，到大学毕业后"终于如愿",从此"别无他求"进机关工作,由一位小小的办事人员被提拔到副局长。同时,官阶升高的是自身权力欲执念的加深,再之后来"犯错回到单位重新从基层干起","我"却还不自知,反而自作聪明地"把局长的事也给揽过来了"。这是品尝过权力滋味的人被打回原形时对权势的偏执,一旦踏入这个欲望怪圈,就再难回归自我。不知此时,作者笔下的种种妄图操控权力但又被权力反操控的人们,是否还会感受到《红苹果》中的无私亲情,体味到《豆酥糖》中隐含的人文关怀,回归到《棉花糖》中无欲无求的淡然心境。

由此看来,题材的转变使得作者的写作内涵具有不同层次的表达,但其文笔"大多注重内敛含蓄,感情丰沛,一路款款道来,若故人品茶聊天"[1]。其作品中简洁写实、细致入微的白描手法,更是"保持了文字朴素的惯常姿势,像一个游泳者劈开水面一样,在悄静中不经意地引领着读者进入故事的核心,向着人性深处潜伏"[2]。早期作品"情感系列"中,刻画生活中的平凡男女大多平缓抒情,在细微处窥探人性,后期作品"童年系列"中,描绘记忆中的少年往事大多简洁细致,于温情中追求童真。

在这种谨慎细腻的笔法下,周波更倾向于关注现实生活中的小人物、小事件,其最出名的代表作品"官场系列",用平静的叙述,以洞穿世事的目光,在平凡之事物中寻求不平凡的一面[3],用独特的视角另辟蹊径,挖掘其隐喻的人生真谛。

(二) 寓真理于平淡的"轻官场"写作艺术

"官场小说"是以现实主义创作手法反映中国政治文化生活的小说类型,其作为一个名称正式提出来,是王跃文的长篇小说《国画》出版以

---

[1] 周波:《一张可持续发展的脸》,光明日报出版社2010年版,第210页。
[2] 同上书,第219页。
[3] 同上书,第210页。

后。而作为"官场小说"的精简篇——"官场微型小说",除了具有一般官场小说反映社会现实的特点之外,更为明显的是在短短 100 多字的篇幅里,用精炼纯熟的语言,更为尖锐地揭露了官场的道德腐败和权利的相互倾轧,从而展示了一场场正义与邪恶的殊死较量、良心与贪欲的拼力抗衡[①]。

周波"官场系列"的成功和其学后出仕有着密切联系。作为一名官员,他洞悉官场的人情世故、人事规则以及种种玄机和奥妙,对人生有着细致入微的观察和理性的思索[②]。在以结合自身经验将官场浮沉变化在平实的叙述中层层推进,把偌大的名利场中最普通的基层官员生活写深、写实,让人看到其人性饱受压抑、心灵逐渐异化的一面,看到仍存在于多数宦海中人的"官本位"意识。

因此,秦俑称其"镇长系列"为"轻官场"小小说,并作此评价:"他没有将笔墨集中于描述或揭秘官员的政治生态和宦海沉浮,也很少写到复杂的人际关系与权力争斗,更没有贩卖所谓公务员求职指南和工作宝典等等'官经',而是最大限度地将笔下的镇长东沙还原为芸芸众生之一员,讲述其工作中的酸甜苦辣,描绘其生活上的喜怒哀乐,以第一人称的视角,展现主人公平实、质朴、琐碎的所见所闻所感,呈现出轻松、轻快的特点。"[③]

这种轻快的特点也在众多描写烦冗、钩心斗角的官场作品中脱颖而出。

其"轻官场系列"中人物形象的塑造手法,主体情节的叙事角度和带有思辨色彩的艺术风格也成为周波系列小小说中极富个人特色的地方。下

---

① 尹季:《王跃文小说展示的官员形象特点》,《湖南工程学院学报》2005 年第 3 期。
② 周波:《一张可持续发展的脸》,光明日报出版社 2010 年版,第 211 页。
③ 秦俑:《周波和他的轻官场小小说》,http://blog.sina.com.cn/s/blog_597369e50101j9oq,2015 – 01 – 02。

文对这三个方面分别予以论述。

1. "避重就轻"的人物着笔

在官本位思想支配下，无论处在权力中心还是权力边缘，人们都无法获得一种合理的、合乎人性的生存状态，常常是尴尬的、无奈的①。相比较深陷政坛、位高权重的大官们来说，处在风云诡谲、权力边缘的基层官员对官场规则、人性异变的体会则更为深刻。

因此，周波官场微型小说的人物类型大都为官微言轻的普通公务员，通过对他们日常职业生活的观察，以深入浅出、以小见大的笔调来反映整个官场最普遍的共性。

例如《检查》中，作者着眼于县长到村视察这样的平常工作事件，将普通官员村长和村干部的惊慌失措通过寥寥几句生动刻画出来，为显示工作业绩不惜编造"谎言工程"。事情虽小却深刻反映了官场中广泛存在的"应付式检查"现象，而后镇长受批，书记窝火，一切的罪责逐级下落至办公人员小陈的头上。这揭示了官场中纠错机制的荒谬可笑，也是对当下社会的"政府临时工现象"有力的嘲弄讽刺。

除人物类型选择的别具一格，周波对于人物性格塑造的手法也另辟蹊径。在其作品中，官员腐败的形象不是面具化、程式化的，每个官员有不同的生活成长经历，在他们的道德堕落甚至违规行为方面也有不同的原因和深刻的社会根源，这就造成了人物性格的多重性。

在这一方面，作者首先着墨于不起眼的小动作、小心态，再由轻及重，如扯线般慢慢折射出人物的大品行，从而"牵一发而动全身"，使人物形象、故事情节浮出水面，将其勾画得立体生动。就像《最珍贵的照片》里平实但又凄然的诉说一样，作者将父亲与女儿的互动定格，从女儿

---

① 尹季：《王跃文小说展示的官员形象特点》，《湖南工程学院学报》2005年第3期。

出生时父亲的惜爱之处伏笔，用一连串的幻境牵引事态发展，使不同的境遇造就不同的情感，乃至最后父亲在监狱里的懊悔与自责，在任职和落马的变化中为我们呈现了一个官场人物梦幻浮云般的生命轨迹。

短短千余字，除了让我们看到故事本身以外，还看到了喜悦、责任、天伦、挣扎与希冀，还能从侧面联想到他作为一个官员时贪恋权势的性格特征①。然而，复杂的人有复杂的人生，平淡的人有平淡的安逸，每个人都在自己的轨道上飞奔，就像世上的叶子一样，人生绝不相同，个人性格也绝不雷同②。

相较于大起大落、悲喜交加式的人物心理描写手法，周波更喜欢"把官当作平常人来写，关注那微妙、隐秘而又渐变的人性"③。他更善于表现官场众生性情逐步压抑、心灵慢慢异化这种"小"的一面，从细微的情感变化中展现人物辛酸无奈的心路历程。

例如，《排队》中小公务员李四曲意逢迎，但往往不得其法，因此总排在食堂门口，等领导经过时故意摔碗，其原因竟是让赵书记注意到自己，完全不顾他人私下的嘲讽；《失眠的夜》中秘书小李则必须处处揣度领导的意图，察言观色，投其所好，连完整的睡眠都不能拥有，深夜还要游荡着守株待兔似的等候机会，以接近领导。而官员们在权力耀眼的光圈下也有诸多无奈，《懂你的意思》中处长家每天宾客如云，严重影响到初三女儿的心态，日积月累家庭矛盾终于爆发，柔弱的女儿竟疯狂挥刀砍向客人送来的鸡，以致父亲震撼辞官，戏剧化的是以往在学校备受呵护的女儿却在父亲辞官后屡次被欺……人性压抑的一面在人情冷暖、世态炎凉下显现得更是淋漓尽致。

然而，在其代表作《一张可持续发展的脸》中，作者讲述了一个由

---

① 周波：《一张可持续发展的脸》，光明日报出版社2010年版，第218页。
② 同上。
③ 同上书，第208页。

"看脸"的迷信思维引发出来的一系列荒诞可笑的故事，同时将主人公自己的人生烙印在了这张"官脸"上：人们看重"我"这张颇有官相的脸，在奉承"我"的同时把"我"当成了投资的潜力股并要求回报，而"我"也逐渐自鸣得意地认为自己的仕途的确靠这张"官脸"，于是开始肆意妄为、罔顾法纪地收受贿赂。之后，多年的哥们出卖了我，而"我"深陷囹圄之时却还不自知愧疚。自身的贪欲和他人的意图都推波助澜，把"我"一步步推向深渊，不可自拔。这是人心逐渐异化、人性逐步扭曲的过程，同时体现了作者对追名逐利和贪慕虚荣的官场作风的嘲弄讽刺。

2. "轻描淡写"的叙事艺术

"对于沉重的东西，最好的表述方法就是轻描淡写。就如同扛一袋米，你轻轻放下去，反而让人觉得你是一个有力量的人；反之，如果你重重地把它摔在墙角，那你一定是累了。"①关于"轻官场系列"的叙事创作，周波在《你好，我是东沙》中如是回应。具体来说，周波在作品中的回应有以下三个方式。

（1）生活化场景的选择

一般小小说在故事的选择上往往讲究出其不意，文章内容追求跌宕起伏，但周波的创作不猎奇，不夸张，没有突兀的结局和色彩浓厚的着墨，但其中淡然的意蕴回味悠长，并能引起读者对人性的批判与思考。究其原因有二：一是作者擅长从生活化场景中取材叙述故事，不一味摹造生活；二是用多维视角，将最普通的生活、最庸常的日子中复杂的内涵挖掘出来，再对其进行精彩和深度的解读。

应酬饭局和请客送礼这类的官场常态化现象是周波描写得最多的场

---

① 秦俑：《周波和他的轻官场小小说》，http：//blog. sina. com. cn/s/blog_ 597369e50101j90q，2015年1月2日。

景。其代表作《头条新闻》里讲述的无非是一个县的新闻报道员如何对县里经济状况进行实时报道,整个过程貌似轻描淡写:只不过是在一个看似适当的时机发表了一篇报纸头条,而事后的酬谢也单单就是"下次来时请你下县里最好的馆子"。这种官场规则看似平常,但其中藏着心思缜密的布局:正是因为头版新闻的适时出现,才让县长在众多同僚的激烈竞争中脱颖而出,进而悄无声息地让省厅把上千万元的海塘项目建设启动资金括入囊中。①

这种生活化的场景通过作者平静淡然的叙述,使作品内涵一层一层向内延伸,就如海明威的"冰山原则"一般,事件简单却藏有深意,情感充沛却含而不露,思想深沉却隐而不晦,让读者从身边小事体悟世俗大理②。

(2) 白描式的言语勾勒

叙事艺术的"轻巧"还体现在白描式的语言,周波的文章语言大多采用简洁的对话式结构,语句短小精炼,富有浓重的口语化气息,毫无华丽辞藻的过多修饰。他先将人物的主要性格特征提炼出来,再用最节省、最精炼的粗线条文字勾勒出人物最突出的精神特点,不作过多渲染、铺陈,最后以传神之笔加以点化③。

例如,《鱼眼》中描写饭局的情景,全篇大多为简洁式对话,一段一句,一问一答,在与领导、家人、故友前这三种不同人物饭局中的对话内容大致相同,但作者抓住其关键性语句,用一针见血的犀利语言将内容着重点反转。通过对"鱼眼"这道菜的态度:老伍招待高官客人时,"一看那鱼眼就非常不舒服,怎么能把这道菜摆出来呢",虽然上的是自己喜爱的鱼眼,但在领导面前硬是装作嫌弃;与妻子晚饭家常时,"鱼眼营养好

---

① 周波:《一张可持续发展的脸》,光明日报出版社2010年版,第209页。
② 龙钢华:《淡妆浓抹各呈其妙——略谈微篇小说情节的浓淡变化》,《湖南经济管理干部学院学报》2006年第3期。
③ 刘天平:《永不停歇的沙粒——周波小小说创作论》,《湛江师范学院学报》2010年第4期。

哟，咋不能吃"，于是不顾脸面大快朵颐；和多年故友相聚时，"胡说啥啊，鱼眼这么脏的东西也能吃"，为的还是维护自己的面子。平俗的口语化词汇的交织将老伍进退两难的复杂情绪变化一一展现，在外为形式主义、面子工程与领导同事虚与委蛇，只能在家中寻求一份短暂的人性解脱，身处这样的官场，何尝不是一种负担？

又如，"东沙镇长"系列小说中对话根据不同对象使用不同的口语化词性来展示人物心理变化的描写手法："因为对方是自己的爱人，所以东沙与如晶的家长里短间总带着微微幽默的戏谑与调侃；主任和司机是下属，所以东沙不管是心理活动还是交谈都有股居高临下、颐指气使的味道；村长同样是下属，但由于某些层面的问题，因此东沙与村长之间既是上下级，但又不是纯粹的领导与被领导的关系，因此待人接事方面又呈现出刻意维持的友好；上访户是个特殊群体，东沙主动回避，不是不把上访户当人看待，而是他担心有些事会无中生有。"①

对象的不同，虽然让东沙心理呈现出不同面，也恰好说明事情的复杂性，这些看似简单轻巧的语言却比华丽的辞藻更具穿透力和表现力。

（3）内在情节的触动

故事叙述需要情节，而情节流动分为外在情节和内在情节两种，前者是由作者设计离奇故事，整体看来热闹张扬，后者则是由人物自己创造故事，显得更为轻妙内敛。周波的创作更明显倾向于后者——"故事应该是由人物自然发出来的，只有把人物写活了，故事才能生动。本末倒置的后果违背小小说创作要义，直接导致深度浅、语言硬、力量轻"②。

对于人微言轻的基层公务员来说，与领导同事的人际关系好坏对自我仕途的升降有很大的关系，且不说必须溜须拍马、刻意逢迎，但为了不让

---

① 周波：《关于小小说〈玩具〉的问与答》，http://wenku.baidu.com/view/91bb4b0b43323968011c928d.html，2015年1月2日。
② 周波：《一张可持续发展的脸》，光明日报出版社2010年版，第223页。

别人给自己"穿小鞋",普通公务员与领导同事的相处不得不变得小心谨慎、如履薄冰。这就是将人物所处的环境大致交代,让人物在此环境下自己创造故事。

《漏》中,居住在领导楼下的李四性格就是如此懦弱,由于局长家的疏忽导致李四家房顶漏水,但李四畏畏缩缩不敢上门说明。"脚像灌了铅一样沉重""站在门口,不停地手起手落,不敢敲门",生怕因此得罪局长影响仕途。李四的懦弱性格是整篇文章的着重点,并以此来牵动故事情节,之后非要借着送水果的名义委婉说出房顶漏水的事情,但又因为紧张失措忘记表达自己的意图;老婆迫不得已自己上门,却也因为胆怯放弃。由此,一个懦弱沮丧的人物形象便浮现眼前,而故事内在情节也在性格渲染中不断推进,自然生发。

3. 举重若轻的意蕴内涵

人生大多有生活体验和心理体验两种感受,无论是亲身经历还是耳闻目睹世间辛酸苦辣,一旦以文字的形式表现出来,最讲究的还是它在心灵情意上的感染力[①]。感性和理性的相持,浪漫基于现实的显现,真实生活与艺术创造的权衡,都在周波的作品中相得益彰,用轻松的笔调挑起丰富的意蕴内涵,见微知著,缓缓品味,余韵久久不散。

揶揄戏谑的轻嘲是作品意蕴方面的一个表现。

作者用戏谑的态度、平缓的叙述、"一本正经、堂而皇之"的语调,不经意间对形式浮夸的官场作风进行轻轻的揶揄,进而讽刺虚伪、贪欲纵横的社会物欲。

《一张可持续发展的脸》中主人公对自己"当官的脸"神一样的信仰,并由脸来断定人生历程,认为牢狱之灾乃是自己的命数。作者对"脸决定

---

① 周波:《一张可持续发展的脸》,光明日报出版社2010年版,第209页。

命运"说法的嘲弄,也是对人性愚昧的深深讽刺。《失眠者》中的官员为"失眠"这个问题烦心不已,因此强制要求与会众人提出一个可行方案,而且隐晦说明了这有关众人以后的仕途。其中,某位"会议元老级人物"神气十足地说出了自己的"治眠良方"——录音催眠:把会议过程录音下来。而之所以称其为"元老级人物",是他在漫长的会议生涯中,把领导讲话的神态、语气模仿得如假包换!读到文末,不禁让人哭笑不得。行文看似恶搞戏谑,但仔细琢磨之下竟也能感受到陈旧体制下的苦闷与无奈。

大量富有深意的隐喻也是作品深厚内涵的一个体现。在小小说创作时,作者一直追求一种"具有独特艺术追求的精品佳构",要用"大观念、大视野的俯视目光去写作"。将深刻道理隐于小小事物之中,赋予特殊的思想光彩,入笔浅而意寓深,"犹如提起重物,而又轻轻放下"。

《手茧》的写作方式就是如此,全文围绕中心词"手茧"进行情节构造,软绵絮语般地讲述一个阴差阳错的故事:手上起茧子的新办事员竟然短短时间就解决了单位上访"闹事"群众的问题。其原因竟然是老百姓把手上有茧子的年轻办事员当成自己人,认为这位办事员肯定为民日夜奔波操劳才满手茧子,而后全然信任他,放弃上访投诉。殊不知,这位办事员的手茧是因为一直在高档健身场所健身所致!"手茧"这个意象在层层叙述中推动情节的发展,它代表的是为人民服务的诚心与决心,而我们离"手茧"有多远,我们离百姓就有多远。又如,《洗澡》《吃饭一定要有事》中,作者不直接道破作品的旨意,而是创设一种场景、一种意念的态势,以隐喻的方式留给读者更广阔的想象和思考的空间。

除内涵思想丰富之外,提升艺术境界的思辨色彩也是其作品意蕴之一。相对于有些官场作品中为讽刺而讽刺的沉重式说教,周波作品中淡淡的哲学浅理更容易让读者与作者的灵魂互相碰撞,产生共鸣,留下思索余韵。

"镇长系列"中东沙这个人物形象打破了官场小小说创作"非黑即白"

的习惯思维，作者以自己多年"混迹"官场的种种感受与体悟，很好地表述了官场中的无奈苦楚。其中，很多篇什充满智趣，所述之事平白如话家常，读完却总能让人会心一笑。若是仔细咂摸，还能咂摸出点儿别样的味道来。①《座无虚席》中无心之失中隐藏的人性压抑，《清单》中父子矛盾背后的心灵异变，《手茧》中上访因果背后的精神贫瘠，《程序》中无端问责隐藏的荒谬执法，《最珍贵的相片》中父女情感变化下的辛酸感悟……人生阅历的增长总让人和当初的自己背道而驰，在经历过众多无奈之后，回顾生活赐予的酸甜苦辣总有一份独特感悟。人性并不是只有一面。看似和善可亲，笑意盈盈的人的或许也有他的自私狭隘；整日溜须拍马、曲意逢迎的人可能也有他的情非得已……这些都让读者在品味一篇篇淡然知性的文章同时对人生社会有着新的哲学思索。

（三）"轻处理"式的官场文化解读

"官文化不仅是管民的，也是约束官的。尊卑上下的观念是必不可少的，特别是为官的更为如此。官本位就是对官的等级相应权、职、责的规定，然后认可，并且自觉地遵守。"②在中国传统文化中，官本位思想可以说是官场文化的一大显著特征，伴之而来的官场权术博弈也为官场披上了一层神秘面纱，在层层利益关系网之下，牵涉的是整个国家政坛的兴衰荣辱。

相较于其他较为著名的官场小说作品，周波作品的着笔对官场中利益关系和权术博弈的描写采取了"轻处理"的办法，将虚幻神秘、复杂扭曲的官场文化写淡，写实。具体说来，周波通过以下两点来"轻处理"。

---

① 秦俑：《周波和他的轻官场小小说》，http：//blog.sina.com.cn/s/blog_597369e50101j90q，2015年1月2日。

② 尹季：《王跃文小说展示的官员形象特点》，《湖南工程学院学报》2005年第3期。

1. 管中窥豹式的关系网描绘

传统的官场题材小说为了迎合读者需求，提升作品的耐读性和典型性，往往勾画出一张复杂的官场利益关系网。例如，王跃文小说《国画》"重在渲染一种复杂残酷的权力利益关系网，每个为官者都是这种关系的一个环节，每个人物在官场奋斗中显示各自性格的发展轨迹"①。其中，朱怀镜卖弄权术提拔升官，张天奇大敛钱财草菅人命，陶凡官场仕途的兴衰成败等，多人命运紧紧相连，各方面利益相互交错，将一张巨大而又复杂细密的关系网呈现于读者眼前。

而周波对于官场利益网的描写则是往小处写，由一个小情节或者是仅仅几句话巧妙带过，空出艺术留白，让读者由此内容去深思探索，从而牵扯出埋伏其下的关系结构，"窥一斑而见全豹"。《书记的幽默》一文中只讲述了一位书记在整顿机关作风大会上的幽默发言，通过会议上官场众生相——抽烟嬉笑、大声喧哗，构写出了毫无纪律的官员形象体系。由此可看出，其对待工作的厌烦散漫，对待人民群众漠不关心，对待上级领导溜须拍马的不同面目，从而让读者更深入地了解基层官场利益的分配与融合。

2. 淡化了的官场权术博弈色彩

在微型小说短小的篇幅中，作者能将要表达的基本想法寓之于书已经是很难得的了，而官场权术需要较长的文字篇幅来架构，这就使得周波官场小小说的权术博弈色彩趋之淡化，描述的都是日常办公娱乐中的小事件、小摩擦。若说《检查》中镇长和村长的"下级怪罪制"还算得上为各自利益谋权的话，那么《油菜花开》一文中的"发票事件"则是完全娱乐

---

① 尹季：《王跃文小说展示的官员形象特点》，《湖南工程学院学报》2005年第3期。

化的"谋权":公务员老伍为了省钱连买个大饼油条也要开发票,甚至在手术床上想的第一件事就是记得找医院开发票报销。这一系列的"神经病犯"的行为直接让读者忽略其以权谋权的不合理索求行为。

与之相反的是具有浓重权术博弈色彩官场文化表达。例如,王跃文《今夕何夕》中的孟维周,"他本是一个有文化、有激情、有抱负的青年,他给地委书记当秘书,却不再去提高和充实自己,而是醉心于研究领导心理和'领导艺术',玩弄手段治服了司机小马,暗地里对着镜子训练自己的演讲口才,言听计从地去完成领导交给自己的特殊任务"①。这样一个处处博出彩的"老实"小伙,通过所谓的"审时度势"终于获得了领导的欣赏和信赖,被提拔为副处级干部。但作为一个知识分子,他丧失了一个应有的纯朴、善良和正义感②。在他们的身上,读者看到了"权术"对人性的扭曲。

浓墨重彩的官场博弈使得多数人的价值观、道德观扭曲变形,美好的善意品质被严重挤压于层层利益之下,人的性格变得极端。而周波在写作中淡化了这种权术意识,使得其作品中美好的人性还有些许的残存,也就造成了人物性格的复杂性和多面性,从而体现出一定程度的真实感。

周波以基层官员形象的刻画为切入点,打破了以往官员写作的老套常规,从另一种人性化的角度层层揭露,掀开了官场中人的神秘面纱。他不仅以百姓的视角记述了官场和社会上的种种丑事和奇事,写活了一批官场人物和社会各色人,而且将社会奇异的官场文化现象寓于微篇之中,用微妙的手法做了人性和机制方面的揭示,具有警示意义③。

周波的微型小说作品内涵丰富,生活的历练赋予了他关怀现实人生的创作视角,内心的细腻又点缀了他追索艺术世界的浪漫情怀。他的作品总

---

① 尹季:《王跃文小说展示的官员形象特点》,《湖南工程学院学报》2005年第3期。
② 同上。
③ 同上。

是洋溢着童真理趣、平缓淡然的情调，也渗透着对隐秘人性的理解和批判。他喜爱把自己的小小说比喻为"行走的沙粒"，在一颗颗沙粒的跃动中我们可以感受到作者本人的关怀、善意、美好，犹如一个含蓄微笑的智者。

一份自成体系的创作，必然有它的傲人之处，而周波的"轻官场"相较于其他官场小说则更显平淡含蓄，但又回味悠长，使人深思。相较于作者其他系列，"官场"又能针砭时弊，用直白犀利的语言揭露人性的阴暗虚伪，批判社会的阴险丑恶。

但凡文学领域有巨大成就者，靠的不仅仅是文字张力以及夜以继日的辛勤写作，更多的是作家经过生活淘练后的感悟和情怀。周波则完美地将这二者融于一体，既有自己独特感悟，又彰显作品人文韵味，"轻意"无处不在。他的作品不仅在平淡叙事中增添含蓄之美，同时将目光探寻到人性深处；既有世俗情怀，又有审美愉悦[①]。汪曾祺老先生曾在他的《小小说片谈》中提到："小小说是一串鲜樱桃，一枝带露的白兰花，本色天然，充盈完美。"[②] 本色天然，辞藻朴实简洁却力透纸背；充盈完美，思想深刻独特又见微知著，周波的小小说就是如此。

周波的官场小小说大都形成了故事情节多样性、切入角度多变性、意义境界多重性的特点。而他从未停歇过前行的步伐，也曾试图在"童年系列""海洋系列"寻求这方面的突破。在波涛汹涌、浪潮翻滚中，他的心境日趋成熟，文笔却日渐温和。通过多重的艺术隐喻和潜伏在此之下的生命哲学，缓和而又犀利地把中下层民众的生活状态，以及他们赖以生存的真实社会形态进行深层次暴露。纵观周波多年来系列化的微型小说创作，他总是在不断地攀登和进步，就如在舟山群岛岱山县的某一片清秀如画的

[①] 任雅玲：《本色天然，充盈完美——论金麻雀奖得主陈力娇小小说的艺术魅力》，《文艺评论》2012年第3期。

[②] 同上。

海域，坚持以自己的风格稳健地行走着的一粒沙粒，低调、殷勤、朴实却永不平凡。

（邓丹玲　袁胜才）

十八　非鱼微型小说初探

非鱼，原名王英芳，女，现居河南三门峡，河南省作家协会会员。非鱼在2005年前主要以散文创作为主，从2006年开始正式进入微型小说创作，出版有微型小说集《来不及相爱》《半个瓜皮爬上来》《尽妖娆》等。2009年成为"第四届（2007—2008）小小说金麻雀奖"得主。

作家高军在《寓言的深度取向和人间的烟火气息——非鱼小小说创作简论》中说道："非鱼在小小说创作中，善于借助寓言化的方式，以荒诞、变形、扭曲展开想象，虚构生活，追求作品的深度模式和普遍寓意。"① 非鱼正是站在寓言化的基础上，突破传统生活场景的框架，克服强烈明晰的表意焦虑，在创作中将内容更加圆润化，避免了对日常生活的简单化肢解和干枯的说教。不仅如此，高军先生对非鱼小小说中的人物形象也给予了高度的赞扬。非鱼对于生活的反映、解释、审美情感的寄托、审美理想的表现，均是通过塑造生动形象的人物来完成，并进而以美感形式来满足读者的审美需要。因此，人物塑造在非鱼小说中起着非常重要的作用，也是其作品中亮丽的一笔。

尹顺国先生对非鱼的语言、选材给予了高度的肯定。认为无论是

---

① 非鱼：《半个瓜皮爬上来》，光明日报出版社2010年版，第192页。

语言的运用还是选材，都是立足于非鱼对现实社会敏锐观察基础上的丰富想象力和虚构能力。在中国小说创造想象力匮乏的当下，这是非常可贵的。

非鱼的微型小说往往从现实生活中取材，题材丰富多样，既有叙写小人物世界中的磕磕绊绊，也有写现代化进程中的大事件等。无论是什么题材，都是对现实的刻画，对人性的真实反映。她的作品构思巧妙，注重结构的安排，给人美好的艺术享受。下面从内容和结构分别予以论述。

（一）内容——现实的刻画

非鱼微型小说取材广泛，思想内容丰富，读她的小说，仿佛是与一位长者交谈，内心疑虑在品读中烟消云散。在她精短的语言文字中，我们可以看到各种"美"的标杆。即使人物内心的独白、看似不经意的环境描写和一件平凡的生活小事，在非鱼笔下都被雕成了不可多得的美玉，闪烁着温和的光辉。

随着科技的进步和城市的发展，工厂、企业如雨后春笋般拔地而起。因此，许多人便抛弃了锄头、铲子，纷纷涌向标志着富裕的大城市。日新月异的城市面貌，让我们觉得自以为熟悉的城市以换装般的速度变得越来越陌生，越来越不自在。而非鱼正是处在这样一个大环境里，感受着这都市里的点滴，因此有丰富的写作素材。

无论是何种题材的描写，都是立足于现实生活，是对现实生活的真切反映。非鱼的微型小说很注重对生活底蕴的探究，她作品反映的事情、生活，虽然都是人们经历过甚至经历着的，是对于大家来说已经习惯了的东西，但是读者看了总会有耳目一新的感觉。这是因为作家写的生活越是平常，对这种生活底蕴的探究便越独特，读者的审美感受就越强烈。

非鱼写作题材很广，本节主要从"小人物的人生百态"和"对都市文明的拷问"两方面对非鱼的部分作品进行探究。

1. 小人物的人生百态

总有人说世界是英雄的,其实世界也是由无数的小人物组成的。这些小人物们生活在底层,围着自己的理想、自己的生活忙碌着。柴米油盐、房租水电这些看似微小的东西也足以强大似老虎。在非鱼的笔下,这些不起眼的小人物,是一个个为生活打拼并从中得乐的英雄。同时,他们也是一块镜子,告诉我们底层生活的艰辛与困窘。对这两部分下面分别予以论述。

(1)底层生活的艰辛

非鱼的作品真实地反映了社会底层人民捉襟见肘的生活。生活在底层的人们因为学历低、缺乏技术等原因从事着收入微薄的工作,有时甚至面临工资难结、恶意欠薪等问题。

《回家》写的是一个16岁的少年白小洋因"书实在念不下去"辍学了,又因家中的屋顶实在是破烂不堪,所以起了外出挣3000块钱修补屋顶的想法。眼看一年的时间过去了,家中的父母也焦急地盼望着儿子的归来,可是白小洋却犯起难了:因为他只挣了3102元,除去了寄钱的费用和路上要用的费用,他只能寄2900回家。这与当初说好的3000元有出入,为了能留足3000元的费用,他将挣得的钱全寄回家后,便奔向救助站谎称自己的钱被偷了。就这样,白小洋借助救助站的力量,从一个救助站转到另一个救助站,几经周折,终于回家了的故事——外出打工挣钱,让自己的家庭好过一点。这样"简单"的题材,非鱼没有忽视,而是很好地裁剪成了一篇佳品。进城务工人员是生活在都市最下层的群体,他们默默无闻,渴望在象征着富裕的城市里找到立足之地,拿着微薄的收入拮据地过日子。

又如,作品《工钱》写的是三傻帮村里厨师顶替了8天工作,可是8天后拿工资时却遭到"踢皮球"的情况。一气之下,三傻卷上铺盖进城了,在一次无聊晃荡中,三傻发现了一群上访解决问题的人。糊里糊涂中,他找到了登记上访的办公室,又因不明工作人员所问的问题,而误称自己将要到北京上访。这一举措把登记处的人吓坏了,连忙找来领导。经过沟通后,鲁领导帮三傻解决了那8天拖欠的工资。乡长、办事员、村长等人也亲自上门送上一个月的工资作为补偿的故事。"恶意欠薪"这个词语现在已经成为群众上访的主要原因之一,由于工人身份低下,在这方面的法律知识又有欠缺,社会保障方面又有待完善,所以底层人民就成了恶老板鱼肉的对象。非鱼用她的笔细致地勾画了这一常见却又丑陋的现象,使它成为一把强有力的警醒锤,一下一下地敲击着已经麻木的人。

这方面的题材有很多,如《树上不会结黄金》描写了劳动人民辛勤耕种却收入低微的现象;《百花深处》刻画了一个在底层挣扎的搓背女郎……

(2) 艰苦生活中的人性

所有现代化的进步都因人而起,因此人性这一古老而年轻的话题也是非鱼重要的研究对象。人性中美好温暖的一面和阴暗而又隐晦的一面,经过非鱼巧妙而真实的描写,跃然于纸上。

《恶疾流行》写的是一个患"恶疾"的人将要死去的消息在村子里传开了。刚开始,村民们都纷纷表示同情,他的庄稼被邻居们照顾得很好,院子里的家禽被邻居女人照顾得很好。无事可做的他只能每天在村里转悠,让大家了解他的病情。时间一天天过去了,本应到来的死亡却一再地推迟日期。于是,村民开始怀疑他的病情,庄稼、家禽都因"他看起来很好嘛"这个理由而不被照顾了。正因为没有如期地死去,他变得焦虑,同时承受着莫大的压力,因为他没有如期地死,"欺骗"了很多帮助了他的人。终于,他在床上起不来了,血从鼻子、嘴里喷了出来,死了。悲伤的情绪也就因此再次在村里燃起。

《恶疾流行》全文仅用了千余字,就挖出了一个众人不得不承认的"恶疮"。村中有人患恶疾本是平常事一桩,但是通过作者精心的剪裁、巧妙的构思,使它包蕴了丰富的内容,而这一内容要使它成为吸引人的一个闪光点,就要将其夸大,使其棱角分明,让读者在欣赏完一篇只字不提人性的文章里看到了人性中的一些盲点。非鱼选的题材并非是最新的,但她是最懂得如何处理材料的好手!

《都是车闹的》嘲讽了一些得寸进尺、强好面子的丑恶嘴脸;《关于一所小学校的报道》嘲讽了某些地方上有政策下有对策的虚伪作风;《洪水漫过山庄》讽刺了地方遮掩现实、搬弄是非的不良作风……

然而,人之初,性本善。非鱼在观察到人性中不好一面的同时,也在用她的笔记录着人性美好光辉的一面!无论在爱情里、亲情中都若有若无地诉说着。作品《依靠》写的是一对平凡的夫妻,女人瘦小,男人却高大健壮。他们也曾"刀光剑影"过,可每次都是男人凭借体型优势四两拨千斤地一一化解了。直到有一次,他们被告知一直看似健康的姑夫因脑溢血而住院了。女人感叹于世事无常并无意地问男人:"如果我们两个中,有一个要瘫在床上,你会选择谁?"没想到的是,男人竟然毫不犹豫地选择了女人,并补充道:即使选择谁先死,我也会选择你。这让女人的心凉了半截。可没想到男人竟然像夹东西似的将她夹在腋下,并认真地说:"因为如果你有病,我还能抱得动你,抱你出去晒太阳。可是要是我有病,你怎么能搬得动我,那不活活累死你?所以我还是宁愿你有病,宁愿你先我而去。"①

---

① 非鱼:《半个瓜皮爬上来》,光明日报出版社 2010 年版,第 187 页。

简单的夫妻生活小事，看似无聊的小考验，却让读者看到了男人的真心，看到了男人对娇小妻子的忠贞与体贴。他们的生活中也有小打小闹，男人的让步也成了化解矛盾的良药，而究其原因，还是因为忠贞、因为爱、因为懂得包容！这是良好相处的秘诀，也是人性抹之不去的闪光点。非鱼看到了忠贞、宽容在人际中所起的魔力，她也尝试用她的笔、她裁剪的素材告诉我们爱情相守之道。

《哥哥呀，哥哥》是一个只有三个小孩的家庭故事。他们的爸爸被人打死，妈妈也因此病故。哥哥青河便理所当然地成了挑梁柱，虽然他们上学的费用全免了，可是穿衣、吃饭等问题却依然如重石般压着他们。无奈，二妹青水便起了辍学外出当保姆补贴家用的念头。青河拒绝了，坚持要让弟妹读书。为了照顾弟妹的起居饮食，他得来回奔波于学校与家里，得每天急匆匆地赶到2公里外的学校上课。因为冬季的到来，青水和青苗没有保暖的衣物，年仅14岁的青河决定入城打工。青河一家的生活虽苦，前路也看似茫然，但是哥哥青河小小身体里爆发出来的能量让人感到他骨子里成熟男子的气概和担当。在青河对家人的爱，对家人的保护中，有着不凡的责任感和诚恳，这是人性中不可或缺的美。

《自己的事》肯定了周叔梅婶经历多种不顺，却依然宽心面对的乐观心态；《半路爸爸》赞扬了不被理解却依然善心对人的良好心地……这些作品从不同的角度肯定了人性之善，生活虽苦，但是不忘初衷。

2. 对都市文明的拷问

随着科技的进步和城市的发展，工厂、企业如雨后春笋般拔地而起。因此，许多人抛弃了锄头、铲子，纷纷涌向标志着富裕的大城市。非鱼有很大部分的小说是围绕着城市和与它相关的小人物展开的。下面从三个角度予以论述。

(1) 都市现代化中，对人性的拷问

非鱼异于常人之处在于，她以小说家的眼光去看生活。而且，她看生活并不是平视而是俯视，因此，她看得清，看得远，看得准，能洞察到生活的真善美和假丑恶。她在创作时，并不停留在对生活表层的描绘上，而是透过五光十色的生活现象，深入生活的底层和人性的渊沼。随着城市化的不断深入，城市人口组成复杂，人与人之间的关系也日益复杂，对他人的隐私也直发好奇。

《提醒你的过去》中的田小救了一个不小心掉进湖里的孩子，在媒体的煽动下，顺理成章地成了阿瓦城的英雄。由于媒体长久宣传其英雄事迹，久而久之，事情变味了。因为田小不是阿瓦城的永久居民，于是先是有人怀疑这个事件实则从侧面讽刺了阿瓦城人懦弱和见死不救的性格。这样的怀疑就像传染病般流行开来，甚至有人建议在报纸上开辟专栏进行公开的讨论：到底是田小太过于优秀，还是阿瓦城人过于懦弱。事情发展到了不可收拾的地步，人们开始像敏锐的狗一样搜寻着田小过去的罪证。原本随着时间流逝而渐渐退出记忆的"伤口"就这样被阿瓦城人一次一次地撕开，甚至还把协助调查硬是升级为"田小是贩毒的痞子，曾经让一个女孩未婚先孕"，而且"有理有据"。最后在媒体的渲染下，这些"难看"的过去更是显得证据确凿。文章最后一段写道：作为不是阿瓦城永久居民的田小，他自然不了解，这就是阿瓦城人的性格：善于思考，还很热心。①

城市高速发展下的社会，定然会存在着一些弊端。媒体的假报道、公众对个人隐私的窥探以及"酸葡萄心理"在这篇文章中都得到了有力的反映。田小从头到尾都没有做错事，以前去派出所协助调查，错了吗？没错。现在救了一个落水孩子，错了吗？没错。错就错在田小不是阿瓦城人！他所得的荣誉不属于阿瓦城，他救人的行为在阿瓦城人看来是在讽刺

---

① 非鱼：《半个瓜皮爬上来》，光明日报出版社2010年版，第14页。

他们的懦弱,而不是拯救一条生命。所以,善于思考的阿瓦城人是不会容纳这样一个让自己不舒服的"异物"的。非鱼以温婉而不失尖锐的笔法刻画出阿瓦城人这一隐秘特点,如:"一个头发卷曲瘦骨嶙峋的女人,还抱着一只不甚名贵的小狗,扁扁的两片嘴唇一撇,她说:什么啊,你们不知道吧,那个田小,他进过看守所的。"① 对女人形象的刻画,尖酸形象的描写可谓入木三分! 这一形象生动地展示出了阿瓦城人尖酸不容人的性格。

作品《逃》写的是一个因踢了垃圾桶而出名的人,因为风将灰尘吹到了自己的身上,所以心有所怨地踢了垃圾桶一脚,没想到这一踢,竟被人拍了下来上传到网上,大家因此看到了他的"丑恶"嘴脸,还有那"罪恶"的一脚。事情并没有到此结束,反而愈演愈烈,大家异口同声地谴责他,说他道德败坏,说他行为不端,不仅如此,家庭住址、血型、隐私等等被"疾恶如仇"的群众毫不留情地揭露出来。不仅同事、领导因此受到骚扰,就连家中也因此不得安宁,无奈之下,领导对他说"走吧,工资照发,喜欢去哪儿就去哪儿",家人在一个深夜把"我"推出家门。"我"也因此质疑自己以往所有的荣誉,所有对"我"的肯定是不是用卑劣的手段获得的。最后,他不得不逃到一个山洞,因为无处可逃。

作品没有从正面给出公众对个人隐私的评价,而是从主人公踢垃圾桶这一焦点进行聚焦,反映出舆论暴力的可怕。这样曲折的处理手法在非鱼小说中有许多有关城市的题材,如《真的很疼》《楼前有块地》等中有表现。

(2) 人与人之间的病症——城市孤独症

由于网络虚拟社区的发展,人们已习惯于通过网络结识新朋友,人与人之间的亲密接触已被网络联系所代替,孤独成为蔓延全球的"社会瘟疫",城市孤独也因此成为一种突出的社会问题。

---

① 非鱼:《半个瓜皮爬上来》,光明日报出版社2010年版,第12页。

第十章 中国大陆微型小说代表作家作品研究（2）

作品《寻找李小里》讲述的是：李小里失恋并且失踪了，一天都没上班，主任因李小里缺勤想将他揪出来时，同事们才发现他不见了。都去打电话，李小里的电话关机了。人们才感叹对于共事了三年的李小里，大家对他的情况一无所知！通过这个事情，大家都把亲属的电话写下来放在桌子上，以防出什么事同事找不到自己的家人。三天过去了，李小里还没回来，大家都拟好了寻人启事，准备拿到报社刊登时，李小里突然就回来了。这篇微型小说揭示了现在普遍的一种人际关系——人与人之间冷漠、孤独。

《在观头的一天》写的是在朋友乔智的强烈要求下，"我"带着他走向"我心目中的普罗旺斯"——观头村。从公交车下车后，乔智就催着"我"领着他到村里看看。当"我"领着他在村里看看时，他总是拿着数码相机猛拍。快到中午时，乔智更是急躁，频繁地掏手机，翻看短信，播放音乐，上传相片，回复网上朋友的评论。作者简要地概述了"我"带着乔智回观头村的过程，讽刺了一部分人急躁的性格和网络成瘾的弊病。作者没有直接告诉我们乔智是否真的喜欢观头村，却通过对乔智一系列的动作与语言描写，来说明现代人网络成瘾的弊病。在现在网络发达的年代，很多人似乎都已经离不开手机、电脑了，无时无刻不盯着屏幕成了现代人的常态。而正是因为如此，也慢慢地拉开了人与人之间的距离！作者正是通过"游玩观头"这一简单的过程，告诉我们享受生活的时间正被网络所侵占，人与人之间因缺少交流而形成的孤独已步入白热化阶段。

又如，作品《一条忧心忡忡的蛇》是以蛇的角度写出了一个孤苦老人、一只老猫和一个保姆的故事。老人喜欢坐在院子里的太师椅上，反复回忆着过往的点点滴滴，而蛇是因为一次偶然路过，开始观察老人的行为。随着时间的流逝，冬天快到了，蛇也因要冬眠而将离开院子。于是，在一次中午吃饭的时间，它偷偷地溜进了老人的家。蛇看见了曾经繁华热闹而现在却变得大而空的房间，看见大相框里的全家福，看见老人和猫在吃完饭后坐在椅子上一动不动。正在这时，电话铃响了，是儿子打来的问候电话。蛇看到了老人的不知所措和按捺不住的兴奋，也看到了这个家因为这通电话，"整个屋子似乎活了过来"。

这篇作品没有一个字写到老人回忆的内容，没有一个字谈及老人对儿女的思念，但这一描写"空白"在读者看来，每个字都在倾诉着浓浓的思念，都能读出这通电话给这个"空巢"带来的暖意，也能感受到年轻人与老人家之间的距离！如今，通信高速发展，许多人也因种种原因越来越少回家探望年迈的父母，往往是用"打一通电话"来表达自己对于老人的关爱。殊不知，这只能缓解人与人之间的孤独，却不能解决！自2001年起，我国已正式进入快速老龄化阶段。未来20年，老龄人口的年均增长速度将超过3%。于是，城市孤独症中的空巢现象不可避免地出现了。

现代都市熙熙攘攘，但人与人之间的关系越发冷漠，越是流动人口多的城市，"冷漠度"就会越高。太多的"陌生人"长期聚集在一起，大家习惯了"各人自扫门前雪，莫管他人瓦上霜"，久而久之产生了习惯性冷漠。可见，生活在闹市的个体是多么的孤独！

优秀的文学作品，总是善于调动一切有利的因素在作品中给鉴赏者留下充分回味的余地，好的作品总能做到"微尘中有大千，刹那间见终古"，激发人们的想象，从而获得美的想象、激起人们的思考。

（3）对生态的思考

改革开放以来，我国的经济建设取得了辉煌的成就，但经济繁荣的同时付出了过度资源消耗和深度环境污染的代价。许多的大城市因经济的发展，城里土地出现尺土寸金的现象，处处都是由钢筋水泥建成的大厦。

作品《桃梦》写的是"我"想找处地方种桃子的简要故事。"我"拿着几颗孕育着"我"美好梦想的桃核，沿着街道寻找适宜播种的地方。绿化带因为已见不到泥土了，不适宜。生态园林区，是一个遵循"保持原本质朴风格、规划好了"的地方，一寸闲土都没有！最后，走到了农村，几经周折，都无法为桃核找到了合适的地方，最后，只能将它们种在了自家花盆里，一个即使照料得当，却不会冒"一丝鹅黄嫩绿"的地方。

故事表面在讲为桃核寻地无果的故事，实则反映出城市快速发展，工业文明对城市环境的侵占，作者以这种看似无奈实则质疑的口吻"好奇"着，难道城市文明与自然生态就一定是冲突的吗？高楼林立的城市居然容不下几颗小小的桃核。贵如黄金的城市土地，投于绿化就真的那么"瞎扯"吗？这一连串的问题都被非鱼以几颗小小的桃核为质问的发声器而提出。人们喜爱城市的飞速发展，却认为与之带来的负面影响是不可避免的，所以，大家熟视无睹！而正是如此，非鱼才用她的笔、她的文字警醒着我们生态文明的重要性。

作品《荒》是一部典型的反映城市总体变化的作品。在选材上，作者不拘一格，她选的是当今不容忽视却深感无力的问题——负面城市化。《荒》中的"民"因厌恶城市的遮遮掩掩和诡谲莫测的城市生活，逃离到了一个荒岛。不久就感到了寂寞和无聊，然后找来女人结婚生子，找来老师教育孩子，儿媳、亲家、律师、检察官、士兵等因为各式各样的原因，纷纷来到了荒岛。因此，各种矛盾、诸多的需要紧跟着产生，新的职业不断产生，环境遭到了严重的破坏，对峙也日趋尖锐。"民"发动政变被镇压下去之后，变得焦躁不安，患了抑郁症，只好到另一座荒岛调养身子。

经济的高速发展，带来了一系列的繁华与拷问。在商人眼里，高速发展的社会是一座美丽的现代化城市，对于碌碌无为而又不服输的草根来说，荒岛意味着对世界的逃离和反叛。非鱼对于现代化出现的种种问题是保持着高度的敏锐性的。《荒》在这里指的是对世界的逃离和反叛，对现代城市文明带来的一系列严重问题的拷问和质疑。

"小舟渐行渐远的时候,民回头看了看曾经的荒岛,现在,那是一座多么美丽的现代化城市化啊!"① 小说以此结束全文,给我们巨大的思考空间。民当初为了逃离喧嚣的世界,逃到了荒岛,想借以与充满争斗的世界隔离。没想到的是,他又亲手将这方"净土"变成了自己厌恶、害怕的"美丽"世界。

无论是整体构思还是具体的人物事件,甚至入微的细节,都闪烁着作者想象的灵光和智慧。微型小说由于篇幅的限制,非鱼不能写漫长的故事,众多的人物、繁杂的环境,甚至不能像短篇小说那样写生活的横截面;只能撷取生活长河中的一朵小浪花,时代花丛中的一片花瓣,茫茫沙漠中的一颗沙子,广大社会背景下的一点信息。总而言之,微型小说取材于现实生活中的微小事件。这些微小事件,像电影中的"特写"镜头,集中突出一点,不过也是现实生活中一个闪光的镜头。

(二) 巧而精美的结构

契诃夫在谈到小说结构时说过:"依我看来,写完小说,应当把开头和结尾删掉。在这类地方,我们小说家最容易说假话……而且要短,要写得尽量的短。"② 在这里,契诃夫的言外之意是说小说的开头和结尾要成为小说的有机部分而不是多余的部分,要禁止一切套话、假话,从而使小说写得更纯粹、简短。

微型小说的篇幅虽然短小,但也应具有完整而多样的结构形态,也需要讲究结构的艺术。如同那些小巧玲珑的微雕或小盆景一样,格局虽小,可结构却不能残缺,务必从一叶、一石,一径的精心搭配中展示山

---

① 非鱼:《半个瓜皮爬上来》,光明日报出版社2010年版,第52页。
② 杨昌江、甘德成:《微型小说技法与鉴赏》,学苑出版社1990年版,第27页。

势的起伏、景致的呼应，颇费心思却又自然天成，讲究的是构思的巧妙和运笔的灵动，一切恰到好处，使之成为一个完美的艺术整体。优秀的微型小说作品总是以其独特的结构方式，表现出作者艺术构思上的独特性。当然，这并不意味微型小说的结构就没有任何规律可循，从中外大量的微型小说作品中，我们仍然可以探寻出非鱼微型小说的以下三种基本结构形式及其特点。

1. 镶嵌组接的结构

"镶嵌组接法"就是把一个人较长的一段经历打散，切割成若干小段——或者说若干生活片段和场景，然后再对这些生活片段和场景加以提炼和选择，让它们相互交错、穿插，按一定规律把它们重新镶嵌组接在一起，形成一个和谐跳动的精巧整体。

微型小说有时既要写现实又要写历史，既要写此地又要写彼地，既要写行动又要写梦幻……如果按时空自然顺序，依次写下去，内容一定会庞杂，无法装进微型小说窄狭的"画框"中去。为了使千把字的篇幅具有较大的容量，便必须在结构上惨淡经营，而"镶嵌组接"的结构便是一种使作品内容丰富而结构紧凑、简洁的方法。

《窑事》便运用了镶嵌组接的方法将现实和回忆交错在一起，小说一开头便交代七爷坐在山坡上晒暖儿，而身后是一孔新打的窑。接着，便在"日头很暖，一朵朵的白云浮在绿色的天空"这一大环境下穿插几段七爷对往事的回忆：一段是七爷在年轻的时候娶媳妇儿的情景，回忆完后，镜头直转到眼前的羊和犯困的七爷；一段是七爷回忆妻子怀缸子时因营养不良，腿肿得老高，他趁晚上潜入田里偷萝卜以及家中挖窑的场景。之后，作者又将笔锋转到现实——七爷将窑门口的草仔细拔干净，将浮土踩实，并说"早晚我得进去。"接着，作者就是用这种历史与现实交错的手法，写了七爷与妻子的往事以及现实中孩子的情况。小说以七爷在窑前回忆为框架，以当前环境以及儿女的情况为工具,将七爷过去生活中的许多片段镶嵌其中,组接起来,尺幅之中几乎展示了老人与其妻子的一生。

这种"镶嵌组接"的结构方法,可以省去很多不必要的叙述和交代,其过渡往往是跳跃性的,其照应没有痕迹。这就使《窑事》具有了高度凝练的、大幅跳动的结构,增加了小说的容量,做到了"虽立于针尖,却游刃有余!"同时这种处理方法,使得《窑事》具有完整中有变化、变化中有统一的结构美,避免了枯索的平铺直叙。

《来来去去》是一则以消息形式开头,以故事展开的作品。一个叫宋丽娟的女孩坐着火车来到城市里想找份工作,没想到一下车就被老乡骗去了身上所有的钱。恍惚三年过去了,宋丽娟在工作的饭店认识了小厨师并迅速恋爱了,恋爱的日子是甜蜜而幸福的。然而,小厨师说要回山东老家,因为家中的父亲生病了。没想到小厨师就这样一去不复还了。宋丽娟一直相信着他会回来,所以和肚子里的孩子一直在他们相守的房子里等待着,直到孩子出生。在一次拾荒中她不幸被火车夺去了生命,孩子也因此成为孤儿……

这讲述的是一个女孩入城打工被骗,恋爱、怀孕、男人离开直到死去的过程。而这一过程是从宋丽娟若干生活片断和场景加以提炼和选择出来的结果,它们相互交错、穿插,按一定的规律拼接在一起,形成一个完整的整体。作者将宋丽娟身边的事和人运用镶嵌组接的结构将她过去及目前的生活交错在一起。她一边等待着她的爱人,一边打听他的消息。作者一边写出宋丽娟在现实中的等待,一边又细腻地描画了她坚定而又怀疑的心理。这样因时而变、空间穿插使得作品变得丰满,避免了枯燥的描写。

2. 切取焦点式的聚焦结构

由于篇幅超短,所以微型小说要特别讲究叙事容量的适当,不能讲述复杂的故事,不能纠缠于多重的人事关系,内容要单纯,人物关系要干净凝练，因此要做到"借勺水兴洪波""聚时间于一瞬，缩空间于一隅"。"窃取焦点"就是把人物之间的种种矛盾聚集在一个极短的时间和极小的空间里。切取焦点的聚焦结构往往能做到出奇制胜，以适应读者"不险则不快，险极则快极"的美感心理。

《真的很疼》《有一个孩子叫豆豆》《恶疾流行》等皆为切取焦点式的聚焦结构。《有一个孩子叫豆豆》写的是大姐因为视网膜脱落入院，"我"和大姐在留院时认识了要做第二次视网膜手术的豆豆及其一家。大姐的手术和豆豆的手术安排在同一天的下午，因为做完视网膜手术后的病人都会被要求趴着，让眼睛和地面保持垂直，以保证手术的效果。在一次探望中，从豆豆口中得知，豆豆忍着眼睛胀痛的动力是认为"趴得好眼睛才能快点好。好了我妈妈就回来"。后来才得知豆豆的父母已离婚三年了，而豆豆则一直认为是因为自己眼睛不好，妈妈才不回来的。

《有一个孩子叫豆豆》说不上是一个故事，只能算是生活小镜头的速写。通过"我"和大姐在住院期间认识豆豆这件事情揭示了父母亲的离异对幼小孩子心灵上的伤害。作者将单纯可爱的豆豆作为作品中的主要人物，极力描写了术后恢复的折磨和豆豆迫切期待妈妈回来的心情，然后在侧面的烘托中，表现了我、大姐、豆豆的爸爸和奶奶的不同心理和神态，渲染出大人们"不知如何让这个充满信心的孩子接受妈妈不再回来的事实"。作品的"矛盾焦点"是现在社会离婚的种种弊病。草率的离婚对于渴望拥有完整家庭的孩子来说，是非常残忍的。作者没有花笔墨说明豆豆父母为何离婚，因为无论是出于什么原因，离婚对于孩子来说是伤害最大的。作者运用了切取焦点式这一方法组织作品，不仅使小说的结构单纯紧凑，而且对人物和生活有一种神奇的显相作用，可最集中、最充分地表现出作品的思想意义。

又如《真的很疼》，写的是一个女人在跳楼自杀前自己和众人的态度。楼下直播的女主持人从刚开始的兴奋，到直呼"大姐，你倒是跳还是不跳"再到看见女人纵身一跃时的感叹——"谢天谢地,终于要结束了"。坐在电视机前的"我"从刚开始的"想弄明白那个女人为什么要跳楼"到"继续在沙发上看电视、接吻、吵架……"

从女人决定跳楼的那一刻起,没有人真正关注她为什么跳楼,没有人迫切地希望她能活着。在旁观者的眼里,女人跳楼这一行为就像是一出闹剧。作者没有花笔墨写这个女人为何跳楼,而简单地交代女主人公穿着粉色的睡衣坐在 13 楼的窗口上。这篇小说的重点不是女人是否跳了楼,而是在这一过程中人性的冷漠和无情。这也是矛盾的焦点所在。

作者只切取了包含冷漠人性这一个焦点,做较精细的描写,而这个焦点能使人物之间的种种矛盾纠葛集中在一个极短的时间和极小的空间里。这样处理情节具有极强的放大作用,人物的性格特征和作品的主题思想都能得到充分的显示。

这种切取焦点式的聚焦结构在非鱼作品中并不少见,如《在观头的一天》《袋泡茶》《大米小米》等皆属这方面的佳作。

3. 彩线串珠的结构

所谓的"彩线串珠结构"就是指以一个具体事物或一种具体的感情为线索,让它把像珍珠一样散乱的生活材料贯串起来,让材料之间的内在联系明朗化,使小说的内容如念珠在握,历历可数,以大大减少过度交代的文字,正如李渔所说:"减头绪,立主脑。"[①]

"彩线串珠结构"的线索最常见的有三种:一种是以物为线,另一种是以人为线,还有一种是以事为线。有了具体的线索后,散碎的生活材料便可联成一体,拽之俱动。

《苦娘》《在观头的一天》《猪肉飘香的下午》《半路爸爸》等皆为单

[①] 杨昌江、甘德成:《微型小说技法与鉴赏》,学苑出版社 1990 年版,第 50 页。

线概述的结构。《苦娘》以苦娘和丈夫、孩子的关系为线索，概略叙述了她悲苦的一生。先是苦娘接受了父母安排的无感情婚姻，遭到丈夫凶狠的殴打，接着概略地叙述了大女儿和二儿子是如何死在苦娘的怀里。无法忍受白发人送黑发人的苦娘因此疯了三年。后来，苦娘的疯病自然而然地好了，又生了五个儿女，丈夫却在小女儿出生不久后死了。苦娘因此靠着自己的双手将孩子养大。作者通过对苦娘一生悲苦进行了简要的概述，赞美了朴实的劳动妇女勤劳坚韧的性格。

又如，《半路爸爸》以"我（郑在）"和继父的关系为主线，概略地叙述"我"和继父的微妙关系。为了离开那个有"他"的家，郑在考上了离家3000多公里的学校，然后简略地写郑在读完大学，找到工作。最后在一次回家探望母亲的时候，才惊讶地发现，继父因想为郑在多赚40块钱早已死去，他却茫然不知。作者通过郑在对继父的态度，赞美了劳动人民善良美好的性格。

《袋泡茶》以"茶包"为线索，把卫生服务员、总台服务员、大堂副理、总经理、自己老婆等人联系在一起，表现出他们各自对待消费者权益的态度。总经理因为无法证明茶包不是二手茶包而将矛盾定位到茶包是免费提供给市政府用的，所以李胜利并不算是消费者而不了了之。最后，以李胜利妻子一句"没事跟一破茶叶较什么劲，吃饱了撑的"①结尾。作者通过服务者对待消费者的态度引出了令人担忧的商品质量问题。用一个"袋泡茶"牵连出许多的人和事，就好像彩线串珠一样，使得这篇作品的结构简洁而洗练、集中而单纯。

《蔷薇的样子》以"蔷薇"为线索，将王小倩与黎导的认识过程中的点点滴滴串联在一起。因为蔷薇，王小倩与黎导演认识了。因为能分辨蔷薇与玫瑰的区别，王小倩欲致电告知黎导时却得知他得尿毒症而离

---

① 非鱼：《半个瓜皮爬上来》，光明日报出版社2010年版，第53页。

开人世了。王小倩与黎导因不识蔷薇而相互认识，又因已识蔷薇花而缘尽。"蔷薇"这一线索，使得结构明朗清晰，既散得开，又收得拢，不仅便于读者把握，还给读者留下了广阔的想象余地，真正做到了一举两得。《四季永远是四季》以名为"四季"的根雕为线索，串起了"他"从买得四季到完成对四季的雕刻，也是不断加深对四季的赞美与喜爱的过程。如果单单讲如何喜爱、如何敬畏是无法表达出"他"内心强大而热诚的感情的，作者用根雕作为彩线，便很好地处理了感情的发展和时间的走向，使得作品清晰洗练。

非鱼的微型小说，有着让我们放下俗务、心甘情愿地接受他创造出的一个个美好"欺骗"的魔力。我们能够从非鱼的作品中了解社会，了解人生，感受美，从而获得精神上的慰藉。它们无论是结构上还是语言上或者是感情上，都深深地牵动读者的心，向我们打开了一扇五彩生活的窗户，带着我们通向遥远的国度、通向悠久的过去，也开启今天和将来的崭新画卷，将我们引向一个个似曾相识而又全新的艺术世界、美的世界。

非鱼以现实主义写实的手法剖析社会问题，描摹人生百态。她的小说取材广泛，内容丰富多彩，有描写当下乡村都市的世俗人情的，也有从古典文学中演绎而来的传奇故事。无论哪一种形式，非鱼都认真恪守微型小说创作基本的内在规律，在作品的立意构思、情节的布局安排、语言的韵味留白等方面，皆有可圈可点之处。她的叙事方式温婉有致，文笔轻逸灵动，对小小说艺术的丰富表现力怀着活跃的探索精神。如此有写作激情和写作才华的非鱼，能在当代文坛占领一席之地是必然的。

（曾婷　袁盛才）

十九　宗利华微型小说浅析

宗利华，1971 年出生，山东沂源人，供职于淄博市公安局宣传处，是中国作家协会会员、山东省作家协会签约作家。1996 年开始小说创作，1999 年结业于鲁迅文学院，出版文学作品十余部，是第二届小小说金麻雀奖得主，多次获得金盾文学奖、冰心儿童图书奖等奖项，部分作品被译介到国外。

张韧指出："面临困厄之境的当下小说，其缺失固然是多方面的，但失落的最重要的是小说精神。在物欲横流、人文社会环境恶化之际，小说必须重振它安身立命的那种浩然之气的小说精神。"[①] 即使 1000 多字的微型小说也能从中了解这个社会某方面的变动与运作方式，反映时代精神。宗利华的微型小说就具有一种小说精神，微型小说选集《左手日记》（光明日报出版社 2010 年版）充分体现了其创作风貌。下面从三个角度予以论述。

（一）色彩斑斓的人生图景

宗利华的作品贴近生活，从熟悉的生活着手，刻画熟悉的人物。通过生活中的侧面来反映普通人物的命运和性格，表现平凡人的卑微与伟大。宗利华的微型小说题材内容丰富，主要反映现实爱情、官场人生、网络人生等方面。

在《左手日记》这本书中，有关情爱的小小说占了将近一半。宗利华

[①] 张韧：《追寻失落的小说精神》，《文艺报》2000 年 11 月 25 日。

对病态婚姻的描写入木三分。他让我们看到了隐藏在婚姻后的人类感情的千疮百孔以及原始欲望。正常的婚姻在现实的面前变得面目全非，在金钱与利益的驱使下，小三横行。当然，也有不少打着爱情的幌子破坏他人婚姻的人。现实是如此的残酷，在经历了爱情和婚姻的异化之后，人们变得无所适从。宗利华的作品"专注于对现代社会尴尬人生与复杂人性的挖掘和异化感情的揭露"①。不过，他也没有完全毁灭爱情的美好，其中也有不少描写真挚爱情的小小说。

宗利华用敏锐的目光观察着人们纷繁复杂的情感世界，用质朴而隐含褒贬的文字把人置于灵魂的拷问当中。《越位》中的马小却在老公、孩子、围裙以及掌勺下厨的平静生活中隐藏着一颗仰慕小资生活、追求时尚、渴望激情的心。她对足球及球星的喜爱，主要是她对平淡生活的厌倦。马小却的老公陈非尘是个中规中矩的人，不喜欢看足球比赛。当马小却背叛丈夫，与一个同样喜欢足球的大男孩发生的"越位"行为，正是她内心不由自主的举动。宗利华塑造马小却的形象，并不是要我们从道德方面去批判谴责，而是让我们用一颗平静的心去思考马小却这个内心充满幻想与浪漫的平常人。

《转移》中女主人公是桂苓，男主人公是枋竹。两人相知相爱之前桂苓有胃病，相知之后，由于枋竹的悉心照料，桂苓的胃病便没再犯过。可是由于天生体弱，桂苓偶犯偏头痛。枋竹说："贾宝玉说女人是水做的。这不对。以我看，女人是由病支撑的。没病的女人，不能称之美。女人没有这病，则必有那病。唤作病态美。"终有一天，另一个女人粉碎了"女人由病支撑"的理论。这女人非但有健康的体魄，而且，有超越健康的放纵和欲望。枋竹很是着迷。桂苓得知后，胃骤然收缩，一下子蜷缩在地板

---

① 李阳：《主题与叙述：滕刚微型小说论》，《长沙铁道学院学报》（社会科学版）2009年第4期。

上。男主人公爱的转移，给女主人公造成了巨大的伤害。现实生活中这种现象也可以看到。作者在反映现实，也是在反思现实。那种经典传统的始终不渝的爱情似乎离我们越来越远了。

当然，宗利华的作品也有不少歌颂美好爱情和美好的品格。例如，《三个人》描写的是一帆、嘉惠、苏旭三人之间的爱情故事。嘉惠和苏旭以前是夫妻，但由于苏旭得知自己有绝症后主动消失，让一帆去追嘉惠。一帆始终细心地照顾着嘉惠，可嘉惠忘不了苏旭。当一帆得知苏旭的病突然好了，他选择成全他们，自己喝酒出了车祸。虽然情节有点离谱，但是作品表达了三个人的有情有义。

当下社会离婚率上升，婚外情肆虐，但大多数人还是能够坚守自己的婚姻。"真善美"最终还是会战胜"假丑恶"。《勇气》这篇文章写的是一男一女的真挚爱情以及他们共同面对困难的勇气。因为男的坐过牢，即使改过自新也没人敢雇他，所以这一男一女卖起了馒头，幸福地经营着。文章中的"我"因为下岗了，每天都过得很颓废。当看到这对积极面对生活的情侣时，"我"很受感染，决定马上去找工作，妻子也很是开心。《勇气》告诉我们：生活中没有什么坎是过不了的，只要我们能够勇敢面对，任何问题都能解决。同时，《勇气》也是在歌颂美好的爱情。无论是情侣还是夫妻，只要能够有勇气共同面对，一切困难都能迎刃而解。

宗利华写了一些有关情爱的微型小说，同时有关官场的微型小说也描写得生动形象，真实可感。"面向新世纪，民族精神、民族力量可能是中国文学唯一值得倡导的东西，只有获此，中国文学才能同世界对话，才能真正走向世界。"[①] 作为官员，本该尽职为人民服务，把人民的利益放在第

---

① 熊元义、张恒学：《呼唤鲜活的文学人物形象，呼唤新时代的文学精神》，《理论与创作》2001年第4期。

一位，可是现实并非如此。宗利华紧扣时事，写了一系列的官场小小说。《官场》《枪毙》《城市深处的鸡鸣》描写官场形形色色的人物，呈现了官场的千姿百态，揭露了官场的黑暗。

《官场》是作者根据历史人物改写的一篇小小说。范蠡的次子在楚国杀了人。西施心疼儿子，让范蠡想办法救儿子。范蠡本想让花钱如流水的老三带着钞票去楚国救次子。可一直勤俭度日的老大不服气，加之西施劝诫，最后决定让老大带着钱去求庄生。老大只拿了一半金子给庄生，但庄生还是帮他办成了。当老大听说楚王要大赦天下，觉得不能让庄生白拿，又去要回来。其实，楚王之所以会大赦天下就是因为庄生。庄生一生气就又让楚王不赦免范蠡的次子。结果老大白跑一趟不说，还让老二丢了性命。范蠡检查一遍范大带回的金子，然后，嘿的一声笑了。他说：我就知道老大办不了这件事，他根本就不了解官场。宗利华通过《官场》这篇文章赤裸裸地反映了官场的金钱交易。"官场潜规则"已经深深影响着官员的人生观、世界观、价值观。官员丧失自律意识，不择手段地追求物质利益，势必危害到人民群众的利益。《官场》虽然是改写的历史小说，但作者通过历史来讽刺当今社会的官场，表达了对时代的忧虑与思考。

《城市深处的鸡鸣》中的主人公岳飞是个极其讲究的官员，每次出门前都要进行一番精心的打扮。他每晚都会梦游，妻子担心他，跟着他走了几次，但发现他每次都会避开行人和车辆，能够安全地梦游回来。所以妻子很放心，以后都不再跟了。突然有一天，岳飞没有按时回来。妻子沿着平日里岳飞梦游的路线，发现躺在道路中间血泊里的正是她的丈夫。岳飞的领导痛哭涕零，说岳飞是一个对工作积极认真、一丝不苟的好同志；我们对失去这样一个好兄弟而感到痛苦；岳飞同志遭遇车祸是我们的巨大损失。岳飞的老婆甚至有一点自豪。一天，岳飞的老婆整理遗物时发现岳飞的衣兜里有一封举报信。原来，岳飞是因为受贿被发现才选择出车祸自杀的。与前面领导的评价形成鲜明的对比，这充满了讽刺的意味。在人前是一个遵纪守法、两袖清风的好官员,在人后却是一个贪官污吏。宗利华以其敏锐的视角和幽默讽刺的笔调,生动地描写了官场的腐败,对人物的人性进行了有深度的剖析。

宗利华的网络微型小说描写了网络的千姿百态,把网络人生逼真地描绘了出来。网络是一把"双刃剑",用得好可以给我们的生活带来无穷的便利;用得不好,可能会对我们的身体甚至精神世界带来无限的伤害。宗利华写的《昙花网恋》《拍砖工具》《菜鸟》《苏斑竹》都是和网络有关的小小说。他顺应时代潮流,写的这几篇文章都很有代表性。

《昙花网恋》写的是他对一个异域女子的痴情,这个姑娘不仅外表美丽,而且对中国的历史有着惊人的分析和体悟。他和这个姑娘聊天时有一种心灵的震撼,两颗心慢慢走近。当他打算不远千里去看望这个姑娘时,姑娘开心地答应了。可是当他决定出发时,姑娘突然在网上消失得无影无踪。晚上看《新闻联播》时,发现原来姑娘所在的国家土耳其发生了地震。这个没有任何征兆的意外,让一切像网络一样变得虚无。这段网恋就像昙花一现,虽然曾经很美很美,可是它只能美一阵子,不能美一辈子。网络或许可以帮我们找到理想中的恋人,但稍不注意,可能会把自己带进无底的深渊。毕竟,网络是人在用,人会有好人也会有坏人。如果太相信网络,可能就会被坏人利用、伤害。

《苏斑竹》中的主人公老苏很苦闷:一是因为跟政敌斗输了;二是老苏在家的地位也很"卑微",老婆跟儿子,俩领导,一个都不能少。所以"我"建议老苏去上网。老苏由刚学用网络的一只"菜鸟",变成了网络的"精英",玩得如鱼得水,不久,网站站长发现老苏是块料,把他升为了斑竹(版主)。斑竹相当于中层领导,在老苏板块上发帖的都是他的兵。可惜好景不长,一个刚注册的网友为了哗众取宠,小说里面夹杂少许性的描写。苏斑竹删了,他又重贴。结果越闹越严重,开始了人身攻击。苏斑竹最终还是败下阵来,而且败得很惨。老苏脸色苍白躺在床上,惨笑一声对

"我"说："老宗，我很失败。"老苏，在面对生活中的失意，不去总结错误勇敢面对，而是逃避到网络当中，结果败得更惨。网络是开放的，人们可以通过网络进行无地域限制的交流。由于网络是一个自由的虚拟空间，所以它缺少社会舆论监督和现实的规范，容易诱发道德行为的失控。新注册的网友对老苏、对大家毫无尊重可言，在里面随意发表一些不健康的东西，从而产生了网络的"信息污染"，给网络环境带来了很大的负面影响。

（二）丰富多样的叙事手法

微型小说想要抓住人们的眼球，激发人们的兴趣，必须灵活运用丰富多彩的叙事技巧。宗利华的小小说运用了讽刺、象征、重复与对比、反转、悬念等多种叙事技巧，不仅种类繁多而且用得恰到好处，给人无限的艺术想象空间。下面主要分析宗利华运用的三种叙事技巧。

1. 讽刺

"由于讽刺所具有的心理释放机能，能够以穿透式的目光审视世态人情，使人们在紧张复杂的社会生活中得到释放和解脱。"[①] 讽刺这一叙事手段，能够绵里藏针，虽然是轻松幽默的笔调，却能给人带来心灵的震撼。它能够揭露生活中的假丑恶，让人去思考生活的真谛。宗利华在文中善于运用讽刺的叙事技巧，让读者在笑的同时思考这个社会的复杂性，思考人生的深刻性。

《盐夫》里的主人公没考上大学只好跟着父亲做盐夫，遇上一个大老板（盐夫的父亲对他有救命之恩）后成了几个工程队的领头人，自然香车豪宅都有了。一个美女研究生与他邂逅，自此便狂轰滥炸，发短信，打电

---

① 汲长路：《大众文化语境下小小说创作研究》，硕士学位论文，山东师范大学，2011年，第46页。

话，拉他唱歌、跳舞、蹦迪。可是好景不长，盐夫迷上了赌博而且乱花钱，居然不怎么管事，和研究生美女到国外度假了。结果回来后公司财务被人动了手脚，有个大窟窿等着他去填。"女研究生不想研究他了，打算研究别人。"这句话会让读者掩卷微笑，但它充满了讽刺意味。它以讽刺的口吻道出了人性的黑暗与弱点，道出了当下金钱至上的价值观：虚假的爱情只是金钱的附属品。研究生美女的爱情完全以金钱为转移，可以共欢乐但是不可以共患难。宗利华以幽默的笔调讽刺当下一些人扭曲的爱情观，揭露了人性的虚伪与丑恶。

《枪毙》讲的是"我"和老同学国栋的故事。毕业后，"我"成了一名教师，国栋慢慢升官成了局长。两人学生时代的感情很好，于是一次聚会，"我"主动敬酒。"可没想到国栋的态度清汤寡水，只是把酒杯沿沾沾唇。"宗利华用"清汤寡水"这个词来描写国栋对"我"的态度，运用了婉转的讽刺，挖掘了生活的真实，表达了严肃的主题。作者讽刺了国栋的"官本位"意识以及虚伪作风和官僚作风。"我"的儿子与国栋的儿子子豪是一个班，小孩子在一起肯定会玩游戏。国栋的儿子演坏蛋，"我"的儿子演公安局长。儿子说："子豪是个大贪污犯，我是反贪局长，同时还是公安局长。每次我都抓住他衣领子说，我代表人民，代表政府，枪毙你！啪！"而老同学国栋误会了"我"，以为是"我"教小孩子说的。于是，那次聚会国栋就背着人对"我"说："老宗，你放心，我那点子事，现在还够不上枪毙，你说是不？"作者用"枪毙"这个词一语双关地讽刺了国栋的收受贿赂而又怕人揭发的丑陋嘴脸。宗利华展示了时代的发展对人民公仆的侵蚀，也反映了人性的黑暗。

2. 象征

象征手法的运用是根据事物之间的联系，把抽象的思想、感情或概念具象化。梁宗岱先生曾说过象征的特点：借有形寓无形，借有限表无限，借刹那抓住永恒……正如一个蓓蕾蓄着炫熳芳菲的春语，一张落叶预奏着那弥天漫地的秋天一样。所以，它蕴藏的不是兴味索然的抽象观念，而是丰富、复杂、深邃、真实的灵魂。的确如此，象征能够把抽象的精神品质化为具体可感的形象，能够扩展读者的想象空间，留下深刻印象。象征提升了作品的艺术趣味，能够让读者在艺术时空里自由翱翔。小小说中的象征意蕴是并不确定的，不同的人会有不同的理解。通常，小小说的象征意蕴就是作品要表达的中心思想。

《脊背上的纽扣》里的竹慧是穿着一宗给她买的那件衣服和他一起去领结婚证的。由于这件衣服的纽扣是在后背上的，所以每次穿这件衣服，一宗都会细心地帮她系扣子。可结婚后，一宗逐渐对这件事厌倦了。一次竹慧和一个男同事出差，穿的就是这件衣服，一宗就不明白妻子竹慧的扣子是怎么系的，怀疑妻子有不忠行为。妻子解释说是自己系的，可一宗就是不信，让妻子系给自己看。妻子见一宗这么不信任自己，一生气走了。当一宗后来发现妹妹也有一件一模一样的衣服，而且妹妹能够自己穿上时，发现是自己误会了妻子。一宗打电话给竹慧。竹慧沉默半天说，一宗，我不想穿那件衣服了。"纽扣"象征的是夫妻之间的那堵厚厚的墙，一宗对妻子的不信任，导致了最终感情的分裂。整篇作品围绕"纽扣"做文章，其实是借纽扣来表达人与人之间不再存在的信任。"纽扣"象征的本质含义是什么，引发读者去思考自己的理解与体会，朝着某个方向去思索。

3. 重复与对比

反复与对比经常被作家所运用。在乐曲当中有旋律的重复，即使反复的也没有让人觉得烦琐多余，反而能给人带来听觉上的美感。在美术当中有颜色的对比，运用得恰到好处，能给人带来视觉上的冲击力，带给人无限的遐想。在文学当中，有好与坏的对比，情节或语句的重复，作者通过

第十章 中国大陆微型小说代表作家作品研究（2）

运用它来达到想要的艺术效果。宗利华在作品当中善于运用对比的叙事技巧，从而能够很好地展现内在的艺术变化和反差。宗利华还善于通过重复，烘托出作品的情景和艺术氛围，加强作品主题思想的表达。

《野鹤》当中有这么一段话："一日傍晚，野鹤先生刚要出门，竟见自己以前提起来的一个科级干部从对面房子里毕恭毕敬走出来。此人先前可是屡屡登他的门槛拜访的。现在改成对面了。"野鹤先生以前是局长，可现在退休了。于是人走茶凉，以前毕恭毕敬拜访他的人开始拜访别人了。心里感觉很受冷落，之前的待遇与现在的境遇形成了鲜明的对比，从而显示了人情的虚伪与冷漠。"科级干部"之前拜访野鹤先生是为了权力，如今改成拜访对面，也是同样的原因；完全不是出于友谊或是表示自己对上级的尊重，而是赤裸裸的以利益为目的。宗利华运用用对比的叙事技巧是为了揭露官场那种复杂黑暗的人际关系。

在宗利华的小小说《婉如》中，婉如的画如同她的美貌，在当地广为流传。1938年正是日本侵略中国的时候，日本军官看上了婉如，婉如成了山田夫人。当时日本正对中国实行残暴的统治，中国人对日本人充满仇恨，所以也对婉如的家人实行报复。婉如的父亲受不了身体和精神上的折磨，上吊自杀了。"婉如在萧瑟的风中看到跪在父亲坟前的母亲。母亲跪在那里，像一尊雕塑。婉如在她的身后，站成一棵树。"1945年，山田因战败，挥刀自杀了。婉如和那些平日里耀武扬威的汉奸站在一起，被愤怒的人们押到小镇上。可这时有个八路军战士走出来了，说当初是因为婉如他才从日军中逃出来，婉如还帮助营救过许多八路军。"在那个黄昏，婉如和哭瞎眼睛的母亲来到父亲坟前。这次婉如跪成一尊雕像。母亲则在身后，站立成另一棵老树。婉如终于哭出声来。"之前是婉如在父亲坟前站成了一棵树，她之所以没有跪，是因为她觉得自己和日本人相爱结婚，害了父亲，没脸跪在父亲坟前。只好把所有的悲伤藏在心底。后来山田自杀了，日寇战败撤出了中国。婉如跪成了一尊雕像，把心底的痛楚都爆发出来，终于哭出声了。虽然"跪成一尊雕塑，站成了一棵树"是重复的语句，可是因为是不同的人，所以表达的意味不同。一加一并不是等于二，而是大于二。在作者重复的叙事技巧下，加强了文章的悲切氛围，烘托了婉如的无奈与善良，让读者在阅读的过程中，对婉如充满同情的同时充满敬佩。

阎真说："我认为小说首先是艺术，然后才是思想。没有艺术的支撑，思想表达再有力度，也是沙滩上的楼阁，在文学的意义上是很苍白的。"[①] 宗利华的作品不但题材上丰富多彩，而且叙事技巧繁复多样。内容与形式上的相辅相成，使得宗利华的作品无论题材还是技巧都达到了一个艺术的高峰。思想内涵与艺术品位的有机结合，使得宗利华的作品能够给读者留下深刻的印象。

（三）耐人寻味的文本意味

宗利华的作品在文本意味上有着高度的自觉，他善于用灵动的文字展现社会现实，表现深邃的主题，把人置于禁锢与压抑中进行灵魂的拷问。虽然他没有明显表现出观点，但是我们可以从他的文字中体味到独特的文本意味，甚至可以说作者是故意留出空白，给予读者无限的想象空间。宗利华善于抓住读者的心理，游刃有余地表达他的所看所想。读者和宗利华会有一种心与心的交流，能够引发深思。

"作家既然把人作为自己的表现对象，他就必须把探索人的内心世界的奥秘作为自己的一个任务，否则，他写出的人物就不可能具有诱人的魅力，其作品，也不可能具有恒久的艺术价值。"[②] 微型小说想要写出独特的文学品位和精神品质，使作品既有温度又有厚度，显示出作品的优秀来，

---

① 余中华、阎真：《"我表现的是我所理解的生活的平均数"——阎真访谈录》，《小说评论》2008年第4期。
② 周大新：《人的内心世界》，《北京文学》2005年第4期。

必须深入人物的心灵。小小说《平衡》中的主人公老庚因为和领导出差，晚上要了"小姐"，回家后心里很是内疚、自责。为了寻求心灵上的平衡，他变态地试图从妻子身上寻找出轨的踪迹，最终导致妻子一气之下以跳楼来证明自己清白。从伦理道德上看，老庚的出轨行为应该受到人们的谴责，他为求平衡的变态行径更应该受到人们的唾弃。但是，反过来想，老庚的求"平衡"的心理，正是源于他对妻子的爱。读到故事深处，我们也能感受到老庚的心在滴血。正是由于他很爱他的妻子，所以才无法原谅自己的出轨行为。但他在折磨自己的同时，无形中折磨了妻子，最终以悲剧收场。《感觉一只青蛙》《设计一座茅草屋》以梦幻的笔调，写都市女性在大自然中的虚幻生活以及这种生活被现实消磨得支离破碎，最终烟消云散的故事。都市女性在虚拟的世界中幻想着美好的爱情和生活。宗利华游离式的叙事方式并不是粗浅的幻想表演，而是那种试图冲破世俗爱情观和历经风雨的心灵世界的如实展现。宗利华的微型小说显示出耐人寻味的审美意蕴。

《绿豆》是宗利华的成名作，虽然人物语言素朴，但是自然天成。简单粗暴中，透露着父亲粮仓对女儿绿豆的无限期望和深深爱意，也表达着女儿虽然明着是反抗父亲，但事实上是在不违背自己的原则下孝顺父亲。绿豆是父亲的第三个女儿，在那样的时代父亲是希望绿豆是个儿子，这样既可以传宗接代又可以让家里多一个劳动力，将来养老的问题也不用愁。所以父亲把绿豆当儿子养，还把要"老女婿"的指标分给了绿豆。可绿豆自由恋爱、喜欢上的人是独生子，所以父亲养老女婿的梦破灭了。"粮仓挥起烧火棍，直击绿豆背部，嗵的一声响，被硬硬的弹起，粮仓顿时泪满眼眶。骂，他娘的，你咋不躲呢？你咋不躲呢？"虽然语句是简单的陈述句和疑问句，可是读来却能深深地触动人心，让人心疼，让人感动。同时我们读出了父女之间深深的爱。绿豆明明可以躲开，可她愣是没躲，父亲打了之后又是泪满眼眶。两人的倔强和爱隐藏在字里行间。结婚几年，绿豆盖起了房子，把父母接到家里来了。养老女婿的指标虽然没有完成，但养老的任务绿豆还是完成了。宗利华的《绿豆》显示出浓浓的爱意，使得文章充满了艺术感染力和审美意味。

《玉》把美毁灭在对人性的揭示中，用美好来衬托人性的险恶。《玉》中的主人公玉有着无与伦比的美貌和一颗纯洁美好的心。玉小姐虽身处烟花之地，却为了在她那里停留三天的军官守身如玉。她幸福地等待着，孤独地等待着，总以为那个送了她一块玉的军官会回来和她共度一生。殊不知，一切都只是谎言。军官只是一个满嘴谎言的负心汉，就连送她的那块玉也是假的。作者把玉的心灵美与军官的心黑形成鲜明的对比，让人充满了无限的感慨。玉小姐最后悬梁自尽。虽然人们对军官的行为会谴责，但对玉小姐的遭遇我们也无能为力。在《世界很小》《我是一条鱼》中，作者也是把美毁灭在对人性的拷问中。作者是在呼唤人们丢失的美好，唤醒人们的真善美，也表现出作者对当今被社会扭曲的人性的担忧，希望人人都能够真诚地对待他人。美的幻灭，给文本留下了耐人寻味的文本意味。

《百合花》写的是一个捡破烂的老人和两个小青年的故事。老人住的一间小平房，有人相中了想开饭店，老人愣是没同意。直到有一天一对年轻人在街上混的小青年因被人追，到老人的小平房逃过了一劫。老人说，咋老是这么混，不琢磨干点正事呢。小伙子说没本钱，老人就把自己的积蓄和小平房给了这对小青年，让他们开起了花店。这对小青年的生意越做越红火。当他们决定去看看老人时，才发现老人原来除了这平房外没别的房子，自己搭了一个草棚。老人病得很重，在弥留之际，希望这对青年把自己安葬在河边那座坟的旁边，并希望这对小青年能在那座坟旁放两枝百合。文章最后说："好多年了，两座坟前都摆放着一束鲜艳的百合花。洁白，洁白。""百合花"象征的是老人美好的品格，老人的灵魂就像这百合一样纯洁、美丽。老人帮着这对小青年改邪归正，让这对小青年过上了幸福的生活。老人无私地帮助他人，宁愿自己受苦受累，也不希望小青年在

"歧路"上越走越远。老人给我们带来了无穷的正能量，引导我们向正确的道路上前进。老人就像一朵傲然挺立、纯洁的百合花，在所有人的心中灿烂地开放，带领我们走向光明大道。

宗利华运用多种手法描摹社会百态，刻画人物事态，展示出耐人寻味的文本意味。作者把人性的弱点或闪光点作为整篇微型小说的线索，成为作品立意的依托，加以艺术手法，使得作品充满耐人寻味的审美意蕴。宗利华还善于运用"空白"的表现手法，让读者自己去联想、充实。虽然作者没有直接地表明自己的想法和情感，但这并不影响我们理解文章。相反，它能给文章带来艺术张力，能够让读者更好地去理解文本的意味。

（杨文君　姚武）

二十　范子平微型小说初探

——以微型小说集《欧文的试验》为例

范子平，1955年出生于河南省新乡县，20世纪80年代开始了微型小说的创作。20多年来，他创作微型小说200余篇，多篇作品被《小小说选刊》《微型小说选刊》《当代文学荟萃》《语文教学与研究》等连载。多次获得小小说奖项，当选"新世纪小小说风云人物榜·新36星座"。[1] 小小说《别墅的力量》和《谁怕谁》分别获得小小说选刊杂志社主办的第10届和第11届全国小小说年度佳作奖。2004年2月，作家出版社出版了范子平的小小说集《人生故事》。2005年，《人生故事》获新乡市"五个一"

---

[1] 范子平：《中国小小说名家档案——欧文的试验》，光明日报出版社2010年版，第1页。

工程奖。①

范子平的人生经历非常丰富，他做过农民，几乎干过田地里的所有活计，也做过工人，每天 12 小时的班制弄得一脸灰黑，一手机油。他也上过大学，后来成了老师，教了多年的高三毕业班。再后来进机关，成为一名地方行政官员，随着职务的变化换了几个单位。有生活才能够有小说，广阔的社会生活是小说深厚的土壤，整体的生活积累给他提供了很多写作素材，提供了各种各样的平台，供他建造一所大房子，使得他的创作那么的与众不同，独树一帜，把眼光落在了社会的各个阶层和角落。

杨晓敏评论说，一个优秀的作家，总是要不停地对自己的社会良知与艺术创造严加拷问，把艺术笔触伸向人性深处，才能在作品里去维护人的尊严，给人关爱。② 范子平无疑就是这样的一个作家。李建东认为，范子平的微型小说"质朴淡远，不事雕琢，不慕时尚；能够在清雅委婉、淡定旷达中保持一种平静、淡然的平民心态，他创作的小小说，大多并没有很复杂的故事情节，也没有精心设置的结尾，仿佛江河自然汇入大海，总是娓娓道来，波澜不惊，使人于阔大之中感受到美与力的魅力"③。

范子平的微型小说集《欧文的试验》（光明日报出版社 2010 年版），收录了他创作和发表在不同时期的 70 篇微型小说，体现了范子平微型小说的基本特征。下面从三个部分予以论述。

（一）内容——题材和人物的多样性

范子平丰富的生活经历为他的文学创作提供了独特视角的素材。他的小说题材的选择多种多样，根据题材的不同，人物性格特征等也各有所

---

① 范子平：《中国小小说名家档案——欧文的试验》，光明日报出版社 2010 年版，第 1 页。
② 同上书，第 181 页。
③ 李建东：《那样的月白风清——范子平小小说论》，《河南机电高等专科学校学报》2007 年第 6 期。

长，涉及社会生活的各个层面。从内容主旨上看，我们可以把范子平的小说分为以下五个类别。

1. 官场小说

官场小说主要是抨击官场的陋习，讽刺为官者的丑态和劣迹。范子平的小说表现官场中人物的言行举止的分寸感较强，他不过分追究也不拖拉，点到为止，意味深长，含而不露地表现让读者嗤之以鼻的官场陋习。他笔下的官场人物大到《汤市长坐大巴》中的市长，小到《村主任的方木》中的村主任，还有在《小汤的困惑》中为局长开车的司机小汤，无一不体现了作者强烈的忧患意识和批评意识。

在《汤市长坐大巴》中，一个刚刚被评为"文明礼貌城市"的市长，因为专车司机的小孩生病，去坐了一趟公交车就当体验民情，平常的公交车却发生了一系列和刚刚评的"文明礼貌城市"不符的事情。首先是一对夫妇扛着大鱼皮包舍不得两块钱却无赖地上了公交车，售票员恶语相向，让他们再为两个包裹付车费；一路上人群拥挤，气味难闻；然后有一位乘客哭诉自己的钱包被偷，汤市长正想抓贼却被老者阻拦劝他不要惹事，因为他以前抓小偷挨过刀子的；一路上没有人给老年人和抱小孩的妇女让座；到了市政府站牌，汤市长费尽力气挤到门口跳下车，外套却被门夹住了，售票员嘟嘟噜噜了几句才给开门；这让重视修养的市长也不禁骂脏话。可是，怎么会这样？！前一段时间创建文明礼貌城市全市的报纸电视广播还有会议一直在鼓吹、在宣传、在教育啊！在作者的笔下，虽然没有直截了当地描写官场，但是最后通过属下的对话表现人们对官场和为官者的认识。

而在《提主任外传》中，范子平对一些整天把"尊重知识""尊重人才"挂在嘴上，却只不过是用来粉饰官本位的虚假面孔，进行辛辣的嘲讽和无情的揭露。从"小提"到"提主任"，原因是他打着知识和人才宝贵的旗号,实际上时刻不忘溜须拍马、领导第一的原则。《张山的烦恼》中的张山因拾到100块钱反而丢掉了300块钱,这种让人哭笑不得的意外结局在一定程度上也反映了官场形式对人性的异化,也反映了当代社会的物欲和浮躁。《小汤的困惑》中,为单位一把手开车的小汤不懂自己已经是身处官场,更不懂得官场文化和规则,不懂得给领导开车要遵守守口如瓶的规矩,不知道博取领导信任,虽然在自己的岗位上兢兢业业踏踏实实,却被打入冷宫。

杨晓敏评价说:"一个优秀的作家,总是要不停地对自己的社会良知与艺术创造严加拷问,把艺术笔触伸向人性深处,才能在作品里去维护人的尊严,给人以关爱。"① 范子平把自己在仕途的所见所闻用文笔勾勒在微型小说里,通过小人物揭露官场的陋习与黑暗,把艺术笔触伸向了灵魂深处。

2. 教育哲理小说

艺术源于生活,范子平曾经是一名高中语文老师,是有升学率和发表的中学语文教学文章为证明的。那是他曾经的温馨与辉煌,也是他的精神故乡。每天夹着书穿梭在那一张张青春洋溢的身影里不禁让他沉醉,想找到一个情感的宣泄地就像河流奔赴海洋。于是,范子平就地取材创造了很多发人深省的教育哲理小说,如《杀手锏》《上大学去》《欧文的试验》《想当画家的秀姑》《别墅的力量》等。这一类作品都是作者通过生活中的某一个事件、某一种现象表达对生活深层次的发现、挖掘和思考,具有强烈的批判和反思意识,叙述平实但又含而不露。

《欧文的试验》是被多家著名刊物转载的名篇,还曾作为综合练习题入选《高中语文单项集约达标》教程,刚发表就震惊一时,堪称"一次现

---

① 范子平:《中国小小说名家档案——欧文的试验》,光明日报出版社2010年版,第180页。

场的哲理试验"。世界著名化学家欧文教授给研究生们做一次关于嗅觉的试验,其实说到底是一次没有任何气味的心理试验,没想到除了青年服务员之外在场的所有研究生们都说有硫磺味或者阿玛尼格味或者盐酸味。教授咳嗽了一声,研究生们就好像传染了一样纷纷咳嗽起来,只有站在一旁穿着洁白工作服的青年服务员说:没有什么味呀,我怎么一点儿也闻不出来?引来各种不屑的目光和哧哧的笑声,欧文教授却说:只有他说对了,为什么呢,只有他没有笼罩在教授权威的光环里面。

"错觉在以假乱真",欧文教授登上讲台说:"贵国有一句成语叫'一呼百应',应的人往往好像是经过了自己的思考,而这种思考和盲从同样令人可怕,错觉以假乱真的程度,和称呼者的神往、地位成正比,而和应者的水平、文化程度成反比,如果不克服那种传统的惰性心理,不能像这个服务员这般具备无拘束的精神状态,那么就不可能做出任何创造性的成绩!"①

那个年轻人就像《皇帝的新衣》里那个诚实的小男孩,不像那些拜倒在皇权光环里的大臣庶民。这种盲从的精神状态和传统的惰性心理已经阻挡住了发展前进的脚步,像瘟疫一样在蔓延,给社会造成了巨大的危害,而这一次试验恰巧启发了我们要远离盲从,倡导创造性的独立思考。

人的一生那么长,总会遇到各种复杂无奈的事情。在《想当画家的秀姑》里,秀姑自幼爱画画且有绘画天赋,第一次因为帮助穷困的爹娘照顾年幼的弟弟妹妹失去了上美院附中的机会。她想:嫁人成家后总可以练画了吧。第二次,虽然嫁了一个好人家,但是从早到晚都要"干家务、种菜、做饭、沤肥、喂猪、养鸡鸭",没有可以练画的时间。再后来就要照顾孩子,又要照顾瘫痪在床的丈夫。丈夫去世后三个孩子都成家立业,秀

---

① 范子平:《中国小小说名家档案——欧文的试验》,光明日报出版社2010年版,第5页。

姑已经是满脸皱纹花甲之年,她决心重操画笔。然而,儿媳妇又找上门来要秀姑帮忙照看孩子。十多年过去孩子们都上学了,秀姑终于去商店买了好多画笔和宣纸和颜料,准备大干一场的时候发现自己患了肝癌晚期!临终前儿孙守在病床前,大家都说老人家命好可以放心地走了,儿子在秀姑耳边问有啥事要交代,秀姑气若悬丝地说:"我想当画家……"一直到断气都没有合上双眼。尽管秀姑对自己的理想有着强烈执拗的追求,却终究抵不过现实的雨打风吹,直到与世长辞都与梦想擦肩而过,为他人耗尽一生,到最后却没有人懂得秀姑的心意。现实就这么悲凉无情,秀姑的一生就像我们的一生一样,现实总会把心底升腾起来的梦想一次又一次地狠狠拍下,但是我们必须稳稳地再站起来。这不仅仅只是秀姑的悲剧,也是我们大众的悲剧,要想实现梦想,就必须和现实抗衡。

《别墅的力量》曾获得《小小说选刊》评出的第10届(2003—2004年度)全国小小说佳作奖。小说一开头交代市开发区的东边新起了一群别墅小楼,而后作者又仔细对比三个人面对华美别墅引起的不同反应:一个是住着一室一厅正在节衣缩食,想住三室一厅的工人刘桂;一个是住着三室一厅,为能住上独院在画画的同时倒卖药材的市文化馆画匠刘琛;还有一个就是身为全市一把手的市委书记朱文。不料,五年后三个人已经换了时空:朱文因贪污腐败成了阶下囚;刘琛因放弃赚外快一心一意作画而技艺大进,成为知名画家;刘桂则因破罐子破摔生活更加潦倒,但他们将自己人生的变故都归因于别墅。别墅在文字中其实是一种象征,金钱的象征。金钱是一把双刃剑,能不能达到自己的目的就在于你面对金钱时的态度:是辩证地看待,发挥好的影响,还是阻碍自己的前程,完全由自己去选择和决定,每一个选择都决定你接下来应该怎么走。

《杀手锏》讲述的是青年老师在课堂上不斤斤计较老师的威严,而是以学生为中心因势利导,给予鼓励。作品是范子平结合自己的教学经验写的故事,倡导打破传统的教育理念,对教育中个体个性的尊重。《上大学去》以独特的视角描写穷乡僻壤的乡村老师带着班上仅有的几个学生参观省城大学，从而让学生从心底产生起求知欲，作品蕴含对当下教育方式的思考。教育哲理小说是范子平出彩的作品类型之一，他不会一板一眼地讲很多大道理，而是通过一个故事让人不由自主地品味其中深藏的道理。

范子平的教育哲理小说与他的教师经历有很大的关系。同时，他作为一个有社会责任担当的作家，有心也有义务和责任通过他的努力改变读者的想法，让大家更加懂得道德和知识的重要性，懂得为自己活着、有梦想地活着。

3. "文革"小说

范子平经历了十年"文革"，他尝试创作"文革"背景下的小说。这些作品还原了历史，再现了社会秩序的混乱、人性的泯灭和人心的堕落，更是写出了当时一些小人物在重重压力下坚持的良知。《鹅老师粒粒》就是讲述"文革"时期，一位老师在火灾中设法送走全部学生，自己却葬身火海的故事。故事让人感动，但是在这种背景下再仔细回味，作者其实是揭示那时候社会背景的错乱荒谬，也展示了人性的光辉。《田狗》也是在"文化大革命"背景下发生的故事，是"文化大革命"时期的缩影。

4. 抒情小说

抒情小说侧重抒情，歌颂人的美好心灵和情感。例如，《好女孩，坏女孩》中在别人眼中是坏女孩的同学，新来的老师特殊的教育方式不仅使旁人改变了想法，还把她变成了好女孩。《卖花的小姑娘》中描述了一个可怜的卖花女孩和退休的政委偶遇的故事。政委被这个懂事的小孩所折服感动，却苦于没有能力帮助她，只能听听她的故事。他的抒情小说不注重文字的渲染，而是通过文章情节的带动让我们融入故事里面去，享受故事给我们带来的治愈。

5. 小人物类型小说

无论是官场上的小人物还是生活各个层面的小人物，在范子平的笔下都栩栩如生，在跟我们讲故事的同时告诉我们很多人生的哲理，即他自己生活历练后的感悟。也许是生活经历比较复杂，接触小人物的领域较宽，所以出现在笔下的小人物较多。

任何好的文艺作品，说到底是生活的反映，是作者在独到的生活经历中对生活的思考，如《上大学去》里带领学生去省城参观大学的乡村老师，《卖花的小姑娘》里面的小姑娘和退休老人，《想当画家的秀姑》里想当画家却因为家庭琐事到临终都没有实现还记挂着的秀姑，《鹅老师粒粒》里为了救孩子们自己却葬身火海的老师，《改娃》里那个不认命爬上悬崖峭壁差点丧命的孝顺可怜的女儿，《英雄的选择》里那个见义勇为、变废为宝挽救工厂的英雄。

微型小说是平民艺术，反映的视角也是平民的视角，无数篇微型小说放在一起就能折射出社会的五光十色。范子平用小人物还原了一个当下的社会，通过小人物的生存状态折射了社会的疾患。

（二）情节结构——多样性发展

范子平不仅在选题上造诣颇深，在结构上也有他的独到之处。他笔下的故事，鲜有结构不出奇的。你总能顺着他给的安排找到你想知道的线索，他会给你设置悬念让你顺着往上走。他也能给你很多小细节考验你的观察力和组装故事的能力。他还能同时给你两条线索多方面给你讲述。下面介绍范子平对三种结构的运用。

1. 单线式结构

在微型小说中，以一条线索来串起情节，构成一个有开端、发展、高潮和结局的情节链的结构形式就是"单线式结构"。① 相对来说,篇幅短小的微型小说更适合采用单线式结构叙事。

比如《张山的烦恼》,上班族张山在走廊上捡到一张红色的百元钞,正好前边的吴局长看到了,"他顿时心里一动,自己正在要求进步,得事事让局长高兴"。于是喊着局长双手奉上,谁知道局长竟然说不是自己的,这让张三直打自己的嘴巴:"正在上班的时候,人来人往""要是局长接了钱,别人看到会怎么想"。张三又告诉办公室主任他拾到一张钞票,主任正好有事,漫不经心地让他放到桌子上,给办公室的人吃烩面。过了一会儿,张三再去看:钱不见了!他犹豫了一番还是觉得不妥,于是从自己的口袋里拿出了100块钱重新放到了桌子上,主任又说吃不成烩面了让买香烟。买完香烟回来,局长亲自为他斟茶,说:"张山,刚才我还以为那100元不是我的钱,进了办公室一摸上衣口袋还真是丢了100块,是上厕所丢的吧。"张山一下愣住了,想说已经买了香烟,可是看着局长又有点慌。想来想去,他万分委屈地从口袋又掏出100元。回到家,老婆就问让他买的洗发水去哪买了。张山一愣:原来老婆给了他100元让他买洗发水,想了半晌才意识到捡到的钱其实是自己的,这才真的是赔了夫人又折兵呢。这篇作品采用的就是单线结构,以张山拾到的100元钱为线索来安排情节,先后出现局长、办公室主任和老婆,最开始是捡到100元钱,到最后竟然搭进去300元钱。这个多米诺骨牌式的喜剧给读者带来较为深刻的人生启示,他通过拾到的100元表现了官场小人物的生存状况与烦恼,实际上是官场效应,主要是来自主人公内心"进步"的希冀。

《村主任的方木》中也是以方木为线索,由浅入深地揭示人物的心理层面。单线结构难免会让人觉得太过单调,所以范子平在情节的设计上特

---

① 李建东:《愁悯下的温暖,荒诞中的真诚——论范子平的小小说创作》,《河南机电高等专科学校学报》2009年第2期。

别注意剧情的跌宕起伏，让作品有波澜起伏的动态美，不让读者觉得索然无味，在情节曲折变化的过程中淋漓尽致地表现官场小人物为晋升做出的种种"进步"表现。

2. 复线式结构

不只一条线索贯穿全篇，而是有两条线索或者平行或者交叉的作品结构就是复线式结构。两条线索分别叙述各自发生的故事，但是同时又能相互呼应、对比，让作品显得更加充实和圆满，延伸小说广度的同时延伸了深度。《人生故事》中就有两条线索并行，一条是主人公四个舅舅的地位变化，另一条就是爬山者和下山者的对话。大舅是"从正厅级"退下来的光荣人生；二舅虽然满腹经纶却是遭人陷害沉沦的委屈人生；三舅是"文革"后第一届研究生毕业的现任专家的幸运人生；只有四舅大学毕业担任副县长却因受贿锒铛入狱的惨淡人生。四个舅舅的人生经历不一样，对于爬山和下山的看法也不一样。大舅以过来人的身份告诉弟弟们，山上没有什么好风景，和山下一样；二舅认为路上尽是"明是一把火，暗是一把刀，搂肩抱腰哈哈笑，脚下给你使绊子"的愤青；三舅则是认为一山更比一山高的得志青年；四舅就认为"你想去采花摘草，摔个鼻青脸肿还是好的。郁郁葱葱的树木下掩映的是万丈深渊，一不小心，掉下去就是粉身碎骨！你要是不专心致志上山，分了心，迷失了本性，处处是陷阱！"这无疑是在自我反省。四个舅舅的心得都有道理，每个人的经历不同，人生感悟也不同，但是作者让这两条本不相干的线索用相互烘托映衬的方式串到了一起。

《青瓷花瓶》中主线是小果、小倩夫妇从谈婚论嫁到感情破裂的变化过程，副线是两家一模一样一真一假的青瓷花瓶。小倩的家里是诗书世家，家庭成分低，小果到小倩家见父母的时候没有一点信心。于是，父亲把祖传的青瓷花瓶让他做见面礼。不料，小倩家里也有一件一模一样的青瓷花瓶，是明清时期祖上的一品大员传下来的古董。从此，两家花瓶就放在一起，西边的是小果家祖传的，东边的是小倩带来的。"文革"来了，他们把青花瓷瓶偷运到了乡下贫苦苗红根正的姑姑家，过后再运回来的时候已经分不清哪个是哪家的了。后来，小果下海经商带回来一个大客户。大客户看见了花瓶连连称赞，建议送去参加民间收藏展览，顺便展示公司风采提高知名度。展览前要进行文物鉴定，结果一真一假！一个真品一个赝品！小果和小倩你看看我我看看你，都愣住了。晚上，小果第一次没有在公司，早早上床睡觉，可是一直到半夜还躺着辗转反侧夜不能寐，他问：小倩哪一个是你带来的呢？一直到第二天还在问。从那以后，他俩的裂缝越来越大，两只花瓶就这样维系着他们形同陌路的婚姻。文章中一明一暗的线索推动着剧情的发展。花瓶的真假左右着他们的婚姻，决定他们感情结果的却是自己家最珍贵的传家宝。

3. 蒙太奇式结构

微型小说在结构安排上借用电影艺术中的蒙太奇手法，即依据一定的构思将不同的生活画面组合、剪辑在一起，以传达出作品的思想意蕴，这种结构形式就称为"蒙太奇式结构"。[①] 比如，《汤市长坐大巴》中出现的五个画面：汤市长在火车站送完大学同学准备回家，受一对夫妇的影响想坐大巴体验民情；售票员要夫妇为大包裹补票；汤市长想见义勇为抓贼，却被老者劝阻不要惹是生非；汤市长下车外套被门夹住，售票员不情愿打开；上厕所时听到下属谈论，昨天见到一个像汤市长的人坐公交车。这五个不同的画面用蒙太奇镜头的手法衔接在一起让故事充满形象画面感，生动地表达了耐人寻味的寓意。

---

① 张松：《微型小说结构艺术探析》，《西南民族大学学报》2004年第1期。

（三）质朴的文风

范子平文风质朴，语言流畅自然。他的文章大都没有华丽的辞藻和浮夸的情节。他注重的是主旨的塑造和故事的启发，风格质朴却又不落俗套，语言虽然不过分华美却平实，注重文章的故事性，不会平淡无味。《村主任的方木》以方木为线索设计情节，村主任的方木盖着帆布摞在了自己家的院子里，一到下雨天雨水就顺着帆布冲向了隔壁贫困户黑丑家里，没两次就把土坯房冲出了几道沟沟。黑丑就陆续请徐能人、二诸葛、副村主任、村会计、治保主任去求村主任把方木挪掉，到最后房子还是倒塌了。徐能人"头摇得像拨浪鼓"，二诸葛"吓得躲着他走"。有意思的是收了黑丑礼的人只要听到村主任"威严的嗯一声"，就连忙把话题转移到别的地方去，只字不提黑丑求帮忙一事。后来，黑丑没有等到"早晚"移走方木房子就倒塌了。第二天，村主任把方木挪到了要盖楼的仓库地。就在这个时候，他们都对黑丑说："黑丑啊黑丑，都怪你家房屋不结实，我给村主任说过了，你的问题他肯定会考虑，你看看方木挪走了不是？"黑丑没有说话，抱着头蹲在地上对着废墟发呆。每一个人物的出场都让读者加重担心和疑虑，一直到最后东屋倒塌，人物关系清清楚楚地展现在我们眼前，黑丑和村主任的形象也显而易见。范子平用流畅的语言成功地建立了各种人物的关系。

我们从范子平的人生经历和他创作的作品中看到了他人生的闪光点，那些都是他独一无二的人生财富——别人做不到、经历不了的才成就了文学创作颇丰的作家范子平。无论是他的经历还是作品都让人钦佩，他是一个正宗的知识分子，对社会对生活对自己的岗位富于主动性和爱心，也是一位智者，一个具有忧国忧民情怀又有高尚人格教书育人的知识分子。他作为一个高中老师教书育人、兢兢业业，作为一个作家满腹学识，挥墨泼毫。无论是在内容上还是在结构上、艺术手法上，他都在微型小说领域独树一帜。他的文章在牵引着我们做一个对生活充满热情和希望的人，他把我们带入了一个神奇的、从来不曾见过的文学世界。他也教会我们做一个正直善良的人，无论你在哪一个阶层，无论你的工作是什么，无论你是穷是富，无论你官职大小，都要成为一个善良的人，为社会传递更多的正能量。

范子平之所以在微型小说界独树一帜受到青睐，是因为他一直在探索和追求文学的路上，无论是选题、情节的铺排、故事的塑造从未停止创新。作为新乡微型小说代表作家之一，他摆脱传统的写法，用寓言式的写法给人们启发，带领大家回到社会发展的主方向。从事微型小说创作30年的历史跨度让他的作品延伸到各领域，题材丰富多彩，寓意深刻。随着他阅历的增加，期待他会有更多更好的作品让我们感受不一样的世界。

（吴赛男　李婷）

二十一　相裕亭微型小说初探

——以微型小说集《威风》为重点

相裕亭，1960年生于江苏赣榆县。中国作家协会会员，著有长篇系列小说《盐东纪事》《盐河人家》《盐河旧事》，结集出版了《偷盐》等8部微型小说作品。《威风》等被翻译成英、日、法文，介绍到国外。曾获第八届、第十届、第十一届全国小小说佳作奖、优秀作品奖。《盐河人家》获连云港市"五个一工程奖"，《房客》荣获第六届全国小小说年度评选二等奖，小小说集《忙年》获2009年"冰心儿童图书奖"。

近几十年来，微型小说发展迅速，但是当代微型小说还是存在一些问题，众多作家抛弃微型小说转向中长篇小说，而相裕亭做到了将两者结合，避免了微型小说界的损失。相裕亭在这几十年中创作了不少微型小说，给人印象最为深刻的是以盐河两岸地区为重点的"盐河系列"和重点突出小林乡长的"乡镇基层官员系列"。在这些系列中，相裕亭将微型小说与中长篇小说相结合，为微型小说的发展提供了一个新思路。相裕亭认为，微型小说没有数量的积累，就没有质量的飞跃。只有数量上去了，才会出更多的精品。他的作品无论是在数量上还是在质量上都在当代文坛上占有一定地位，《威风》之后，作者一口气就创作了关于盐河的作品数百篇，在创作盐河题材的微型小说方面取得了重要成就。

著名作家曹多勇认为："他像个居住城市的乡间绅士，不断地编排出乡野间的趣事、政事。无疑，相裕亭称得上是展示乡村景观最出色的小小说作家之一。"[1] 著名作家、戏剧家周维先认为："相裕亭甚至于跟前辈大家平起平坐，在连云港文学界，相裕亭堪称写盐河文化第一人。"[2] 侯德云评论他的微型小说："是他在记忆中行走的某一段路程的精心总结。"[3] 他自己也曾说过："希望微型小说在作家笔下那片土肥水美的灌木林里长出精品。"[4] 从一个作家的作品当中可以看出其性格等方面的特征，相裕亭的作品非常质朴，没有堆砌华丽的辞藻，让人留恋，如同美酒让人回味无穷。

相裕亭的微型小说集《威风》（吉林出版集团有限责任公司2010版），无论在题材上还是在情节结构上，抑或在人物形象的塑造上都具有非常浓郁的个人色彩，体现了其微型小说的基本风貌。下面从三个角度予以论述。

---

[1] 相裕亭：《威风》，吉林出版集团有限责任公司2010年版，第167页。
[2] 同上书，第168页。
[3] 同上书，第162页。
[4] 同上书，第172页。

（一）题材——丰富多彩

微型小说作为20—21世纪最重要的文体之一，虽篇幅短小，但分量并不小，它能以小见大，见微知著。相裕亭的微型小说数量较多且质量较高，他的作品《威风》是最受到好评的。纵观相裕亭的微型小说，其题材丰富多彩，主要可分为三大类：第一类为普通百姓的社会生活；第二类为盐河系列；第三类为乡镇基层官员系列。在这些大的题材中，相裕亭能以小见大，找准突破点，找准能够启动读者想象的人物身上的耀眼点，收到四两拨千斤的艺术效果。下面分别论述这三类题材。

1. 普通百姓的社会生活

普通百姓的社会生活是相裕亭微型小说的一个重点。在这一类题材中，相裕亭以普通百姓的视角去描写他们日常的社会生活，让读者体味小说中普通百姓的酸甜苦辣，体味他们生活的艰辛。

在《杀驴》中，六叔准备将倔驴杀掉好过年，虽然因驴的老泪及胯下的尿六叔心软了，但故事的结尾留下了悬念，并没写明六叔到底有没有杀驴。从字里行间可以体味出六叔其实并不想杀驴，但生活的艰辛迫使他不得不去杀掉陪伴多年的老驴。《无言的骡子》中，父亲将对儿子的不满发泄在陪伴多年的骡子身上，故事的结尾万顺大叔用鞭子打儿子的反常行为，则说明大叔对骡子受伤的事感到很伤心。从这些故事，读者就能体味出在那个年代的农村百姓与家畜的关系，也给读者揭示了当时的社会风貌，更深深体现出一种人文关怀。

在相裕亭这类题材的众多小说中，《杀驴》《勒狗》《赌驴》《卖羊》《无言的骡子》等，不是写动物辛勤劳作最后却换来杀身之祸，就是写因人的赌气而使动物遭受伤害甚至死亡。其实，从这些可以看出相裕亭以对这一时代动物和人的描写来反映这一时代普通百姓的社会生活，让读者目睹那个遥远的时代里芸芸众生的日常生活。当然，这一类题材也有人与人之间的交往，以及一些为人处世的方面的故事，如《取信》《套梨》《儿子来信》等。通过对这些普通人的细致刻画，展现出一幅幅生动的社会生活场景。

2. 盐河系列

纵观相裕亭的微型小说，花费他心力最多的就是以盐河为题材的系列微型小说，其中最为著名的是《威风》。《威风》为相裕亭带来了至高荣誉，在很长一段时间内在同行中传为美谈。《威风》是盐河系列的一个里程碑。此后，相裕亭更是以盐河为背景，创作了数以百计的作品。

相裕亭描写了盐河这一独特的历史环境下的各种人物的命运，在乱世中各种形形色色的小人物以及大人物都生活得并不是那么容易。小说的背景是"民国十几年""民国年间"以及"光绪年间"等。从这些时间就可以判定，那时的国家处在风雨飘零之中，芸芸众生的生活并不是那么好过。在这一类作品中经常可以看到各种人物的消亡，如田九、田嫂、陈三等这些小人物。他们生活在盐区底层，依靠盐区的大盐东或官员维持，他们的生死掌握在这些大人物身上。虽然在这些时代，大盐东及一些大人物在盐区处于主导地位，可以呼风唤雨，可以任意压迫、欺凌社会底层的各种小人物，但是他们也会受到压迫：在前期他们受到张大头、白宝三等这些旧官僚的压迫，在后期又受到小日本的压迫。在这类题材中很明显能发现盐河文化分为前期和后期。前期是以《威风》《踩金子》《嫁祸》《忙年》《红绿之间》等为代表，前期的主人公大多以大盐东、大太太和姨太太们为主，讲述他们在盐区呼风唤雨，为所欲为，欺凌普通百姓，使这些普通百姓最后都逃脱不了悲剧命运。前期的盐河文化的存在感非常强。后期是以《拜年》《偷盐》《地主》等为代表，后期的主人公不仅有大盐东，还有普通人，后期人文关怀加强。

总的来说，相裕亭在盐河这一大背景下，通过对盐河各种人物的生活的描写，揭示了盐河的风土人情以及盐河的世事变迁，使盐河系列中出现的人物形象丰满，也使读者更深层次地了解那个时代的盐河。

3. 乡镇基层生活

对乡镇基层官员的描写是相裕亭第三类微型小说题材。阅读过这一类题材的微型小说就会发现，乡镇基层官员主要是以"小林乡长"为代表，描写了小林乡长在"连山"这个穷乡僻壤上任之后所做的种种事情。通过对小林乡长的描写讴歌了这个年轻的基层干部为人民做实事，以他自己的思维方式去解决连山长年存在的问题。同时，揭示出在整个社会的大环境下，这类基层官员中仍有一些人贪污腐败，这种现象始终杜绝不了，以引发整个社会对这种现象的思考。

在《抢水》中，小林乡长用他的智慧避免了连山湾与冒山乡之间的矛盾，使连山湾有水可用。在《人事》中，可以体会出基层官员中人事关系复杂，人情世故这些都是需要考虑的。《结算》中小林乡长不畏侯副乡长的刁难，成功解决问题。《幌子》中小林乡长略施巧计就解决了问题，并让侯副乡长无话可说。在连山这个穷乡僻壤，小林乡长作为初到基层的干部，既要解决当地存在的实际问题，又要保证与当地官员之间关系的和谐，确实不容易，但小林乡长做到了两者兼顾。在初到连山时，他不畏惧连山复杂的关系网和邪气，敢于烧新官上任三把火的第一把火，慢慢在连山站稳了脚，也成功地避免了沾染邪气。乡镇基层官员这类题材使读者认识到与以往不同的基层官员的面貌，也使这类题材的意义更加深化，更加使人警醒。

（二）情节结构——不拘一格

微型小说有三个要素分别为人物、情节和环境。情节结构确定了整个微型小说的框架，相裕亭微型小说的情节结构多种多样，有其与众不同的地方。下面分别论述相裕亭采用的两种情节结构。

1. 单线结构

微型小说篇幅短小，信息相对简化，因此离不开单线叙述的模式。优秀的作家总能出奇制胜，即使平凡的结构也能创造新意。

单线结构是常见的小说结构，围绕中心人物展开有头有尾的情节。相裕亭单线结构的微型小说有《鸣嗒》《大客气》《取信》《套梨》等。《鸣嗒》以描写鸣嗒为主线，用鸣嗒引出谢家后花园，以及在花园中发生的故事，以鸣嗒的叫声来点明它的叫声的作用，故事的结尾以"鸣嗒"叫不重要来点明重要的是大小姐悬梁自尽。《大客气》一开头就花费大量笔墨来讲述盐区关于"大客气"这一类的风俗，使人能快速了解这种风俗，并引起阅读下文的兴趣。整篇文章围绕大客气展开，讲述闫大客气与仲大嘴之间大客气的故事。两人相交数年，关系亲密，最后却不相往来，令人费解。以"大客气"为文眼，实际上讽刺两人之间并不是真正的客气，将文章结尾与开头相对比，更突出一种讽刺意味。《取信》也是以"取信"为文眼，讲述了班级里每一个取信人发生的故事。每一个取信人最后对待取信的态度既出人意料又合乎常理，并不是每个人都甘愿长期无偿地做一件事。《套梨》的结尾令人出乎意料，但似乎又在人的意料之中。复读生们因生活条件的艰苦而去"套梨"，被发现后主动给老大爷送去了钱，老大爷既退还了钱又给复读生们送来了梨的行为令人深思。

单线结构的情节不仅符合微型小说简而精的要求，而且使微型小说以小见大，意味隽永。

2. 金字塔式的结构

读相裕亭的盐河系列和乡镇基层官员系列就会发现，将它们作为单独的微型小说阅读可以，将它们作为长篇小说阅读也可以，但是会显得有些单薄。相裕亭的每个作品可以将其单独列出，也可以独立成篇，这些单篇作品如同金字塔上的基石，将这些基石放在一起形成一个系列，最终就形成了一个金字塔。

首先看相裕亭的盐河系列，会发现盐河系列在整体上还是比较完整的，作者通过周围形形色色的人物与大盐东发生关系来刻画大盐东的形象。相裕亭对每一个作品即每一块基石都做了仔细的雕刻，用这些基石构成了一个金字塔即整个盐河系列。相裕亭对每块基石的雕刻都花费了不少功夫，看似幽默轻松的调侃式叙述，他并不是那么轻松就将其创作了出来。

在盐河系列中，相裕亭采用了不少的叙述手法，如顺叙、补叙、调侃式叙述等。在盐河系列的每一个小作品当中，作者往往是先交代故事背景、风俗人情等，然后才开始讲故事。例如，《笑刑》一开头就解释何为"笑刑"，以及是谁在使用笑刑。《拜年》中提到："旧时，盐区拜年，大都是盐农给东家拜年。"体现出了盐区当时的风土人情。相裕亭的微型小说里补叙也随处可见。《秦大少》中故事讲到中间出现了两段补叙："那纸牌，秦大少不知摸过多少回了，窄窄长长的，猛一看，黑乎乎的一片，仔细辨认，好多牌都有了残角卷边，有的，还在背面掐了指印子。那些，都是秦大少摸牌的'彩头'。"这两段补叙结合前面叙述的故事就刻画出了秦大少和善的外表下，藏着一颗阴险狡诈的心，为后文异乡汉子全都输给了秦大少做铺垫。又如《鸣嗒》中，前面只介绍了鸣嗒，而中间却补叙两段，一段说道："盐区，有'谢家的花园杨家楼，吴三才的盐坨气死牛'之说。"另一段则是对上一段的解释。其中有一句"即便是万物萧瑟的冬天，也有许多候鸟在此园筑巢过冬"，为后文大小姐谢红借呜嗒的叫声偷情提供了可能。

盐河系列在金字塔式的结构下，也有不少的细节描写。例如，《狐笛》当中的场景细节描写，对十里洋场的盐河码头的兴盛描写细致。第二段的场景细节描写很生动形象地描绘出盐区的繁华，体现出作者对盐河的热爱之情，同时是借这段细节描写引出曹家。在盐河系列中，对服饰的细节描写最为出色的莫过于《忙年》。在《忙年》中作者写出了田嫂当天所穿的服饰，重点描写田嫂的小袄。这一段对田嫂的服饰做了很详尽的描写，每回来帮厨都穿同一件小袄，而且是结婚时做的小袄。从这可以看出田嫂家的贫困，也塑造了一个社会底层劳动妇女的形象，以田嫂家的贫困与大盐东家的富庶形成鲜明的对比。通过这一段的细节描写与故事前后作对比，衬托出田嫂的勤劳善良和大太太虽富有却吝啬给予应有的报酬的冷漠无情，揭示了当时如田嫂这般的小人物被大盐东任意欺凌的悲惨命运。当然，盐河系列中的细节描写还有很多，如语言细节描写、动作细节描写等。例如《送米》中的动作描写，对侯副乡长的动作细节描写非常生动，如"推门""夹支烟"等，表现出了侯副乡长对送米这事的担忧。相裕亭微型小说当中的人物语言也是非常符合人物的身份，运用口语和当地的方言也使人物更加真实，同时使地域色彩非常浓厚。例如，《揩油》中说道"几个人，弄在一起玩的（指喝闲酒）"，《扶贫》中的"地笼子""提留款"等。这些都运用了连山当地的口语和方言，使其地域色彩浓厚，也使这些人物更具有生活气息，更加真实。

在乡镇基层官员系列中，相裕亭同样是用一块一块基石的积累而形成整个乡镇基层官员系列，也使整个系列更加完整，更加充实。在连山这个穷乡僻壤，对乡镇基层官员的叙述方法也是多样，以顺叙为主，其他叙述方法穿插其中。例如《请柬》中，老顾本没有打算请小林乡长去参加庆祝儿子升学的酒宴，却在侯副乡长的劝说下请了，中间插叙两段："想当初，乡党委研究老顾退休时，侯副乡长在中间打了不少'拦腿'。要不是小林乡长态度坚决，还真搬不动他老顾哩！这事情，后来被老顾知道'内幕'后，非常恨小林乡长。"用这两段来说明老顾不请小林乡长的原因。又如《村官》中，开头两段用顺叙手法。第三段用插叙来解释三更不吱声的原因，又为后文接儿子回来找到了顺理成章的理由。

相裕亭的微型小说还有一个重要的特征，他的微型小说有很多开头都是很简明扼要的。"微型小说不可能写繁复的事件，更多的是写一二个人物几个简单的事件，或一人一事，甚至一个事件的一侧面或人物事件的一二个细节，因此一般不可能用一个完整的事件来作为情节的开端，其开端的情节信息往往是经过简化了的。"① 这类简明扼要的开头主要分为两类：一类为总领全文式开头，另一类为矛盾式开头。

总领全文式开头能抓住全文要旨，开门见山，能够用简明扼要的一两句话概括全文的中心内容。而这类开头有很多。比如，《偷盐》的开头："偷盐，海边女人的事。"八个字为一个段落，交代出了偷盐的主人公是海边的女人，全文围绕海边女人偷盐展开。《船贼》的开头："船贼，特指在船上做贼。"很明显，这就是一个关于船贼的故事，以船贼为主人公来引发后面的事情，也展现出了船贼与东家之间的斗智斗勇。像《偷盐》《船贼》这类的开头还有《地主》《探子》等。这些开头都专门对标题进行了解释，而且一般以标题或以标题的解释为主人公。又如《呜嗒》的开头："呜嗒，是一种鸟。'呜嗒——'是那种鸟的叫声。可想而知，呜嗒，因叫声而得名。"从这三个短的段落当中根本就感觉不到这是在写微型小说，倒像是在写呜嗒这种鸟，但读到后面由呜嗒的

---

① 龙钢华：《微篇小说的情节构成与表达要求》，《阴山学刊》2008年第1期。

叫声在花园引发的事情,才弄懂相裕亭为什么这么着重交代鸣嗒的叫声。作者在故事的结尾又留下了空白,让人发挥想象,但又做到了让人心照不宣。

矛盾式开头,以相互矛盾的话语展开,引起读者的注意。这类开头以《威风》最为出名。《威风》的开头说道:"东家做盐的生意。东家不问盐的事。"每一句话有七个字,而这两句分别为两个段落。两个段落相互矛盾。这就是典型的二律背反的句子。围绕这个看似矛盾的开头,相裕亭写尽了东家是如何耍威风的,也用这个故事解释了何为"威风"。这一矛盾的开头使读者对整个故事有了兴趣,引人入胜。不过,这一类矛盾式开头还是占少数,大多数还是总领全文式开头。不论是叙述手法还是简明扼要的开头,都为盐河系列的金字塔结构的构成做出了贡献。

(三)人物形象——复杂多样

微型小说常常通过故事情节的展开来塑造人物形象,伊利沙·鲍温在《小说家的技巧》一文中说道:"不管怎么说,有一件是肯定的——'人'是小说所最关切的,小说要写的将永远是'人'。"① 微型小说是小说中的一支,当然要写人。但由于微型小说篇幅短小,因此,在一篇微型小说中往往只写几个人,并以其中的一个或两个人为主要人物,并通过种种手段对其进行重点刻画,使人物显得鲜活灵动。下面分别介绍作品刻画的六种人物形象。

1. 善良的贫苦百姓形象

相裕亭的微型小说中对贫苦百姓给予了很多笔墨。例如六叔,作者通过《卖羊》《杀驴》《风吹乡间路》,刻画出六叔的人物形象。《卖羊》讲

---

① 樊笃涛:《浅谈微型小说的艺术特色》,《西北建筑工程学院学报》1986年第1期。

述了六叔因生活所迫将小羊羔卖给了"小刀手"。从六叔对小羊羔的爱护可以看出六叔其实并不舍得将小羊羔卖掉，为了让小羊羔少受点罪，将小羊羔送出集外后，又送了好远。在六叔与女人的对话中，可以看出六叔痛苦与矛盾的心情，生活的重担使六叔不得不为了儿子卖掉小羊羔。从这些都能看出六叔作为一个朴实的农民，勤劳善良是他的主要性格特征。同样在《杀驴》中，六叔也是迫于生活不得不将老驴杀掉。在《风吹乡间路》中，更多体现的是六叔作为一个父亲，对儿子深沉的爱。虽然贫困，但不妨碍他对儿子小顺子的一片爱护之情，宁愿自己饿着肚子，也要让儿子吃饱。从这些都可看出六叔善良的本质。

2. 狡猾的小市民形象

仲大嘴是小市民形象中典型的人物形象。在《剃头》中，体现出了仲大嘴的狡猾以及小市民的心理。虽假装生气父亲带来的毛巾、肥皂，但其实心里非常开心。当"我"不再到仲大嘴那儿剃头后，这些好处就没有了，损害了仲大嘴的利益，因此在故事的结尾主动找上了父亲。《大客气》中，很明显能感受到仲大嘴的虚伪，他与闫大明白两人都不是真客气，而是假客气。文中的"大客气"是反话。由此，仲大嘴这个狡猾的人物形象就活灵活现地出现在我们眼前。

3. 阴险狡诈的本土官员形象

侯副乡长在本土官员中是一个抢人眼球的人物形象。侯副乡长作为连山当地人和当地官员，对于连山的官场更为熟悉。在《抢水》中，连山赶上大旱，他巧妙地将连山湾用水的难题推给了小林乡长，而到达连山湾后，又不介绍小林乡长，在村干部面前耍着威风，似乎有意给新来的小林乡长一个下马威，体现出了侯副乡长对小林乡长有一定的排斥心理。在《人事》中，对于小林乡长让他的老表老顾办理退休的事心里很是不满，不能对上级领导小林乡长发火，就将火撒在了组织委员老乔身上，可以看出他欺软怕硬的本质，也体现出了官场的一些恶习。《结算》中，侯副乡长记恨小林乡长将老顾劝退，不给他老侯面子，故意在财政上为难小林乡长。这一系列将侯副乡长的形象丰富起来，使他的人物形象并不显得单薄。

4. 正直但不迂腐的基层官员形象

小林乡长是相裕亭重点塑造的一个基层官员形象。作为一个初到连山任乡长的人，他的表现可圈可点。首先在《清官难当》中，小林乡长作为即将要到连山任乡长的人，他还是有很大抱负的，他期望能够在连山任乡长期间做好乡长该做的事，不该做的事不做，能够做一个正直的并能为民做实事的官员，不沾染官场上存在的一些歪风邪气，做出一番大事业。他以私访的形式深入当地村民当中去了解当地官员的工作，却被大连村的村长和他的岳父所欺骗，并且被动接受了另一种形式的受贿。这与前文中的连山乡的前任乡长、书记沾上邪气相呼应，显现出连山这个地方确实有不少邪气，令这个正直的小林乡长防不胜防，也体现出他初到连山掉以轻心，对连山复杂的官场在思想上没有慎重对待，没有吸取前人的教训，还是显得年轻不够谨慎。小林乡长在连山任乡长后不久，在《抢水》中，他又有了非常不错的表现，面对侯副乡长的刻意为难，他不以为意，侯副乡长在村部干部面前刻意忽略他并大发官威时，他以大局为重并不计较侯副乡长的所作所为，显出他不拘小节、心胸开阔的性格特征。在《结算》中，他与侯副乡长斗智斗勇，明白打蛇打七寸的道理，最终抓住侯副乡长的弱点，使侯副乡长主动解决了中专生的工资问题，体现了他处理问题并不死板，不一味地蛮干，解决问题讲究方法技巧。而在《人事》《请柬》《幌子》等故事中，他与侯副乡长的老表老顾之间发生的故事，更能体现出他的大公无私，不因侯副乡长就改变做事的原则，没有被连山官场上的邪气所污染。而且他讲究方式方法，能够相对圆滑地解决问题，做事讲究一击必中，具有清正廉洁的作风。当然，作为一个乡长，面对众多诱惑，难免有一些想法，在《午夜电话》中，小林乡长不止一次与姜小铃通过电话联系，虽然是在谈工作的事情，但日久生情，小林乡长在她身上难免有了依恋。结尾并没有写明小林乡长是否犯了错误，但以小林乡长在众多故事中塑造出的人物形象，应该是没有犯错。人无完人，这些小的瑕疵更能体现出小林乡长的真实，也使人物形象更加丰富，具有自己的独特性。

5. 心狠手辣的官匪形象

张黑七作为一个特殊的"官匪"，作者在他身上着墨较多。最初在《叫板》中，张黑七只是匪首钱三爷手下的一个小兵，但他很会察言观色，又会主动做事讨人欢心，同时展现出他有能力的一面。在钱三爷大肆抓贼的时候，他巧施妙计，躲过了钱三爷的怀疑，显出了他足智多谋、随机应变、能力强的性格特征。他让上百号人因他而死，体现了他心狠手辣的一面。他的心狠手辣还体现在《除患》中，他虽然还保留了一丝亲情，但面对驼九要杀他时，他毫不犹豫地杀掉驼九，如同没事人一样走了。他是一个既有能力又有野心的人，他不甘心一直跟在钱三爷后面做一个小兵，在《入匪》中，他背叛了钱三爷，准备另立山头。他为达目的不择手段，凭借他的智慧与心计，爬上了盐区驻军的位置，为了利益与大盐东斗智斗勇。金字塔式的结构使张黑七的人物形象不断丰富并深化，最终形成了张黑七这个具有真实感的人物形象。

6. 阴险刻薄却又留有温情的大盐东形象

相裕亭的微型小说中最令人津津乐道的莫过于大盐东了，他将大盐东写得入木三分，大盐东的人物形象也是他花费心力最多的。作者将大盐东与形形色色的人发生关系，以金字塔式的结构构成了整个大盐东的整体形象。《威风》是他最脍炙人口的名篇，一根头发的细节就彰显了东家阴险刻薄的形象。最初，东家在《踩金子》中只是一个普通的商人，他略施小计就使盐场迅速壮大。东家是个非常有心计的人，为了一个目的，他可以布局等待很久。知晓陈三与三姨太之间的暧昧关系后，他按兵不动，布局除掉了陈三，并将其"嫁祸"给了田九，既害死了陈三，又不露痕迹，顺便还将田九这个知情人灭了口。大东家的智慧与计谋令人不得不佩服。在对待不同的人物，东家有一套自己的做法。《凫水》中，四姨太与三奎偷情被发现，东家对两人的态度截然不同，他并不揭露这件事，而是设计害死了三奎，令人抓不到丝毫把柄。对待四姨太这类的女人，他选择温情对待，不追究她们偷情的事。而对待田九、陈三等这类小人物，他却在他们身上耍尽威风，随意压榨他们。

在盐区有沈、杨、吴、谢四大家，对待盐区这些大人物如沈万吉、杨鸿泰等，他又转换了态度，他与沈万吉斗法，不甘心在赛花灯这件事上输给沈万吉，因此，烧掉了自家的草料场以及茅屋，赢过了沈万吉，体现出他的不服输以及不甘于人后的性格。在对待张大头（张黑七）的态度上，他与张大头斗智斗勇，在玉板被张大头设计拿走后，他不动声色，巧施妙计使张大头主动将玉板还回。而在与张大头打牌的过程中，看似对张大头有一些妥协，但张大头并没从他身上得到多少好处，东家商人狡猾的本性由此可见。作为一个在盐区能呼风唤雨的大盐东，对内他体现出他的冷酷、狡猾、刻薄的本性，但对外他保持了他的民族自豪感。在面对日本侵占盐区后，他没有当日本的走狗，说明他还是有一定的爱国之情。新四军开进盐区之后，他仍然想保持他的大盐东派头。作为一个呼风唤雨一辈子的大盐东，他的威风伴随他一生，但是他并没有意识到这已经不是他能做主的盐区了。大盐东这个形象血肉丰满，从他身上可窥见盐区当年的盛况，也使人物更加真实。

微型小说虽篇幅短小，相裕亭却用有限的篇幅塑造出了六叔、仲大嘴、侯副乡长、小林乡长、张黑七、大盐东等这些鲜明的人物形象，并将其塑造得极其生动。

总之，从相裕亭的微型小说当中我们能看到很多与别的作家不同的地方，无论在题材还是在结构或者在人物形象的塑造上，都有其独具一格的方面。成就最大的《威风》受到众多人的好评，如著名作家曹多勇、《百花园》主编冯辉和杨晓敏等。他的微型小说中的盐河系列不亚于一个长篇小说的架构，众星捧月式地刻画其中的人物，同时对人物的悲剧命运、悲剧色彩表现极大的关怀。一个作家养育一部作品是需要花费极大的精力的。盐河系列的架构宏大，相裕亭必定是搜集了众多的盐河地区的资料，才能在创作盐河系列时能信手拈来。他是写盐河小说最著名的作家，对微型小说这种文体有着极为清醒的认识和独到的见解。因此，才能创造出诸如《威风》《忙年》这类的好作品，也才能创作出如《小林乡长在连山》这类微型小说文体中的新样式。相裕亭根据微型小说中实际出现的问题，将微型小说与中长篇小说相结合，这对于微型小说是一个不小的贡献。

（周飞　李婷）

二十二　浅析徐慧芬微型小说中的人物形象

徐慧芬，女，上海人，出生于1952年9月。上海作家协会会员、中国微型小说学会理事。长期教中学美术，1992年开始进行文学创作，获"全国微型小说年度奖""冰心儿童图书奖""吴承恩文学奖"等多种奖项。2003年，她被《读者》杂志聘为首批签约作家。作品入选《中国新时期微型小说经典》《世界华文微型小说经典》等多种权威性选本，有些作品还被翻译成中英文对照本和多种外国文字在国外出版。

徐慧芬一直秉承着自己的本心、社会责任心而创作，向世人奉献精神食粮。王周生说她的作品"没有精心雕琢，没有夸张做作，不动声色的叙述中，渗透着平淡、质朴与幽默""徐慧芬献给读者的就是这样一颗心，一颗沉甸甸的爱心"①。可能因为她是一名教师，处在的环境和交往的对象都是比较单纯的，所以，她带给我们的更多的是爱。侯德云在《小小说的徐慧芬》中说过她是个很平静的人，有一个平和的心态，这对于一个作家而言是最佳的状态。他评论徐慧芬"是一个充满爱心的作家""从小小说创作的开始，徐慧芬就走上了一条感情的道路。这是一条真正的道路。她的感情始终为小说人物命运的变化而起伏不定"②。她不用技巧来抢夺眼球，却用一个个小细节来打动读者的心。刘绪源称她的作品"悠长、深邃、厚重"，也正如东瑞说的"喜欢她作品朴素但深刻……外表平淡却大有内涵"③。我们在她的笔下关注人的精神世界，体味悲悯关爱，呼唤理解与尊重。

在徐慧芬的作品中我们可以看到她笔下多种多样的人物形象，有唤起我们悲悯与尊重的受害者，他们的遭遇让我们同情之中带着尊重；有爱的传递者，一个个用实际行动将真情真爱传递下去；有婚姻爱情中的第三者，有的自私，有的纠结，有的摇摆，有的伟大，他们是同一类的第三者，却有着不同类的爱情观；有自信向上的自强者，用自信点燃向上的激情；还有成长中的孩童，在教师和家长的引导下努力成长。下面分别论述这五种人物形象。

（一）呼唤悲悯与尊重的受害者

纵观徐慧芬的微型小说，在她的作品中呼唤悲悯与尊重的受害者占据

---

① 徐慧芬：《今生来世》，吉林出版集团有限责任公司2010年版，第166页。
② 同上书，第162页。
③ 同上书，第168页。

着重要的一席。徐慧芬借用作品中受害者的人物形象来表达她对社会、对世间一草一木的悲悯之情，也呼唤人们要有悲悯之心，对我们周围的那些困苦磨难都要有广博的同情心与爱心，同时要有对这个世间万物的理解和包容。因为有了悲悯情怀，所以她作品里的人物带给人同情、可悲、心酸之类的感受，也因此在读者的心中浇灌了悲悯之情，从而在读者心酸之余也带去一丝丝暖意。尊重又是一个人活着的尊严，是生活的支撑。我们在维护自己尊严的同时，不要去伤害他人的自尊，因为尊重是相互的。徐慧芬企图通过作品中的这一类人物形象来告诉人们不仅要怀有悲悯之情，还要尊重他人。

徐慧芬在她的作品中刻画了一批"弱势"群像，他们有的是善良的女性，有的是无辜的孩童，有的是底层的奋斗者。徐慧芬用她细腻的笔画将他们的生活、他们的形象描摹出来，通过他们的遭遇来呼唤人们的悲悯和尊重。

在《阿洵》一文中，徐慧芬塑造了这样一个善良、为爱的人全心全意付出的温情女子——阿洵。她为人善良，却遇人不淑，在爱情面前她的真心换来了对方的自私，她的遭遇带给我们的感受是可怜可悲的。阿洵就是爱情中的一个弱者，一个真情真意去爱人却两度惨遭爱情欺骗的女子。

在《小米》一文中，小米是一个用谎言来支撑自己活下去的又一可怜可悲的女子。在外貌上她是弱者，作者只用一句"她从小就长得很丑"来概括全部。在生活中，她更是弱者，上帝没有因为同情她而给她幸福，反而在她原本就先天不足的面貌上划出一道口子，并撒上盐。所以小米为了逃出"弱势"群体，她从小到死都说着谎言。只是为了挽回心中那份做人的尊严，也为了暖和本身不被别人所爱的心，她不得不用谎言来武装自己，纵使被他人嘲笑、唾骂、看不起，最终还是以谎言的形式离开人世。作者在最后这样写："如果她的灵魂能升入天堂，我相信她在那儿大约是不会说谎。"① 徐慧芬就是通过一个个小事件来突出讲述小米的生活，透过一桩桩事件，让我们怜悯这个被世俗社会的偏见所损害的丑陋女人，也触发我们去尊重这样一个处在"弱势"地位的女性，保全她的自尊。

人们往往喜欢用自己的眼光来审视他人，来批判他人，用世俗的偏见来谴责、诟骂那些灰色地带的边缘人，而忘记用我们的悲悯之心、同情之心去理解和包容他人。徐慧芬的《芒女》就是一部怀着悲悯之情来讲诉一个灰色地带的受害者渴望理解、包容和尊重的心酸故事。芒女是个农村来的女孩，为了养家，她出门赚钱却上当受骗而沦落风尘。他人的诟骂，亲人的不理解，加上病危的通知书，使得她最后的生存支撑都没有了。作者最后这样写道："想到以后再也用不着'喂猪'了，再也不会听到有人骂她脏了，心里竟有了一丝快感。"② 徐慧芬用芒女死时的快感来戳痛读者的心，让读者在体会人物的情绪时，也感受人物命运带来的思考。作者也通过芒女这个"弱势"人物形象来揭示在社会上女性在受到歧视时的不公正待遇，也让更多的人多一点对这类受害者的理解、包容和尊重，多一些悲悯之情，也让更多人去关注女性在社会上生存的不易。

女性和孩子在社会上大多处于弱势，也更容易受到伤害。特别是世俗的偏见，往往会带给他们沉重的打击。徐慧芬站在女性的角度和人民教师的立场来看待问题，展开另一种思考。让人们看到女性的不易、孩子的苦涩。在《谢谢你教我》中保姆山草在雇主家受到雇主试探和怀疑，雇主的假高尚，表面做出大方的举动，暗地里却隐藏着试探，他在不尊重别人的同时换不来他人的尊重。《名人大卫》中大卫是一个混血孩子，从众人喜爱到被人排挤，从聪明活泼变成封闭安静，这样的变化是让人心痛的。大人在做决定的同时，也应该尊重孩子的感受。而世俗

---

① 徐慧芬：《和你在一起》，江西高校出版社2012年版，第215页。
② 徐慧芬：《文玩核桃》，江西高校出版社2009年版，第89页。

偏见降临到一个孩子身上时,我们不应该去排斥,而应该多一点包容,多一些悲悯之心。如同《双喜》中的双喜,被社会现实损害。他的逝去,我们心疼、心酸,更是悲悯。而在《棉花三儿》中,世俗的偏见让我们看到对职业的不尊重,对孩子成长教育的偏颇。丁家夫妇想把儿子培养成有出息的上等人,而教育孩子不要与弹棉花人家的孩子玩,最后丁家小儿果然也变得"出息"了。这让我们不得不悲悯一个孩子的成长被大人的世俗偏见"污染",也反思戴着有色眼镜来看待职业是对人的不尊重。

不管是普通平凡生活中的夫妻还是被社会现实浪潮洗劫的下层民众,徐慧芬都是在用一种审视的眼光来呼唤悲悯和尊重。例如,表现普通百姓生活的《瓷器》,妻子一生任劳任怨的服侍,却抵不过一件瓷器。《赫阿姨》中的赫阿姨因为一个收音机而被逼死在"文化大革命"的浪潮中。《老秦》中老秦在科员的岗位上奔波多年,还常常将工作带进生活中而无暇顾及家人,造成他一生无法弥补的悔恨。

在这些人物身上,我们都看到了让人同情的一点,他们的遭遇让我们感慨这个世道纷杂错乱,也感受到"弱势"群体在受到伤害时他们要么戴上面具武装,要么以生命为代价来逃离,要么就走上更为艰苦的路途,饱受沧桑。所以,徐慧芬借这类人物形象来触动人们的心灵,来开启人们的悲悯之心,来呼唤人们对人性的尊重、理解和包容。

(二)爱的传递者

在情感的世界里,徐慧芬大部分的作品讲述婚姻和爱情故事。她于细节处将爱散播出去,用文字温暖着读者的心,用爱打动读者的心。在她的作品中,我们看到更多的是感动,是忠贞,是情义。

徐慧芬善于细节描写,也许是因为懂画,她对人物描写的技巧掩藏在她的潜意识里，因为是潜意识的，所以就显得既不矫情，也不刻意，传递出的爱也就变得润物无声。侯德云说："细节是小说的阳光和雨露……在很大程度上，可以说就是细节的表达。徐慧芬是描绘细节的高手。"① 侯德云对徐慧芬小说细节的赞赏是毫不为过的，在《生命切片》中，我们看到徐慧芬在细节上的描绘是相当出色的，如"他吃力地睁大眼睛""微突起的上颌，有手术缝合过的痕迹""他的心一阵痉挛"②，让我们看到一位父亲在面对曾经被自己抛弃的儿子，却特地从国外赶回来拯救自己时的悔恨与愧疚。也让我们看到儿子对待父亲的宽容，他的重情重义，让我们在亲情中感动。这也带给读者温暖，也让我们体会到人性的美好，人与人之间的温情和润泽。

有人说她的一些作品里，人物的形象是思想的牺牲品。对此，笔者认为是徐慧芬在某些作品中虽然没有仔细描绘一个人外形的高矮胖瘦，鼻梁高挺与否，眉毛、眼睛之类又是否粗大明亮，然而，当我们读完作品之后，这个人物形象自然而然地呈现于眼前。在《今生来世》中，我们看到一位丈夫用70年的时间来坚守心中唯一的爱，在梦中和妻子约定下一世的姻缘。这样一位爱情忠贞者，我们可以想象出当他梦中与妻子相约时，即使老态龙钟，也依旧春风洋溢。而在《盏杯与盏托》中，作者通过盏杯和盏托这两个物件，将人物与情节串联起来，盏杯与盏托的分离，也预示着一对年轻夫妻的不幸分离。妻子一生寻觅着她的盏杯，表现出对丈夫长久的牵挂与思念之情。最后，90岁的妻子在看到盏杯时大恸悲号"东西在，人呢！人呢！官人啊，我的新官人！我一辈子的眼泪这盏杯哪里装得下呀……"③ 这种深情厚谊，我们唯有深深的敬重。

---

① 侯德云：《小小的眼睛》，大连出版社2004年版，第152页。
② 徐慧芬：《今生来世》，吉林出版集团有限责任公司2010年版，第60页。
③ 徐慧芬：《少年梦 青春梦 中国梦：中国故事 青青的果子》，江西高校出版社2014年版，第205页。

我们为每一位爱等候的深情者感动时，他们的形象已经刻入我们的脑海，随着情感一并留在我们的心里。我们在徐慧芬的作品中，往往通过一句细心的关爱、一份细微的体贴、一个小小的细节可以看到情义在流淌。

拜金主义无孔不入，即使在亲朋好友之间，有的为了自己的私利，而去卖友求荣。但是，徐慧芬用温暖的文字带给人希望，讲述了一个个充满情义的感人故事。例如在《文玩核桃》与《竹夫人》这两篇作品中，就塑造了这类在金钱的面前选择情义的忠义者。婚姻中，夫妻之间有温情，也会有摩擦。但是，不管哪种形式，都是彼此在乎的表现。《你的名字叫女人》一文中，透过细节处我们看到一位刀子嘴豆腐心的妻子，她爱美、挑剔，却也体贴、温情。在《教我如何不宠你》中，我们看到一位妻子在背后默默支持丈夫的理想，表面上却表现出一副以自我为中心的模样。而《春天的证明》一文中另一对夫妻用脉脉温情谱写了一部春天的证明，证明了爱情的力量是伟大的。《爱的实行》中，我们看到老爷爷细心地照顾老奶奶吃食，每个举动中都洋溢出老爷爷对老奶奶的爱意。

有些爱是不需要语言就可以感受得到的，除了恋人的心有灵犀外，朋友往往也能体现出彼此的相通，这也是友情的伟大之处。在《我与你同在》一文中，徐慧芬借树木来传递这种情感。大树忠贞于养育她成长的聋哑老人，在老人倒下的时候，她也猝然倒地。徐慧芬没有用到一句对话描写，也没有用一个眼神交流，但细致地刻画了他们的一举一动，用默默无言的陪伴相守告诉我们，在这个世间，即使聋哑人，即使一棵树，也有它爱的方式，忠义的表达。

徐慧芬通过正面形象来传递爱，用人物的举动、人物的言语来带动读者，来感染读者。她的笔触是细腻的，通过细节处来打动读者，从而达到潜移默化的效果，做到细雨润无声，犹如《爱的实行》中年轻恋人受到老年夫妻一举一动的影响，而我们透过这两对恋人来看待爱情，来对待爱人。

徐慧芬以"无声胜有声"的方式默默地将爱传递出来,作品中很少有俩人深情告白的语句或者激情的举动,她全部用一种"无声"的方式将爱散播出去,最后将爱收入网中。他们的爱不轰轰烈烈却真实绵长,充满现实生活实在的味道。

徐慧芬就是一个爱的传递者,用她的笔将爱传递下去,将爱的种子撒播在人们的心田,让更多的人付出多一点爱,多一些关心,让生活多添一份美好。所以,在看到她笔下一个个充满爱的人物形象时,也许,我们不知道他长什么模样,也许我们不记得他说过什么话,但是,我们一定忘不了作品中他们的一举一动,一颦一笑,更忘不了心中有份爱在心田里生根发芽,开花结果。

(三)婚姻爱情中的第三者

徐慧芬受 20 世纪 90 年代女作家创作风格的影响,她的笔下有一些女性总是难以逃脱被男性误读、篡改的命运,在爱情、婚姻、家庭中男性往往也就成为负心、滥情、不负责任的那一个。90 年代的女性主义文本,女性对男性世界有着深深的绝望,这种绝望就体现在他们对恋情、婚姻不忠。所以,在她的作品中的婚姻爱情里,除了有对爱忠贞不渝、相守到老的美好,也有摇摆不定、中途迷路的磨难。而徐慧芬将那些出现在婚姻中的"诱惑"写成作品中的"第三者"。它或是旧恋的"诱惑",或是外界刺激的"诱惑"。

人们常说初恋是美好而难忘的,特别是对于相爱的两个人因为外界因素没能在一起的旧爱来说,这个旧爱"第三者"无疑是一个最大的"诱惑"。在《陈宅的桃花》《把我的礼物送给他》和《胡子留不留》中,不管是女人还是男人,面对旧爱,而心中还留有那份爱意时,对既存的婚姻又是一场多大的挑战。这样的"诱惑"让他们在自己家庭婚姻面前检视自己。

张春说:"徐慧芬用她的《童话》告诉我们,爱情就是童话,童话和爱情是一样的。"① 但是,爱情能否成为童话,就要看我们是否相信童话了。在《童话》中,男主人公因为年长女孩十几岁,他害怕童话的不真实,所以拒绝了她。当岁月流逝,回过头来才发现,只要相信,爱情就是童话。所以,当两个人再次见面时,男人面对过去心仪的女子,他含蓄地表达着他的爱意。而面对这突如其来的爱情"诱惑",她久久沉默。我们可以看出女子心里有过挣扎,有过动容,不过最后经受住旧恋的"诱惑",选择珍惜身边的幸福,这让我们看到一位对自己婚姻家庭负责的女性。

如果说一个女人在爱一个男人的同时,又全心全意地照顾另一个男人,你会怎么想?在《爱的阅读》中徐慧芬就讲述了这么一位女性。她深深地爱着她的初恋情人,却又尽心地照顾着与她相守的另一半。我们无法定义谁是这中间的"第三者",她把爱给了初恋情人,却把照料陪伴给了丈夫。她可以悉心照料他几十年,却舍去生命追随爱的人而去。婚姻与爱情不能两全的时候,这是"第三者"的悲哀。徐慧芬没有描绘这是一个怎样的女人,但她在我们的心中留下无法抹去的痕迹。徐慧芬就是这样一个写作者,不仅探索她们的精神世界,还深入她们的灵魂。

婚姻的激情是男人和女人都向往和追求的,因此,激情的"诱惑"也就变得格外吸引人。在《两盏灯》中,当教授已经年老时,夫人还正值大好年华,他们年岁相隔的差距过大,年轻的夫人向往激情的生活。所以在她面对一轮新鲜爱情的时候,抵挡不住这外界刺激的"诱惑"。然而,教授却用爱包容他的小妻子,让她追求更适合她的生活。最后,当小妻子知

---

① 杜霞:《九十年代女性主义写作的再审视》,《齐鲁学刊》2004年第4期。

道了真相，却又选择默默守候他们共同的家。而在《上网下网》中，则是男子在面对外界刺激情感的"诱惑"时，显得跃跃欲试，背着妻子女儿跟网络上的女人传递暧昧的讯息。聪明的妻子和女儿导演了一场戏，让丈夫明白身边的家人才是最值得珍惜的幸福。结局总是让我们明白：诱惑无处不在，珍惜身边的人才最幸福。

"90年代的女性主义文本中，弥漫着对男性世界的深深的失望，这失望甚至发展为施虐和报复……怀着对女性现实境遇的绝望，她们大胆出击，主动将自身欲望'物化'，构成了对男性的最致命的'诱惑'。"① 徐慧芬在《文人》一文中就将对男性的失望表现出来，文人一边表达着他对妻子的忠贞，一边却背着妻子找情人。徐慧芬借由情人这个"诱惑"将男性的不忠不贞、虚伪勾勒出来。而在《请葬我于大海》中，又演示了一出丈夫出轨戏码，这些让我们看到女性在看待男性对待爱情婚姻时出现的不负责任和滥情的一面。这也表明女性在追求精神世界的同时，揭露男性的弱点，在一定层面通过女性视角来丰富文学创作视野，用更深层的体验呼唤人们对女性弱势群体精神世界的关注。

她用这些出现在爱情婚姻中的"第三者"来告诉人们，珍惜身边的幸福是最重要的，也以女性的视野来呈现男人和女人在面对爱情"诱惑"时不同的情态。因此，我们可以理解徐慧芬的这类作品就是"女性面临事业家庭、婚姻爱情、自我突破等，正是女性作家们'心灵的历史'和'真正的现实'，是她们探索自我、体验生命的心路历程。"② 我们看到徐慧芬作为这一时期发展的女性作家群体，"她们更多的关注女性生活，传达女性精神，关乎女性个体以及女性有关的所有"③。

---

① 杜霞：《九十年代女性主义写作的再审视》，《齐鲁学刊》2004年第4期。
② 张春：《大众文化语境中女性小小说世态书写研究》，《宜宾学院学报》2008年第8期。
③ 张春：《难以走出性别樊篱的书写——小小说女作家创作群体的女性视野解读》，《湖南工业大学学报》2008年第4期。

（四）自信向上的自强者

徐慧芬在她的作品里塑造了一批有理想、有上进心的人物形象，有的其貌不扬，人格魅力却格外引人注目；有的光彩夺目，如鲜艳的圣诞树；有的顽强拼搏，最终凝结耀眼的珍珠。他们就是这样一类充满自信、积极向上、敢于追求美好生活的自强者。这些人中有勇敢自信的追求者，有自强自立的攀登者，有顽强坚韧的勤奋者。

有这么一类人，她们勇敢且自信，追求美好的生活。在《费姨》中，费姨是一个外表有些不足，但内心充满阳光的女性。她不仅充满着智慧与才干，还有着对幸福生活的美好追求，不但赢得了自己的幸福，还温暖了他人。这是一个从头到尾都被阳光包裹着的女人，即使在生活中面对挫折与磨难，她依旧阳光。在她的身上，我们看到了自信、智慧、敢于追求的特质。她是一个勇敢追求自己幸福生活的女人，即使没有美丽的外貌，但依旧是动人的、引人注目的、闪着魅力光环的。

而在《你是一棵圣诞树》里的那个人见人爱的"圣诞树"，我们未见其人，先闻其名，文章一开始就埋下伏笔，然后呈现出了一个"衣裙鲜亮，环佩叮当，粉面黛眉，唇红齿白，美目流转，巧笑倩兮"[1]的人物形象。徐慧芬只用了24个字就将一个美丽、热情、自信、敢于追求生活的女性形象勾勒出来。她拥有着一颗积极向上的心，在他人眼里就像一个太阳，发出炽热的光芒，让人一见就心生喜欢。

社会上总有那么一些人为着梦想而不断拼搏，做一个向上的攀登者。"心存梦想面对逆境不断拼搏而获得成功的《四季阳光》"[2]告诉我们带着梦想出发，不断努力拼搏，付出的劳动终将换来回报。作者将

---

[1] 徐慧芬：《文玩核桃》，江西高校出版社2009年版，第45页。
[2] 张春：《大众文化语境中女性小小说世态书写研究》，《宜宾学院学报》2008年第8期。

女孩一步一步走来的事迹用记叙的语言记录下来，没有对女孩外貌进行描写，女孩就是平常生活中的一个普通人，只是她有一颗上进的心。作者通过对环境的描写来烘托人物性格，也暗示人物的命运，从而让我们看到一个从底层向上攀登、在逆境打拼、勇敢追求自己梦想的自强者形象。

有些人，他们有着自己个性化的标签，有着自己不被别人看到的自强一面。《狂女阿罗》中的阿罗就是一个被人称为"泼妇"的女汉子，她有着自己自信自强的一面，有着不服女人比男人差的强势。我们被她的"英雄"行为感动，也为她的陨落而伤感。而在《一剪梅》中自尊自强的梅先生，在面对病痛折磨时，依旧保持他的傲气，像梅一样傲骨不凡。这样一个普通男人不平凡的忍受力，让我们深深为他的自强所折服。

徐慧芬的作品有相当一部分是在写普通老百姓的日常生活状态。普通百姓在社会生活中不是举足轻重的人物，也没有超常的才能。但是他们像荒原上的野草一样顽强地、艰苦地、卑微地生长着，也像只要给一点阳光就灿烂的向日葵那样积极乐观地、努力向上地开放着。徐慧芬用她用心去体察，然后刻画出这些人的喜怒哀乐和性格品质。在《花事知多少》中，我们看到一个普通花圃工在自己平凡的岗位里展示着他独特的自信魅力。而《瘸瘸猫》中的主人公虽然是个跛脚的残疾人士，但是因为勤劳能干，也懂得处理关系来给自己带来好处，靠着自己的能力使一家子过上了比较好的生活。在《有文化的人》一文中，我们看到一位普通劳动妇女用她的智慧和自强教育出一对出色的孩子。《拾"宝"记》告诉我们宝物的换取需要付出一路的汗水，即使天上掉下的馅饼，也要靠自己去伸手接，并运回来。

这些人的故事告诉我们，生活不缺成功，缺的是一颗想创造成功并且一直努力行动的心。

（五）成长中的孩童

徐慧芬作为一名人民教师，她生活中接触最多的是学生，所以在她的作品中也塑造了一批孩童形象。这些孩子纯真、善良、敏感，又很容易受到外界的伤害和污染，需要大人用心地呵护与照料。徐慧芬用她作品中一个个在教育成长过程中遇到不同问题的孩童来告诉我们，如何去帮助孩子成长，如何去教育孩子面对生活。他们有的是孩子的呵护者，有的是孩子的引导者，可有的却是孩子成长中的坏榜样。

说谎是不对的行为，但善意的谎言有时是拯救一个人的一剂良药。在《美丽的谎言》中一个教师用一个善意的谎言维护了一个孩子的自尊。作者意图透过单亲家庭中的孩子——明明，来告诉人们缺失另一半爱的孩子更需要用心去呵护。他们自尊敏感又很脆弱，他们早早地成熟却又很纯真。作者用孩子说谎的举动来反映出这个社会孩子用谎言来保护自己这一现象，也让更多的学校、家长反思自己在孩子的成长中，我们有没有扮演好一个引导者、呵护者的角色。

当一个不和睦或者不完整的家庭出现时，孩子会变得更加敏感脆弱。有些孩子会用叛逆来抵挡心中的不安全感，而有些孩子则会小心翼翼地如履薄冰。《名人大卫》让我们看到孩子内心封锁的孤寂，《亚亚的心事》中亚亚为维护父母的和睦而小小年纪撒谎借钱给后妈买衣服。这些孩子在成长过程中，缺失的是父母给予的一个和谐美满的家庭，需要的是父母的陪伴。

在孩子成长过程中，教育非常重要。家庭教育是所有教育的根底，不管是知识的教育，还是品德的教育，都是为人家长必不可少的。特别是在未来人才的激烈竞争中，人格的全面发展是最重要的。父母是孩子的启蒙老师，应当担当起这份责任。而在学校，老师是孩子知识与道德的重要引导者，更需要用心地引导教育孩子。《青青的果子》一文中老师教会青青"青春期的情感萌发，也是成长的一种过程"①。我们不该去嘲笑青春时期纯真的感情，而是要懂得只有果子成熟后采摘才最甜美。在《阴影与阳光》中小蒙面对他人的怀疑，心怀委屈，而当他帮助人之后却发现自己的东西被偷，不由得发出"好心没有好报！人心太坏了"②的感慨。在这时父亲用了一个美丽的故事来驱散孩子心理的阴影，让阳光照耀孩子的心。在《板桥画米》中，板桥用宽容的方式化解了孩子的尴尬，保全了孩子的自尊，也引导了孩子走向正确的道途。教师的一次鼓励或者一次表扬，会在孩子心中留下正确的价值观念，从而引导他们走向更宽阔的大道，就如同《两个爱画画的男生》中的诚与捷，最终实现自己的理想。《掌声》中的王强也因为一次表扬的掌声而改变他的人生。因此，教师和家长的正确引导对孩子的成长有着莫大的关系。

为了能够教育好孩子，帮助孩子更好的成长，家长与老师需要不断提高自身的知识素质，树立好的榜样和正确的教育理念，不然在无形中可能造成孩子成长的缺失，阻碍孩子的发展。在《走远的孩子》里，我们看到了一个在大人教导要求下变乖的孩子，她变得越来越优秀，但也失去了孩子的纯真。而在《拥抱静悄悄的生命》中，母亲的不耐烦与无知扼杀了孩子的求知欲。《大人的尴尬》中大人说的话、做出的举动，会让身边的孩子受到潜移默化的影响，而不正确的行为会导致孩子走向歧途。《棉花三儿》中丁家夫妇偏颇的教导，让孩子逐渐走向他们认为的"有出息"。

徐慧芬用她的绘笔画出一个个心灵在成长的孩童形象，在孩子的教育成长过程中，突出家庭教育的重要性、孩子对家庭温暖的需要。她的小说也表达她为人师表的一种希望，对这个社会的一种责任，对所有孩子内心

---

① 徐慧芬：《少年梦　青春梦　中国梦：中国故事　青青的果子》，江西高校出版社有限责任公司2014年版，第12页。
② 同上书，第9页。

世界、精神世界的一种关切。她呼唤大人们多花一点时间去陪伴、去引导、去教育孩子，让孩子茁壮成长。

总体而言，我们从徐慧芬的微型小说中看到了多种多样的人物形象。她描绘着人物生命的尊严和价值，感慨着不管历史如何轰轰烈烈，那些人物的幸与不幸、健康或者病态。正如她自己所说："作为一个写作者，我只是将我所能看到的提取出来尽可能客观地、白描式地描述。我不喜欢在小说中掺进个人的评说之词，我所有的理解、感动、民情，还有善意的嘲讽，都已放在对素材的提取和小说的结构中。"① 正是她的这种态度，让我们看到更多触动心灵的作品，更多感染人的人物形象。梁多亮说过："小小说因为跟生活取零距离，它反映的几乎都是现实生活中的人和事，可以说很多小小说都是因为生活中的一言一行，一颦一笑，一个画面，一个场景触发而进行艺术构思成篇的。"② 所以，从生活出发的作品才更能引起读者心灵上的共鸣。

不管是她笔下的哪类人物形象，在语言上或者在感情上，都深深地牵引着读者的心。作者怀着一颗炽热的心去写作，将生活中那些人物的面貌展现在读者的面前，我们应当感谢她，是她用心创造出这些牵动人心的人物。徐慧芬的作品总是怀着一种悲悯的情怀来度人度己，希望借用自己笔下的人物来感染读者，给人带来暖意。徐慧芬的微型小说为什么能够让大家感动，深得读者的喜爱，就是在于她从生活中来又回到生活中去。随着经济大潮的冲击，文学环境不容乐观，文学市场低级粗俗作品泛滥，她保持理智与清醒，坚守着文学创作的真正意义，据守一名写作者的道义和良心。正是她这种品质，让大家看到一部又一部优秀的作品，一个又一个让人铭记于心的人物形象。

---

① 徐慧芬：《徐慧芬小小说小辑》，《北大荒文学》2006 年第 6 期。
② 梁多亮：《微型小说写作》，四川文艺出版社 1989 年版，第 49 页。

徐慧芬微型小说中的人物形象，深刻地渗透着作者的人文情怀和文化理想。她在人物的背后给人带来深层的思考，留给人深长的意味。她告诉我们爱和悲悯是人物设定的主题，也是她要传递给我们的东西。所以徐慧芬按照"微篇小说的最高目的不是为了塑造典型形象，而是为了实现某种立意"① 而去创作。不管是带着污浊、带着丑陋的人物形象，还是带着美好、带着情义的人物形象，都让读者带着一种悲悯的情怀去关注人的精神世界，去号召对人的情感世界的理解和尊重。

（马芳林　李婷）

二十三　秦俑微型小说初探

秦俑，本名伍建强，20世纪70年代末生于湖南涟源，河南省作家协会会员、中国作家协会会员。2002年毕业于湖南师范大学中文系，2003年加盟郑州百花园杂志社，现为《小小说选刊》执行主编兼小小说作家网站站长。近年来，秦俑负责策划《中国当代小小说大系》以及主编《新中国60年文学大系·小小说精选》等小小说丛书和精选本。

秦俑作为一个作家兼编辑，一直保持着创作的热情。1998年开始创作微型小说，《我的网恋手记》入选2005年中国小说排行榜，2007年出版小小说自选集《纪念日》。他的作品既有发人深思的、值得大家学习的力作，也有不尽如人意的作品。但他始终对自己的创作保持高度的警惕，不断给读者提供意外的惊喜。此外，他对微型小说事业做出了巨大贡献。杨晓敏认为："从事公益事业的人是值得尊敬的，秦俑在网上开创了小小说作家

---

① 龙钢华：《冰山型人物——谈微篇小说的人物形象特点》，《文艺报》2000年11月21日。

网,这一全开放式的舞台直接给长期徘徊在主流文学边缘的小小说插上飞翔的翅膀。"① 让小小说有了一个自由表达的空间,对于促进这一新兴文体的发展繁荣日益显示出不可估量的积极意义。

秦俑善于将传统性与现代性统一起来,取其精华去其糟粕,在小说的叙事中,探寻多种创新的可能,将不同的力作呈现在我们眼前。研究者冯辉认为:"秦俑的每篇作品都是从心灵出发,从文学品性着眼,精心营构,力求出新,最终以质胜出。"② 著名评论家杨晓敏也说:"秦俑的写作有着浓郁的人文主义情怀,对社会和人性充满期待,在形式的探索上,摒弃所谓的诸多套路,追求形式上的新颖。他以网络题材的数篇作品,结构扑朔迷离,人物忽隐忽现,故事引人入胜,深受广大青年读者的青睐。"③ 李利君认为:"秦俑的语言不沉重,质朴、通透,他的叙述姿态是奇特的,既像是自言自语,又很平等。"④ 他不断思考着自己的创作方向,其创作题材之广是其他微型小说名家难以逾越的。从"Q村系列"到"平凡人物李四系列",每一系列都能给读者带来不同的感悟效果。

秦俑用他的质朴语言、别有用心的细节设置和心灵的生动刻画,描摹出一幅幅鲜明的现实生活画卷,给读者深思和启迪,从题材选取到情节结构和叙事视角的设计,无不体现了人生真谛的永恒及个人遭际的细微变化,从故事情节中透露出问题的严峻性。下面分两部分予以论述。

(一) 内容特色——百态人生的描摹

秦俑的作品题材十分广泛,他在不断地思考着自己的创作路向,并予以创新,以至于很难让人相信这么多不同系列题材的作品都是出自同一人

---

① 秦俑:《被风吹走的夏天》,吉林出版集团有限责任公司2010年版,第149页。
② 同上书,第153页。
③ 同上书,第151页。
④ 同上书,第165页。

之手。"欲望都市系列"是秦俑将游戏性和现实性结合,作品大多是反映当代都市里一些变异的情感问题,揭示爱情和女性命运之间的相互关系。"网络系列"则是描述现代人对网络技术的依赖以及网络给人们带来的一些生活上的变化,从而反映现代人内心深处的精神状态。"Q村系列"是秦俑写作初期的作品,在写法上比较传统,没有设置强烈的矛盾冲突,让我们看到浓浓乡土风情背后依然残留的一些社会陋习。"平凡人物李四系列"是秦俑创作关键期的作品,小说内涵深入人物和事件的内部,反映出底层人物的生存之艰。这些题材与作者本人的生活阅历和成长道路有关,在不同阶段关注的焦点不同,反映的现象也就不同。

1. 欲望都市系列——爱情与女性命运的交响曲

都市代表了先进的生产力、文化以及生活方式,具有凝聚、传递人类物质文明和精神文明的社会功能。欲望、金钱、权势、情感杂陈在这个纷繁的圈子里。而女性作为一种感性的物种存在,对情感有着天生的憧憬和期待,她们的爱情总是和命运牵扯在一起,那么在物欲横流、欲望滋生的世界中,女性能否真正握住自己手中的命运,唱响生命的乐章呢?

许多作家善于刻画女性形象,叙述女性故事,日本作家川端康成可谓登峰造极。他主要描述少男少女青春的萌动及情感的历程,融合自然美来展现女性美的特质,给我们留下一个个清纯自然、令人回味的女性角色,如《伊豆的舞女》中的熏。微型小说中自然也不乏擅长描写女性的作家,秦俑的《彼岸花》就是有关爱情和命运的佳作。作品以蒙太奇的手法叙述整个过程,将中学生尹子茹对爱情的认知过程以女性的细腻叙述口吻展现出来,最后与文中开纹身店的"阿姐"命运结局相同。尹子茹从一个单纯小姑娘到慢慢褪去稚气,脸上多了几分陌生的成熟,这期间经历了爱情的打击和人性恶的真相,从对爱情抱有极大期望到向往美好情感却初尝酸楚,最后在爱情中成长成熟,能够勇敢地应对生活中的打击。

如果说青年女性对爱情是渴望，那中年女性对爱情则是坚守，希望能守住丈夫和家庭，守住原有的浪漫与纯真。然而，总有些不和谐因素造成生活的破裂。《鸡蛋经营的爱情》以鸡蛋为道具穿插全文始终，采用倒叙的手法，将女人的现状娓娓道来，结婚十年后发现男人有外遇和公文包里的离婚协议书。女人想以一桌子的鸡蛋早餐为引子牵引男人回忆过去那些甜蜜的单纯岁月，希望男人放弃"红杏出墙"的想法，重新回到生活轨道，然而那只是她内心的美好愿望。男人依旧匆匆忙忙留下刚签好的离婚协议书走了，留女人在厨房暗自神伤。

社会的变迁和生活水平的提高，都市意识在逐渐更替着人们的生活方式的同时唤起了农村女性意识的觉醒。《一条红丝巾》就是农村女性的命运启示录，文中李玉兰不管外界怎么唾弃她，她都坚守着自己心中的爱情，最后沦为妓女也要旗帜鲜明地捍卫自己的尊严，不让李四军玷污她的爱情。其中，李玉兰的个人命运与社会发展进程共进退，由于女性意识的解放，女性敢于追求自己的理想爱情，把握手中的命运，然而社会落后思想的阻碍和男主人公不能为爱坚守的心，让她成了时代的牺牲品。作者以典型的生活实例、峰回路转的笔触展现了一个最深层、最自我的问题，展现了女性和爱情、社会命运之间不可规避的连接。

2. 网络系列——时代的青春之歌

网络的普及让人们走上信息高速公路。网络作为一把双刃剑，正在潜移默化地改变着人们的生活方式和思维方式，让人不能再像以前的认知逻辑去看待这个变幻莫测的世界。秦俑在与网络接轨算是比较靠前的一位，这对促进小小说文体的网络化也起到了一定的作用。互联网生活给人们生活带来便捷，同时冲击着现代人的世界观，影响着他们的生活的各个方面。于是，网络文学成了一种不可逆转的时代潮流。《我的网恋手记》就这样应运而生，主人公雪落尘和花无双的故事就是作者从生活中提炼出来的。作品中雪落尘是一个游走于"花醉红尘"这个文学社区中的聪明的游戏家,他设计好一场游戏与花无双一起来玩,在网上以不同的身份去追求她;她以几种不同的形象出现在现实生活和网络中。"跟大多数网恋一样,一切都俗得不能再俗,我们从这个冬天轰轰烈烈地开始,到下一个春天冷冷清清地结束。"① 谈到这个作品中的人物,秦俑说:"他把感情当成一场精心策划的游戏,无所谓结局;她把身体当成一个欲望的舞池,而又止于欲望。一切都是虚假的,像一部冒着肥皂泡的华丽电影;但一切又是真实的,它离我们如此之近,彼此可以相互触摸,但永远不会相爱。"② 网络上的这群人生活方式决然不同,他们或许不缺乏物资、才情,但他们渴求的是心灵的深度交流和慰藉。当一切浮出水面,融入现实的因素,他们很快便觉无聊,想要逃脱,回到现实的尘世。

《祝福我的情敌王小皮》中主人公王小皮是"我"的情敌,也是"我"的好朋友。已经结婚生子的他也赶上网恋的潮流,找到真正恋爱的感觉。他自带的幽默和俏皮,深得女网友欢喜,不久便结识了温柔可爱的阿布和火辣热情的"半个情人"。她们都有着吸引王小皮的魅力,但她们最后都消失了。兜兜转转,到头来王小皮还是得回到现实的生活,其实这一切不过是"我"给王小皮设下的圈套,自己喜欢的女孩被王小皮娶走了,怎么会让她受到伤害呢?此类作品故事中更多地注入了游戏性,开头的惹眼和结尾的出人意料让读者的心情也跟着起伏变化。《流浪猫公社》则是写现实生活和网络空间的联系,通过描述主人公收养流浪猫的故事,反映了互联网的出现对生活新旧观念的影响及对爱情的冲击。主人公苏苏的回归正昭示了文中"游戏性"的状态正在一点点远去,真实的相互依偎正在回归。而《更多人死于心碎》中主人公苏菲就是典型的互联网时代的

---

① 秦俑:《被风吹走的夏天》,吉林出版集团有限责任公司2010年版,第21页。
② 同上书,第151页。

青春女性,她知性,有气质,而且对事物有着自己独特的见地,能够清楚地区分虚拟世界与现实之间的差异。她对世俗中的种种爱情游戏保持着足够的戒备,但是林柯的出现就让她陷入了矛盾的判断,她始终不敢相信林柯给她的爱情,结果造成了一生都难以愈合的伤口,最后发现这不过是曾经虚幻的泡影,一个美丽的谎言。

网络作为一种现代人精神寄托的工具和心灵抒发的平台,它表达了一定社会人群的内心渴求。网络中存在着情到深处的孤独与迷惘,是现代的一片情感荒原。网络虚拟社会为他们营造了一种神秘感,让人难以捉摸,谁也不敢轻易地全盘托出自己的真实情况,在虚拟网络社会往往看到的只是每个人内心的一角。他们像是游离于网络边缘漂泊的灵魂,渴望跳出现实的生活圈寻找刺激而不寻常的生活,但最终又不得不屈服于现实。

3. Q村系列——乡土人情的深刻展示

乡土文学溯源于鲁迅的《故乡》,大多数作家取材农村生活,重在展示农村风土人情,揭示民生疾苦,探索人生真谛,追求理想社会。乡村系列是秦俑比较成熟的系列小说,作者在乡村长大,对乡土的眷恋自然也成了他文学中不可割舍的一部分。他以叙述者的角度将乡村的风俗人情蕴含其中,但更多的是反映其中折射的社会问题。

《八爷的六十大寿》通过正面叙述八爷的儿子大林挨个儿去请村里的四个干部,反映了乡村传统的尊卑原理。即使村支书木根的腿肿得馒头大,躺在床上不能动弹,但八爷吩咐,叫几个人背都要背过来。村支书过来时,"只见所有宾客都井然有序坐在餐桌旁,就差八爷那一桌还空着一张椅子,那是给村支书木根留的"[①]。可见一些地区依然存在封建农村残余的陋习,村民怕官的现象十分严重,有些甚至已经深入人心,无法轻易转变。

---

① 秦俑:《被风吹走的夏天》,吉林出版集团有限责任公司2010年版,第94页。

《榜样》则是写大学生饱含青春热血在现实面前所受的打击。大学生锋子毕业后做出了回家乡教书的决定，放弃了做省晚报记者的机会，也不顾父亲的叹息，想在一层四间茅草土坯房的学校干出一番有意义的事业来，不料却发现现实与自己的想法相差甚远。原来，拿他当榜样的孩子们如今都不来找他教课了，榜样的力量几乎烟消云散，过了几天又有消息传来锋子获得了"扶贫助学志愿者"奖章，成了县里全体教师的榜样。面对两个截然不同的榜样，锋子内心的矛盾冲突不可避免。这篇作品深刻地反映了乡村教育的一大悲哀，乡村教师资源严重缺乏，没人愿意去乡村教书，难得锋子有这份贡献的热心却不被村里人理解，还嘘唏道："上了大学又怎样，还不是照样回家种田。"教育部门对乡村教育的关注度也非常少，专做面子工程，没有根触到乡村教育的最基本问题，种种问题错杂交织，不能不引发我们对教育的进一步思考。

"哭嫁"是Q村一带的风俗，哪家闺女要嫁人了，送亲或迎亲的总要想法子让新娘哭得死去活来的，按习俗不哭出声、不落下泪是不宜出门的，哭得越伤心则象征着以后的日子越好过（《哭嫁》）。秀水却是Q村的一个例外，到了送嫁那天，秀水娘想尽法子也不见效，直到听到柳生因砖瓦窑爆炸失去一条腿这才哭得背过气。众人都以为这是送亲的想的损招，却没想到这是逼着秀水投水的事实。正是因为村里一些落后愚昧的习俗的存在，才导致这么一场悲剧。可见，落后乡土习俗、封建礼教深入脊髓，是造成人们不能追求真正美好生活、自由选择命运的毒瘤。

4. 平凡人物李四系列——小人物的点滴生活

底层人物游走在城市边缘，为了生存而拼命奋斗，他们的这种生存维艰的状态引起了包括秦俑在内的大多数作家的关注。20世纪90年代末，秦俑以李四为代表构建了一系列有关单位小员工的故事，关注他们的生活与命运，突出了作者宽厚悲悯的人文情怀。这一系列中的每篇小说切入点很小，都是由单位或生活中的细碎小事开始，挖掘其中暗含的社会讽刺性。随着故事的展开，这些小事的背后已经超出了其本身的意义，从而对我们理解的浅层意义引申到深层次的讽刺，让小说产生了平中见奇的效果。

《感冒是这样流行的》《比如驼背》都表现了小人物在单位中的紧张感，单位领导的不良习惯和"常用语录"潜移默化地影响到了下一任，但无人抵抗，而且更加猖獗地"流行"了下去。可见，生活在底层的小人物对权力的畏惧，权力的整体挤压，让他们不得不默许。例如《签名》中，小人物李四一个不注意，将自己的名字错签在了处级干部的签到本上，于是每天内心不安，担心这个小失误会被留下不好的影响，一听到领导叫自己的名字就会慌乱，以为有事来了。可见，当时权力背后折射的威严让人不得不畏惧。但是李四万万没想到，多年后和同事谈起这个有意思的事情，找到那个签到的本子，发现自己当年所签的地方早就被人涂成了黑块。原来他的担心成了多余，内心又怎会不增添一丝苦涩呢？

秦俑的小说题材广泛，坚持从心灵出发，其中蕴含的人文情怀随处可见。从小事中提炼出来的人物形象个个栩栩如生，有着自己的脾性。在他的作品中总是以人性的眼光去关心周围人的存在，从他们悲喜交欢的故事中来表现灵魂深处的真实。平实的语言将生活小事扣入读者的心灵，让人脑补情节的同时思考这背后蕴含的哲理。

（二）艺术特色

秦俑作品的艺术特色有以下两点。

1. 出奇制胜的情节

微型小说情节的一大审美特征就是巧，情节巧是指作品故事内容的奇特巧妙。秦俑能在情节设置过程中熟练地运用各种手法和技能，使情节出奇制胜，给人带来意想不到的惊喜。在情节方面，秦俑用了以下三种手法。

（1）奇合巧遇法

"奇合巧遇，就是指情节中人物的巧遇，事件的奇合。可集中矛盾，加强冲突推动情节的发展，使人物和事件更加典型化。"① 《流浪猫公社》中"我"和女朋友苏苏因为收养流浪猫的事而有了分歧，我们的感情逐步变淡以致分手。但是又正是因为流浪猫，苏苏和"我"还是再次相遇，经过一系列的波折，"我"和苏苏最终还是走到了一起，一起收养那些毫无依靠的猫，又回到了从前那种美好的生活中。这里奇合偶遇法的设置使故事情节带有极大的偶然性，但是这偶然里又分明藏着必然性，不能说全是作者的主观臆造，而是生活中的一种碰撞和融合，是艺术的真实，更是矛盾的高度概括。因为流浪猫的关联，产生了一连串的生活变化，从而产生了侧面烘托的戏剧效果。

《回家》更是奇遇巧合的力作，没有故弄玄虚和矫揉造作之感，选取了具有高度生活真实的偶然性情节，它像是一面镜子照出了当时社会的真实面貌。离家 5 年的主人公大伟回到家乡，遇到一群蓬头垢面的小乞丐在火车站乞讨。想到自己儿子盼盼，大伟心中酸酸的，给每个孩子发了一张零钞，只有一个脸上有污泥的清秀孩子，最后向大伟伸出了手。大伟袋里只剩下面值 50 元和面值 20 元的大钞票，那可是自己用汗水和辛劳换来给妻儿买礼物的。可小男孩继续可怜地哀告：他家也没了，妈妈也离去了。这句话扎到了大伟心中最柔软的地方，他狠狠心将 20 元硬塞到小男孩手里。回到家后大伟看到妻子正在给孩子洗澡，听到他们的对话，又看到那个忽闪忽闪的大眼睛，原来火车站的小乞丐是就是自己的儿子盼盼！大伟心中的酸楚喷薄而出，自己外出打工，和孩子都已经互不相识了。可见，

---

① 杨昌江、甘德成：《微型小说技法与鉴赏》，学苑出版社 1990 年版，第 62 页。

处于社会底层小人物的艰苦环境和善良心灵，同时他们难以摆脱生活的窘境，只能靠自己的劳力去外面打工。大伟和儿子盼盼的偶遇，正是现代外出打工者的一个缩影。这种情节既奇巧又真实可信，为文章设置了悬念，既出乎意料，又在情理之中。

（2）道具贯穿法

道具是源于戏剧的名词，它一般是指一个物件，如桃花扇、手帕等，后来广泛运用于电影和作品中，出现的次数越多，位置越重要。随着微型小说的勃兴，道具作为一种无生命物质，在作者笔下被赋予了生命和灵性。作者通过象征、隐喻等变形手法，使道具呈现了多义性。常常在情节发展中成为矛盾冲突的重要因素。例如《残酷月光》中的月光，作为一个牵引物引出全文，首尾呼应，并被赋予了残酷、凄凉的意蕴，见证了张扬的青春从开始到结束的整个残酷灭亡过程，以及他的死给其他人带来的影响：父母从离异走到恩爱、相互扶持。苏小渔不愿与同学聚会，但是心中无比痛苦，引发在殡仪馆的偏激举动；宋晓波睡在那个寝室老做噩梦；以及"我"这些年来内心一直承受着自责，为当时对他的变故有那么一丝丝愉悦。《鸡蛋经营的爱情》以鸡蛋为道具，作为情节的纽带，贯穿全文的始终。从相识到相知，鸡蛋作为情窦初开的信物，见证了这对夫妻的爱情由浓转淡，敷演了很多真实的故事，使情节既有单纯鲜明性、现实性，又具有复杂的丰富性和生动性。又如《一条红丝巾》中的红丝巾，在文中开头和结尾照应出现，见证了李四军和李玉兰爱情的甜蜜与破裂。"小小桑木棍，四两拨千斤"，道具贯穿法的作用正体现于此。运用道具贯穿法要时刻注意照应文章，正如契诃夫所说："如果你在墙上挂一管枪，那么最后一幕就得开枪，不然也不必挂在那儿。"[①]

[①] 杨昌江、甘德成编著：《微型小说技法与鉴赏》，学苑出版社1990年版，第72页。

(3) 释悬反转法

在微型小说中，释悬法和误会法经常叠加使用，深化情节悬念，不仅对故事发展起推波助澜的作用，还能深深抓住读者眼球。《化妆》实际上是明暗线交织形成的悬念，明线是"我"和宿舍的另外 4 个同学看不惯陆小璐的"化妆"，暗线是陆小璐为何那么"臭美"，为何一到周末总会有人开车来接。接着，陆小璐开始变得无精打采，但"化妆"的工作有条不紊，而且比过去更为精细，不久她便要请假做手术。这里悬念被进一步强化了，把读者的阅读兴致吊得老高。作者在这里释悬——陆小璐原来是有着"先天性"心脏病，她的手术风险很高，她不想自己死得那么难看，所以她每次手术前都要精心化妆。读者至此就明白了陆小璐爱好化妆的真正原因。到结局陆小璐因手术风险死亡，"我"和宿舍的另外 4 个同学从不喜欢陆小璐化妆到要给陆小璐化最美的妆，而且 5 个人同时化妆给这个美丽的女孩送行。这里情节经过"释悬"揭秘，发生了极大的反转，这是秦俑在情节设置上的一个独特魅力。而《虚拟一场灾难》中黑姑娘假扮"莎士比亚"用小木马程序给"我"开了个小玩笑，让"我"一周不得安宁，不得不向她求助，这里作者又设置了一个悬念，不知是谁在黑"我"的电脑，后面才豁然开朗，一一展开。作者在这没有立即结束，而是又来了一个反转，黑姑娘的电脑居然也被黑了，还真应验了那句话："网络本来就是一个黑与被黑的过程。"可是黑姑娘万万没想到，能够黑她这个黑客程序员的只有她的好朋友"我"，这不过是"我"给她玩的一个小小恶作剧而已。文中释悬反转法的运用使微型小说产生一种独特的吸引力，让悬念得到强化，使情节反差在短时间内得到充分体现，在文章最后释悬时，读者才真正明白作者的用意，瞬间顿悟。

2. 多样化的叙述视角

叙述视角是小说的一种观察叙述角度，不仅在作品的表现意义上，甚至深化到作品的艺术价值上都有着举足轻重的地位,华莱士·马丁在《当代叙事学》中论道:"叙事视点不是作为一种传送情节给读者的附属物后加上去的,相反,在绝大多数现代叙事作品中,正是叙事视点创造了兴趣、冲突、悬念乃至情节本身。"[①] 秦俑正是遵循了和作品题材紧密相连的情感来转变叙事视角。下面分别论述他采用的三种叙事视角。

(1) 零视角

零视角就是传统的全知叙述,也称无限制型视角,叙事者可以从任意角度来叙事,没有时空的限制,也没有固定的聚焦人物。例如《纪念日》叙述了一对夫妇不满足于平凡的生活而有着各自纪念日的故事。作者以全知叙述的角度,打破线性叙事对情节连贯性的限制,采用点性叙事方式将每一小章节围绕纪念日连接起来,如同站在上空俯瞰这对夫妇一路走来的甜蜜和刺激。在时代的背景下,把探究的目光深入人物的内心世界中,描述现实的生活状态——既想抓住身边的平凡幸福生活,又想寻求不一样的新鲜刺激。原本他们是商量好了一起旅行,一起完成未完的共同心愿,然后一起回家办理离婚手续。结果却遭遇了马来西亚百年一遇的大灾难,他们成了别人眼中殉身海滩的痴情夫妇,他们离去的那天成了别人眼中的纪念日。又如《怎样证明自己还活着》,作者采用参与叙事的角度,为我们讲述退休老职工汪工的妻子希望寻求单位照顾而费尽周折证明自己还活着的事例。活生生的人站在面前都不能证明,偏要一纸空文来紧跟文件政策,导致汪工妻子还没得到落实下来的政策优待就已经病情加重与世长辞了。作者自己化身为单位小职员,极力讽刺了当今一些单位行政工作人员的不知变通,不会灵活处理事务,只知道背文件上的条条框框,却不知真正地为百姓做一些实事。

这里面零视角的设置使作品视野无限开阔,时空延展度大,矛盾复

[①] [美]华莱士·马丁:《当代叙事学》,伍晓明译,北京大学出版社2005年版,第131页。

杂。作者可以局部灵活地改变角度，打破了原有点性叙事在情节连贯性上的要求和限制，既增加了作品的可信度和真实性，又使叙事形态彰显变化，从而突出他的表现力。《纪念日》这篇文章读者读起来并不轻松，但是多读几遍便会发现作者灵活设置的深意，结尾也留给读者诸多想象的空间。

（2）第三人称外视角

第三人称的叙述视角一般出现在传统的叙事作品中，作者拥有十分充分的叙述自由，叙述者能对作品中人物命运和情节的发展做出完全预知并且任意摆布。读者在阅读过程中也会意识到，叙述者早已洞悉故事中尚未发生的事情，并且终会讲述接下来读者想要知道的一切，因此读者在阅读过程中只能被动地接受叙述者将情节的娓娓道来。这样就缺乏了新意，也无法引起读者进行新的思考，因而到20世纪初逐渐发展成新型视角，即第三人称外视角，采用故事中主要人物的眼光来叙事，又称摄像机式外视角。具有较强的逼真性和客观性，使读者有身临其境的感觉，仿佛一切就在眼前发生。但是，又让读者与人物的情感距离相差很远。因为这是站在旁观者外来审视故事内人物，无法真正走入人物的内心世界。

《回家》就是以大伟自身的口吻来叙述，围绕他回家在火车站遇到儿子化身小乞丐向他讨钱，外出打工多年导致父子互不相识的窘境。作品体现了文学的底层性，描写了下层人民的生存之艰，他们在物质和精神匮乏的状况下只能无奈离开家庭外出打工。又如《狗事》，作者跳出画面之外，以村支书和村主任他们养的宠物狗互相争斗来反映主人之间的斗争。《女人的逻辑》是"平凡人物李四系列"的作品，整个系列都是围绕主要人物李四的叙述角度来展开情节。李四随同刘爱国主任去广州出差，但没有控制住本能的欲望，在妻子和同事面前无比地紧张和顾虑，时刻担心自己的丑事被暴露出来。文中将李四的心理活动刻画得淋漓尽致,从担忧到懊悔这中间所受的煎熬让我们也不免为李四捏一把汗,"不做亏心事,不怕鬼敲门",李四若是身正也就不需要忍受这么多内心煎熬了。同样的叙事视角还体现在《感冒是怎样流行的》《比如驼背》《没意思》中,都是通过对李四单位和生活细碎小事的描述,来表现小人物在机关中的紧张感。可见单位中权力挤压是何其严重。

(3) 第一人称内视角

秦俑在写当代都市情感故事中大都运用的是第一人称内视角,作者试图揭示情感问题,叙事任务也就交给了一个聚焦情感的主要人物。对于私人化的题材,采取第一人称叙事视角,将自己亲身经历或者亲耳所闻的题材完整地呈现出来,获得读者信任,增强现场感。例如,《发生》以"我"的视角来回忆"我"和女朋友果儿从在一起到结束发生的事情。无聊和烦闷是现代都市特有的情绪,日复一日不断重复的工作和生活,让果儿总想从中找出一些不一样的东西。为了生活有新鲜感,她开始在电话中骗"我"周围发生的重大事件,并且乐此不疲。刚开始"我"只是惊讶不敢相信,后面也就习以为常,看破她的诡计,爱情的新鲜始终敌不过生活的平淡,"我"和果儿的恋情也在不久宣告结束。比起《发生》,《爱上唐小糖》中第一人称的叙述手法拿捏得更为娴熟,情节跌宕起伏。作品讲述了"我"和一个已婚生子的女人唐小糖进行的一场冒险相爱的游戏。他们都喜欢那样压抑而又充满刺激的生活,在生活里小心翼翼地扮演着各自角色,又不放过任何一次放纵机会。唐小糖想要刺激和爱情,又不肯割舍自己的家庭,不愿抛开现实生活为爱痴狂。而"我"想要真实的爱情,不愿再继续这种冒险的挑战。当唐小糖不能满足于"我"时,"我"就变成了为两位领导完成任务的另一种角色:一方面为唐小糖丈夫测试她对爱情的忠贞度,另一方面等着看唐小糖夫妇离婚,祝另一个领导取代唐小糖丈夫职位,"我"也能从中获得"我"想要的东西。其实,更多的是"我"对这段爱情的测试,也就对应了开头的一段:"爱上一个有孩子的女人恐怕就不是什么好事了。"

另外,作者善于抓住青少年的心理问题、精神困惑这些焦点来进行精心营构,通过对他们的心理活动描写来反映作品中"我"的内心变化和对事物日臻成熟的看法。《残酷月光》中的张扬,在面临着系花级女友的离去和父母离异的变故后,内心的痛苦无以言说,只能用玩音乐、打耳钉等放荡不羁的行动武装自己,外部表面的精彩和痛苦的内心形成鲜明的对比。张扬的种种遭遇让"我"心中甚至有了一丝隐隐的愉悦感,"我"都没想过去安慰他,还觉得上天是公平的,不可能将所有的美好都给一个人。这里面穿插了"我"的心理描写,将"我"的内心世界展现无遗,同时与现实发生的事情形成鲜明对比。随着时间的推移,"我"心中的无限自责和懊悔也在逐步加深。这在《父亲的西服》中也有体现,通过"我"上重点高中后,父亲来学校看"我"还换上西服的这件小事来反映社会上存在的一种势利眼光,只认衣服不认人,瞧不起底层人士,也反映了"我"的内心矛盾冲突:从不那么喜欢他到觉得爹也挺帅的,开始发现他的诸般优点。作品中父亲对儿子浓浓的爱溢于字里行间,将亲情的温暖和社会看人只看表面的冷漠形成鲜明的对比。

第一人称内视角的好处在于,人物叙述自己的事情时,会给读者带来一种特殊的亲切感和真实感,作者可以袒露内心深处最为隐秘的东西。文中内视角的使用就将读者带入情境中,随着主人公故事情节的发展而喜而忧。另外,它汲取了全知视角中全方位描述人物的优点,便于展现主人公的深层心理,文中出现的次要人物则可以通过外部描写或运用其他的艺术形式去了解他们的内心世界。

秦俑对于题材的变化而选择不同的叙述视角,可见作者功力之深厚。

他在致力于形象的刻画同时用不同叙述视角展现了作品的独特魅力，反映了现代社会的潮流所向和存在的弊端。

如上所述，无论从内容主旨、情节设置还是叙述视角等方面，秦俑的微型小说总给我们耳目一新的感觉，他用质朴平实的语言、跌宕起伏的情节构建了一个个耐人寻味的故事，让我们从故事中寻求背后的意义内核和人生的出路。微型小说短小精悍，见微知著，能够涤荡人们心灵，贴近民众生活。秦俑对微型小说的贡献和执着是令人钦佩的。他不断改变着自己的风格，追寻新颖的表达方式，拓宽创作路径；他用自己的生活体验，为大众寻求一种精神困惑的出路。他关注民众的生活和精神状态，坚守文学自身的非功利性，为我们展示现代社会的百态人生，让我们从故事中感受人物的喜怒哀乐，从中获得审美感受，反省我们自身。

（蒋　薇　袁盛才）

二十四　喊雷微型小说主题初探

喊雷，1938年生，原名刘汉雷，陕西富平人，原籍四川南充。系中国作家协会会员、富平作家协会名誉主席、富平书画院名誉院长。有作品数百篇次入选《世界微型小说经典》《中国新文学大系》《新中国六十年文学大系》等200余部文集。《生死抉择》入选初中语文教材（S版）、土耳其大学语文教材。曾获第三届"中国人口文化奖"、由《微型小说选刊》主办的全国"我最喜爱的微型小说"奖（5次）、由中国微型小说学会主办的年度评选奖（7次）和第二届"柳青文学奖"等奖项共40余次。2009年获小小说作家风云人物版"世纪之星"称号，出版有《喊雷小说选》

《魔袋》《生死抉择》。其书法作品曾获"中华民族艺术杯"一等奖等奖项十余次,被中国国际文博会审定为一级品,入选《百年经典·中国书法全集》和《世界名人录》华人卷。①

2003年,首届中国小小说金麻雀奖评委会给喊雷的评奖评语是:"喊雷的小小说题材宽泛,或直面现实,写当代百姓之喜怒哀乐;或勾画历史,写古代奇人奇事……其笔下人物生动、饱满、富有个性。"②

本节试图以喊雷的微型小说作品集《梦非梦》为探究对象,归纳其作品的主题为以下两大类。

(一)讴歌真善美

社会美是人的本质力量显现在社会实践中的体现,是人类实践创造活动中的体现社会事物发展规律和丰富性,符合人的实践意愿、审美理想的社会事物的美。社会美反映在人类社会实践的各个领域,表现在人类社会生活的诸多方面,人类社会生活的内容有多丰富,社会美的表现就有多丰富。车尔尼雪夫斯基说:"美是生活。"这就深刻地揭示了美对生活的依存关系。③ 喊雷的微型小说往往忽视对人的外在美的描绘,即忽视人的相貌、体态、仪表等方面的美,而是以人物的内在美为主题,讴歌人物内心世界所蕴含的美,与中国艺术"重神轻形""以神写形"的精神相契合。

喊雷的微型小说集《梦非梦》,收集了他的89篇微型小说,其中共有28篇微型小说洋溢着"讴歌真善美"这一主题,并且这一主题主要体现在"人性之真与善""人情之纯与美"和"人心向往真善美"三个方面。下面分别予以论述。

---

① 喊雷:《梦非梦》,四川文艺出版社2012年版,第1页。
② 喊雷:《生死抉择》,吉林出版集团有限责任公司2010年版,第169页。
③ 季水河:《美学理论纲要》,湖南人民出版社2011年版,第63页。

1. 人性之真与善

社会美主要是建立在合目的性基础上的，是以符合历史进步、符合人民利益的真善为基础的。柏拉图在《文艺对话集》中认为，人创造的美都是来自心灵的聪明与善良。其后的亚里士多德、普罗提诺也都认为美善不可分："美是一种善。"的确，社会美是以善为基础，与社会功利、伦理道德密切联系的，是以内容取胜的。中国古人所说的"诚于中而形于外""木体实而花萼振，水性虚而涟漪结"都强调了事物内在品质决定外在形式。从本质上看，社会美就是以感性形式表现出来的善。社会美偏重于内容真善的特征，既体现在社会实践主体的人身上，也体现在描写实践主体的人的艺术创作中。①

在喊雷的28篇讴歌真善美的微型小说中，共有7篇以讴歌"人性之真与善"为主题，它们分别是《雌雄双笔》《寻找》《自杀前后》《笔迹》《掉价与否》《为世师范》《悬崖边的白围巾》。下面分两部分予以论述。

（1）人性之真

喊雷的微型小说以历史实践的主体——普通百姓为主要创作对象，从一桩桩小故事中，讴歌了人性之真与善，表现人性之真的微型小说有《雌雄双笔》。小说中，书法家刘旭烈某一天收到一张便笺，便笺请求他为"齐贤斋"题名。他一看那便笺，便深深地被便笺上的书法所吸引，自愧不如，因此推辞了题名。不料，他因为拒绝题名反而被戴雯姑拜为师。原来，这便笺是雯姑之父所写，戴公交代"倘有因睹吾书之笺而不敢妄写齐贤斋者，乃雯儿之师也"。后刘与雯姑结为夫妻，共同习字，书艺达到炉火纯青的地步，不分高下。他们题的匾额碑文一律不落款题名，因此，当地人见了写得好且没有题名的匾额碑文都说是"雌雄双

---

① 季水河：《美学理论纲要》，湖南人民出版社2011年版，第171—172页。

笔"写下的。这是一篇历史题材的民间传说式的微型小说,体现的是"知耻近乎勇"的精神。最高的艺术境界抑或人生境界不是"有名",而是"无名"。刘旭烈作为"顺庆城第一笔",他的"真"体现在两方面:一方面他拥有真性情,在收到一张书法比自己精湛的便笺后,他没有偶像包袱,主动拜访便笺主人,说明自己的书法并不如这张便笺的主人,因此不敢贸然下笔;另一方面,他拥有真学识,能够一眼辨认出便笺的书法不凡,而不是像其他书法家那样不辨真迹抑或骄傲自大,挥笔就写。夫妇二人怀揣着知耻的精神和对先辈书艺的敬仰,相敬如宾,互相学习,从而由至真达到了至善至美的境界,在民间传为美谈。我们的时代不缺乏吹嘘和经过包装后闪闪发光的明星,缺乏的是质朴和脚踏实地的工匠精神,更缺乏的是《雌雄双笔》里散发出的那种古朴谦逊而真诚的美德。喊雷显然对这种美德发出了呼唤。

(2)人性之善

百年大计,教育为本。喊雷的微型小说中还有不少关于歌颂教师题材的作品,如《为世师范》即以地震为背景,赞颂了老师舍命救学生的崇高人格。地震发生时,殷老师及时把学生杨娟拉进墙角的桌案下,她们被困在里面,但是此时只剩下一瓶矿泉水,她们互相谦让。尹老师为了劝学生喝水,撒谎说自己被重物压住了,让学生喝后水去呼救。终于有人听到呼救声,救援人员赶到,发现尹老师的尸体。她的体内上下都无伤痕,她是渴死的、饿死的。覆盖在她身上的是墙上震落下的金色木质画框,是一个只需要用一只手就能轻轻掀开的画框,画框里是一幅绫裱的书法作品,上面是刚劲有力的四个大字"为世师范"。这表现了殷老师真正"为世师范"的崇高人格。

无独有偶,同样以地震的发生为引线,《自杀前后》写的是一名患病的学生徐余想要自杀,却因为意外发生的地震救人反而救了自己的故事。

徐余大三时查出尿毒症退学回家就医，乡下的父母被巨额的医药费搞得负债累累。徐余不想再连累双亲，为了彻底摆脱因他的疾病带来的经济负担，决定自杀。不料自杀时地震发生，徐余抱着必死的决心救出近30个幸存者，他自己因为体力不支而晕倒了。上级领导在得知他的英雄事迹后，责成医院一定要治好他的病。徐余在康复出院后免费完成了学业。更幸运的是，在被他营救出的人中，有一位姑娘是市一家化工企业的董事长的女儿，她要求她爸通知徐余毕业后欢迎他去那里工作。徐余因为孝顺而决定自杀，因为地震而放弃自杀转而救人，因救人而救了自己，从此人生焕然一新。一方面他是幸运的，是因为某种机缘他才去救人，喊雷没有一味拔高他；另一方面，如果徐余的性情里没有善良的品质，他就不会收获这么多的幸运。喊雷坚持了"善有善报"的中国传统写作手法，以徐余的完满结局讴歌了人性之善。

喊雷描绘的真与善是泛化的，存在于社会的各个群体。在他的微型小说中，我们不难窥见，除了书法家、教育家和大学生保有那份真与善，普通村民也拥有这份品质，善在生活的各个角落里散发出沁人心脾的馨香。《悬崖上的白围巾》一文中，罗永在他娘的再三催促下拟好征婚广告，逢集想上邮电局用挂号信把征婚广告寄往报社。路过鹰歇崖时，他看见一条飘落在悬崖半腰的白围巾。以为有人从这里投潭自尽，他当机立断，从两丈多高的悬崖上跃进深潭，潜入水底救人，还因此受伤，不料既未摸着活人，也未发现尸体。原来，这条白围巾是一位姑娘去赶集经过这里掉下去的，姑娘赶回来找围巾被罗永感动，答应给他当红娘，待到下一个赶集日把村里一位姑娘介绍给他。这则故事在让我们莞尔一笑的同时给我们启迪：热心肠和善良的品质是一个人最好的名片。真与善无关于学历和地位的高低，它存在于人性当中，即使最普通的人也可以并应该悉心保有这份美好。罗永用自己古朴的真与善通过了意外的一次考验，也因此赢得了一次结识良缘的契机。

2. 人情之纯与美

"社会环境美,指人们生活中的社会文化环境的美。它体现为社会生活中人与人之间社会关系的和谐与文化生活中文化产品的真善美。在社会生活中,人与人之间互相关心、互相爱护、互相帮助、真诚相待,这种和谐的社会关系可使人心情舒畅、情绪饱满、精力集中,有益于人的身心健康和提高工作效率。在文化生活中,真、善、美的文化产品能鼓舞斗志、愉悦心情,从而促进人的发展。"①

在喊雷的 28 篇以讴歌真善美为主题的微型小说中,共有 9 篇以表现"人性之纯与美"为主题,它们分别是《白雪》《求字》《获救》《遇》《高高的白杨》《守候》《遗产》《种子》《伞》。下面分别从三个角度予以论述。

(1) 人情之纯

喊雷作为一名书法家,喜欢在微型小说中写书法家的故事。如果说喊雷在《雌雄双笔》中,讴歌了人性的真与善,他的另外一篇书法题材的微型小说《求字》,讴歌的却是人情的纯与美。在《求字》中,"我"是一位书法家,对待求字者一视同仁,都是"内容请自选,润资皆自酌"。一日,"我"收到香港一位叫龙念华的老人的来信,请"我"写一首表达海外游子在香港即将回归祖国时的心情的诗词并写就寄给他。"我"并不计较老人没有支付酬金。在"我"的字寄出去不久后,"我"意外地收到两张汇款单和一封信,原来龙先生将巨额遗产委托给"我"建一所中国书法学院,并支付给"我"润金。"我"被龙先生的拳拳爱国之心感动,饱蘸感情提笔写了两个字"还家",正是"我"寄予龙先生的那两个字。

在这篇微型小说中,"我"是一个没有铜臭味的书法家,具有文人独

---

① 季水河:《美学理论纲要》,湖南人民出版社 2011 年版,第 64 页。

立的人格，所以才会在没有酬金的情况下答应为龙先生题字。龙先生是一位行将就木的老者，至死期盼"还家"，也期盼着香港回归祖国。他们尚未谋面，仅凭借一纸书信，便沟通了心中对祖国的强烈热爱和对祖国统一的巨大期盼。龙先生没有等到香港还家的那一天就离开了人世，但是把巨额遗产委托给"我"，在祖国内陆建一所中国书法学院，通过这种方式延续了自己对祖国的拳拳深情，表达了对祖国厚重的思念。在喊雷的这篇微型小说中，没有一己私利，没有尔虞我诈，只有祖国同胞美好的心灵，只有港陆人民之间心有灵犀的信任，洋溢着一种和谐的纯与美。不论是这种同胞间的无条件信任，还是海陆同胞对于香港回归祖国的热切期盼，都是纯粹的，不掺杂任何杂质，更不容亵渎。

（2）人情之美

除了表现家国情之纯，喊雷也书写人情之美。在喊雷的《白雪》一文中，"我"和雪荷都酷爱文学，是心照不宣的知己，"我"因发表文章被扣上"右派"的帽子而判处长刑。雪荷许下诺言：这张宣判书就是我们的结婚证。而当"我"获释之时，雪荷早已嫁作他人妇，由一个冰清玉洁的姑娘变成一位外籍华人的妖冶夫人。"我"化悲愤为力量，奋笔疾书，十年磨一剑，终于在文坛上获得了不小的成就，而在此时，"我"从雪荷的妹妹雪梅那里得知，雪荷并没有去国外，而是患癌症离开了人世，死在当年见"我"的第二天的手术台上。原来，雪荷并没有变心，她是用一个谎言把自己化为寒风，让恋人的才气之雪傲立于山峰之巅，用一个谎言成就了恋人的才华。小说的结尾处，知道了真相的"我"早已泪眼模糊。真正的爱不是短暂的欢愉，而是灵魂的惺惺相惜。雪荷深知"我"的文学天赋和才华，所以才编织了一串白色的谎言，让自己背负负心的黑锅，从而成就而不是毁灭"我"的才华。喊雷在结尾处设置了一个悬念，当真相大白时，读者无一不被雪荷的心灵美所感动，无一不为这可遇而不可得的缺憾所叹惋。

人情之美不仅仅局限于伟大爱情的动人,还体现在日常邻里和睦的关系上。《获救》描写的就完全是平民百姓的生活常态。在《获救》中,柳村的张李两姓乃三代仇家。一天,老张、老李从集镇夜市出来,一前一后,同时赶路。忽然,走在前面的老李"啊呀"一声,误入溪河,坠入冰窟,老张折下一段柳枝救出老李。老李问老张为何救自己。老张说:应该是你先救了我,要不是你那"啊呀"一声,我一定也会掉入冰窟了。他们曾经打斗过的双手紧紧握在了一起。《获救》通过百姓间一则化解矛盾的简短故事,展现了社会环境美的主题,告诫人们要宽容,在与他人相处时,应摒弃陈见,用一颗善良的心去与人为善。唯有如此,才会化干戈为玉帛,社会才会更加和谐。这则小说虽小,却讴歌了人情之美,并寄寓了作者的社会理想。

(3)纯美交融

喊雷的微型小说的主题有表现人情之纯的,有赞美人情之美的,还有一部分微型小说的主题难以分辨是侧重纯还是侧重美,因为纯美早已交融为一体了。在《高高的白杨》一文中,校长在得知杨老师已是肺癌晚期后,强制他留在家中治病休养,可是杨老师却不乐意"罢工"。校长决定把37年前杨老师刚来学校时亲手栽的那棵高高的白杨树锯下给他做棺木。杨老师不久后病逝,校长叫人通知余木匠把棺木送来,不料木匠送来的是两大车新崭崭的课桌。原来,杨老师省下用来买药的300元给木匠做加工费,让他把棺木改成课桌,并且一再叮嘱凳子要做成木榫的,因为孩子好动,如果用钉子的话容易松动而扎伤孩子。杨老师口袋里叠着写下的工工整整的《白杨礼赞》的教案。他再也没有机会教《白杨礼赞》这篇课文了,可是他的一生不正是一篇鲜活的《白杨礼赞》吗?他一辈子都在讲台上教书,把生命里最宝贵的37年都奉献给了这座小山村的学校和孩子们,兢兢业业、毫无怨言、默默无闻。杨老师正如那蜡炬，燃烧了自己，至死考虑的都是孩子们，把舍不得买药治病的 300 元用作加工费，把自己的棺木换成孩子们崭新的课桌。喊雷的微型小说大多描写大众和平民的故事，朴实自然，贴近生活真实。《高高的白杨树》就是这样一篇微型小说，杨老师虽然只是一位平凡的山村民校教师，但是他对学生的关爱之情纯美而令人震撼。

3. 人心向往真善美

在喊雷的微型小说中，常常巧设悬念，在结尾处解开谜团，让人顿悟，从而揭示人心向往真善美的主题。在喊雷 28 篇讴歌真善美的微型小说里，共有 12 篇展现了人心向往真善美的主题，它们分别是《生死抉择》《天鹅湖畅想曲》《报警》《寻找高手的高手》《石鉴》《狗事》《一道风景线》《测试》《五彩山鸡》《狙击》《回家的路》《开锁》。下面分三部分予以论述。

（1）人心向往真

生活常常充满意外，人生之旅也布满了考验。在《测试》中，谢老太太虽然无儿无女，但晚年的景况还可以，她感到自己已来日不多，不知如何处置剩下的 30 多万元。她住的院子里孙、赵、朱三家，邻居对她都不错，可是这三家家境都不太好，她本想在经济上都给些帮助，但又担心因此露富招来麻烦，于是她想了一个办法测验人心的真伪。她以急需去医院看病为借口，向孙、赵、朱三家邻居各借了 300 元，还款时，她故意把 400 元当 300 元交到邻居家人手中。孙家当即把她多给的 100 元退还给她，朱、赵两家料定她是老眼昏花，觉得不要白不要，更过分的是朱家看老太太好欺哄，第二天居然找上门来说那三张是假钞。谢老太太通过这个小测验看清了人心的真假。当天晚上，谢老太太备了桌酒菜和孙家结为义亲，把钱留给了孙家夫妻的孩子念大学用。生活中的一桩小测试就能反映出一个人是否拥有真诚的宝贵品质。这则微型小说以小见大，强调和突出了人心向往真的主题。

（2）人心向往善

喊雷的一篇小说微型代表作《生死抉择》被选入 S 版初中语文教材、土耳其大学语文教材。《生死抉择》不仅直接树立了一个富有"人格美"的人物形象，而且和那些自私自利的人物进行对比，更加突出了"人格美"的重要性。在《生死抉择》中，刘大爷在滔滔洪水中发现桥被冲塌，冒险阻拦汽车，而汽车却冲入河中。原来，车上的人以为刘大爷要搭车逃难而不愿意浪费时间停车。人们的生死全在于自己的抉择，在这非常时期，善良不是拯救他人，而是成全自己。尽管如此，刘大爷仍然冒着生命危险伫立在桥边，他似乎坚信着他的善良不会徒劳，总会救起那些和他一样想要搭救他人的善良的人。这则微型小说发人深省，意蕴无穷，赞颂了刘大爷舍己救人的人格美，启发人们应该时时保留一颗善心并做善良的抉择。正如法国作家巴尔扎克告诫的那样，作者只是给开列方程式，不要把现成的答案硬塞给读者,① 这个开放式的结局也显示了人心向往善的主题。

《生死抉择》描写的是非常时期的非常抉择，《寻找》则以校园题材为基础，描写一位普通的中学生因为一个善举而意外地改变自己人生轨迹的故事。搽耳初级中学传达室有一个失物招领箱，招领箱里挂了一串钥匙，钥匙链上还拴着一张身份证。每天几千学生经过都无动于衷，谁也不愿意"多管闲事"，多花一块钱买邮票写信通知失主来取。而刚从乡下转学来的杨帆节省下一周的早餐钱，买来邮票和信封信笺，通知老奶奶来学校领取失物，不料邮票脱落丢失，杨帆决定在星期天骑自行车

---

① 凌焕新：《微型小说美学》，凤凰出版社 2011 年版，第 170 页。

按照身份证上的地址亲自给老奶奶送去。第二年夏天，杨帆以优异的成绩毕业，家里却没有钱供他念高中，不料却意外获得退休教师刘妍的遗产。原来，刘妍正是那位"丢失钥匙"的老奶奶，她膝下无子，丢钥匙原来是个考验，她想把遗产留给一位善良的孩子。一桩小小的校园善举成了一个传奇，小说赞扬了杨帆乐于助人的心灵美，帮助他人就是帮助自己，显示了世间人与人之间的温情。很多时候，人类正是在这种互相搀扶下共同走出困境的黑森林的。

（3）人心向往美

在文化生活中，真、善、美的文化产品同样能鼓舞斗志、愉悦心情，从而促进人的发展。《天鹅湖畅想曲》就展现了美的艺术作品具有推动保护自然生态环境的作用。新闻系摄影专业大学生姚磊给家里寄回一封信，让家里人给他寄去忘带的寒假作业，即一张天鹅湖村的全景照片。姚磊他爸不识字，于是找村主任代劳看信，写回信。在场的人惊呆了，照片上熟悉的天鹅湖水面上竟有两只白天鹅，村主任给县报寄去了《天鹅湖飞来了天鹅》的新闻稿。消息不胫而走，游客络绎不绝，为了满足观光游览的需要，天鹅湖村修了路，也致了富，成了省级重点旅游区，生态环境改善后，飞来了成群的天鹅。后来村主任才知道，姚磊不是抓拍到了天鹅，而是为了完成寒假作业《家乡畅想曲》而从《人民画报》上剪下来贴上去而翻拍出来的。姚磊的《家乡畅想曲》是对当时生态环境恶劣的家乡的一番美好的憧憬而拍摄出来的作品，不料一曲畅想竟成真。天鹅的羽色洁白，体态优美，叫声动人，行为忠诚，在欧亚大陆的东方文化和西方文化，不约而同地把白色的天鹅作为纯洁、忠诚、高贵的象征。正是因为天鹅的美和人们的"爱美"心理，所以误以为真的人们纷至沓来，只为一睹天鹅的芳容。而旅客一多，路修好了，相应的硬件设施也完善了，生态环境也改善了，天鹅湖真的飞来了天鹅，天鹅湖村于是名副其实了，这其中的转变都归功于姚磊的摄影作品。《天鹅湖畅想曲》讴歌了社会环境美，表现了人心向往美的主题。

（二）抨击假恶丑

一般而言，丑的日常语义是偏于消极性和否定性的，可以用来概括形象上的难看怪异、品质上的恶劣不良到心理感受上的厌恶羞耻等广泛领域。从审美活动中审美主体与审美客体之间的关系看，丑是人的本质对象化的未实现和残缺状态，是现实对人的本质的否定，是目的性与规律性的不统一；从审美意象中内容与形式的关系看，丑是理性内容与感性形式、理性与现实、社会与自然、背景与前景之间的背离，是对规范和正常尺度的破坏和否定；从审美感受角度看，丑引起的感觉，是一种复杂的苦味或带有苦味的愉快，它富有刺激性，使人不安、厌恶甚至痛苦，但在其积极意义上，亦可以突破传统习惯的审美趣味的硬壳，渗入灵魂，沁人心脾。因此，否定、背离愉悦是丑的本质属性。①

与社会美相对应，丑也可以分为三类：一是自然形态的丑，是特定历史阶段的人类"不可避免的丑"，如残疾身体的丑等，这类丑主要关乎形式而不涉及"恶"的内容；二是社会形态的丑，是社会生活中与恶相关联的"恶丑"，如丑恶行径、坏人坏事等；三是艺术形态的丑，这类丑经过了艺术规范和艺术理想的浇灌熔铸，已转化为艺术美的组成部分。② 喊雷的微型小说轻视自然形态的丑，也不涉及艺术形态的丑，而是着力于抨击社会形态的假恶丑。

喊雷的微型小说集《梦非梦》中，有45篇是抨击假恶丑的，这主要体现在直面人性之假、批判生活之恶和讥讽官场之丑三个方面。下面分三

---

① 尤西林：《美学原理》，高等教育出版社2015年版，第285—286页。
② 同上书，286页。

部分对此予以论述。

1. 直面人性之假

在这 45 篇抨击假恶丑的微型小说中，有 22 篇是直面人性之假的，分别是《假作真时真亦假》《脸面》《鸭趣》《本来不想说破》《损招》《金顶功失传记》《冥用新品》《互换道具》《心术》《三人行》《梦非梦》《未知数求解》《不解之谜》《左邻右舍》《斜眼》《街灯明灭》《秘方》《坑》《迷路》《大红灯笼高高挂》《退化》《亲子鉴定》。所谓人性之假，又分为以下三种情况。

（1）假在虚伪

喊雷的微型小说通过挖掘人性弱点来直面人性之假。比如在《街灯明灭》中，喊雷着眼于普通街巷，揭露了市民虚伪和贪图小利的弱点。在搽耳镇中心街的商场里，一天，一位新潮的少妇买了一双新鞋，顺手把她那双款式新颖、有八九成新的旧皮鞋扔在墙角。不一会儿，一位经过的人想把这双皮鞋拾走，旁边姓赵的摊主讥讽他不该拿这双鞋。同时，赵摊主对旁边的摊主说这双鞋带了病毒。天黑后，赵摊主趁着供电不正常的时候想把鞋拿走。不料街灯忽然亮起，他在大家惊异的注目下赶紧一脚把鞋踹到西墙角，而后破例延迟了收摊时间，把这双鞋拿走了。从城市商场里发生的一桩鸡毛蒜皮的小事之中，作者塑造了一个典型的贪图便宜、口是心非的市民形象——赵摊主，他心口不一，想捡起皮鞋但是又好面子，拉不下脸，他得不到又不忍心让别人捡去这个便宜，便使用一些小心计、耍些小手段让鞋不被人拾走，最后还是偷偷地捡走了。街灯的"灭"象征的是对人心阴暗面的挖掘。

（2）假在心计

喊雷还有一部分武侠题材的小说，旨在直面人性之假的微型小说，典型的作品有《心术》。姚晃儿时既学武又学医，习武因无名师指教，未成气候；习医因得名师真传，成为杏林名流。一次他策马去观看圣武门掌门人司马慕龙与洪门派掌门人的比武。司马慕龙号称武圣，大家以为他胜券在握，孰料，十回合后他败下阵来。下山时，姚晃正巧与司马慕龙同行，他断定司马慕龙不是输在功力上而是输在体力上，并料到了司马慕龙背部有伤。司马慕龙看他料事如神，是个杏林高手，便留下来养伤。姚晃借机要求司马教他武功。七七四十九天到了，姚晃不仅把武功全学会了，而且青出于蓝而胜于蓝。时逢中秋，司马慕龙想回去省亲，欲求姚晃把秘药处方给他，姚晃不答应。他们当即发生了争执，各自出招，不料姚晃仅两三回合就败给了司马慕龙。原来，司马慕龙并未把真功夫教给他，教给他的只是花拳绣腿。司马慕龙逼迫姚晃交出秘方，不久司马因服秘药猝死。姚晃暗喜，不料自己不久也窒息而死，原来是司马的圣武功法延时发作了。就这样，武林高手司马慕龙和杏林高手姚晃用各自的心术杀死了对方，也被对方杀死。这则微型小说情节跌宕起伏、一波三折，讽刺了那些心术不正之人的心怀鬼胎，并且告诉人们害人就是害己，人与人应该坦诚相待。杏林高手姚晃本应把救死扶伤当作自己的天职，他有能力疗好司马慕龙的伤，却给他开了不痛不痒的"假药"，让司马慕龙的伤不能根除和痊愈，只能起到缓解的作用，并以此为由留下司马慕龙，从而骗学武功，正所谓醉翁之意不在酒也。而司马慕龙将计就计，教给姚晃一些花拳绣腿的"假功夫"，在练习比武时还很有心计地假装败给姚晃，让他沾沾自喜。司马慕龙逼迫姚晃交出秘方，姚晃交出的是普通人服用无碍但对身上有伤的司马慕龙却是致命的药方。就这样，他们彼此不愿互相帮助，反而用心术害死了对方，结局令人深思。

(3) 假在唯心

在喊雷以直面人性之假为主题的小说中，除了假在虚伪和假在心计外，还有一部分是写假在唯心主义的。这些微型小说中的人物往往无视浅显易懂的客观规律，在生活中不坚持实事求是的唯物主义精神，而是唯心造作，从而贻笑大方，代表作有《鸭趣》。膳食科朱科长的夫人把乡下亲戚送的两只鸭提到大伙房，请赵炊事员老赵宰杀。老赵说那只公鸭太瘦，毛多肉少，母鸭要下蛋了，杀了可惜，他先用残羹剩饭养起来，帮忙照看。不久后，老赵按月每月给朱科长送去30个鸭蛋，科长夫人在丈夫面前美言老赵，说这人老实。不久后，老赵升为采购员，小丁接替他的职位和照看鸭子的活，但一天又一天，小丁都不见鸭笼有蛋。他没有戳穿老赵，而是每月底给朱科长送去60个鸭蛋，并谎称两只都是母鸭，科长夫人以为之前被老赵欺骗。不久后，小丁接替了老赵的采购工作。于是，照看两只鸭的工作落到了接替小丁的小艾身上，一天又一天，小艾都不见有蛋，小艾不得不去科长家说出实情。朱科长索性把两只鸭都捉回家观察。次日，乡下亲戚上门来，指明这是两只公鸭，并不可思议道："唉，咱乡下的公鸭，到了你们城里就能下蛋。真没想到这城乡差别会这么大！"乡下亲戚的话解开了科长的疑惑，真相浮出水面，赤裸裸地讽刺了职员为了讨好上级不惜唯心地颠倒是非，违背客观规律的做法。

2. 批判生活之恶

在这45篇抨击假恶丑的微型小说中，虽然只有10篇是批判生活之恶的，但是每一篇都富有典型意义，有对历史的批判，有对在宗法制绑架下乡村愚昧的批判，也有展现社会陈见对女性的戕害。它们分别是《厨魂》《黑土》《柳叶刀》《井绳》《呼救》《滑坡》《绑票》《无奈的回归》《似是而非》《魔袋》。对生活之恶的批判分为以下三种。

（1）对历史黑暗现象的批判

在批判生活之恶的微型小说中，首先是对历史黑暗现象的批判。以

《厨魂》为例,光绪二十七年(1901)冬,慈禧返京,将蓝田著名的厨师郑甲带入宫中。一天,她吃出一小块人指甲,便将郑甲赐死。郑甲的儿子郑乙遂改名邹乙,继承了父亲的好厨艺。慈禧再挑选御膳房的厨师,将邹乙召入皇宫做主厨。邹乙用恶心的祖传秘方制作"美食",让杀父仇人吃尽"苦头"受尽侮辱而不察觉。郑乙之子郑丙长大后跟着共产党打天下,共产党吃的是红薯、土豆、小米,官兵一致,祖传厨艺都派不上用场。郑丁向郑丙要祛臭汤配方,经过苦苦哀求才得到。前年,郑丁被聘为深圳一星级饭店的主厨,他让来店就餐的农民和工薪阶层花10元钱就吃到20元的饭菜,而用祖父对付慈禧的办法对付每席动辄几千几万元的主顾,用手里那把菜刀做出的菜品惩罚拿公款付款的贪官污吏败家子和吃黑心钱的赌徒大烟贩。

《厨魂》这篇微型小说具有多元性的主题,时间跨度长,从光绪年间说到现代社会,通过祖孙四代大厨的人生来展现历史的变迁。其中,又主要通过郑丁表现了社会贫富悬殊等不公平的社会现象,借郑丁惩罚那些"拿公款付款的贪官污吏败家子和吃黑心钱的赌徒大烟贩",以抨击社会的阴暗面。在封建朝代末年,欺压百姓的是以慈禧为代表的统治阶级和侵华的八国联军,所以郑乙为报父仇,用祖传秘方对付慈禧。在共产党打天下的时代,官民平等,物资匮乏,大家吃的都是粗粮,没有大鱼大肉可吃,更别说什么花样了,所以郑丙的厨艺无处施展,并且也不愿意把秘制配方传给儿子郑丁。他说:"而今既无皇帝皇娘,又无地主老财,你要这配方坑谁去?"然而,如今虽是太平盛世又无战争侵扰,却在安逸享乐之风的影响下养成了不少骄奢淫逸之徒。因而,郑丁又操起祖业,用自己的厨艺惩罚那些"拿公款付款的贪官污吏败家子和吃黑心钱的赌徒大烟贩",这些都是社会的蛀虫。举世混浊,所以郑丁才想要拿起手里的菜刀为这天地开辟出一片清凉来。虽然几代厨师的形象可能缺乏生活真实,却又结合了真实的时代背景,合情合理,符合艺术真实,让人觉得真实可信,在对厨师的行为莞尔一笑的同时，也会为其对生活的批判感到痛快。

（2）对乡村宗法制之恶的批判

喊雷除了深入城市生活，创作了不少以批判城市之恶为主题的作品外，还创作了一部分以乡村为载体的文章，挖掘了农村宗法制下村民的愚昧无知和封建思想残留等陈旧观念对人的伤害、对经济发展和现代化进程的阻碍。

在《黑土》一文中，郑宇因与寡居的四婶颜氏成婚，族长在祠堂里以乱伦罪施笞刑七鞭，然后将其逐出郑氏门宗。颜氏自尽后，郑宇几经辗转流落到欧洲，进入S地矿公司的化验室工作。一天，他受好奇心驱使，从离家出走时在父母坟头带走的一搭黑土中取出一匙化验。令人吃惊的是这搭黑土是软锰矿土，他立即决定抛弃S公司的优厚待遇，义无反顾地回国和相亲们共同开发郑氏陵山。郑宇觉得当年抽他的那条鞭子是贫穷和愚昧两股拧成的，倘若家乡依旧贫穷，那条鞭子还会落在郑氏子孙的身上。他怀揣着一颗赤诚的心殷切地为家乡致富出谋划策。只是他万万没想到的是，迎接他的不是乡亲们的热情和温暖，而是锥心刺骨的疼痛，几百双眼睛射向他的不是悠悠乡情，而是如刀似剑的寒光。他们纷纷让郑宇滚蛋，抓起坟地里一块块板结的黑土，向郑宇扔去，他们以为郑宇此行回来是为了报那七鞭之仇，回来挖祖坟、盗宝藏的。郑宇百感交集。农村因为贫穷而愚昧无知，因为愚昧无知而无法接受进步，从而无法摆脱贫穷。喊雷关于挖掘落后农村地区人们愚昧麻木的微型小说不仅批判了生活之恶，而且具有一定的寻根意义。

（3）对社会戕害的女性批判

在《柳叶刀》中，尚鹤于午夜时分掏出祖传玉雕镂孔柳叶刀，拨开邹家院门正欲行窃，不料发现邹妍为雕刻一根大拇指熬到凌晨4点。尚鹤被这种执着的艺术追求和痴迷的敬业精神感动，便放弃行窃，空手而归。他出身玉雕世家，为自己的不务正业而无地自容，遂回师伯处继续学艺，不出两年，便在省际玉雕现场表演赛中夺冠。岂料，尚鹤半夜偷偷摸摸出入邹妍家门而邹妍家什么东西都没丢的举动被邻居看到了，邹妍因为这起"莫须有"的"桃色丑闻"已不知去向了。尚鹤陷入了深深的惆怅。《柳叶刀》中，尚鹤因为被邹妍的专注打动而悔改，决心重新学艺，结果取得了一定成绩。如果小说到这里就截止了，那么是一个欢喜的结局，但是因为长舌妇的"好事"和不知实情"无事生非"，邹妍蒙羞以致出不了家门，更嫁不出去，从此杳无音信，不知是投河自尽还是远走他乡。无辜清白并勤奋向上的女性不仅没有得到应有的尊重，反而落下一个悲惨结局。喊雷通过这一戏剧化的结局和对比，挖掘并讽刺了人们"好事"，批判了生活的不公和丑陋。

无独有偶，《井绳》也表现了生活对无辜女性的"谋杀"。"我"好心帮一位陌生大嫂打捞起一只水桶，"我"看大嫂一身湿了，便把自己的外套借给她。她第二天还"我"外套时被多事之人谣传为与人私通，她不肯招认，用井绳结套自尽。并且，按照族规，"不守妇道"的人寻死之后要示众三天，才准入殓。《柳叶刀》和《井绳》虽然题材不一样，但是写的都是在封建落后的世俗下，以及社会带着对女性特有的偏见、歧视和不公，加上"好事者"的无中生有，使清白的女性落得一个莫须有的罪名和悲惨的结局。这种悲惨结局富有警醒世人的作用，极具社会意义，告诉人们不要因为好奇和所谓的热心肠就无端地冤枉那些清白的人，尤其是那些手无寸铁的、在社会中处于劣势地位的女性，从而深刻地批判了生活之恶。

3. 讥讽官场之丑

喊雷的微型小说既像一碗家常豆腐，叙写着大众和平民百姓生活的点点滴滴，对其加以提炼、加工、简化以及升华，又穿插着些历史题材和民间传说，使之生趣盎然，还不时站在时代的高度，审时度势，挑拣出一些典型的官场潜规则来，化身为平民喉舌，言百姓不敢言，怒百姓不敢怒，对其丑恶和腐败的行为进行一针见血的批判和无情的嘲讽，让人不禁拍手称快。在这 45 篇抨击假恶丑的微型小说中，有 13 篇是痛斥官场之丑的，它们分别是《眼光》《灾情》《只要一个承诺》《乱真》《脚印》《残疾》《盲官帝国》《危墙》《门前雪》《盲点》《凸凸凹凹的大路》《曲径通幽》《形象》。作品主要讥讽了三种官场之丑。

（1）嘲弄贪污腐败之象

在《眼光》中，老马是一位见多识广、老谋深算的商场老手。他有一小女，精明能干，到了谈婚论嫁的年纪。她看上赵处长的公子，背着他举行了订婚仪式。但是老马总是不答应，他对女儿说："国家干部靠工资吃饭，家底薄，难免将来要受穷。"他要女儿与之疏远，以便将来另择佳婿。最近，赵处长因受贿 120 万元的事情被揭露出来，判了八年徒刑，女儿才意识到老爸看得周到想得远，女儿逢人便夸老爸有眼光。当大家以为这桩婚事肯定会因为这次变故彻底告吹时，老马竟然忽然决定要把女儿嫁到赵家去。大家无不啧啧称赞老马的义气，女儿很不理解，哭哭啼啼。老赵向女儿解释：过去他不肯把她嫁到赵家去，因为听说赵处长是个勤政廉洁的标兵，这样的干部家境一般清贫。现在你公爹虽然进了监狱，可只判了八年，活动活动用不了三年他就可能被放出来。他这回赔的钱算啥啊，这只不过是他吃饭时掉在桌面上的几颗米粒！女儿心领神会地点点头。这则微型小说虽然精短，却反映了深刻的主题。既批判了当下的拜金主义，把婚姻当成一场投资，又揭露了官员的贪污和行贿现象，嘲弄了官场的黑暗腐败。

（2）揭露弄虚作假之风

在喊雷的微型小说里，除了嘲弄贪污腐败之象外，还有鄙夷弄虚作假之风的，譬如《灾情》。龙门市赈灾办耿主任再次驱车来到搭耳山区天井乡察看灾情，对刘乡长说他要在乡政府的灶上吃廉政餐，不准花钱去买酒买菜,跟去年来时一样,只吃在当地山溪里捕捞来的小鱼小虾。距开午饭只有两个小时了,刘乡长立即去灶房吩咐王师傅备办酒菜。王师傅说,这里溪河都断流了,小鱼小虾无处捕捞,如果一定要吃鱼虾,他只能上街买些鱼虾罐头来。刘乡长不是不知道实情,但是仍然威胁王师傅说这可是耿主任本人点的菜,关系到市政府给天井乡发放赈灾款的数额,如果把事情搞砸了,就会让王师傅卷盖铺走人。王师傅听了心里发怵。面对着十多里地的无数干涸的溪河,一无所获的他忽然看到迎面飞来的一群蝗虫,灵机一动,抓了一塑料袋蝗虫,把它们掐头去尾,窝成虾仁状,放进油锅里煎炸。耿主任吃了不仅没有发现虾仁是假的,还直夸王师傅的厨艺高超。就在刘乡长以为一切都安排妥当了之时,小说的结尾峰回路转。刘乡长隔着窗户听见耿主任正在与市领导通话说,搽耳山区的灾情并不是原来说的那么严重,也没有发生蝗灾,并不存在溪河断流的问题,因为他刚才在天井政府的灶上吃饭,其中的一个菜就是从他们溪河里捕捞的小虾……刘乡长可谓"聪明反被聪明误",他"机关算尽",百般迎合上级的口味,弄虚作假,不料却因此向上级传达了虚假的信息,耽误了赈济灾情的进程,搬起石头砸了自己的脚。

(3) 嫌恶酒囊饭袋之徒

喊雷的微型小说除了嘲弄贪污腐败之象,揭露弄虚作假之风,还有一部分是嫌恶官员的无能和无作为的。以《危墙》为例,搽耳寺西边的围墙,向外倾斜得越来越厉害了,好像立即就要塌下来。尽管紧靠围墙墙根儿的大路是村民去寺庙后边汲水的必由之路,但是没人敢走了。他们宁愿绕道而行——往来于路旁那凹凸不平的庄稼地,被众人踩成大路的庄稼地绝收了,村民不得不集资交买路钱。那段废弃的大路由于人迹罕至,杂草丛生。狐兔打洞筑桥,出没其中,致使围墙倒塌的危险与日俱增。村民央求魏村长去与搽耳寺文管所冯所长交涉。冯所长不但不办实事处理问题,反以墙属于文物而冠冕堂皇地推卸责任。他摆出一副启蒙者的官架子说："这种残缺本身就是它的价值所在。比萨斜塔举世闻名，它歪斜了上千年，意大利人咋不把它扶正……因为那是文物，是国宝，在某种意义上甚至可以说是民族魂的象征……"村民刘七想亲自挖除这道危墙，被魏村长阻拦了。于是，时至今日，这段围墙仍然是危墙。冯所长作为干部，有责任修复危墙，也有责任为人民服务，解决群众的难题，可是他不去体察民情，而是讲着一套不切实际的官话为自己的不办实事找借口。这段危墙不但不是民族魂的象征，反而是民族的耻辱，是官场中那些居其位不谋其政的酒囊饭袋之徒的象征。

总而言之，喊雷的微型小说作品选材精严，用笔老辣，底蕴厚实。他在微型小说创作中，热衷于冷峻客观地描述现实，不动声色地对来自社会现实的材料进行深入挖掘、精心提炼，以世俗而真诚的人文关怀的眼光，透视生活的芜杂和混沌，是自由状态下的创作。凌鼎年说，喊雷是微型小说作家队伍中的一个异数，喊雷作品的选材不拘一格，看起来有些乱，有些杂。[①] 通过对喊雷的微型小说集《梦非梦》的研读，我们发现喊雷的微型小说虽然题材广泛，或直面现实，写当代百姓之喜怒哀乐；或勾画历史，写古代奇人异事，但是他的作品主题始终有一个主旋律，即讴歌真善美、抨击假恶丑。讴歌真善美主要体现在讴歌人性之真与善、赞美人情之纯与美以及人心向往真善美三个方面；抨击假恶丑主要体现在直面人性之假、批判生活之恶以及讥讽官场之丑三个方面。无论是哪个方面，喊雷始终都带着他浓郁的平民情结，要么写平民之事、抒平民之情，要么绘官场腐败，为平民发声，正如他的笔名"喊雷"的寓意，喊平民之想喊，如雷贯耳，殊为难得。

（刘柏宏　龙钢华）

[①] 喊雷：《生死抉择》，吉林出版集团有限责任公司2010年版，第166页。

二十五　谢志强微型小说的探索精神

谢志强，1954年生于浙江余姚，中国作家协会会员，迄今发表文学作品320万字。发表微型小说1200余篇，其中50余篇入选中国作家协会等单位编选的权威年度选本，10余篇微型小说入选国内大中小学教材，近20余篇被译到英国、法国、日本、俄罗斯、波兰、土耳其、新加坡等国家，其中部分作品入选国外大学教材。2006年中国小说排行榜上榜作家，第三届中国小小说金麻雀奖获得者。

在当代微型小说作家队伍中，谢志强的探索精神和创新力度是众所周知的。他乐于展开想象的翅膀，把微型小说写得空灵洒脱。从他的作品中，不难看出他的立意角度多元且富有趣味，时而以天真、纯洁、稚气的少年视角勾勒成长中的简单与复杂，时而似成熟、睿智、阅历丰富的智者娓娓道来一桩桩发人深省的故事，时而又神神秘秘、似梦非梦地向人们幽幽述说萦绕着魔幻色彩的奇妙传说……同一个人，以不同的方式，向大众讲述自己创作的故事。

优秀的微型小说作品都有四个共同的特点：微、新、密、奇。"微"即篇幅微小，一般不超过1500字。"新"即构思新颖，风格简洁清新。"密"即结构上要简练精巧，谨慎严密。"奇"即文章立意新奇巧妙，特别是文章结尾，若构思巧妙，将起到画龙点睛的效果。谢志强的作品首先保证了微型小说"微"的特点，尽量保持精悍短小的特色，落脚都是一个小物件，如《一封家书》《马兰花》《过礼拜六》等。接着，从"新"这一特点来巧妙构思文章结构风格，同时兼顾了"密"的要求，以保证文章谨慎严密、简练精巧的特色。最后从"奇"出发，以保证小说能够夺人眼球。

除了这些共有的特点之外,谢志强的作品还带有他独特的探索精神,可以将其归纳为三个方面:以小窥"大";带有浓厚的时空地域色彩;开创了微型小说的魔幻现实主义模式。下面分别从这三方面予以论述。

(一)以"小"窥"大"

美国著名作家海明威"露出水面八分之一,其余部分则隐藏在水下"的冰山理论表明,作家将要写的某些意思并不直白地表达出来,而是将其隐藏于一定的描写或叙述当中,从而让读者自己去想象、体味,以收到引人入胜、含蓄隽永的艺术效果。龙钢华从三个方面分析了小说形象的特点(着重于微型小说):"一,从形象的选材要求来说,它不求大而求全,但求精而尖;二,从形象反映生活的方式来说,它以小见大,由微知著;三,从人物形象与立意的关系来说,微型小说中的人物形象是作为一种手段、一个符号来为实现立意目的服务的,换句话说,是意蕴大于形象。"①由此可见,微型小说的"小"是作者精心布置的,是他们的独具匠心。这个"小"本身就蕴含着"精""巧""轻""灵"的特点。它们小而不拙,轻而不糙,灵而不魅,这就是令短篇和长篇小说失色的地方。因此,一本精致的微型小说,成在"小",败也在"小"。

从"小"着手是谢志强这本微型小说集的鲜明特色,他的小说均是选取生活中一些看似微不足道的事物来展开,他是微型小说"微""新""密""奇"的忠实实践者。

在微型小说界众多讨论中,最让人感兴趣的应属微型小说"小"和"大"这一矛盾的探讨。谢志强的《桃花》对微型小说"小""大"的理解大致有以下这样两点。

---

① 龙钢华:《小说新论——以微篇小说为重点》,湖南人民出版社2006年版,第187页。

1. 篇幅小，寓意大

微型小说最基本的特征："微"，要求篇幅一定要小，尽量不得超过1500字。可是，要如何保证在如此之少的篇幅里，能完整地表达出作者想要表达的思想观点呢？那就得选取小巧轻灵的物件来以比喻的方式阐述作者要表达的主题思想。借小言大，以小喻大，其表达的思想更具瞬间性和深刻性，让读者能在短时间内就感悟出深刻的主题。谢志强的微型小说在满足这些特征之外，它的寓意还分别有以下两点。

第一，呼吁人世间真、善、美的力量。

文章《渴》中，通过"渴"这件小事，从一个孩子的角度，赞扬了孩子的天真无邪、善良纯真。火车上的犯人和警察、父亲与儿子，以及周围其他的人，拥挤嘈杂的车厢内，谁都没有注意到犯人对水急切的眼神。可孩子注意到了，不管父亲的百般阻止和叮咛，执意要送给犯人一瓶未启盖的纯净水。大人们都只注意犯人的标签，只有不经世事的孩子注意到犯人作为一个人最基本的需要和渴望。结局是引人深思的，纵使犯人再坏，他在经过这对父子时也带着濡湿的眼睛向他们鞠了一躬，终究应了《三字经》中的"人之初，性本善"这句话。人最本真的东西在此刻因为一瓶水，一个小孩的善举而唤醒。这是一记闷锤，锤在读者的心坎儿上……这篇文章从一个"渴"字入手，挖掘渴字背后的人性，探讨人性的纯善本真，呼唤人类之间的纯善之举，以拯救一个人，拯救一代人。

又如《麦面馒头》中，主人公的父亲是连队食堂的伙夫，红润白胖，因为这样的原因和那个时代的限制，周围的人都在怀疑他偷吃麦面馒头的事儿，却抓不到任何把柄，人人都因为忌妒之心污蔑、排挤他，可他兢兢业业，一直保持着本分踏实的作风，可人言可畏，人心叵测。主人公一家最终以被抄家换岗，落魄结尾，父亲从健康踏实突然一夜消瘦……作者想要表达的就是人言可畏，想要揭示给人看的就是人性自私扭曲的弊病。在当时的社会、那样的年代，人人抛弃了人性的真善美，被忌妒蒙蔽了双眼，而当局者也任其以讹传讹，胡乱定罪。作者通过这样的方式，批判人性丑陋的一面，因为莫须有的罪名毁了一家人。作者以此从反面来呼吁正义的力量，呼唤纯善本真的品德。

类似的小说在《桃花》中较多，它们均是以一件事，表达一个观点，从而辐射整个中国社会的人性问题，不管是从正面感召，还是从反面批判，终归是为了呼吁真善美的力量。

第二，呼唤人性的回归。

谢志强的众多作品落脚点都是源于现实，又回归于现实，反映并讽刺社会上愚昧麻木、扭曲畸形的现象，从而呼唤人性的回归。

《享受错误》主要讲述的是整个小镇的人，什么都不干，只为发现错误，通过举报来获得奖赏的故事。全镇的人都渴望着错误的出现，因为错误是收入的来源。在出错只为纠错的前提下，人们的认知早已扭曲，可无人认识到这一点，在这个所谓的"发现错误的网"中越绕越深。通过"发现错误"这一切入点，让读者看见了这样一个畸形的小镇，畸形发展的常态，人人危不自知，影射现在的社会人人都在为利益奔波，使尽手段，却忽视了人类最初最原始的悸动，谋生的手段已不再是正当地脚踏实地地工作。上级领导也在这样一种扭曲的矫正中乐此不疲，不仅发现不了错误的症结所在，还听之任之，为虎作伥。人人在这样一场闹剧中迷失方向，最终也迷失了自己。

《纪念一个孩子》通过一个"玩"字，以问答的方式，表达了文章的中心思想。孩子们会在每年的一个月里，尽情地玩耍半个月，什么也不做，与书本、作业、学校隔绝，释放他们的天性，只为纪念一个可怜的孩子。这是一个成绩异常优异的孩子，可她从未玩耍过，在生命的最后一个要求中，提出了玩耍的渴望，然而，一切都为时晚矣。作者通过这则故事，直观地表明了自己的目的：呼吁社会上的父母还孩子一片蓝天白云，不要过多地束缚孩子的天性，不要过早地让孩子丧失童真，不要等到一切都来不及的时候追悔莫及。这是针对当下社会教育问题为过早失去童真的孩子唱的一曲哀歌……

以上示例是微型小说"微言大义"之所在，类似的还有《陆地上的船长》《半只蜡烛》等。而这些隐藏的寓意都和倡导人性之真、之善、之美，呼吁人性的回归离不开。若是没有这些深广的寓意，微型小说的价值或许就得重新称量了……

2. 落脚浅，立意大

如上文讲到的，在谢志强的微型小说中，大多数的作品是选取一个小巧玲珑的物件为着手点，根据这些物件的不同属性立意，从而展开一个富有内涵的情节，牵引出一个引人深思的问题。这些物件都是随处可见的，是生活中微乎其微的角色。立意构思得好，微型小说就可以承载大道理，可以深化作品的思想。在长篇小说的创作中，可以提供非常多的机会用情节展现人物性格，但微型小说要善于选取人物变化中的一部分且达到顶点的一个事件作为叙述的重心，为人物性格提供画面，至于性格的发展有时则需要借助读者的想象完成。因此，如果微型小说的构思到位的话，后续的发展就仅需要读者的想象即可。谢志强的作品在立意方面有以下两个特点。

第一，站在个人的高度。

立意有高低深浅之分，无论短篇还是长篇小说都离不开对全文的一个立意的把握。这就像一个鱼缸，鱼缸的大小决定了鱼类的多少和品种；鱼缸的精致与否就决定了观赏者能否有一个赏心悦目的感受。因此，要写好一篇文章，就要对文章立意有一个严谨的规划，更别说在微型小说的创作中了。所以，在篇幅如此短小的文学样式中，文章的立意就更要深谋远虑了。

《呼唤》选取的是"呼唤"这样一种平凡现象，它站在个人的高度上，或者说是站在人类本性的角度上，将作者对人性的深思、对欲望的探讨一一呈现出来。文章讲述的是作者梦境中的一个对寻宝近乎疯狂痴迷的人，一次次摆脱呼唤的指示，在茫茫荒漠中越走越远，越陷越深，最终迷失在渺无人烟的荒漠中。作者将"呼唤"与现实社会中的一些警示对应起来，将文章主人公对宝藏的执迷不悟同现实生活中人类对欲望的不择手段联系起来。最终，友善的呼唤是不常有的，没有谁会一直等在那儿救你于危难，等着你醒悟回心转意。小说将"生存"与"欲望"摆在一个天平的两端，一个鲜明冲突的位置，旨在告诉人们：一旦错过生存下去的前提，就会发现以往一切固执的追求都是浮云……作者将自己探究的结果以小小说的形式展示出来，写给独具慧眼的读者看，发人深省，引人深思。要明白，这就是一种"呼唤"……

第二，站在国家的高度。

我国是一个有着悠久历史的农业大国，老百姓自古以来就有一种小农思想，习惯从自身的角度去思考。而优秀的作家都会站在国家的角度，纵观社会历史走向，书写民族记忆和性格。谢志强就是其中一员，他从国家的角度入手，以微型小说的方式书写民族记忆和性格。

《馏馒头》中，作者选取打击批判"右派分子"时产生的一个口号——"馏馒头"。整个小学都依据党的指示，在一定时期内展开阶级斗争，揭发批判带有右派思想的人，无论有没有，需不需要，只求能完成党的任务，不分青红皂白，不管正义与道德、罪名是否真的存在。良知在那个时代退居幕后，就此被人们遗忘。而像"巫老师"这类被批判的人居然也能不分青红皂白麻木地接受，只为成全他人的进步，纯善且愚昧。本来文章也就照这样直接发展下去了，可作者却在结尾来了个大转弯——一直受批判的人从来不是右派分子。如此一个让人哭笑不得的结局，这样的"笑"，是轻快不起来的，带着几分讽刺，几分无奈，几分悲哀……"馏馒头"事件的立意和主题思想一下子深邃起来。当时的新中国,当时的国民,是自大且麻木,盲目且愚昧的,自大得可笑,盲目得悲哀,愚昧得可怜,麻木得绝望。当时的时代没有鲁迅,没有邹容,没有陈独秀,没有谁能拯救得了谁,一切都交给了时间,让时间来做回答,只是这样的"回答"是如此的"轻",又是如此的"沉重",让读者不禁发出一阵阵嘘唏……

谢志强喜欢选取这些通俗易懂的"俗"物来衬托文章的主题,他善于运用那些微言碎物,严肃谨慎地搭建自己的小说框架,精心雕刻。在那些看似浅薄的背后,是高远的立意、深广的内涵。

(二) 带有浓厚的时空地域色彩

读谢志强的微型小说,就像乘着旅行的大巴,跟随导游的带领去领略异国风情,阵阵驼铃声叮玲在广袤无垠的金色世界里,远处影影绰绰,浮现出的是遥远国度的神秘童话,似海市蜃楼吸引着无数人的眼睛;抑或穿越时空的列车,于瞬间漂移在时间的缝隙里,在那里,有远古的传说、淳朴的乡人、贪婪扭曲的世界……这就是谢志强的思想之境,带有梦幻般绮丽的色彩,他的思想如一只翱翔的雄鹰,可以在浩瀚的时空天地间任意潇洒穿梭……金色的沙漠、红色的农村、灰色的城市,作者的文思就在这样的时空地域之间来回穿梭,在"微""新""密""奇"的高度上,勾勒出了独属于自己的绮丽篇章。下面分别论述这三个篇章。

1. 沙漠篇

谢志强落笔于沙漠。奇特的想象、金色的风光、神秘的景象等,这些异域风情在作者的笔触下跃然纸上,悄然绽放……

《黄羊泉》中"那是永恒的宁静里的一动,一只黄羊,是沙子的金黄色，好似一小堆沙粒凝聚起来，被风鼓动着奔跑"。这是金辉在波动，黄沙漫漫，日光灼灼，金色黄羊带着神秘的寓意，出现在影影绰绰的戈壁沙漠中。20世纪50年代，人们只是一味地向大自然索取，开荒、拓野，与大自然争夺领地。而文中的金色黄羊就象征着大自然，是它的出现指引着主人公找到了珍贵的水源。可惜的是，生命始于此，亦永寂于此，唯有黄沙在灼热的日光下晃动出金色迷人的光辉，留下耐人寻味的思考。这是人类的贪婪，最终酿成了生命之水如昙花般一现的后果。文章旨在告诉人们要尊重自然，保护自然，爱护自然，纵使身处在极端恶劣的条件下，也会有希望的绿洲存在。阳光下，金色的沙漠散发出迷人的光晕，无边无际的金色沙野上剩下的唯有生命消逝的痕迹。人来了，又走了，留下的也就是一派死寂，就像文中写的"太阳像是好奇，舍不得沉默，又在沙梁上镀了金辉。黄羊的踪影和太阳的余晖一起消失了"。能有这样宽广承载能力的也就只有黄沙漫漫的沙漠了吧。

《侥幸》中，骆驼——沙漠的标志性动物的出现，劫匪——沙漠传奇必不可少的角色，貌似"螳螂捕蝉"，实则"黄雀在后"，主人公和同伴即将丧命于杳无生机的沙漠之中，缺水的困境致使仅有的骆驼怎么也不听使唤，本以为即将屈就英雄血的时候，劫匪出现了。命运在这一危险性角色出现之后有了根本性的转变，主人公凭着自己过人的本事，勇夺骆驼并智斗劫匪群，最终携着意外获得的一万两黄金并求得生路，到了敦煌。文章一环扣着一环，由之前的绝望到"柳暗花明又一村"，当真是非同一般的侥幸。作者编织了这样一个充满不确定性的金色世界，在这里，潜伏着的不仅仅是死的绝望，还有生的可能……

诸如以上的发生在金色沙漠中的文章还有许多，如《神奇之泉》《重现的铜镜》《呼唤》等，它们均是把背景选择在这里，又都共同带有神秘奇幻的故事情节，如海市蜃楼，在向读者讲述一个个动人心弦的美丽传说。

2. 农村篇

谢志强耕耘于农村，这样的作品，仿佛都是红色的。时代是中国的20世纪六七十年代，正是作者谢志强的青少年时期，而他在新疆的阿克苏大漠度过的那段神奇美妙的时光，则是他为自己之后的众多创作打下的坚实根基。那时候的他，生活在最基层，接触的人和物都带着淳朴厚重的乡土气息，这些元素都能在他的诸多作品中轻松找到。

《麦面馒头》，取景在农场，全文围绕着那个时代人人最渴求的食物——"麦面馒头"。主人公父亲兢兢业业，红润白胖，最终因莫须有的罪名被抄家，导致父亲从此消沉下去，源头只因从未出现过的"麦面馒头"，而导致这种结局的原因只是人们的愚昧、忌妒、自私。文章的起承留着那个时代独有的特征，作者以婉转的方式，立足于农村，着眼于金贵的食物，体现了那个时代沉重的精神枷锁以及人性的卑劣之处，那是一个家庭的无奈，一个时代的悲哀。作者通过此文，发出悲愤的声音，审视当时社会人生观、世界观的虚伪、愚蠢、扭曲，以发人深省……

又如《蘑菇》，文中沉默寡言、饥饿贫穷、瘦弱纤细的蘑菇，循着室友的模式，讲出了一个个室友闻所未闻、精彩纷呈的新奇故事。故事新颖有趣，寝室人人都爱听，乐此不疲。然而，再好听的故事在威胁到他人的利益时，都不受欢迎了。不仅如此，蘑菇还因此被扣上了"反动"大帽子，这若放在开明开放的现在，简直是一个不可理喻的理由。可最终却因为那个时代，对应着所谓的"阶级斗争"，单纯无辜、热心有才的蘑菇在一群麻木僵化的"纠斗"中陨落了，宛如一颗还未来得及闪耀的流星。莫须有的罪名，强硬地扣在一个还什么都不懂的孩子身上，过于沉重的罪名最终压垮了他。他的死，是在向那些麻木僵化的人，那些愚蠢可怕的事发出的挑战。借着那时的时代背景，作者讽刺那个时代、那些人以及那个时候僵化迂腐的思想。这些文章是如此的有力，带着千钧之力击打在我们的心坎上……

除了这些带有鲜明农村气息的作品之外,还有《过礼拜六》《篮球》《拖拉机手》以及《馏馒头》等有着那个时代特殊印记的文章。每一个时代都有一些糟粕,我们需要它们来对我们的瑕疵做出甄别并纠正,而这些作品就是人们手中的锋利武器。

3. 城市篇

谢志强着墨于城市,这些作品又似灰色的,带着畸形与扭曲的黯淡色彩。以狰狞夸张的姿态,将人性的弱点、人性的缺陷彰显出来,让人们在最直观的视觉感受下鲜明地感受到作者的思想情怀。

在文章《女模肚里有条虫》中,性感漂亮的女模特儿为保持完美的身材,不惜危害自己,养了一条让人毛骨悚然的虫,就像童话中美人鱼为了自己的爱情,与魔鬼做了交易,用自己珍贵的生命换取了双腿。两个故事都有异曲同工之处,不同的就是,在这个故事中掌握主导权的是一只贪婪的虫。这是一种有着灵性的可怕的怪物,会开心、会愤怒、会报复,它是人的主人,人类是它的奴隶,对它马首是瞻,它还有空前恐怖的传染能力。出现这样结果的原因是人类无休无止、贪婪的欲望,人类在追逐一些不切实际的东西时迷失了自己,最终让非人类的东西成了自己的主人,掌控着人类的一言一行。这是一段扭曲的关系,一座扭曲的城市,一个城市扭曲的人……

又如,《消失》中的主人公是剧院里一名成功的演员,他塑造了一个个成功的角色,人人对他敬爱有加。但他也在种种角色的塑造中把自身迷失了,人们看不见他,他会在戏院舞台表演那个角色时出现。因此,为了不让自己消失,他一直套着戏服,念着戏中角色的腔调生活。他迷失了自己,而人们自始至终认识和敬仰的,不是他本人,而是他塑造的那个角色!人与人之间没有真诚,只有趋炎附势的虚与委蛇,作者以"他"为代表，影射其他人，甚至整座城市，都迷失了自己，大家都在一层层的角色包装中生活，丧失了自己！

此类的还有《城市的鸟》《提前草拟的悼词》《赵一现象》等城市畸形题材的文章，不一一列举。

纵观其众多作品，这些不同时空，不同地域，均是以"微""新""密""奇"为引线，串出独属于谢志强的艺术风格。谢志强在这四个基本特征的高度上，又开创了他新的特色，从而铸就了多姿多彩的辉煌成就。

（三）开创了微型小说的魔幻现实主义模式

魔幻现实主义最早产生于20世纪的拉丁美洲，主要采用模糊化技巧和神话模式将新闻报道般的写实与神奇的幻想结合起来。故事情节虽然怪诞却凸显真实，荒诞魔幻的同时将象征主义、表现主义、意识流等结合起来，而这光怪陆离的创作模式仅是一种工具和途径，其真正目的只是为了表现现实。这种创作手法最突出的代表作如马尔克斯的《百年孤独》等。

谢志强就是在拉丁美洲"爆炸文学"的启发下开始了他魔幻现实主义的创作。他经常披着古代的传说或魔幻的外衣书写现实，在虚幻中展现本真。[1] 同时，归功于他在新疆阿克苏大漠20年岁月的积累，最终，他走出了一条自己的路。[2] 而这些魔幻样式的作品最大的特色就体现在"新"与"奇"上。他的作品，新奇无处不在，全都以"飞翔"的姿态、魔幻的形式展现出来。杨晓敏先生说："谢志强称这些魔幻小说是'会飞'的微型

---

[1] 李永康：《谢志强访谈录》，http://www.xiaoxiaoshuo.com/thread-103069-1-1.html，2007年12月22日。

[2] 杨晓敏：《飞翔的写作姿态——谢志强小小说印象》，《红豆》2013年第7期。

小说。读完掩卷,感觉就像是中国版的《一千零一夜》。"① 而在笔者看来,这又似现代版的《聊斋志异》。

通过阅读他的微型小说,可以发现他的魔幻现实主义主要体现在以下两点。

1. 用魔幻的手法反映中国社会的现实生活

每一个时代都存在着许多弊端。针对人类的劣根性,谢志强借着他的微型小说,剥开躁动年代浮华的面纱,把这些缺陷向我们一一揭示了出来。

在《赵一现象》中,主人公莫名腾飞的本事,让他受到了来自四面八方的称赞。虚荣之心乍起,同事的赞美是他能够腾飞的动力,飘飘然地享受他人对其的溢美之词。可最终事与愿违,能够飞翔的人越来越多,天空逐渐拥挤起来,虚荣的人越来越多,变成"一座虚荣的城市"。当今社会,人们在物质上得到了巨大的满足,转而寻求精神上的需求。在这篇文章中,作者主要讽刺的是整个城市的人都在追求虚荣,不仅为此飘飘然,还努力地剥离着自己的肉体和灵魂。如今社会真是有许多人存在这种弊病,他们满足于不切实际、子虚乌有的东西,宁愿抛弃脚踏实地的生活,漂浮起来,脚不着地。作者通过这篇文章来反映社会,揭示虚荣之心的危害性。

《神奇之泉》借三瓶可以让人起死回生的"神奇之泉"贯串出一个有关于权力和欲望、忠诚与背叛、希望和绝望的奇幻故事。神秘之泉就如同它的名字一样,带着神秘的色彩,它不是普通的泉水,它能让万物起死回生。国王泉想通过神奇之泉完成自己对权力的执着,可惜遭遇了自己最信任的儿子沙的背叛;沙通过神奇之泉夺得了自己渴望已久的王位,为了实现自己的欲望,不惜背叛自己的父亲。但是,无论人类在权力之路上走得

---

① 王富仁:《"小小说"与"大小说"——黄荣才〈小小说集〉序》,《小说评论》2006年第1期。

多远，也抵抗不过自然和命运的安排……沙漠对绿洲的蚕食，犹如欲望对信仰，绝望对希望的进犯。而这一切的扭转之机还是要靠文章线索——"神奇之泉"来改变。忠诚的将军以自己的忠心拯救了这一危机，神奇之泉回归大地，万物复苏，绿洲最终战胜了沙漠，忠诚这一品格也在文章中得到宣扬。此刻，拥有神奇魔力的"泉水"与能拯救一切的"忠诚"冥冥之中重叠了。作者借助这篇文章，批判人类对欲望、对权力的非正当追逐，大力赞扬并讴歌了正义与忠诚。

从上面的篇章可以看出，作者将故事神秘魔幻化，通过这些夸张与神秘，反映社会现实，批判社会上的糟粕，大力倡导正能量。

2. 源于现实，回归现实

谢志强微型小说作品的选材无一不是源于现实生活，而魔幻现实主义的创作则更离不开这些现实题材，魔幻的运用是缥缈的，现实题材是魔幻作品的根基，就像飞得再高的风筝也得有一根线在我们手里一样，掌控着它的高远。而这些魔幻手法的运用最终也只是为了回归现实，反映社会。

《棍子行动》选材于人间大爱，只是这个爱不同于我们狭隘的理解，它还可以出现在鸟儿与没有生命的棍子身上，主要也是为了传达爱与和谐的思想观点。富于人性的棍子与鸟儿和谐相处，为了解救被困于笼中的鸟儿，棍子一次又一次艰难地解救着它的伙伴，给鸟儿自由。这是神秘大自然的驱使，是大自然和谐相生的常态。作者通过这样一个故事，告诫人应与自然和谐共处。结局是美好的：老赵把棍子插在院中，逐渐长成了一棵大树，鸟儿飞来飞去，老赵快乐地拎了桶去荷塘汲水。

谢志强是一名行者，他在忠于现实的前提下天马行空，在想象的思维国度里任意行走，潇洒恣意，好不自由！而他的魔幻微型小说或寓言微型小说如《黄羊泉》《呼唤》《桃花》《黑羊》之类的主旨都能通过新奇绚丽的"魔幻"形式，表现不同的现实场景，同时立足于"新"与"奇"的高度上，以诠释作者的思想内涵。

　　他的作品的特点还有许多，但这些作品的特点无一例外都是忠于一个特色——"小"。微型小说的艺术特征，就来源它的"小"。"小"则"轻"，"轻"则"灵"，"灵"则"巧"。① 那要如何用这些"小巧轻灵"来阐释作者的创作主旨呢，仅仅局限于这些"小"物件上观看理解是不行的。那就得从这些小物件上"见微知著""以小窥大"，从而发现作者隐藏在文章背后的主题思想。

　　当今的微型小说是与大众文学挂钩的，而对其衡量多是以"大众化"为标准。在这方面，微型小说的成就就主要体现在这里：它是以民间姿态出现的，是"平民艺术"，它的民间性决定了它的博大。② 其博大性或许可以这样解读：微型小说是一种由大多数人能够阅读，大多数人能够参与创作，大多数通过读写能够直接受益的平民艺术形式，在字数限定、结构特征以及审美态势上有其自身的规律。微型小说彰显了自己"微言大义"的个性，发出了自己的声音。③ 它以娇小的身躯为自己在文学界开辟出一块沃土，供自己生根发芽，锦树繁花。它就像一匹黑马，以精悍之姿睥睨着当下文学界的翘楚；像蒲公英，散落在民间的各个角落；像麻雀，密密麻麻，遍布于全国各地。它有着短小精悍的特质，这是它扎根于民间、扎根于平民的"铁铲"，同时，还对提升国民素质产生莫大的辅助作用。

　　而这些成就，这些特质，均可在谢志强的《桃花》中展示。

　　从以上的浅析中可以发现，他的微型小说作品是在严格按照微型小说"微""新""密""奇"四大特点的基础上，开创了属于自己的特色——把写作环境分别设在了神奇的沙漠、朴实的农村以及充满各种诱惑的城市，在不同的背景下，表现着不同的现实状态，从中获得启发，以启示国

---

① 陈亚军：《小小说与大情怀》，《文艺报》2014 年 7 月 21 日，第 8 版。
② 侯德云：《小小说的小和大》，《文学报》2007 年 6 月 14 日，第 3 版。
③ 舒晋瑜：《与杨晓敏聊小小说》，《中华读书报》2014 年 6 月 11 日，第 8 版。

民、发扬正义之风。同时，还形成了他独特的风格——开创了微型小说界的魔幻色彩，通过荒诞魔幻、光怪陆离的形式将现实夸张地呈现在我们面前，以给予我们启迪。最后，便是他借小喻大的本事，能通过每一个平凡普通的小东西向众人表达一种思想，无论是从正面、反面还是侧面，都能让我们在这些小小的比喻中发现大智慧、大道理，将人生大义、世间大爱，将真善美这些正能量以简单明了的形式转达给我们，读起来轻松，理解发扬起来也简单。

这些特点的探索，在微型小说创作中具有先锋作用，为微型小说的创作领域开辟了新的疆土，为教育国民、提高国人素质寻得了一种新的方式。这不仅是谢志强的成就，也是微型小说的成就。

而他，在微型小说事业上就如一个虔诚的信徒，就如他在一段采访中谈到，他一生中有三大敬畏：一是敬畏师长，二是敬畏宗教，三是敬畏大自然。正因为这样，他的作品才总以这三点敬畏之心为宗旨准绳，向人们展示，呼吁"敬畏之心"，以感悟启示国民，宣扬世间正义，成就一类小说、一代人……

当然，正因为有这样一群可爱的人，微型小说的发展并不是完成时，而是进行时。他们将严格恪守微型小说的精髓，在其现有的基础和成就上继续钻研，他们将虔诚地致力于微型小说的研究，躬耕于微型小说的探索，从而以其"小"，成其"大"。

《桃花》就像一个放大镜，将生活中的细小精微甄选出来，再把每一个作品要宣扬的寓意放大给读者品味，让读者以"小"窥"大"，发掘作品中的微言大义，从这些小巧精悍的作品见微知著，领悟出大道理……

（周玥　袁盛才）

二十六　墨白微型小说初探

墨白，本名孙郁，1956 年出生于河南省淮阳县新站镇，1978 年考入淮阳师范学校艺术专业学习绘画，1980 年毕业，随后在一所乡村小学任教 11 年。1984 年开始在《人民文学》《上海文学》等著名刊物上发表作品，其中创作了近 100 篇短篇小说；40 余部中篇小说；出版长篇小说《梦游症患者》《映在镜子里的时光》《裸奔的年代》等 6 部；随笔《〈洛丽塔〉的灵与肉》《三个内容相关的梦境》《博尔赫斯的宫殿》、访谈录《有一个叫颍河镇的地方》《以梦境颠覆现实》等 70 余篇；出版中短小说集《孤独者》《油菜花飘香的季节》《爱情的面孔》《重访锦城》《事实真相》《怀念拥有阳光的日子》《墨白作品精选》《霍乱》等多种，总计 700 多万字。作品被译成英文、俄文、日文等。曾获第 25 届电视剧"飞天奖"优秀中篇奖、第 25 届电视剧"飞天奖"优秀编剧奖；1992 年调入周口地区的颍水杂志社出任文学编辑，1998 年进入河南省文学院进行专业创作。

与很多新生代作家不同，由于环境的改变和生活的压力，墨白他的作品体现出一种对现代叙事的探索，用现代叙事的方式深刻地反映中国的社会生活，尤其深刻描述了当时中国社会转型期给人带来的生存困境和精神裂变。这样的一种叙事方式使得墨白的作品以其丰富的隐喻性揭示了这个时代的本质和特征，如《精神病患者》《声音》《红雨伞》《夜游症患者》中对悲惨宿命意象的书写源于他对社会、人生、历史与自身关系的独立思考。这些意象成了墨白小说承载社会历史文化记忆的主要隐喻点。

可以说，新时期以来，墨白通过对现代叙事的探索，深刻地反映了中国现实社会生活并获得了巨大的成就，成了少数以该方面为主题进行创作的成功作家之一。本节将以墨白的微型小说集《六十年间》（四川文艺出版社2012年版）为研究对象，对其微型小说中体现的寻根情怀、神秘气质以及后现代主义风格等进行初步分析。

（一）寻根情怀与现实主义根基

墨白曾经说过："真正的文学所要关注的应该是那些被历史和时间所遗漏的东西，关注那些被遗漏的生命之体验。"[①] 他又说："我用我的小说，让这些平平常常的却曾经有过鲜活的生命的小人物重新回到人们的记忆里。"[②] 因此，在墨白的微型小说集里，各个不同时代呈现出来的社会的、文化的历史印痕通过其各个篇章反映了出来。这种痕迹，从某种程度上来说，即社会之"根"、文化之"根"。在中国的传统文化中，往往强调"根"的重要性。"叶落归根""重为清根，静为躁君"，对"根"的追寻并不是偏执守旧，也不是提倡复古，这是一种文化的返朴和归依。所以墨白的微型小说一直在努力去呈现对情感伦理、家园、民族的内容的追寻和探讨，这就使得墨白的作品具有一种浓厚的寻根情结。他的寻根情怀通过一个个具有强烈时代特征的小人物、小事件展现出来。这种情怀置于深沉的文化、记忆之中，所以说，他的作品具有一种厚重而坚实的现实主义基础。

在中国的传统文化中，在周礼和儒家思想的影响下，以"崇拜、祭祀自己祖先"为核心的传统家庭观念在大多数中国人心中根深蒂固，一直延续至今。《冬景》中的袁二爷无疑具有典型性：袁家屯的一个冬日的早晨，

[①] 墨白：《怀念有阳光的日子》，河南文艺出版社2006年版，第218页。
[②] 同上书，第219页。

乡长顺子带着一个施工队来村里勘探，准备将穿过村庄的主要道路改修为柏油马路。村里众人都极为兴奋，嚷嚷叫好。但是当听到按照路线设定的要求必须拆掉袁家祠堂的时候，袁二爷反对了。因为祠堂是袁二爷年轻时一砖一瓦用了五年才盖起来的，里面供着的是袁家祖祖辈辈的灵牌。可是路线设定不能更改，袁家祠堂必须拆除。祠堂的墙壁上，用红漆写成的"扒掉"二字如同一团火焰灼伤了袁二爷的心。袁二爷坐在祠堂面前纹丝不动，不管儿子如何劝说父亲，得到的只是一个字："滚。"此时此刻的袁二爷如同守护神一般，只要他在这世上一天，这祠堂就别想被拆掉。直至结局，袁二爷终于扛不住身体的压力，在祠堂面前与世长辞，袁家祠堂跟着袁二爷一起慢慢消失在了火光之中。

作者叙述得不紧不慢，笔力不轻不重。只是对现实存在的某种现象的艺术再现，却能让读者深刻地感觉到这种建立在以血缘为基础上的"祖先崇拜"观念产生的强大力量。虽然结局很悲惨，但笔者并不认为袁二爷这一形象就具有悲剧色彩。袁二爷的这份坚定、执着，对祖先的尊敬、对血缘的崇拜，能够引起读者的深刻反思，使得他们对某些传统文化的日渐式微深感忧虑。

除了《冬景》中表现出来的对传统文化观念的"寻根"之外，墨白在《六十年间》中也表达出了一种对60年不变的质朴爱情观的追寻：清明节前一天的傍晚，村子里出现了一位满头银发的老太太。老太太不停地向村里人打听一个名叫刘中会的男人，还有一个铁匠。通过村里老艄公和他儿子的间断回忆，老太太知道了当年刘中会的女人跟一个铁匠相好，铁匠被打瘫，第二年就死了。刘中会的爹本要把刘中会的女人沉河，却被刘中会偷偷送走。刘中会从那以后便再也没娶了，打了一辈子光棍，在十几年前便死了。听完这些，老太太说了一句："呀，真快，六十年了，像梦一样。"过了许久，老艄公才恍然醒悟，这老太太便是60年前刘中会的女人。作为主要人物引领线索的老太太像一条连接过去与现在、历史与现实的时间通道，把与今天已经相隔 60 年的一段故事重新唤醒，引入了小村人的现实生活。

《等待》中，主人公劳改后回到了家乡，但是一切已经物是人非，事过境迁。家乡的建筑物被风雨洗刷得格外沧桑，眼前的家是那样荒凉。主人公喜欢的一个叫"小喜鹊"的姑娘也早已不在，只有他曾经宠爱的狗"小黑"像一个无家可归的孩子，默默地坚守在这里，等待着主人的归来。作者通过对主人公生活环境的变化准确生动的描述来形象地展现人物微妙朦胧的心态，浓烈的思乡之情在面对被所有人抛弃的情况下成了主人公心中永远的伤痕。

《队长袁鳖》中，作为生产队队长的袁鳖，拥有着给社员定工分的权力。在那个年代，工分就意味着生存。为了挣工分，社员都十分听队长的话，为奴为马，言听计从。一些寡妇甚至不惜出卖自己的身体来换得一沓子工分票。为了抓一只兔子，袁鳖以工分为诱饵，号令几百人去围追。作品通过对一个生产队队长的日常描述，生动再现了当时农民的生存与精神状态在权力的压抑下显现得十分悲惨和苦痛。

墨白渴望借用文学艺术再现历史和文化的寻根意识，并试图找回他曾经丢失的时光和情感，甚至希望重新构建一个民族最深层的精神世界。墨白将他想要传递给读者的那种寻根情怀寄托于一个个具有强烈时代特征的小人物、小事件之中。在《画像》中，墨白在回忆那段充满信任、淳朴的日子时，对一个贫困而善良的老人深感愧疚、万分懊恼。《洗产包的老人》与《寻找》中的那两位老人让墨白时常怀念。他们的那份坚定与执着，让他印象十分深刻，并使他对某些传统文化由盛而衰的景况深感担忧。《吃大户》《打赌》《围困》中出现的年代背景虽然愚昧、贫穷但充满了激情，让墨白时常俯首玩味，低首沉思。而在《赤脚医生》《锔匠》《剃头匠老梅》中，众多时代特色十分鲜明的人物形象体现的是在时代变迁、情感变化、岁月流逝后，墨白内心中对这些人物形象代表的时代与情感的沉甸甸的忧伤和无限的眷恋。应该看到，寻根情怀作为墨白文学的情感根底，深深地扎根于墨白微型小说的现实主义土壤之中，与其血脉相融。这样一种情怀，是寻根文学流派之所以兴起的重要原因。

正是由于墨白的微型小说创作非常重视对生命的尊重和历史的追忆，因此他的创作总是充满了一个作家应有的责任和良知。他的创作始终坚持关注那些普罗大众在当今时代能产生共鸣的话题：亲情、爱情以及民族之情、家园之情。这些情感是我们大多数人最缺失也最渴望的。在这个物欲横流的消费主义时代，墨白的创作不屈服于金钱和名利等诱惑，他总是甘于平凡和寂寞，把自己心灵最深处的真实艺术感受奉献给广大读者，旗帜鲜明地捍卫着专属于他的那一方文学精神圣地。

（二）神秘气质与精神世界探幽

墨白的微型小说总是执着于对人类精神的探索和文体的叙述试验。我们在看墨白先生的文章时，时常会被那些无理无序的事件和对白混淆，会怀疑，甚至难以确定自己此时的内心感受。神秘性充斥着整个文本，一切的事物都不再受时间与空间的束缚，生动的叙述语言将过去与现在，梦境与现实，存在与死亡全部混淆交织在一起。墨白在他的小说中创建了一个具有神秘气质的精神世界。在这个精神世界中，神秘性是其内核。尽管这种神秘无法用生活经验和科学常识来解释，但是文学创作最终目的还是营造出作者本人想表达的精神世界，从而提供另一个看待生活的视角。

在《怀念拥有阳光的日子》中，主人公和他的恋人萍在公交车上遇见了一位盲人。盲人的举动让主人公有几丝不快，但是萍善意地给盲人让了座。从那之后，主人公便开始经常注意那位盲人。一直到某天，暴风雨来临之前。萍为了去救那个盲人不幸去世，而主人公被断掉的高压电线电晕，醒来后也变成了一位盲人。变成盲人的主人公再次坐上了那辆他熟悉的公交车，在公交车上，遇上了一对情侣，女的友善地给他让了座，一切使得主人公又想起了萍……文章的结尾与开头遥相呼应。结局十分悲伤却留下了种种疑惑，让读者幡然惊醒之余又若有所思。通读整篇作品，我们可以确定的一点是主人公确实经历过那样惨痛的事情，那个盲人既存在在主人公的幻想中，又是主人公不可逃避的现实。当恋人的细细私语传入主人公的耳中，往事与现实在刹那间重叠，就好像在现实中遇到梦中的情人一般，令人不知所措。墨白在叙述时打破了现实的空间结构，将梦境与现实混乱在了一起。读者在阅读的过程中完全分不清楚哪部分是梦境，哪部分是现实，使得文章具有了一种神秘的气质。

《现实的颠覆》中主人公谭渔回忆着与女士秦君约会的情景。主人公准确地记得约会那天发生的一切事情，甚至将这些事情记录了下来。可实际上，根本就没有发生过。主人公因对他乡下的妻子有一种强烈的愧疚感而产生了一种奇妙的遐想。这种遐想竟在不知不觉中被回忆所代替，成了往事的一部分，并且深深地烙印在记忆之中。美好的回忆使他永远拥有了那个愉快的上午，他内心中一直期盼的约会。不可阻挡的愧疚感也让他一度陷入了记忆混乱；他感到了一种隐隐的哀伤，他已经完全不知道是现实更真实，还是想象更真实。正是因为对妻子的愧疚和对秦君的倾慕相互碰撞，才会出现这样混乱的局面。开头看似清晰明朗的情节设定到结尾却变成了一个无法解释的神秘。这样小说叙事的形成，在墨白的大多数作品中都有体现。

《神秘电话》讲述的则是一个不符合现实生活逻辑的故事：一天晚上，主人公被电话铃声从睡梦中惊醒，他接到一个来自广州的名叫"林夕秋"的男人打过来的电话，要主人公帮他找到一个名叫"秋"的女人，由于电话号码升位的原因，他再也无法打通秋的电话而只能打到主人公这里，林夕秋希望主人公替他给秋打一个电话，告诉秋让她给他回个电话。主人公答应了,第二天便给秋打通了电话,秋答应主人公晚点给林夕秋回个电话。可到了晚上,林夕秋又打来了电话,说秋并没有给他回电话,希望主人公再次通知一下,于是,次日主人公又给秋打了一个电话。如此不断地重复,一直持续了十几天,之后林夕秋再也没有给主人公打过电话了。同时,主人公给秋打电话,电话那头再也没有人接了。这种情况的发生让本已把转接电话变成一种习惯的主人公变得无所适从。于是,带着好奇的心态主人公决心去找秋,但结果完全出乎了他的意料:根据秋的电话找到的地方竟然是一座火葬场,而秋的电话号码竟然是一个骨灰盒的号码。火葬场看门的老头对他说,秋的骨灰盒正好是在电话没有响起的第二天被人取走的。

在这些小说中,细节是真实的,但整体是不真实的,这就构成了小说的神秘性,以微小细节的真实,墨白将读者拉入小说之中,并以小说的逻辑颠覆读者的日常生活经验。在这些小说的叙事手法中,我们可以看到,墨白有意去模糊掉那些非同一时空发生的事件以及人物的界限(具体事件并非墨白要描绘的对象),通过描写真实的生活细节,并在情节的关键部位对生活逻辑进行尖锐的巨大的反叛,营造出日常生活的神秘性,并同时增加了阅读感觉方面的丰富性。墨白通过设置这种不合常理、带有巨大神秘感的情节,带给读者强烈的美学震惊,从而启迪人们正视并且思考生活中的无所不在的神秘。

墨白曾经在他的自序中用一种通俗的方式对"神秘"进行了详细的解释并表达出他的理解。他说,"神秘"这个词语其实与我们的生活息息相关、紧密相连。当我们走在大街上,看见一个打扮得花枝招展,陌生而又漂亮的女孩向你迎面走来时,你可能会认为她一个妓女,但其实她是一个良家少妇。或者说迎面走来的是一个面色苍白的老男人,他也许是杀人犯,也许是一名老知识分子。因为陌生,所以我们对他们并不了解。他或她的生活,他或她的身份甚至他或她的一切,对于我们来说,就构成了一种神秘。每个人对于陌生的他人来说，都具有一种神秘感。换个说法，日子每天都要过，但即将到来的事情或者那一时刻我们谁也不知道，未来对于我们来说，也是充满神秘感的。叙述现实生活中的神秘便是墨白的创作策略，也是他的小说立场。

墨白的作品首先通过建构一个贴近现实的精神世界来营造出一种强烈的现实感或画面感，让人感到这些故事的真实性。事实上，这些故事具有非常虚构和抽象的性质。神秘性的特点基本贯穿在墨白的所有作品之中，使得小说本身具有一种特殊的韵味。不管是现实主义题材的《尘根》还是用幻境建构起来的《鼠王》，都蒙上了一层神秘性的面纱，墨白用一种特殊的方式将神秘性融入了现实主义作品之中。

（三）先锋实验与后现代主义风格

墨白的小说根基是现实主义的。但是，与传统的现实主义不同，墨白的作品打破了旧有的文学叙事那种循规蹈矩的写作方式，赋予了作品一种新的反叛精神。他的写作充满了想象力，充满了创造的激情，人物的神秘性、苦难性、宿命性等架构于墨白的作品之中，形成了一种独特的"墨白现象"。为人类认识自己和世界提供一个新的途径，这便是墨白的先锋精神和姿态。这种精神使得墨白的创作具有了一种后现代主义的风格。

墨白的后现代主义风格，首先体现在他对人的存在的虚无感和悲剧感的呈现。存在主义认为：人是在无意义的宇宙中生活，人的存在本身也没有意义。在现实生活中，人往往意识不到自己的存在。墨白自身的成长经历，使得他的作品充满了哲学性的人生思考。

《结构》中的主人公是一个典型的醉汉，他在外面和朋友喝了一两斤小酒。表面上看起来喝得酩酊大醉，但意识还算清醒。在回家的路上，虽然他步态不稳,走路晃晃悠悠、跌跌撞撞,但是他还能依稀认得这是路灯、这是人、这是树、这是楼房;还记得他家住在那一栋5楼靠右手边的位置,还能阴差阳错地爬上楼,依次打开防盗门和里门,回到他那套三室一厅的房子里。到了家里,还能清楚地认得屋里的东西有哪些以及摆放的位置。可到最后,主人公妻子的一通电话,使他才发现这一切都是想象。自己实际上在哪,连他本人也不知道。

篇章中的主人公,以一个醉酒者梦幻的视角,通过大段手法独特的内心独白展现了他认知世界中的荒谬与虚无。同样的创作手法还用在了《夜游症患者》《精神病患者》中。他们一个是精神病人,一个得了夜游症。对这些天生就拥有不幸的人来说,苦难就是他们的宿命,世界对他们而言是陌生与寒冷的,生活对他们而言是没有希望的。

在《丧失》中,主人公突然变成了一个色盲,他的同事让他找到领导才能解决问题。这个故事是对在一个失衡的社会中,为了能够生存,人类甚至不得不否定自身存在的巨大讽喻。

墨白曾经说过:"我觉得对社会底层人的生存困境和精神困境的关注,我不能放弃。"生存是苦难的,死亡反而是解脱,墨白的作品深刻地描述了那些在现代都市中挣扎求生的底层人民,令人不得不对人生抱有极大的悲剧性宿命论以及对人在命运面前表现出的卑微感的认知。

墨白的后现代主义风格,其次体现在作品创作上对隐喻、夸张、反讽等叙事手法的运用。例如,《鼠王》中一个名叫"鼠王"的主人公,非常痛恨老鼠,他经常去那个陈旧的粮仓里抓老鼠。在一个充满阳光的5月的一天,主人公"鼠王"听到了那所坐落在院子后面的粮仓里传来了老鼠的声音。他兴奋地跑了过去,在粮仓里见到了一只真正的鼠王。于是,"鼠王"绞尽脑汁想通过各种办法杀死它。作品通过对两个鼠王的描写,用人性的物化与异化的方式创造了一个批判性的隐喻。作品《怀念有阳光的日子》则是通过使用记忆的错位来对现实生活进行非逻辑性的解释。还有《神秘电话》，则是通过角色的身份转换来达到某种意义的反讽。

墨白除了在叙事手法的运用上炉火纯青之外，在语言的运用上也独具匠心。墨白的作品语言具有诗性的特征，他在创作的作品当中有意建构大面积的诗性语言，其中最主要的特征是语言的隐喻性。隐喻是语言学中的一种修辞手法，简单来说，就是当我们想要表述某一人物或者某一事件的时候，并不直截了当地表述，而是换个角度，用一种间接的方式表达。这种方式使得墨白的作品有着更强烈的诗性色彩，从而能给读者带来猛烈直白的阅读感受。

在《夜游症患者》中，有这样的一段话："在朦胧的夜色里，他四处寻找着，月亮仿佛变成了一只眼睛，那眼睛在很远的地方看着他。他感到那只眼睛有些熟悉……那只眼睛没有了，出现在天空的月亮变成了一只嘴巴……那只被遮住的嘴巴从此就再也没有出来。"作品通过这样一段虚幻的场景描写将主人公福田的内心世界充分地展现出来。诗性的语言充满了隐喻性，作品在沉郁的抒情之中通过个人荒谬的行为复现了"文化大革命"时期中国社会的某种现象，为中国人洞察自己人性的丑恶提供了极具借鉴价值的感性文本。作者凭借自己的叙述，为读者营造了一种怪异的氛围，联系了人物与读者的心灵，为阅读者打开了人物内心的空间，产生了极大的艺术穿透力。

又如，在《蜡烛》中的一段话："可是他没有看到那支蜡烛的火苗在风中挣扎好久才熄灭。在蜡烛的最后一刻，有一股细小的，淡淡的白色烟丝在飘荡的雪花里轻摇直上，最后被寒冷吞噬了。"这段话是作者间接地描述老人被电死的过程，具体的场景被抹除，而代之以具有极强的隐喻意味的感官叙述。墨白似乎非常迷恋这种隐喻的方式，通过这样的叙述方式，他的作品能让读者获得因超越具体场景叙述带来的感官刺激。

墨白对这些作品的叙述语言的运用给本来平凡的故事营造了一种奇异的"陌生化"氛围，使得故事由此获得丰富的意念，给读者带来了一种浓重的神秘感。他抛弃了长久被肯定的微型小说的套路或者模式，不落窠臼，创作出一种新潮的艺术风格。这类艺术风格的形成更进一步体现了墨白微型小说的后现代主义性。

墨白曾说自己"是一个介于现代主义和后现代义之间的作家"①。在墨白的小说中，现实主义与后现代主义的交接是其主要特色，这种风格特色也是作者赢得读者欢迎、打造自身文本价值的独门法宝。风格是一位作家的骨头。每个微型小说大师都有其独特的风格，这种风格特色可以令读者在阅读过程中轻易辨认出文本背后的作者。墨白的这种"不够透彻"的后现代主义风格在他的叙述语言和情节结构中都有鲜明的表现，他在微型小说创作中偏重情绪的表达、对情节模式的刻意隐藏、对时间和空间的独特理解，尤其是具有先锋气质的主题架构是微型小说创作推陈出新、走向新道路的一种尝试和思路。

正如墨白自己所说："在我的小说里，历史与现实、现实与虚构、虚构与梦境，它们之间的界线往往是模糊不清的。这些特征都有后现代的意味。但我的作品里往往又呈现出现代主义的东西，比如我比较注重叙述的崇高感，注意建立作品的深层结构等。"② 因此，很难定义墨白的作品的流派，他的融现代主义、后现代主义和批判现实主义于一炉的写作风格，构成了墨白的艺术特色与诗性叙述，也为读者带来了独特的阅读体验。作为"一生必读的文学经典"，墨白的微型小说集《六十年间》留给读者的深刻哲思难以言尽，大致有三：其一，作品在选材处理上一般立足生活琐事，以小见大，平实中见真理；结构布局上大都篇幅精短而意味深长；情节构

---

① 墨白：《以个人言说方式辐射历史和现实——与张钧对话》，《当代作家》1999 年第 1 期。
② 同上。

思别具匠心，空灵前卫，神秘而又反映生活本质；娓娓述来的文字读来却大有一番酣畅淋漓之感。其艺术成就总的来说体现在对题材的把握，以现实主义为根基，真实呈现底层人民生活，刻画细致入微，生动贴切。其二，在文本的建构上，夸张、象征、隐喻的叙事方式，对叙事语言的探索和创新使得墨白作品的基调深沉而又冷峻。人性异化、精神疾病、对人类生存困境的刻画揭示了墨白对自我的审判和对人类苦难精神的探索。

墨白的作品通过一个个故事，一个个形象，一段段情味呈现了底层人民的人生样态、生命体验。在内容特色上，我们看到的是作者对人性真善美的追求和对丑恶的鞭挞，这也是墨白的微型小说之所以能够让大家敬佩，深得读者喜爱的重要原因。这种基于平民生活却又高于现实，审美价值与社会意义并重的作品，不论在世界华文微型小说领域，还是在当代文坛，总会有其不可撼动的一席之地。

（陈汉龙　李婷）

二十七　墨中白微型小说初探
——以微型小说集《天安门的天》为例

墨中白，原名陈亮，1977年生，江苏泗洪人，现为泗洪县梅花镇赵庄村党支部书记，江苏省作家协会会员。曾在江苏省第三届农村作家读书研讨班和江苏省第二十期青年作家班学习。1995年发表小说，后来因生活所迫而停笔。2005年又重新提笔，先后在《小说月刊》《读者》《短篇小说》等发表文章180多篇，著有小说《天安门的天》、泗州传奇系列小说等。《过完夏天再去天堂》《天安门的天》夺得2007年全国微型小说新秀省赛江苏、山东、浙江、广东四省赛区冠军和全国总决赛第三名。其中，微型小说集《天安门的天》入选中国小小说名家档案，《六指猴》出现在2014年湖北省语文高考试题中。

墨中白在创作之初因为生活所迫放下笔。虽然生活艰辛，但他始终没有放弃"墨中白"这三个汉字，生活的历练赋予他关怀现实人生的创作视角，他的作品常常渗透出对人性的理解和批判。传奇故事是他创作的突破口，以苏北特定的地域——泗洪（古泗州）为背景，他的作品既有明显的地方特色，又有神秘迷人的色彩。泗洪和泗州是生养他的地方，感动着他的是生活在泗州城的百姓身上具有的淳朴和真诚，这也是他微型小说创作的重要源泉。泗州城是他作品的主旋律。他多写以往的事件，擅长于在特殊的环境中刻画人物，在特别的事件中展现人物独特的个性。

微型小说集《天安门的天》（光明日报出版社2010年版）充分体现了墨中白作品在题材、人物、叙事技巧等方面的独特之处。下面分三部分予以论述。

（一）特定的题材领域——古泗州

墨中白微型小说有自己特定的题材领域——古泗州，这是其作品最大的特点。一般来说，微型小说作为独立的文体，有着"以小见大"的审美特征。一方面，微型小说篇幅短小，情节简单；另一方面，微型小说取材"小"，只能选取生活中的一个片段、一个事件，甚至一个细节来表达创作主旨和刻画人物性格。而"大"，则是指微型小说的立意大，即能在极短的篇幅里，以单一的情节、平凡的事件，来表现深刻的主题、塑造生动的人物形象、传递较大的信息量和表达丰富的情感。[①] 墨中白的作品显示出

---

① 龙钢华：《试论微型小说的审美特征》，《理论与创作》1999年第6期。

了微型小说"以小见大"的这一特色。他以自己的家乡——泗洪（古泗州）为创作题材，描写家乡的特色，家乡的事、人都成为他创作的素材。墨中白说过："我写身边熟悉的人和事，塑造一系列具有高超技艺的传奇人物，就是希望能有更多的人关注古泗州文化，就是希望把我的家乡推向世界，让更多的人了解它的美好。"① 他的作品题材专一，围绕古泗州展开，其作品一方面是对古泗州城历史文化的介绍，另一方面是对泗州人的真善美的歌颂。下面分两部分予以介绍。

1. 泗州城的历史文化

"中国的庞贝城"，指的就是泗州城。泗州城独特，是因为它那神秘莫测的传奇，让人不禁对它充满了向往。泗州戏是安徽省的四大戏曲剧种之一，原名拉魂腔，在安徽淮河两岸广为流传，距今已经有200多年的历史。泗州戏是与黄梅戏、徽剧、庐剧并列的安徽四大优秀剧种之一，它具有浓厚的文化底蕴和群众基础，以优美的腔调、动人的旋律，唱响淮河两岸，大江南北。

墨中白的微型小说中不乏对泗州戏的描写。在《八圈马》中作者塑造了一个身怀绝技的武生，名叫"马想"，他表演压花场，场上观众无不为之叫绝。又如《陈小脚》，陈小脚有着一双令演员羡慕的小脚，他善于表演碎步打水。陈小脚在台上表演："脚如踩水，身轻如燕，看客无不叫好，特别是表演燕子拨泥时，只见他轻点两下，把脚跟处的小碗从后面拨起，再从头顶上飞过去，在观者的惊叫声中，稳稳用脚尖接住碗，水在碗里，平静如初。全场，掌声一片。"作品中对压花场和碎步打水表演的描写，将泗州戏推向了一个更广的天地。

古泗州文化并不仅体现在泗州戏上，更渗透在生活中那些怀有十八般

---

① 墨中白：《天安门的天》，光明日报出版社2010年版，第198页。

武艺的人物中。《天安门的天》中的九娘，擅长在石砖上雕龙；《变腔》中的飞刀张，出手的飞刀快准狠；《窑匠梅娘》中的梅娘，烧的砖无人能及；《盘玉》中的玩家石昱，能够盘活所有的玉，等等。墨中白笔下的人物都有鲜明的特色，他们又是承载着泗州文化的泗州人，他们的身上散发出来的泗州气息也格外明显。我们可以在他们身上感受到作者的泗州情结，体味到作者对家乡的热爱。

2. 泗州人的人性美

墨中白在赋予小说人物奇特技能、凸显泗州文化的同时，也没有忽略对人性善的歌颂。作者用了一定的篇幅来表现父爱母爱，读他的作品我们会忍不住为之动容，真真切切地感受到浓浓的爱意。《过完夏天再去天堂》堪称这方面的精品，小说中的老人对子女的爱是异乎寻常甚至超现实的。他已经处于死亡边缘了，但是，他还不能死，因为夏天死的话，儿女们守孝会很难受，剩下的饭菜会坏……他用生命在为子女操劳！又如《何凡提的九月一日》，何一天眼睛看不见，但疼女儿何凡提的心一点都不比别人少，即使被取消了低保，还是坚持送女儿上一年级。何一天带着何凡提报名的那天，又因为何凡提户口上的年龄比实际年龄小一岁而未能入学。何一天为女儿到处找关系，希望能证明女儿够年龄上一年级。何一天看不见世上的一切，但是一想到何凡提能读一年级了，他的眼前一片亮光。无论健全与否，父母的那份爱都浓烈。作者用简单的几个事件将父母那份爱子之心呈现出来，可谓匠心独运。

墨中白对人性善的讴歌不仅表现在父爱母爱上，更在生活中寻找心灵的颂歌。《车祸》一篇中，作者选取了一件普通的事——车祸，二歪出车祸了，肇事者三孬却跑了，二歪一家的生活陷入了困境。此时，三孬老婆站出来替三孬扛下了这个责任，不仅打下欠条，还帮二歪老婆干农活，没有半句怨言，"咱认的账，一年还不上，两年，两年还不清，三年……"

作者写一场车祸给两家人带来的变化，实则是对社会上流失的责任感的呼唤与赞美，也体现了农村妇女的勤劳、淳朴，对人性善的追求。《布达拉宫的鹰》《你看你看老师的脸》和《你认识哥本哈根吗》都是对环境保护者的歌颂，呼吁在经济发展、物质生活不断提高的同时，不要忽略对环境的保护，不要掩盖心底的善。

值得指出的是，墨中白在表现人性善的时候，并不只从正面人物出发，他另辟蹊径，塑造土匪、小偷这样的形象，如《千手佛》中的坐山虎、《六指猴》中的六指猴，他们受人启发，触摸到心底的善，然后回归正道，从而体现出更深层次的人性美。墨中白的微型小说总是透露出一股对人性善的追求，其作品的精神韵味值得我们仔细琢磨。

（二）多样的人物形象

"人是万物的尺度。"① 在一定程度上，文学作品的价值所在就是为文学史塑造出典型的人物形象。微型小说也体现着这一共性，只不过由于篇幅短小，无法多角度、多侧面地刻画人物。微型小说里的人物往往是单一性格，而不会是立体的。墨中白遵守这一创作原则塑造了民间艺人、青楼女子、官员等众多人物形象。下面分别论述四种人物形象。

1. 民间艺人形象

在微型小说所描写的各式各样的人物类型中，传奇英雄形象无疑是最具有吸引力的。墨中白的微型小说塑造了众多传奇英雄，读者能从他们身上看到不平凡的传奇经历，以及他们身上蕴藏的传奇力量、闪耀的人性光辉。

《盘玉》中的石昱是"盘玉"高手，色沁再多的古玉到了他手里，也

---

① 李利君：《小小说的九十年代后》，中国文联出版社 2005 年版，第 59 页。

能"盘活"。石昱不仅盘玉技艺高超,是惜玉之人,更是一个讲信用的人。他能在盘活古玉后,把古玉原封不动归还。他心性善良,并非贪财之辈。又如《糖美人》中的唐小糖,他是卖糖人的手艺人,全篇没有一句话描写他的外貌,也没有一句话写他的语言,但通过对他形态和动作的描写,显现出他高超的技艺和蔑视权贵的性格特征。再如《铁五铢王》里的钱国生,他是一个钱币收藏家,爱铁币如命。他收藏的铁币5000余种,在当时名气在外,被人称为"铁五铢王"。古玩商桃太朗三番五次找钱国生出高价买铁币,他都严厉地拒绝了,最后带着铁币不知去向。这里作者塑造了一个真正的收藏家,全文并没有对他的外形加以描述,但读者在阅读这篇文章里,眼前却出现了一位严肃、一脸正气的老人。"忐忑不安""心一紧""急了",这一系列对他神情的描写足以让读者懂得钱国生对铁币的喜爱。作者也借之讽刺了世人为钱而收藏的行为,歌颂了像钱国生这种刚正不阿、不贪恋钱权的一类人。

墨中白塑造的人物很有自己的特点,个性很特殊,属于一种另类,有鹤立鸡群之感。即使从属于同一行业,人物性格却大不相同。名角陈小脚擅长"燕子拨泥"的绝活,这使他成为剧团的台柱。为了这个小脚,他童年缠脚,儿时习步,苦练碎步打水。12年的努力,终于获得了回报!但当得到了自己想要的一切,他却突然放弃了。因为他过得不开心,他不愿意活在这个虚浮的世界里,要离开束缚他的樊笼,寻找心的宁静与快乐。小说刻画了一个不为物质所羁绊的人物,在当今世界是值得我们深思的。与之相反的是《八圈马》中的武生马想。他因善于头顶水碗走圆场而成了红角,并被当地大户黄金的女儿黄莲看中,但他是女儿身——这本身就构成了传奇的故事。更让人不可思议的是,为了钱,一代名角却当了黄金的妾!在世俗的强大压力下,"他"性格的柔弱得到了充分的暴露,小说鲜明地揭示出了另一种人性。

2. 青楼女子形象

作者的代表作是《春香楼的女人》，在描写妓院老鸨方面堪称精品。春香不像同类那般贪婪、恶毒、凶残，作者从人性化角度出发，着力挖掘出人类自身存在着的善良美德，因此避免了雷同化，写出了不同凡响的人物。在古往今来描写妓院老鸨的人物画廊上，添了新的一笔，小说重点突出了她的善良。她不仅收留年老色衰的女人，而且对用艰辛劳动换得血汗钱的窑工百倍爱护，不仅教育他不要把钱花在这个地方，更送了他十两银子。她的宽容、大度、善解人意以及巧妙的处理事物的方式，都给我们留下了极为深刻的印象。作者着力描写春香的善良，一改人们心目中凶暴、残忍的老鸨形象，这样一来，作者的立意不言而喻。又如《凡夫》中的凡夫，因与情郎俗子分离，迫于生计到春香楼卖艺为生，一直坚持卖艺不卖身，守身如玉。历经千辛万苦，终于让人找到了俗子，可是凡夫得到的只是一句"再干净的女人到春香楼，都会脏"。凡夫的痴心与俗子的无情形成了鲜明的对比，同时，凡夫越痴心越显得俗子无情。俗子始终过不了世俗这道坎，避免不了用世俗的眼光看待青楼女子。

3. 官场人物形象

墨中白现任泗洪县梅花镇赵庄村党支部书记。这对他的创作也有一定的影响，在《天安门的天》这部微型小说集里涉及一些官员的形象，作者试图通过对丑恶的描写引起人们的共鸣，弘扬正气。

在《白一品》中，白一品身为泗州知府，到泗州城不久，他就想女人了。为了能方便搂着女人听戏，他兴建宅院，叮嘱窑工们抢制方砖。后遇泗州城洪涝，白一品犹豫许久，命师爷拿建宅院的方砖筑城墙，洪水退了。最后，宅院也不建了，"想听泗州戏，还是到春香楼吧，虽闹点，却也安心"。作者本是塑造一个为给自己谋方便而滥用权力的知府，后来笔锋一转，知府良心发现，却也为百姓做了一件好事，还赢得"好官"的名声。在《局长喜欢吃海虾》一文中，王局长在土豆一家生活困顿时给他们送了学费、衣服和米面，土豆很感激王局长。在得知王局长喜欢吃海虾后，土豆就抓一袋海虾送给王局长。王局长却因为犯了事进了监狱，真相这才浮出了水面——当年给土豆一家送东西只是他例行的工作。王局长最后一句"娃，叔该抓，该抓啊"，这是对人们良心的拷问，也让读者深思。又如《提调官吴及》，提调官负责验砖，官职不大，因为做了个顺水推舟的人情，放了甲首孙五，带来了一系列的好结果：面圣，升官。收钱，放人，理所应当的事，只是文章结尾提调官吴及的发问——"放了一个孙五，他们是不是给了我太多？""是不是太多"无疑给人当头一棒，警醒世人。

墨中白在呈现官场百态、揭露官场黑暗的同时，注重展现人性美。贪官污吏的幡然醒悟，无不是作者对人性善的另一种展现。

4. 小人物形象

墨中白的作品中还有一些重要的小人物。爱情是生活的一部分，小人物的爱情充满了欢乐与悲哀。《心太软》里的良是桃花小学的教师。在巷口的砖井边，良见到了桃，两人听着一首老歌甜蜜地走了下去，"你总是心太软，心太软，你无怨无悔地爱着那个人……"《俗子》中的俗子与凡夫本是一对恋人，后因凡夫迫于生计进了春香楼当歌女。俗子无法抛开世俗有眼光，不愿和凡夫相认，不愿和凡夫继续在一直。最终，一个成了尼姑，一个成了僧人。有情人终不能成眷属。《拉马王》里的拉马王，他在选种马和配马时，是很豪爽、有气魄的，可是，他在遇到喜爱的梅娘时，却因为对方是寡妇而变得非常猥琐，他过不了世俗这道坎。梅娘心里也对他有情意，因为世俗，两个人都变得非常胆小，致使他们俩的爱情无法得出结果。

小人物在生活中是渺小的，但在某一时刻他们往往会绽放出艳丽的色彩，展现出人性的伟大。在《六指猴》一文中，主要写了两个人物：六指猴和东家。东家用价值连城的古玉把六指猴赎回来；而六指猴又把古玉盗回来还给东家。情义相称，两个奇人同时跃然纸上！《求佛》里的奶奶十分疼爱柱子，天天烧香许愿：盼柱子早日娶个媳妇。后柱子为挣钱去了工地打工，因为救人而牺牲。奶奶知道了，擦着眼泪说，孙子做得对。一位深明大义的老人形象就出来了，同时展现了奶奶对孙子的爱。

墨中白笔下的人物形象是多种多样的，但有一点始终不变：他极力展现人性善，挖掘出每一个人物形象身上蕴含的价值。正如他自己所说："生活中除了钱，真的还有太多让人留恋和值得尊重记忆的东西。当把这些想法通过文字用小说的形式表达出来时，我有一种莫名的快乐。"①

（三）圆熟的叙事技巧

许多作家为了写出让人眼前一亮的微型小说，通常会使用一些特殊的技巧，即使有限的篇幅也能展现令人惊奇的故事。"相对于其他文体，小小说短小的篇幅无法展开完整的故事、无法面面俱到地展示生活全过程，也不可能塑造'圆形人物'。"② 因此，微型小说的情节往往是单一的，所以它一般采用独特的叙事技巧，使简单的情节并不单薄。墨中白在构造情节时也运用了一些特殊的技巧，如悬念与误会的设置，对比和重复的使用以及情节上的反转和斜升，等等。这些叙事技巧运用得很圆熟，使得他的微型小说读起来紧扣人心，耐人寻味。下面分别论述三种叙事技巧的运用。

---

① 墨中白：《创作谈：心疼与快乐》，http://blog.sina.com.cn/s/blog_4d452db10101f3af.html。

② 汲长路：《大众文化语境下小小说创作研究》，硕士学位论文，山东师范大学，2011年，第32页。

1. 悬念与误会

微型小说中，要想在有限的篇幅里构造出色的故事，就必须有其独特的处理细节的方法。在这里，墨中白善用悬念与误会的叙事技巧。下面分别论述。

（1）悬念

悬念，"就是把故事中的一个精彩场面（有时甚至是它的结局）抽出来，又作一番渲染、描述，先不交代前因后果，故意让读者留下阵阵疑团，诱使你非读下去不可"①。悬念能够抓住读者的眼球，能引起读者读下去的欲望。在微型小说中，悬念一般分为三个部分：设置悬念、强化悬念、释消悬念。下面分别说明这三个部分的运用。

第一，设置悬念，即在文章一开始作者就提出一个疑问，引起读者的好奇心，从而让他们带着这个疑问不断地读下去，达到深阅读的目的。悬念会让整篇文章显得有深度，也会使读者在阅读过程中进行思考。

在《春香楼的女人》一文中，老鸨春香对公子哥和有钱的东家不做过多的要求，唯独对窑工们有两个硬性的规定。其一，他们去春香楼搂女人需要提前一天预约。其二，过程中必须灭了灯。作者在文章开头就设置了这样一个悬念，为什么需要提前一天预约，为什么要灭了灯？同样，在《红绸》这篇微型小说中，春香楼的红绸唱泗州戏好听，人长得更好看，听戏的公子哥都迷上了她，可是，老鸨却坚决不让男人们搂她。这就为文章设置了一个悬念，红绸为什么不能让男人搂？

微型小说在开头设置悬念一般遵守单一集中的原则，这与它的篇幅有关。作者设置悬念相对简单，但是为了不让读者在阅读开头后就能猜中原因，所以，必须得强化悬念，让它尽可能的曲折，以拓展作品的艺术空间。

---

① 陈颖宜、王嘉良：《微型小说创作技巧》，广西人民出版社1990年版，第152页。

第二,强化悬念。作者用相似细节的重复来强化悬念。强化悬念能够使情节更加曲折,满足读者的阅读心理,提高读者的审美情趣。

在《春香楼的女人》中,作者为了强化悬念,在文章第二部分写窑工李山去春香楼搂女人,提前预约,同样灭了灯。但是他又悄悄点着灯,想看看身旁的女人到底长什么样,紧接着脸被重重捆了下,灯灭了。这与开头写窑工进春香楼需遵守规矩相似。在这种重复之下,读者的好奇心更加强烈,为什么不能点灯?在《红绸》里,春香看着男人们都想着红绸,心里却着急:红绸不能让男人搂!从开头的"红绸只能唱戏,不能给男人搂,再多的钱,也不能"到后来"红绸绝不能让男人搂"也是基本相似的细节,正是这种相似的细节使得文章悬念不断加深,读者对结局的探知欲更强,也为作者在文章末尾释消悬念做了铺垫。

第三,释消悬念。在微型小说的最后,就是悬念的释消。设置悬念,强化悬念,最后释消悬念,环环相扣,整篇文章显得十分紧凑,通过释消悬念,可以更好地解答读者心里的疑问,从而使得故事完整。

《春香楼的女人》的结尾是:窑工李山想尽办法去春香楼搂的居然是自己的老婆。《红绸》则给了读者一个意外的结局:男人们爱慕垂涎的红绸是男儿身。两篇文章在结局处没做过多的停留,瞬间告诉读者谜底。

(2)误会

微型小说中的误会,"从情节链的角度说,就是作者有意让两条链交织成一种错位。由此发生一系列的矛盾冲突,让人物和主题在这种矛盾冲突中得到鲜明而有力的昭示"[①]。

《拥抱宁小可》一文中,陆文和以纯本是一对恩爱夫妻,以纯所在单位的上司处处对她关照,可以纯并不喜欢这种照顾,单位的风言风语让陆

---

① 刘海涛:《历史与理论:20世纪的微型小说创作》,中国社会科学出版社2002年版,第238页。

文对自己的妻子产生了怀疑。陆文的责问与以纯的退让使得他们俩的误会更深。当文章结局时，陆文与以纯上司的老婆有染，并且说："白局长能打你的主意，我就不能拥抱他老婆？"在这篇文章中，由于对对方的不信任，加上其他人的流言，陆文怀疑自己的妻子。这种误会越大越会激起陆文心中的怒火，然后选择了一条不正确的道路。

2. 对比与重复

很多艺术作品中会用到对比与重复，微型小说也不例外。在微型小说中，对比和反复的运用呈现出不同的特点，达到的艺术效果也不同。下面分别论述二者的运用。

第一，对比的运用。微型小说由于篇幅的限制，无法通过人物前后变化的对比来体现作品内在的艺术变化和反差，它只能是同一人物自身的对比和相似事物简单的对比。

《拉马王》一文中，拉马王专门负责拉公马交配母马，他在选种马和配马时，非常豪爽，很有气魄。可是，他在遇到了喜爱的梅娘时，却因为对方是寡妇而显得非常胆小，他过不了世俗这道坎。相反，拉马王的黑公马与梅娘的白母马情意浓浓，大胆相恋。拉马王虽被称作"王"却异常胆小，人不如畜。这里用了反比的手法，用马的大胆衬托"王"的胆小，比直接描写要使人物的形象更加突出。

在《买哭》中，水荷能哭，"水荷的眼泪哭也流不完"，桃花巷里谁家有先辈去世，都会喊水荷去"哭棚"，否则会被人骂孝子不孝。水荷哭棚，时常把周围的亲邻好友听得揪心地悲痛，哭得听者泪流满面。后来，水荷的婆婆去世了，临终前对自己的儿媳妇说："答应我，走后不要哭，不然去天堂过天桥时我不安心。"当众乡邻揣着看戏的心态来水荷家吃饭时，却发现水荷一滴泪都没有，众人都说水荷不孝顺。这篇文章着重写了水荷在婆婆在世与去世后的不同表现，两者之间形成对比，为别人哭是替别人孝顺，婆婆去世自己不哭那也是孝顺。

微型小说中的对比是一种具体量上的对比，即两个不同点的对比。同时，这两个不同的点必须能够引出文章的主题或主旨。

第二，重复的运用。与对比不同，重复是两个或两个以上相同细节有规律地出现。微型小说中重复的运用主要目的是突出和升华作品主旨。通过重复，可以较快地烘托出作品的需要的情境和艺术氛围，也可以使作品的主旨得到不断的强调和加强。

《父亲的2008》采用了重复的技法。

"2008年，去北京。"这是父亲第一次说要去北京，在2001年7月13日。父亲在北京当了八年兵，对北京有深的感情。

"2008年，去北京。"这是父亲第二次说，在2003年7月，他的二儿子结婚。

"2008年，真想去北京。"这是父亲第三次说，在2005年7月13日，他的三儿子升高中。

"2008年，真想去北京。"这是父亲第四次说，在2007年7月13日，为凑钱给三儿子在县城读书，父亲戒了烟酒，庄稼收成却不好。

"2008年，真想去北京。"这是父亲第五次说，父亲退伍三十年。

由原来的"去北京"变成了后来的"真想去北京"，我们似乎看到了一位对北京有着深厚感情的老人，可是为了自己的儿女，去北京又变成了一个不能实现的梦。表现了一个父亲的伟大情怀，作品主旨得以升华。

又如《让我再种一年瓜》，"我"的父母50多岁，总是舍不得家中的土地。2003年，"我"劝父母家里的地不要种了，父亲跟"我"说："一亩瓜赶得上七亩麦哩！"2004年，"我"又劝父亲：春田地的瓜不要种了，父亲回答说："我身体还结实着呢！"2005年，"我"再次劝父亲：把地租给人种吧！父亲却说：现在取消了农业税，种田净赚，租给人划不来呀。

在这篇文章中，作者用了相对简单的重复，一个人劝，一个人坚持说"再种一年"，简单看来是父母舍不得土地，习惯老家的生活。我们往更深层次探究就会发现在"种一年瓜"之下蕴藏了父母对"我"的爱意："自己种瓜吃时方便，再说你们刚买了房子，你三弟要升高中，真的不想给你们添累。"

3. 反转与斜升

"意外结局"是微型小说一个重要的文体特征。这种"既出人意料，又在情理之中"的结尾叫"反转"，能够使读者的想象力得到延伸。"所谓反转，是指小小说情节的结局和情节发展的初始方向刚好相反，情节在短暂的艺术时空里形成戏剧性的反差和变化。"①

在《花公子》一文中，花公子酷爱花，家里的矿砂不打理，买块田专门用来种花，对花的喜爱到了痴迷的程度。日日与花为伍，"浴花""葬花""医花"；不允许人近看花，一旦有人摘一花叶，他就要发脾气，再也不会允许那人进去观看。可是后来知府要把花公子花园里的花献给玉妃娘娘，说她要用鲜花泡水洗澡。眼看那么多花被采，花公子心疼，后遇一场大雨，淹没了花公子的花园，花公子疯了。文章结尾，花公子不疯了，却害怕看见花。"爱花—迷花—惜花—怕花"，这样的情节上的反转让人不禁惋惜，也让读者从一开始赞叹花公子爱花之深到后面的怕花之深，结局出乎读者的意料，与开始形成的阅读期待正好相反。

又如《八圈马》，马想是表演压花场的武生，因他技艺精湛，名声在外，致使盐商黄金的千金看上了他。女儿喜欢上了戏子，黄金当然不乐意，只是因为心疼女儿，还是决定见见马想，跟他好好谈谈。文章结尾却说道，马想是女儿身，女扮男装只是为了更好地演好压花场。最后，黄金纳她为妾。结尾的反转让读者目瞪口呆，也升华了文章的主题。

---

① 汝荣兴：《中国当代微型小说名篇赏析》，光明日报出版社2010年版，第135页。

同样，墨中白也用了"斜升"的叙事技巧。"与反转不同，小小说情节的斜升不是让第一个细节与最后一个细节形成 A 与 – A 的效果，而是让第一个细节发展为 A，再进一步发展为 A +。"① 斜升能一步步推进情节的发展，能够使文章显得错落有致。

在《柳秋白》一文中，柳秋白是春香楼的妓女，与唐半城相识相恋，最后成为唐半城的妾。柳秋白对唐半城一往情深，情真意切。在唐半城回家探亲未返的情况下，柳秋白前去寻找，却得知唐半城家庭变故，两眼失明，忧郁成疾。柳秋白毅然决然地留在唐半城身边，卖掉自己的宅院为唐半城的儿女办婚嫁银两。直到唐半城去世，柳秋白守着唐半城的坟墓不肯离开。

作者在叙述柳秋白对唐半城的情时，运用斜升把柳秋白的情义一步步推高，让读者自己去体会其中的深情。

墨中白的微型小说，无论是题材上、人物上还是叙事技巧上，都有其独特之处，他的作品题材奇，人物奇，情节奇。顾建新说过："墨中白在刻画传奇人物上，已经走出了一条新路，开始有了自己的风格与特色。这对一个很年轻的作者来说，是非常不易的。"② 王蒙曾说过："微型小说是对作家的生活体验、作家艺术地感受生活的能力的最直接切近的考验。"③ 我们在墨中白的微型小说中看到更多的是关于人性美的表述，无论是对传奇人物、青楼女子还是生活中的小人物，作者都极力把好的一面展现在我们面前。他的小说描写的对象总是与人性有关，这样关注人性的作者，我们期待能看到他更好的发展。

(莫莎　李婷)

---

① 汲长路：《大众文化语境下小小说创作研究》，硕士学位论文，山东师范大学，2011 年，第 39 页。

② 顾建新：《独特的传奇微型小说——品味墨中白的作品》，http：//blog.sina.com.cn/s/blog_ a401631401010z6b.html。

③ 王蒙：《我看微型小说》，《中国微型小说选刊》1985 年第 1 期。

二十八　魏永贵微型小说初探

魏永贵，1961年生，湖北省广水市人，现供职于山东省威海市公安局。山东省作家协会会员、郑州小小说学会理事，2013年开始担任山东省微型小说学会副会长。目前出版的微型小说集有《雪墙》《雪上的舞蹈》《空地的鲜花》《爱的毒药》《先生》等5部。曾获全国小小说大赛金奖及《小小说选刊》优秀作品奖等多种奖项。2008年年底，魏永贵入选"中国新世纪小小说风云人物金牌作家"，微型小说集《雪上的舞蹈》获"2008年冰心儿童图书奖"。2008年荣获"新世纪小小说风云人物榜·金牌作家"称号。2009年5月获"第四届中国小小说金麻雀奖"。

在当今文坛，微型小说的产生和发展顺应时代潮流，具有很强的大众亲和力。魏永贵的微型小说也体现出了这些特点，内容上贴近生活、贴近群众、贴近现实，主题上让人印象深刻；同时注重细节的描写，使一个个人物跃然纸上，让读者与人物实现"面对面"交流，并且通过微型小说的形式，展现出当代人的价值观，揭示某些不道德的行为，从而告诉读者人生的道理。读者阅读之后，也进行了一次自我的审视和灵魂的洗涤。

金麻雀奖在颁奖词中是这样评价魏永贵的小小说的："当故事情节淡化、人物形象弱化成为当下的小小说创作的常见弊病时，魏永贵以充满生命气息的文字，对笔下塑造的人物有独到的感悟和理解，给我们的阅读一种难忘的冲击波。作家关注底层的、悲悯同情的写作，可以看出作家鲜明的对小人物的现实关怀精神。"① 石鸣在《世俗叙事与诗意叙事——魏永贵

---

① 魏永贵：《金麻雀获奖作家文丛·魏永贵卷》，世界图书出版公司2011年版，第1页。

小小说浅析》中说道:"魏永贵的追求是多方面的,在小小说创作中对世俗叙事和诗意叙事的追求是更实质、更重要的。这种追求不仅让魏的小小说作品有了比较清晰的定位,也让小小说作品有了比较清晰的价值走向和审美走向。"① 当代小小说领军人物之一、第一届全国小小说金麻雀奖获得者王奎山说:"一个小小说的写作者,自然也是一个小小说的读者。我读小小说,一般将之分为以下几种情况。一种是次品,或者说是等外品。第二种,大量的,百分之九十五以上的,可称之为常品。第三种,精品。一眼就能看出是一篇高出一般作品的好东西。这类作品在各种各样的评奖中常常能够榜上有名。在永贵的小说中,《先生》《遥远的村路》应该属于这一类了。如果把小小说作家对艺术的不懈追求看作是一场马拉松比赛的话,我个人认为,魏永贵应该算是跑在第一方阵里的人。作为一个小小说领域的老兵,我对永贵所取得的成就,是艳羡而又嫉妒的。"② 河南省作协副主席、百花园杂志社总编杨晓敏说:"魏永贵叙述中长句的大量运用,这种故意减少逗号运用的叙述尝试,在他作品中比比皆是,但在小小说领域中却是'只此一家,别无分店',是别具一格的'魏氏叙事'风格。"③ 从整体来看,魏永贵的微型小说无论从内容上还是艺术风格上都有其独特的韵味。下面分别从内容和韵味上予以论述。

(一)丰富多彩的内容

作品的内容主要包括以下三个方面。

1. 对"情"的歌颂

魏永贵小说中对"情"的歌颂是比较突出的。无论是亲情、友情还是

---

① 魏永贵:《中国小小说名家档案·爱的毒药》,光明日报出版社2010年版,第210页。
② 魏永贵:《中国小小说名家档案·爱的毒药》,光明日报出版社2010年版,第208页。
③ 同上书,第207页。

爱情,魏永贵都描绘得淋漓尽致,使读者读后感同身受。

第一,对逝去爱情的怀念。

人们总是说,要相信爱情。是啊,在追求爱情的道路上,我们要相信爱情,即使最后的结果不尽如人意,也要相信爱情。这个观点在魏永贵微型小说的作品中得到了很好的阐释。

比如,《移植一棵树》中从主人公马莉想要移植一棵柳树着笔。在老公的同意下,她捡回了一棵城北河为了拓宽河道而被砍掉的树,移植后马莉常常倚着柳树,看着树干上的疤痕发呆。通过马莉与小工的谈话我们可以知道,她移植的这棵树形状不太好看,并且光秃秃黑黢黢的,为何主人公会移植这样一棵树?让我们十分费解,但在结尾,作者给了我们答案:"十多年前的那个夏天,在溪水轻盈的河边,柳树下,马莉和一个小伙子开始了第一场短暂的恋爱,柳树见证了马莉的初吻。"①

树上的疤痕是小伙子在两人交往时刻下的。而此篇微型小说的最后,"星光满天的夜晚,马莉踮着脚尖摸到了那个树"②"柳叶轻拂在脸上,悄悄拭去了两行清泪"③。这两句表现了马莉内心深处的感情以及对曾经纯真爱情的怀念,更加突出说明了移植的这棵"柳树"已经不仅仅是简单意义上的树了。移植一棵树固然简单,却无法移植一段情。见树思人,见树思情,柳树作为马莉与男孩爱情的见证物在这里也变得异常高大了。

又如,《空地的鲜花》写到"那个人"与王兰分手后,不是一直坐在一堆废水泥管上,就是坐在旁边一座楼房楼顶的边缘,不管刮风下雨、烈日暴晒,从不改变。因为王兰父母嫌弃"那个人"长得痴痴傻傻的,配不上王兰,所以棒打鸳鸯,拆散两个情投意合的情侣。有一天,"那个人"开始将废水泥管往外扛,将那些水泥管搬走。虽说大家都不理解他为什么

---

① 魏永贵:《中国小小说名家档案·爱的毒药》,光明日报出版社2010年版,第2页。
② 同上书,第3页。
③ 同上。

这么做，但也欣然接受，因为楼前豁然开朗了。雪花纷纷扬扬地飘起来的时候，大家又看见"那个人"拿着工具在搬走水泥管的空地上忙碌着。人们都说"那个人"有毛病。但当雪下大了的时候，那个身影就再也没有出现过。春天来临了，空地上长满了粉粉艳艳的花，花拼起来的形状是："我爱王兰。"全篇微型小说没有一句对主人公的语言描写，而是通过他的动作来刻画他的性格以及对王兰那纯洁如雪的爱。对于他人的不理解，他毫不在乎，而是坚守着自己的爱情，无言地行动，表现他那无言的爱。"大家"的做法与主人公形成了强烈的对比。"大家"不了解他，说他"有毛病"，唯一一次对他表示感谢还是因为他搬走了水泥管使空间变大。这不得不让人感叹人心的冷漠与麻木。

就像湖北省作家协会会员陈圣芳在赏读这篇文章时说："他的爱，像鲜花一样绚丽夺目。那个人，执着的爱，闪耀着人性的光芒，那个人的爱，爱在无言中。"[1] 确实如此，魏永贵也总是让我们在这种悲伤的爱情中收获无比的感动。他的微型小说注重还原生活的"本来面目"，用自己的亲身经历进行创作，将自己的感受含而不露地表达给读者。

第二，对亲情延续的感恩。

所谓"亲情延续"，顾名思义，便是父母为了自己的子女，愿意付出自己的生命。这类文章在魏永贵的微型小说中虽然描写得不多，但每篇都让人镌骨铭心。

《爱的毒药》，作为魏永贵微型小说集中的一部主打小小说，阐明了显而易见的道理。这篇微型小说讲述的是亮子的母亲得了绝症，因怕拖累家庭，试图用一碗农药结束自己的生命。亮子的父亲知道母亲的心思后，就让亮子看着母亲。可是当亮子被母亲支走后，母亲还是喝下农药去世了。

---

[1] 陈圣芳：《无言的爱——赏读魏永贵先生小小说〈空地的鲜花〉》，http：//www. xiaoxiaoshuo. com/forum. php？ mod = viewthread&tid = 237964&highlight = % CE% BA% D3% C0% B9% F3. 2011 - 01 - 13。

十几年后,亮子成为第一个走出山里的大学生。在研究为什么蚂蚁全家没有食物,蚂蚁父母总是先死,把自己的尸体留给自己孩子做食物这个课题时,亮子说他知道答案:"蚂蚁父母为了儿女生命的延续,用了一种特别的毒药——爱。"看到最后,很可能读者心里都掀起了一片涟漪。没错,父母之情是世间最伟大的感情,而这种亲情的延续的确是更加伟大的。让爱的人活在世上,而我独下地狱,这样的爱无比耀眼!

"谁言寸草心,报得三春晖。"是的,亲情是无形的,因为没有人知道它是什么样子的;亲情是无价的,因为没有什么东西可以比得上它;亲情是无尽的,因为它出现在各个角落;亲情更是无私的,不论付出多大的代价,甚至失去生命,也在所不惜。魏永贵用这样一篇微型小说来表现无私、无形、无价且无尽的亲情,实在令人折服。

第三,对友情陪伴的感动。

友情即友谊,指朋友之间的感情。培根曾说过:"友谊不但能使人生走出暴风骤雨的感情而走向阳光明媚的晴空,而且能使人摆脱黑暗混乱的胡思乱想而走入光明与理性的思考。"①

《最灿烂的》这篇微型小说描述的就是关于友情的故事。15岁的小雅得了不治之症,长期化疗的她几乎失去了美丽的秀发。小雅一直有个心愿,就是想跟同学合影。为了合照,小雅一直在想用什么来掩盖住秃头,最后决定用妈妈挑选的软棉帽。到了学校,小雅却看见每一位同学都剃了光头,还听见震耳的声音:"王小雅,你好,我们都爱你!"②

与作品中纯真的友情不同,当今社会,人们感情淡薄,以自我为中心,不顾及他人感受。但在这篇微型小说中,却淋漓尽致地描绘了友情。文中那种能够治愈心灵的力量便是当代人极具缺少的友情。在以利益为重

---

① [英]弗·培根:《培根随笔集》,王勇译,吉林出版集团有限责任公司2010年版,第81页。
② 魏永贵:《中国小小说名家档案·爱的毒药》,光明日报出版社2010年版,第30页。

的当代社会，确实值得我们深思。

为了小雅，同学们没有在乎自己的形象，而是陪着小雅一起剃了光头。作者以友情为主题，让我们思考真正的友情是什么，不是双方交往能给对方带来多少利益与价值，而是那种最美好最纯净的友谊，不在乎对方到底是什么样子，而是真心实意地为对方好，真正地交心。

2. 对优良品质的赞扬

对优良品质的赞美和歌颂的作品在魏永贵的微型小说中十分常见。

《雪上的舞蹈》就是其中比较经典的一篇。这篇微型小说讲的是"有一些轻度瘸"的美惠因为自己和别人不同而暗自神伤，她在网上认识了一个名叫"雪上飞"的网友。他和美惠不同，他乐观又开朗，还获得了冰舞比赛的冠军。两人约定好了见面，那天下着雪，但网友仍然如期赴约，同他一起的，还有他身下的那张轻巧的轮椅。

作品中的"美惠"很自卑，因为她腿瘸，而"雪上飞"虽然身在轮椅上，却依然乐观自信，这是他们两者最大的不同。"雪上飞"不仅没有失去对生活的信心，反而积极挑战、拼搏，赢得比赛，夺得冠军。

这篇微型小说表现的就是我们所说的优良品质，乐观自信、积极上进。一个人不论经历过什么，最重要的是不要对自己失去信心，而要坚持对美好事物的追求、对真善美的追求。作者将美惠与"雪上飞"作对比，更加凸显出作者也是一个对人性美不断追求的人，一个内心充满真善美的人。作者用细腻的文字，描绘出一幅人们内心最纯真的画面，使我们可以窥探他们内心的世界，达到情感的共鸣。

3. 对社会的恶习或不良现象的批判

当今社会，生活水平日益提高，但随之而来的并不是与之同步的价值观。魏永贵为了反映现实，在他的作品中，也体现了这种"悖论"现象。

比如,《雪墙》这篇微型小说,它用对待冬天供暖锅炉产生噪声的不同态度,将 101 户主与 99 号楼其他住户分开来。101 户主面对噪声采取起诉供热公司维护合法权益的做法解决问题,而其他人却想着多一事不如少一事,还指责 101,甚至暗算他。当问题成功解决时,户主们又纷纷来慰问 101,换上了一张张笑脸。他们只乐于享受成果,却鲜少付出。几天后,下了一场大雪,当其他人看到这堵"雪墙"后,突然想到 101 没有来除雪,感到非常奇怪。当得知 101 搬家时,99 号楼的住户们都愣了,一时束手无策。

首先,作者以"雪墙"为题既指门前雪堆,又指出了人与人之间的隔膜。小说主人公 101,作者并没有指出他的姓和名,正反映出了当今社会邻里之间"老死不相往来"的现状。其次,受到供暖公司噪声侵扰的人们之中,只有 101 勇敢站出来。"我们当然应该维护合法权益"[1] "101 理直气壮地站在法庭原告席上慷慨陈词"[2],从 101 的表现来看,"当然""应该""理直气壮",斩钉截铁,掷地有声。他为整个 99 号楼解决问题,得到的却是人们的误解、反对甚至暗算。在细节描写方面,难过、心寒、愤怒等情绪充斥在文章之中,却也让我们看到了 101 的勇敢、无私、坚强与伟大。再次,微型小说里描写到 101 两次敲开 99 号楼住户的门。第一次受冷遇,因为大家都不愿付出,趋利避害。第二次 101 分送赔偿费,就得到大家的欢迎。又一次说明了当代人自私麻木,只知道享受,不懂得付出。最后,101 搬出了 99 号楼,将"雪墙"留给了 99 号楼的人们,那么 99 号楼的人们是要在 101 的精神感召下,迅速觉悟、改变自己。还是仍然一成不变? 这个问题作者没有直接回答。改善生存环境,需要我们一起努力。同样地,人与人之间,也需要用心沟通,将心比心,社会才会温馨和谐。

---

[1] 魏永贵:《中国小小说名家档案·爱的毒药》,光明日报出版社 2010 年版,第 104 页。
[2] 同上书,第 105 页。

魏永贵善于从平常生活中取材，抒发当代的生活气息，紧贴时代主题，使读者深思。

又如，《街心公园的现场办公会》这篇微型小说，从和平女神雕塑被乱画的这件事来着笔，反映现实生活中乱写乱画无处不在。这座和平女神雕像是小城的标志，但是"从环保局到城建再到园林最后到公安"，各部门都是推三阻四，一副事不关己的态度。问题没有得到解决，不得已，市长亲自来到街心公园，将女神胸脯上的墨迹擦干净，最后"市长很快又回到人群中，低头钻进一直没有熄火的轿车，哐的一声关上车门，走了"①。"没有熄火的轿车"说明时间之短，使读者思考良久。要将雕塑上的污迹擦干净，根本不需很长的时间，只是大家将自己置身事外。这篇微型小说反映了当下政府部门常见的"九龙治水""打乒乓球"的处事恶习的同时，也在呼吁我们群众在日常生活中应当做些力所能及的事情，使我们的生活更美好。

《一只西瓜》这篇微型小说，围绕当今社会少数人的骄奢淫逸，用一只西瓜说明人们应当形成良好的价值观。《双飞》中妻子因为丈夫回家与出门时穿不同的衬衣，便以为丈夫出轨了，这样的信任危机也遭人诟病。

魏永贵将主题定在现代社会的普遍现象和社会陋习上，既体现了他时常站在平民的角度看问题，又说明他有一颗能够洞察世事的心。这样的作家是"时代的触手"，是"社会的触手"。

（二）独特的艺术韵味

魏永贵作品独特的艺术韵味体现在以下五个方面。

---

① 魏永贵：《中国小小说名家档案·爱的毒药》，光明日报出版社2010年版，第100页。

1. 真实的细节描写

"没有细节就没有艺术。"细节描写是指将生活中的细微而又具体的典型情节，加以生动细致的描绘，将其渗透到人物、景物和场面之中。魏永贵微型小说中的细节描写十分到位、真实。

《交杯》中讲述的是两个老人在村后石垛约会，相互温暖的故事。小说中的细节描写经典且生动。"穿着那件上了几十年讲台的土色上装，怀里抱着一根磨得溜光的拐杖"，读到这一句，我们眼前就出现了一个质朴、真实的教书先生的形象。再有对老先生手的描写，"叶三娘抓着曹老先生瘦如鸡爪的手"，使我们对曹老先生的外貌有了大致的了解，一个教了几十年书的教书先生，有着一双瘦如鸡爪的手。使人物形象更加鲜明，让我们感到了一丝心酸。两个原本寂寞的人，相互取暖，却因为村子里人们的闲言闲语，相约喝药离世。两人都没有带农药，想将自己带的干参和当归给对方，自己离世。当得知真相时，"曹老先生抖颤着叫了一声，浑浊的老泪兀自溢出眼眶"，细致地表现了老先生的悲伤与无奈。两个相互慰藉的人，两颗孤独的心，展示了两人的内心世界，表现了复杂又难得的真实感情。

作品《一只西瓜》中，通过对母亲语言的描写，"一个西瓜13块5，能买两三斤花生油，还能点一个月的电，就是一泡甜水，啧啧，太贵了"，寥寥数语表现出母亲好勤俭反浪费的习惯。母亲捡着地上瓜子的时候，作者描写了母亲的驼背，我们眼中浮现出一个老人捡着瓜子的画面，有些心酸又有些感动，更多的是反思我们自己的行为。魏永贵对老人的动作和语言的细节描写，将母亲这样一个乡下老人的形象变得更加有血有肉。《胖三》中在胖三与厂长争辩时，对胖三语言的描写"不答应我的条件我坚决不下来……"活灵活现地描绘了一个坚持自我、维护尊严、不卑不亢、勇于承担责任的胖三形象。《王得光最后的要求》中写即将被执行死刑的王得光想在生命最后的时光中晒晒太阳,通过一层一层的请示批准,最后同意他在枪决前一天晒晒太阳。"王得光把眼睛盯在监室上那方黑黢黢的夜空,一丝光亮在王得光灰暗的眸子上闪亮",写出了他在生命的最后时刻对阳光、对温暖的渴望。然而,就在行刑的前一天下了一整天的冬雨:"王得光枯寂的眼睛盯着监室窗外的冬雨一动不动,王得光的眼泪和冬雨一样婆娑恣肆。"通过对王得光的动作与神态的描写,体会到这么一个渴望阳光的人到最后也没有实现愿望的绝望,给整个作品奠定了悲伤的基调。

魏永贵的微型小说中的细节描写不仅突出地表现了人物的形象,又推动了情节的发展,深化了主题,增强了生活气息,给人一种真实感和亲近感,展现了丰富的精神世界。

2. 含蓄凝练,意境深远

含蓄凝练是微型小说创作中重要的一部分。所谓"含蓄性",就是指作者没有完全将所有的感情表达出来,而是让读者自己寻找答案。魏永贵对这种手法的运用已经到了炉火纯青的地步,他用有限的文字表达出"言有尽而意无穷"的意蕴。

《有月亮的晚上》这篇微型小说,不止在一处写到"月光满地""好圆好亮的月亮"。月亮原指"思念",作者通过写又圆又亮的月亮,含蓄地唤醒了男主人公对最平凡却最珍贵的妻子的感情。以月寄情是通用的艺术手法,因为月亮透露着高远、纯净又柔和的美感。魏永贵通过月亮描绘出了既诗情画意又思想丰富的艺术画面。《蚂蚁的疼痛》中描写情人节一对情侣互换手机后,引发的忠诚与背叛的故事。女人因为男人对自己的不信任,眼泪滑落砸痛了门槛的一只褐色蚂蚁。"醉翁之意不在酒",作者通过写蚂蚁的疼痛,转而含蓄地写出女人的伤心。蚂蚁是身体的疼痛,而男人对女人的不信任却造成了女人心理上甚至精神上的痛苦,作者通过"一只蚂蚁"将人与人之间的信任问题哲理化，虽然没有直接表达出来，却比直接表露更富感染力。

魏永贵的微型小说之所以意境深远，不仅在于他的含蓄凝练的写法，也在于他修辞手法的出色运用，增加了作品的独特韵味。

比如《狗》这篇微型小说，作者通过描写一只从前陪伴在主人身边狗，因为贪恋酒馆骨头的味道，抛弃主人留在酒馆的故事，将狗影射到人身上。故事的高潮在最后酒馆的主人的一句话："腊月下酒的狗肉算是不愁了。"看到最后的结局，使人感到在意料之外却也在情理之中。作者通过对狗的含蓄描写，反映出现在众多的贪图富贵、乐于享受的人与文中的狗并无差异。为了自己奢侈、安逸的生活，抛弃甚至伤害对自己真心好的人，只为了那些表面上看起来"善良""无害"的"好心人"，到最后却会沦为跟狗一样的下场，为自己的选择与行为付出代价，让人觉得既惋惜却理应如此。又如，《锈刀》中开篇便写狗子赌牌输掉了所有，因为妻子的一番话决定重新拾起自己的老本行，做水泥活。狗子是方圆数里的好砌匠，只是现在懒得干。看着双面是红绣的砌刀，狗子说了一句"磨一磨，还是一把好刀"。这里的"刀"，融合着作者的双关意味，该磨的，不仅有刀，还有自己，不仅要磨掉自己赌牌的坏习惯，还要磨出对未来生活的信心。还有《白馍》中，作者运用象征的手法，白馍象征乳房，将女人与三柱的故事引出。特别是女人去拘留所看三柱时给他的每个白馍的顶儿上，都有一粒红红的枣儿，象征的意味更加明显。将抽象化为具体，含蓄地表露着自己的想法，不仅吸引着读者的兴趣，还能更形象地表达主题。让读者沉浸在自己的想象世界中，也抒发了作者对生活的独特见解。

3. 多样化的结构

作品的结构，是作品谋篇布局的具体表现。好的结构，能够给读者带来真切的感触。魏永贵的微型小说因为主要采用以下两种的结构更加出彩。

第一，场面式的结构。

微型小说又叫"镜头小说"，因为它篇幅小，不能反映社会面貌的全部图景，有时候只提取生活的一个场面、一个镜头或一个片段进行描写。微型小说中所有的情景或情节都发生在一个固定的生活场景中的结构形态就叫作"场面式结构"。

魏永贵的《树》运用的就是典型的场面式结构。在这篇微型小说中的场景就是在乌桕树旁，所有的场景都在树周围展开。第一部分写在这棵乌桕下，大家生活幸福满足；第二部分写树倒塌后，小院失去了往日的幸福快乐；最后写院子里的人明白了其中的道理，但领悟得太晚。通过三部分对同一场面的描写，生动地描述出了人一旦贪婪，受到利益的驱使，便失去了最珍惜的感情，失去了自己的幸福与快乐。《出门》也是这样的结构，通过妻子在老张出门前给他系领带这个场景，见证了老张的职位一点点上升，最后系完领带老张直接坐上了警车这一系列场景，将"反腐倡廉"这一主题升华到了更高的境界。《威胁》讲述了在招聘现场上的同一个摊位上，考官故意放掉优秀人才的故事，反映出当代社会人们因为害怕自己的地位受到威胁，为了自己的利益而做出违背意愿的事情。在讽刺的同时，使读者读完既心酸又无奈。

第二，对比式的结构。

对比，是把两个相反、相对的事物或同一事物相反、相对的两个方面放在一起，用比较的方法加以描述或说明。而这种对比手法不仅用在抒情诗或者议论文，也用在微型小说的结构安排上，我们把这样的结构叫作"对比式结构"。

《睡在上铺的女孩》就是典型的对比式结构。通过描写我们常见的坐火车回家的事例，将下铺的胖子和瘦个子不愿和老人换床铺，与女孩不仅和老人换铺还时时刻刻照顾老人作对比，把女孩的善良和其他两人的内心狭隘形成对照，揭示现代人冷漠、麻木的现状，反映出当今社会的矛盾：不仅好人难做，还会被他人怀疑。

《阿正》也是这种结构。文章开头描绘的是阿正在大雨中等待女朋友阿桃，直到晚上10点阿桃还是没有出现。阿正给她打电话，阿桃说了句"死脑筋"。阿正回家的时候看见红灯时其他人还在过马路，便讥讽他们。等到绿灯亮起，他过马路时却被车撞成了骨折，他十分不平。在医院里，邻床的人却说："人人都不讲规则的时候，讲规则的人就得倒霉。"后来阿正也变成了闯红灯的人。这篇微型小说首先将阿正和阿桃进行对比，引出了承诺重要还是要学会变通的选择题。后来又将阿正和其他不讲规则的路人进行对比，不讲规则的人过马路没发生意外，而讲规则的阿正却出了意外，这也是当代的一个不好的社会风气：人们不遵守社会秩序，按自己喜欢的方式生活，无视规则。通过对比式的结构描写突出了这种不良社会风气的本质特征，加强了感染力和读者的认同感。

4. 结尾艺术

结尾是一篇作品的最后完结，好的结尾对文章起到十分重要的作用，魏永贵的微型小说对结尾采用的以下三种处理十分出彩。

第一，画龙点睛，首尾呼应。

人们常说，好的文章应该是"凤头、猪肚、豹尾"，意思是说结尾要像豹尾一样有力。魏永贵有很多这样的文章。比如，《最后的艺术》中老古很忙，因为他要举办以绳子为主题的个人美展。最后，老古手上只剩一截绳子，他在想怎样做才能引起美术界甚至整个文艺界的震惊。于是，老古将头伸进了绳环之中，并且蹬倒了脚下的木凳。何谓最后的艺术？看完整篇微型小说，我们能够给出答案。老古对艺术的敬畏、对艺术的献身深深地震撼了我们。又如，《先生》这篇微型小说中一位老师因为教书太苦而去大城市闯荡,他误进了夜总会遇到了自己教过的学生。学生将自己赚的钱给了老师,老师又回来继续教书。当听见对面山上孩子在唱儿歌的时候,这里"先生"已经不仅是我们现在所谓的双方的称呼,也是对教师这一伟大职业的赞美。首尾呼应,孩子们的歌声反映了对那些付出青春、为教育事业鞠躬尽瘁的教师的尊敬。

第二,戛然而止,引人深思。

好的结尾,亦要给人留下想象的空间。比如,《雪墙》中主人公101,无名无姓,因为供暖噪声想要号召99号楼的人们联合起来维护共同的利益,可是得到的是他人的不屑、漠不关心甚至暗算。在争取合法权益后,101搬出了99号楼。结尾处,在一场大雪后,99号楼前有一堵半人高的雪墙,大家一时束手无策。这是一个开放式结局,99号楼的101已经走了,那么剩下的人是追随着101将这种伟大、宽容继续下去呢,还是一如当初逆来顺受、安于现状呢?这样的结局给我们留下了想象的空间,更揭示了主题:人与人之间,更加需要心灵的沟通,多为他人着想,才能生活得温馨幸福。《阳光下的遭遇》结尾也是戛然而止,引人深思。父子俩都说谎去摸奖,在摸奖处看到对方后,作者没有再往下写,而是任由读者想象,给人哲理性的反思。

第三,意料之外,直击内心。

在魏永贵的作品中,意料之外的结尾艺术占了很大一部分。比如,《狗》这篇微型小说作者多次写到抛弃主人的狗的毛亮膘肥,让人以为这只狗找到了好的靠山,而到最后,笔锋一转,直接换成了酒店老板的一句"腊月下酒的狗肉不愁了",给读者强烈的内心震撼。

《最灿烂的》中的小雅因得了不治之症而失去了乌黑亮丽的长发。为了与同学合照,她选择用帽子来掩盖住秃头。作品的结尾,小雅的同学都剃了秃头,还高喊:"王小雅,你好!我们都爱你!"结尾感情真挚,使我们深受感动的同时富有极大的启发性。《跳跃》《雪上的舞蹈》也发人深思，耐人寻味，更好地突出了主题。

5. 别具一格的"魏氏叙事"风格

魏永贵微型小说中的另一艺术特色是他别具一格的"魏氏叙事"的方式，他在微型小说创作中，故意减少逗号的运用，改为多用长句加以叙述。比如，《先生》中主人公辞去老师的工作下海经商后和决定回来继续当老师的情形：

"先生您对电脑平面设计是否精通？先生您对现代舞美形态有何独到见解？先生您对推销高科技产品可有过人的绝招？先生您的英语水平达到几级是否直接和外商谈判？"

他说……校长抬头看了他一眼说不用说了我知道你早晚会回来的，比我估计的晚回了几天。他说校长你看……校长说别说了先坐下来陪我喝一杯。校长就取了一双筷子一个酒盅斟了满满一杯酒推到他面前。他说校长我这一趟出去……校长就说不用说了我知道你出去遭了不少罪，看你眼睛都大了，不说了先喝了这杯酒解解乏。

《乡野的声音》《胖三》等微型小说中都运用了这种"长句"，用魏永贵自己的话来说，这是"叙述情感"的需要。首先，他用一连串密实的起伏交错的词句，可以酣畅淋漓地表达、叙述自己的感受，更好地显示小小说的艺术张力。凡是提笔就开始"长句"写作的，他往往写得速度奇快、奇顺，有一气呵成、顺流而下的写作快感。其次，运用长句叙事打破了传统作品中一句话一个动作的表达方式，真切具体地表现了人物心理，将人物心理图景以直观形式袒露于读者面前。最后，长句叙事使结构紧凑，能够增加语言节奏感，全方位地揭示人物情绪，使读者不仅能够观照出主人公的心态，也可以观照出自己的心态。魏永贵就是运用长句的叙事手法，创作出了属于自己的"魏氏风格"。

魏永贵的微型小说不论是在内容上还是艺术上都给我们带来了很多感触。作者从实际出发，反映社会现实，关注底层的人民。他的文章直击人性善恶，使人看后为之动容。他有一双洞察世界的眼睛，生活中的点点滴滴，在他的笔下都焕发出独特的韵味。

从魏永贵微型小说的内容上，我们能够逐步了解他对于生活现实的剖析，对自己生活的世界的体会，对情的歌颂，对真善美的赞扬以及对当代社会现象的披露，将社会现实摊开给我们看。在艺术上，魏永贵在细节描写上追求真实、形象，融合微型小说的含蓄凝练，在追求结尾艺术的同时穿插着丰富多彩的结构，又创造出别具一格的"魏氏风格"，让人眼前一亮并产生情感共鸣。

一位成功的小小说家，是经得住磨炼、耐得住寂寞的。魏永贵就是这样的人。我们期盼这个内心充满真善美的作家能够写出更多的作品，给我们更多的感动。

（秦卉　姚武）

第四编

海外华文微型小说代表作家作品研究

第十一章　新加坡华文微型小说代表作家作品研究

一　黄孟文微型小说初探

——以微型小说集《吻别孩子，吻别马尼拉》为例

黄孟文，祖籍广东梅县（今梅州市梅县区），1937年生于马来西亚，先后获得新加坡南洋大学文学学士、新加坡大学文学硕士、美国华盛顿大学哲学博士等学位。现任新加坡作家协会会长，世界华文微型小说研究会会长。出版有小说集《再见惠兰的时候》《我要活下去》《昨日的闪现》《安乐窝》《学府夏冬》《吻别孩子，吻别马尼拉》《黄孟文微型小说选评》《黄孟文微型小说》及散文杂感和学术著作多部，曾获新加坡文化部颁发的文化奖（文学）及"东南亚文学奖""世界华文微型小说终生成就奖""中国微型小说创作终生成就奖"。

黄孟文早在20世纪50年代中期于槟城（槟榔屿）韩江中学念高中时就开始文学创作。纵观他30多年的文学创作活动，以1970年赴美留学为

界可以分为前后两个阶段，即 50 年代中期至 1970 年为第一阶段，1979 年之后为第二阶段。熟悉新马华文文学的人都知道，现代新马华文文学是承继着中国现代文学中的现实主义传统而开始了它的文学之旅的，尤其是在"二战"后的 50 年代，整个新马华文文坛，更几乎（并不排除个别例外）成了现实主义的一统天下。黄孟文，这个从穷乡僻壤走过来的青春少年，当他带着生于战乱长于忧患的生活经验去看待社会人生，当他选择了文学又为当时那样的一种文学氛围所熏染、教育的时候，以"为人生而艺术"为其灵魂的现实主义便理所当然地成为他崇尚、信仰并且付诸实践的文学主张。于是，在这一时期的作品中，我们依稀能够追寻到黄孟文生活于其中的偏远落后的胶园农村和童年记忆中的人物故事，同时捉摸到了他那颗深受中国古代儒家"仁民爱物"思想浸染的广博的同情心，而执着于对现实生活的反映，给不幸者弱小者同情，给暴虐者为富不仁者抨击，给善良者彰扬便成为黄孟文微型小说的基本模式。

黄孟文的微型小说代表海外华文微型小说的经典风格。《吻别孩子，吻别马尼拉》（四川文艺出版社 2013 年版）收录了黄孟文的 52 篇微型小说，充分展现了其创作风貌。下面从三个方面予以论述。

（一）篇幅短小而又内涵广阔

现代社会生活节奏不断加快，人们更加偏向于选择浓缩版的文学。而黄孟文先生的这些微型小说恰恰适应了现代人类所需。这些小说往往篇幅短小，但篇篇都是经典，都是精华。短短的篇幅中蕴含着深刻的道理，又不失小说的基本特点，人物个个鲜活，情节篇篇生动。

黄孟文在一次访谈录中说道："我不认为微型小说只能描述小题材。如果作家有渊博的学识与胸襟，写国际大事也未尝不能得心应手。只要他在书写方面能够掌握'小''简'与艺术技巧的特色；切忌稀里哗啦，下笔万言！歌颂或暴露俱可。不一定要纯然反映生活真实，但是全文应该要有寓意，要有艺术真实。"①

纵观《吻别孩子，吻别马尼拉》一书，几乎每篇小说的字数都在1500字以下。但是每篇小说的内涵远远超过了短短篇幅的限制。从整体上来说，黄孟文的微型小说涉及范围广泛，内涵广阔：在感情方面涉及亲情、友情、爱情；在题材领域方面来说，主要涉及普通人的生活、官场生活和商人生活。其每篇微型小说篇幅不是很长，甚至非常简短，但是都非常耐读。

《咖啡摊助手》简短地讲述了一位退休工人当咖啡摊助手的故事，短短篇幅却有很深的内涵：有时候，有些事情，我们总会感到力不从心。同时，会感受到现代有些人的冷漠：面对一个年老的服务人员，顾客们不但没有一丝的同情怜悯之情，反而百般刁难，没有一点点体谅。《老花眼镜与鱼》一文短短200字的篇幅，通过描写婆婆因戴老花镜而错选了一条小鱼的故事，展现了一幅内涵广阔的生活场景：在不知不觉中，我们的长辈就老了，需要戴老花镜了。小说短短篇幅却内涵广阔：还是同样的人，同样的事情，只是亲人"朱颜"改：或是多了皱纹，或是需要借助老花镜了。这一切都需要作为后辈的去关注，当亲人还在我们身边时，我们需要多多关心他们，不要等到"子欲养而亲不待"时才发觉一切都为时已晚。

（二）形象多样而又寓意深刻

在选材上，黄孟文先生注重理性地思考社会人生，广泛取材于我们最真实的生活，可谓丰富多彩。同时，形象也是多样的。读完这本微型小说集，笔者有读完一本百科全书之感。当然，黄孟文先生也不是完全的泛泛而谈，而是精益求精，做到每种形象都寓意深刻。每读完一篇，就收获一

---

① 陈勇：《世界华文微型小说百家论》，内蒙古人民出版社2011年版，第11页。

个人生大道理，深刻感受一种人物形象、一个道理。下面我们就从多种多样的人物形象和寓意深刻的人物形象两个方面对黄孟文先生的微型小说平中见奇进行论述。

1. 人物形象多种多样

在人物形象的塑造方面上，黄孟文塑造的形象是多种多样的。就以《吻别孩子，吻别马尼拉》一书为例，其中，既有性格鲜明的完整型人物，也有以情感线索为主的心态人物，还有模糊不清但小说韵味深刻的符号化人物。

首先，把人物进行分类。其中有很多完整型人物形象，如《吻别孩子，吻别马尼拉》中菲佣在关键时刻牺牲自己保护孩子的无私形象，《一块钱》中林嘉炎在选择酒店时的刻薄形象，《生日快乐》中慧子在过生日时的无助形象，《官椅》中庄老先生在对待秘书和小狗时的一副官架子形象……这些形象都活灵活现地呈现在我们面前。也有很多心态人物，如《地久天长》中她的形象，《巨型棺材与支票》中张老板的形象，《异象》中阿强的形象……这些形象都是直接表现人物心理活动、感情变化为主要内容的一种人物形象。当然，也有一些符号化人物，这些人常常身世不明，来无踪去无影，性格怪异甚至模糊不清。例如《十四天旅游》中甲和乙，全文就出现了两个人的对话，没有任何环境描写也没有任何肖像描写。

其次，在每种类型人物中找个最典型的人物做出具体分析。在完整型人物中最典型的是《一块钱》中的林嘉炎这一人物形象。就这个人物形象来说，跟外国小说《欧也妮·葛朗台》中葛朗台的形象有些类似。全文短短篇幅，却非常鲜明地刻画出一个和别人除了"赤裸裸的金钱关系"、冷酷的"现金交易"再也没有任何联系了的人物。全文对林嘉炎的语言描写只写了简短的两句话："老同学，给特别折扣嘛！""这个我知道，808的中国团是够水准的,而且,老朋友嘛,我一定来交关。"结果还是没来。从这两句话,我们可以看出这是个爱贪小便宜、不守信用的人。作者用非常简短、简单的故事就能刻画出一个让人印象如此深刻的人,可谓其独具匠心之处。

在心态人物中,最具代表性的是《地久天长》,全文没有名字,仅仅出现一个"她"作主语。且从开头到结尾都是在描写"她"的一系列动作、情感、心理。"她猛按门铃……""她几次站了起来……""关上门,正想查明事情的真相……""她着急了……""她更加慌张了……""她又惊又喜……"从这一系列的动作行为和情感变化中,这个"她"的形象便深深地印在了我的脑海中:一位对爱情坚定不移,对爱人不离不弃的主人公。作者的高深之处就在于,他并没有对主人公进行肖像描写或是性格评价,而是通过对其内心世界的描写,让我们读懂人物,读懂真正的地久天长。

在符号化人物中,就以《十四天旅游》为例。全文就通过甲和乙的六段对话的描写,让我们读懂人物。这样的人物一般是作者为了表达某种形而上的创作理念,而在作品中设置的带有更多抽象意味的形象。小说虽短,且我们对人物的来历没有一点了解,但是这两个人物形象深刻地反映我们当前的社会现状,引发我们的思考。这也充分展示了作者的高明之处。

最后,从这么多的例子中,我们了解到黄孟文先生的微型小说人物形象是多种多样的,且每个形象都具有深刻意义。然而,我们大致可以从完整型人物、心态人物和符号化人物三个方面来分析。

2. 各种形象寓意深刻

黄孟文虽然塑造了多种多样的人物形象,但同时把每种人物都塑造得活灵活现,寓意深刻。可以用"以小见大"一词来形容黄孟文塑造的各种人物形象。

"以小见大"指从小的可以看出大的,指通过小事可以看出大节或通过一小部分看出整体。本文中以小见大中的"小",是指黄孟文塑造的每种形象,而"大"是指各种形象背后的深刻寓意。

例如,《地久天长》描写了一位对老伴有情有义的女主人,背后的深刻寓意却是告诉我们真正的地久天长就是在平淡的生活中不离不弃。《一碗燕窝》通过描写对父亲吝惜、对孩子大方的夫妻形象,背后的深刻寓意却是告诉我们现代社会的有些现状:许多人往往会把自己的孩子看得比父母重要。《一块钱》描写了一位为一块钱而不愿住朋友酒店的主人公,背后的深刻寓意却是展现了现代有些人为了小小利益不顾情谊……

(三) 理性思考而又点到为止

纵观《吻别孩子,吻别马尼拉》一书,我们能深深感受到几乎每篇小说都只是叙述了一件平凡小事,或许就是我们身边发生的事情,但是每读一篇都会强烈感受到作者对社会、对现实的理性思考。黄孟文虽然思考全面、彻底,但又点到为止,让我们自己去感受,让我们从一个小小的故事中懂得他对社会、对现实理性的思考及表达深厚的情感。那么,他具体又是怎么实现的呢?具体来说有以下两点。

1. 理性地思考社会现实

黄孟文先生几乎每篇微型小说中蕴含的感情都很深厚、对社会和现实的思考非常理性。在他的《安乐窝》中主要是以一种"文化思考的形式出现的"。作为一个共和国的新加坡,它是年轻的,但作为文化的新加坡,它是古老的。这源于中古时代为战乱所驱、为生活所迫不得不由中国大陆迁徙而来的中华子民的继承和传播。虽然新加坡是一个多种族多元文化的国家,但华人在这个国度中所占的重要地位,使中华文化成为这个国家的主体文化。所以,到了20世纪七八十年代,当新加坡这个新生的国家踏上经济起飞的"高速公路"进入现代化都市国家的先进行列,当她不得不由此面对现代化工业文明、西方文明的冲击激荡时,其文化上的冲突,在很大的程度上也就表现为中西文化即中华文化与西方文化的冲突。作为一个学贯中西的学者、作家,作为华裔新加坡人的黄孟文,他是从母体文化、国家前途的双重角度去看待这一问题的,所以,他不得不对中华文化在这场文化的"世纪大战",尤其是在新加坡社会中的日趋衰败表示他的重重忧虑和不安。

《一朵玫瑰花》中,一文"只要同居,不肯结婚"的行为彻底砸碎了枚君的女儿的爱情梦。小说有意把现实中女儿爱情的失败与枚君早年美好的恋情回忆放在一起加以比照,目的就在于说明在西方享乐主义和性解放思潮的冲击下传统的婚姻道德观念的乏力。

《最后一次扫墓》写的是一位中年丧夫为两个女儿操碎了心的母亲,面对着两个宁愿去教堂做礼拜甚至去动物园看猩猩也不愿为父亲的十周年祭扫墓的女儿而伤心不已的小故事。作者在这个人们极为熟悉而又极为平常的生活小故事中要表达的绝不仅仅是习见的父女亲情淡漠的悲剧,它的更深意蕴在于借此披露的新加坡新一代华裔公民中出现的令人心痛的"忘祖"现象。

而在《焚书》中,当我们看到君瑞一生收集的一箱珍贵的华文书籍因为连白送给当地图书馆、学校都没人要而最后不得不付诸一炬的时候,也就不难体会到作者情系民族文化之根存亡的那颗沉甸甸的心了。不知作者是有心还是无意,在这一组三篇的作品中,作者正好是概括了当前困扰着新加坡华人文化的三大问题,即在西方文化冲击下,传统伦理道德的解体、新一代华裔新加坡人的"忘祖"现象和中华文化的日趋式微甚至可能灭绝的倾向。

黄孟文正是这样以其独具的学者眼光,从"文化"的角度去观察生活分析问题,去思考着新加坡的今天和明天。

2. 点到为止

通常来讲，一篇好的文章需要作者把该表达的思想全部表达完整。而本节的观点则是微型小说需要点到为止。一言以蔽之，就是把本来想表达的内容不直接写出来，而是留给读者自己思考，从而实现作品的审美效应。这种手法的关键是激发。

在黄孟文的微型小说中就极大地应用了这种点到为止的技巧。例如，《妈妈，我气》一文貌似平淡无奇，但是结尾处"不，我气，气那位学长，气老师，也气妈妈！"没有明确的答案，引人深思，激发我们去想象。文中的儿子为什么会气，小说哲理深邃但又点到为止，引发读者自己思考。《老花眼镜与鱼》全文仅仅200字左右，但是它描绘了一幅和我们平常生活相近的场景。最后一句："同桌的人对看一眼，先后'哦'的一声，便抿着嘴微笑！"意味深长。作者正面写出"同桌的人"的真实想法，点到为止，同时，读者已经知晓答案。

黄孟文的微型小说既具有感情深厚、理性思考的特点，又引导读者自己思考，真正做到了理性思考而又点到为止。

整体而言，黄孟文微型小说总的特征可以用四个字概括："滴水折光。"他的作品看似写了一些平凡小事，实则在探讨社会中存在某些大问题。其表现出来的理性思考的意向，无疑使他的作品含蕴着几分"哲理"的意味。他十分明白人物的单纯不等于单薄，情节的单一不等于单调的道理，即用以小见大，在单一中追求精美；见微知著，从单纯中体现丰富的技法，去凸显微型小说的审美特征。在立意上，他力求用小篇幅写出大主题。总之，他的微型小说"透露出一种敏感和一种智能、一种美和一种新的思想"。

（罗乾玲 李婷）

二 希尼尔微型小说中的中国想象
——以微型小说集《希尼尔小说选》为例

希尼尔，原名谢惠平，新加坡人，1957年出生，祖籍广东揭阳。1975年开始文学创作，1976—1977年在《新明日报》姚紫主编的"新风版"发表文章，其创作生涯由此肇启。从1978年至今，希尼尔主要的创作方向为诗歌和微型小说，且在新加坡和其他国家屡屡获奖，如1979年获得人民协会主办的"全国短篇小说创作比赛"佳作奖，1987年获得华文书籍展主办的"全国微型小说创作比赛"第二名，等等。由于出色的写作才华，他于2000—2004年担任新加坡作家协会副会长，并从2004年起连任新加坡作家协会会长，世界华文微型小说研究会副会长，《新华文学》总编辑。在任期间，积极推动新加坡的华文文学及华文教育事业，参与新华文化交流活动。其微型小说的创作作品主要收录在他的三本小说集中，分别是《希尼尔小说选》《生命里难以承受的重》和《认真面具》，其新诗《童年出走》于同年收录于新加坡教育部编写的"中学高级华文"中三课本，其微型小说《认真面具》于2005年获选为新加坡教育部中学"华文文学"课本的选读作品。

新加坡作为75%（2010年）以上的华人聚居地，在1965年后面临着学西潮流和马来西亚国家压制，加上意识形态的两极对立，实用主义之潮席卷全国，在这种情况下中华传统和华文教育陆续遭遇挑战，亚洲传统价值观面临破碎的危险，新加坡这个华人聚居地的传统根基正在慢慢地摇动。希尼尔作为20世纪50年代出生并成长于新加坡的华人后代，其人生历程上接新加坡过去的历史，又亲历新加坡的发展与变化，在传统上深受中国传统文化的熏陶与教育，又站在西方文化之风吹拂的窗口，因此，希尼尔等作家从历史中寻找新加坡未来的路，描摹人情事态、城市风貌，构成了笔下的"浮城""浮城人"的形象。这种文化传统上的关系让他的作品中处处留下了中国的影子，形成了两种城市形象和人物形象的对照关系。

对于中国的读者而言，希尼尔与他的作品都是陌生的。关于这位作家的研究也局限于新加坡，中国港台和中国大陆少之又少。在这方面，新加坡的金进先生和南治国先生对希尼尔做了较为全面且初始的研究。其中，南治国先生从希尼尔的文本世界中明确提出了"浮城"这个概念，并总结浮城之地理、浮城之性格与浮城之文学史意识，这点对本文有很大的启示。本文也是借用了这点，在此基础上总结出了"城"与"人"的形象。

本文以《希尼尔小说选》（明报出版社有限公司及新加坡青年书局联合 2007 年版）为重点，试图从比较文学形象学的角度对其进行研究，探讨同为一根之源的两种文化的千丝万缕的关系，并从"城"之形象与"人"之形象的角度探讨其作品中复杂而又深沉的中国想象，并浅析这种形象出现的原因。希望通过这个研究，加深对希尼尔及其作品的理解。下面分三部分予以论述。

（一）城之形象——"浮城"的前世今生

新加坡共和国（Republic of Singapore），1965 年建国，国土面积为 712.4 平方公里（2010 年）。公民和永久居民 377.1 万，常住人口 507.6 万（2010 年）。华人占总人口 75% 左右，其余为马来人、印度人和其他种族人口。新加坡的国语是马来语，华语是官方语言。由于种族众多，所以信仰丰富复杂，有佛教、道教、基督教等。地理上，新加坡国家国土面积小，人口少。从《解雇日》到《星光依然灿烂》，新加坡的城市形象一直是希尼尔描述的重点,而华人后裔世代居住于此,城市的繁荣、城市的变迁,城市的过去与现在,不可避免地与中国城之形象有着某种关系,形成了对于中国形象的想象。希尼尔的微型小说按主题可分为以下三类。

1. 历史风云——对于抗日的中国城之想象

新加坡国土不大,却有着复杂沉痛的历史记忆。新加坡地理位置优越,东有闻名于世的马六甲海峡,北有柔佛海峡,且岛屿众多。1819 年新加坡建立第一个交易站和殖民地。1942 年被日军占领后,文艺界关于抗日主题的作品犹如雨后春笋般涌出。例如,铁抗(原名郑卓群,1913—1942)著有《试炼时代》(1938),乳婴著有《八九百个》,张一倩著有《一个日本女间谍》(1938),等等。这些作品间接或直接描写日军侵略恶行,或书写战后记忆,或控诉黑暗的时代。在新加坡当代文学中,涉及相关主题的作品,作家都显示出控诉书写和伤痕描写的姿态,而城市往往是这类记忆的承载体。在希尼尔笔下,这类代表作颇多,如《退刀记》《野宴》《新春抽奖》《布拉岗马地》《认真面具》《让我们钓鱼去》。这些作品都涉及中国城市的名称,如南京这类抗日记忆深重的城市。在这点上,作家的中国城之想象有着与中国相同的历史记忆,在情感态度上与中国同仇敌忾,显示出作为遭受共同命运的华人集体的情感力量。

《退刀记》中的老妇人,买了一把刀,用了一段时期却要求店员退货,这让店员十分迷惑,于是一步步询问原因。"我知道。我知道的。不过,以前被用来杀了不少人呢。"店员以为老妇人在乱说话,可老妇人很认真地说:"没有!不可能的……凶手还歪曲了真相……"店员哑言,但仍好奇询问发生地点,老妇人说:"南京。"店员突然明白了什么,在刀锋处发现了一排小字:"日本制造。"这样一件貌似生活中发生的小事,却深刻地反映出历经抗战城市屠杀的华人,在和平时代对这段记忆的伤痛和畏惧。而老妇人的一句"南京"的回答,让我们不禁想到镌刻在每个中国人心中的那场屠城30万人的南京大屠杀事件。希尼尔对于这段历史的书写，选取了这样一个角度，虽仅仅两个字，却道出了南京市民以及移民新加坡的南京市民后人这段悲痛的记忆。在这里，中国的城市——南京，与新加坡的抗日记忆融为一体，共同体现了抗暴的原始正义。

而《野宴》中作者将中国遭受侵略喻为"神州"遭受"野宴"，更是明确地控诉日本对于中国的暴行。《野宴》讲述"我"的日本朋友吴国良，多年后回国与"我"相聚。在与他的朋友交谈会上，吴与朋友聊到在日本神户的一次"野宴"，并自豪称道毫不费力地抓了八只肥鸡，但当他想在自己实验室也体验一把时，却被组长驳回，原因是在自己的家乡干不得这样的事情。于是，"我"恍然大悟提醒他们，以前也有类似这样的大规模野宴。正当他们好奇之际，"我"说道，在神州，共八年。那位日本朋友便满脸通红，局促难安。"神州"便是中国，而"我"把日本对于中国的暴行描述成与那位日本朋友所说的野宴，让人在讥笑讽刺之余暗叹悲痛。此时，城市形象已经上升为国家形象。一个遭受屈辱历史的国家形象，作者以一个历经此劫的后人姿态，表达了对日本的控诉。

此外在《新春抽奖》中，作者采用了通告体裁，模拟日本为配合天皇驾崩和明仁太子继位而举办的新春抽奖活动的口气所写，其中设置了奖项和参与抽奖必须回答的问题。奖项设置三等，都是当年日军侵占过的地方，如中途岛、新加坡等。不管是南京还是中途岛，抑或哥打鲁峇，都是"二战"时期日本所犯侵略罪行的代表性城市。与《退刀记》《野宴》写作手法类似，作者不细描日军在中国如何制造恶行，只在故事的关键处点出有着抗战记忆的城市，就将对日记忆的中国城市的愤怒情感体现得淋漓尽致。而在问答中，作者写出了新加坡这个城市对相同记忆的态度——冷漠之情。例如在有奖问答的第二问中，某大学一位激进派的学生首领说："天皇老早就应该死了，他是我们国家的仇人，也是军国主义的象征……"答案分别给了四个国家，代表四个国家大学学生首领对这个问题的态度。

选项分别是："A 汉城，B 北京，C 曼谷，D 新加坡（啊？）。"汉城、北京、曼谷等对日军侵略都有深刻记忆，而 D 选项新加坡后有个括号，其中一个问号就显示出新加坡对于历史的无知；而在第三问中，某一名年轻人对天皇裕仁的死没有感触。对于这个"某"青年，四个选择皆为新加坡，表达了新加坡青年一代对于历史的冷漠。在《新春抽奖》《退刀记》《野宴》中，中国的城市，如北京、南京都是铭记历史的，是承受历史的伤痛的载体，而新加坡这个城市对于历史则是慢慢遗忘，是历史的冷漠人。两类城市形象形成了一个等级关系，即对日态度：铭记历史—遗忘历史。希尼尔在这里就是要将两者做一个对比，以警醒新加坡人，一定不能忘记历史，要牢记屈辱，不能对历史盲目。这也是中国这一形象塑造出来的原因和意义。

这样的作品还有很多。例如，《布拉岗马地》叙写了子女在父亲去世后，将骨灰轻轻洒在父亲日夜思念的布拉岗马地。在这里，有日军占领记忆，有英军大炮轰炸的记忆，写的是不忘历史的华人。而另一篇《认真面具》则记叙了前日军将领携孙南来怀旧，对侵略与屠杀的事情竟给了另一种解释，孙儿对真相既惊讶又疑惑，"我"则在一旁冷眼旁观。其中写道："一阵东北方沦陷的乡音正回绕于时光隧道最水深火热处。"可见，"我"对他们抹杀历史的态度是十分愤怒的。《让我们钓鱼去》写："我们决定去外湖钓鱼去了。"在那里，先辈们当年曾经沉迷于鸦片烟，并无奈地把钓鱼礁给抵押了，还挨了几代"病夫"的耻辱。文章中的"堂弟港生来这外湖下水游行以示自强时，不小心沉溺"则是指甲午战争前的洋务运动。这是中日甲午战争的历史：1894 年 8 月 1 日，日军挑起甲午中日战争。1894 年 9 月 17 日，北洋舰队全军覆没标志着中国战败。1895 年，《马关条约》在日签订，在条约中规定中国割让台湾、澎湖及附属岛屿，此外钓鱼岛是台湾的附属岛屿。"二战"后，到了 1970 年，美国移交冲绳管辖权给日本，与此同时把钓鱼岛"赠予"日本。而文章中的老者铭记历史，他说：

"历史的余骸总带有骨刺,让他们吞不下兜着走。"

上述三个形象,一是不忘历史的中国后人,二是愤怒于抹杀历史行为的"我",三是铭记历史的华人老者。这三类形象代表的三个城市,如布拉岗马地、东北三省和钓鱼岛,都表达了中国城市坚决抗日且后辈铭记历史正义感的形象。

2. 社会风俗——对于世俗风情的中国城之想象

新加坡建国时间虽短,却有着令世界艳羡的发展。20 世纪 70 年代,新加坡就已经是工业化强国了,后转向高科技和技术密集型产业,加大基础设施投资与建设。到了 90 年代,加快海外投资步伐,跨入富国行列。发达的经济,让新加坡在 90 年代成为"亚洲四小龙"之一。但是新加坡也有着相应的社会问题,如新加坡社会及体育部部长阿都拉在卸任之时接受记者采访时说,新加坡当前最棘手的社会问题包括家庭压力和人口老龄化问题,最突出的是新加坡人承受的种种家庭压力,如应付生计、养儿育女、平衡家庭与事业方面的压力等方面(《联合日报》2002 年 3 月 25 日)。此外,城市暴力、国际逃犯事件以及现代化进程中出现的一系列负面效应都让新加坡在曲折中发展。经济发展影响着文化价值观的迁移,作为有着占人口 75%的华人的地方,新加坡的变化也是作者希尼尔笔下的主题。在这里,关于世俗风情中也有着相关的中国想象,主要分以下三种。

第一,中国城之人文精神的想象。新加坡在现代化进程中改变了城市,也改变了人,年轻人面对潮流,或渐入迷茫,或被腐蚀吞没(《或者龙族》)。这群年轻人蓄着查理士·布朗臣式的性感小胡子,抽烟,夹皮包,在快餐店里喝冰柠檬茶,却在时间的流逝中,脸被扭曲成一种流行的款式,没有梦想,没有信念,最终被社会判了死刑。而这群人本是龙族的后代,应该有着龙族后裔的样子,所谓铮铮傲骨的后裔现在却成这样,不免心痛。小说标题"或者龙族"中的"或者"二字表达了对这群年轻人本源的怀疑，而今的龙族该是如何，作者也许没有具体的答案，但一定是要有华人精神，有龙族骨气，因为"我们"是一群龙族。希尼尔希望从中华精神里找到新加坡青年人该有的状态，中华在这里，是真正龙族的代表，是龙族的故乡，是龙族精神的形象。

第二，中国城之婚姻的想象。《一件小事》和《捐精》写了现代化中出现并兴起的现象，即离婚和外遇事件。办理离婚的办事员是诉讼人的同学。面对老同学的离婚，他程式化地说："我相信你们也考虑了很久才做出决定。不过，都是小事，这种事情见怪不怪，我的同事专办这些事务"（《一件小事》）。"我"与老同学打赌做一件新鲜的事情：捐精。本是正常不过的事情，但是被不孕不育的妻子告上法庭，原来"我"多次捐精到名叫"丽娟"的女人那里，而不是标准的精子库。老妈喃喃道：怎么敢去非法捐精（《捐精》）。前一个故事中，作者以一位中年女子的口吻讲述海外经商且忙碌的丈夫回国和自己协商离婚的故事。面对丈夫的忙碌，她无奈与之离婚，并独自抚养孩子小宝。在同学小刘的眼里，离婚是一件很普通的事情，而帮老同学处理离婚事件也是正常不过的一件小事。而"我"在经历了离婚后，走出会客室。"外边竟然下起雨来了，我的视线是一片模糊……"面对忙碌的丈夫，"我"唯有无奈与之离婚，说明"我"是一位传统的女性，渴望传统的家庭幸福，对丈夫的忙碌敢怒不敢言，且表现出深深的无奈。正如所有的发达国家和发达地区一样，新加坡有很高的离婚率。而高离婚率主要由于经济的发展，大多数女性在社会中得到相应的社会地位，在婚姻中的地位也逐步摆脱传统而走向各方面的独立。一旦婚姻关系走向失衡，大多数女性会选择离婚这样的方式来结束感情生活，而并非传统中女性的隐忍。对此，新加坡国家统计局每年都有相关的数据表明，如2009年新加坡1845对新人中，生活5—9年的夫妇选择离婚的比例很高。作者在文中指出的是其中一个离婚的原因而已。但在作者的描述中，我们可以知道，大多数女性是不愿意离婚的，仍是很希望得到传统的婚姻幸福的。而《捐精》的故事则从侧面体现了女性对于婚姻的保护。在越来越现代化的新加坡，作者体会到的风俗迁移可从这里感知，传统的、来自华族后裔血脉中的"家和万事兴"的婚姻观念仍在她们的血液中流淌。而在现实的中国，随着改革开放、经济的发展，中国人的婚姻观念也在发生天翻地覆的改变。而希尼尔没有考察中国的现实，塑造了一个个维护婚姻、力争家庭的华人妇女形象，就是为了从传统的中华文化中，寻找社会稳定的优良因素。

第三，中国城之文化的想象。希尼尔于1993年创作的《变迁》是这一主题的代表作。文中陈列陈氏三代的讣告，每则讣告相隔10年，第一则文白相间，逝者葬于华人坟场；第二则全是白话，名字洋化，子孙较多且多居住国外，安葬地在基督教坟场；第三则就全是英文，子孙都是洋名，这篇文章很好地显示出了华文文化的西化过程。希尼尔在《南洋SIN氏第四代祖屋出卖草志》里娓娓道来这样的故事：儿女将老父亲的房子卖了，里面承载着老父亲的记忆，有孙中山先生亲自提笔的"天下为公"的横匾，还有葬有抗日英雄伯父的衣冠冢的大榕树。这座积累了四代人的老房子就被儿孙出卖，老父亲只能含泪搬进一间冷清的屋子。《姻亲关系演变初探》中，对姻亲关系中的一些用词做了分类，如一般常用名词（公公、婆婆、叔父、叔母等），经常混淆的名词（大伯父、叔叔、堂叔、表舅妈被 uncle、auntie 代替），逐渐消失的名词（兄、弟、姐、妹），可能不重要的关系名词（爸爸、妈妈被监护人、养父养母取代），和可能通行的关系名词（钟点妈妈、合约爸爸）等。作者对于中国城城市文化的想象选取了老屋、讣告、社会关系名词等三个代表性的文化点，将过去、现在、未来的现状摆在读者面前，表达了希尼尔对传统中华文化失落的惋惜和对拥有这种文化的中国城的怀念和向往，寄寓了作者对于中国城想象的亲善。

3. 华文教育 ——对于悠久华文历史的中国城之想象

由于国内华人比重大，新加坡的社会生活在逐步西化的同时，保留着浓郁的华族风俗风情，加上中国公民移民风潮汹涌，新加坡与中国的联系并不仅是两个国家的建交与政治经济往来，更重要的是文化上的一衣带水。这种文化联系十分鲜明地体现在新加坡的华文教育中，而新加坡的华文教育随着政治经济的变化而变化，大概历经了三个阶段。一是在"二战"之前，许多优秀的新加坡华人自视为"海外华人"，抗击海外殖民者与反击日帝国主义的侵略，与中国有着强烈的政治文化共同体意识，在国内创办优秀的华文报刊与学校，发展华文教育。1919 年 5 月 4 日，在中华大地上，浩浩荡荡的五四运动开启，新加坡文坛的华人作家们迅速响应，相关的华文报章很快陆续刊登用白话文体写的文学作品。自 1924 年起，《小说世界》《南风》《星光》等各华文报刊增辟副刊，在此影响下现实主义文学作品，如反殖民主义和反现实主义主题的作品，大量增长，并汇入 20 年代华文文学运动的主流中。此期有大量优秀作品涌出，如李西浪 1925 年所著长篇小说《蛮花惨果》，描写作为"猪仔"的华工在婆罗洲（今加里曼丹）被奴役的非人生活，而张金燕的小说大多描写妇女在殖民地的半封建社会里的不幸命运。此外，邱志伟的《长恨的玉钗》、拓哥的《赤道上的呐喊》和曾华丁的《五兄弟墓》也较为流传。新加坡第一所华人大学即南洋理工大学便成立于此时期，而希尼尔等作家也是成长于这一时期，这群作家有着深厚的华文功底与传统意识。二是"二战"之后，随着东南亚国家的独立与世界两极意识形态的对立，以及民族共同体意识的蜕变与兴起，新加坡与中国在政治文化上的联系逐步淡漠与断裂，华文的地位开始下降，华文教育也面临困境，国家整体追逐西化潮流。三是随着美国总统尼克松访华，东南亚与中国关系恢复正常后，新加坡政府对不断涌入的西方浪潮开始有所警醒，开始回顾历史,"加强亚洲传统价值观——或者儒家思想的输入"①。

新加坡与中国的文化亲缘关系便慢慢显现并得到发展,希尼尔等作家从历史出发,回溯传统,将儒学发源地——有着悠久历史的中国作为关照对象,来评价与解构新加坡的形象。主要代表作品有《舅公啊呸》《流年》《大家学潮语》《校庆》《旧梦不需寄》《一课将尽》《就在半懵半懂之间 SMS 给老妈》等,体现出对有着悠久华文教育历史的中国的亲善。

希尼尔用三个小故事,讲述了在新加坡,随着现代化的进程,华语渐渐成了官方语言,英语成为母语,表达了对于华文的尊敬和怀念。在这些作品中,中国是作为文化源头的形象出现,应该得到尊重,得到保护,而现实却相距较远,在不动声色的讽刺中以华文为代表的中国在读者心中形象渐渐清晰。

为了争夺财产,听懂华语,"我们"姐弟努力学习潮语——华语,努力地在电台每日十多分钟的方言节目中学习(《大家学潮语》)。作者对政府在其中的作用进行了讽刺——老弟对十多分钟的时间多有抱怨,"我"劝阻不要干涉政府的 POLICY。在这样的社会语言学习条件下,出现了像"舅舅"这样的四不像,即英语、华语、马来语和家乡话都学得很差。华语本是这群人的母语,现在竟成了潮语,学习的目的居然也是赶在老祖公去世之前听懂他说的话,抢得继承权,不免令人心寒。学校校长在校庆会议上,解释学校的名字:"换了以忌日(校长,是旭日)为背景的校徽,以示朝气蓬勃(天啊!那不是'哈日'吗?)。为了抛开旧文化传统的大包……包(包袱)"(《校庆》)。瞬间,校长为粉饰学校追求西化的目的表露无遗,讽刺之感油然而生。而玛莎莉黄主任为了拍校长的马屁,说出的成语却是错误百出:"真是高辗(瞻)远蛀(瞩)!"后听说有老校友来,

---

① 金进:《新加坡作家希尼尔笔下的"城"与"人"》,《外国文学研究》2013 年第 3 期。

校长不准，因为那些人"Tooold"，而在听说他们捐款后又改了话，但有意思地提醒道：支票的"阳光"不能写成"西出阳关无故人"中的"阳关"，不然"新筑阳关无故人"。寥寥几句便将抛弃传统、丑恶的西化嘴脸的校长描写得淋漓尽致，两篇文章都表达了希尼尔对华文教育失落的社会反思及讽刺，更表达了对于母语——华语的怀念。《舅公啊呸》中的"我"在英文辅导课上看《华人传统》的画册，却被没收，原因是看了"不良刊物"。希尼尔借舅公的话更为明确地说出了他心中的话，"没关系的，你只是丢了一本书，而他们却丢失了一个传统"。

而在《旧梦不须记》中，安东尼对中华文化"只通了六窍"（一窍不通），而伊丽莎白·蔡分不清台湾和中华民国的异同及渊源，对于《马关条约》，她只联想到一种很酷的内衣或者一种日本鱼罢了，对于自己的身世，也仅仅是听说是广东。而儿子与母亲的通信更是不动声色讽刺的典范，称呼中英文标注，用字还有选择，如"我们的课本在 Shan（删/伤/丧）减"（《就在半懵半懂之间 SMS 给老妈》）。对于母亲的文言，儿子看不懂，并称之为"higher Chinese"。这些华裔后代都是丢失了传统，甚至与华文没有了联系。从这里可以看出，在希尼尔心中，华文教育在新加坡是很失败的，如果要让新加坡立足世界，需要的不仅仅是经济政治实力，还有来自民族源头的力量。

（二）人之形象——"浮城人的那些事"

人的形象包括以下三种。

1. 中国人之想象的首发之音

中国传统文化中的"孝"文化源远流长，博大精深，承载着五千年绵延不绝的人类精神力量。现存最早的汉字文献资料殷商甲骨卜辞之中已有

"孝"字。东汉许慎《说文解字》解释"孝"字云"善事父母者。从老省，从子，子承老也"，指的就是父母与儿女的这种相继的关系。《诗经》曾言"父兮生我，母兮鞠我，拊我蓄我，长我育我，顾我复我，出入腹我。欲报之德，昊天罔极"，更为清晰地传达了千百年来中国人"百善孝为先"的观念。在漫长的历史中，有着著名的二十四孝的故事，如百里负米、啮指痛心和卧冰求鲤等。赡养父母、尊敬老人是每一个文明国家的象征，但只有中国将其奉为为人处世的最高思想品格之一，而来到新加坡的最初一代华人也是如此。由于近代社会的发展变化，孝已然变成了一种约束，一种不平等的人际关系的体现，传统价值观遭遇了扭曲与变形。在西方，父母与子女的关系更多地体现为平等，西方文化的源头《圣经》有言："要孝敬父母，使你得福，在世长寿。"中西方不同的孝文化让新加坡处于飘摇之中，因为20世纪80年代的新加坡，正值西化之风，人人乐而学西，年轻人以实用主义为宗旨的年代，华人后裔慢慢遗忘了孝，希尼尔对中国传统的追溯中，孝可谓首发之音。

希尼尔于20世纪80年代创作的《五香腐乳》《远航的感觉》《1007号》是其代表作品。《五香腐乳》讲述了一个拾回对外婆孝顺情感的故事：从小与外婆长大的"我"长大后离开外婆居住，许久未见外婆。在公事繁忙的空隙间赶去外婆的七十大寿，仓促去的"我"决定去买些东西，在杂货铺巧遇老板抓住一名偷五香腐乳的小孩。后来才知道小孩因外婆忌日，无钱购买外婆生前爱吃的五香腐乳才出此下策。这件小事深深触动了"我"，于是决定也买几瓶五香腐乳带给外婆。《远航的感觉》则讲述了一位"去国三载，才回家两次"的"我"因飞机延误而辗转回国，母亲准备了一桌子"我"爱吃的菜肴，并在晚饭后给"我"看了她收藏的"我"从世界各地写来的家书——"都是我仓促在车上，在餐室，或是急等钱用时写的"。母亲悉心珍藏，让"我"感动不已，决定留下来多陪陪母亲。

这两篇作品共同代表了希尼尔对于新加坡华人世风日下的温婉讽刺。

两部作品，有着相同的人物塑造：如畏畏缩缩而又勇敢为外婆"盗窃"五香腐乳的小孩，以及银白色头发带着老花镜一遍又一遍翻看儿子家书的老母亲，都体现了作者心目中的代表着华人传统的"孝文化"。而两个故事中的"我"都代表着在经济快速发展，年轻人四处奔波劳累中渐渐遗忘孝敬父母与老人的形象。孝，这个代表着社会群体的共同意识形态。在两个小故事的简单描述下，便可看出，作者对于中国传统"孝文化"形象的向往与追寻，以及对新加坡在经济发展、社会转型过程中，华人传统遗失的敏锐发现与担忧。

《1007号》则描述了一位抛弃老人的不孝子的形象。故事讲的是一位来自闽南的联邦伯，被两个儿子送到了养老院，常年不去探望，"我"因常在附近走动对这位老人才有些熟知。老人有一位很好的伙伴，一位女邻居，后来去世"住进了"坟场1006号。等到"我"下一次再去找老人时，才发现，他已经去世，并"住进了"1007号；他的儿子们到他去世也没有去探望。故事里的儿子们没有出现，但是从老人的骂声中可以得知，老人辛辛苦苦把两兄弟拉扯长大，但是等到老人年迈就把他送到了养老院。每次老人们骂自己的儿子，"我"都觉得在指桑骂槐。这不仅是中国不孝子的形象，其更主要的目的是唤醒新加坡华裔后人的"孝"意识，要像《五香腐乳》《远航的感觉》里的"我"一样，及时发现"孝"的意义。因为新加坡存在着这样的"孝子"们，如为驾车杀人的儿子顶罪的父亲，儿女们竟然在父亲的忌日以车祭祀（《阿爸，给您买辆车》），以及为了和女友能有二人世界把父亲的骨灰盒放到光明山上的儿子（《光明前书》）。

如果说《1007号》中的闽南二兄弟代表了中国一些抛弃父母的不孝子，那么《太原王氏后人寻墓札记》里王氏后人的寻墓之旅则代表了对于"孝文化"的继承，而且是另一种"孝"。因高速路的修造，政府告知后人来移墓，作者选取了王氏移墓的两个场景：场景一是三个坟墓，呈现品字形排列，分别是其父、其大娘、生母的墓；场景二是三个坟墓呈现横列，并且将生母的墓题"庶室"改为"显妣",并对生母说:"娘,您多年以来的委屈,孩儿总算给您讨了个公道……不过,您勿生气,我还是把大娘请了过了。您说过,做人不能无情无义。"在这里的"我"不仅是个孝子,为生母讨回名分,而且是个有情有义之人,没有因为大娘生前对生母的所为而不给她迁墓。从这可知,对于中国人的形象,并没有像对城市形象一样稳定,而是根据题材来选取不同的情感态度和人物类型,以下的主题分类都是如此。

2. 对日记忆的中国人之形象

新加坡的华裔后人对于抗日记忆随着时间流逝而不在。在《横田少佐》中,通过对两个家庭青年对日态度的不同,写出了铭记历史的华族青年形象,他对于日军的暴行是绝对铭记与仇恨,不允许任何的篡改。而在《其实你不懂我的伤》中,作者举出了6个人,他们对于前日军士兵海部先生忏悔有着不同的反应,分别代表了不同年纪的华裔后人对这段历史的回应。第一位是75岁的铁嘴,他是1942年阿妈宫义勇军的军人,对侵略的日军十分仇恨,25岁的Jenny Wang要和日本男友结婚,她的母亲要求日军必须对其恶行公开道歉,但是Jenny不懂他们到底犯了什么错,一位大学生对于海部俊树都不认识,还以为是某位明星。而在《异质伤口》里满见SONY不见Sorry,男人只能与女人分手,因为男人认为历史不能遗忘。《运气》里的老人,临死也要赶回故乡——上海,不愿死在异乡。而有一群年轻人已经对抗日没有了任何记忆,相反在一次社会调查中,有10%的新加坡华人想下辈子当日本人。在希尼尔笔下,对日记忆的华人分为两类:一类是历经了伤乱的中国人永远铭记历史,对日本侵略的历史是绝不能原谅;二类是忘记历史甚至哈日的华人。对于前者,作者报以同情,对于后者,作者由字里行间表达了愤怒和忧虑。

3. 对传统态度的中国人之想象

随着西化潮流，传统文化在新加坡华人心中已发生了变化。《宝剑生锈》里那把代表着歌仔戏记忆的"荆轲刺秦王"的宝剑被现代抽象画所取代，但被取代的不仅是那把生锈的宝剑，而是传统的失落。寻找传统文化的"我"，来到了马尼拉，但这里早就没有了福建面线羹，所有的传统文化反而是那些菲佣们替我们保管。而真正作为华裔的我们，已经忘记了传统的滋味（《我来到了马尼拉》）。而老一辈与年轻一辈对话也没有了话题，在老一辈里视为光荣的历史事迹，在年轻一辈看来只不过是每天都吃得到的鸡肉一样，没有新鲜感了，文化上出现了断层（《鸡肉物语》）。老祖宗没有为建设出一分钱，由此我们决定一起除去老祖宗（《让我们一起除去老祖宗！》）。此外，希尼尔在《我等到鱼儿都死了》里对中国有很多描写，如"我"一个中国老头，来到河边垂钓，很多人围了过来，于是"我"马上想起了"文化大革命"记忆中的劳改和鞭打。周围的人都去参观"宋元明展览会"，但都在探讨宋元明是何物，这时"我"钓上了一条鱼，但是是一条得了"文化冷漠症"的鱼。这鱼就是在影射周围的人，像得病一样有了文化冷漠症。而《克里斯多夫瘤》《王朝继续沉淀》中同样也叙写了对文化的冷漠，作者的态度同样是忧虑的。

而《咖啡小传》《让我回到老地方》和《我们决定重建余阁》中的"我"则是坚守传统，保存文化的华人形象。不管是三代单传的咖啡店，祖祖辈辈坚持传承一个味道（《咖啡小传》），还是死也要回到魂牵梦萦的故乡的父亲（《让我回到老地方》），抑或决定重新修建老建筑的"我们"（《我们决定重建余阁》），希尼尔给读者塑造了这样一批坚守中国传统的华人形象。这种传统在希尼尔看来，或许是新加坡走向自觉自醒的一个方向。

(三) 感受复杂的现实中国形象

还有一篇微型小说值得一提，那就是《三十里路中国餐》。《三十里路中国餐》是收录于《希尼尔微型小说》中较特殊的一篇文章，写了"我"和夫人在中国的一次旅行经历。为了吃顿中国餐，乘坐了中国的士，夫妇被一位彪形大汉"敲诈"了车费，拉了很远的路，在历经惊吓后终于吃到了晚餐。这篇文章鲜明地体现了希尼尔对于中国形象的复杂感受。

不管是在中国城之形象中，还是在中国人之形象的描写中，对于中国的描写都是乌托邦式的理解，总结前文如下：关于日侵历史，中国城市是受屈辱但具有强烈反抗意识的，中国人是受尽凌辱且世世代代铭记的，相对应的是新加坡的形象，不管是城市还是人，都是冷漠、无知、淡然甚至亲日的态度；对于传统风俗，不论是人文传统，还是婚姻，还是文化，中国形象都是作为正面形象出现的，都是坚守的态度，而新加坡则以世风渐下，传统文化冷漠，西化症状明显为主。中国和新加坡在希尼尔笔下存在明显的二元对立的等级关系。这样的写作，用意是十分明显的，作者希望能够从传统的中国中找到如今新加坡能吸取的地方，总体上是乌托邦式的想象。

《三十里路中国餐》用游记的形式，把一次在中国的经历写了出来。这里："满街都挤满了车与人，在这傍晚时分，好像不赶在太阳下山以前回去，会活不了命！"对于中国的士司机，他这样描写："满身横肉、彪形大汉。"而自己的感受是"任由摆布"，通过这个城市形象和人的形象，我们可以看到希尼尔对于中国总体形象是复杂的。在需要的地方，希尼尔根据构建新加坡主体意识而不顾现实，将中国描述为乌托邦式的形象，是传统的继承，是世风的坚守，更是文化教育的从一而终。这篇文章写作于 1989 年，发表于马来西亚的《南洋日报》，与前后的小说在形象的构建上都有着很大的区别。可见，希尼尔构建中国形象是有着明显的目的性的。从这里可看出来，希尼尔笔下的中国形象是如此复杂和深沉。

总之，希尼尔的微型小说构建了新加坡作为现代化的"浮城"和"浮城人"形象，他以中国为对照，从社会各个方面进行描写。可以看出，在希尼尔心中中国作为新加坡华人后裔源头的地位是很重要的，也是无可取代的。在新加坡走向世界的同时，希尼尔从源头出发，探寻最有力量的因素；从传统出发，为新加坡构建主体意识奉献了一份大礼。

（胡银萍　袁龙）

三　林锦微型小说初探

——以微型小说集《搭车传奇》为重点

林锦，原名林文锦，另署名林景。祖籍福建安溪，新加坡国立大学中文硕士，华中师范大学文学博士，现任新加坡文艺协会受邀理事、新加坡作家协会受邀理事、新加坡锡山文艺中心理事。曾主编新加坡作协会刊《文学》，编辑《微型小说季刊》《锡山文艺》《回响》等刊物。现任职于新加坡考试与评鉴局，兼任私立新跃大学中文系讲师。从事写作多年，作品以散文、散文诗、小说为主，也写诗歌和评论，研究新马文学。自 2008 年起，担任新加坡大专文学奖诗歌创作奖评审。微型小说《凶手》《奖赏》被录用为华文教科书教材。已出版著作有散文集《园边集》《鸡蛋花下》《乡间小路》；微型小说集《我不要胜利》《春是用眼睛看的》；学术论著

《战前五年新马文学理论研究》；儿童文学集《电话风波》。《林锦文集》被列为丛书《东南亚华文文学大系·新加坡卷》之一。另编著《苗秀研究专集》。曾获新加坡"罗步歌散文创作奖"首奖、中国"繁荣杯世界散文诗大奖赛"三等奖、中国"人民保险杯全国诗歌大奖赛"三等奖等。

1990年出版微型小说集《我不要胜利》。这部专集共有40篇作品，从第1篇《凶手》到第13篇是乡土题材，林锦用一种接近散文的叙述方式复现了几十年来积淀在他心里的情感体验和故事意象。从第14篇《急促的打字声》到最后一篇《也是英雄》共27篇作品是现代城市题材。林锦常用比较典范的微型小说的叙述方式吐露他对新加坡城市化后人的生存状态的多种理解。这种作品的编排方式隐含了作家的生活经历和作家运用微型小说文体的艺术过程。

近几十年，在这车水马龙嘈杂喧嚣的时代里，微型小说适应快节奏的生活，成为时代的亮点。林锦的微型小说含蕴丰富，能够抓住人物、事件最突出的矛盾和特征，彰显人物形象，反映社会现状，以小见大，以一当十，滴水折光，不管是亲情、爱情还是友情都能准确无误的展现，正如高尔基所说"用语简短而含义深远"。同时，林锦的微型小说从不同的角度来铺排，具有很强的逻辑性，思维缜密、细腻。

《搭车传奇》（四川文艺出版社2013年版）这一微型小说集主要以第一、第三人称来叙述故事，让读者多了一份思考的空间，以清醒的头脑来反思和分析，平平淡淡的故事流光溢彩，平淡中见惊奇。下在从三个角度予以论述。

（一）题材——直面人性人情

题材的选取对微型小说来说是一块"垫脚石"，同时是文章好与坏的衡量尺，一个好的题材会使文章成为闪光点。林锦的微型小说题材新颖独特且深刻动人。其题材有以下两个特点。

1. 难以释怀的——"伤结"

"伤结"是人们在成长过程中，因为某些失误、错过、事不如所愿、突如其来而留下的一道不可触碰的伤疤。它也许永远都无法解开、释怀，会一直萦绕在人们身边，左右其情感，束缚其生活，把人置于内疚、紧张、恐惧当中。

林锦的微型小说常常以叙述主人公难以释怀的"伤结"来触动现代读者的阅读情怀。在《那只大斑蝶》中可引发我们对"阿歪"生存状态的悲悯和愤怒。柴杆一直以来都喜欢欺负阿歪，阿歪费尽精力和体力去捕捉那只美丽的大斑蝶正是为了报复那个欺负他的柴杆。他记得母亲曾说过，吸进大斑蝶的鳞粉，鼻子会塌下去。他心想着这一回柴杆上当了，让他鼻子塌下去，一辈子见不得人。但是阿歪的结局与其那想超脱现实的可怜的愿望背道而驰，烙下了一个永恒的阴影，同时具体地概括了乡村中这类苦难人的生存状态。《庆祝》里一个中彩的误会，把主人公一家极为难得的欢乐一瞬间像击中肥皂泡一样击得粉碎，本以为可以中100块，却因为一句"写错了"而使整个家寂静了下来，本要拿来庆祝的那块烧肉、那条鱼、那个苹果、那个梨，也默默地对视着。生活窘境再次紧抓住了他们。

《我不要胜利》中"我"那颗好胜的心，让"我"害怕胜利，怕胜利时举起握拳的右手，胜利让"我"感到内疚，让"我"失去了和"我"一起长大的好朋友，让我错过了最有竞争力的对手。一句"你说，我这一生还有资格举起胜利的手吗"让幼小的心灵变得越来越沉重，一个永不磨灭的脚印着落在心底。这个错误将一直伴随"我"直到生命的终结，"我"是否会被人唾弃，是否会被这个世界给遗忘呢？文章中的我让读者爱恨交织，备感同情。在《遗志》中他看到父亲的遗嘱时感到无比的内疚：他因为学业、事业而没好好地陪父亲，不了解父亲想要的，直到父亲去世后他才读懂父亲的心,"根重于一切,离开美国"。父亲带着遗憾离开了人世,他则带着一颗后悔的心一直看着父亲留下来的遗嘱,一道永远无法愈合的伤疤藏在了他心里。

林锦的微型小说善于揭露人性脆弱的一面,通过伤结来彰显人性善。其实,每个人都会有一道过不去的坎,当读者读到时会产生强烈的共鸣。林锦正因为抓住了广大群众的致命点,所以调动了读者的主观积极性。

2. 爱情、亲情、友情的升华

情感的升华不同于我们日常生活所说的甜言蜜语、无微不至、细心呵护,它通常是把情感寄托在一件事或一个抽象事物上,把它们作为下文的伏笔或媒介慢慢地把想要表达的感情显露出来,不像传统的表现手法那样直接、那样平淡无奇。

情感的描写虽是一个永不衰落的主题,是广大作家笔下的常客,但林锦对爱情、亲情、友情的描写别具一格。在《雨》中,她念过大学,觉得坐在摩托车上抛头露面,真不是滋味。她第一次乘坐摩托车去上班,公司里的同事边七嘴八舌地说个没完没了,她受了一肚子委屈,所以她宁愿自己搭巴士回家,也不肯坐他的摩托车回去。这天下着雨,她坐着巴士去上班,一个死亡车祸让她有了不祥的预感。一句"太平!你不要死"让之前的抱怨销声匿迹,倾倒出来的不是"你怎么这么没出息连一辆车都买不起",而是"我需要你",从她那爬满泪、血、雨的脸颊上可以看出她对丈夫的在乎,看出他在她心目中的地位。这起本与他们无关的车祸,把他们的爱提升到了至真至纯的境界,让他们零距离地进行心与心之间的交流,让他们明白对方的重要性。这并不是甜言蜜语能做到的,在雨中他们的爱情是透明的、洁白的,没有任何的污渍。

在《爸爸回来了》一文中,作者巧妙地用一个"梦"表达出了"我"对爸爸的怀恋,其中也有失落感。梦是人的潜意识显现,是人的内心最深处的本我的表现，它代表了一种被压抑的欲望的释放。因此，林锦没有用传统的"回忆式"来表达"我"对爸爸的感情，而是以一个"梦"来呼喊爸爸的归来，这样更能体现"我"内心的想法：尽管爸爸已经离开了，但那份爱在那里从不曾消减、褪色。在《乒乓球拍》中谢老师留下的球拍中写着："勇敢奋斗、争取胜利。万一败了，虽败犹荣。"这短短的16个字让"我"有了一个质的突破，是谢老师帮助了"我"。然而，当"我"知道谢老师患了骨癌，右腿截掉后，"我"感到眼眶一股湿热。这份感情用泪水是无法表达的，这份感情再也不是当年的师生情，它早已上升到了另一个高度。

林锦的微型小说善于捕捉生活大海中的微波细澜，通过小题材反映大主题，使作品主题深刻，但具有滴水穿石之功效。他用"情"作为桥梁和纽带，将本无惯性的画面紧紧地锁扣在一起，一个"情"为文章增彩填色。这不需要辞藻的修饰，只需一个字、一句话、一个表情……就能把心袒露在读者面前，具有极强的感染力。

（二）结构——灵活多变

结构是作品的框架，一个好的框架会起到高屋建瓴的作用，林锦的微型小说结构极其灵活多变，主要体现在线索和叙述手法两方面。下面分两部分予以论述。

1. 线索的多样性

林锦的微型小说不是以单一的线索入题，他看中的是线索的多样性，他善于发现事物，把不同的事物拉进自己的文章中，让其穿梭于文中，成为文中的一个"导火索"，所以文章才不会显得那么空洞和单调，给人新鲜感，不易产生视觉疲劳，同时，线索使文章贯串为一个有机整体。其线索多样性有以下四种情况。

(1) 以一本杂志、书籍为线索

在《青春的桥梁》中讲述的是情窦初开的女学生爱上了自己的老师,通过老师的开导,变得理智、冷静,不再那么懵懂。全篇以《青春》开头,首先是李小兰在《青春》上大胆地表明了自己对老师的爱意。其次,康明在"青春信箱"的栏目上做出了相应的回复,把无知的少女从梦境中拯救了出来,让她认识到虚幻的感情并不是真爱。最后,又以《青春》收尾,通篇以一本搁置在桌上的《青春》杂志为线索,不仅淋漓尽致地刻画了少女时代的心理,同时让花样少男少女们从通病中觉悟过来,使文章具有了极高的可读性和价值性。又如,《礼物》中吴莉在上了一个爱情专家的课后,抱回一大叠的《婚姻指南》。而这些《婚姻指南》差点就葬送了一段婚姻,让吴莉慢慢地开始质疑丈夫对她的爱,同时这些《婚姻指南》也拯救了这段婚姻,让吴莉明白什么才是她真正需要的。婚姻如果受到太多的束缚就会变质,我们不应该用规则和尺来衡量它,经营在心而不在于礼物的贵与贱、多与少,婚姻要求得太多失去的也会多。吴莉与方齐的婚姻因为礼物而经历了很多的磕磕绊绊,最后以"请相信我,用手中的火柴把《婚姻指南》烧了。幸福就掌握在你手中"而美好收尾。《婚姻指南》这一线索让文章首尾呼应,让婚姻一波三折,最后又完美地落幕,使文章脉络清晰,一目了然。

(2) 以一份屋契为线索

在《典当》中,一份公寓的屋契成为全篇的关键点。一位老人家拿着一份地契来到了当铺,出人意料的是他并不是来当东西的,而是来赎回他的"时间"的,听起来有点唐突,但对老人家来说这成了他最大的心愿。他经过几十年的奋斗,也苦了几十年才买了这套公寓,但是他当了他的时间,当了他的青春,所以他想要用地契赎回他的时间和青春。文章以公寓的屋契为线索,能准确地抓住主题,交代了文章的起因,同时说明了"时间是不能以物质金钱来衡量的,时间如流水,一去不复返"。人不能成为金钱的奴隶,就算你拥有一座金山,要是你没有时间,它也是一文不值的。

(3) 以一系列的事件片段为线索

在《风花雪月》中分别以风、花、雪、月做文章,表现:台风下的渔民挣扎;卖花筹钱抗敌;大雪给贫苦人家带来毁灭性的打击;月色朦胧中军队因误会自相残杀。一位作者寄出这些颇具社会内容的稿件,结果三天后遭退稿。原因是"本报副刊走的是现实主义路线,欢迎反映社会生活的作品,恕不刊用风花雪月的文章"。作者有意用"风花雪月"为题做文章的线索,谁知假象迷人,生活中重视假象忽视根本、以假乱真的人不在少数,深刻地批判了那些是非不分、真假难辨的人。

(4) 以小动物为线索

在《凶手》中,作者以"鸭子"为全文的线索。"他"无意之间杀死了邻居张大婶家的鸭子,让他感到无比的内疚,看着桌上的那一大盆鸭头、鸭脚、鸭……他觉得自己就像一个犯人,内心无止境地挣扎着。从另一方面来说,这体现了"童性善",以小衬大,挖掘人的潜意识。又如,《猫狗事件》中讲述的是阿雄被人愚弄,把猫认成了狗,引起大家的嘲笑。此文以"猫狗"为线索,把上下文紧密地联系在一起,把丑态展现在读者眼前,让读者自觉地进行理性判断,加强了互动性。

2. "跳脱叙述"的方法

"跳脱叙述"[①] 往往是先从容展开一件事情的叙述,当叙述到事情的核

---

① 刘海涛:《论林锦微型小说的叙述母题》,《写作》1997年第7期。

心情节时，他有意跳开这个情节并将跳开的情节移到作品的结尾才快速补出。核心情节被快速跳跃超越时作品可能会出现一个误会，由这个误会使读者形成了阅读悬念，当核心情节移至结局被完整地补出时，悬念解开了，误会消除了，从而给读者的一个令人震惊的意外结局。

《下毒》中从戒毒所出来的李九财以为自己的母亲要毒死自己，但第二天才知道母亲是要下毒给邻居家作恶多端的狗。文章中母亲和大妹的对话中并没有说明下毒的受害者，而是把情节跳到了下一幕。这正是作者的过人之处：如果直接说明下毒要毒死的是邻居家的狗，那就没有了后面李九财的一系列心理独白，说不定就没了后面李九财对母亲说的"妈，从今天起，没有人敢欺负我们了"这句话。这样文章就没有了吸引力，情感的描写也不会那么的惟妙惟肖。《手》写到老师因学生"发财"的手脏、不剪指甲、洗不掉红颜色而一再罚他。文章中发财自始至终都没有说出他手为什么那么脏，而是把情节推到老师家访时才道出缘由，发现这是一个误会，并明白宝成一家的贫困使他拥有一双永远洗不净的手。一个久久纠结着读者内心的问题终于真相大白。

林锦的微型小说并不像一般的散文那样平铺直叙，从容道来。他用微型小说的特有叙述技巧，制造了叙述悬念和叙述波澜，并由此构成微型小说特有的意外结局和叙述情趣，牵引着读者的思绪，到最后凸显读者期望已久的结局。他的结尾往往是用画全龙以后的"点睛"之笔，给人大吃一惊、猛然醒悟的艺术快感，或具有言有尽而意无穷的艺术韵味。

（三）语言精确传神

语言是一篇文章的精髓所在，语言使用的精与准直接影响作品的审美价值，在微型小说中语言的精确真实，使文章不仅做到了惜墨如金，而且使文章更具现实意义，林锦的微型小说中"语言"是其灵魂所在。其文字特色有以下两点。

1. 针砭时弊具有极强的讽刺性

在窘迫情境下成长的林锦对城市化、现代化的社会有着他独特的观察和体验。他对现代社会的传统美德和善良人性一往情深，对商业社会中家庭与社会的道德失范特别敏感。他善于用语言来嘲讽那些扭曲的人性和沦丧的道德，致力于讽刺那些恶俗、陈腐的言行举止。

在《如果要他合上眼》全篇用一系列的"如果"来讽刺他不珍惜眼前人，落得一个女人都没有，他听到最后一句话："如果有一个女人爱上他。"之后，他痛苦地合上眼。这本应该是一个值得同情的人，但太多的"如果"揭露了他之前的虚伪和那种不屑的心理，这是世人不认可的。《春是用眼睛看的》中一个宣传活动犯的错误把"春"下的"日"写成了"目"，一场补救会议激烈地开始了。主任觉得可以解释为"春"是用眼睛看的，得来的却是一阵哄堂大笑。经理说这是为了引起人们的注意，故意把"春"字写错，这是广告宣传术的一种，却得到了众人的认可。这是一个笑话，这是文化上的一个污点、投机取巧的弊端。在《搭车传奇》和《搭车传奇外传》中巧妙地用语言控诉了那些不遵守规则，违反道德，拿人的生命当玩笑的恶劣公车公司。公车公司初衷本应该是为人们服务，方便人们的出行和日常生活，结果却狼狈不堪，还找各种借口，说各种谎言敷衍群众，把人性善和道德置于脚下。这是一个社会在走上现代化过程中必定要付出的惨重代价吗？

林锦对现代化进程中的"道德双刃剑"比别人有更多的敏感和更为充满激情的叙述，所以他在用语上拿得准、精。

2. 文字的精心铺排

林锦的微型小说对文字的编排极为重视。他紧抓住文章主题，通过对文字的反复雕琢达到其预想的结果。文字的巧妙运用不仅是体现自身文化底蕴的指标，也能使作品更具灵活性和深刻性，从他运用文字的功底来看可以说是"微尘中有大广，刹那间见终古"。①

在《精神与肉体的抗衡》中，微型小说被分为数种不同的读法，第一种和第二种读法之间存在一定的因果关系，第三种读法略显集中，其他的读法相对这三种而言没那么严谨。本文讲述的是陈老走进房间，取下摇篮，用一条尼龙绳打了一个圆圈，套在天花板的钢钩上；他走进厨房，把煤气的开关扣紧；他走进客厅，把窗户关了，上锁；他还把安眠药和清洁剂收到高处等，原因却只有一个"他只有这么一个孙子"，但这一切都无法说服儿子让小宝留下。全篇文章通过对上述现象的不同排法来说明主题，尽管最终表达的都是陈老对小宝的爱，一种过度关心的爱，这种爱会使小宝的精神受到折磨。但是不同的读法会造成不同程度上的理解，也就能更好地认识到陈老的死到底是肉体受到伤害，还是精神受到折磨。林锦巧妙地把这一系列句子灵活地运用于作品中，达到事半功倍的效果。在《鸦鸦鸦》中，灵活地把"天下乌鸦一般黑"放置在文章的各个角落，增强了文章的讽刺性。"我"信仰客观理智，生平中最讨厌主观偏激，但为了证明"天下乌鸦一般黑"这一谬误而做了偏激的行动。这种言行不一的人，让世人不屑。文章通过重复使用"天下乌鸦一般黑"，批判了那种畸形的人格和世人的盲目。

从林锦的微型小说中我们可以看出来，他善于琢磨文字，从不同的视角去炼字炼句，给人焕然一新的感觉。

新加坡对我们来说本应该是一个陌生的城市，但林锦把它一点一滴、绘声绘色地展现在我们眼前，让读者了解华人的文化生活状况，感受他们浓郁的文化乡愁，体察他们坚实的社会良知、博大的人文关怀，触摸他们

---

① 杨振昆：《微型小说的结构艺术——新加坡微型小说管窥》，《华文文学》1995年第2期。

孜孜不懈的艺术追求。作者怀着一颗炽热的心去创作,将生活的本来面貌展现给读者看,用"爱"唤醒沉睡中的人们,用"恶"抨击那些缺乏良知的人们,试图抹去一切不合道德的行为和愚昧的思想。

林锦在乡土系列创作中写了"生活窘境中的人性美德",在他的都市系列创作中同样写有"道德失范"大潮中的"人性美质"。他向我们诠释了人性真善美是世之大同,这一类母题丰富了微型小说内涵。此外,林锦的作品创造了既出乎意料又在情理之中的情节结构,跳跃式的结构不仅在刹那间的阅读中让读者了解事情的真相,而且提供了许多意料不到的新颖结局,让一系列艺术珍品对读者形成了令人难忘、促人回味的速率刺激。整体上看他的作品不管是在内容主旨、情节结构还是在语言特色上都体现了美的多元化,使文章神采奕奕、光芒四射,也值得人们去揣摩和借鉴,同时潜移默化地影响着人们的创作。

(李贵英 李婷)

四 浅谈董农政微型小说的多元化艺术特征
——以微型小说集《窗外是窗外吗》为例

董农政,1958年生于福建福州,后随母南下新加坡定居。中学时期开始创作,获多项新加坡全国诗歌创作比赛大奖。作品有诗歌、散文、小说、儿童文学、影评、剧评等。曾任新加坡《南洋商报》《联合晚报》副刊编辑,主编晚报文艺版《晚风》与《文艺》,新加坡作家协会刊物《微型小说》(季刊)、《新华文学》微型小说类主编。现为中天文化学会顾问、新加坡作家协会受邀理事、五月诗社会员。曾主编作协刊物《微型小说》（季刊）《新华文学》，编选《跨世纪微型小说选》。著有散文及微型小说集《伤舍》、七人合集《现实的残梦》、诗集《一模芙蓉拉断水乡外》与《心雪》、微型小说集《没有时间的雪》与《董农政微型小说选》等。目前从事堪舆行业，出版了 20 余本术数丛书：《风水斗》（风水与紫薇斗数小说、乡野传奇）、《字中运》（测字学）、《你家风水好吗?》（风水实例）等。其作品跨越 14 载的时空，陆续以不同的风格降临，从较早（1985 年）发表的作品至近期（1998 年）创作、产量的分布并不十分均匀，当中 1991 年是欠缺作品的一年，又似乎是其微型小说创作的分水岭；无论从质或量的角度来观察，1991 年以前的作品展示了实验性与探索意味较强的表现手法。集中较出色的作品多显示在后半期，这或许是 1992 年本区域主要的刊物《微型小说》（季刊）创刊后给作者带来了一定程度的影响；在《微型小说》发刊后的五年期间，他从一名创作者进而参与美术编辑并受邀为主编。这个过程中除了积极推动微型小说活动的正面效应外，最大的收获是自身的创作量也相应增加了。同时，面临这种文学变迁不着痕迹的新抉择边缘，董农政以现代"禅小说"的艺术形式，去传达文学动态的内容与繁复的寓意，突破了一般作者在固有的微型小说那"轻薄短小"的框框内打转或原地踏步的停滞现象，完成了关照一个文学时代的新体系。他在取材方面多样化，善于抓住生活中的一个点用独特的意象揭示深刻的社会意义，对修辞艺术的运用也是炉火纯青，常以留白式结尾使读者具有极大的再创空间，引人发省。

董农政的《窗外是窗外吗》（四川文艺出版社 2013 年版）共收录其微型小说 95 篇，其内容基本是采用玄幻形式、空白艺术等多元化的艺术特征，同时，以禅入小说，这样可解除读者的审美疲劳，以便人们在书中悟出生活里的哲学，使浮躁的心灵得以净化。下面从三个角度予以论述。

（一）引禅入文

禅宗，中国汉传佛教主导宗派，始于菩提达摩，盛于六祖慧能，中晚唐之后成为汉传佛教的主流，也是汉传佛教的最主要的象征之一。其最主要的宗旨莫过于依佛心，不立文字，教外别传，以期"直指人心，见性成佛"。然而在无关思维计度之情形下，外加学问修正之功，以明取本心之故，乃有清规之创设。慧能认为：成佛之道在于自己心中，不假外求，故禅宗反对拜佛。再者，慧能废坐禅、不立文字的主张亦使以后的禅宗废弃了坐禅、念经等形式。当禅宗破除了这些外在的宗教形式，它便失去了作为宗教组织的特色，从而发展成为一种哲学思想，融入中国文化之中。佛教在魏晋以后的中国化的全面演化过程中，创立了适合士大夫心理、生活情调、审美趣味的中国化佛教——禅宗。因此，董农政对佛教的了解、酷爱等融入小说创体，把当代的生活方式、人生哲学以小说美学的形式呈现在 20 世纪末的时空里，同时以微型小说这一独特文学形式在海外传播"禅学"。通过"不诵经，不坐禅，不离朝市，不持戒禁"的方式，以"禅小说"为桥梁，传播中外文化。

董农政微型小说标题充满了禅意，如《三世》《出与入》《死不了》《醒不了》《绝不了》等。在这时间如金钱的快节奏时代，形式的新颖是快速赢得读者芳心的大法宝，一眼看过这些醒目的字眼便会引起人们对人生的思考。《三世》中采用对答式结构并且是通过圣人与智者这一特殊对象更易引发读者的兴趣。"圣人问智者：大树的前世是什么？智者答：现在的大地。智者问圣人：大地的后世是什么？圣人答：现在的大天。圣人问智者：大天的前世是什么？一个路人冒出来：现在的大树。"仅采用大树、大地、大天三者轮回，从大树的前世最后又回到大树，从而领悟到禅宗里因果轮回，人生不也如此？正如俗话说"相由心生"，亦如禅宗里的"以心传心"，拥有怎样的心性自然会有相应的外在表象。人生总会从最初回到最初，因此不必太在意因果，最重要的是生命过程里的价值。《绝不了》也是其体现因果轮回的典型作之一，其表达内容也极具荒诞性。首先，未表明京京是何人或何物，京京因为其同伴全部都死了而伤心欲绝地蹲在华丽的屋里，屋顶上响起了有节奏的敲击声，跑出去一看原来是主人在屋顶上敲木鱼。这时引出京京是一只狗，更引人深思的是主人也变成了一条狗。小说中此情节又是独具匠心，变成了一只狗的主人在"敲木鱼"。关于"木鱼"之名，最早见于唐代高僧淮海禅师所撰《敕修清规》之中："木鱼，相传云，鱼昼夜常醒，刻木像形击之，所以警昏情也。"据此，木鱼当为佛门僧侣所创制，有警示僧众昼夜不忘修行之道。此处形音兼具，更使木鱼之音敲进读者的耳里心里，也不禁让人联想到《西游记》中原本身为天庭德高望重的天蓬大元帅因犯了事而被打下凡间投胎沦为猪身。正所谓因果轮回，不会绝，只会让你有何为而得何果，同时警示人们行德积善，修身养性。这便是农政微型小说的艺术形式的特殊之处，增强小说的哲理性以及对人的影响力。

董农政小说还好以禅语、佛语入小说，如《无的心语》《死的心语》《落发为僧》《堕落的懂得拜神和养狗》等。《无的心语》和《死的心语》为兄弟篇，采用采访式语录的结构形式，以三个月为时间界限去问吴寄同一个问题"请问你怕不怕死"，而吴寄的回答是截然相反的两个答案，由怕死到不怕死：怕死是因为不知死为何物，而后又不怕死是因已参悟了死，知死了。这也是往往历经沧桑的人活得更洒脱更能参悟人生的意义。吴寄先生对"三"的解答是：长生、帝旺、墓库。其又是"长生十二神"之三，长生十二神象征本命之生命力，含有健康及出世心态，如命居绝地者，身体并非绝对虚弱，容易颓丧灰心。长发主生发、创新，命运为吉，有适应创造环境的现象，喜少年限行相遇，主人身体健壮快悦。以佛语"长生、帝旺、墓库"作答，道出了作者对生命的看法也是生命的本真。

犹如生与死一般，很多人事既已成定局，结局我们无法改变，却可掌控其过程或是发展的脉络。参悟了人生，那么人生主宰者才会是你自己。董农政小说以这样的佛语、禅语去解疑答惑，更能使读者参悟其中的道理。

（二）化实为虚的玄幻形式

在经济体制转换、社会转型、消费文化逐渐兴起和大众传媒迅猛发展等背景下，玄幻小说作为一种全新的、消费性的网络文学，以不可阻挡之势，成了近些年文学界颇为壮观的一道风景线，并且因为它与市场紧密关联而表现出旺盛的生命力。玄幻小说是20世纪90年代中后期新兴的一种故事类文本，它多借鉴于武侠、科幻、神话、传奇、西方魔幻、网络游戏等，以自行编造的仙佛魔怪、巫师战神等内容来讲述超现实时空中具有超自然能力和感情的主角们的传奇经历，以随意性很大的曲折离奇的情节为推进故事的主要方式的一类纯娱乐故事文本。玄幻小说自身的艺术特征是玄、幻、神、奇，创作无原则、反常规。董农政的微型小说将其艺术特征发挥得淋漓尽致，同时，他的玄幻小说不仅仅是纯娱乐故事文本，而且利用玄幻小说故事情节的趣味性融入其社会人生思想。

在董农政小说中这种小说形式很惯见，一方面其取材的玄幻化，创作犹如建筑，有了新颖独具一格的构架，材料的选取至关重要，决定着文章的思想效果表达。作者就善从玄幻故事中取材，化实为虚，而不是直取某个社会重大事件及其中的当事人，如《建炼丹宫的后果》及《可以任吃木瓜的木瓜鸟》都是以天庭为大背景，以吉祥兽、玉帝、天公仔等神话物为对象，一下便可抓人眼球，也给读者足够的想象空间，更能达到其作品思想的表现效果。

另一方面还突出表现在故事情节上，如《建炼丹宫的后果》《可以任吃木瓜的木瓜鸟》《没有厕纸》《难得的蓝色眼泪》《谁懂心》《人启》等。《可以任吃木瓜的木瓜鸟》以单线线索发展，采用天公仔这一看似正义的化身来质问林木管理局 CEO 林大头。在这一过程中，林木管理局 CEO 心存许多疑问，对天公仔的到来和它的身份以及它提出的问题都感到莫名其妙，却因为觉其来头不小而不敢轻举妄动。这揭示出现在生活的普遍现象：欺软怕硬，如若那些势单力薄的小老百姓去，权益永远得不到保障。天公仔也展现了强词夺理的野蛮形象。这个时候，林大头想到的就是如何为自己开脱，证明自己是公正执法的好官员。通过这一艺术形象讽刺现在一部分官员的作风，最后的设计更是极具讽刺意义：天公仔竟然是木瓜鸟变成的。

《建炼丹宫的后果》利用天庭两个吉祥兽在自然界中的生存状况来影射人类社会现在所处的境况，以时间为接点反复描写同一个画面同一件事。小红和小黑两人在路中碰面后朝着相反的方向迁徙，然而两个人都对彼此的行为感到奇怪。喜冷的小黑和喜热的小红，本是被玉帝分布在赤道的两边，一个住北边，一个住南边，由一个官员负责照顾它们的住处温度，半年调整一次温度。这样两个人每年就只需迁徙一次，可是如今气候变幻不定，导致小红和小黑需要频繁地迁徙。采用这样的艺术形式，既增强了小说的趣味性，改变了一些纯说理性文学形式的无趣及呆板，也易起到引人发省的作用。结尾直接引出这阴阳变化不定给整个乾坤之地带来的毁灭性影响，原因是负责管理温度的官员失职，挪用了阴阳能量，建了一座自己的炼丹宫，给天庭造成了毁灭性破坏。玉帝大怒，将此官员贬入人间。揭示了我们社会中就存在这样一批戴着官帽却只是为自己谋利不尽其职，最后使腐败风盛行，给社会重重一击。气候变化无常便是如今的现状，导致这一后果的始作俑者也是我们人类自己，通过这一故事警示我们应该有效地保护性地使用地球资源，不要觉得地球的资源是取之不尽、用之不竭的，从而放肆地挥霍，如若依旧，我们的家园便会毁于一旦。

将时间拉到未来也是董农政小说中常见的一种表述方式，如《没有厕纸》，小说将发生的时间推移到 22 世纪，以这种带有预言式的表述方式更能启示人，作者更是以柳宗元的《江雪》四个句子为小标题，将中国古诗以独特的方式融入小说。22世纪竟然因为文字的泛滥而造成了一个没有厕纸的时代。

（三）空白艺术

空白手法，已经广泛地运用在各种艺术表现形式当中。诗作中的"空白"表现为"含蓄"，中国书法中它变身为"飞白""不白"，同时将其作为一种修辞方式用在文字里，在绘画艺术中，画家称它为"留白"，音乐家则叫它为"煞声"，在电影中它是"空镜头"。空白手法的运用，可以使艺术作品虚实相生，形神兼具，达到"无画处接成妙境""此时无声胜有声"的艺术效果。在小说创作中使用空白手法，能使读者主动参与作品的创作，有意省略某些内容，留下空白，给读者想象的空间，能让读者在作品的空白处融入自己的想象，从而达到艺术再创造的审美境界。

空白艺术在董农政的小说中也是常用的艺术手法：一是以疑问句结尾给予不完整的情节给读者留想象的空间；二是交流中话语的空白，这样更能增强读者的主动性，从而引发读者思考去填补各自的空白，增强可读性，如《天书》《问题》《谁为猫狂》《淙淙匆匆》《创意人的竹》等作品中就采用了留白艺术。例如，在《淙淙匆匆》中作者就是以疑问句收尾及交谈中话语的省略给读者留下了极大的再创造空间，其原文：

> 一个人对李商隐说：你的诗太过隐涩，有时不明白你要说什么。
>
> 李商隐：可喜欢小桥流水、田园景色？
>
> 那人：喜欢！不过……嗯，好久……
>
> 李商隐：流水淙淙，可是好听？
>
> 那人：好听。

李商隐：听出淙淙美音在说何事？

那人：流水在说事吗？

此文若是在此打住可能会使读者更加驰骋自己思路，同样会使读者一头雾水，不知该往哪思。然后作品在后面加注了两句话：有人通过 iPad 上网找"淙淙"的意思。有人在搜索淙淙流水的情景。在第三句处的留白不禁让人联想到他商隐对其所提问题的疑问及不能理解。一句"听出淙淙美音在说何事"，此句一处便可让读者浮想联翩，瞬间可能神往到山清水秀的山林间去，感觉神清气爽。然而，最后的两句是引人反省，一下变得心境沉重，揭露如今各方面都快速发展的社会人们浮躁的心境。在这个被网络包围得让人窒息的时代，人们更应该亲近自然，多倾听自己内心的美妙音符。

交流中话语的空白不仅使读者能以自己的情感经历结合对上下文的理解对空白处加以诠释，还增强了小说语言的含蓄美。例如，《问题》中的几个小对话：

"在门前种几根竹，你看如何？"

"是很不错，不过……"／

"不不不，竹比较清雅。"

"你不知道，这个莲是出于……"／

"哎，你了解什么是'来处来去处去'。"

"告诉你，这是……比如说李商隐……不，还是拿竹来做比喻。"

"我始终认为莲比较……"

这三个小对话省略的似乎都是想说又却不知该如何说出的话，第一处用一转折连词"不过"引出对竹虽觉不赖却还有不足之处，省略作者认为的不足，以及后几处对莲肯定却省略其缘由，两者相照应，从而给读者留下独自的想象空间，也使小说内蕴更丰富。

　　董农政的微型小说采用多样化的艺术特征让读者领悟生活中的哲理，以"禅"入小说，形式新颖思想深刻，还能净化心灵，使读者在这喧嚣的尘世中找到一方净土。董农政的玄幻型小说不仅作为纯娱乐的故事性文本，而且用其影射社会生活。多样化的艺术特征及其作品既极具趣味性又富含深刻哲理，使读者更易于领悟人生这门大课题。

（刘佳　李婷）

五　艾禺微型小说浅析

　　艾禺，原名刘桂岚，女，20世纪50年代生于广东，后移民新加坡，北京师范大学文学学士。80年代开始创作，以诗歌和杂文初涉文坛，后转入小说界，近年则以微型小说和儿童文学创作为多。80年代初属于第一代的新加坡编剧，在22年的编剧生涯中，编写和创作过的电视剧已超过百部，先后得过若干奖项。2006年离开电视机构，以自由故事人和编剧身份继续游走影艺界，剧本创作不再局限于本土戏剧，而是跨入华语电视剧国际市场。2007年以作家身份进驻校园成为驻校作家，以汉语指导中学生有关散文和微型小说的创作，积极培养文坛新人。《最后一束康乃馨》和《送汤》都被收录为新加坡中学教材，有作品被翻译为日文。现为新加坡作家协会副会长、世界华文微型小说研究会副秘书、海外华文女作家协会会员。艾禺的创作体裁以微型小说和儿童文学为主，作品包括《困鸟》（短篇小说）、《风云再起》（微型小说）、《妈妈的玻璃鞋》（儿童小说）、《镜子里的秘密》（儿童小说）和《艾禺微型小说》等。艾禺主编的作品有《逍遥曲》《城市的记忆》《城市的足音》等。她多次在文学创作比赛中获奖。曾任新传媒华文戏剧组故事策划、编审、编剧。

艾禹微型小说所写的多与家有关，其独特的构思和精湛的写作技巧赋予了作品灵魂之美，同时作品具有极高的现实意义，引人反思。下面分别从主题和结构予以论述。

（一）主题——人性的追寻

艾禹的大多数微型小说作品是以探讨流失的亲情、迷失的爱情和普遍的社会问题为主，如老人的问题、亲人之间的沟通问题、名利道德取舍问题、婚姻关系问题、观念差异问题等。这些都是如今社会普遍存在而又普遍被忽视或是刻意被遗忘的问题。对这些问题的探讨实际上就是对人性的反思和追寻过程，我们将跟随艾禹的文字一起踏上追寻人性之旅。下面分四部分来论述。

1. 失落的亲情

家是温暖的港湾，更可以说是人类情感产生、发展、终结之所在。但随着时代的发展、社会变迁、经济全球化，在西方科技和经济领域大规模被引进的同时，人们的生活方式和价值观念也发生很明显的变化。面对人们越来越忽视亲情的问题，究竟是人情太过冷漠，还是社会发展太快？我们无从确定答案，仍然需要探索。艾禹创作的表现亲情这一类问题的典型作品有《一个信息》和《送汤》等。

《一个信息》取材于生活，艾禹在"非典"时期创作了这篇作品。作品写了一对父子只能通过手机来进行沟通的故事，儿子心里亲情的淡化使得他不愿意回家和父母亲见面，甚至连电话也不愿意多打，把SARS当作不回家的借口。父亲只好通过手机发短信和儿子取得联络，并把与儿子发短信当成一件"正经事",苦苦地发短信,苦苦地等待回复,甚至半夜爬起来发短信给儿子。父母与儿子的态度形成了鲜明的对比。现代高科技的广泛运用实现了人与人之间"有距离"的便捷交流,可是这种便捷又给人们之间带来了更大的距离,那是心与心之间的距离。人们忽视了现实生活中活生生的人际交往,亲情在这种忽视之下被慢慢淡化。

《送汤》则以爸爸为女儿送汤展开,写"我"嫌爸爸啰唆,为追求爱情和自由宁愿搬出去住,留父亲一人独自生活。父亲从前总是会给"我"送汤喝,自从"我"搬出去住以后,爸爸已经有一个星期没有来送汤了。"我"希望能从父亲那里得到庇护和爱,埋怨他很少来送汤,埋怨他煮的汤越来越差劲。于是,"我"开始寻找原因,以为爸爸有了自己的"第二春"——双姨,而忘记了"我"。最后才知道自己的想法是多么荒诞,原来爸爸得了老年痴呆症,为了不影响"我"的生活,不想让"我"担心,所以故意隐瞒。并且爸爸不听双姨的劝,还是坚持煮汤送汤给"我"。血浓于水的亲情其实都在大家心底,只是在忙碌的生活中不知不觉被我们忽视。在我们眼里,父母亲对我们的好变成一种理所应当的习惯,不再那么在意和珍惜,直到发现失去才后悔莫及了罢!所幸的是"我"最终醒悟,决定搬回去照顾爸爸,"我"决定要煮一辈子的汤给爸爸喝。

这两篇文章取材接近生活,内涵非常丰富,揭示了现代人社会亲情的淡漠,并同情老人的一片痴心。两篇文章里的父亲都是很多家庭里老人的代表,反映了老人对晚辈的爱以及老人被忽视、缺乏关心的问题,揭示的正是现代人的亲情疏离感,具有很深的现实意义。

2. 名利、道德的舍取

如今,在市场经济迅猛发展的条件下,人的名利欲望更加强烈。越来越多的人视物质财富丰富为"幸福生活"的重要标志,甚至不惜做出一些违背伦理道德的行为。

《这里的风景很美》则描写了一个为了骗取母亲的财产而不惜将母亲丢在野外的儿子。主人公忠明打着"带母亲出去游玩"的幌子，将母亲带到荒郊野外看风景。然后再借口回去接孙儿一起过来看风景，扔下母亲一个人走了。这一走便是一去不复返，独留母亲在那荒郊野外与豺狼为伴。为了财富，为了自己的利益，主人公忠明最终丢失了自己的人格，做出抛弃母亲这样有违伦理道德的行为。艾禺的创作构思很独特、新颖。在这篇文章的开头一直重笔描写美丽的风景和叙述故事情节的发展。从文章前部分文字看来，我们看到的是一个十分孝顺的儿子，他知道母亲一个人生活很闷很孤单，要陪母亲出去玩玩，透透气看看美丽的风景。可是，结尾处作者笔锋一转，我们才恍然大悟儿子忠明"用心良苦"带母亲出去看风景的真实原因。原来这是一场预谋已久的弃母计划。三个月前的一天，儿子忠明就已经把母亲的所有财产过户到自己名下。然后三个月后的这天，骗母亲出去看风景，将母亲丢弃在野外。我们从这篇作品里看到的是一个为了利而完全丢弃道德的人。我们看到了人性丑陋的一面，看到了人性的悲哀。类似的作品有《邻居》等。

3. 文明的碰撞

文化在一定经济下对人的价值观、生活方式、行为方式产生潜在的影响。在经济全球化的影响下，传统文明越来越不被重视，甚至被年轻人当作落后、保守的代名词，他们忽视真正的传统美德和价值观念，学习新潮的现代文明和西方文明。

比如，《探温》这篇小说中蚶婆关心她的宝贝孙子，特意跑到学校送体温计给他。可是，孙子嫌弃她脏，甚至一看到蚶婆"便沉下脸来"，用很不耐烦的语气甩出蚶婆完全听不懂的"洋文"——So dirty！失望的蚶婆又想把体温计给儿子，可是儿子"嗯"了一声，正眼也没有望她。因为不顺路，儿子没有载蚶婆回家，带着孙子扬长而去，留下失落的蚶婆一人。尊老本是中华传统文化中的一种美德,现在年轻人却视老人为累赘,甚至与老人划清界限。"老吾老以及人之老",这是流传五千年的中华传统美德,却不知不觉受现代文明的影响慢慢消逝!同时说明,新一代的年轻人对老年人的关心不够,物质给予丰富而精神关心贫乏,老人成为最孤独最无助的人。文中的最后一句话更是让人产生情感共鸣,是啊,"亲情都没有了温度,还量体温来干什么呢?"这篇作品实际上包含了东方文化与西方文化的碰撞,传统文化与现代文化的碰撞。孙儿从小接触西方文化教育,就连说话也是满口的英文,还不愿蚶婆叫他的中文名字"福兴",说自己叫"Mike"。类似的作品还有被读者热载数次的《最后一束康乃馨》等。

《最后一束康乃馨》中女儿和妈妈在价值感念和行为方式上有很大区别,她们在管理花店的方式上有所不同。女儿接管妈妈的花店后想有一番作为,但是她认为妈妈过去的管理方式太老土,甚至不是很愿意去帮妈妈完成"任务"。这里很明显表现了两代人价值观的区别,我们也可以看作传统文明与现代文明的碰撞。所幸的是女儿最终有了想法上的转变,因为一个盲人而改变了自己的全盘想法。这种"转变"是因为良心未泯,人情味的触动,而使她终于有所醒悟。

4. 迷失的婚姻

一个女人应该有属于自己的事业。如果没有自己的事业,起码要有自己的事情做;如果没有自己的事情,那么女人很容易把丈夫当作自己生活的全部重心,那就真的会有事情发生。

而艾禺笔下的《黑色情趣》中的妻子,就是一个典型没有自己的事业,以致做出一系列"黑色幽默"行为的悲哀女性形象,想必她的"幽默"只能换来一段悲剧婚姻。她本来可以待在家里相夫教子,一家人和和美美、幸幸福福,这也可勉强算作一份事业。她可以有很多空闲时间做自己想做的事情,除了做家务还可以看看书,逛逛街,与人聊聊天⋯⋯生活同样丰富多彩，人生同样有意义。可是，她没有这样做，而是把丈夫当作自己的事业，上演了一出自编自导自演的闹剧。尽管是虚惊一场，却埋下了悲剧的种子，一定条件下这颗悲剧种子就会生根开花结果，后果一定是她难以预料的。作者似乎给了我们某种启示：已婚女性应该至少有一份属于自己的事业，并且学会在家庭和工作中找到合适的平衡点。你首先是你，其次是人妻。当然，在艾禹笔下的微型小说也还有一些写婚姻关系的作品，以上以《黑色情趣》为例浅析，不再一一深析。

从艾禹的作品来看，从婚姻到亲情再到社会现实问题，无论取材还是内容，她的作品都与生活息息相关，用一种关爱的人文情怀追寻人性、反映生活。

（二）结构——精巧的构思

小说创作的一些重要因素中，排在第一位的，就是艺术构思，即充满激情的想象。从某种程度上说，文艺家的艺术想象力，可以看成是其艺术才能高低的试金石。[①] 可见，艺术构思在小说创作中的重要性。而我们从艾禹的微型小说中，就能感受到她独特的构思和丰富的想象力。艾禹的作品多构思精巧，选择了非常合适的切入点，达到了画龙点睛之艺术效果。

比如，我们在《黑色情趣》中可以很明显地感受到作者在构思上的独具匠心。《黑色情趣》中的丈夫晚上9点回到家门口，把门锁探入匙口，轻易地旋开了，顺势一推，一股黑暗就在门的背后向他扑将而来。他冷然一惊，抽出的脚步缩了回来，从未有过的不祥感觉顿时麻痹了全身。倒置的沙发，碎满一地的花瓶，被人翻弄过的家具摆设，还有妻，口里塞着布，被反绑在椅角上，正睁大着眼睛朝他望着。面对此情此景，不仅丈夫惊慌失措，读者也紧张不已。结尾，妻子才道出实情："我最近看了一本

[①] 马振方：《小说艺术论稿》，北京大学出版社1991年版，第220页。

杂志，里面说想增加家庭的情趣，有很多种的方法，我就挑了其中的一种方式试着……怎么样？你觉得刺激吗？"原来，这一切都是她亲自策划导演的！

作者很聪明，她虽也是写夫妻关系，但是反其道而行之，达到的却是更好的艺术效果。相反，如果直接正面描写夫妻之间的矛盾冲突，这样的微型小说很难再写出什么新意，毕竟类似主题的作品在文学史上浩如烟海。

又如，《送汤》中写道："说也奇怪，自从搬了出来，家里就常来了一个叫双姨的女人，她是爸爸常去的诊疗所的护士，听说是个老处女。Ken笑说或许爸爸早就该有第二春，是我的存在阻碍了他的发展……""他已经一个星期没有给我送汤了！""难道他们要宣布婚讯，然后告诉我以后都不会来送汤了？"看到这里读者一定以为故事情节发生的原因一定是爸爸和双姨在一起了，他们沉浸在甜蜜的爱情里而爸爸忘记给"我"送汤。作者却以她独特的构思，突然笔锋一转，道出了爸爸真正没能来给"我"送汤的感人原因，达到了情感升华的效果。这种反其道而行之的独特构思，使作品更具吸引力，读者读来实在是一种美的享受。

小说反映生活深细入微，对人与人生有烛微显隐的艺术功能。[①] 艾禺的作品也很好地体现了这一点。她的作品大多取材生活，围绕家这个环境展开创作了许多具有现实意义的佳作。艾禺自己也曾在一次新加坡访谈中谈及她的创作灵感来源。她说，她的创作灵感大都来自对生活的细微观察，因为她相信只有真实的东西才会永久流传下去，只有写真实的人与事，才能真正反映社会与人生。她自认为是极端不主张闭门造车的人，写得再好，感情倘若是一片空白，也是白搭。创作不仅仅是要对自己负责，同时要对广大的读者负责，用"心"观察，用"心"体会，用"心"聆听，用

---

① 傅腾霄：《小说技巧》，中国青年出版社1992年版，第222页。

"心"去写，把"心"和文学结合在一起构成了她一生的写作理念。

艾禹作为20世纪新加坡华文女作家，她的作品反映的社会问题是很深刻的，无论是爱情、亲情还是人性等都给当代人敲响警钟。她拥有比男性作家更细腻、更敏感的观察力，牢牢地把握住时代的脉搏。不过，她的作品主题有限，着重在家庭情感方面。所以，她的作品在其他方面揭露不够深。期待作者在社会其他层面和领域有所突破，为今后的创作赢得更大的成就。

（李星容　李婷）

六　骆宾路微型小说浅析

骆宾路，原名杨书楚，另有笔名木易、徐乐、林之等。祖籍广东澄海。1935年1月出生于新加坡。现为世界华文文学家协会监事长、香港文艺家协会驻新加坡副秘书长。1950年在《南方晚报·绿洲副刊》发表的处女作《倒下去的人》获得该年度佳作选，收入年度合集《苏州河之夜》；1952年参加"南方晚报小说控"公开征文比赛获第三名，作品收录进获奖文集《甘榜之春》。骆宾路是位高产作家，作品量多质优，著有短篇小说集《咖啡正香浓》《人与鼠》《变脸的男人》《一幕难演的戏》《她说蓝的是天空》。

骆宾路以创作微型小说见长，后因种种原因停笔20多年，80年代起重又从事微型小说的写作，并进入了创作旺盛期。1999年，出版了微型小说集《与稿共舞》《一粒荔枝》《今早没有华文报》以及集其微型小说精品大成的《骆宾路微型小说集》等。

骆宾路的微型小说主题非常广泛，大多以生活中最普遍的问题，如自然生态失衡、老龄化社会、传统文化的衰微、汉语逐渐被异化等来书写并揭示其中蕴含的深刻道理,对现实生活中的一切不合理现象和社会的种种弊端,进行了深刻的抨击。

骆宾路的作品很另类,不细心去营造构思曲折的故事,去描写多姿多彩的情节,或是去揣写人物的心里感情,也不会刻意写些优美的语言,而是将自己的创作转化成一只刺猬让人捧在手里,有种被刺痛的感觉。这并不是他的缺点,恰恰是他与众不同之处。骆宾路不在乎外界的批评,按照自己的思路创作,坚持自己的写法。他曲折坎坷的人生经历,丰富的生活经验,广泛的生活知识,使他积累了丰富的创作素材。下面分三部分予以论述。

(一) 以小见大,内容丰富

微型小说一个显著的审美属性就是以小见大,内容丰富。一般小说的创作,以展示冲突的发生、发展、高潮、结局为基本手段,微型小说则常常选取生活中的一个片段、一个侧面或一件小事展开描写,反映事物的本质。展现纷繁万状的现实生活。而这个侧面,是对社会的浓缩,化大为小;展现这个侧面,往往又表现出情节的单一性。使读者的内心产生一种焦虑,与作者产生共鸣。

以小见大在很大程度上取决于选材的范围。要善于捕捉生活的微波细澜,内容丰满,以小形象暗示大形象,使意义上达到升华。海明威有一个形象的比喻:如果一位作家"对于他想写的东西心里很有数,那么他可以省略他所知道的东西。读者呢,只要作者写得真实,会强烈感到他所省略的地方,好像作者已经写出来似的。冰山在海里移动很是威严壮观,这是因为它露出水面只有八分之一"①。在选材上除了注意选择有意义的小事

---

① 宇清、信德编:《外国名作家谈写作》,北京出版社1980年版,第417页。

外，还有一点很重要，即最能表现主题的侧面和最精彩、最感人的镜头。《一屋子书》就具有如此的表现力：老文化人死后留下一屋子的书，却被儿孙们当作"废纸"送到废纸厂，然后由一把锋利无比的电动铡刀——铡成碎片。当那些书籍被碾碎的时候，儿子梦见"老爸抓着脖子大声叫痛：那铡刀好锋利啊！"即以一屋子的书这单一的情节来展开，看似一件平常之事，展示民族传统文化传承的断裂，导致新一代与老一代之间产生不同的人生观念、价值观念方面的分歧，让人们内心为之触动。

此外，以小见大还可以通过一些独特的艺术表现技巧来实现，如幽默、讽刺和暗示。这使作品更加具有深刻表现力，同时加强了读者对作品的审美感受。所以，就要将小题材拓展到社会及历史背景的面前展开并深入开拓，要以大处着眼，小处着笔。从本质上去把握社会与生活的联系，领悟作品的深刻意蕴。

《蟹王》中的"他"受邀参加豪华宴，摆在他面前是一只1.37千克的螃蟹，身价足足值40万元人民币，40万元人民币可以使多少穷乡僻壤无书可念的孩子拥有不一样的生活。100克茶叶蛋，十几万元人民币。一颗称为荔枝王的"挂绿"，55万元人民币。他又何尝能下咽，回家却收到朋友从一个人烟稀少的边远地方寄来的长信，信上说：在这里，倘有两三万元人民币，我就可以办一所"很像样"的乡村小学给孩子们读书了。他把搁在牙缝里的螃蟹壳小心翼翼地包好并回复："我用牙齿，吃了你们二十间学校！"这一篇可谓神来之笔，"劲直沉痛"之作！不知那些置民族未来希望于脑后的人们读了会生出怎样的感想。

微型小说深刻的社会揭示力不只是具有以小见大的功能，还应给读者留下足够的再创造空间。作者使用少量的信息，使读者产生大量的想象，让读者去领悟，去补充，这样才能更加有效地实现以小见大的审美功能。

(二)构思精巧,平中见奇

微型小说在构思上也有其独有的特点,追求布局的精巧,立意的新颖,做到平中见奇。骆宾路的微型小说做到了:巧妙的构思触动读者内心世界,在平淡中见绮丽。

第一,构思精巧,表现为选材精当。微型小说要在文坛占据一席之地,选材要能够以小见大。它通过生活的一个点或者一个侧面,来展示纷繁复杂的社会生活。在这方面,《它是看第五波道的》可以说是最为生动:林老头和老伴去看望儿子,儿子漫不经心地敷衍了几句,转身上楼,留下一只斑点狗陪伴两个老人。公寓客厅里豪华漂亮的摆设,同两位老人的伤感落寞构成了强烈的对比。让人更意想不到的是,当林老头无聊地打开电视机并将电视从第五波道英语台转到第八波道中文台时,那只斑点狗立即对着他狂吠起来,老人忍不住骂了一句。儿子竟然大声为斑点狗辩护:"它是看惯第五波道的。"随着物质生活的提高,老一辈和新一辈也产生更多的隔阂。狗也听英语,作者奇特的想象,让读者想笑却笑不出来。幽默更为委婉,讽刺意味却更加耐人寻味,给文章增添了一层冷幽默色彩。摆脱了文章的枯燥与严肃性,增添了文章的乐趣。也将矛盾彻底揭露出来,骆宾路用文学发出了呐喊,守护好母语就是守住民族的命脉,但是仅仅这一点微弱的呐喊,真的有作用吗?这需要更大的力量去捍卫它。这不仅表现构思的精巧,也体现了材料的浓缩。正如鲁迅所说:"宁可将做小说的材料缩成 sketch,决不将 sketch 材料拉成小说。"①

第二,平中见奇也无疑是强化微型小说表达效果的重要技巧,在传统表达的基础上精心设计内容,作者用小小的点,展示出大的社会主题。

---

① 鲁迅:《鲁迅全集》(第四卷),人民文学出版社 1987 年版,第 364 页。

《蠹鱼的遗嘱》讲述了高天草在整理书房时，发现书架的书被蠹鱼吃了不少，使他非常生气，但他不解的是，遭殃的 21 本全是中文书，一排洋书却安然无恙。而当他打开一本 20 世纪 50 年代的中文杂志却发现一尾老死的蠹鱼，还留下了一页遗嘱："……儿呀儿，我们的祖祖辈辈是在中文的书山书海里养活自己，也养大他们的下一代。你们现在嫌这些地方不好，要移居他处。你们骂老一辈不啃洋书，你们现在要去啃洋书。我可要告诉你们，你们若还相信遗传的基因，就别忘记咱家族的胃是不能单打一吃洋荤的，小心消化不良。"就不禁让高天草感叹："你吃了一肚子方块字，死了，算是福分。我死的时候，恐怕找不到一个方块字陪葬。"而他要订中文报，孩子不准。孩子订英文报，孩子的孩子也订英文报。让他不禁心痛，才刊登了《天草葬蠹鱼》一则启事：征购蠹鱼陪葬。蠹鱼的构思让人匪夷所思，有寓言的意味却不是寓言，似童话却不是童话，作者平淡中描述出来，却让读者揪心般的痛。

（三）意蕴大于形象，单纯而不单薄

微型小说的人物的审美特征集中表现为"单纯中见丰满"，"微型小说里得到突出的虽然只是一个主要人物，得以展开描写的虽然也是人物性格的一个侧面和人物生活的一个片断，但是，一个人物、一个片断、一个侧面构成的人物描写的单纯性并不等于单薄。这个单纯必须要有丰富的内涵，必须从这个单纯里面，看出人物生活的大体风貌，看出人物性格的总体特征"[①]。其人物或内容上都是以精取胜，很讲究立意的艺术。在单纯中求深远，在无限中求无限。作家邢可先生是这样表述他的观点的："小小

---

① 刘海涛：《历史与理论：20 世纪的微型小说创作》，中国社会科学出版社 2002 年版，第 72—73 页。

说是立意的艺术,是作者运用独特的构思表现主观理念的一种文学形式。"① 想要在精短的篇幅中体现生活的深刻意蕴,就必须通过精巧的艺术构思,无论在结构还是结尾都要严密巧妙,使作品结构简练、精巧。意蕴大于形象,单纯而不单薄。

《与稿共舞》中的危亦康始终不明白为什么他的父亲那样沉溺于写作。明知道写的东西没有地方发表,也没有人看,浪费精力。但他父亲不写东西,就觉得活不下去。他写的小说都是有感而发,所以,很多人说,他写的小说有点像刺猬,捧在手里令人感到不舒服,而被编者退回。而他并不难过,因为他说搞文学的人不放下手中的笔,文学就不会死。他依旧一页一页写,完成继续寄出去,退回也收藏好。他始终相信即使自己安息,稿魂依旧存在。而当他去世后,儿子却把房子卖了,因为他常常看到一沓沓稿纸围着老爸,在桌上起舞。每一篇稿,是一个灵魂。老一辈对精神财富的挚爱,对文学的追求从未停止。我们从骆宾路的小说中能感受到他对每一篇微型小说的写作,都看作灵魂的煎熬,篇篇都是字斟句酌,即使短短的几百字,都力求每个字、每个句子都能触动读者的心,其立意之深远,引人深思。而这种在单纯中求深远的立意方式,是微型小说的普遍追求。

骆宾路的小说大多是生活中最普遍的问题,抨击批判社会现象略多,但也有赞美美好人性,相濡以沫的爱情。例如,《还是乱一点好》《婆婆那双红漆花鸟木屐》刻画的是曾经相濡以沫的细腻情感,赞美美好的人性。在这一方面写得比较优秀的一篇是《阿才,我儿!》,七婶20岁的弱智儿子无故失踪,让她非常难过,在外人看来,"白痴儿子"丢了对于七婶是一件好事,因为她养大这么一个儿子受尽了苦。有人觉得七婶这样其实也是扔掉了个包袱。但七婶执意要找回弱智的儿子,终于在第四天等到了消

---

① 《小小说是立意的艺术——河南邢可论》,2011年3月16日,中国作家网,http://www.chinawriter.com.cn/2011/2011-03-16/95185.html。

息。旁人都相劝认回来干什么，还不如让他在福利署待着，但七婶从吊颈的绳圈里把颈项抽回来，打消了一死了之的念头。她心里只有这个念头："阿才，我儿！"虽看似是一件生活中平常不过的事，却蕴含深刻的道理——人性。无论从哪个角度骆宾路都能将一篇小说赋予生命。而《武大郎开店》则描写了小市民的自私、怯懦，揭露、批判了人性的卑琐丑陋。无论是对人性的赞美还是人性的批评，在骆宾路的笔下都带着浓郁的感情，给人留下深刻的印象。

骆宾路的小说让人读起来有一种深陷其中的感觉。骆宾路自己说，他写这些微型小说，写起来很"爽"，很痛快。这种"痛快"，或许只是一种宣泄、一种释放，但仅仅局限在这个侧面上是不够的，还需要更加透过表层挖掘内心深处的东西，那是内心愤激翻滚式的巨浪，还隐含内心深处夹杂的酸楚、悲哀和无奈。对社会的无奈、对人性的悲哀、对中华民族传统文化逐渐被异化的酸楚，骆宾路用他的神来之笔给我们完美地呈现出来，他所写的人物和故事，带有一丝幽默在里面，却让读者想笑又笑不出来，在这种幽默下更多的是对灵魂遭到拷问的痛苦。

新加坡著名微型小说作家黄孟文认为："微型小说是小说中的绝句与短诗，它必须让人于读后感到有无穷的韵味，值得细细咀嚼。"[①] 另一位新加坡微型小说名家希尼尔也称微型小说延伸的是"中国传统唐诗宋词那'精短'的亮丽演出"。[②] 微型小说题材丰富，每篇都有着深刻的内涵，富有启发性。作者尽可能不挑明题旨，不按自己的主观叙事方式对作品里情感、道德、思想、政治的观念进行判断，把爱憎赞美批判都隐藏在形象本身中去发展，让读者自己通过阅读，透过人物形象、情节结构和修辞技巧，对生活进行诗意化的扩张，为读者留下想象的空间，去

---

① ［新加坡］黄孟文：《微型小说微型论》，马来西亚大将出版社2007年版，第11页。
② ［新加坡］希尼尔：《希尼尔微型小说》，新加坡玲子传媒私人有限公司2004年版，第142页。

品味，去发掘，让读者从中受到感染，言已尽而意无穷。骆宾路微型小说的内容大部分来自现实生活，也是社会中存在的最普遍的问题，而作者把这些身边平常不过的琐事，经过自己的渲染与提炼，立即就有了形象，有了思想。让读者不仅能够过目不忘，而且可以久久回味其中的意蕴。

因此，骆宾路能以"一滴水宏观大海"的方式呈现其作品的深奥之处，深刻地揭示了自己对中华传统文化的热衷与对生活中存在问题的批评，能够巧妙地把自己的感情藏于其中。"似短篇小说，又不似；似杂文，又不似。但却都似这些的味道。文体别创一格。它全不似小说却比小说妙得多。"这是已故的旅美诗人欧外鸥对骆宾路微型小说的评价，正体现了骆宾路微型小说别具一格的艺术特色。

（刘叶　李婷）

七　林子微型小说的现实人生

林子，原名林君丽，女，新加坡公民，出生于马来西亚柔佛州笨珍，祖籍福建省永春县。毕业于新加坡义安理工学院商学系，获中英翻译专业文凭、北京师范大学汉语言文学士。中学时代开始写作，作品包括小说、散文、诗歌、评论。出版散文集《双子话人间》《林中自悠然》，微型小说集《林子微型小说》。设有网上博客"林子空间"。现任新加坡文艺协会、热带文学艺术俱乐部、新声诗社理事；世界华文微型小说研究会永久会员；新加坡福建会馆"新蕾奖"评审。曾出席"世界华文微型小说研讨会""亚细安华文文艺营""东南亚华文文学研讨会"。

不一样的海外生活赋予了林子更为广阔的创作视角，她的作品一方面表达对祖国对故乡的思念，另一方面则上升到了两个不同地域，多种时代背景的文化、民俗、民众思想的转变，从她的文中折现出来的不只是两个国家的文化地域的差别，更多地给读者展示的是中华文化在国外的传播与继承，同时给读者展现出了由时代更替而引发的新旧思潮的碰撞。下面从两个方面予以论述。

（一）直面华族文化的式微

作为一名华人作家，林子的微型小说在一定的程度上反映了对华族文化（中华文化）的热爱，同时在一定的程度上折现了华族文化在国外的传播现状。在《微澜》一书中林子就用很深的笔触描写了有关华文教育与华族文化式微、华文教员困顿生活的景况。

华族传统文化的博大精深就在于华族的传统文化节日，以及传统的民俗风俗习惯。具备特色的美食无疑是各个民族传统风俗习惯里最具代表性的一种，而林子就选取了这种最具代表性、最贴近民众生活的题材反映华族文化在国外继承与传播的窘况。

在《薏耙》一文中，林子把这种许多中国人都不甚了解的美食描绘得很详细，"糯米做的外皮，椰丝、花生加椰糖做的馅料，裹在折成圆形的香蕉叶之中，个个胀鼓鼓的，中间还点了红……"这正是一种海南人喜庆和节日必备的传统糕点，虽没有配上图片，但通过林子的文字描述，想必也是一种美食。然而，这种做工精美的美食摆在桌上却一直无人问津，就连海南人的孩子也摒弃了这种美味。"儿子有些尴尬，暗地里埋怨老妈，在这刻意以时尚为品味的聚会上弄来这款老土的糕点，摆在那儿显得格格不入""阿嬷闷闷不乐。他始终不明白，为何海南人的孩子，会摒弃了这美味的'薏耙'呢？"林子不仅仅借着阿嬷人物形象的刻画表达了自己的思乡之情，同时通过阿嬷、儿子两代人的观念的对比，显现出了华族文化在国外传播与继承的艰难。年轻一代对新事物的接收能力很强，但同时，他们更容易摒弃旧的传统与习俗，这使得华族文化在国外的传播越加艰难。

林子是一位历史感与现实感很强的作家，她总是能通过对比或者讽刺写出人情冷暖，世态炎凉，尤其是文章的结尾艺术，通过前后文的对比，总能引起读者的深思。

在《精英》一文中，作为父亲的老柯就是吃了不懂英文的亏，在职场上承受着诸多不平等的待遇和委屈，于是他就寄希望于他的儿子。柯家豪从小只爱 ABC，不爱华文，这当然与他父母少不了关系。从小豪出世，英语就一直是唯一的家庭用语，老柯甚至将家中所有的孔孟哲学、唐诗宋词之类的书籍统统束之高阁了。这样的做法使得小豪的英文科目成绩斐然，高中成绩放榜了，他的成绩不仅是全校之冠，在全国状元榜上也是名列前茅。"老柯，你教导有方啊！""小豪的英文了得，以后可以当高官，做大事！"同事的赞誉，父亲的肯定以及亲戚朋友们异口同声的赞美令老柯激动得热泪盈眶。但微型小说往往会有出人意料的转折之笔，在一次候任奖学金得主的"语言测试"中，英文各科全 A 的小豪却背不出李白的《蜀道难》，结尾寥寥几句"啊！他们考你……李白的诗歌？华……文！不是考英文吗？"在本文林子巧妙地运用藏笔法，把情节演变过程中足以"醒明本旨"的东西藏起来，到结尾时，人物的命运和事件的发展忽然来个 180°大转弯，吃了一辈子不懂英文亏的老柯千方百计地让儿子英文门门全优，但最终儿子小豪败在了不懂华文上。

如此讽刺性的结局，再加上老柯与儿子小豪人物命运的戏剧性对比，使文章颇具现实意义的同时，也清晰地表达了作者的写作意图。林子在文中描述华族文化教育现状的同时，也试图唤醒老一辈华人对华族文化的重视。正是因为林子的文章总是有感而发，有为而作，她的小说才能对读者的心灵构成一种冲击的力量,她的文章是一种历史与现实的写照。

林子的小说不仅反映了华族文化在异国的传播与继承的窘况,同时以讽刺性的笔触写出了华文教师卑微的地位与不为人知的酸楚。

在《酷》一文中,洪益是一所中学的华文教师,但在这所学校中,与其他的科任教师相较之下,似乎矮了一截,地位卑微。就在这样一个对华人教育并不热衷的环境下,年逾五十的洪老师仍旧绞尽脑汁,费尽心思地给学生们传授与华文息息相关的中华文化。但面对一群与母族语言文化渐行渐远的新生代,洪益也实在无计可施,倍感痛心、无奈!在无计可施的情况下,他试图将华文课改成歌唱课,以华语流行歌曲带动学生们的学习热情,学生们的学习热情是高涨起来了,但仅仅限于流行歌曲。在文章的最后,洪老师向全班提问"'酷'字有谁会写?"一位同学从容不迫地走到台前,在白板上大大地写下了"C-O-O-L"四个英文字母。"华语,COOL!"班上的气氛又活跃了起来……面对着这样一群将英语当作自己母语的华人孩子,洪老师心中的酸楚可想而知了。林子的微型小说大抵都是写的小人物、小故事,但往往它们表现的又是大问题,鲜明地折射出了时代的色彩。林子通过对人物形象的塑造,表达了对华文教师的卑微地位和他们受到的委屈的极大同情和理解;同时希望通过自己的呼声警醒当代的教育工作者,不能只为了适应社会需要而去教导孩子,更需要注重的是文学素养的提升,不能为了以后的发展需求而舍弃了自己的"根"。

(二)现实的反思

林子的微型小说是以接近身边的现实题材,融入小说元素,经过艺术加工而成型的,她的小说不仅是对现实生活的反映,也是她对生活历程思绪的写照。

正如她在《白头偕老》一书中描述的那对有名无实的老夫妻,由于丈夫年轻时的一段外遇，40多年来虽同住一个屋檐下，却是"老死不相往来"。到了丈夫患病弥留之际，才真相大白，却已为时太晚！这样的"白头偕老"，在作者的朋友圈中也有相似的案例，现实题材加入了小说元素、艺术加工，最终写成了这篇微型小说。女作家的思绪都是细腻的，在小说的人物上注入真感情。之所以《白头偕老》的一对主人公能给人留下深刻的印象，就是因为作者将自己对主人公铁梅和其丈夫鸿哥的不幸婚姻的同情与怜悯贯注于笔下，将故事的人物形象真实地展现在读者眼前。

林子的微型小说摄取小说题材除了洞察生活与社会本质，还深刻地解剖了人性，秉持社会良知和道德准则，从而将触动心灵的所见、所闻、所知、所想，提炼构成小说，通过小说去表现社会生活与人性的善、恶、美、丑。这种贴近生活的故事才容易引起读者的共鸣，题材广泛才不致使故事流于枯燥，千篇一律。

《作者》一文以独特的角度给我们描述了一名普通作家的生活状况。这种对自身职业的描写很难突破对自身职业的定位与限定，但林子通过对主人公家庭的侧面描写，与结尾略带讽刺的"白日梦"结局，写出了作家这份职业的艰辛与不易，同时，突出了现实金钱、生活与文学之间的冲突。"方块字不能当饭吃，爬格子赚的钱只能勉强养活自己"，谁又能说这不是现实生活中普通作家的真实写照呢？

林子在另一篇小小说《文人赈灾》中，同样用讽刺的言语写出了文人的尴尬地位，文章以汶川特大地震赈灾为起笔，各界人士踊跃参与义卖，筹资赈灾，但让主人公苏文尴尬的是，他拿去义卖的数百本作品集根本无人问津，这不得不让他心生感慨："……十年河东，十年河西，如今的文学作品已变成古董了吗？来来往往的行人总是说勉强买了也不读，或者根本读不懂？"时间的飞逝带来的不仅是经济的发展，同时造成了精神文化的缺失。注重金钱的时代，"男士喜欢读财经、马经、运程；女士喜欢读美容、瘦身、仪态之类的书籍，有谁还肯花钱买本华文书来读呢！即便是购买义卖品也不例外!"但正是在苏文失落、沮丧之时,一则关于地震灾情的报道让他重新燃起了希望:"灾区重建校舍,需要大量的财资、物资……"前后文的对比,结尾的点睛之笔写明了当前社会的文学状况,当大部分人们追逐名利、享受物质财富的时候,仍有许多人,把文学当成他们生命中不可或缺的东西。正是因为这部分人的存在,我们的文化才可以薪火不断地传承下去。

林子的微型小说有许多是根据真实的事例撰写而成的故事,通过文章故事的叙述与现实事例的结合,这样的作品更具有一种撼动心灵的力量。

《代价》一文的起始就是一场地震,刘秦是一名有20年工作经验的土木工程师。工地意外和楼宇倒塌的事故已屡见不鲜,但他还是第一次目睹地震过后的恐怖画面。身旁歇斯底里的呼喊让他想起了他的儿子,当他赶到儿子就读的中学时,他亲手绘测、筹建的四层建筑物不见了踪影,留下的是一丈多高的废墟。当儿子的尸体被抬出,他想起了妻子阿真在耳边的问话:"新校舍由你一手筹建,应该没问题吧?"他还曾敷衍地回答,这校舍牢固得很。而今那栋楼已成了废墟,儿子也躺在了冰凉的担架上,但他的双层楼独立式洋房依然屹立不倒,家中的名车名画也安然无恙,换来这些的代价就是那一地的废墟和他儿子的生命。"……我什么都不要,只要你……小强……"他后悔,但已经晚了。文章结尾刘秦的悔悟可能会让人感叹,让人唏嘘不已,但更多的应该是反思,经济的发展催生的是物欲横流、人性的异化、道德的沦丧,林子的小说细腻地刻画了人物形象,塑造了典型的人物性格特征,而且通过典型的故事情节成功描绘了人物前后心理的对比,在成功吸引读者注意力的同时于寄寓着自己独特的审美情感。

林子虽出生于新加坡,但她曾获中英翻译专业文凭、北京师范大学汉语言文学学士。良好的语言学基础为她以后的文学创作打好了基础。作为一名作家,她是站在时代的前沿,紧跟时代去探寻社会。她是富于历史感和现实感的新型创作家，总能用新异的题材反映社会的弊端，并结合现实的境况，于文字间给我们显现出新时代人性受到的冲击，《白头偕老》的爱情故事，《代价》中的财富与亲情的选择都是由时代发展而产生的迷茫抉择问题。林子不仅仅在于给我们展现一个故事，她试图更多地唤醒受到时代更替冲击的人们，让他们不再太注重金钱名利的追求，让他们重新拾起道德观念，给他们塑造新的社会价值观念，不再让他们迷茫而彷徨地选择走上错误的道路。

林子的文中也体现了华人作家共有的对华族文化的认同观念，她也试图通过她的笔让当代的华文教育现状得到改变。总的来说，林子是一位富有现实感与历史感的优秀作家，她拥有良好的文学素养、细腻的文笔以及对生活的沉思与精炼，我们有理由期待她创作出更优秀的作品。

（兰斌　李婷）

八　周粲微型小说的标题艺术

周粲，原名周国灿，新加坡公民，1934 年出生于广东澄海，1951 年前往新加坡，毕业于新加坡大学，获文学硕士学位。曾担任中学教师、教育部专科视学及教育学院中文系讲师，目前为新加坡课程发展署的华文专科顾问。著作有《榴梿树下》《千年之莲》《掌声响起》《迷路的童年》《捕萤人》《恶魔之夜》《制造春天》《微型小说万花筒》《磁化人》《摩登逃难记》《踪迹》《落叶季节》《山中岁月》《雨在门外》《只因为那阳光》《书林小品》《都市的脸》等诗歌、散文、杂文、评论、小说、游记、翻译等 70 多种集子。诗集《写给孩子们的诗》《捕萤人》分别于 1967 年和 1980

年获新加坡全国书业发展理事会颁发的"儿童文学创作奖"和"诗歌创作奖"。《满天的风筝》入选初中一年级阅读教材。除"周粲"这一笔名外，他还用过林中月、周志翔、艾佳、江上云、郁因、丘陵、辛夷、毛矛、奥斯等笔名。

人们的视线大多集中在周粲的诗歌上，其实他的微型小说也独具风格，其微型小说标题具有很大的艺术独创性。

标题，《现代汉语词典》的解释为："标明文章、作品等内容的简短语句。"对于微型小说来说，标题是必不可少的画龙点睛之笔。荒原曾在《小小说不好写》一文中论述过："标题之于小小说尤有补充匡正之要义，而不止于诠释、重复或简单概括作品内容，更非平平然如庄稼娃命个乳名。好标题应当与作品似相干又不相干，那相干处便是韵味。小小说凝千古于须臾，缩万丈于径寸，标题是有机部分，是'眼'，是引发读者联想与再创造的契机。"① 标题是微型小说的眼睛，总能最先抓住你的视线，具有先声夺人的效果。

小小说的标题里处处是学问，处处是艺术。细细品味周粲微型小说的标题，我们可以从标题的留白、浓缩和语用三个方面探讨分析其标题艺术。

（一）标题的留白艺术

留白，是中国书画作品中虚实分配的技术，中国古典绘画中也称为"空白"，俗称"余玉"。留白主要指的是在画面上留下大片空白，为了让整个作品在意境上更加显得意味无穷，以笔墨和形体的虚实分配来营造出独特的意境，留给读者想象空间。留白具体又分为词语留白和艺术留白，这里要探讨的标题留白属于艺术留白。

---

① 荒原：《小小说不好写》，《小小说选刊》1987 年第 7 期。

从艺术角度来说，留白就是以空白为载体进而渲染出美的意境的艺术。新加坡著名微型小说家黄孟文说过："微型小说是小说中的绝句与短诗，它必须让人于读后感到有无穷的韵味，值得细细咀嚼。"① 而标题的留白恰好能最先营造出这种绕梁三日的冲击感。

《咖啡喝到一半》是周粲微型小说标题里体现留白的典型范例。这篇小说主要讲的是"我"退休离职后每天去咖啡店喝咖啡打发时间，夹杂着讲述"我"无权无势后遭遇的人情淡漠的故事。接下来，就以《咖啡喝到一半》这篇小说的标题为例，从精练美和意境美两方面探讨其标题的留白艺术。

1. 标题留白的精练美

鉴于微型小说自身的体裁篇幅特点，其标题必须适应文本的精简。微型小说标题亦胜在"微"，而其简练是要讲究留白艺术的。它往往是在标题上惜字如金，无中生有，故弄玄虚，在有效精简的文字里减少标题的信息量，增强语言的艺术性，用留白的手法弥补字数精简的表达性不足。

《咖啡喝到一半》，看到这个标题首先就会想到的是：为什么咖啡会喝到一半，喝到一半时又发生了什么。短短六个字，仅仅六个字，写的不细不满恰到好处，看似简单却暗藏玄机。微型小说由于文本本身字数篇幅限制，正文乃至标题都要求高度凝练简约，以达到文题嵌套的效果，所以标题也不应写得太实太满。反而，像"咖啡喝到一半"这样写得虚一点，却又配合正文故事的实在，在实写中较为委婉地埋下虚笔，使得正文的"实"和标题的"虚"相结合，在虚中求实，给读者留下了充分的再创造空间。陈顺宣、王嘉良在《微型小说创作技巧》一书中论及标题时，认为标题不能满足于仅对作品内容的一般提示、概括、重复、诠释，而应是一

---

① ［新加坡］黄孟文：《微型小说微型论》，马来西亚大将出版社2007年版，第11页。

种补充、一种廓大、一种延伸、一种升华，能引发读者丰富的联想，提供读者再创造的动机。微型小说的以小见大的审美功能主要是通过"留白"，而这种再创造空间正是标题以小见大之所在。这种再创造空间的营造是与标题语言的简练是密不可分的，较多拖沓的文字往往会限制读者对文本想象的二次创作。"咖啡喝到一半"，文题紧密联系文本关键信息，与小说结尾"那一刻，我的咖啡才喝了一半，杯里的另一半，凉了"相互呼应，文本紧扣文题，文题联系文本。周粲用最少的笔墨，使用少量的信息使得文题高度契合，他把故事的还原一切交给了读者，让读者在空白笔墨中去补充创造，在虚构中超越现实局限，填补现实空缺，优化组合结构，以实现写作意图，有效地通过"留白"实现了以小见大的审美功能，达到了空谷回音的艺术效果。

2. 标题留白的意境美

王蒙说过："短篇小说的一个重要叙述手段就是留下空白，留下读者想象的余地。"微型小说的留白写法能高度意境化，由无生有，有无相生，虚实相间。标题位于文章的首要位置，在标题上采用留白写法总是出奇制胜的。这是一种具有美学意义的空白，它总能很自然得营造出一个适于小说氛围的意境。

周粲在"咖啡喝到一半"这个标题上故意缺少最主要的消息，只是单纯地照应小说结尾处的留白，不把故事讲细，不把主题完全呈现，留出艺术空白模棱两可，内容丰富而又点到为止，在不完整的表述中传达出无限的意境，言有尽而意无穷。"咖啡喝到一半"这个标题上的留白并没有直接给出我们最主要的信息，模糊了读者对标题的理解，以致读者能将更多的精力放在对小说文本的解读。读者在阅读过程中努力用标题所给的不完整信息去填补标题，因此读者自身也是标题留白艺术的创造参与者，读者的穿针引线使文本故事更为鲜活。标题中的隐含和象征意义只有在阅读全文之后才能体会理解，从而丰富了作品本身的内容，深化了作品的内涵和小说的意境。

初见《咖啡喝到一半》这个标题就觉得特别"文艺"有意境，它为文本创造了种种不确定因素。咖啡喝到一半，话说到一半，"含不尽之意，见于言外"。作者只用"咖啡喝到一半"这几个字作为标题，亦是作者给读者的某种提示，它含蓄的意思稍露端倪却以留白而戛然而止。周粲将深邃的意蕴寄托在标题里，意味无穷，耐人寻味。读者只有在通读完整篇小说，直到最后一段一句一字，才惊觉作者标题的用心良苦。咖啡才喝了一半，杯里的另一半凉了，心也凉了一半，不是咖啡凉而是心凉。周粲以有限的表达传达出无限的意味，一个"一半"道尽了小说表达的人情淡漠。结合小说文本内容，势利人情让人嘘唏不已，营造出了一个人情淡薄、凄凉的意境，发人深省。以咖啡为引，最终一个别有韵味的艺术空间和富含深意的审美境界就这样被营造了出来。

（二）标题的浓缩艺术

微型小说具有"缩龙成寸"的美学特征，它自身能灵活多样而快速地反映生活。通过小说故事和人物形象展现生活，符合"速率审美刺激"效应原则，顺应了快节奏社会发展的需要，让读者花最少的时间，获得最大的信息阅读量。标题又是读者最先接触到的与文本密切相关的信息，所以微型小说更要求有极其简单明了的标题。

新加坡报刊篇幅有限，短稿更加受欢迎，这客观上决定了周粲的微型小说标题要高度简练浓缩。主观上周粲是个急性子的人，他急于快速高效率地完成一篇小说。综合主客观因素，周粲微型小说标题高度浓缩简练也是必然的。周粲微型小说标题的浓缩艺术主要分为高度的简洁性和内容的明确性，两者有机结合，文简而理周，真正做到了短中有深，小中见大。简练是才能的好姐妹。标题的简练是需要很强的文学功底的，它不仅要做到在选词用字上的"简"，更要照应小说文本，高度明确地概括主题内容。小说的标题不能太过太满，太过太满则会削弱文本自身的美与吸引力。

据笔者统计，周粲这本《咖啡喝到一半》微型小说选总共有 57 个标题，其中一字标题 3 个，两字标题 24 个，三字标题 3 个，四字标题 12 个，五字标题 9 个，六字标题 3 个，七字标题 2 个，八字标题 1 个。就以上数据分析，周粲的标题用字方面是很经济的，他尽量选用最简明的字词，一针见血，绝不拖泥带水。

周粲以独词标题为主。独词又主要以单音节词、名词和动词为主要表现。独词标题的浓缩性有以下三种情况。

1. 单音节词标题的浓缩性

其中的单音节词为：锁、搬、戏。就以《戏》为例分析。"戏"可做名词也可做动词，在《戏》这篇小说里，"戏"主要功用是作为名词，名词具有很强的概述指称性。以"戏"字作为标题，完美契合了这篇小说戏剧形式的写法"场景一、场景二、场景三"，整篇小说就像是一部戏剧。"戏"字又可以指代冯福财是个彻头彻尾的戏子。小说的倒叙写法将故事还原娓娓道来，一层一层撕开冯福财的丑恶嘴脸，让读者在阅读完全文后才惊觉原来冯福财的一切感人肺腑的孝顺之举不过是逢场作戏罢了。一个"戏"字，既迎合了小说的写作形式，又直戳小说最核心的人物情节。周粲没有选用其他的词句为题，而就这样仅用了一个"戏"字便扣住了文本中心，由戏入文，以文说戏。像这种独字标题最能体现微型小说的"微"，以片言明百意，以小见大，以微知著。虽然只有简简单单的一个字，但小而精，微而妙，能滴水折光，以一当十，以少胜多，以微观反映宏观，现实感强，简洁轻便。

2. 名词标题的浓缩性

周粲微型小说的标题以两字词语居多，而且在短语功能上大多又以名词为主，如貔貅、声音、梯子等。名词又分为人物名词、事物名词、时间名词、处所名词、方位名词，其中周粲使用的最多的是事物名词。事物名词又分为具体事物和抽象事物。

（1）具体事物名词

事物名词中周粲又以具体事物名词使用最多，如篱笆、吊灯、楼梯等。具体事物一般是小说中出现的事物。例如，《玫瑰》一文，"玫瑰"是小说故事的线索，像全文的楔子贯穿全文通透伶俐。《玫瑰》仅仅用了两个字的名词标题，却能总领全文。小说主要讲的是"她"收集了很多别人送的玫瑰晒干保存的故事。故事虽然简单，文题也简单得选用了文中从始至终都有出现的关键事物"玫瑰"。"玫瑰"既是"玫瑰"，又不只是"玫瑰"，玫瑰象征、代表着文中的"她"，鲜艳、娇嫩、幽香的玫瑰是年轻美貌的"她"，变色、干燥、霉味的玫瑰是年老色衰的"她"。以"玫瑰"二字为题，富含暗指象征意味，指代内容明确，简要地扼住了小说主要内容的咽喉。虽然使用的是具体事物名词，却带有一定的虚指性，它不只是代表事物本身，往往还象征着某些事物或人，映射出生活的哲理。例如，"鼾声"象征着日常生活的幸福，"星星"则暗指老年斑。周粲标题中使用的具体事物名词大多数就像这样富含象征意味，暗含哲理发人深省。

（2）抽象事物名词

抽象事物即抽离表象，如家事、征兆、家丑等。名词指称概述事物的能力是最强的，能体现微言大义。《变数》一文讲人生变化无常，充满了变数。"变数"是小说的引子，是行文的线索，但它并没有具体指明讲的是什么变数，读者只有通过阅读自己去理解。小说以"我"和法兰士的对话叙述了法兰士的人生变数。以"变数"为题，用最经济的语言揭示了文章中心思想：人生中充满了变数，我们要沉着应变。"变数"属于哲理性标题，表达了作者的思想感情，富含了小说中心思想，促进了读者思考理解。抽象性名词标题往往在正文中会有实际意义，词虚意实，"字里有乾坤，壶中日月长"。标题驱长择短，避免了标题陷入了冗长的叙述和说明，将抽象标题的理解交给了下文。这种抽象事物的名词标题更能突出小说文本的承上性特点。

名词性标题概述性极强，往往字无虚发却能牢牢有音，字字铿锵有力。名词性标题多白描勾勒，特写聚焦，以简洁的词语描摹，高度浓缩了故事大致内容，使人感到行文明确而又言简意赅。文字虽然简短，却在内容上具有高度的浓缩性和主题的暗示性，兼备了美学品格和艺术魅力。

3. 动词标题的浓缩性

周粲喜欢用简短的两字名词性标题，其中也不乏用两字动词性标题。如处罚、让位、辞职、点穴、投诉、计划。动词根据语义特征可分为：动作动词、存现动词、关系动词、能愿动词、趋向动词、心理动词、使令动词。其中，周粲主要使用的动词中的动作动词。

动词标题适用于陈述，能够有条理地表达述说。像周粲使用的这些动词标题，都对读者阅读小说有提示指引性作用。比如"处罚"这个标题，读者看到标题，就会想：谁处罚谁，为什么要处罚，怎么处罚。读者就会怀着对标题施事者和受事者的疑问有目的、有针对性地去阅读小说，不致陷入阅读泥潭，便于理解区分小说的主客体厘清脉络，在阅读上从而能达到事半功倍的效果。在周粲微型小说的动词标题中，因为大多使用的是动作动词，所以这种疑问通通可概括为：谁××谁，为什么要××，怎么

××?（其中，××指使用的动词标题）按照这种形式，读者在阅读过程中便能清楚地了解到小说的主要人物、大致过程、前因后果等。单个动词性标题就像是待补充完整句子中的一个关键提示成分，诱使读者在有阅读的基础上填空补充，读者便可以在初见标题的基础上建立自己的初步阅读期待和阅读条理。

周粲标题语言质实瘦硬，很少用修辞手法，标题的叙述倾向于直述其事，描写偏重于直写其形；标题语言高度概括精练，文字简约朴实，准确地反映文本内容，绝不笼统空泛。其选题对应了微型小说自身的特点，很好地体现了微型小说的"微"。在内容上标题高度浓缩概括提示，紧扣文本内容，统摄全文，内容反映题目，题文一致，相映生辉。

（三）标题的语用艺术

标题是小说的重要组成部分，它独立于小说正文之前，处于首要的引领启示地位，用于总括小说文本。将标题放到语用学中来看，标题的语言实用性强，在不同的小说文本语境中标题有不同的理解意义。张志公说过："分析语言现象，必须把它和它所依赖的语境联系起来，如果离开一定的语境，把一个语言片段孤立起来分析，就难以确定这个语言片段的结构和意义。"[①] 标题具备很强的语用艺术，整篇小说就是它的一个大的语境，它依赖于这个大语境来彰明其义，深化文本。探讨标题的语用艺术，能更好地研究理解标题语言与小说文本语境的关系。周粲的微型小说标题主要有以下两种。

---

① 张志公：《语义与语言环境》，[日] 西槙光正编《语境研究论文集》，北京语言学院出版社1991年版，第246—247页。

1. 黏着性质的标题

黏着性质的标题是指这种标题符合现代汉语语法规范。它就好比是截取了一个正常语句的其中一部分，在语法上不能自我补足，语义上不够完整，但在标题语用环境下能够有特殊的表达效果。

这种标题分为介词结构、连词结构和方位结构三种。周粲选用的是其中的介词结构黏着性质的标题格式："在……"表示"……的情况"的意思，如在火车上、在淮海路上、在考场里。这种标题具有很强的定型化倾向，周粲的这三个标题首先就很直白地指出了小说故事发生的地点情况，体现了标题一般下指的特点，作用于小说文本而且跟方位词"上、里"构成的方位短语构成介词短语，表示动作、行为的处所、方位、条件或范围等，这属于地点的定型。这种定型会诱使读者们思考在这些地方发生了什么，对小说文本具有提要性。黏着性质的标题持着这种引而不发的态度，半含半露，从而助长了读者的阅读兴趣。"未见其人，先闻其声"，读者在开始阅读小说文本之前，就已经能大致知道小说故事发生的处所情况了，便初步建立了对下文的阅读期待。而且往往读者会在心里对这些地方可能发生的事情加以想象揣测，这样对之后阅读小说具有很大的想象上的补充性，更加利于读者对小说文本的理解渗透。

2. 隐含性的标题

微型小说是一种精致的微雕艺术，其标题语言中也会有超脱字面意义的语用意义，将要传达的信息不形诸笔墨，而展开在语言文字之外，类似于《文心雕龙》里称为"隐""藏"的手法。例如，"荒岛末日"暗含着"为什么会是荒岛，为什么会是末日"，"只是一刹那间的事"隐含着"什么事情发生在一刹那，又造成了什么影响"等含义，这种现象称为标题隐含。

由于标题语言经济性制约的原则,标题语言的表述要求极度含蓄、用字精省,从而标题语义上的表达更为隐忍,这样就形成了标题语义上的隐含。标题隐含在语义上暗含着两种或两种以上的意义,可以经过阅读文本填词成句更显丰满。"在考场里"这个标题直白地告诉我们写的是在考场里发生的故事,省略了在考场外发生的事情。这个标题更为突出小说事件发生的处所情况,省略了参与人物。周粲用这种方式简明地概括全文主要线索,扩大了标题的语用容量,隐含的部分内容意义吸引了读者的阅读兴趣,使得读者能带着填词成句的问题更好地阅读小说文本。

隐含性的标题也通常会隐含施事者和受事者,其中上面分析过的动词性标题最为典型,这类标题的动词具有很强的及物性。例如,"辞职"这个标题就隐藏了是谁向谁辞职,读者只有将标题字眼带入小说阅读中去,才能得知这个问题的答案。

隐含性标题语用艺术极强,它需要将标题语句带入小说语境中加以理解渗透,"一篇文章的题目,有时其含义要被读者或听众准确而完整地理解,必须以全文为语境"[①]。它不能独立于小说文本来看,它要求读者必须将标题与文本二者有机结合,用标题的提示去阅读文本,用文本的信息去填充标题,这样能更加调动读者的阅读冲动,使隐含义更加自然凸显。

从语法上、语用上、美学上,可以从周粲微型小说标题里看到许多艺术美。微型小说的"小"只是一种形式,而不是它的分量。周粲的微型小说并不"微",它给予我们的艺术价值是巨大的,它的分量厚重是绝对不

---

① 王建平:《语境的定义及分类》,[日]西槙光正编《语境研究论文集》,北京语言学院出版社1991年版,第84页。

低于一部长篇小说的。周粲灵活地运用了汉语言的丰富性和语法修辞的灵活性，为微型小说标题的创作提供了广阔的空间。周粲在文学创作上也有极高的造诣，通过对周粲微型小说标题的艺术美学特点进行分析探讨，我们可以了解作者对艺术创造苦心孤诣的追求。

周粲，一个以诗歌著称的新加坡华文微型小说家。他将诗化了的意境融合极其简单的字词倾注于有限的标题字句中，耐人寻味。他总是用最简明通俗化的标题传达出无限的诗意，简的特质却富含诗的情意。对，他是一个小说家，更是一个诗人。他笔下的标题，不再仅仅是简简单单的标示题目，而是一个个意味深长的字符。一个标题便可以是一个完整的故事，他的微型小说标题很好地向我们展示了这点，他有效融合了自己诗歌创作的经验自成一派，其艺术美可圈可点。周粲的微型小说是世界华文微型小说界一颗璀璨的明珠。

（刘晓莹　李婷）

第十二章　马来西亚华文微型小说代表作家作品研究

一　朵拉微型小说初论

朵拉，原名林月丝，1954年出生于马来西亚槟榔屿，祖籍福建惠安，她身上流淌着"惠安人"的生命血脉，带有"惠安女"的单纯和坚定。她一直致力于华文创作，曾为台湾《人间福报》、美国纽约《世界日报》和马来西亚多家报纸、杂志撰写专栏，现任马来西亚多家杂志的专栏作者，如《南洋商报》等。也曾担任马来西亚棕榈出版社社长、《蕉风》文学双月刊执行编辑，现在是马来西亚华文作家协会理事、华人文化协会霹雳州副主席和世界华文微型小说研究会理事。

朵拉已出版短篇小说集、微型小说集、散文随笔集、人物传记等共29部，分别是微型小说集《野花草坪》《行人道上的镜子》《半空中的手》《桃花》《走出沙漠》《误会宝蓝色》《脱色爱情》《魅力香水》《掌上情爱》《朵拉微型小说自选集》；短篇小说集《寻一把梦的梯子》《十九场爱情演出》《爱情咖啡馆》《问情》；随笔散文集《不要忘记拥抱》《亮了一双眼》《和春天有约》《贝壳里有海浪的声音》《快乐的生活方式》《把快乐留给自己》《阳光心情》《笨拙的眼睛》《偶遇的相知》《小说吃》《送你一朵玫瑰》；人物传记《一个老华侨的故事》；等等。她的作品被译成日文、马来文等，在世界文坛产生了广泛的影响，也为华文的传播做出了巨大的贡献。

朵拉生活在不是以中文为主要语言的马来西亚，却一直用"惠安女"特有的坚定，坚持华文创作。她对于华文创作的热情最早源于父亲对她华文和书法成绩的重视，得益于家人的阅读喜好，而她也一直坚持与华文创作为伍。由于她的毅力与善心，曾被马来西亚读者票选为"十大最受欢迎的作家"之一。下面分三部分予以论述。

（一）不妥协的灵魂——女权意识的觉醒

朵拉的微型小说创作，都是从她熟悉的现实生活出发，以生活中的小片段、小故事为底色，加以润色，打磨创作。1986年，她接受邀请到台北出席"亚洲华文女作家交流会"，从此，她的女权意识开始觉醒。在她的知识世界中，知道了世界有一半的人口是女人，但是这一半的人口被忽略、歧视，因为没有发言权，受到不同程度的压抑、欺辱和冷落；在她的生活空间里，她为人妻、为人子、为人母，对于女性、家庭、两性更是感受深刻。于是，她用自己手中的笔，书写自己身边的小事，细心雕琢人间的情感故事，引人深思。

品读过朵拉微型小说的读者，都会从她的文章中读出爱情的味道，但是难以体会到爱情的甜蜜与缠绵。就像爱情对于朵拉而言，仅仅是人生的枷锁，在其中享受不到人生的快乐，那所谓的幸福也只是幻想中的泡沫，一碰就碎。朵拉的作品主要描绘了三种女性。

1. 迷失边缘的女性

在朵拉的微型小说创作中，女性形象都有一个特点，就是她们都是迷失的正像都市中的女性总会为了爱情而出现爱恨交织的情绪，或者会在爱情中迷失方向，不是她们没有自主意识，也不是她们不知道要爱自己，更不是她们不知道这段不属于她们的爱情终究不会属于她们。可是，她们就像是飞蛾扑火，总期待奇迹的出现，只要有一丝丝亮光，也要用尽全力，挥动翅膀，追寻难以追求的东西。有人说，在爱情里，永远是不会出现公平的，总有一方是受伤害的一方。而在朵拉的作品中，这一方恰恰是女性。她主要写了以下三种爱情。

（1）幻想国度的理想爱情

爱情，是一场很奇妙的旅行，也许是对爱情过于向往，朵拉爱情小说中有这么一些女主角，总是会幻想经历一场完美的爱情，尽管情路坎坷，还是会有这种信仰：若为爱情故，一切皆可抛。可能是童话故事和草根小说看得太多，朵拉小说中的女主角就像是着了魔一样，相信自己的爱恋总会有自己期待的完美结局。尽管全世界都知道她的爱情已经宣告枯萎，可是她还是执着地相信：王子总会见到默默爱着他的人鱼公主，从此以后王子和公主过上了幸福的生活。

朵拉用她简单的笔调，深刻地刻画了都市爱情中这类女性的爱情弊病，将自己的全部注意力放置在一个根本不爱她或是不值得她爱的男性身上，就如一个不知世事的小女生，为了自己想要的东西而放弃了整个世界；她其实不知道的是，只要她回头看看，总有那么个人一直在等着她，也许她回头，她理想的完美爱情一样会梦想成真。在这个时候，通过朵拉的刻画，很多读者都会怀疑，女主角到底是执着她的爱情对象还是执着她的爱情。

《有一颗心》中，女主角有了男友，可是有那么一天她遇到了一见钟情的对象，毫不犹豫地抛弃了男友。在和对方交往后发现对方已是有妇之夫，女主角在无意中成了别人婚姻中的小三。事发后，还很坚定地相信，只要坚持，一直守望，她的爱情便会真正降临。也因为男人的花言巧语，什么就要离婚了、什么爱的只是你等，在女主角怀孕后，她爱的那个男人却连孕检都不能陪着一起。这时候的女主角还未醒悟，还在期待、幻想，直到为了她所谓的美好爱情付出了生命的代价，她还是没有后悔。其实她不知道的是，她的前男友朱文强一直在她身后伴着她，如此这般，最后的结局又是为何呢？这正反映出了一个社会现象，很多女性都是天真的、感性的，她们缺少安全感。同时，她们一旦依赖上一个人，无论好坏，都会全心地相信对方。就是这种盲目的相信，使得大部分的女性同胞受到不同程度的伤害，也许是肉体上的，也许是精神上的，甚至是生命。

《误会宝蓝色》的书写更是一绝，小说写女主角很喜欢穿宝蓝色的衣服。可是她所有的朋友都告诉她，她穿那个颜色不好看，但是她还是坚持穿着这种颜色，就是为了引起她喜欢的苏瑞的注意，因为苏瑞喜欢，所以她喜欢，做到了毫无保留地爱屋及乌。就算是苏瑞离开了，她还是不改对宝蓝色的初衷，认为总有一天她爱的苏瑞还会回来。直到有一天，朋友笑着告诉她，她穿的不是宝蓝色，而是暗蓝色。这时女主角黯然了，才知道自己误会了宝蓝色，但是，她还是未抛弃这个颜色。毋庸置疑的是，女主角还是会不改初衷，钟爱宝蓝色。这时的女主角怪罪的不是苏瑞的欺骗，而是自己为什么将心爱之人的喜好未弄清，造成这样的笑话。苏瑞之前的离开，是不是也是因为自己的错误造成的呢？借用对宝蓝色的误会，暗指自己对苏瑞的误会。这样的安排，也许是朵拉的有意为之，对现代都市生活中这种为了所谓爱情而丧失自己本性的女性提出了强烈的反对，为了爱情，而出卖自己，这是否应该？我们的女性同胞应该多加反省，童话般的爱情故事只能是童话，现实的爱情逃脱不了世俗的纷扰,要摆正心态,正视爱情。

(2) 破冰而出的现实爱情

朵拉的爱情小说中,不乏这类女性——看破爱情和世事,她们期待爱情,也相信爱情。可是,她们是理性的社会人,在面对爱情时,她们表现出的理性面,是很多男性也没有的豁达。她们只想要一份纯粹的爱情,一旦沾上了污点,会毫不犹豫地从这场关系中破冰而出。也许是因这种爱情洁癖,她们清洁了都市生活中的迷乱情爱游戏,"一生一世一双人"是她们追求的最高境界。朵拉用她独特的视角,刻画了一个又一个深刻的人物形象,不难猜测朵拉也属于这类女性。作为一个女性作家,朵拉一直在追求同男性同等的社会地位,为这个世界的女性求得和男性同等的社会待遇。女性不是只有感性的、失去自我的,也是有理性的、坚定自我的。通过这类女性形象的刻画,朵拉不仅是在唤醒女性的自我意识,更是为自己的女权事业做出呼喊:人都是自由的、有尊严的,谁也不隶属于谁,每个人都有追求自我、求得自我价值的机会。

朵拉刻画的这类女性都有很高的爱情觉悟,她们知道善待自己,善待自己的工作和尊严,不依附于男性。在朵拉的笔下,她们失恋了,但是她们不会丧失自我;她们伤心、受伤,但是她们不会苦苦哀求,一直以高姿态维持自己在这场失败爱情中的尊严。从这里我们也可以看出,现代都市社会生活中的女性,女权意识逐步崛起,对于男尊女卑的这种观念也改变不少。不可否认,现在大男子主义的意识还是很高,但是女性对自尊的维护也在逐步加深。女性再也不是那些怨妇,她们都有了"一切靠自己"的意识。面对失恋或是婚变,不再是要死要活的哭喊,纵使心痛,也会理性地接受这样的结果,何必强求,给自己留得一份尊严,相信有更好的在前路等着。

《暗处的眼睛》中,女主角在和男友同居一年后,热恋的感觉早已不在，两个人就像是熟悉的陌生人，除了最平常的问候，就连关心也很难听到。她一直以为两个人在一起是世界最快乐的事情，直到彩色照片退化成黑白照才知道，他们的爱情已走到了尽头。可是她对男友的爱恋依然存在，所以她不愿意点破。只是每天她出门总会感觉暗处有一双眼睛在看着自己，她告诉男友，男友也只是简单地说她想多了，言语间的关心微乎其微，而她一直承受、忍耐。但是，那双眼睛告诉她必须正视自己，所以她果断地、平静地和男友提出分手，纵使失恋，纵使难受，她没有流泪，没有凄凉。经历了反复的思考，女主角勇敢地面对自己的情感。其实，这时候的她和男友是处于同样的境地，却能先于男友提出分手，结束这段不会有结果的爱情，表现出了比男人更加强大的勇气。在这场失败的爱情中，她维护了自己的尊严，也折射出一个社会现实：现代社会，女性已不再是男性的依附品，有了自己的想法；强烈的自我意识让现代女性地位得到提升，从中也求得了自我价值的提升。

《约会咖啡》中，女主角是一个很有主见的女性，她一直相信这句话：对不喜欢的男人，不要给他一线希望。所以，对男主角的约会邀请，她一直拒绝，因为她对男主角没有想象中的感觉，虽说对方各方面条件优秀，可她还是不敢接受一桩她掌握不了的爱情。于是，她拒绝了男主角长达两年的求爱，最终，她答应了男生的邀约。事后，午餐便食不下咽，不断地问自己，难道身边没有男人就过不去吗？最后，还是拒绝了！是啊，女人不是离了男人就活不下去的寄生虫，自己有能力可以活得很好，活得有尊严，拒绝男人有什么不可以，拒绝优秀的男士有何不可？朵拉的爱情小说中的这类独立自主的女性，她们不是拒绝爱情，只是拒绝不合适、不真实的爱情。爱情是社会人都会追求的"事业"，女主角并不是不需要爱情，她只是有自己的评价准则，有自己的主见，在等待一个对的人出现。

（3）激情诱惑下的背叛爱情

朵拉的小说不喜欢用激情洋溢的文字，也看不到什么大悲大切、大欢大喜的场面，有的只是那些欲语还休的、充满想象空间的结局。朵拉的爱情小说，并不只是一味地批判男性，也有对女性自身的批判，她并没有因为自身的女性身份而限制自己的文学创作。虽然朵拉自己的婚姻生活很幸福、和谐，但是这样的温室空间也没有麻痹她的观察视角。在她的小说创作中，我们也不难发现，她对社会现状的真实描述。现代社会是一个充满诱惑的社会，而生活其中的社会人也成天面临着这样那样的诱惑，有人会拒绝、抵抗诱惑，但是也有人在其中迷失。朵拉通过她的作品，用无声的语言向社会人展示了一幅真实的社会场景，从而告诫社会人：面对诱惑我们要坚定自己的选择，诱惑只是表面的美丽，一旦踏入其中，便是万劫不复。

《有一首歌》中，她和李老师义无反顾地在一起了，开始了永无止境的等待，可是最后他和别人私奔了。明明知道李老师有妻子，还坚持和李老师在一块儿，就因为李老师的温文尔雅、文质帅气，因为李老师那有意无意的暧昧不明，她止不住诱惑地和李老师站在了同一战线，以为会有好的结局。可是谁能知道，花心的习性是难以改变的，李老师在遇到更喜欢的人时，又转投他人怀抱。朵拉通过这个故事告诉我们，不是每个人都是花心人，只是在遇到这样的爱情时，我们应该理性思考，纵使那人千般好，可是他不能一直对你好，给不了你想要的幸福，那就不必坚持在一起。

再如，《有一颗心》中男主角和女主角在一起是因为女主角的纠缠不清，分手却是因为女主角的另寻他人。爱情应有的忠贞是不可缺少的，而女主角对男主角没有做到忠贞，她也不可能得到真正的爱情，她最终会体验到什么叫被抛弃。朵拉写这个故事，不是单纯地说故事，而是告诉我们真正的爱情是要坚守忠贞的，就算是站在了悬崖边，只有对方相信你，你回头，他还是会在那里等着你；可是错误的悬崖，没有了你回头的选择，那你走进的只能是万丈深渊，到最后，只能是摔得尸骨无存。

2. 濒临破碎的家庭

朵拉的微型小说有个很明显的特点，就是她的创作带有很强烈的悲观色彩，在她的作品中，很多家庭的生活都是不完整的、不健康的。也许这是人的一个心理承受期的考验，也许这是人的一个审美过程必备的阶段，不管感情多好的夫妻，都会出现审美疲劳，而每当这个时候，轻微的就是家庭不和睦，三天一小吵，五天一大吵，严重的就出现了我们经常看见的一个现象——出轨，而结果就是我们想象得到的离婚。可是在朵拉的微型小说中，结果总是需要我们去猜测、想象，到底是什么样的，谁也不知道。也许，这也是她对婚姻生活还有期待的表现。

在朵拉的小说创作中，没有一个家庭是幸福的，要么是平庸琐碎的家务窒息了爱情，要么是陷入了事业和爱情、职业和孩子之间的选择难以自拔。所以，在朵拉的家庭生活创作中，不可避免地会出现"婚外恋"这一情况，这也是现代社会人必须面对的现实，也是我们现实生活中习以为常的事情。

就像《嗅觉》这篇文章，我们不难看出，这是一些生活中的琐碎事情，可是朵拉用她独特的写作视角，将这些琐事变得有价值了，不再是家长里短，而是引发人性思考的一篇小说。胡太太嗅觉很好，总是嗅出别人之间的不同寻常。这个事情，发生在别人身上的时候，她是将此作为笑谈，作为她表现自己的工具，可是当这件事情发生在自己身上的时候，她却变得不知所措。从一个层面上讲，这说明了人性的自私，坏事只要不是发生在自己身上，就会高高挂起或者幸灾乐祸，而从未想过自己也会遇到同样的事情。从另外一个层面来说，这也反映了夫妻间的相处之道，信任是必不可少的工具。也许胡先生真的只是夸赞章太太，是胡太太自己想太多而误会了，有时候无中生有的事情，伤害到的人会更多。遇事多思考，这是必需的。误会了，再去后悔，也是让我们追悔莫及的。

在现实的婚姻生活中，婚姻失败的原因还有一点，那就是时间将感情磨损，变成亲情或是连亲情都不如的熟人间的感情，爱情的死穴总是这样：相恋—热恋—结婚—平淡—相见不如不见。《钟摆》中的林佳如和李文启，新婚之初，李文启待林佳如如瑰宝，疼爱有加，看到什么好东西马上就想到买回家送给自己的妻子。尽管家里有了很多钟，看到了古董钟还是立马买回送给妻子。可是时间一久，李文启便没有那么疼爱林佳如了。直到最后，他将林佳如当成了那个钟摆，放置在那里不再关心，上发条这样他之前热衷的事情也不再做，推给自己的妻子。文章结局故留悬念，只说林佳如最后变成了一个钟摆，没说他们的结局到底如何，但是我们不难发现，时间的流逝磨平了他们的爱情。有人说，时间是爱情最大的敌人。朵拉用她的文字告诉读者，她并不否认这样的观点，在一定程度上来说，这也可能是朵拉过于敏感的内心对自己婚姻的担心。

"当我年华不再，你是否依然爱我如初？"信誓旦旦的肯定回答，很少能经得起岁月的考证。当一个人年华不再，那些因美好而触及的心跳也会随之消散，就算社会再怎么发展，人的年龄和容貌永远都是他最大的法宝。朵拉的微型小说中，对这样的社会现实描绘得也比较深刻。例如，《距离》中的男女主角，经历了20多年的风风雨雨，最后落得彼此嫌弃；女主角嫌弃男主角半秃的头、花白的发，不再是当年的文武双全；男主角嫌弃女主角老态龙钟，不再是当年的年轻貌美，彼此之间生出了诸多的不解。陌生和熟悉真的只是一线之间的事情，什么事情都改变不了内心的改变，不是不爱，只是不爱老去的对方。

3. 交织复杂的两性

在朵拉的微型小说创作中，我们不难得知这样一个结论：两性关系是交织难解、复杂难辨的，无论是结婚了的夫妻还是没有结婚的情侣，总会出现"三人行"的情景。这样的情节很多，而很大一部分是没有得到解决的，这与朵拉的成长环境是难以分开的。

朵拉从小喜欢读书，阅读时间长，自以为懂得很多，有很多话要说，但是找不到听众，于是写成文字，在文章里滔滔不绝，而且一发不可收拾。结果，文学是给她带来了很多好处，但是有得必有失，正因为她整日与文字为伍，越来越孤僻，更加难以正确处理复杂的人际关系，与人得相处也很笨拙。没有和人交往的经验，使她不知道怎么去正确地处理她作品中的两性关系，当然，正因为她不知道怎样去处理，便使她的创作多了一丝神秘感。结局到底是怎样的，会不会是我想的结局？各种各样的疑问从读者口中传出，相应地就增加了朵拉的关注率和知名度，对于两性关系的探索也引起了他人重视。

《病人》是一篇描写复杂两性关系的典型文章：男主角早已经退出了三角关系，成了家，有了自己的太太，但是还是对之前的恋人恋恋不舍。得知爱敏住院，他就特意去照顾她，觉得很高兴，同时他也不高兴，因为爱敏是因为赵吉自杀而住院的。他还是爱着爱敏，爱敏却爱着赵吉，赵吉是有妇之夫，同样的，男主角也是一个有妇之夫，这就成了一个牵扯到五个人的爱情故事了。其中的人物关系也是复杂的，这其实也是我们社会生活中常见的社会现象，经由朵拉的叙述，复杂性更加明显。这样的社会情感问题，也折射出我们现在的社会人的心理是极其不正常的，急需治疗。

又如，《黑夜的风景》这篇微型小说可以说是一篇比较简单的爱情故事，可是隐藏在里面的情感是很纠结繁复的：在女主角结婚前，他遇到了有男友的她，于是，他开始了痛苦的暗恋，一直不能说出自己的喜欢，当女主角要结婚了，他才知道自己错得离谱，虽然是"第三者"，可是恋爱时期是可以争取的。这也就说明了一件事情，很多时候，女性是不主动的，需要男士迈出勇敢的第一步，女性在很多时候就是因为不自信而放弃了争取和选择，以致搭上自己下半辈子的幸福，男士在抱怨的时候应该先想想自己付出的有多少。

（二）带特征的单纯，有意味的简化——深入浅出的文风

大家都知道微型小说是训练作家最好的学校，可见微型小说创作的难度与重要性。微型小说的创作要求四点：微、新、密、奇，构思和行文要注意字句的凝练，不允许出现赘词冗句。美国著名科幻作家福利迪克布朗写了一篇被称为世界上最短的微型小说："地球上只有一个人独自坐在房间里，这时忽然响起了敲门声……"这就写得耐人寻味。微型小说的作者在结构上，应力求时间、场所、人物都尽可能的压缩、集中，使作品结构简练、精巧，而结尾要求新奇出巧，出人意料。纵观朵拉的微型小说，这些微型小说的创作要求都有体现，但是也有她独特的视角，体现了朵拉浓郁的个性化文风。她的文风有以下三个特点。

1. 高潮即结局，留有余韵

小说情节的四个环节是：开端、发展、高潮和结局。可是在朵拉的微型小说创作过程中，我们很少看到完整的四个环节。和别的小说创作不同的是，朵拉很少会给读者一个结局或者一个答案，高潮即结局。就好像是银河直流而下，景象很壮观，可是水到底去了哪儿，我们谁也不知道，因为不知道，便会出现各种各样的猜想。没有结局的结局，其实是最好的结局，因为每个读者都能依照自己的喜好去创作一种结局，原本就是这样，大千世界，无奇不有，就算再相同的物品，还是会有不同的发展方向。朵拉的这种创作方式，在吸引了读者注意的同时，扩大了读者的想象思维。从朵拉平淡的叙述中，蔓延出来的居然是这样无限宽大的哲理、深入浅出的效果，使小说如画龙点睛般瞬间价值倍增。

例如《花凋》中的妻子与丈夫，两个人在家就像是陌生人。文章的开端和发展都是在介绍两人的现状，在电话接通后，妻子在房中笑得花枝招

展。丈夫在外头想象别的女人笑得花枝招展，这时高潮和结局同时到来，可只有寥寥几字："无人的客厅，桌子上的花，正在一瓣一瓣地掉在桌子上。"接下来发生了什么读者一无所知，朵拉在此却将文章戛然而止，到底接通电话后发生了什么？妻子和丈夫是不是接听的对方的电话？事发后有没有大吵一架等，诸多疑问，存留在读者脑海。朵拉用这种近乎快刀斩乱麻的手法，揭示了都市生活中的爱情真相，令人称奇。

2. 取材精确，讽刺意蕴浓

朵拉的微型小说，选取的都是我们生活中随处可见的题材，但是她也是有选择性地去选取。同样是喝咖啡，咖啡店一天下来，不知道会流通多少客人，她选取的偏偏就是一个女人和一个法师，这是为什么呢？这就是朵拉的精明之处，一个小小的互动，就能引发一连串的思考。这也不是每个人都能看到、做到的事情。

其实，品读朵拉的微型小说，不难体味到其中的讽刺之意。我们都是现代人，出生、成长、生活全在这个标榜男女平等的社会中，可是我们很少可以见到平等的事情。工作中，受到歧视的多为女性，至少很少会有国家最高领导人是女性；生活中，受到欺压的是女性，上要照顾公婆、下要抚养子女，还有一个老公要伺候，他们不开心，第一个受到谴责的也只会是女人；在爱情游戏里，受伤害的也是女性，当小三被骂，为什么找小三的那个男人却能无恙，受伤害的总是女性。其实，这也是朵拉在为女性朋友申辩，希望能够为女性朋友创造一块净土，与男性做到真正的平等。

在《二遇芒草花》中，女主角喜欢芒草花，发誓要嫁给喜欢芒草花的男人，所以她拒绝了喜欢她的穷酸男人，只因为他不喜欢芒草花。后来遇到了一个同样不喜欢芒草花却富有的男人，她接受了他。在结婚后，老公对她的不体贴使她想到了原来那个对她万般迁就的穷男人。朵拉用这么一个很平常的例子，讽刺了现代社会嫌贫爱富的现状，只追求物质上的享受而忽略精神上的满足，到最后，物质和精神都消散，才知道自己错得离谱。

3. 文题即文眼，以小见大

读朵拉的微型小说，不会担心看不懂，因为朵拉会在创作的第一时间将文章的中心点告诉你。朵拉作品的标题都是我们生活中常见的事物或者是我们生活中经常会遇见的事情，并没有什么故意吸引读者注意力之说，而且标题就是全文中心，加上朵拉的叙事风格是以平淡为主，所以她的小说不会担心看不懂。小事情折射大道理，这是我们从小到大学到的一句话，在朵拉这里，我们也能看到这一点。她的微型小说，叙述的全是生活中的小事情，很多都是我们每天都会见到的情景，可是经她的神奇之笔将这个故事叙述出来后，这个故事就会莫名地多出了很多价值。也许文章标题不是什么高深的事物，可它背后隐藏的哲理却是价值无限。

《偷看》这篇小说，没有拐弯抹角地说什么其他的事情，全文围绕着偷看这一行为要不要进行而展开，最后也以偷看结束。为了证实丈夫的清白，妻子偷看了丈夫的钱包，偷看后她想得知更多，便一发不可收拾地还想偷看其他。这就使得朵拉的小说题目与正文有了密切的联系，让读者对文章主题有了清醒明了的认识。

（三）结语

朵拉，是一名温婉优雅的智慧女性，虽然很多时候，她没有深入考察自己的身世，自我介绍也只有寥寥几字，但是她作为一名来自海外的华文作家，她的文学创作中表现出来的对故国家园和家乡文化的深情切意，却让人感动。当然，她也用她的文字感染了海外一批又一批的华人和国际友人。

朵拉的微型小说创作，主要是围绕女性、家庭、两性关系进行，她深入浅出的文风、轻灵淡定的笔调、充满张力的叙述，对这些主题进行了层层解剖，向读者传达了她对真爱的反思和觉醒的女性意识。可以说，在文学创作上，朵拉是充满着智慧的，她知道怎样将自己的情感把握用独到的方式体现出来，也知道该怎样建造属于自己的艺术殿堂。说她是东南亚华文文学中最有艺术造诣的作家之一并不过分。她的文学创作在海内外华文文学界和学术界影响重大，她在学术界不断地推崇华文文学，为华文文学在世界文学之林屹立不倒做出了不菲的贡献。

朵拉认为，面对自己的追求作家必须具有一种不妥协的精神和灵魂。其实，这映射在两性关系上也是同样的道理，面对自己的追求，要有不妥协的精神。为了对方牺牲自己是不可取的，牺牲了，对方还不一定接受；就算现在接受，出了问题，这也成了最致命的借口，毕竟你是自愿的。一个巴掌拍不响，这是永恒的哲理，一个人的独角戏是怎么也唱不响的。

一幅画，是画者的渴望和灵魂，对于作家也是如此。作家的每一篇文学作品，都是作者的渴望与灵魂。所以，可以肯定地说，朵拉执着的、追求的，是用自己的文字，来撼动这个世界的冷漠，打造女性世界的生命亮度，呼唤女性的独文学的精品。

（杨彧香　龙钢华）

二　曾沛微型小说初探

——以微型小说集《原创》为例

曾沛，女，原名曾玉英，祖籍广东番禺，1946年生于马来西亚，2005年获马来西亚最高元首封赐拿督勋衔。1965年开始创作，曾主编《马来西亚当代微型小说选》，系《情爱素食馆》及《皆大欢喜》专栏作者。出版短篇小说集《行车岁月》《行云万里天》《曾沛文集》，以及微型小说集《勿让爱太沉重》《缘来是你》。小说《行车岁月》《人到老年》被选译成马来文。现任马来西亚华文作家协会会长、世界华文微型小说研究会副会长。

微型小说作为一种介于短篇小说和散文之间的边缘性现代新型文学体裁，以其短小精悍的篇幅迅速被当今快节奏的社会所接受，其特点是立意新奇，情节完整，结局出乎意料。微型小说的字数一般掌握在千字以内，能够在极短的时间内读完，所以又称小小说、袖珍小说、掌篇小说、一分钟小说等。

作为华人作家，曾沛的微型小说集《原创》（四川文艺出版社 2013 年版）共收录其微型小说 58 篇，基本特色是关注世俗，描写家庭琐事以折射时代特色，温馨而有深意。它着重描写了扎根在外国的炎黄子孙的生活状况及情感世界，以华人的视角对海外华人生活进行原生态展示，充分体现了曾沛微型小说的创作风貌。下面分两部分予以介绍。

（一）题材内容

曾沛微型小说创作取材善于选用生活的平凡琐事，以生活的点滴与细节折射出深刻哲理。曾沛作品侧重从生活、亲情、爱情的角度出发，提出其中存在的问题，带有浓郁的世俗人伦气息。同时，曾沛的微型小说并不仅仅局限在小家庭，更延伸到社会，以普遍的事例来表现社会热点，反映社会现实问题。下面从四个方面予以论述。

1. 以家庭生活为背景，描写深挚亲情

曾沛是历经人间烟火的，所以她的小说带有一种真实的气息，让读者认真品味后甚至能在其中找到自己的影子。家庭，作为曾沛小说的一大重要题材，几乎在她每篇作品中或多或少地有所涉及。比如，《开心就好》

中揭示了每个小家庭都有自己生活节奏与生活方式，只要开心就好；《爱的宣言》体现在病魔面前家人的重要性；《三生有幸》讲的是不用艳羡别人的妻子，要善于发现自己妻子的闪光点，才会发现自己原来也是三生有幸；《领养》《感谢有你》《苦旅》《爸爸的眼泪》展现了家庭中夫妻之间那种相濡以沫的爱情及亲情；《账单》《病》《放下》《回老家吃饭》生动地刻画了为孩子操劳担忧的父母，体现了父母的爱是那样的深沉而伟大；《回家》《失落》《妈妈的智慧》则反映了儿女对长辈的孝心，给人温馨的感觉，等等。人降临在这世界，得到的第一份感情便是亲情，曾沛以细腻的情感抒写家庭的种种故事。所谓"家家有本难念的经"，每个家庭都有各自不同的生活，而曾沛正是把握住了这一点，描绘了不同家庭里的悲欢离合。

2. 以男女交往为题材，抒写异性情愫

"华文微经典"丛书之《原创》中，收录曾沛小说共 58 篇，其中有 18 篇明显描写男女之间交往与恋爱。以作品《困》为起点的后半部分大多是讲述男女交往时发生的事，属于这类的有《困》《巧手》《种计》《良缘》《独居》《男朋友》《那双眼》《机不可失》《缘来是你》《爱的路上》《灯光蝶影》《恋爱对象》《幸福在望》《悬崖勒马》《难得有情郎》《难忘情人节》《最后的晚餐》《迟来的春天》《需要您的祝福》。以上的 19 篇作品都是描写未婚男女对爱情的观点及做法，其中大部分以完美的结局或结局暗示着新的发展结尾。例如，《种计》中男女主人公最后将矛盾化解，决心各自努力共同创业；《缘来是你》中，兜兜转转，女主人公最后才发现自己喜欢的还是默默守候在身边的人……美好的结局反映出曾沛对爱情拥有着浪漫的情结，令人不觉地对爱情充满希望。但在曾沛的爱情小说中并不是所有的爱情都可以开花结果，如《灯光蝶影》中一对情人因为情感不够坚定而分手，最后落得阴阳相隔，悲剧收场……揭示了在爱情中两人彼此的相爱还远远不够，永恒的爱情还需要一起陪伴一辈子的决心。

3. 塑造众多小人物，展示社会群像

曾沛微型小说最大的特点之一便是她擅长刻画平凡普通的小人物形象，她以小人物生活中的喜怒哀乐和酸甜苦辣来反映人生百态，揭示人生哲理。

曾沛每篇文章都会塑造一个甚至多个典型人物形象，如《巧手》中靠自己双手勤劳致富、不抛弃不放弃的阿芬；《需要您的祝福》中陷入热恋却又不失理智判断的聪明女孩林佳嘉；《王牌》中勇敢而机智地抵制性骚扰的秦晓雪；《手术》中低调谦逊的大老板王永胜；《幸福在望》中积极与未来婆婆搞好关系的贝贝；以及《姐姐妹妹站起来》中的失去丈夫重新生活的顽强的农村妇女如梦，等等。这些作品的小人物给人真实存在之感，使读者了解到社会各个阶层乃至各种人物角色的思想情感，令人不禁换位思考。

4. 由家庭琐事延伸到社会生活

虽说曾沛微型小说大多描写家庭琐事，但也有一些作品涉及当今社会普遍存在的问题。曾沛没有在文章直接点明她关注的社会问题，而是将社会存在的某些问题与情节联系起来，只要稍加思考便能体会到她讲述的故事的深度和广度。

《包装》揭示了现在的许多卖家稍稍包装一下商品就提高价格欺骗消费者的现象，更重要的是，有些知情的买家居然睁一只眼闭一只眼，敢怒不敢言，甚至以各种理由说服自己放任这种行为发生。这显然是不能让人苟同的。《独居》写主人公突然一个人住而变得惶恐不安，因为她害怕报章上报道的罪案会在自己身上发生。虽然主人公的想法有点夸张，但是现实生活中也确实存在许多犯罪事件，另一方面也暗示了人与人之间的越来越不信任。再如，《旅游配套》中的消费隐性欺骗的问题，《王牌》中上司对下属的性骚扰的问题，《悬崖勒马》中爱上有妇之夫的问题与《爱的礼物》中婚外情的问题等，这些问题在我们的社会生活中都十分常见。曾沛将这些问题都写入小说中，引起更多人的重视以及深思。

（二）艺术特色

曾沛作品的艺术特色有以下五点。

1. 以小见大，凸显主题

微型小说的特点是以小见大，曾沛的微型小说一般将人物放在一个具有矛盾冲突的情境中展开故事情节，将焦点集中在某个人物身上或者某件事情上，使文章主题更加突出，作者的创作意图更加明显。

《放下》这篇小说，将主人公置于一个"险境"之中：她用公积金帮儿子还债而陷入经济困难之中，最后却发现这一切都是儿子为骗她公积金的设计。这篇小说将焦点集中在主人公身上，集中展现她对儿子伟大的母爱，然而这母爱被自己的亲生儿子践踏，在反映当今"啃老族"问题的同时，集中展现出了母爱的无私，突出了母爱这个永恒的主题。不过，小说的最后主人公将一切都看开，"有一种死而复生的感觉"。作者暗示，虽然母爱伟大，但教育孩子不应该过分溺爱，而应培养其独立的性格。

2. 丰富的心理描写

曾沛的微型小说一般以对话为主，并且对话简洁有力，直奔主题且提供大量的有用信息。除了对话，曾沛的文章也会刻画人物丰富的内心独白，规定情境中人物行动过程的思想活动，展现人物的所思所想，使读者更深刻地理解人物的思想感情和精神面貌。

例如，《失落》《除非天塌下来》《男朋友》等文章都是以对话和内心独白为主，分别描写了亲人之间的感情以及恋人之间的情愫。《失落》讲的是母亲无意间听到儿子儿媳的交谈，以为他们要买新房子单独搬出去住而引发的一连串的心理活动。"她心里好纳闷……""她越想越生气……""她好伤心……"一系列的内心独白展示了主人公的心理变化，使读者的情绪也随着主人公的情绪波动而波动，而最后才被儿子儿媳告知是一家人一起搬新家。虽然最后表明母亲完全是杞人忧天，可是在现实生活中又有多少年轻男女因为不满父母的唠叨而搬出家门独自居住？所以作者深入刻画母亲的内心活动并不是无用的，反而引起读者更深层次的思考。《除非天塌下来》中以全家无序的对话夹杂着主人公一个人的内心独白而完成全篇，期考在即而家中环境嘈杂导致无法复习造成主人公心中的焦躁，但他能理解家中的每一个人，到最后主人公的心情似乎平静了下来。跟随主人公的心绪，读者可以从中体会到他的无奈与苦闷，也由此理解了在这个世界上每个人都有自己的一份艰辛。然而，生活不易，我们也不能怨天尤人，所以主人公最后的期许是"集中精神做自己该做的事吧！除非天塌下来！"《男朋友》中亲人都劝女主人公与她的异族男友分手，可是她因为太爱他而无法抉择，接下来就是女主人公一系列痛苦的心理挣扎。小说最后女主人公却因为与男友短短几句对话而以分手告终。这样仓促的决定使她的内心挣扎显得有点滑稽，但也由此可见主人公丰富的心理活动，使人物形象更加丰满。

3. 隐喻、象征的表现手法

曾沛的某些作品巧妙地运用了隐喻和象征的表现手段，在小说中用一种具体事物来暗喻抽象的事物，委婉含蓄地表达思想感情，极大地增强了其作品的艺术表现力和感染力，使作品意味深长。

作品《遍地小黄花》是曾沛微型小说中运用隐喻手法的典型例子。其中，小黄花这个意象出现了两次，第一次出现在再婚男女主人公的屋前，象征了不被儿女看好的婚姻的幸福；第二次则出现在男主人公的墓地，隐喻了未亡人对逝者的哀念，使儿女们终于相信父亲的再婚对象对父亲的真情。作者借用小黄花这个在生活中随处可见的东西来暗喻深层次的人物真情实感。这样一来，小黄花这个意象不仅有新意，而且极具深意，令作品意味深长，回味无穷。

4. 欧·亨利式的结尾

曾沛微型小说善于设置悬念，让读者在阅读的过程中对情节发展展开合理的联想，吸引读者强烈的阅读愿望。然而悬念揭开之后，作者以欧·亨利式的结尾让人出乎意料又引起读者的感悟与思考。

《回家》《世事难料》《到议员家做客》《爸爸的眼泪》都以悬念行文而最后以出乎意料的结尾收文。《回家》是讲从美国探亲归来的父亲一直想回长子家，然而家人找各种理由推脱，而悬念一直到最后才揭开：家人害怕大哥的死亡会刺激到父亲。《回家》中的悬念是"家人为什么不让父亲回长子家"，其实文章对悬念也有许多的暗示。比如，次子忠国"人生在世，活多久、吃多少，都是注定的"的话让其余人沉默了；三子忠明给父亲读的新闻，无一不暗示着真相，给人意料之外而又情理之中的效果。《世事难料》以邻居家的丧事开头，根据母女俩的对话，看似死的人毫无疑问的是80多岁毛老太，最后悬念揭开，没想到那灵前的遗照竟是毛老太的儿媳——一直操劳的惠珍。《到议员家做客》根据贾老先生夫妇的对话以及不见作为议员的淑芬的招待，原以为一切像贾老先生说的那样，会直觉地以为淑芬喜欢摆架子，不料一切正好相反，孝顺的淑芬正在为婆婆亲自下厨。悬念一揭，议员淑芬的贤惠形象在读者心中留下了深刻的印象。《爸爸的眼泪》最初是父亲因为母亲的死而十分哀痛，女儿想要把弟弟叫回来奔丧，却被父亲告知原来弟弟早就不在人世，因为他害怕妻子伤心而独自承受着丧子之痛，最后意外的原因令一位深爱妻子的丈夫形象变得丰满，令读者为父亲深沉的爱所感动。

5. 语言朴素自然，凝练优美

曾沛的小说常给人一种真实可信的印象，质朴无华，在平实中总有一股不平常的吸引力，这与她的笔法是密不可分的。曾沛微型小说的语言以凝练优美见长，追求一种自然之美。她以朴素的文字记录了众多小人物的家庭琐事及日常生活，力求接近生活真实，还原华人世界的生活原貌，使读者感受到他们的所思所想，触摸他们的世界。

以《感谢有你》和《身在福中》为例，都是以平实的语言展示生活中的点滴感动。《感谢有你》是讲述一对夫妻的生活，丈夫对妻子所做的一切表示由衷的感激，文章以"老婆，辛苦你了"一句平常语开头，使文章温馨而具有深意，表现了夫妻之间浓浓的爱意。《身在福中》则以老朋友的对话来折射她们老年生活的安乐，"妈，您别尽选肥肉吃！都一大把年纪了，受得了吗？""妈，夜深了！还不冲凉？可别又整天喊风湿骨痛！"作者截取儿媳对婆婆的声声叮咛这个日常生活的小片段，来暗示儿女们的孝顺，展示生活中温馨的小感动。

读曾沛的小说可以从中体会到作者对生活有着深刻的感受力、理解力和洞察力，她能敏锐地捕捉到生活中的人和事，加以艺术的提炼和再现，并且融进作者对人生及事物的理解与情感。她对微型小说的掌握使她的作品从生活中来，又回到生活中去，更进一步地贴近社会真实，展现出原汁原味的生活面貌。

曾沛的微型小说是耐人寻味的，她的小说的素材与细节都非常丰富，展开却是从容不迫的，平铺直叙，娓娓道来，给人一种话家常的感觉。其中，人物对话也十分生活化，而深刻的人生哲理恰恰隐含在这种平实朴素的叙事语言中。曾沛的微型小说没有过多的复杂情节，却拥有相当广阔的视野，也给读者留下充足的想象空间。总而言之，曾沛微型小说是值得让人去仔细地品读咀嚼的。

（周懿芸　朱耀龙）

第十三章　泰国华文微型小说代表作家作品研究

一　司马政微型小说中的情感元素初探

司马政，1933 生，原名马君楚，笔名剑曹、田茵，祖籍广东朝阳，出生于泰国，少年时期曾就读于家乡及汕头市。司马政 17 岁时重返泰国，21 岁投入商场，做了一名规规矩矩的生意人。从 20 世纪 60 年代开始，他萌发了业余从事文学创作的念头，从此走上"亦商亦文"的道路，70 年代已驰名泰华文坛，后因忙于商务曾辍笔十余年。1985 年重又握管，先后出版了散文集《明月水中来》《司马政散文选》，杂文集《冷热集》《挽节集》《蹄影集》，特写集《泰国琐谈》《湄江消夏录》，随笔集《梦余暇笔》《人妖·古船》，微型小说集《独醒》《演员》，诗集《挥手》，文学评论集《泰华文学琐谈》《司马政序跋集》《司马政文集》，等等。他还主编了《东南亚华文文学大系·泰国卷》10 卷文集（1998 年）和《泰华作协千禧年文丛》32 册（2000 年）。

1985年,司马政被聘为"泰华写作人协会"顾问,后被选为第4届副会长。1990年,"泰华写作人协会"更名为"泰国华文作家协会",司马政被选为会长至今,为泰华文学创作的组织、繁荣和发展进行卓有成效的工作,做出了重要的贡献。

微型小说往往从一个点、一个画面、一个场景、一声赞叹、一瞬间之中,捕捉到生活的本质并用最浓缩的方式表现出来。在这种篇幅很有限的文体中,西方作家喜欢追求"奇""惊",往往是层层铺垫之后蓦地引发爆点,在突然的高潮中戛然而止,达到或讽刺或幽默或感叹的效果,给人一种既便利又惊奇的感受。而司马政的微型小说虽说是结在泰国文学这棵宝树上,但泰华文学的根是深深地扎在中国文学乃至文化的土壤里,吸收中华大地五千年来的钟灵秀气,它继承并且发展了中华文化中"情胜于理"这种不同于西方文化的特质,所以读司马政的微型小说可以感受到最突出的特征便是重情、用情。司马政的微型小说尤其是他的优秀之作往往是以情动人,他将他的"情""爱""恨"熔于一炉,再慢慢地倾沥而出,不会让人产生当头棒喝的感觉,却如涓涓细流般一丝丝地沁入思绪当中,能够如诗如画地引起人久久的回味。

司马政本人可以说是一个复合体兼矛盾体。他亦文亦商——出生在经商世家,9岁时失去父亲,在家中没有顶梁柱的情况下,继承家族事业,由于经营得当,管理有方,获得相当成就。却又在规规矩矩地做了几十年生意后开始进入一个全新的领域——文学,从而成为泰华文学艺术界中,学者兼事业家的成功典范。先生以一颗炽热的心、一份真挚的情,在这片文学园地努力耕耘。他夹于中泰之间——泰籍华人这个身份注定了他必须面对的重重矛盾:不能忘本又不得不融入异乡的生活之中,甚至眼睁睁地目睹传统的动摇与流逝。辗转在泰国这片新土地,但是不能无视自己的根源所在。丰富的经历、多重的身份、矛盾的定位,这些注定了他的情感必然极其丰富复杂同时浓郁得不得不发。酸甜苦辣熔铸于笔尖,流淌在纸上，所以他的微型小说可以讲是情和爱在交织，爱和恨却分明。下面分三部分予以论述。

（一）情与爱的交织

东方文学尤其是中国文学极其重"情"，司马政的微型小说作品很突出地表现了这个特征。他怀着对着世界的情和爱来观察这个世界，他努力发掘这个世界的真善美，他用文字来表达他的情和爱、整个世界的情和爱。在阅读一般的微型小说尤其是西方微型小说时，会感觉到很强的故事性，往往以"奇"致胜，但是司马政的微型小说不是依靠出其不意的结尾来获得效果，他用"情"感人。他的身份、他的经历、他的文化根基注定了他是个"多情"之人，写的是"多情"之文。

1. 浓郁的故乡情

中国是世界上最重乡土观念的国家之一，中国人对于故土旧根有着无比的眷恋，对于家族亲情极其注重。那些由于种种原因远走异乡的侨胞们更是靠着这种信念一代代维系着自己的生存之本，往往绵延数代仍然坚守自己的故土信仰，认同祖先的古老文化，而在华侨最为密集的东南亚地区的中华文化在某些方面甚至保存得不逊于中国大陆。在这样的环境下，外国华文作者一动笔往往就直接流露出对于炎黄土地的眷恋和怀念之情。司马政作为泰华文坛的泰斗，更是不遗余力地将浓浓的乡情灌注于微型小说中，而且这故乡之情十分纠葛复杂。

《观球赛》一文，可以称得上是最能体现在外侨胞对故土感情的作品。首先，主角的名字叫"李思国"——思念故国家乡之意。其次，这篇微型小说建立在两组非常巧妙的对比上来体现作者想表达的感情。文章聚焦于第十一届亚运会，李思国很少看电视，但是由于这届亚运会是在北京举行，他便每晚守在了电视机前。尤其是中国对泰国的这一场特殊球赛，他早早就招呼儿孙来观看比赛，虽然在法律上他是完完全全的泰国人，但是他心心念中国队的胜利，即使这种结果的另一面是他所属国家即泰国的挫败。比赛中，中国队一直处于下风，儿孙们在为泰国队的步步为营而欢呼，让他嘟囔了好久，一脸不开心，甚至笃定认为裁判不公平。等到比赛终于以中国队的败下结束，他作为家庭观赛的组织者，十分不悦地要求把声音关小，不愿再听。而当电视播放中国队总共所获的奖牌数量时，他又高兴又得意地叫人把电视声音开大一点。中国和泰国在他心中的地位是第一组对比，拥有泰国国籍的李思国，竟然在为竞争国中国喝彩！我们可以感受到他对于故土的感情，国籍变了，环境变了，语言变了，身边的人变了，但是赤子之心未变，他一直把自己当成一个中国人，当成炎黄子孙，为自己的故乡自己内心的祖国喝彩。文章接着又转向第二组对比，是泰国队和朝鲜队的比赛，这一次他坚定地为泰国队加油，并且又怀疑裁判偏袒朝鲜队。这两组"明"对比其实组成另一个"暗"对比，李思国不是不关心泰国，他同样认为自己是这里的一分子，为其加油呐喊。但是一旦和他的故土家乡摆在一起，我们便立刻可以看出即使远在他乡，站在另一面国旗之下，在他心中最重要的终究是中国这一方土地。其实，司马政何尝不是这样的一位"李思国"，根系中国大地的侨胞哪一个又不思国，他没有用长篇巨幅去渲染他的故土之情，而是采用数百字的微型小说的体式摘取两个日常生活中的场景来表现他的赤子之心，不仅体现了其文笔的老到，更让我们感受到了对于故土的爱和念已经渗入骨髓，表现在最平常的细微之处。

《故乡的老屋》中的林野洲娶了一位泰国土生土长的华裔，他经常在妻子面前叙述祖屋的雅致与气派，只是一直不肯带她回去看看。终于在结婚后30年他们来到了林野洲的故乡，他的妻子也发现丈夫口中的祖屋"四点金"只不过是间小破屋，这让他很是尴尬。不过出乎意料的是妻子不但没有嘲笑，反而微笑地建议丈夫汇些钱来修缮这祖屋，等明年回家乡的时候不要住酒店，而是直接回老家。司马政以林野洲妻子为一面镜子，用她的反应来侧面反映林野洲对于故土的深爱，她之所以这样做是因为她能在日常的生活中感受到丈夫浓浓的故乡情，了解那间"四点金"祖屋以及那片土地在林野洲心中意味着什么。《花落花开》则是从"语言"这种标志性的事情上着笔。主人公朱一评是一位在泰国生与长的人，但不辜负父亲与祖父的厚望，致力于中泰文学交流，不仅翻译点评了祖父的作品，把祖父创作的华文集子翻译为泰文，而且学好中文并出版了自己的中文作品集，让念念不忘故土的父祖们欣慰。

其实，不论是李思国、林野洲还是朱一评，他们的背后都站着司马政，站着不忘故土不忘根的侨胞们。司马政用他的笔写下的这一篇篇脍炙人口的微型小说，不故意取奇，不特别炫技，只是虔诚地把自己的乡情渗入字里行间，再传入读者的心中。

2. 深切的人文关怀

作家被称为"有良心"的职业，他们把笔伸向任何需要光明的角落，又容易被生活中任何一个可能的细节触动，往往十分感性，所以笔下的世界充满着人文关怀。而在中国文学几千年的长河中，浪漫主义和现实主义虽然以双线并进的状态绵延下来，但是儒家文化作为主流始终引导着文学着眼于现实，关注社会。司马政作为一位深受中华文化影响的文人也是这样一位"有良心的"作家，他继承家族可观的事业，加上自己的打拼，在商界取得了骄人的成绩，拥有优越的生活环境和较高的社会地位，但是他的微型小说关注与表现的不是灯红酒绿、觥筹交错的上流社会，而是把眼光投向平常市民的平常生活，投向弱势群体，投向值得深思的社会问题。如果说西方微型小说最能得人莞尔一笑，那么司马政的微型小说却常常散发阵阵"苦味"，让人领略世事后心中苦涩。

《家在附近》表达了对于弱势群体生存状况的担忧与思考。文中一开头写建筑工人乃沙努没有像往常那样早早就起床赶去工作,因为这次他所在的工地离家很近,可以好好地睡一觉。就在读者为他难得的轻松而高兴时,文章却笔锋一转,让包工头宣布一个可能把这一家逼入绝境的消息——他们租住的工棚区即将被拆除,他不知道在这座城市里还有没有另一个他可以负担得起的角落让一家人安身,而更为可悲的是他要在接下来的几个月里用自己的双手一砖一瓦地拆掉自己的家。这篇小说结局定格在乃沙努呆滞的表情上,使人觉得辛酸。这个"家"是社会弱势群体的缩影,他们承担的是最重最危险的工作,但是得到的是最没有保障的生活,最基本的生存希望也在城市发展的滚滚巨轮下被碾成灰烬。他们用双手一砖一瓦地建设城市的繁华,却要亲手拆掉自己的家。司马政用都市中上演的这一出不怎么引人注意的悲剧来表达对整个艰苦生活着的阶层的关注以及担忧。

《人情突变》则更能引起人们对于自己价值以及定位的关注和思考,愈加引人深思。这篇作品着眼于"变"。盛亮斌和妻子两次来到C埠探亲,三年前受到亲友们很冷淡的接待。但是三年后大不一样,他们酒店的房间门庭若市,电话铃声不断,并且每天有人请他们吃饭,亲戚朋友都变得好客热情。其实,盛亮斌没有变,仍是退休的小学教师,他的妻子也没有变,不过是个普通的妇人。唯一变了的是那张明信片,盛亮斌在他名字后面加了几个头衔——"泰华自然气功会会长""泰华文商界交流协会常务理事""泰华未来市工程公司董事副主席""斌芳两合公司总经理"。这篇作品沉重地提出了一个问题——"我们到底是谁?"到底是拥有自己独特相貌、独特性格、独特经历的"个人",还是加诸我们身上的社会地位与身份的总和。司马政在这里关注人、思考人,并且提出了长久以来困惑人们却又不得不面对的问题。我们当然知道"人"是自己一切生理、心理、社会特征的总和,而不仅仅是套在灵魂之外的光鲜亮丽的表象,可是我们又往往以这个不充足的标准去评价别人，并且被别人评价着。

其实，司马政微型小说中的人文关怀以及他的思考、他的担忧、他的不平，都是源自他内心对于"人"的爱，对于世界的爱。注入文字中的感情涤荡在读者脑海中，引起我们久久的思考，这种感染力往往比一笑而过的力量更大。

3. 升华的世事真情

司马政的微型小说有很多表现积极的感情，尤其是在世情人际上，往往取材于生活中最为纯真最为感人的事件，甚至故意设置一些超出实际的情节，可以说对日常的世事进行了一定的升华处理。但这不是对现实生活的美化与掩饰，而是以一种打动人的方式，传递他心中最真挚、最美好的感情，以唤起生活中更多的"真""善""美"。

《车祸》一文讲主角把一个被肇事逃逸车辆撞伤的汉子送进了医院，但是被救的汉子不但不感恩还诬赖是他撞伤了自己，他只能自认倒霉赔偿了一切费用。三个月之后他又在马路上目睹了一起车祸，本来吸取教训，不想多管闲事，可是想起受伤的老汉有生命危险，他又不忍心置之不理，于是将人送到医院。这一次又被赖上了罪名，不仅赔偿了巨款而且坐了一年牢。出狱后的第三天他自己在一条巷子里被撞倒，撞他的司机把他送到医院时他已经快不行了，却指着司机断断续续地说"撞我的……的车……跑了……是他救我……把我送到这……"在做完最后一件善事后安详地离开了人世。整件事情听起来非常不可思议，这位主角的善良到了让人怀疑的程度。但是微型小说不是新闻，不必拘泥于事件的真实，司马政深谙此道，把生活中最纯粹的善良浓缩到了这短短的百多字中，灌注在这位甚至没有提到姓名的主人公身上，用他震撼人的行为来和生活中种种丑陋现象形成鲜明对比，让我们怀疑之后产生默默的期盼和信念。

司马政的微型小说情重于理，他带着对社会对人生的责任感将自己的感情灌注于文字中，或表达赤子心系故土的一片真心，或表达深切又沉重的人文关怀，或关注冷暖世情。以情动人，用情引人思考，达到缓慢而持久的效果，虽不是瞬间夺目，却能渗透读者的思绪。

（二）爱和恨的交织

司马政的微型小说中爱和恨是泾渭分明的，很多篇幅一针见血地指出诸多社会问题或人生问题，表明自己鲜明的爱憎。对于生活中的"丑""恶""衰落"等，他毫不回避，而是将其赤裸裸地呈现出来，给人极强的冲击，可谓是"不隐恶"。这种交织用以下两种手法体现出来。

1. 感叹根的失落

司马政的微型小说中虽然渗透着浓郁的故乡情，有些作品也反映了中华文化和传统在异国令人惊叹的生命力和适应力，但是侨胞要想融入一个新的环境并且争取到自己想要的生活，那么就必须入乡随俗。最后，这种文化兼容的状态往往又要走向"东风压倒西风"，因此也只能在一声感叹中面对传统的遗忘、根的失落。这个问题渐渐地在泰华文坛中引起重视，司马政不仅在集会中忧心忡忡地讨论这个问题，也在作品中毫不遮掩地表现这个问题。

《曹家的招牌》这篇作品非常生动地反映了侨胞一步一步被同化的全过程。文中的"我"1938年被族亲介绍到曼谷曹大兴东翁的杂货店当文牍，当时这间杂货店的黑底招牌上用汉字写着"兴发行"三个金字。到了1949年，曹大兴的接班人曹谷丰在曼谷又新开了一家金店，叫"合利兴金行"，招牌上除了中文也添上了泰文，"我"便转至此工作。这时东家取的还是个正正宗宗的中文名。再到了1965年曹谷丰的次子曹华泰新开了一家钻石公司，"我"又在此工作了几年，而这家店的招牌上有了中、英、泰三种文字，中文是蓝宝石有限公司，英文和泰文都是"巫沙禾"。老板的名字虽是中式没错，只是"华泰"这名字已经很形象地反映这一家已经开始改变对于身份的定位，由祖辈笃定认为自己是中国人到自认为是从中国而来的泰国人。最后到了1993年，"我"去参加曹家第四代接班人新公司的成立开幕典礼时，看到招牌上只有英、泰两种文字，没有中文的位置。更耐人寻味的是新老板不姓曹也没有中文名字，叫作"阿努察·操瓦勒"，成了个地道的泰国人。这是一幅完整的侨胞失根变迁图，而且司马政选了两个对中国人来说最敏感的细节，也就是文字和姓名。文字可以说是文化的载体，代表着对于整个文化系统的认同，而曹家的招牌又是曹家事业示人的标志，它从只有堂堂正正的几个中文大金字到接收了泰文又接收了英文，最后中文竟被英、泰两种文字挤了下去。这虽然只是一个细节，但反映了中国的文化和传统在曹家的逐渐失势和没落。再者是名字这件大事，虽然只是一个符号而已，但是中国人极其讲究"行不更名、坐不改姓"，涉及的是一个原则问题。可是，曹家最新的接班人不仅仅是改了姓，而且弃用了中国姓。文字和名字在曹家的变迁显现了他们对于身份认同的变化，而这个家又是整个侨胞界的缩影，司马政通过作品描绘出中国根在海外面临的失落问题，表达了他的担忧和痛心。

《焚书》一篇将这个问题放在一种更为悲凉的氛围中进行表现。文中一开头描述一位年近古稀的老妇人在孤单单地烧纸锭，待它们全被熊熊火舌吞噬干净之后，她又拿起一本本中文书虔诚地往火盆放。一位路过的年轻人目睹后觉得十分痛心，他认识中文也明白这些书的价值，于是请求老妇人不要将这些好书烧掉。老妇人便把剩下的几本书借给他并要求他中元节还回来。等他如约在那天把书拿过来的时候，竟看见老妇人又在地上堆满了中文书准备烧掉，他实在看不下去，就央求老妇人把那些书都送给他。老妇人在这个像死去的丈夫一样爱书的年轻人面前终于动容了，告诉他自己烧书是因为这个家除了丈夫没人懂中文。虽然结尾老妇人把剩下的书全送给了年轻人，但是读者反而觉得更沉重。因为，虽然这些被年轻人截住的书幸运地逃过了火舌的吞噬，但又有多少本书默默地化为灰烬，有多少中国传统消逝的故事在不知名的角落上演着。

总之，司马政对于这个敏感又让人无奈的问题没有回避。他用笔反映了这种失根的危机，以坚定的立场表达了自己的担忧和不满，但是他的目的是希望揭示问题引起注意，使得在外的侨胞永远记得自己脉络中奔腾着炎黄子孙的血液，不忘本、不弃根。

2. 揭露人性的黑暗面

趋利避害是人类的天性，真善美是作家恒久的创作主题，但是司马政偏偏能够做个真正的勇士，正视人性中的黑暗面并且撕下遮掩让其鲜血淋漓地展现出来。《天网》一篇的色调是黑色的，不仅因为故事发生在黑夜，更因为它展现了人心中黑暗的一面。一位单身女性独自留宿在偏僻的海滨，半夜一名大汉越窗而入，强暴了她，并且在殴打她之后拿走了桌上的手提袋。这名汉子可谓蛇鼠之辈，但是接下来这位女性的内心独白更让人不寒而栗——包里没有太多贵重物品，仅仅几盒化妆品、1000多泰铢以及治疗艾滋病的药物。想到这位暴徒不久后也要服用那些药品，她的嘴角浮出冷冷的笑意，感到了一种报复的快感。司马政没有停留在这件事情的表面对那位大汉的暴行进行谴责，而是深入受害者的内心去挖掘最深处的东西。她的人生已经没有希望，对世界也没有留恋。这位伤害他的大汉不仅以这种方式得到了惩罚，而且这世界多了一个像她一样的可怜人，她感到了满足，她不仅报复了恶贼也报复了这个世界。能把一起伤害事件发掘得如此深，表现得如此触目惊心，不仅仅考验了司马政的笔力，更加显示了他敏锐的观察能力和对人类心理的了解。

《一手包办》展现了一场精心策划的局。笑弟把药丸伟哥热心地介绍给了德叔，得知德叔"无用武之地"后又忙着帮他解决了这个问题，顺便又推销了几盒药丸。五个月后，德叔病倒了，笑弟带他找了医生，可是不奏效。于是，他找到德婶表示：作为有名的侨胞，德叔的葬礼必须办得隆重。德婶十分感动之际，拜托笑弟主持一切丧葬事务并承诺事后答谢他。德叔的丧事完毕后，笑弟拿起侨团名录一页页地翻阅，寻找着下一个目标。原来，这一切都是笑弟精心策划的局。为了获得利益不惜把他人的生命引向深渊，这张堆满笑意的脸面背后竟是一颗最肮脏的心。身边亲近的人信任的人可能在算计自己，司马政将人性之恶赤裸裸地展现在我们面前。

司马政的微型小说中注满了他的情感，有着他对于故土的热爱，对世上真善美的褒扬，同时毫不掩饰地揭示这世界的假恶丑，面对人性的黑暗和叵测，直视传统的衰落。但是他的微型小说不论是褒扬还是惩戒都有一种积极向上的氛围，因为他的情感基础是积极的。他将自己浓郁的感情注入文字之间，表达自己对世界的看法，写出自己对生活的希冀。

（三）情爱恨的表现手法

司马政在作品中主要采用了三种表现手法。

1. 以简为精

微型小说又被称为"小小说"，这针对的是它十分有限的篇幅，因此它不可能像中长篇的作品一样以曲折的情节、氛围的渲染、细致的描述来达到效果，只能是一切从简。司马政的作品也完全符合微型小说的这点要求，但又不仅仅是简单短小，而且是将大量的感情和信息浓缩在小型的篇幅中，入篇者皆为精华。

司马政有一个"百字小说系列"，顾名思义，字数都在100字以内。这些小说中，司马政往往用娴熟的技巧将巨大的容量压缩于其中，使读者在极短时间内获得极大的信息，受到极大的冲击。这样的作品大多是讽刺之作。比如《慈善家》，阿九向五叔苦苦哀求借用2000泰铢，但是被拒绝了。五婶不解素爱做善事的并且一出手就是十万八万的丈夫为什么这次连2000泰铢都不愿施舍。五叔告诉她，因为平常做善事捐钱有报纸报道，若给阿九，谁知道？原来，在他的心中慈善的意义是让人看到自己做的善事，慈善不是为了帮助别人，只是自己沽名钓誉的一种方式。司马政用这短短几十字狠狠讽刺了那些伪善者。又如《居中而坐》，某乡的广场上在播放露天电影，观众席座无虚席，人头密密麻麻。电影演到精彩之处时一位臃肿的汉子走进来，观众纷纷让路。一人不解，以为他是什么大人物，身边的人告诉他那是一位麻风病人。当人们见到这样的场景时第一反应是这个人是位大人物，说明在生活中人们确实只有大人物才能享受到这种待遇。可笑的是他只是一位麻风病人，人们的退让不是对大人物的敬畏，不是对小人物的尊敬，而是对一位重病患者的厌恶和回避。这些作品都很简洁，但一针见血地指出世情最真实的一面，灌注了作者的肺腑之情，篇幅不长但是字字精华。

司马政还有一些作品，简化了情节的设置和人物的描述，谈不上什么故事性，但是往往以寥寥数字营造出一种情景，一种氛围，将自己的情感融入其中，让读者自己在其中体验。《独醒》中讲的是马路上发生了一起车祸，马路顿时沸腾起来，收尸车把死者和伤者运走之后围观的人并没有离开现场，还在继续叽叽喳喳地讨论。这时一名醉汉摇摇晃晃地挤进来，断断续续地不停讲，一会儿说这个司机醉了一会儿说那个司机醉了，又钻入另一堆人群说司机都醉了。这篇小说没有特别清晰的情节和具体的针对性，只是让一位醉汉在一场车祸后乱点名，再加上"独醒"这一标题。耐人寻味，似乎非常矛盾，但就是在这个"醉"与"醒"的纠葛之中营造出一种矛盾的氛围，让人不禁寻味出很多事情是黑还是白也许不像表面那样，也许永远说不清楚。《花葬吟》是司马政的名作之一，也是明显受到中国古典文学影响的作品。作品写"他"结束游园会后驾着名车离开陈家，但是陈小姐那秀丽中带有几许憔悴的容貌，白衣飘飘的身影总萦绕在他脑海中，一时间他觉得她是那么像林黛玉，他不禁哼起了《葬花吟》。突然一个瘦弱的女孩贴着他的车窗求他买一束花，只是下一刻就在高速驶来的一辆车前倒下，鲜花洒在她身上。这个作品确实含有展现贫富差距的意味，但是它更高的文学价值就在于司马政用极短的篇幅造了一个境：时间虽在现代，但是随着陈小姐那神似林黛玉的外形矗立在繁华的游园会以及小女孩命丧车轮并花洒于身的悲剧这两个事件的发生和对比，加上《葬花吟》的吟唱，顿时就弥漫出中国古典式的悲哀。我们不仅为小女孩的消逝难过，更多的是被一种不能消散的悲伤气氛所触动，感到莫名的、淡淡的忧伤。

司马政的这些作品不是普通的简化，而是以简为精，用有限的篇幅容纳无限的意味和情感。这些作品，与其说是作者在表达感情，不如说是作者在引导着读者体验着各种情感。虽然简洁，但是做到了以少胜多。

2. 亦诗亦文

微型小说本身就被认为是介于短篇小说和散文之间的一种文体，而司马政又是一位众体皆长的作家，不论是散文、小说、文学评论都成就不凡。多种体裁的写作使得他创作微型小说不局限于这一种体式的天地，能够取他体之长，最大限度增强微型小说的表现力。于是，他的微型小说常常有跨文体之势，能够做到亦诗亦文。

《水灯变奏曲》是其中的代表作。作品一开篇就点出是在秋天这个季节，并且那月亮圆得有点"古典"，女主人公独自走在晚风轻拂的路上，拿着水灯走下河边，准备在这浪漫的水灯节夜晚放下水灯。一开头，整篇作品的节奏仿佛都随着主人公轻盈又徐徐的脚步而缓慢下来。这盏灯她在去年的这个节日就已经买下，可是她把它置于案上整整一年，直到今天才拿了出来。因为人们都相信对水灯许的愿望可以实现,她把这盏灯保存了一年,也把愿望保存了一年。在这个晚上她独自寻到一处幽静的河边,把她的情绪浓缩在水灯上,又把它荡在河里,水灯放了,她却没有许愿,因为怕这小小的水灯载不了她的心愿。一股漂泊的愁绪涌上心头,她觉得自己没有必要放水灯,因为她自己就是一盏飘零的水灯。作者用水灯节这种浪漫又带有古典气质的节日作为整个故事的背景,加上主人公孤寂又伤感地在幽静处收拾自己的心情,于是文章开头营造的缓慢节奏接着这一场景滑向了一种飘忽的古典境界中,如诗如画,极具诗意美。作者没有点明她的飘零感是来自身世还是情感,只让人觉得一缕愁烟在水面弥漫而上,顿生一种朦胧感。接下来,有一位汉子将她错认为恋人,而她也恍惚地发现那汉子是那么像"他",只是那道过歉的汉子已消失在人群中。河边热热闹闹,水灯各式各样,但是她已寻不回哪一盏属于自己,也觉得自己在这美景之外,只能迎着惆怅和寒风走了回去。结尾把先前朦朦胧胧的愁绪在欢乐的场景中具体起来,可谓以喜衬悲只觉更悲,升起一股古典悲剧诗意。这篇文章氛围上而言极具诗意,结构上来说又是散文式的,以女主人公经历的水灯节夜晚为背景,文字随着她的见闻和感受而流转,没有特意地进行建构,随意而至,但又不是一盘散沙,而是紧紧地围绕一个"愁"字运下笔墨,可谓做到了形散而神不散。

总之,司马政众体皆长的本领能够让他的微型小说广泛地运用各种方法进行创作,尤其是对诗和散文的借鉴,使得其既有诗的韵味又有文的潇洒,亦诗亦文,情感能够在更为合适的环境中喷薄而出。

3. 画龙点睛

司马政的微型小说虽有浑然天成之妙,但是也能显示出他过人的技巧,他的作品中常常出现神来之笔,画龙点睛。

首先,司马政的微型小说中有很多点睛的收笔之作,而且往往很具有哲理性。《赌局》一文中，写梅贵财走进"和和俱乐部"进行赌博，他手气不好，已经输了不少，但越挫越勇、埋头酣战。他没有注意到他身后的福禄寿三星图已经悄悄转成了一面水银镜，他的一举一动全在别人的眼中。有人事后问老板怕不怕梅贵财发现，老板笑笑说不用担心，"他这个人是不会回头的"。这一句话达到了双关的作用，"不回头"不仅指梅贵财在牌桌上不会回头，发现不了其中的机关，更是司马政于此指出很多人在人生路上不会回头，一错再错，一输再输。一个本来不怎么出彩的故事却被极具哲理的结尾抬上了一个档次，引人深思。

其次，司马政微型小说的标题常常是整个文章的亮点，是司马政表达自己情感和看法的"文眼"。《有求而来》讲的是邻里之情和以德报怨之举。何自信因为制衣厂被烧而濒于破产，而且人被关在警局，亲朋好友全都疏远他，没有人担保他出来。但是一位他怎么也想不到的人出现，并且保他出警局，那就是伦勉，一位曾经因地皮问题被他侵害权益的邻居。何自信看他不计前嫌十分感谢，又想起带给伦勉的不便，马上提出要开出那条被他堵死的路。伦勉却告诉他不用了，因为政府已经决定修一条从他家经过的新路，他这个做法是无所求的。但是司马政偏偏把这样的一篇文章冠以"有求而来"的标题，讽刺了何自信的以小人之心度君子之腹，也表达了他对社会上以利交、因利行的现象的抨击。

点睛之处是最能显示司马政微型小说创作功底的地方，难得的是这些"人工"之处却无做作之迹，又巧妙地把司马政那满溢胸中的情感表达出来。

司马政有着泰籍华人这一特殊身份，又在商场中沉浮数年，见识较广，阅历颇丰——这其中有矛盾、有挣扎、有无奈，也有欣慰和喜悦，总之一腔热情不得不发。他的微型小说作品可谓情和爱在交织，爱和恨却分明。他既能以文字来传达这世界的"真""善""美"，道出侨胞们念念不忘、生生不息的故乡情，写出他以作家的责任感表达的人文关怀，甚至用升华过的世事真情来感动人、召唤爱。更令人敬佩的是，他还能直面"假""恶""丑"，哀叹传统的失落、根的消逝，揭露人性的黑暗。他将他的情爱恨倾泻于笔尖，灌注于文字，笔笔精华，字字精华，这些情、爱、恨丰富复杂又浓郁。但最可贵的是，不管赞扬或斥责都有一种向上的积极力量始终引导我们。

同时，他娴熟地运用各种手法赋予这种篇幅有限的文体极大的容量和突出的变现力。他以简为精，将无尽的意味和情感浓缩至极小的篇幅中，并且引导读者进行自由的体验和发挥。他的微型小说能做到亦诗亦文，拥有诗的韵味和散文的潇洒。他还能画龙点睛，一个标题或者一句话便能使整个作品极具哲理或冲击力。

总之，司马政的微型小说作品不仅开创了泰华文坛创作的新时代，代表了其尖端水平，而且是整个华文微型小说创作的精品之一，推动了华文文学的发展。

（殷思雅　龙钢华）

二　曾心微型小说浅析

——以微型小说集《消失的曲声》为例

曾心，男，原名曾时新，1938年10月19日生于泰国曼谷，祖籍广东普宁。1967年毕业于厦门大学汉语言文学系，后深造于广州中医学院，并在该院任"中国医学史"教师，出版了《名医治学录》（与叶岗合著）《杏林拾翠》等。1982年返回出生地，从医、从商。停笔近10年后，重拾文艺创作之笔，散文、小说、诗歌、评论等都有所涉墨。出版著作有：《大自然的儿子》《心追那钟声》《一坛老菜脯》《曾心短诗选》

（中英对照）、《凉亭》（中英对照）、《蓝眼睛》《给泰华文学把脉》《曾心文集》《玩诗，玩小诗》《曾心自选集——小诗300首》等14部。作品（散文、诗歌、微型小说）在国内外多次获奖，如《三杯酒》获"全球华人迎奥运征文"一等奖。作品多篇被选入"大系"、"年度选集"和中泰教材《读本》及"作家大辞典"等。现为厦门大学东南亚华文文学研究中心兼职研究员，泰华作家协会理事，泰国留学中国大学校友总会办公室主任。

研究曾心作品的论著有：龙彼德的《曾心散文选评》《曾心散文艺术》，张长虹编的《曾心作品评论集》，吕进的《曾心小诗点评》以及4部硕士学位论文等。

曾心的微型小说集《消失的曲声》（四川文艺出版社2013年版）共收录了他的47篇微型小说，作品的主题、人物形象塑造及艺术表现手法均有独到之处。

下面分别从这三方面予以论述。

（一）主题：浓厚的中国情结

中华上下五千年的传统文化源远流长，影响深远。现在，世界各地都有中国人的身影。他们接受着国外文化思想的熏陶，吃着与中国不同的饭食，过着与中国人不同的生活方式。然而，这些都改变不了他们黑眼睛、黑头发、黄皮肤的外在，都改变不了中国传统文化在其心中的深深烙印。

在《消失的曲声》中的作品大部分有或深或浅的中国情结。《宝贝》一篇中写病危中的老人"我"的母亲，就如风中之烛一样，却在看到小孙女将黑色头发染成金黄色的时候开口说"红头发，可丑死啦！……我的家族，从来就没有红……毛……的！"文中的母亲在得知家里的"细妹"要嫁给外国人后,作者写道:"母亲听了,呆若木鸡,仿佛手里最美好、最珍贵的东西突然破裂了。"这些语言及细节描写都表达出"母亲"对于祖宗血缘的特殊感情。虽身在国外但是不忘其本源。"什么地球之家,我不懂!我只知道我的家,我祖宗的家……我祖家与你父亲的祖家,世世代代的人,都是黑头发的。如果我家族出了个'红头发',可上对不起祖宗,下对不起子孙呀。"

《蓝眼睛》中,"老伴"既喜还忧地说:"到外国留学虽然好,但怕日后娶个'红毛'妻子回家。"又在儿子将要领儿媳妇回家时买了红宝石戒指,并说:"要是李密的眼睛是黑的,我就送给她。要是蓝的,那就自己戴!"表现出"老伴"对于华人的偏爱以及对外国人一种偏执的排斥,从中也不难看出这是"老伴"对于祖宗血缘这一传统文化的传承。然而,当黑头发、蓝眼睛的李密可以讲得一口流利的中文并且在研究着中国的历史时,当黑头发、黑眼睛、黄皮肤的子孙们唱着英文歌,黑头发、蓝眼睛的李密唱《龙的传人》时,老伴喜悦地说:"真想不到,她却有一颗执着的中国心!"文中的字里行间,无不透露着对祖国的深情与热爱。虽然身在国外,但是心中念念不忘的还是中国。

《李嫂》一文中,李嫂"怕自家的子孙后代不会说唐话,便定了一条'家规':子孙回到家里,跟她讲话不许说泰话,都得说唐话。每当伸手要钱时,她总要用唐话问:拿去做什么。小孩得用唐话回答,如果说不出,就不给钱。这样久而久之,一家大小都会说唐话了。"表现出李嫂对于祖国的热爱和不忘其根本的执着。文中还有这样的描写:"90年代末期,泰国掀起学习'中文热'。李嫂的心也热起来,进了一间华文夜校学习……李嫂活到六十多岁,坐在课堂里,仿佛忘了自己的年龄,第一次享受到迟来读书乐的春天。"最后"李嫂清清喉咙:'从明天起,在家都得讲汉语。'儿子孙子顿时哗然。李嫂板起脸孔,瞪着眼睛,大手狠狠向饭桌一捶:'谁不讲汉语,谁回家就别叫我,也不准讲话!'"文章的开头李嫂就定了这条家规，结尾处李嫂又定了这条家规。这样强势的重复鲜明地表现出李嫂对于祖国的热爱，以及通过她的这种行为让子孙也都不忘其根本，怀有强烈的爱国情怀。

（二）人物：平凡而又性格鲜明

曾心在作品中主要塑造了以下三种人物。

1. 平庸的小市民形象

"小市民"一般指小商人、小官吏、手工业者和一般城市居民。这些人的特点是胸无大志、安于现状，思想上自私自利，作风上明哲保身，计较小利益。在《消失的曲声》这部微型小说集里，作者用细腻的笔触、生动的描写，刻画出一个个活灵活现的小市民形象。

《半夜鸡叫》中的张大妈，文中描写道："张大妈人瘦火气大，每当动肝火，就骂它三天两夜也没停嘴。从孙子骂到儿子，从儿子骂到媳妇，从媳妇骂到老头子，甚至摔盘砸碗，闹得鸡犬不宁。邻居暗中给她取个'老虎婆'的绰号。"文中的肥李以毒攻毒，在朋友那里买来了半夜鸣叫的矮脚鸡后，张大妈先是大骂甚至威胁要把鸡杀掉，肥李不肯后张大妈便瘦了几斤。在得到肥李的"教训"并且提出和解之后。张大妈才"一言不发，半闭半开着那双失神的眼睛，似乎默默在忏悔自己"。作者很冷静地将张大妈这样一个泼辣、自私、情绪多变的小市民形象刻画得栩栩如生。

这样描写小市民形象的作品在《消失的曲声》中比比皆是。例如，《丧礼上的陌生人》在家主郑默之去世之后，其妻与女儿声泪俱下甚至其妻还埋怨自己断了郑家的"香火"。在得知自己丈夫有了私生子之后，也只是将全家福撕掉，说一句"你这老东西"。然而，当那个"体态婀娜，俊眼修眉"的女人问律师"那有关郑家的财产呢"时，"郑默之的三个女儿脸上突然变了形,只剩下三条不变形的鼻子。她们的妈妈大惊失色,跌坐在地上"。完全可以看出郑默之妻子的心理变化由自责到最终的心理崩溃,也可以看出三个女儿在得知不能继承财产后的内心巨变。

《啊!人心》中的许安是"在书法界排不上号的,却喜欢在众人面前献'艺'",表现出小市民浓厚的虚荣心、喜欢讲面子。为了脸皮,到处宣扬自己如何为他人做好事,这种宣扬有时会达到令人生烦的地步。所以"多数观者是当面奉承,背后讥讽"。

作者在文中并没有很刻意地表现出对文中主人公的讽刺,可是读者能在字里行间体会到作者从侧面给予这些小市民人物的幽默讽刺。

2. 孤寂无奈的老人形象

世界人口正在加速老化。生育率在下降,而人的寿命在延长。人口学家预测到 2050 年前后,60 岁以上的人口将从现在的大约 6 亿增至 20 亿。与此同时产生的是"空巢老人"现象。随即产生的家庭"空巢综合症",就是子女由于工作、学习、结婚等原因而离家后,独守"空巢"的中老年夫妇因此产生的心理失调症状随之加深。

在《消失的曲声》中,作者就这一问题特地写了多篇文章,让读者在品读中深思。《寂寞病》中,当医生慕钟到达李太太家的时候有几处细节描写,生动地写出了李太太的寂寞与孤独:"哈,这条狼狗还认得慕钟呢!它高兴得频频摇动那条似会说话的尾巴。慕钟踏进客厅,那笼里的鹦鹉,欢跳地叫着:'沙越哩!'"(注:沙越哩,泰语,您好之意)从这几处细节就可以看出,李太太该是有多么的孤独!就连家里的宠物在有客人来访时也欢快起来。当医生慕钟对李太太说"主要想开点儿,散散心""即刻李太太的脸上仿佛蒙上一层孤寂和凄愁的面纱,抱起依偎在她身旁咪咪叫着的波斯猫,说:'我的散心,就只有这些猫呀、狗呀、鸟呀'"。通篇就是一个医生与病患之间的对话这种生活琐事,却表达出了一个全球化的社会问题。

又如，《品茗谈天》写"我"在酒席上得知了老伍的下落，从他儿子、儿媳的嘴里得知了老伍的近况，"只见儿媳努着嘴说'恐怕神经有些毛病'"。于是，"我"便在清明的时候顺路去看了老伍。发现他呆呆地坐在一座墓地旁。当他看到"我"来找他后，"老伍好像从死中活起来，奔来把我抱住""久没见面的老朋友，偶然相见，那高兴劲儿，谁都会有，但高兴得拥抱起来却为数不多。老伍此次见面这异常的动作，我想，是他那既孤独又寂寞的心锁突然被砸开的情绪的冲动"。当老伍看到有朋友到访时的激动，也从侧面表现出强烈的内心孤独与期盼有人陪伴。

3. 怀抱坚定信念的普通人

信念是情感坚定不移的想法，是认知和意志的有机统一体，是人们在一定的认识基础上确立的对某种思想或事物坚信不疑并身体力行的心理态度和精神状态。当一个普通且平庸的人拥有坚定的信念时，他就不再普通、不再平庸。在《消失的曲声》中就有这样一群平凡又伟大的人，他们坚定自己的信念，并且用自己的信念去影响周围的人。例如，《三个指头》中的老中医"朱半仙"，他一生都在"某小巷里，开一间又小又旧的中医诊所""在诊所中间的墙壁上，端端正正挂着一块脱了金色的匾额'医，仁术也'。他的诊金一直由病人随送，每天开诊，延医者总是座无虚席"。在"朱半仙"的一生中"医，仁术也"便是他的追求，也许在当今这个金钱为上的社会有人会嘲笑他的行为，但是在笔者看来他活出了人生的真正价值。他的行为也该让那些利己主义者感到汗颜！

又如《好好先生传》里的李好，他的口头语便是"好好"。遇见好事说"好好"，遇见坏事也说"好好"。在表面看来，这真的是一个没有主见的人，在他人眼里也许会说他是懦弱的。但是，我们不难从其中看出他生活的真谛。他对任何事都说好并不是他没有自己的立场，他说"好好"是因为他看事物都是从两面来看的。坏事在他的眼里也能变为有意义的好事情。所以当他去世的时候,"他死了,有的亲友说他很有'修行',已'转迷成悟','离苦得乐',死了,便能成仙了。的确,在他的灵柩前,亲友们都把他当作'仙'了,不仅摆着祭品,而且还点香膜拜"。并且作者在文章篇尾做出了这样的结论:"李好先生的一生,坦荡荡,凡事都能看得破,看得透彻。从好的能见到坏的,从坏的能见到好的。既能宽恕自己,又能宽恕别人。因此少有烦恼,也少有悲伤……"这是整本书中,唯一一篇作者直接评论的话语,可以表现出作者对"好好先生"的敬佩与尊重。李好有自己坚定的处世哲学,并影响了周围的人,所以他不再是凡人。

(三)艺术手法

曾心采用的艺术手法主要有以下两种。

1. 白描传神

白描最初是中国画中完全用线条来表现物象的画法。物象之形、神、光、色、体积、质感等均以线条表现,难度很大。因取舍力求单纯,对虚实、疏密关系刻意对比,故而白描有朴素简洁,概括明确,不施色彩的特点。文学白描则完全继承了中国画的特点,要求作家准确地把握住人物最主要的性格特征,不加渲染、铺陈,而用传神之笔加以点化。

在《宝贝》中写道:"我一看傻了:高高的鼻子,蓝蓝的眼睛,光秃的脑门,活像个莎士比亚。"寥寥几笔,一个活脱脱的形象就跃然纸上。在《蓝眼睛》中写道:"李密身着红色的中国旗袍,一双娇滴滴、水灵灵的蓝眼睛,在我与老伴跟前,微笑合十为礼。"用词不多就突出了李密这一形象的特点——眼睛。在《佛缘》中写道:"看他身上披着黄色的袈裟,手托着化缘钵,赤着脚,光溜溜的圆头,笑眯眯的脸蛋儿,俨然一尊佛的形象。"在这些描述中都使用了白描的手法,用最精练、最节省的文字粗线条勾勒出人物的精神面貌，显示出作者极强的功力。

2. 多元素的语言风格

高尔基说过："文学是语言的艺术。"任何一位文学家都是通过语言这个工具来反映生活、塑造人物、表达思想的。不同的生活阅历和兴趣爱好，形成了作家各自不同的语言习惯。不同的文化熏陶和时代环境也影响着作家的语言风格。曾心生在泰国，长在泰国，但他又是一个华人，接受着中华文化对他的影响。所以，这就促成了曾心小说的语言风格，既有泰语，又有中国俚语俗话掺杂其中，形成了他独有的文风。

《如意的选择》里这样写道："'不能收！收了就没'汶'啦！'他脸颊上露出两个笑窝，把钱推还给我说"（汶，泰语，功德之意）。《鱼苗塘里的漩涡》里这样写道："头家陈在龙有七八个鱼苗塘"（头家，福建方言，指老板）。《过时的种子》里有这样的描写："这些话在他听起来，像'三把锁匙挂胸口——多开心'。"

从这些文章语句中，我们可以看到有泰语，有汉语方言，还有中国特有的歇后语。这些多元元素共同构成了曾心文章里独特的语言风格。

通过以上分析，我们基本了解了曾心的华文微型小说《消失的曲声》中的人物形象，以及艺术手法。作者怀着一颗炽热的心去创作，将生活原本的面貌展现在读者的眼前。我们应该感谢他，是他用心浇灌着这些充满人性的作品。一个有着时代责任感的作家永远是属于社会的。所以，曾心在小说中描写的人物都是来自社会的各个阶层，人物形象、语言和行为都折射出社会的缩影。他为自己的作品赋予了浓厚的现实意义，具有举重若轻的文学价值。

（李钰　龙钢华）

三 鞭挞与赞颂
——试论老羊微型小说集《芒果飘香的时候》的内容基调

老羊，本名杨乾，1924年出生于泰国，自幼在新加坡读书，后进入香港大学深造。多年以来，一直从事泰国华文报纸的编辑工作。在编务之余，偶有所感则挥毫成章，日积月累，成果达500多万字。先后出版有《花开花落》《寻梦》《薪传》《桥》和《老羊文集》等著作。老羊的微型小说集《芒果飘香的时候》（四川文艺出版社2013年版）共收录作品57篇，选材丰富，基调鲜明。老羊的作品主要表现为以下两大特色。

（一）对人性丑恶的鞭挞

从老羊的微型小说来看，他很懂得取材现实生活，通过叙写社会上形形色色的人物和事件来表达自己的看法，对社会上的某些病态现象进行鞭挞和讽刺。这些故事内容大多平淡无奇，波澜不惊，但其细腻的笔触和深层次表达的情感往往如同一把犀利的匕首，刺向龌龊的事物、粗鄙的灵魂。

对文化学术界某些现象的批判。《"闷杀"以后》写的是某报刊刊登一位作家的诗时，诗中出现多处错误，作家愤愤不已。一朋友对作家说虽然很多错别字，但是可以增加朦胧感，让研究者觉得更神秘，作家就觉得十分心安了。讽刺了专为自己利益，而不顾读者感受的无原则作家。同样的还有《纯属巧合》，讽刺的是抄袭他人作品而死不认账的卑劣偷盗者。而在《尊称》中，写帖人的死板迂腐，最后竟将"老唐先生"写成"唐先生老"，让人啼笑皆非。在"废话系列"小说中，从成立废话协会到会长任职、辞职、再重新任职这一个过程,发现会长崔大立成立废话协会不过是因为多年来想当会长的愿望,而非为学术的发展。好笑的是,会长急忙辞职的原因却是因为舍不得会长纳税的费用,自私又吝啬;末了,新成员加入的"优秀"申请书,竟然是毫无意义的大废话,与前文中"废话协会"成立时会长致辞"废话不废"形成鲜明对比,充满讽刺。最后一篇,废话协会全体出动到机场隆重迎接"H城废话协会及诸理事",结果发现"会长、高级顾问、会员"全是一个人,极大讽刺了那些没有内涵却打着学术幌子的功利人物。

对丑陋人性的讽刺。《好朋友》写了一对曾经的"好朋友"浩文和喜仔的故事。30年前,喜仔倾力为困境中的浩文筹借了12万。后来喜仔"被一个欧洲骗子骗得生意输光",登门向浩文索要借款。可是,浩文却"一直躲避不见面"。而在喜仔发达之后,浩文却来偿还借款。为此,喜仔坚决不接受喜仔的还款,并不无激愤地说:"那时候,你给我一个番薯胜过此时请我吃鱼翅燕窝。你现在拿这张支票给我有什么意思?这张支票能把你的心灵洗干净吗?"一句话问得浩文张口结舌,无言以对。小说题为"好朋友",却是对好朋友的绝妙讽刺和揶揄!《头奖后遗症》讽刺了妄图一夜暴富而"精神错乱"的老伯,强调人要"知足常乐"。与此同时,《学费》中的素娜也是一个妄图借钱不还,而通过说谎来获得钱财的道德丧失者,结果是人人躲而避之,更有甚者,当街扭住斥骂、给人教训。而在《守时动员会开幕礼》中,更是将批判的锋芒指向了上层,9点开会,大家守时,领导却10点才到。领导发起的"守时"和自己严重的"失时"形成鲜明对比,给读者强烈的冲击,极大讽刺了社会上的粗陋的一面,其笔触,比起古话"只许州官放火,不许百姓点灯"有过之而无不及。还有一些小说,讽刺人性的贪婪和自欺欺人。例如,"大头舍系列"中的《大头舍太空减肥》中"满身脂肪要将皮囊撑破"的B君,为减肥吃了不少苦头,可是某日听到某个公司2020年可能在太空中建立减肥中心的消息,居然放口大吃，扬言 2020 年上"太空度假中心"减肥。把希望寄托在未知的消息中，寄托于渺茫的未来，以满足自己的贪欲。这种自欺欺人的行为并不少见，有些类似于鲁迅先生笔下的"阿 Q 精神"，不过老羊笔下的减肥朋友更具有生活气息，B 君就是一个典型。同样的还有《大头舍减肥》中，大头舍为了减肥给自己请了减肥秘书，但最后竟然忍受不住自己的贪欲，诱惑减肥秘书一同大吃大喝，最后体重从"一百五十基罗"增至"二百基罗"，结果和目的形成了鲜明对比，是自欺欺人的典型。在大头舍减肥中，秘书眼中只看到利益，毫无工作原则，最后同大头舍一起增肥，俩人活像演一场闹剧，充满滑稽。大头舍养宠物时，对邻里造成不便，却不多加管束，最后家里"泛滥成灾"，自私自利，终成祸害。这讽刺了那些不肯方便他人，最终害了自己的自私人物。

  对社会陋习的鞭挞。在《缠放泪》中，母亲小时候还是缠足的时代，双足越小越美，"三寸金莲"便是最好的形容。许多女人自幼被人用强力把一双天生用来跑走的脚摧残得不便于走路。可是母亲为了帮助家计，一直到 16 岁才缠脚。那时候她脚已长得十分粗壮，怎么出力也缠不小。于是，只好"出恶步"，硬是用力把脚掌骨弄折，拿竹刀包在脚底，用布扎了，再用力抽出竹刀。就这样把脚底的肉削了抽出来，然后再撒上矾，把足拗屈着紧紧缠起来。那阵子，母亲说，那是痛入心肺，连头发都疼。她被人死命夹住，挣扎不得，只发出一阵一阵杀猪的叫声……似此惨刑，并非一次就完，而是一而再，再而三……母亲的脚终于被缠成了一对粽子一样又小又尖，但比起别的女人，还是稍嫌粗了些，以致过门以后，时不时遭受人们的议论。可见，封建社会的病态审美和对妇女的摧残。可是，这还不算完，到后来，母亲瞒着所有人，在房中"放脚"。两只脚十个脚趾骨都断残了，掌骨也被摧残得不成样子。此时，力再大也拉不直了，更休谈恢复与常人一样。老羊用细腻的描写将母亲缠脚的过程细细说来，字字血泪，令人不忍卒读。老羊就这样在近乎残酷的叙述中将母亲那一代妇女承受的身心双重摧残再现于世人面前，字里行间饱含着对母亲不幸命运的同情、对罪恶封建陋习的鞭挞。

（二）对人性美、自然美的赞颂

老羊是一个重情重性的人，他的笔下透出一份对生活、对人的朴素而真挚的爱，表现出对真善美的赞扬和追求，对文学的热爱和美好期望。如父母的亲情、师长的深情厚谊，对一切美好的人性，作者都饱含深情地讴歌。

老羊写父爱、母爱，都是从平凡小事中体现出来的——平平凡凡的生活，平平淡淡的感情，不平淡的爱，颇见功力。例如，《笔筒》中讲的是父子两代的情谊。文章开篇由祖父画画开始，由父子对话引出父亲对儿子为人处世的教育，"他教给我们的是朱柏庐先生的'治家格言'"。文中，父亲"读书不多"，但是能十分烂熟地背诵朱柏庐的《治家格言》，并且每日背诵。儿子去新加坡读书时，父亲再三叮咛的是怎么待人处事，最后拿出阿公传下来的笔筒，像当年阿公交给父亲一样交给了儿子，笔筒上刻的就是《朱柏庐先生治家格言》，传递着家族的训诫和美好的期望。在之后的岁月里，儿子常常想起《朱柏庐先生治家格言》，对儿子的生活、学习、工作具有重大的指导意义，体现出父亲对儿子深沉而朴实的爱。同样体现母爱的如《余韵》。母亲出身穷家，十分苦劳，潮州歌谣唱得很好，与姐妹比歌，常常是优胜的。母亲经常在一群老少的女人中间，用她那富有感情的声调，不急不缓地唱出代代相传的故事。这一篇写的是"我"儿时对母亲的回忆，对母亲那一段欢快岁月的喜悦，表现出对母亲美好、纯真的感情。

老羊小说中也有对师长的深厚情谊。例如《桃李春风》，老师来曼谷探亲，昔年同学争相探访，话述衷肠，让人激动不已。还有《今晚又是好月亮》，通过诵读诗歌，继而想到初中教国文的李先生。他讲课很有真情实感，短短时间就和我们建立起深厚情谊。自赏月茶会李先生给我们用英文唱了意大利民歌后，还教了我们许多以月亮为题的歌曲，唱得人人泪湿衣裳，同时，李先生还很耐心指导我们写作，创办文艺刊物。但是后来我们误会李先生投敌卖国，心神忧烦，当听到李先生为国牺牲的时候，心中又悔痛不已。文章写了一位热爱学生、多才多艺、热爱国家的青年教师，让人钦佩不已。当然，对文学的热爱，也让老羊在作品中流露出许多对文学未来的期待，如《甜》。文中老丁因为出版作品时写了一个错别字，心中不安，但是一个学生寄来的一封信让他开心不已，原来学生看出了文中的错别字，并称赞老丁的作品。老丁为学生对于文学能有自己的见解而兴奋不已，觉得自己看到了文学的发展希望。文中的老丁正是老羊的真实写照，表达了老羊作为一个文学爱好者对文学能有不断发展的美好期望。

也有赞扬平凡人的真善美。《雨中的山路》赞扬的是一位出租车司机将几位游客送上山后又匆匆返回山下10公里开外的医院探望母亲，并承诺"明天一早准时回来"。可是大雨封路，游客都很担心司机不会回来，没想到，司机夹在雨幕中艰难地回来了。现如今，多少女大学生"失联"，都与黑车司机有关，而文中司机对母亲的孝心、对乘客的守信，令人敬佩和赞赏。同样的还有《英姐》，写了一位勤劳善良、乐于助人的普通劳动妇女。英姐的生活是艰苦的，靠一双洗粗了的手，一天洗几十件衣服，然后一件件洗烫，一件件送、收。忙碌之后，英姐还"义务"洗扫巷子和清扫公共厕所，且干干净净，定期疏导，已经十年以上了，巷里人都喜欢她。但新搬来的三弟因为养鸟的事和英姐过不去，见到她不是瞪眼就是冷笑。后来，英姐洗衣服时捡到一张中了奖的彩票，原封退回，赢得大家尊重。三弟自知羞愧，亲自道歉，英姐谅解。英姐的助人为乐、真诚善良，让人读了敬佩之情油然而生。尤其是《小夜莺》，更是感情深刻，在日本宪兵部，里面那位瘦小的 15 岁小童，在阴沉黑暗的监狱里歌唱《小夜莺》，仿佛一道曙光，照进了我们苦闷的心里。此外，他还唱《红旗飘飘》《满江红》《松花江上》等革命歌曲，给我们黑暗、愁苦的生活中带来欢乐和信心。出狱后，"我"打听小兄弟的下落，却得知他出狱后投入抗日战争，已经牺牲了。让人不禁扼腕叹息，为他的国家意识和勇气所深深折服。

老羊的作品，也时时表现出对大自然、对生活的赞美，充满感动，并且常常能把这种感动寄托在自然事物上，形成一种亦诗亦画的美感。都说"音乐是世界共同的语言"，老羊在叙述中善用歌曲来引起人们之间的共鸣，让人不禁回忆往事，亲人、朋友、老师，还有美好的自然。在《爱海》这篇文章中，老羊叙述了与昔日好友 A 君重游海边。"我"与 A 君唱着年轻时的歌，大海勾起了 A 君的回忆："（他）遥望着半天霞光，轻轻地轻轻唱：'晚霞美丽又如往昔，亲爱，你在何方？玉树青翠平原依旧，亲爱，你可安康？记得从前你我携着手，散步在沙滩上，如今你我天涯远隔别，我独把旧歌唱。'我忽然发现，他脸上有泪光闪动……但我不敢问他，为谁唱这支歌？我们往回走，沐浴于金灿灿的霞彩中，我说，你还是爱海……A 君说，你还是爱海……"与文首那句"我爱海"相互照应，表达对海的深深爱恋之情。

老羊的微型小说文字朴实、真诚，十分自然，让人想到三毛的散文：自然的事物、自然的人物。老羊的作品，平平写来，却极动人，这就是由于他的朴素无华，思想任其所之所至，文章便显得自然真实。老羊笔下，多生活平凡琐事，或是漫步时一次普通的经历，或是邻里间的朝夕相对，或是人生旅途中的片段的冥思遐想，或是大海里的几声波涛海浪……对生活的种种平常，化作了老羊笔下一篇篇美文，读之就如邻里话家常一般，读之亲切，毫无违和之感，仿佛一次轻松的沐浴，但是不知不觉中已收获良多，真正是良师益友。老羊的作品，往往能打动人的心灵，激发人的真善美，无论是在单纯的年代和物欲横流的现世及遥远的未来，都是值得珍藏和细细品读的。

（刘海娟　龙钢华）

四　陈博文微型小说初探
——以微型小说集《书魂》为例

陈博文，原籍广东澄海，1929年出生，澄海中学毕业后赴泰经商。他喜爱文学，阅读了大量的中外名著。曾当过学徒、店员、簿记员、仓库管理员、药品推销员，也开过印务局和土产行。70年代开始创作，并且多次获奖。在经商的同时，还兼任两家华文日报的经济、新闻及副刊编辑。现在担任泰华作家协会副会长。

丰富的人生阅历、厚重的文学沉淀，让陈博文的微型小说表现出对现实人生的敏感和执着关注，以及极强的故事性。陈博文被誉为"海外华文作家中最善于编故事的人"[①]。他的笔下有营私舞弊，有黑白两道，有江湖好汉，有妓女嫖客，有作奸犯科者，也有普通平常之辈，写城市也写农村，写商场也写情场，包罗万象，反映了无限广阔和丰富的社会生活。正如《陈博文短篇小说自选集》自序中说："就好像一个万花筒，大家可以窥视到五花八门的现象。"[②] 陈博文的《书魂》（四川文艺出版社2013年版）共收录其微型小说56篇，体现了陈博文微型小说的基本风貌。下面从两个方面分别予以论述。

[①] 刘俊峰：《欲望人生——陈博文小说文本内外》，《世界华文文学论坛》1999年第2期。
[②] ［泰］陈博文：《陈博文短篇小说自选集》，泰国八音出版社1996年版，第1页。

（一）内容特色

陈博文作品的内容特色主要有以下两点。

1. 批判现实

陈博文微型小说乍读之下，朴实平易，如《骄贼》《对不起，迟到了》。在《对不起，迟到了》中，就写了一个喜欢迟到的泰国人小杜，碰上了"我"这个时间观念很强的人，然后，小杜如何如何为自己开脱。生活中，这样的例子也不少发生，但往往时过境迁后，"生活小事"很快被抛诸脑后。倘若再精读一遍故事，情节趣味在脑海中相对减弱。这时，小杜言谈间的痞子风气便跃然纸上，明明自己迟到了，他却振振有词："哎呀，真对不起，又迟到了，我知道你心里一定不满。这也难怪，在这个竞争激烈的社会，怎么可以不守时间，时间就是金钱呀，自己不守时间，也连累别人浪费，怎么可以！怎么可以，我知道你一向是不浪费时间的，一个人不浪费时间，一天可以做多少工作，就算不重视自己的时间，也不宜妨碍别人呀！这种坏习惯，我认为一定要改，我明白一个不守时的人，可能失去朋友，失去机会，也可说是浪费生命，这是一种恶习，应该改，立刻就改，只有下决心，哪有可能不改正的事情呢？哈哈，我们先谈正事吧！"从小杜身上登峰造极的痞子无赖习气，可以看出陈博文对生活小事的敏锐捕捉，匠心独运。

又如《惊变》。叙述主人公阿越去国十年之后，从机场出来，发现泰国比以前大有进步，很感安慰。随之遭遇曼谷塞车窘况，引发了文明过甚的压力下均有的无力之感。不久，画面拉到中国内地家乡，家乡变化更大，原来的家搬了，生意也不做了，父母见到阿越回家，拥在一起。这一连串过程，描述得如同把生活重演，表面平凡而又平凡，平淡而又平淡，字里行间却包含了每个人在久别归国后对国家惊变后的感受,"兴奋得不知从何说起"。

然而,令人真正惊变的还在于人的变化。阿越的童年朋友阿别,做了市长当了民代,还在京城做大官做到副部长,收购了阿越父母的房产,改建起大楼来了。阿越不由得想起他小时候曾经和阿别在小桥上裸体跳水游泳,并排踏车在村外小路徜徉的时光——阿越自己的变化也不小,他已经是"美国约翰·霍金斯大学化学博士"。

以上一系列的沧桑变化,在陈博文笔下,似轻描淡写,实质上却是十分浓重的。就像中国的水墨画,不过以墨为原料加以清水,却可以引为浓墨、淡墨、干墨、湿墨、焦墨等,画出不同浓淡(黑、白、灰)层次,形成别有一番韵味的"墨韵"。近处写实,远处抽象,色彩微妙,意境丰富。

真正精彩处,在于结尾处那兀然而止的一笔,言有尽,而意无穷。阿越到阿别"宽敞高耸的官邸大楼"拜访老朋友,却被接待员拦住,要在表格中填这填那,最后,阿越无奈地对接待他的职官说了声"不必了"。这不禁让人掩卷深思:人世沧桑,在人与人之间建立起无形的墙来,文明越甚,墙越厚。我们生活中碰到这样的墙还少吗?这是更深一层的《惊变》。

泰华报界的名家郑开修十分明确地表示:"作品之有没有社会价值,要看它对于现实之批判作用而定,只写身边琐事,与社会没有实际关联的个人主义作品,现在是被清算了。我们要努力的地方是怎样用形象化和概括化的方法,来创造些能够表现出现实社会的内在矛盾的东西。"[①] 陈博文就是通过描述一个个在生活中看似平常的故事,让人在或笑或讥,或张或弛,或有趣或平淡中,引发对社会现实的思考。

例如微型小说《鸿运当头》中,描写了蔡鸿声与林才、沙越、颂汶、颂宽、杨亚木、金通等人之间的矛盾冲突。蔡鸿声既是原告又是被告,原

---

① [泰] 年腊梅:《泰华写作人剪影》,泰国八音出版社1990年版,第253页。

因是蔡鸿声以愚人节助兴节目为噱头，主办一场幸运抽奖活动，却并不兑现承诺。林才等众口一词，认为这是商业欺骗，一怒之下捣毁公司的器材，蔡鸿声索赔。最后，法官明断："各打五十大板。"通过一场看似平常的生活纠纷，批判商人"抛售"自己的信誉，客户暴力发泄愤怒的社会现实。并在批判中警醒：这样纷纷为金钱忙碌、奋斗的社会，也陷入了空泛、虚幻、浮躁的旋涡。

2. 思考人性

在批判现实中，陈博文尤其注重揭示人心浮躁、丑恶。相关的作品有《书魂》《带错高帽》《贴错门神》《不准吸烟》《神力》《真话机》《猴变》等。例如，《书魂》通过一位图书管理员在夜晚打扫图书馆时，偶然听到图书之间的互相抱怨，图书馆变成书籍"坟场"的故事，曲折地透露出现代人的心理状况，即当代很多人将经典名著束之高阁、不学无术、找机会捞钱等。如果将《书魂》只视为一个图书管理员的偶遇奇闻，那就失之遗憾了。又如表现人性丑恶的《猴变》，滥杀无辜，结果自己沦落为猴，让人唏嘘不已。

陈博文也很关注现代人的信仰问题，如《控诉》《错失良机》《洗钱》等。在《洗钱》中，老表亲邀"我"做他公司副董事长，实质上是让"我"帮他"洗钱"。面对这种诱惑，"我"是屈从欲望，还是坚定信仰？从老表亲"经济状况"转变，以及他"洗钱"的手腕，折射出一种唯利是图的劣根性。但是这种劣根性产生的根本原因何在？归根结底是信仰的缺失。面对的社会现实是：少有人谈论信仰了，人们已在追名逐利中逐渐忘却自己。

在女性问题上，陈博文有他独特的思考，如《功亏一篑》《走私》《正人君子》。在《正人君子》中，死者的两个夫人为身份地位唇枪舌剑。表面上，揭露了死者的"假君子，真小人"，深一步来看，两位女性对

"名分"寸土不让，对女性的人格、价值却视而不见，这何尝不是女性更大的不幸？

读陈博文的微型小说，虽处处可见生活里的无奈或不幸，但很少觉得压抑或沉重。因为在他的笔下，即使对被批判的人或事，也用一种比较宽容和同情的态度，如《疯子》《苦尽甘来》《温情尚存人间》等。尤其是《疯子》一文中的疯子，作家一方面批判，另一方面对他的不幸充满人道主义关怀。"那个遍身肮脏，长发披肩的疯老人，星夜又来宿在仓库外面的走廊上，一早管仓库的人来开仓工作，又是搞起了一阵吵斥声、咳嗽声、狗吠声。当这类声浪发生，邻近的孩子们，就会不约而同地围上来，好奇地看看那个又可厌又可怜的老疯子。促狭的孩子便高声喊着：'阿莲来啦''阿莲在巷口啦！'于是可怜的老疯子会很快地跳起来，张皇四望：'阿莲在哪里''阿莲在哪里？'接着他就拖着蹒跚的步伐走开去。"

（二）艺术特色

陈博文作品的艺术特色主要有以下两点。

1. 现实主义创作手法

东南亚华文文学界，由于历史和现实的双重原因，广大的作家都偏重于采取现实主义的创作手法。就我们所知的东南亚知名华文作家，几乎都与现实主义创作手法结下了不解之缘。泰国的司马攻、马来西亚的云里风、新加坡的黄孟文无不如此，作为老一辈华文作家，陈博文也同出一辙，行走在现实主义路径上。

于是，他的微型小说便始终以他熟悉的泰华社会为宽阔的背景，凭借对事物的深刻洞察力，对生活的独特感受力，对文笔的准确表现力，用言简意赅、生动活泼、通俗易懂、针砭时弊的语言，描写泰华社会的世相人情。从他的作品中可以发现,他在选材、造像(人物形象)上,并不简单地偏守一隅,不拘泥于某个领域、某类人物。司马政评价陈博文"以写现实主义为创作基调",并且颇为赞赏他的《惊变》《同归于尽》《捕鼠胶》《头盔》。

例如故事《头盔》,立足现实,结构完整。讲述外勤职员小朱,每天总是驾着摩托车四处乱闯,自恃一流的操纵机车技术,不把政府要求坐摩托车一定要戴头盔的硬性规定放在眼里,最终害人害己。借此以小见大地指出:安全问题不容半点轻率马虎。

2. 古典韵味

在微型小说的创作上,陈博文执着于中国古典小说的章法体式、起承转合。同中国古典小说一样,"故事性"是陈博文小说最基本的艺术形态。他的故事往往生动曲折与传奇缠绵齐飞,冷峻严厉与平和从容并存。故事总是中文读者的第一需要。陈博文的故事大都用一个精美的"包装"包裹住里面的既定主题。例如《鸿运当头》中,鸿运置业有限公司总经理蔡鸿声以虚假广告欺骗客户,反造成公司85万泰铢财产损失,偷鸡不成反致鸡飞蛋打。这就是弄虚作假者得到的报应。

在结构形态上,他的小说多采用古典式的倒装结构。他十分重视情节的因果链,讲究完整的布局,形成小说因果完整的结构,很有"古典意味"。他对《豪情》的结尾处理,"豪侠"骗子,在警察的"火眼金睛"下,最后锒铛入狱。这种结构方式,让他的主题更突出,善恶矛盾冲突更明显,从而达到警世育人的目的。这也是他小说的魅力所在。[1]

叙述时间、描写空间上的连续性与完整性及其叙述语调的古典化,也是陈博文小说"古典化"的一个突出特质。这一点,极易从陈氏小说中如

---

[1] 杨芳青:《泰国华文微型小说研究》,硕士学位论文,福建师范大学,2007年,第31—32页。

"一宿无话""闲话少提""好不容易""说来""想来""怎样怎样地""又说了一遍"等在现代小说里完全可以"省略"的叙述话语里,最直观地领略到它古典化的"语调"模式。这种传统的表达带给他小说清朗完整的面目,又迎合了读者的趣味。

"留白"是陈博文微型小说的又一大特色。在中国画中常用留白,表现一种含蓄内敛的意境。陈博文将其运用到微型小说创作中,既节省读者阅读时间,也让作品本身灵动、洒脱且不乏惠敏,弥漫出独特的艺术感染力。例如《惊变》,阿越最后的那句"不必了",言语精炼,留下空白,含蓄委婉,却把人与人之间的隔膜描写得入木三分。

陈博文作为泰华微型小说中的一员,一直致力于将泰华的生活全貌蕴藏在一个个小故事中,警醒世人,在泰华文坛上声誉不菲。他的微型小说在内容上批判现实,揭露人心,给人留下深刻印象。在艺术上,将古典主义的韵味运用到微型小说创造中,维护了现代小说的可读性。行走在现实主义创作路径上的陈博文,以其深刻的内容、精美的形式为泰华文坛乃至世界文坛树起了一座艺术丰碑。

(刘明　龙钢华)

五　浅析杨玲微型小说创作内容上的特色
——以微型小说集《曼谷奇遇》为例

杨玲,女,祖籍广东潮安,出生于泰国,从小在中国接受教育,学业完成后回到泰国创业,现任职于泰国华文报界。业余时间爱好文学创作,写作诗歌、散文和小说,并翻译泰国作品。杨玲的父亲老羊也是著名的作家，也许是中华文化的影响或是父亲的思想熏陶，使得杨玲走上了文学这条道路。她曾说："可能是龙的血脉在沸腾，或许是遗传基因在作怪，我如果不写作是不合理的。"① 杨玲现为泰华作家协会副秘书长、《泰华文学》编委、小诗磨坊成员。曾与父亲合出诗集《红·黄·蓝》、微型小说集《迎春花》等。近些年来，杨玲更是创作了一系列饶有趣味的微型小说。

作为泰国华文报界的一员，杨玲以新闻媒体工作人员的独特视角向人们展示了社会百态，她的作品短小精悍，贴近生活"以最小的面积，集中最多的思想"。杨玲的《曼谷奇遇》（四川文艺出版社2013年版）共收录其微型小说76篇，无论从内容上还是形式上都有可圈可点之处。下面分五部分予以论述。

（一）关注社会，云淡风轻

微型小说对作品的精炼程度以及取材有很高的要求，取材要善于捕捉生活中有意义的瞬间，截取生活的截面，进行加工处理，从而达到自己的创作目的。杨玲的微型小说不同于一般的小说追求的那种新与奇，而是回归于平淡，多取材于周边普通人物的普通事件。她关注社会，追求的是一种与世无争、云淡风轻的态度。她表现出了当代作家的崇高美德、职业操守，将社会百态展现在读者面前，不求新，求奇。正是因为其平凡简单的生活题材，拉近了作品与读者的距离，仿佛读者正在体验自己生活中的点点滴滴。

《网友》写大学同学"诺"失恋后迷上了网络，因此结交了网友"乃该"，"我"和诺到曼谷实习时借住在乃该家中。一天，乃该将"我"送

---

① 赵朕：《父女驰骋并齐驱——谈泰国作家老羊和杨玲的文学创作印象》，《世界华文文学论坛》2011年第4期。

到实习地点后，借口有重要文件没有拿而转身带诺回到了家中，意图强奸。幸运的是，诺的大声呼救引来了保安员才得以脱险，只可惜包包被抢了。

在电脑还未普及的时代，便有一大群青年深陷网络，日日夜夜地上网聊天与其所谓的网友见面，诺便是其中典型一例，因此，一些不法分子借助网络进行犯罪。作者抓住这一社会现象以极其平淡的语言叙述诺的遭遇，向人们揭示社会的不同面貌。过程并没有惊心动魄，只是呈现出平淡如水的叙述、纯粹的表现事实。这也体现了作者作为社会媒体从业者的职业习惯。

又如《堵车的路上》，周六中午在下班回家的公交车上，因为严重堵车加上"我"口渴难耐，便要售票员下车帮忙买汽水，可谁知道这时候交通通畅了，售票员被丢在外面直至下个大塞车才顺利赶上。

曼谷是一座发达的城市，是泰国经济、政治、文化、交通的中心，堵车时常发生。作者对这一事件的简单叙述，不仅表现了曼谷的拥堵，还表现了人们的美好品德，售票员热心帮"我"买汽水，而"我"因为售票员没能及时上车而深表歉意。

《电脑和我》中，作者将电脑融入我们的日常生活和工作中这一状况挖掘出来，展示出人们生活方式的改变。关注社会的方方面面，用极为平淡的语言表现出来，是杨玲文学创作的一大特色。

（二）提炼生活，引人思考

正像王蒙所说的，微型小说是一种敏感，从一个点、一个画面、一个对比、一声赞叹、一瞬间之中，捕捉住了小说一种智慧、一种美、一个耐人寻味的场景，一种新鲜的思想。杨玲的微型小说并无大风大浪，也无离奇怪谈，多选材于生活中的点点滴滴，是普通人的普通生活，从人们看似平淡无奇的生活琐事中，提炼出生活的智慧，以达到诲人的目的。有人说她的小说寓教于乐，也的确如此，她脱离了教育人的严肃态度，给人一种学习的乐趣，在放松中求知，在休憩时升华。

例如，《电视》写明和芳小两口最近常常为看电视而发生口角，明想看奥运会比赛，芳想看电视连续剧，并且各有各的道理。无奈之下，明只有跑到朋友家去看，芳一个人在家却觉得不踏实了，于是把电视让给明看奥运会比赛，自己则在报纸上看刊登的电视连续剧。

婚姻是爱情的升华，家庭是幸福的港湾，夫妻二人从相遇相知到相守实属不易，我们应该珍惜这段难得的缘分和幸运。而要相伴几十年更是不易，这需要夫妻二人的互相体贴和宽容，只有这样才能走得更远，生活才会更温馨。小两口吵架，可以说是再平凡不过的事情了，有些人受不了，放弃了，而有些人互相协调，越过不快。作者通过明和芳这对平凡夫妻的事件，告诉我们，夫妻之间需要体贴和宽容。

又如《独女》一文，玲玲是独女，家庭条件优越，从小就有"公主病"。玲玲上学的时候有母亲、司机专程接送；不好好做作业，有母亲帮她做；考试成绩欠佳，却依旧想外出游玩，父母也顺了她的意；没考上大学，父母在征求了她的意见后将玲玲送去了英国留学。可谁知没过几天，玲玲自己坐飞机从英国回来了，原因是英国太冷，她受不了。

现代社会，随着经济的快速发展，工作压力也日渐繁重，加之生育政策的压制，很多家庭只育有一子或一女，伴随他们的当然也有优裕的物质生活条件，以及充分的关怀和照顾。这容易造成一系列的弊端，如在家里，父母代劳独生子女的许多本应自理的工作，使子女易于形成依赖性，自主精神和自主能力都差，也缺少劳动自觉性。这在现代家庭是普遍现象。作者对玲玲事件的概述，旨在教导父母们不能过度宠溺孩子，得从小培养他们的自主自立意识，否则将害了孩子。

贴近生活是杨玲的创作特色。她善于提炼生活，哪怕是一个极其简单的现象、一段再平常不过的故事，她都能在其中找到闪光点，通过讲述别人的小故事，从而引发出读者对人生的思考。

（三）揭露病态，鞭挞丑恶

时下正值经济快速发展时期，市场大潮冲击之下的诸多社会问题越来越突出，许多作家的作品或多或少地反映出一系列现实问题。这体现了作家的社会责任感和文学使命感，杨玲便是其中一员。微型小说可谓浓缩的艺术，具有以微知著、以近求远的特点，杨玲通过对社会上某些病态现象的讽刺和对丑恶的鞭挞，向人们展示了泰国的一些社会面貌，以及作者的社会良知。其鞭挞的对象也十分广泛，社会风气、政治官场、人性与道德都是她笔下描写的中心点，使其作品具有十分深刻的现实意义。

例如《曼谷奇遇》中，"我"因对大都市曼谷的繁荣和新奇事物充满向往，便直奔曼谷，一睹花花世界的风貌。初到曼谷便跟随一个号称卖淫秽光碟、书籍的青年来到一间藏"宝"的小屋，谁料被几个大汉合伙夺去了钱财。

这篇作品反映了泰国经济政治文化中心曼谷的病态现象——骗术横行。经济越是发展，人们的逐利之心越是急切。作者直接向我们展示了他们追寻利益的一种方式、一种不健康的社会风气，让读者的心灵微微一颤。同时，作品讽刺了"我"的龌龊思想，因此念而被骗，让读者哭笑不得。

又如《谢幕》，M 君是政坛一颗耀眼的明星，却因权力在手，和许多美女发生了关系而染上了"世纪绝症"，终于气绝身亡，在政坛上谢幕。作品从侧面反映了一些官员滥用职权谋取私利的现象，事件虽小，却足以窥见整体。反腐反贪尽管每年都有行动，但此类现象仍然无法杜绝，如此有才之人却因绝症而亡可谓可惜，如此滥用职权之人最终自食其果，也可谓快哉！作者并未直接表露自己的观点态度，但从主人公的结局可看出作者的创作用意。

在物欲横流的时代，人们褪去了以前的"道"与"德"，人性也变得越发扭曲，为了自己的利益可以不择手段。《眼镜蛇》中，园主尼勒与蒙乐在按摩院相识，不久二人便同居。卑鄙的尼勒为了得到一大笔保险金不惜放眼镜蛇咬蒙乐，并拖延蒙乐抢救的时间以致其丧命。尼勒泯灭人性，沦为财奴，践踏他人性命，实在是可鄙可耻甚至可悲。现实生活中我们也常看到这种现象：为了争夺遗产，兄弟不惜大打出手；为了获得金钱，不惜欺骗好心之人，欺骗观众。敢问现在有几个人敢扶摔倒的老人、晕倒的孕妇？在这里体现的不是社会的冷漠，而是折射出一种道德的沦丧、人性的扭曲。

作者将社会的病态面以及人性的丑恶直接呈现出来，具有极高的现实意义，发人深思。

（四）褒扬美好品质

人物作为小说的三要素之一，当然也是微型小说表现的重点，但微型小说篇幅短小精悍，在有限的字数内刻画出鲜明的人物形象实属不易。杨玲力求通过对事件的描述，客观地表现出人物的性格特征。即使在日常生活、平常事件里，她也能通过独到的眼光捕捉人物的闪光点，提炼人性的美好面。在作者笔下，形形色色的人物都是作者刻画的对象，但是，最能触动读者心灵的要数其笔下的女性形象了。冰心老人曾说过：如果世界上少了女人，便会少了十分之五的真、十分之六的善、十分之七的美。女性在众多作者笔下都是真、善、美的象征，即使出自平凡家庭、在平凡事件中，也体现了真、善、美的光辉。

例如《有志者事竟成》中，华裔女孩素妮一边勤力缝衣赚钱养家，一边完成学业,几年后顺利穿上硕士袍,成为彭世洛大学的一名教师。素妮志不在于当裁缝,但是为了养家糊口,她听从了父亲的话学裁衣。她并没有抱怨,在工作上兢兢业业,学习上刻苦勤奋。她不抱怨命运,不埋怨父亲,不放弃梦想,最终成了人生赢家。作者并没有直接褒扬她的美好品质,而是通过平淡的语言将一个孝顺、坚强、乐观的女孩展现在读者面前,字里行间都体现着作者对其美好品质的赞颂,让读者心生赞叹。

《乃差纳和娘屏知》中的娘屏知是一名普通的妇女。尽管丈夫乃差纳一味地赌博,输光家产,但娘屏知多次选择了原谅,这体现了她的宽容和善良;为了补贴家用娘屏知到处揽活,这体现了她的勤劳与不怕苦;娘屏知千方百计用微薄的工资为儿女做好吃的,带他们到处玩,这体现了她的无私母爱;上司向她丈夫发出警告,她不求不闹,这体现了她的通情达理;最终,娘屏知决定离婚,单独带子女生活,这体现了现代女性的坚强与独立。

此外,《生命何价》中的老奶奶身患重疾,为了省钱给孙子上学而放弃了治疗,这是何等的无私。《素不相识》中不相识的女子、《堵车在路上》的售票员、《人间有情》中的年轻女子、《车夫》中的车夫、《好人》中的小伙子,他们都是作者笔下拥有美好品质的代表,他们热心、善良,也正是因为他们人性的温暖才使得阳光更明媚、社会更和谐。作者将人物的美好品质通过小小的事件集中体现出来,体现了她对人性美的赞扬与追求。

(五)展现泰华文化

文学创作在一定程度上有着传播文明与文化的意义,世界各地文化多姿多彩,既相互交融又相对独立,虽身在异国,但作为华裔的杨玲,时刻不忘祖国,龙的血脉在她身体里流淌,中华文化已深深根植于她的心中。

杨玲的微型小说集中展现了泰华文化的交融，让读者既可以从中了解到泰国的文化和社会面貌，更能感受到她那浓郁的文化乡愁。

作品《无名英雄》和《九皇盛会》集中反映了泰国的佛教文化。作品中描述到他们入佛寺之前得穿戴整齐，并且需要脱掉鞋子，节假日善男信女挤满佛寺，里里外外水泄不通。佛教从印度传入泰国2000年来，已深深地影响了泰国人民，泰国以"千佛之国"闻名于世，素有"黄袍佛国"美誉，这都是因为信仰佛教而闻名。作者在作品中向我们展示了泰国人民对佛教的尊重以及严谨态度，表现了佛教在泰国的崇高地位以及泰华文化的交融。

中秋节从唐代初年就成为我国固定的节日，是我国重要的传统节日之一。每年中秋，许多文人便会赏月畅谈，或是借着月亮传递相思之情。作品《另类赏月》中，作者提到每年中秋都会与文友一行浩浩荡荡去赏月，并吟诗作对。作者虽身在异国，但时刻不忘祖国，过着祖国的节日，继承祖国的传统，"月明正是思乡时，满腹乡愁何处诉"，体现了作者浓郁的文化乡愁。

此外，作品还多处出现了泰语称呼和日常用语，如"坤耶通"（老奶奶）、"坤摩"（医生）、"沙哇滴"（问候和告别语）等，不仅让读者感受到了泰国的语言，也增强了阅读的趣味性。

杨玲善于挖掘平凡简单的生活题材，描写自己的所见所闻，这是其文学创作的一大特色。她向读者展示了不同国度的社会与文化面貌，给读者一书探异国的感受，她将普通人的现实生活呈现在读者眼前，从中提炼闪光点，触动读者，发人深思。在她的作品中，我们看到了她对真、善、美的追求，对丑恶的鞭挞，体现了一名文学创作者该有的使命感和责任心。她用一名社会媒体工作者的独到眼光、工作方式创作小说，并未直接抒发自己的褒扬或是鞭挞，而是用事实说话，用事件呈现，将美丑毫不遮掩地呈现在读者眼前。杨玲的作品没有华丽的辞藻，没有惊心动魄的情节，更没有多样的叙述形式，她只是以最传统、最朴实的方式叙述最普通的事，给我们轻松、亲近感。人们总是会忽略身边的事，而关注千里之外的大事、奇事、异事。杨玲的小说提醒我们关注身边的事，体味人生百态，那么你会发现不一样的美，感受不一样的生活，学到不一样的东西。杨玲的微型小说在内容上回归生活、挖掘生活、提炼生活，备受泰华文坛的推崇与厚爱，相信她能继续为读者奉献更多更好更不一样的美的体验。

（刘芳枝　龙钢华）

第十四章　中国香港华文微型小说代表作家作品研究

东瑞微型小说初探

——以微型小说集《天使的约定》为例

东瑞，原名黄东涛，取"东涛"和太太"瑞芬"各一字而成，福建金门县人，1945年出生于印度尼西亚，60年代就读于印度尼西亚雅加达巴中学，1969年毕业于泉州华侨大学中国语言文学系。1972年赴港定居后，从事过不同行业，做过印染工人、玩具装配员、打蜡清洁工、推销员，甚至跟车送货的苦力。1991年，与其妻蔡瑞芬女士创办获益出版事业有限公司，任董事总编辑。业余从事写作，作品多次获奖。1983—1984年《琳娜与嘉尼》及《不沉的舞台》两篇小说先后获得香港儿童文艺协会儿童小说创作奖季军及优异奖，1990年散文《山魂》获香港市政局中文文学创作奖散文组冠军，同年以《夏夜的悲喜剧》获香港市政局中文儿童读物创作奖儿童故事组优异奖，1994年《少年小羊》获小说组优异奖。2006年荣获

"香港小学生最喜爱作家"荣誉称号,著作《校园侦破事件簿》获选"中学生好书龙虎榜十大好书"及"最受小学生欢迎十大好书"。2007 年著作《校园侦破事件簿》获中国第四届侦探推理小说大赛最佳新作奖。2009 年《一双绣花鞋》获第七届中国微型小说年度评选三等奖。中国第四届小小说节于 2011 年 6 月底在河南郑州举行,东瑞被授予"小小说创作终身成就奖"。他为微型小说文体在香港和东南亚的推广做出了多方面的努力,被誉为"香港新时期小小说领域的掌门人"。其微型小说具有独特魅力。《天使的约定》(光明日报出版社 2010 年版) 这部微型小说集是中国小小说名家档案系列中的一本,收录了东瑞有代表性的微型小说精品,体现了深广的思想意蕴和多样的艺术特色。下面分两部分予以论述。

(一) 人生百态浮世绘

东瑞小说关注社会人生,涉及人性、人情以及道德伦理的各个方面,写出了商业社会下的人生百态。具体来说有以下四个方面。

1. 以舒缓的笔调写出了商业社会下的人情美

他以敏感的心,看到这个势利的社会中的人情美的光华。亲情、友情、爱情使人与人之间笼罩上一层温情的面纱。《皮大衣》描写的是素岚与朋友之间的友情。由于朋友的支持与谅解,素岚走出了婚姻的创伤。无论做什么,朋友都在背后支持她,使她明白"人生不能没有朋友,好朋友犹如太阳于地球一般重要吧",发出了"真诚的友情是人性中的珍珠"的感叹。而在《让我们再对坐一次》中,回忆了 30 年前"我"与父亲的往事,父亲牵着我在冰室的露天圆桌和白色铁椅上吃冰激凌和西瓜,然后一起租武侠小说看的情景。这是父亲给我的一个"快乐的世界"。这样的小事透露出浓浓的父子亲情,而多年后我故地重游,却是"桃花已逝,人面全非",只能带着这些回忆深深地思念父亲。《心萦萦,七十年》写出了一个母亲为儿子奉献的一生,到老依旧牵挂儿子,写出了母爱的伟大以及母子间割不断的亲情。

当然,东瑞最多的还是喜欢从婚姻与爱情的视角来表现人间的温情。爱在过去一向被视为我们生命的原动力,爱情从来都是人类永恒不变的主题。《天使的约定》中描写了一个戏院带位员与一个经常看电影的女孩之间的朦胧、纯真的暗恋。他为了能每天看见女孩儿,放弃了比现在高1000多块工资的工作,但始终没有机会接近她,所以他"始终只能在黑暗中默默地欣赏她"。到最后,因为女孩儿手机掉在戏院被他捡到这个机缘,他终于等来了他心中的"天使的约定"。这样一个曲折的故事承载着一段暗恋的唯美的情怀。而《青涩豆芽梦》则讲述了威威与贞贞情窦初开时少年青涩的初恋情怀,这样的少年维特式烦恼,有伤害但也甜蜜;这样纯真美丽的朦胧爱情,仿佛让我们看到了自己当年的影子。《一双绣花鞋》中,只是摆鞋一个小小的细节让我们看到了小人物那平凡但令人感动的爱情。《旧衣》《友爱餐厅》则写出了夫妻间经历百转千回后的爱情。《咖啡》《长发为君留》《带家具出租的房间》讲述的则是至死不渝、生死相随的爱,而《忘不了你》《老伴》等给我们展现的则是真挚动人的晚情。

在这个欲望膨胀、人心疏离的年代,人与人之间真挚的感情显得那样的可贵,在我们生活中,亲情、友情、爱情都是我们无法割舍的情怀。东瑞把这样一个充满着人情美的世界展现在读者面前,让读者在这细腻的温情世界中流连忘返。

2. 在表现商业社会的人情美的同时对商业社会的人性丑进行了
   无情的讽刺和鞭挞

东瑞曾说过:"一位作家要有社会责任感,充满忧患意识,如此才不致老是风花雪月,顾影自怜。"在东瑞诸多小说中,都寄寓着作者对社会的关注与对人类境遇的忧思。

在商品经济大潮的冲击下,人与人之间的关系逐渐趋于利益化。在利益的前提下,人的弱点趋于暴露。在《他的爸和妈》中,爸爸为了钱做了无数坏事,仅仅因一篇看似影射的文章就要去告人家。真是"只许州官放火,不许百姓点灯"呐!而那个知道丈夫做尽坏事还"在外至少养了三个女人"的母亲,尽管万分不满却没有选择离婚,一句话道出其中曲折:"他有肝癌,他自己还不知道。医生说命不会超过一年。那时,妈是他的原配、老大,唯一的财产继承人……现在有必要跟他闹什么吗?"感情终究抵不过利益的诱惑。《拍卖》中丝莉在其友文坛名家夏子还正当盛年时便忙不迭地要将他的书信公开拍卖赚钱,而《异床同梦》中,夫妻两个同时做了一场中彩票的梦,因为财产分割的问题,而闹到离婚。这是对这个金钱至上社会的无情嘲弄。

在利益的驱使下,人类本性的冷漠与自私,毫不留情地展现在我们眼前。《他还要从医院里走出来》中,李主任生病,尽管傅朗柏对他意见最大,却还是去探望他。李主任病房中被鲜花、慰问品掩埋的情景与尹经理病房里的荒凉形成了鲜明的对比。尹经理得了绝症,无一人来探,病房里冷清,其原因被小傅一语道破真相:"尹经理已走不出医院,无法再来公司管我们了""李主任他还要从医院里出来的。"将人与人之间那种赤裸裸的利益关系暴露无遗,人性的冷漠在此也可见一斑。《猩猩》的结局惊险却悲惨,动物园的园长衣藏短枪却没有射杀猩猩,那是因为猩猩是动物园的赚钱工具,记者高举摄像机拍下这惊险的片段,却没有一个人去抢救被猩猩抓住的无辜女婴。这些是对人类关系利益化、人心冷漠化、社会现实化的一大讽刺。

还有一类人,他们为了名利可以抛弃自尊放弃一切,不顾自己最后的道德底线。她因为工作无着落,认为自己虚度光阴,空有学历,为了替自己打造知名度,在大街上脱光衣服裸奔,她"成功地豁出去了"(《豁出去，豁出去》）。一个天王车站的拆迁牵动着三个年轻人的心，一个本来没有什么特殊意义的普通车站，可是就因为他们欲以暴烈行动抗争为自己扬名，而天王车站的价值反而变得不重要了，他们终于成功地"出名"了（《天王车站》）。如此种种，不正是对当今社会那些不择手段出名的人的绝妙讽刺吗？《珍珠外套》所写的手术室里的病人全身上下什么都是假的，唯有那件珍珠外套才是真的，赤裸裸地讽刺了这个处处造假的社会。此外，《轮环》描写了一个孕妇的强烈食欲，贪得无厌却不肯节制。《罚》《鸵鸟物语》《轮环》等讽刺了社会上人们的贪婪欲望，表现出一种强烈的批判精神与人类的自省精神。

3. 反映了商业社会中人们生活的艰辛与无奈

在东瑞笔下，每篇小说都是生活的缩影。他从现实出发，从自己对人生的悉心观察和体验出发。他有着坎坷而丰富的人生经历，在这个生活大潮中自喻为"一片在人海的大浪中漂流的叶子"，认为"小说世界应该是一个新世界，美好的更美，丑恶的更丑，小说应比生活更迷人，启示读者，引起他们的思索"。正是由于他对人生有着如此多的经历和感悟，所以他的作品才具有说服力和感染力。

在小说中，人们生活中的辛酸与无奈毫无保留地呈现在读者面前，商品大潮来袭，人们的生活节奏日渐加快，生活压力也随着增大，公司打卡机"像掐住咽喉那样掐住时间"，20多年的习惯性工作使得老陈即使在死后，魂魄依然习惯性地打卡上下班（《魂魄》）。商场复杂激烈，人们违心地活着，胡主任每天抱怨开会，却天天开会，"前后讲了整整一小时"，不喜欢西装领带，却还是"头发油亮整齐，穿上了度身定做的西装，还系了一条红蓝间色的大领带"，结果"热得冒汗"，回到家才敢说"谁说西装好？赤裸才最舒服！"这真的是"人在江湖"呀（《人在江湖》）。同时，激烈的商战，无止境的应酬，结果妻子对丈夫说"你的复制人也做得够累,今天要求再复制一个,否则他想自杀"(《最佳经理》)。而《大相片与小热狗》中,老林夫妇在游园时,为了买上便宜的热狗,不惜不断地选择商店,写出了下层人民捉襟见肘的生活状态。

同时,作者还描写了文化人在这个社会的艰辛与无奈。《新焚书记》中,"别人都以为我写了那么多书,已发达,已成千万富翁,谁会想到,而今我在失业,落魄,已三餐不继!"还不如谋一份稳定的工作,"强似做稿匠的不固定收入"。《老伴》中,他作为一个专业写稿人却连"付房租都勉强",而且因为不懂"人情世故",专栏被刷去了,深刻揭露了知识分子在社会生存的艰辛。稍微好一点的呢,就如《两间画室》,C君的两间画室,一间是"粗俗的半裸裸女和几个男头像",可是这些画却卖得很好,另一间里头的则创作意味很浓却没有行情,这何尝不是艺术与艺术家的悲哀。而《绝响·知音》中,老书贩为了付欠了三个月的房租不得不厚着脸皮去找著书人卖书,而著书人却屡次搬家,而且越搬越小越差。最后,老书贩拿出来的书赫然就是当年著书人的作品,两个人的落魄处境,让我们不禁感叹,在这个金钱、名利、财色当道的社会里,书籍与文化的存在空间在哪里?从知识分子的酸楚命运中,我们似乎也能看到传统文化的逐渐衰落的迹象。东瑞以平缓的笔调,向我们控诉了一个如此令人深省的社会事实,同时对知识分子命运的艰辛与无奈给予了深切的同情。

4. 在浓厚的怀旧情怀中寻找人类的精神家园

怀旧实质上是对人类传统价值观念中美与善的部分的依恋与坚守,它本身构成对现代生活病态状态的反思。最突出的当属《留在记忆里》那间咖啡店承载的一切。随着咖啡店的拆除,咖啡店老板的重情,老伙计的念旧,街坊邻居间的人情味,一切美好的往事,都随着店的消失只能留在记忆里,再难出现。而《旧衣》则细腻地表现出了离婚夫妻多年后遗留的旧情。丈夫最爱吃的小菜,依旧没有变化的家居摆设,当初生活中的点点滴滴,在那一刹那全部浮现,"破鞋合穿,旧衣温暖",这样的温暖是怀旧情怀在感情与婚姻中的体现。这一类的小说还有《友爱餐厅》《打上句号后》等。他们的感情总是被浓厚的怀旧情绪影响着,那些旧物、旧情见证着他们感情的分裂、怀念以及最后感情的回归。而《回家》表现出来的是对故地、故人的怀念。因为太过顾念旧情,所以"我"即使回到故乡却不敢去故地一走,因此霓说"你是重感情、十分怀旧的人"。《故地》则写的是一种落叶归根的感情,无论这些感情有着怎样丰富的内涵,不可否认的是它们都被烙上了深深的怀旧痕迹。

现代社会复杂多变,充斥着各种虚伪和丑恶,所以我们对这个现实社会认识得越彻底,心中萦绕的怀旧情绪也就更加深远,因此东瑞说"怀旧于是成了我写作的永恒主题之一"。美国当代精神分析学家罗洛·梅认为:"爱在过去一向被视为引导我们生命的源动力,而在今天,这种源动力已经成为一个问题了。"① 而现代婚姻的不稳定性使得人类情感出现种种问题,东瑞在小说中表露的怀旧情怀是对永久的、相濡以沫、相互扶持的永恒爱情的一种向往与怀念,也是对现代情感异化的一种无声的谴责与抗议。同样的,现代很多人被迫无奈背井离乡,漂泊在外,"少小离家老大回,乡音无改鬓毛衰",多年后回来,已是沧海桑田,物是人非。这使得他对故乡的这种怀旧情绪更加浓烈。东瑞在怀旧中寄予着他的人文关怀,寄予着他对这个世界原本的善良、单纯以及美的无比依恋与怀念。他在怀旧中寄托着对这个世界的思考与批判、对人生的探索及对信念的执着。

(二)不拘一格的艺术追求

东瑞小说运用的艺术手法可谓多种多样。他的创作早期多是写实的,较为注重人物性格的刻画和环境细节的描写。20 世纪 80 年代中期以来,

---

① [美]罗洛·梅:《爱与意志》,郭本禹等译,甘肃人民出版社 1987 年版,第 10—11 页。

他在艺术表现手法上趋向多元化。在他看来"小说以什么手法去写最合适就运用什么手法,不必刻意追求"。在《天使的约定》中,作家为了更好地表现他对人生、对社会的思索,采用了多种艺术手法,如想象、象征、荒诞、寓意、意识流、夸张等。因而,读起来能够给人耳目一新、眼前一亮的感觉。具体来说,东瑞作品艺术手法的运用有以下四个特点。

1. 现代派艺术手法的灵活运用,天马行空的想象、象征及荒诞手法融于一体

象征是东瑞小说中常用的手法,他的象征不像西方文学中的象征那样晦涩难懂,而是以寻常事物为象征主体来表现某种情感或哲理。其中,最突出的应该是对"美"的象征。在东瑞的笔下,通常用少女来象征美。她是《长发为君留》中那个长发飘逸的少女,或是《相对论》中那个浊世中夏日偶然相遇的清新自然的女子,还或者是《咖啡》中那个忧郁而美丽的女子,也或者是《梦幻飘忽的女郎》中那个神秘、梦幻飘忽的小美。这些形象都蕴含着作者对这些世间美的不懈追求,而《梦幻飘忽的女郎》则通过小美的死亡来控诉这个丑陋无情的现实社会,具有强烈的批判性和哲理性。

东瑞也擅长将一些荒诞的手法融于小说,来表现人与社会的危机与异变。《西西弗的神话》里对荒谬感的描述是说"荒谬就是产生于这种人的呼唤和世界不合理的沉默之间的对抗"[①]。《罚》师承卡夫卡《变形记》,《变形记》中的格里高尔一觉醒来,惊恐地发现自己变成了一只大甲虫。而《罚》中"他"亦发现自己因服食了某种植物药品而不自觉地回到一片荒凉的林子变化成一棵绿色植物。卡夫卡表现的是"人"向"物"的异

---

① [法]加缪:《西西弗的神话——论荒谬》,杜小真译,生活·读书·新知三联书店1987年版,第34页。

化，表现了人的一种孤独和压抑，而东瑞笔下表现的则是人类自身对自然的无止境破坏使得人类自身的蜕变与消亡。《轮环》用一个食欲巨大的孕妇来刻画人类贪吃的欲望，用荒诞不经的手法深刻地揭露出了人类贪婪的、无止境的欲望。而《魂魄》和《最佳经理》则用各种想象和幻想表现出当今社会人类的精神危机和生活压力。在《越狱》《导师》《亲家》中，作者运用现实的写法，通过悬念、误解、巧合等方法从而使其达到一种艺术的荒诞性。《越狱》中胡须佬越狱回家探望新婚妻子，而妻子为了跟丈夫在一起，愿意跟他一起坐牢，竟然荒诞到可以"立马去犯罪"。《导师》中，男子婚姻失败却成了情感专家。《亲家》中，这两个如此大的国家，当年的仇人竟然也能碰到一起，这一系列的巧合使得这些事情本身也就具有了荒诞性。《完璧》《迷你推出器》《完美男子》则运用荒诞的手法展现了未来的科学及人类的梦想。《未来的相聚》则表明了社会中男人重性、女人重情的这样一种现实状况。而《舞伴》则通过人的舞伴是一只大狼狗这样荒谬的事情来表现出人类精神的冷漠。

东瑞运用各种手法，通过幻觉描写、内心独白、夸张、想象、隐喻、变形等技巧，深刻地表现了社会与人内心的荒诞。通过这样荒诞的事情来对人类、对社会做出深刻的批判与反思，体现着作者对美的追求与对丑恶的鞭挞。

2. 片段式的表现形态，以特定场景书写历史长河

微型小说最主要的特征就是"小"，有人称之为"螺蛳壳里做道场"，也有人称之为"带着镣铐的舞蹈"。正因为这个特征，所以微型小说不可能像中、长篇小说那样，可以细致入微地描写一个人、一件事。微型小说有时候只能反映一个片段或一个心理状态。东瑞的微型小说以其独特的手法，通过片段式的表现形态，通过特定的几个场景写出了很大的时间和空间跨度。

第一，时间的跨度。《心紫紫，七十年》写了一个女人成为母亲后的70年的岁月，小说选取了孩子成长的特定阶段，写出了母亲一生为了孩子操劳。从儿子出生哭担心他是否有病；3岁上幼儿园的不舍；6岁担心孩子的小学派位；小学期间为了生计和收入操劳，还要担心儿子的情况；12岁上中学怕他学习不好；16岁担心他会考；18岁终于考上大学了又担心他早恋；23岁大宝毕业了担心他找不到工作，到处求人帮忙，30岁大宝结婚担心婚礼排场；35岁大宝得一女一子，母亲帮忙带孩子；50岁时大宝欠下巨额赌债，阿母用掉大部分积蓄替他还债；55岁大宝得了癌症，母亲分出一半养老金给他；一直到大宝70岁，母亲依旧担心他，让他回去好好休息。东瑞选取了一个个典型的生活片段展现出了一个母亲为了儿子心紫紫的70年。

另一种形式是选取每个阶段的典型事件来表现人生每个阶段的变化。《几度烛光》中，作者以烛光餐厅为地点，通过选取一对夫妻从恋爱到结婚到生子，再到两人渐渐年老后的四个片段来反映这对夫妻在不同阶段的对爱情的不同表现形式。将短短的四个片段凝聚成了一个很长的时间跨度。

第二，社会的广度。微型小说一般是集中反映一瞬间的事情或心理状态，而东瑞的这类小说却通过一个个的片段组合写出了社会的广度，使我们能够从中了解社会各阶层的生活状态。《你还不满意什么》中，通过两两对话的组合式片段的对比，展现了社会各阶层的收入及生活水平的差异。保姆与业余舞蹈演员的工资对比，菲佣与大学舞蹈演员工资的对比，暑假工与菲佣的工资对比，坊间导师与餐厅暑假工工资的对比，小编辑与坊间导师工资的对比，以及商人动不动就上百万元港币的收入，把社会阶层之间的收入差异通过对话形式呈现在我们面前。

3. 独特的叙事视角

叙述视角是小说艺术的重要命题之一，也是现代叙事学的关键问题，一个好的叙事视角可能超过了小说本身的人物情节和主题。东瑞在其小说创作中，运用独特的叙事视角生动有趣地表现小说主题。具体来说有以下两点。

第一类，选用"旁观者"作为叙事视角的对象。《吱喳鸟语》里，运用两只麻雀的视角写了现代婚姻中一个男人的私生活事件。这本来是一件较为平凡的事情，可是通过麻雀的叙述，使得整件事情变得波澜起伏、生动细致、妙趣横生。通过两只麻雀的眼睛，男人的一系列行径暴露在我们面前，这种幽默诙谐与事件本身的令人不齿与气愤巧妙地结合在一起，从而更深刻地揭露了现代男女关系的混乱、人的道德的败坏、社会堕落的本质。《鸵鸟物语》中，则以鸵鸟为叙述视角，通过鸵鸟天真无知的视角写人在动物园的一系列活动。人坐在汽车里，在鸵鸟看来是躲在黑乌龟壳里；当鸵鸟想亲近人类时，它们把头贴在玻璃上，人类却"惊慌失措，急出一身汗"；当"大乌龟"进入虎区时，它们看到女士走出来了，与那只"不吃人"的"明星虎"合照，然后悲剧发生。整篇小说借由善良的鸵鸟的口说出："人啊，人！你们怕我们，你们却亲近你们凶恶的死敌以表现你们的英雄主义和征服欲，你们怎料会有此等下场！"给人振聋发聩的警醒。通过鸵鸟的视角，人类在对待善良人和凶恶之人的态度上更有信服力，批判也显得自然，有说服力。这两篇以动物的视角，造成一种陌生化的感觉，虽然内容很平常，并不稀奇，却在视觉上给人一种陌生、新奇的感觉，勾起人的探索欲望。

第二类，限制视角的运用。限制视角在志怪小说中就采用了，金圣叹称之为"影灯漏月"。"影灯"者，即遮住部分灯光，使之有照不到的地方。"漏月"者，即漏下一线月光，使之能够照见一些地方，也就是切断原有的全知视角，调整为限制视角。《亲家》中，以"她"的视角，一步一步地叙述。她与他的东洋亲家见面，这本来很平常，但牵出一桩往事，中日两国的恩怨已经结束了，可是在她心里仍然有些无法释怀。接下来，当他的东洋亲家出现的时候，在他们的对话中她得知他50年前来过中国大陆，那时候正是日本侵华时期。她吃了一惊，然后哭了，她回忆起当年她被一个鼻头有痣的日本兽兵给侮辱了。后来，她赫然发现他的亲家鼻头也有颗痣。这一系列的变化，通过她的限制视角一点一点透露，使故事悬念丛生读者的心也随着"她"的叙述而波澜起伏，造成了一种非常鲜明的层次感。而《视线》则以"我"的限制视角写了一个女人在大巴上阅读报纸，通过女人的一系列动作，"我"的心情也跟着起起伏伏，到最后却发现她看的只是报纸下面的广告而已。作者集中笔力通过"我"对女子的观察留意的变化以及我的心理活动造成一种强烈的落差。"由于采取限制视角，在事件原因、过程、结果的发展链条中出现了表现和隐藏，外在事态和深层原委之间的张力，使叙述委婉曲折，耐人寻味。"① 东瑞娴熟地运用了这样一种限制视角，使得小说波澜曲折，情节跌宕起伏，结尾耐人寻味。

4. 反转曲折的故事情节、巧妙的构思、出人意料的故事结局给读者带来无限的惊奇与思考

情节是小说很重要的一部分，东瑞小说中运用各种各样的情节，通过巧妙的构思使小说产生了极大的感染力和表现力。单线悬念式的情节结构在这部小说集中运用得较多。《天使的约定》中，他对女孩的单恋，那个笑容可掬的女孩总是坐在那个固定的位置：W 排 10 号，时间总是下午 2 点多或 3 点那一场，从来都没有变过。读者的兴致被东瑞"挑逗"起来

---

① 杨义：《中国叙事学》，人民出版社1997年版，第212页。

了：平时在生活里，爱看电影的女孩不少，但坐在固定位置的好像没听说过。并且"她几乎每一部电影都不错过，时间选择在该新片上映的第一天"。让我们感觉这女孩对电影的"迷恋"简直有点离谱。正当读者的注意力被女孩所吸引的时候，东瑞又"四两拨千斤"地悄悄地把读者的注意力引向了"他"。写出了他的一系列的行为与心理，"他在看那些紧张的电影时也不能安心了"。"他"的心思转向了"那甜甜的笑容"与"文雅的气质"。东瑞描写"他"的单恋有别于一般小说的手法。"他"推掉了薪酬比现在这份"戏院带位员"多1000元的工作，仅仅是因为舍不得失去"默默地在黑暗中欣赏"那位女孩的机会。"他"等到了"百年不遇"的良机，在女孩子买票晚了的情况下他帮她买了一张票，在"男方缺席"的情况下请她看了一场电影，使得他心中"有无限的满足"。这样，活脱脱的单恋情怀跃然纸上。"他"甚至在散了戏，女孩走出戏院之后，特地走到女孩坐过的座位，"将手臂放在扶手上，感受她刚坐下来的余温"。这一下就把单恋的情怀推到了极致。正当读者觉得这单恋仿佛将不了了之时，东瑞笔锋一转，女孩丢失了手机，给他制造了一个良机，终于等到了这一句"我请你喝杯咖啡"，这是多么大的惊喜呀！而且这句话不是他而是女孩说的，真令人拍案叫绝。故事情节一波三折通过人物单线巧妙地将人物与读者的情绪调动起来，结尾点明真相，既在意料之外，又在情理之中。

《窄路》中，佳瑜正在进行员工招聘，接下来转入了回忆中，留下疑问，为什么她说她也没想到她的公司会发展得这么好，勾起人的好奇心，然后解释了原因：主要是要感谢那时她打工部门的魏湖嘉，魏湖嘉不容人，使得她被迫跳槽。故事到这又转到了魏湖嘉的身上。她丈夫残疾，她自己也退休赋闲在家，往事叙述到此，然后又回到了招聘的现场，随着一声"请进"然后一系列公式化的问话，"魏湖嘉"三个字如惊雷一般投进了佳瑜的心里，也投进了读者的心里。这样强烈的反差产生了意想不到的效果。这两篇小说情节单纯，悬念丛生的情节使小说吸引力十足，欧·亨利式结局使得小说既在意料之外，却又在情理之中。

交叉双线结构情节的运用也很成功。双线结构的运用是扩大小说容量、提升其表现力的一种有效途径，而交叉双线结构是说双线结构必然有交叉，"有了交叉才有碰撞，有了碰撞才有了情节的升华，才能更好地体现双线的优势和价值"[①]。《那只是电影》中，先以电影《情陷泰芭湖》剧情为一条线索，讲述离婚后的少妇叶梦被有妇之夫李先生苦苦纠缠，有了关系后又被李太太发现，严严相逼，最后竟结束了自己的生命。而另一条线索则是现实中，雯雯的好朋友阿梅因遇人不淑，离婚后与林林过从甚密，这些都是背着雯雯的。本来两件事情毫不相干，可是就是因为雯雯对电影中叶梦的同情，使得林林天真地以为雯雯能够理解他和阿梅。现实与电影又来了交集，终于雯雯发现他们俩的事情，然后歇斯底里了，最后吼出"那只是电影！"两条线索、两种不同态度相互碰撞，从而反映出来艺术与现实的巨大差异，给人深刻的震撼。而《媒介》中，两条线索重叠，第一条线索是以小黄与小雌两条狗之间的"肉体交流"为暗线。第二条以胡先生以及少妇之间的男女关系为明线，原本不相干的两件事情，但因为人存在着那样的想法而使两件事情联系在一起，两只狗肉体上的交流难免让人想到性这方面上去，使人也变得尴尬脸红。读者很容易理解他们此时的那种难堪，通过两条线索，使读者留下了无限的想象空间，从而使小说余味绵延。

东瑞极短篇的情节设置，使得小说妙趣横生，扣人心弦，而极其出人意料的结尾也为其增色良多。在东瑞小说中，自然流畅地使用各种情节模式，单线悬念式使小说悬念丛生，引人入胜，而双线交叉模式则通过两条线索的交叉点，极大地丰富了小说的内涵，增强了小说的艺术效果。

[①] 龙钢华：《小说新论——以微篇小说为重点》，湖南人民出版社2006年版，第341页。

东瑞小说敏锐地反映了现实中的新问题、新变化，深刻地描绘了现代商业社会下人性的真善美与假恶丑，对社会上的丑恶和虚假做出了深刻的批判，回归到真善美的传统中。同时，小说题材广泛，具有浓厚的人文意识和人文关怀的气息，表现出了作家的一种忧患意识与对社会底层人民的同情与关怀，下层民众的生存状况在他的笔下得到了真实的反映。作者运用多种艺术手法，使小说呈现出多样的魅力色彩。总之，东瑞在小说中寄予了他的思想与情怀，他像一个不断攀登的行人，在微型小说这条道路上不断攀登，不断摸索，不断学习、借鉴与思索，也在不断地超越。

（黄单　龙钢华）

第十五章　中国澳门华文微型小说代表作家作品研究

一　贺鹏微型小说的讽刺艺术
——以《贺鹏微型小说选评》为例

贺鹏，男，1961年2月出生，内蒙古自治区清水河县人，汉族，大学学历，2001年开始文学创作，有几百篇微型小说作品在中国大陆、中国香港、中国台湾、中国澳门，以及北美洲、南美洲、欧洲、大洋洲、东南亚许多国家报刊发表、转载，有多篇作品入选中国出版的《微型小说鉴赏辞典》《中学生最喜欢的100篇微型小说》等权威书籍，还有部分作品入选澳大利亚、以色列、美国、加拿大等地区出版的其他语种书籍；作品分别获第二至第六届中国微型小说评选不同等级奖项，《人户合一》荣登2005年中国小说排行榜；出版过《怪病》《你是好人》《寻找自己》《天堂背后》《贺鹏微型小说选评》等微型小说作品集以及《绿色的浪漫》《烛光》等报告文学集，并和其父亲、女儿合作出版《老树新枝嫩叶》，主编出版过 20 多部文学作品集；现为世界文艺家协会会员、澳大利亚华人作家协会顾问、澳门中华传统文化艺术家协会永久会员、澳门国际诗词对联书画家协会永久会员、中国微型小说学会会员、北京小小说沙龙副会长、内蒙古作家协会会员、内蒙古小作家协会名誉副主席、《澳门文艺》总编辑。

贺鹏作品题材广泛，形式不拘，风格多变，并在不断的创作过程中，愈加成熟，尤其是其微型小说的讽刺手法独具一格，在《贺鹏微型小说选评》中得到了酣畅淋漓的展现：那或跌宕起伏或朦胧隐晦的布局，那或辛辣或委婉的笔锋，怒也成文，笑也成文，发人深省，令人折服。下面从三个方面予以论述。

（一）谋篇布局寓讽刺

就文章而言，无论是小说、散文抑或是诗歌，谋篇布局是否成功，在很大程度上决定着这篇作品的成败。在物质生活飞速发展、精神要求急剧提高的今天，如果说什么都尚有欠缺的话，那么唯一不缺乏的便是模仿与老调重弹，尤其是在现今文学作品多如牛毛的境况下，"不走老一套"的谋篇布局就显得尤为重要。贺鹏先生是一位成功的作家，显然，他的成功与他的创作天分有着极大的关系，这些天分在他作品中新颖独特的谋篇布局上得到了充分的展示。贺鹏在谋篇布局中有以下两个特点。

1. 推波助澜，于矛盾激化中增加讽刺之力度

讽刺的形式并不是一成不变的，而是在不同的构篇要求下，呈现出多样的变化。在接触微型小说前，凡是说到极具讽刺性的作品，第一反应便是鲁迅先生的杂文与小说，更是在对鲁迅先生的作品的学习过程中了解到，一篇优秀的讽刺作品，需要通过不同的矛盾来进行润色和呈现。而在《贺鹏微型小说选评》这部作品集中，充分体现出贺鹏深谙谋篇布局的方

法以及对矛盾的处理方式，并且有自己的特色与风格。

　　说到对矛盾的处理，不得不提的便是作品集中的第一篇——《人户合一》，这部曾获全国第四届微型小说评选奖的作品，叙述的不过是因非本地户口，便在北京这座大都市生活得始终不得其法，哪怕这是自己出生成长的地方。其实，这并非多么新颖的题材，其成功的取得，与该篇绝妙的矛盾处理有着莫大的关联。因为没有北京户口，赵燕红从读书开始便要交数额庞大的赞助费，尽管她出生在北京，成长在北京。这样的状况维持到高考前，在严苛的教育制度面前，再多的钱也没能换回一张高考准考证，她不得不回自己从没去过的东北老家迎战高考。这样一个来回，让她身心深受打击，她想不明白这是为什么。然而，还未等她想明白其中的缘由，却在散心的途中，被残忍地奸杀。至此，作者花较小的篇幅，在读者面前呈现了两处矛盾，使作品产生了微小的起伏。但如果仅是如此，恐难以引起关注，因其实在太过平常，虽有一些悲痛，却不过是一件普通的刑事案件，无论是在报纸上还是法制节目上，这样的事件随处可见。作者却在此处提出死者的安葬问题，安排死者家长要求将死者以土葬的方式送回老家安葬，让她"人户合一"。这一场景，有些荒诞却更多地表现出的是苛刻的户籍制度和教育制度下的不合理以及给外乡人带来的不公平待遇。矛盾进行到此，对主题的揭示已经达到一定的深度，若要结束，也不显突兀，甚至可以说是一篇较为完整的作品。然而，作者在最后突然提出：赵燕红那缺少东北味儿的京片儿，就算人户合一了，还会是一个受气鬼啊！文章到此戛然而止，将矛盾推到了一个最高峰。一层一层，矛盾不停地向前推移，没有缓和，只有不断地激化，让人不由随着矛盾的激化，将心团团揪紧。在这不断推波助澜的矛盾激化中，那浓郁的讽刺性更是从每个字里行间溢了出来。因为不尽合理的户籍制度与教育制度，赵燕红在死后都得不到安生。笔锋之尖利，讽刺之尖锐，在普通大众心里烙上深刻印记的同时，也给当局敲响了警钟。这样的谋篇布局，实属匠心独具，在激化矛盾这一形式的润色下,该作品的讽刺艺术也更加圆润与尖锐,大大增添了作品的讽刺力度。

这样的作品在《贺鹏微型小说选评》中比比皆是,《无助》一文也是这种形式中的翘楚之作。小说在一开始便将娟子放入困窘的处境中,极力描写她内心的恐惧与无助,再到自己吓唬自己,恐惧不断加剧,直至一个民工的去而复返而落下帷幕。作者花了超过 90% 的篇幅来叙写这一矛盾冲突,这一大段的谋篇布局实属平平,虽有矛盾,却很难抓人眼球,甚至到这里作者都没有把自己想要表达的主题呈现出来。在最后极小极小的篇幅里,只有寥寥几句话,"民工站在娟子面前,张了张嘴又合上了,他知道这位城里的大姐此时此刻肯定最需要帮助,可惜自己只是一个外地进城打工的民工……"简单的几句话,却将矛盾空前扩大,一切的转变来得那么突兀却又让人不由得认为本该如此发展。整个故事跌宕起伏,尤其是最后那一幕的矛盾爆发,引人入胜的同时,同样发人深省。光鲜亮丽的城里人面对娟子的窘状,只是漠然视之,反而是一位地位低微且被看作危险人物的民工伸出了援助之手。如此布局,使小说表现出极大的讽刺意味。

激化矛盾是进行讽刺时一种常见的创作手法,而如何激化,如何布局,却有着大大的学问。贺鹏采用矛盾激化手法的作品并非只有这两篇,但是,通过这两篇作品中恰如其分而又妙不可言的推波助澜,不难看出他在这一方面的技巧之成熟与高超。

2. 朦胧表达,借意象讽人喻世

如若一成不变地在直来直往的矛盾冲突中行讽刺之法,难免给人一种单调和视觉疲劳。那既然已经有了明朗化的布篇构局,再来些朦胧含蓄的表达,则别有一种艺术效果。作为一位多元化的作家,贺鹏笔下确实不乏委婉隐晦的佳作,而通过此种方式展开的讽刺,似是也带上了一层面纱,但是在解开那层面纱后,那种含蓄却深刻的讽刺,反而更加容易扎入读者的心头，和着痛，留下清晰的印记。

在《贺鹏微型小说选评》中，首先给笔者留下这种朦胧却讽刺意味十足的作品是《该死的椅子》。也许是它编排较为靠前，但也不得不承认，整本书读下来，《该死的椅子》给笔者的触动并非只因它排版靠前的优势地理位置。文中"我"的嗅觉出现了严重的问题，饭菜香、花香等香气每次都能准确无误地捕捉，然而，一旦踏进工作区，却什么味道也闻不到。是什么导致了这种选择性抑或间歇性的嗅觉失灵？"我"只能惶恐不安地去医院检查，却被医院的一纸检测报告迎头泼醒，原来"我"并没有毛病，这一切的始作俑者原来是办公室那张该死的椅子，因为只要坐上这张椅子就会失去人味。作为小职员的"我"自然是闻不到领导以及一心想坐上那张椅子的同事们的味道。这到底是怎样的一张"椅子"？在这篇文章中，作者虽没有明显地揭示椅子的隐含义，但是我们不难猜到这把神奇的"椅子"，便是很多人趋之若鹜的"官椅"。借"椅子"这一意象，作者揭露的是钩心斗角、贪污受贿的官场腐败之风。那张办公室的椅子，已不再是单纯的坐具，而是身份的象征，更是欺压百姓、贪污受贿的"护身黄马褂"，总有那么一些人，在坐上这张"椅子"后，变得面目全非，人性尽失。通篇在布局上，没有尖锐的矛盾冲突，反而颇显朦胧含蓄，然而，在揭开朦胧后，呈现出的对官场的讽刺却在平稳的文字面前，显得越发鲜明。

《黑眼圈》是贺鹏笔下另一篇借意象进行讽刺的作品。如果说《该死的椅子》带有一丝荒诞与诙谐，那么《黑眼圈》便带有一丝淡淡的哀伤。黑眼圈是一只冬天出生的小羊羔，然而在它出生的那一刻，便注定它是一只苦命的羊羔——遇上天旱，阴历三月了，却从未下过一场春雨，哪有草地？入眼的全是黄沙漫天，所以，它只能啃完全没有味道甚至难以下咽的干草。终于，它熬来了一场稀少的春雨，草地似乎也有了一丝淡淡的绿意，兴奋的它不顾主人的吆喝，去追寻那一抹绿色。等到父亲骑着马找到黑眼圈的时候，它趴在完全没有绿意的草地上咽了气。那远处的绿色，其实只是地平线上泛出来的一点点绿意，根本不是绿草。浅略地一眼读过，似乎并没有什么特别之处，但联系现今实施的"三农"政策，其意味一下子便显得浓厚起来。黑眼圈似乎不仅仅是黑眼圈，更多的是对苦等政府贯彻执行真正利民惠民新政策的农民的象征，抑或象征几十年沉淀下来的广大农民群众对新政策的期盼与呼吁。这么看来，"绿意"似乎也变得不简单了，苦苦期盼了那么久的绿意，在雷声雨声中还是显得那么遥不可及，这"绿意"何尝不是真正利民惠民的新政策？但是，"黑眼圈"死了，"绿意"还是属于远方的"绿意"，它不属于草场与农民。其实，这篇的谋篇布局与《该死的椅子》有异曲同工之妙，都是借意象对社会现实进行朦胧的讽刺，故事平淡，文字平稳，但背后的深意耐人咀嚼。《黑眼圈》便是在这种布局中，讽刺"三农"政策在实施中的"雷声大雨点小"的现状，真正能够让农民享受到的"绿意"稀薄得可怜。

朦胧化的篇章安排似乎不如直接铺排那般直观，讽刺意味似乎也不及直揭矛盾来得强烈，但是隐于朦胧意象下的意味，却更加耐人思考，平平淡淡的指责也有它不可忽视的威严。

在靠人力的冷兵器时代，能否取得胜利，将领的布阵起着关键作用。而在只能以文字为武器的文学战场，作品能否脱颖而出，作家的谋篇布局有着极大的影响。从《贺鹏微型小说选评》一集中，无论是推波助澜的激化冲突还是朦胧表达的讽刺风格，呈现出的谋篇布局脱俗新颖，并在表现讽刺意味上起到深化作用，显示出贺鹏深厚的文学功底。

（二）修辞手法助讽刺

如果说，一篇文章是一个活物的话，那么，赋予它生命的极为重要的方式之一，便是修辞。只有在修辞的参与下，文字才会变得灵活，摆脱死气沉沉的堆砌。不管是哪种文学艺术形式，其成分中总有着修辞的参与。修辞手法的运用是很灵活的，不同的场所，表达的效果也不一样。巧妙的修辞运用，更能增加作品讽刺性的表现力度。贺鹏主要用了以下两种修辞手法。

1. 拟对比之法，差异下的针砭之意

要达到讽刺的效果，对比无疑是一种十分有效的方法。显然，对这么一种能增加作品讽刺感的修辞，贺鹏并未打算放过。

我们都说，现今社会，越来越多的人带上了有色眼镜，贺鹏笔下《眯缝眼》中的邵美丽虽没有这么一副眼镜，但长了一双"奇特"的眼睛。作者在文中以邵美丽睥睨"我们"时的眯缝眼（她的老公是副乡长，在这些老同学中是最有地位的人），与见到高县长时瞬间变大的水汪汪的大眼睛进行对比。这前后的落差，让原本以为是岁月变迁导致她那双大眼睛变成眯缝小眼的"我"恍然大悟，眼睛还是原来的眼睛，但似乎又不是了。在此，作者将邵美丽的两组眼神进行对比，以这种落差的形式，揭露出邵美丽的势利眼，进而对当今社会普遍存在的"有色眼镜"进行辛辣的讽刺，也暗喻了官场这种阿谀奉承、蔑视百姓的不良风气。

而在贺鹏的另一篇作品《电话声》中，作者描写了两组画面，一组是退休后的单老局长，在除夕之夜苦守在电话旁，在新年的钟声过去两个多小时后，都没有接到一通拜年的电话，最后终于等到的电话却是自己的老伴从卧室打来的。另一组画面却是单老局长当职时，每年除夕响个不停的电话声。通篇文章语言平缓，没有明显的讽刺之意，反而给人一种苍凉感。然而，在这两组画面的对比之下，那不由语言表现的讽刺之锋，却尽显无遗，讽刺官场的人情凉薄，更是将"有权便有情，无权亦无情"的畸形权情关系展露殆尽。这是官场的悲哀，亦是人性的悲哀。

像这样以对比之法来彰显讽刺之意的作品还有很多。例如，《脸谱》

中，以正常脸谱滞货难销与单卖"奴才相"脸谱生意兴隆进行对比，揭露了现今社会中，上下级之间微妙的相处之道，以及官员之间的溜须拍马、踩低捧高的作风。又如《陶渊明复出》中，将陶渊明 1600 年前的清廉与 1600 年后的堕落进行对比，对官场腐朽不堪的针砭之意表现得更加深刻透彻。

2. 反语贯穿，明褒实贬的反讽之效

反语是种含蓄的表达方式，不会产生剑拔弩张的氛围，却将浓郁的讽刺浓缩在赞美的言辞里，含蓄却力量十足的批判。在读过的文学作品中，鲁迅先生的反语艺术给我们留下的印象是最为深刻的。鲁迅先生喜用反语，并形成自己的风格。相较于鲁迅先生，贺鹏先生作品中的反语也给人耳目一新的感觉，有浓郁的嘲讽之意，也符合时代的新意。

在这部作品集的辑录中，也有不少体现作者反语艺术的作品，而最为显著的有两篇。一篇是《招聘父母》。不赡养父母的韩局长，在父母双双离世后，却公开招聘身体状况差的孤寡老人做父母，此举得到了社会的广泛赞誉。然究其目的，真是因为忏悔自己未曾在父母面前好好尽孝？事实似乎相差甚远，政府对官员摆酒宴有限制，但是对办丧事没有限制，办一场丧事，就能收礼几十万元，招聘父母的妙处一下子就显现出来了。知道了韩局长的如意算盘，再反过去看，"韩局长这样的举动太有宣传价值了""韩局长招聘父母的事在老百姓中刻骨铭心，换届选举时，韩局长又全票获选县长"。在作者的描述下，韩局长俨然成了道德模范，百姓拥护，上级表扬，多好的百姓父母官啊！但韩局长是真好？显然，作者是在反话正说，全文没有一个表达讽刺的字眼，反而是褒奖的词汇不少，但在其居心不良的目的面前，所有的表扬顷刻间都变成了反讽的利剑。作者用反语的手法，在"褒奖"中将官场的贪污腐败毫不留情地揭露，每多一分表扬，就多一分讽刺的力度。

另一篇就是《你是好人》，其实在看过作品后，再看标题，不难感受作者那浓浓的反讽之意。"我"已经40多岁了，也想赶赶潮流，找找外遇，但是奈何老婆对"我"太好，"我"不忍心伤害她。为了无愧于她且达到心安理得寻花问柳的目的，"我"接连给老婆制造外遇的机会，然而老婆却忠贞地为"我"守身如玉，这让"我"极其挫败。酒友董超知道后，意味深长地说"你是好人啊！""我"真是好人？依笔者看，是人渣，是败类，是虚伪的伪君子才对。很明显，作者在这是反话正说，作品中的主人公是典型的"既想做婊子，又想立牌坊"，讽刺了这类人的虚伪与丑陋。

不管是在日常口语还是文学作品中，想要表达憎恶和愤怒的情绪时，很多时候习惯选择反话正说。反语就像是文章的色彩棒，不直接将矛盾揭发，而是说着表面上赞美的话，达到讽刺挖苦的目的，从而产生更强烈的效果。贺鹏在一篇作品中并没有多处反语，而是选择恰到好处的时机，进行一次轻缓的反语讽刺，不累赘，却使文章意味深长，耐人寻思。

一直以来，修辞都具有化腐朽为神奇的功能，对比、反语等修辞的运用，也使得微型小说的讽刺手法变得更为灵活，而不仅仅局限在语言的炼化上。这对贺鹏微型小说讽刺艺术的成功，有着锦上添花的意义。

（三）语言饱含讽刺

如果说谋篇布局是骨架，修辞运用是筋络，那么语言风格便是血液。若说不同的血液成分对性情有着或大或小的影响，那么，不同的语言风格也对作品所穿的外衣有着或直接或间接的影响。在讽刺艺术的这一创作道路上，贺鹏的语言风格也并非是一成不变的。在前文"谋篇布局"中，关于他善于借意象进行讽刺这一点，我们便可看出，含蓄表达是他的语言风格之一，由于前文已有介绍，便不再重述。除此特点之外，荒诞、诙谐幽默等都是他在讽刺艺术上的成就。贺鹏作品语言中的讽刺有以下三种。

1. 荒诞悖谬，隐于无稽中的批讽利刃

所谓悖谬，就是不合常理，行怪诞之法。在《贺鹏微型小说选评》一集中，作者在多篇作品中的语言透显出一股荒诞之感，在啼笑皆非间，给人人性道德上沉重的一击。

例如《陶渊明复出》，从标题上就已显示出它荒诞的特性。这副"不为五斗米折腰"的铮铮傲骨，却在官复县长后，被一摞摞金钱慢慢腐蚀，虽还勉强保持节气，然最终仍为秘书妻子的肉体所击溃，被1600年后的官场洪流吞噬。这是一篇故事新编的小说，作者用寥寥千字绘制出一幅官场不正之风犹如洪水猛兽的恐怖画卷，也将官场的黑暗腐朽的习气表现得淋漓尽致，讽刺之意跃然纸上。通篇语言荒诞无稽，故事的展开也不合常理。但就是这看似悖谬的语言和故事，伴着陶渊明那一节一节折断的凛然傲骨，在荒诞的语言氛围中，揭露出官场这一大染缸的可怕，更表现出将官员一点一点腐蚀的社会不正之风的无孔不入。这样的现状，实乃社会之哀！

又如，将对人性丑陋的讽刺进一步深化的《小人》："我"得了小人病，身体越来越小。回老家找老中医看病，却发现村子里所有的人都和自己一样变成了小人，连那中医也不例外。回到城里却发现，原来城里人也全变成小人了，于是"我"扯掉面巾，心情舒畅，昂首阔步。文章语言充斥着荒诞之感，尤其是"我"在村口遇到一群"小朋友"，没想到他们却直呼"我"的姓名，让"我"直叹农村孩子的素质低下。原本想摆摆长辈的架子，表示自己跟他们的父辈相识，却没想到那群"小朋友"竟都是我曾经的玩伴，他们也一样得了"小人病"。这一情节的描写，荒诞可笑，而"我"的行为和心态也显得十分滑稽。但是，人怎么可能越长越小？显然，这是极其荒谬的，但也不难看出，作者意不在写人身体的变小，而是以这种不合常理的逻辑，揭露人性的不断萎缩。在市场经济这一物欲横流的大社会背景下，人性的弊端日益显露，道德、思想、精神境界都在不断地垮塌、沦陷，变得不再健康，人性的"小人病"在快速地传染扩张。隐于荒诞文字之下的讽刺批判，给人们敲响了道德的警钟。

作品集中的《泡汤》也是极尽荒诞的语言之风。因假货太多，"我"不愿从母亲的肚子里出来，并练起了火眼金睛，意图一出生便能识辨假货，不让父母再被假货坑害。故事荒诞悖常，语言滑谬传神，将"打假"这一主题在啼笑皆非间揭示得深刻而细致，讽刺意味极浓。类似这种语言风格的还有《我心里明白着呢》《找不着北》等，都是以荒诞悖谬的语言，给文章穿上不合常理的外衣。贺鹏以一种不甚严肃的方式，对社会和人性进行批判揭露，大大丰富了讽刺手法的内容。

2. 诙谐幽默，笑中含箭的讽刺之锋

幽默的表达意义在某种程度上，与反语有异曲同工之妙，但相较而言，幽默更为委婉，讽刺意味却更加耐人寻味，也给文章更添了一层冷幽默色彩。不仅可以摆脱文章的单乏和过度严肃性，给文章增加趣味，更是让作品的讽刺意味愈加浓厚，也更易让广大读者传读和接受，在幽默的语调中将矛盾揭露个透彻。其实，说到黑色幽默，作为杂文的爱好者，笔者脑海中总会下意识地浮现一些杂文大家或作品，因为就笔者阅读的作品而言，用诙谐幽默的语言来实现讽刺这一目的的作品，似乎以杂文为主。所以，当笔者研究贺鹏先生这部作品集的讽刺艺术时，看到他那幽默的语言时，竟是止不住地激动。

作品集中的《寻找自己》和《我是谁》都以幽默诙谐的形象出现在读者的面前，两篇文章也有异曲同工之妙，不同的是，前者是自己把自己弄丢了，"我"发布广告寻找丢失的"我"。当"我"在海滩抱住下海寻找自我价值而面目全非的"我"时，为了让"我"认出"我"，我们反复地对质。然而，尽管我们所有的特征都一样，可是"我"不认识"我"，而实际上"我"也不认识"我"了。而《我是谁》则是"我"因忘记戴面具，而被所有熟识的人质问"你是谁？"于是"我"也疑惑了，等回到家照了镜子，才发现原来是因为把面具取下后忘戴上了，于是"我"飞速地戴上面具，并大喊一声"我回来了"。两篇作品都带有冷幽默的色彩，谁会寻找自己？谁又会在清醒正常的情况下不知道自己是谁？在以上两篇文章中，作者以幽默的笔调，铺呈故事情节，在一种轻松诙谐的语言环境中，将读者引入一个富有深意的画卷中。通过幽默的语言，我们不难体味作者这么行文的意图，也正是因为了解，才会在这种轻松的氛围中，面对人性堕落的不堪，越发地羞愧。《寻找自己》中的"我"，为了摆脱每日一杯茶一张报纸的单调工作，决心下海寻找自我价值，却在紊乱的现实面前，所有的斗志都偃旗息鼓，随大流变得面目全非，踏上不认识自己的不归路。而《我是谁》中的"我"却只能悲哀地每天以面具示人，因为真实的自己是不为大家所认识的。人性的残缺、自我的丢失以及灵魂的虚伪，在幽默诙谐的文字中被血淋淋的裸裎，该反省的人又岂在少数？

不同于杂文雅俗并兼的冷幽默情调，贺鹏笔下的诙谐稍带些含蓄与荒诞，尽管不及一些杂文来得有喜剧效果，但形成了一种自我的风格，讽刺的力度更是毫不逊色，文字功底的纯熟由此可见非同一般。

3. 讽刺的现实意义

《贺鹏微型小说选评》中的作品量虽不大，但其主题极其丰富，讽刺披露的对象也十分的多变，社会风气、政治体制、官场、人性与道德等都是他笔下的描写中心点。其实，把这部作品集进行归类，大致可分为三类题材：砭政题材、农村题材以及人性题材，揭露的也都是紧跟时代变化的社会现状，因而使其作品具有了十分深刻的现实意义。

就其砭政题材而言，对官场黑暗的揭露是最多的。例如，在《县长爱吃的那道菜》中，饭店老板娘不过是仗着自己是县长的情妇，却敢甩乡长的耳光，而乡长却只能受着。如《招聘父母》中为了在国家允许的范围内，"正大光明"地敛财，韩局长可谓无所不用其极，竟想到"招聘父母"这样的"妙招"。诸如此类的文章，作品集中还有不少，而它们揭露的都是官场的腐败与黑暗，官椅也不再是为民办实事的有效通道，反而成为为官者以权谋私、营取私利的"温床"。"冰冻三尺，非一日之寒"，尽管每年都会有反腐败的行动，但在执行的过程中更像是走过场，事后，那些失了人性与官德的官员，该怎样还是怎样，甚至变本加厉。这类作品写出了官场的浑浊，也写出了群众的呼声。在砭政的题材中，还含有针砭制度的作品，如《人户合一》中，便是对户籍制度和教育制度的某些不合理进行了深刻的揭露。这在现实生活中是十分普遍的，尤其是那些外出务工的人员，更加是深有体会。中国现在有多少人在自己工作奋斗了大半辈子的城市，因为外地户口的缘故，正在受着不公平的待遇？那些留守儿童，难道不是现今教育制度下的受害者？这一切，又是否能够引起当权者的注意，是否能做出有效的调整？但愿那一天不再遥远吧。

其实，说到农村题材，不难理解作者这是在对"三农"政策做出了期盼。自实行"三农"政策以来，每年中央都会将政策不断地改进、完善，政策也是越来越利民惠民。每当新的农业政策出台时，广大农民总会雀跃不已，翘首以盼，然而政策在一层一层地传达下来，到真正实施时根本不是那么回事。新的政策总是得不到有力的贯彻与实施，"雷声大雨点小"正是它的写照。作为从小在农村长大、心系农村新发展的作家，贺鹏用自己的笔，大胆地去揭露政策存在的病症与弊端，《黑眼圈》一文更是一针见血地将这种现象的根源指出，将目光放到了高层官员的身上。而作为一个拥有9亿农民的国家，有效实施"三农"政策，在某一程度上，具有十分重大的意义。

在这个物欲横流的时代，人性的扭曲与退变越发地明显，大有"你不堕落，就跟不上时代"的趋势，每个人都只考虑自己的利益，万事利字当先，这是一种极其不正常的现象，却是普遍存在的现象，什么"为人民服务""雷锋精神"早已被许多人抛弃。在现在的生活中，我们常见的是什么？是看见需要帮助的人不敢伸手，怕被讹上；是为了一点钱财可以跟自己的父母万般闹腾，甚至对簿法庭……人们的物质生活越来越高，精神境界却越来越矮小。在钱权的诱惑下，越来越多的人患上了一种"社会病"——道德沦陷，人性残缺，自我丢失。贺鹏对此类题材的创作，目的是引起整个社会的思考。

通过上述分析可以看出，《贺鹏微型小说选评》中的讽刺艺术是通过多种方式产生和表现的，无论是布局谋篇、修辞运用还是语言的润色，其中的任何一样都增加了讽刺艺术的丰满感，是其微型小说讽刺艺术的灵魂凝聚的组成细胞。他的讽刺艺术带有自己鲜明的个性色彩，并通过一个个具有现实批判意义的主题，为自己的作品赋予了浓厚的现实意义，具有极高的文学价值和道德价值。

（周文静　龙钢华）

二　许均铨微型小说中的人文关怀意识初探
——以微型小说集《一本公证书》为例

许均铨，澳门居民，祖籍为广东台山。1952年12月27日出生在缅甸仰光市。1986年，许均铨开始创作并发表微型小说、游记、散文等。先后在中国内地及中国港澳台地区，文莱、泰国、新加坡、新西兰、印度尼西亚等国家和地区的报纸、杂志上发表作品300余篇。微型小说和散文等作品也曾在各类征文比赛中获奖。出版著作有《缅甸佛国之旅》（合编著）、《归侨在澳门》（合编著）、《缅甸华文文学作品选》（合编著）、《澳门许均铨微型小说选》等。①

　　许均铨出生在20世纪60年代的缅甸，那时正处于社会动荡时期，并且生活在社会的底层，中缅混血的父亲是一位木匠，母亲是缅甸仰光的一位裁缝。后父亲因癌症不幸去世，母亲从长辈那里得知，缅甸今后没有华文教育后，为了孩子们的前途，1964年12月，母亲带着一家人六兄妹离开缅甸定居到中国云南省一个华侨农场，周边的人也都是生活在底层的人民。到了1965年小学毕业升初中时，碰上了"文化大革命"，原本是为了读书才回国，却还是没能好好读书。1983年到了澳门定居，先后在工厂和写字楼工作过，仍是过着底层的生活。

　　得益于年少时在贫苦大众间的生活，许均铨深刻了解什么是贫苦大众迫切需要的，什么是贫苦大众期望的，什么是贫苦大众恐惧的。他把这一切转化成一个个小故事，后来汇集成的一篇篇微型小说。因此，许均铨作品中的题材真实真情，并且具有非常深刻积极的社会意义，成功实现了其人文关怀理念。他的作品题材可分为澳门本土常见的社会现象与在澳缅甸人的生活遭遇，从澳门赌博业看赌徒的悲惨遭遇与家庭破裂，从澳门社会底层看贫苦大众的贫寒生活与家庭矛盾，从在澳缅甸人的生活看澳门人与缅甸人的人文风气。故事没有繁冗的描写和矫情的抒发，"平淡无味"的语言、日常化的对白和独特的情节安排充满了余韵和沉稳，并且小说中的形象都有确切的生活原型，更有许均铨以自己为生活原型创作的作品。他认为："文学可以高于生活，高于多少，有时还不易掌握。太低了，没吸引力，过高了，有不现实的感觉。"② 所以他的取材都是在生活中挖掘，最

---

① 陈勇：《他为澳门立此存照——澳门许均铨论》，《澳门文艺》2011年第1期。
② 同上。

基本地保证文学创作的社会意义，然后通过典型事例的挑选、情节结构的安排、不同的结尾形式等方法来掌握创作的高度。这一切都展示出了一个关切澳门、关心百姓，充满人文关怀意识的作家形象。

许均铨的微型小说集《一本公证书》（光明日报出版社 2010 年版）内涵丰富，尤其是作品的人文关怀意识，深厚而动人。

人文关怀，产生于西方的人文主义传统，其思想核心是肯定人性和人的价值。其基本内涵基本有承认人不仅作为物质生命的存在，还是一种精神存在；承认人在社会与自身发展中占据支配地位；承认人的价值，追求人的社会价值和个体价值；尊重人的主体性，承认人在物质生活和精神生活的主体性，一切以改善和提高人的生活品质为主体；尊重人的多层面需要，既有物质层面的需要，也有精神层面的需要；承认人的差异性和个体性，并以此基础推崇人的全面发展。[①]

由于西方率先建立了物质文明的里程碑，所以并没有预料到物质文明膨胀发展后带来的人类精神文明崩坏，人文关怀意识也因此在独具慧眼的思想家笔下面世。阿伦·布洛克认为："人文主义的范畴与内涵随时代、地域而不断发展，但始终坚持两个核心不变。第一，人文主义以人和人的经验为关注对象；第二，尊重人的尊严。"[②] 可见，人文关怀在社会不同时期、不同地方，就有不同的内涵。在宗教至上的统治时期，人文关怀的内涵是承认人具有主体性，否定腐朽愚昧的神权对人权的践踏；在资本主义科技革命时期，人文关怀的内涵是关注人的基本生活和人的生存权利，解放底层劳动人民与机器的绑定。

所以，同样在当今竞争激烈、压力巨大的社会生活下，人文关怀的内涵应该是关注人因物质争夺而躁动、异化的精神健康以及因此导致的不和

---

① 李霞：《人文关怀：马克思哲学的价值取向》，硕士学位论文，华侨大学，2012 年，第 14—16 页。
② 王洪江：《试析现代文学中的人文关怀》，《芒种》2012 年第 8 期。

谐的社会活动，呈现在现代文学中，则是"对人的生存状况的关注及对人的精神面貌的刻画，成为现代文学创作的基本主题，并呈现出多角度的人文透视"[1]。当人文关怀出现在微型小说中时，微型小说应当如何装载人文关怀？张春在《论新时期小小说的底层文学性》中提到微型小说篇幅小，但作为小说文体又必须保证故事情节的单一性完整性、错位性和因果性，所以认为微型小说的选材要求非常高："切合着底层民众鸡零狗碎般的现实生活，切合着底层民众衣食住行式的人生追求，而且在作品外在形式上和作家写作态度上，都深深烙印着底层文学的独特因素……微型小说就是这样一种在题材上特别依赖或者说特别关注底层民众生存状态的小说文体。社会现实中劳苦大众更是小小说特别观照的对象。"[2] 由此题材及写作对象可见，民生小事和劳苦大众是人文关怀在文学上重要视角，微型小说是一种很适合承载人文关怀的文体。

　　许均铨的微型小说深刻反映出现代文学创作的基本主题，他的选材也印证了在"大众文学论坛"上谷启珍发表的《大众文学：人文关怀第一》中提到的："中国人——首先是亿万个平民百姓，早就什么也不缺了，因为他们的碗中有荤腥了，他们可以果腹了，他们有的是甚至可以'卡拉圈K'（借用某女剧作家语），可以大哥大，可以KTV……可是笔者却忍不住要问，他们真的什么都有了么？他们的精神、意识、人格和他们的灵魂是健康完整的么？"[3] 其中，灵魂的"健康完整"正是许均铨在微型小说创作中的核心方向，也是他作品的人文关怀深刻体现，不仅关注人的生存状态，还要尖锐地揭露当代社会当中的诟病，通过特定的文学形象寄托自己的美好愿望。他在创作中切实扎根于澳门的土地上，在选材上非常注重对底层平民的关注，能够确切反映澳门底层人民的生活与精神历程，真实展

---

[1] 张春：《论新时期小小说的底层文学性》，《西华大学学报》2011年第3期。
[2] 谷启珍：《大众文学：人文关怀第一》，《章回小说》2000年第7期。
[3] 同上。

现物欲膨胀下畸形价值观导致的不和谐社会生活的写照。正因为许均铨有一颗关注社会、关注生活的心,典型的"身边人"和"身边事"反映出某一批典型人、某一个典型时期或某种一典型现象。这些充满现实魅力与人文关怀的创作内容成了许均铨微型小说的闪光点,展示了他在澳门作为一面微型小说旗帜的风貌。许均铨的作品可从以下三个角度来予以论述。

(一) 美德与正能量的追求

通读大量的许均铨微型小说作品后会发现,他最为钟情于创作表现美德、展现正能量的故事。郑剑锋评论许均铨是"文如其人",认为微型小说是生活片段的浓缩,体现了作家对人生的态度与价值观,"在我印象中,许先生的古道热肠着实令人敬佩"。[①] 许均铨的"古道热肠"使得他会主动反省这个冷漠猜忌的社会氛围,认为社会极需美德与正能量的文化来引导并改变目前浮躁底下导致的不健康社会活动。随着物质社会的快速发展,物欲膨胀的人心逐渐使得人性围墙开始崩坏,各种诈骗、抢掠、猜忌等现象频发,健康的精神文明已经逐渐被污染。这部分的题材就是以围绕精神关怀为目的进行创作的。

在作品《有佛心的人》中,记录了一位热爱小动物的母亲,她救助过巴西龟、蜗牛、蚯蚓回家治伤,然后放归大自然,又收拾过躺在马路上惨死的小猫小狗尸体,有的人骂她神经病,有的人会感叹"真是有佛心的人"。破口大骂的人,不仅不尊重人,更体现出自己失去了享受生活的能力,失去人的本心。人文关怀主义要求人应该主导社会更好地发展,这些畸形、暴躁的心态会阻碍精神文明的发展,作品倡导的就像是《庄子》中的人一样回到"天人合一"的境界。许均铨在该作品中展现了破口大骂的人和感叹的人两者间不同的精神面貌。破口大骂的人那颗躁动的心受到了

---

① 许均铨:《一份公证书》,光明日报出版社 2010 年版,第 192 页。

浮躁的社会氛围污染，许均铨倡导的除了那位母亲异于常人的爱心以外，还有那些从心里感叹赞美的做法。这些人依然能在浮躁的社会中清晰认清生活的本质，主动热爱生活、感受生活。而不是像前者受繁忙生活驱动，导致他们盲目暴躁。许均铨在作品中倡导的是要保持生活的本心，提防物欲对自己的精神污染，学会热爱生活，欣赏生活，享受生活。这是许均铨人文关怀率先提倡的精神健康。

最近社会中常出现的"碰瓷""讹诈"等现象，给本是浮躁的人心又再染上了一片雾霾。许均铨为了驱散这片雾霾，在创作题材上有意识地对症下药。

在《助》这篇作品中讲到的是人与人之间互相帮助的温暖故事。故事中的主角是一名在工厂上班的寡妇，育有一个读小学的儿子和女儿，家中有一位70多岁行动不便的老祖母。在门前边擦汗边等待儿子的主角吸引了学校陆修女的目光。陆修女经过了解以后，觉得正合时宜，介绍给寡妇一个校工职位。"她听到后，眼睛一下子亮了起来，仿佛见到一位天使出现"，故事最后还以"天使就在人间"结尾。可见，力所能及、解燃眉之急的帮助，不管是小事大事，都是如此温暖人心。这篇作品在当今这个连扶起倒地老人都不敢的社会氛围下有非常积极的现实意义，试问又有多少人能在日常生活中停下忙碌的步伐关注事不关己的人或事呢？所以，这篇作品就表现了许均铨对人在忙碌急促的社会步伐下善心丧失的诉求，展现了一个典范的事例，他号召每一个人都应该成为"天使"，而不是社会的一个机器零件。林承璜也在评论中说道：《助》"反映了人文关怀的重要性与迫切性"。该"重要性与迫切性"就是指健康的价值观和道德观对于社会健康发展的重要作用。并且，许均铨还认为助人应该有输血式和造血式两种。输血式帮助是指"给钱给物"，是解决燃眉之急，不能彻底解决问题，但"它毕竟是缔造和谐社会的因素，为社会所需要，也值得提倡的"。造血式帮助就是像本篇作品中陆修女为寡妇提供一个职位，让受帮助者得以自助。这就是造血式帮助,"也更是我们所应该提倡的"。

相同的还有《七只手指》。《七只手指》和《助》有相类似的地方是其帮助方式同样是造血式帮助。主人公戴海刚是一名 30 岁的技工,却不幸曾在已经倒闭了的工厂中贡献了三根手指。新雇主严先生看到戴海刚求职信上注明的"七只手指"时不但没有嫌弃,还安慰他"你有技术,你七只手指比一些有十只手指的人更强,我不会因此对你有偏见"。戴海刚"感到一阵温暖",立刻走上了新的岗位,也走上了新的人生道路。雇主严先生帮助了别人,也为社会献出了自己一份力。该作品展现的是一个真正尊重人、赏识人的雇主形象,相反,在目前这个竞争激烈、万人走独木桥的就业趋势下,往往有工伤或残疾的劳动者很难得到雇主的认同,从而令许多有真材实料的劳动者无法得到尊重,甚至被轻视或者鄙视。许均铨展示这种良心雇主的形象,为的是强调对劳动者的关注,对于劳动人民来说,"饭碗"永远是跟生命一样重要的东西。人文关怀要求尊重人在社会发展中的主体性,劳动者自古以来在社会发展进程都是具有主体性的,但在高压高速的社会挤压下,劳动者往往容易受到不良的挤压,这对于他们来说就如同压榨他们的生命。可见,许均铨作品的人文关怀也关注到了底层人民的生活状态变化。

记录好人的故事还有如《债》《荣叔》《珍树伯》等。《债》中的阿钊从澳门去香港买物料,回程时发现身上只有澳门币,但香港码头只收港币,霎时间不知如何是好。突然,一名陌生女性对售票员说"卖一张给他,不足的 5 元扣我的数",原来是一名码头的工作人员。当阿钊给她 10 元澳门元回报她时她只让阿钊赶紧进闸,说:"以后多坐我们公司的船。"事情过了很久,阿钊每次去香港采购时都会寻找热心肠的她,却始终没能找到她还上这个"债"。《荣叔》中荣叔是一名缅甸归侨,30 年前飞到香港后被驱赶到了澳门,口袋里只剩下两英镑吃饭。突然,一位陌生人主动帮助他,带他到三盏灯找到了远房亲戚,之后荣叔就一直生活在三盏灯并时刻寻找曾经帮助过他的这位陌生人。他还向社团提出了一个建议，要在高士德路口建一个三盏灯的标志来帮助那些像他以前茫然迷路一样的人，就像那位陌生人帮助自己一样。《珍树伯》则是一个很朴素的拾金不昧的故事。这三个故事情节都非常简单，没有激动人心的大事，但读起来就像美好的桃花源故事一样，人与人之间追求热心互助及知恩图报，人们都有权利和义务提高生活的品质，营造良好的生活环境。物质社会的高速发展若是带来了精神文明的失陷，那这种发展就不是真正的社会发展，只是原地踏步甚至倒退，健康的社会发展需要物质与精神共同提高进步。这些"好人"题材展现了在逐渐冷淡的社会人际关系中的别样一面，为社会提供了楷模，有助于溶解人与人之间冰冷的面纱，体现了许均铨创作中的人文关怀意识。

（二）幸福家庭破裂的深思

家庭关系作为人类社会一个非常核心的社会关系，它的好坏会影响到个人，甚至社会，所以许均铨的人文关怀非常注重到这一关系。关于家庭、爱情婚姻方面的作品基本上占了他作品的大半，其中赌博是澳门地区破坏家庭的罪魁祸首，并且是许均铨在澳门社会常见的，因此这类作品也最多，当中教训也最为深刻。此外，现实的无可奈何、欲望膨胀、畸形人心状态也是破坏家庭和亲人关系的重要因素，他的作品展现了澳门人民的另一种生存状态。

谈到家庭，不得不先谈到许均铨的《钻石婚》。《钻石婚》反映了当代空巢老人的问题。该故事不是创作出来的，而是许均铨自己作为社团一员工作时亲身经历的。许均铨发现敬老茶会罗仁杰夫妇领了餐券却没有来参加，亲自上门拜访。到了家里才发现，两位老人换上了新衣裤，家里贴上了大红双喜字，原来是他们夫妻结婚60周年纪念日。只可惜，屋里只有两位夫妇、一个菲律宾女佣和许均铨自己。一句"他缺少的是儿孙满堂的偶尔聚会"道出了现在多少空巢老人的心声。老太太自己说道:"我们有三男三女,全成了家。有两个在香港,三个在加拿大,澳门也有一个。我们十二个孙子孙女。他们很忙,有时来看我们。""他们很忙"成了连两位高龄父母的钻石婚也没能来庆祝的借口,老太太是如此安慰自己的。

同类作品还有《甄嫂》,甄嫂,又意味着这样的事情"真少"。许均铨是从同事听来的这个故事,但"跛脚寡妇原来就不多,遇到这样的遭遇,更少",所以觉得非常有现实意义,记录下了这故事。甄嫂丈夫死得早,幸好换来了现在住的这间房子,这20年来都是甄嫂独自辛苦地养大了唯一的儿子。可令人寒心的是,儿子为了结婚过二人世界,要把独自养大自己的母亲赶到外婆家去,根本没多考虑母亲能到哪里住。儿子"眼镜背后是虚弱的眼光,有歉意,却不退让",母亲只能通过与盲人夫妇的比较以自我安慰:"孩子大了,只要他幸福,自己搬出去又有何不可?"可怜天下父母心!

在中国,日益严重的老龄化与劳动力流动性强的特点使得空巢老人越来越多,澳门地区亦是如此。本作品对老人养老的关心体现了许均铨对人类社会的关心,对孝道的强烈要求。倘若人类社会逐渐失去了对老人的关心,那么一代接一代将会变得越来越自私,"父母"就会从养育之恩变成了伦理枷锁,也使得家庭关系逐渐遭到淡漠。一个"空虚"的钻石婚,为了"二人世界"赶出自己的母亲,直指当前社会对老人的漠视:这是对人类作为社会发展主体地位的不尊重。空巢老人不只是孝道问题,也是一段特殊时期人类关怀的缺失,是物质与社会关系的畸形错位。

在家庭这一部分,许均铨把赌博作为破坏家庭的罪魁祸首。人之所以要赌博是因为物欲的巨大利诱,物欲会使人"醉",无法理智辩证思考,一时得意的梦幻感太容易让人忘记了家人、责任,害的不仅是自己,更是把自己的家庭全部牵连上。因此,赌博对家庭的破坏是许均铨人文关怀中的重中之重，他尽其所能以典型的例子来纠正赌博风气，挽救边缘家庭，体现了具有强烈社会责任感的人民作家形象。

《又见喷漆》和《一份公证书》讲述了赌博对父母与子女关系的破坏。《又见喷漆》中父亲魏丕从上海赶回澳门儿子那间已经喷满了红字和乱七八糟的家中，呆坐在沙发上反省自己"养不教，父之过"。原来，父亲曾经靠赌博起家，没想到儿子在千叮万嘱下还是栽进了赌场。被铃声打断思绪的魏丕把从赌场赢来的养老金全部拿去把儿子赎回来。最后一句"子债父还，世道颠倒"给读者心上留下了沉痛的教训。《一份公证书》中展示了一个伟大母亲的形象。这份公证书是为了确定遗产继承人而证明阿丙是母亲唯一的儿子。阿丙是一个赌徒，不务正业，家庭关系十分紧张，母亲是一位捡破烂的独居者。令阿丙无地自容的是，母亲生时他没有尽孝，母亲去世后却为他存下三本金额惊人的存折，还留下"不要再赌"的遗言。阿丙从此金盆洗手。

《四十岁的迷茫》和《报警》讲述了赌博对夫妻关系的破坏。该作品以40岁的谭毅一天做送货司机的工作线路为线索，以一路上的回忆丰满了这篇作品。谭毅送货经过北区黑沙环曾经住了20年的大厦，妻子已经带着女儿于半年前离开了这里，留给他儿子，还有那一句"不要再赌了"。之后又开车到了提柯区，他曾是这里一家综合超级市场的执行经理，直到他挪用公款还债，就不能再天天开私家车上班，穿西装，打领带。之后又到南湾区葡京大酒店，这里是曾经给他们夫妻带来过短暂幸福的地方，也是毁灭他们家庭的地方。妻子风光时说过"真是小赌怡情"，却忘了后面还有一句"大赌乱性"。带着这些回忆，谭毅踩尽了油门，加速离开了这里。《报警》中司徒惠梅申请让丈夫马添福来澳门旅游。没想到丈夫短短一个月内输光了所有的积蓄，还偷了妻子的首饰，但马添福没有丝毫的悔意甚至还抱有想要翻本的迷梦。妻子拿起了电话，"后果如何，她已不去想"。

在《幸福与优雅》一书中提出过人类生存的三个阶段——自然生存，

奴役生存和自由生存，当前我们所处的是自由生存状态。该书中指出，自由生存方式中人性与人欲之间缺乏一个相协调的砝码，人类社会还需从这种疯狂生存走向"优雅生存"。我们认为，优雅生存状态下的社会，应该是一个热爱生活、健康生活、热爱家庭、回归亲情的状态，认清生活始终是围绕家庭进行的，家庭总是生活的核心。而赌博是自由生存状态人性中贪欲和懒惰缺乏控制的产物，是对自己和家庭不负责的表现，是影响社会健康发展的绊脚石。因此在赌博盛行的澳门社会，许均铨通过以上血淋淋的例子给读者敲醒警钟，当人在当前阶段尚未过渡到优雅生存状态下应该主动培养健康的价值观，认清自己的生活，踏实生活，推动社会健康发展。

（三）人性丑恶的真实记录

在许均铨的作品里面还有一部分作品真实记载了一些人性作祟的丑恶一面，揭露了社会里一些似曾相识的画面，体现了他对人性不健康发展的批判，对人性的悲叹发问，以让读者吸取经验、带眼识人，也以此自省。

《埋单》和《终生感激》是笔者认为最经典和最有讽刺力的两篇作品。《埋单》是许均铨朋友阿龙经历的真实故事。赖悦财装作好意接待刚到澳门的阿龙。在畅谈畅饮后，赖悦财借"尿遁"叫了小姐离开了酒店，留下阿龙埋单。愤怒的阿龙看在他已经怀孕的太太份上打消了上门教训他的念头。《终生感激》中的苟老师展现了在社会中常见的发达了不认人、过河拆桥的丑陋一面，早上还说为结交几十年的老同学兼同事刘老师开一个答谢宴，要亲自来接他，万万没想到饭已经吃完了，才收到一句"对不起，我一时把你忘了……"的话。人与人之间的虚情假意，知恩忘报的苟且行为，与前面所写的社会美德与正能量作品形成了截然不同的对比，真实地揭露和讲述这些人与人之间相处的阴暗面。人际关系是人类社会的链条，当这条链条被物质所腐蚀而锈迹斑斑，人类社会的运转也终有崩坏的一天。在有"社会"概念后，谎言、背叛、利用等不利因素就开始出现在人际交往之中。但到了现代有"人文"概念后，就应清晰认识到人性中的劣根性对于社会的不利影响。许均铨在作品中时刻针砭时弊，深刻地展示了这种劣根性，显示出强烈的人文关怀意识。

又如，《重金属病毒》《投票》是两篇非常有意思的少见的浪漫主义时政讽刺作品。

《重金属病毒》中说的是阿麟过关检查的故事。故事里面说这个码头上穿制服的人都感染了重金属病毒，眼睛突然发亮就是发病的前兆。他们一旦看到可疑物品就会两眼发光，刁难过关人员并且索要"重金属纸"。在码头这边，两年前就建造了一个叫"联正公署"（"廉政公署"谐音）的医院，专门收治"重金属病毒"患者，"除了个别小病例非自愿性地被送进医院外，病患绝对没有因医院的建立而减少"。作者在最后还说了一句"'联正公署'医院在守株待兔，等病患上门！"解释了重金属病毒不能根治的原因。不难看出，重金属就是钱，过关检查员私自罚款成风，而监察部门却只是守株待兔而不主动执法。作品讽刺的当代行政执法不作为，体现了马克思人文关怀中对资本主义、资产阶级的批判，腐败的上层建筑阻碍了社会的健康发展，暗含了对人的差别对待，对于每一个百姓来说无疑是"温水煮青蛙"，杀人于无形。作品揭露了行政体制下的不公平、对百姓的不尊重，破坏了社会管理者与劳动者的和谐关系。

《投票》中则是讽刺了选举制度下的腐败。"微威国"的选举就是候选人以各种名目请选民吃饭，以前更是"收到谁的钱，就投谁"，最近苦恼的两夫妻是通过六合彩揽珠机选择投票的。为什么严肃的选举制度底下投票不是认真考虑候选人的社会贡献和政治理想，而是通过儿戏的方法投票呢？这都暗讽了社会中百姓选举的无用性，这更是选举制度上的不负责任和黑暗。作品在开始大力赞扬微威国的人民福利十分奢华，一次津贴就能买一台汽车有余,但明显,现实又怎么可能呢?这也是讽刺百姓生活并没有达到如此富足,但我们的选票还没资格选择自己喜欢的候选人。这篇作品也凸显了许均铨对社会政治生活的关心,代替底层百姓说出了心声,展示了人类社会发展中尚未成熟的一面。

马克思主义哲学中的人文关怀是一个不断提升真、善、美的人生境界的过程,其中善和美是对于以上题材理念的完美概括。善是指"人们的行为方式要与社会利益目标相和谐",而美则是指"人按照外在尺度、内在尺度和美的尺度进行社会实践活动",以上题材中的这些社会行为明显与科学的人文关怀违背。如何按照"外在尺度"和"内在尺度"规范人们社会行为,是每一位人文学者的任务,也是所有人在生产生活中必须思考和遵守的。许均铨的作品就是让每个读者以上述题材为明镜进行自检。

许均铨微型小说基于人文关怀的细心选材,凸显了他对人的物质生活和精神生活多层面的关心,展示了他广阔的人文关怀视野。这一切都得益于他的童年成长经历与长期生活经验。

作家"要严肃认真地考虑自己作品的社会效果,传播先进文化,弘扬人间正气,塑造美好心灵,风成化习,果行育德,为人民奉献最好的精神食粮,努力以自己的作品丰富人民群众的精神生活,提高人民群众的精神境界"①。许均铨在这些良民百姓中,看到了人性中美好的一面,并真实记录了这些美好的道德品质,如互助精神、奉献精神、感恩精神等,这些美好品德精神都是人类社会进步和发展应该保留和发扬的。许均铨让作品承载着这些精神传递给每一个读者,然后传递到整个社会,给百姓群众一个健康的道德指向。在此创作宗旨基础上,许均铨结合了澳门本土特色与自己社团工作的实际,从家庭、爱情婚姻、好人好事、朋友逸事和自身丰富的底层生活多方面创作作品,以鲜活真实的故事关注人的生活实际,关注

---

① 童庆炳:《文学理论教程》(修订二版),高等教育出版社 2005 年版,第 154 页。

人的健康精神需要，谴责赌博与道德歪风。他的作品一切内容都是为了人类社会的进步与发展，真真正正做到为人而创作，为社会而创作。

在日渐崛起的微型小说作家群中，许均铨作为澳门微型小说的一面旗帜，其微型小说起到了很好的带头作用。"文学创作只有积极参与社会变革、反映时代精神，才能具有旺盛的生命力"，[①] 他作品中展现的独特的底层民众视角与人文关怀意识尤其是在市场经济发达的澳门，找到了结合市场经济条件下的"浅层次"的表达方法，考虑到了大众的接受能力，实现了作品的人文价值所在,[②] 同时弥补了20世纪90年代后文学创作中"使命感与责任感的缺席",[③] 起了很好的带头作用，展现了一个有社会责任感的作家形象。因此，许均铨的作品对于今后澳门微型小说的创作甚至国内的微型小说创作都有好的参考学习作用：提倡微型小说为了人的生存状态与精神状态而创作，为了人类社会更好的进步发展而创作。

（杨家晖　李婷）

[①] 孔焕周：《试论现代文学中的人文关怀》，《商丘师范学院学报》2003年第4期。
[②] 仲冲、刘燕：《论市场经济条件下文学的人文关怀》，《山东行政学院山东省经济管理干部学院学报》2007年第4期。
[③] 苏濛：《论90年代以来中国文学"人文精神"的失落》，硕士学位论文，扬州大学，2005年，第25页。

第十六章　澳大利亚华文微型小说代表作家作品研究

一　吕顺微型小说初探
——以微型小说集《车站依旧》为例

吕顺，祖籍山东省淄博市，现居澳大利亚墨尔本。在澳洲的中文日报和周报上发表过近百万字作品，并在美国《世界日报》《美国侨报》《香港文学》、新加坡、新西兰及中国台湾《联合日报》、中国大陆多家报纸发表过作品。曾任澳大利亚《新海潮报》总编辑，澳大利亚《同路人》文学副刊编辑，曾担任澳大利亚华人作家协会会长，现任澳大利亚华人作家协会名誉会长、澳大利亚雅拉微型小说研究分会会长、美国文心社墨尔本分社社长。2005年出版《澳洲叙事》，2008年出版《喜欢墨尔本》，2011年出版微型小说选集《幕后新闻》。2008年成为首位荣获澳大利亚墨尔本文化艺术基金专项鼓励的华人作家。

吕顺的微型小说集《车站依旧》（四川文艺出版社2013年版）共收录

其微型小说 44 篇，基本特色是平实，善于以小我写大千，平俗之中又传达出深刻含义。吕顺用平淡朴素的语言，向我们展现了一幅多彩的移民生活画卷，让我们了解到了他真诚的创作情感和对社会的深度洞察。下面分三部分予以论述。

（一）亲情与友爱的人性温暖

吕顺笔下的微型小说集《车站依旧》是以海外华人的故事为主进行创作的，内容丰富多样，其中不乏表现亲情与友爱的作品，文中尽显人性的温暖。作者也借这些有关亲情与友情的故事来提醒我们要珍惜亲情、珍视友情。

亲情是个永恒的话题，读吕顺笔下有关亲情的作品，心里感觉到了阵阵暖意。《哄着赶着向前跑》这篇文章写的是祖父与孙女之间的亲情。孙女移民来墨尔本，慈祥的祖父鼓励孙女努力学习，提高英语水平，取得好成绩。可爱的孙女则鼓励祖父恢复中文写作，并且努力创作出优秀的作品。作者用朴素自然的语言把祖父与孙女的生活画面生动地展现在了读者的眼前，向读者展示了祖父和孙女之间浓浓的亲情，作者想借华人家庭的温馨来提醒世人在这物欲横流的现实世界中不要被金钱迷惑、驱使，从而忽略了亲情，冷落了家人。

《粥薄情深》这篇文章写的是母亲与儿子之间的亲情。儿子喜欢喝母亲做的粥，母亲特意乘飞机到身在国外的儿子家中，专门传授煮制骨汤粥的技巧。整篇文章都洋溢着一位华人母亲对自己儿子满满的爱。"树欲静而风不止，子欲养而亲不待"，作者虽然在文章中没有明说，但以这个故事来提醒人们珍惜家人，珍惜亲情，珍惜与亲人在一起的时光，提醒人们多陪陪自己的家人。

《榆树开着小白花》这篇文章写的是儿子对已经病逝多年的父亲的追

忆。文中的儿子每次在异国他乡见到榆树开着小白花的时候，都会想起家乡祖居院落的老榆树，想起自己孩提时父亲利用闲暇在老榆树下教自己背诵古诗词，想起父亲在老榆树下对自己讲的一些意味深长的话语，还有父亲在老榆树下对自己的嘱咐。文中满满都是父亲对儿子那深沉而厚重的爱，也表达出了儿子的悔恨之情，悔恨自己没有在父亲还在的时候为父亲分担一些人世的凄凉和不平，以致父亲老得那么快。作者也借这篇文章来提醒世人，在异国他乡漂泊打拼虽然不易，但是也不要冷落了亲人。趁自己的亲人在世的时候，平时多陪陪他们。他们不是需要你给他们很多的钱，只需要你陪在他们身边就可以了，不要等到子欲养而亲不待，那时候可就真的为时已晚了。

国外本就是一个陌生的环境，还有许多陌生的外国人，一切的陌生都需要海外华人去慢慢适应。在适应的过程中，会结交到不少外国人，并和他们成为朋友甚至挚友。

吕顺的微型小说集《车站依旧》中有不少作品讲述的是海外华人与当地人之间的友情故事，虽然是一个个平凡的故事，但在作者笔下，都洋溢着人性之美。在《我的洋人朋友大卫》一文中，作者因为乘巴士偶然的一次失误认识了热心的退休洋人警察大卫，大卫开车把迷路的作者送回了家，从此两人便成了好朋友。大卫是一个机警过人、勇敢、乐于助人的好警察，他对中国人、对居住在澳洲的华裔同胞非常友好。作者歌颂了退休洋人警察大卫的心灵美，歌颂了人性的善良，作品中充满了人性的温暖。

《超大冰箱的故事》一文讲述的是戴维和安琪这一对华人小夫妻和洋人中学生之间幽默的友谊。小夫妻周末做好馅饼和饺子并放进冰箱之后就出门了，洋人中学生进屋吃完馅饼和饺子之后留下相应的钱，并且帮助小夫妻收拾屋子。作者选用这个特殊的故事，写出了华人小夫妻和洋人中学生之间幽默的友谊，也写出了华人小夫妻的善良、热情好客，展现了洋人中学生的可爱、善良，文中到处洋溢着人性之美。

亲情和友情是我们人生中不可缺少的，家是我们休息的港湾，而亲人是我们最坚实的后盾。不管我们遇到什么样的事情，亲人都会永远陪在我们的身边，跟我们分享快乐与悲伤，也给我们支持与鼓励。俗话说在家靠父母，出门靠朋友，朋友是我们不能缺少的伙伴，朋友是陪我们一起打拼的人，也是跟我们一起走向成功的人。总而言之，亲情和友情都是我们人生中很重要的部分，我们不能没有它们，所以，在当今这个快节奏的时代里，在努力拼搏上进的时候，不要冷落了亲情、忽视了友情。

（二）怀念故乡与融入异国的生存境遇

海外华人背井离乡独自到海外漂泊，最令他们无比思念的莫过于他们的故乡和家中的亲人。吕顺的微型小说集《车站依旧》中有不少作品道出了海外华人对故乡的深情眷恋，也有不少作品向我们展现了海外华人的生存境遇。

《墨尔本求雨记》中年老的善叔，坐在墨尔本街心公园的长凳上做了一个美梦，他想起了孩童时期家乡求雨的情景。他梦到自己因为身在墨尔本回不去故乡，所以就模仿家乡求雨时的样子在墨尔本求雨，最后求雨成功，结果就被下班的儿子唤醒了。从善叔做的这个求雨梦中我们可以感觉到年迈的善叔那深深的思乡之情。

《京戏故乡情》讲述的是海外华人京戏爱好者对故乡浓浓的思念之情。"何须望月多感叹，京戏欣赏即故乡"这句话道出了多少海外华人的心声。京戏是中国的国粹，代表着源远流长的中华文化。海外华人京戏爱好者把对故乡的怀念糅合在京剧演唱之中，是执着的中华文化的爱恋，是梦寐的故乡情。随着年华逝去，海外华人心底的故乡情结却越来越重，欣赏京戏或许是他们最好的寄托。

《祖孙同乐庆中秋》这篇文章说的是作者参加一个"祖孙同乐庆中秋"

活动的所见所感。中华民族的中秋节，历来都寄托着对家乡的怀念和对亲人的思念。文中的海外华人一年到头很少回到自己的故乡。在中秋节的时候他们组织活动，相聚在一起过节，无不体现了海外华人深深的怀乡之情。

国外对于初来乍到的海外华人来说，迎接他们的是全新且陌生的一切，国外的生活习惯、饮食习惯等，他们都需要时间去适应，并且必须去适应，因为这是他们以后长期要生活的生活环境。俗话说，你不能改变环境，那你就改变自己。在一个全新并且陌生的环境中，要让自己融入进去，并接受一些对于海外华人来说是新的东西，在这个方面大多数海外华人做到了。

《超大冰箱的故事》一文中提到，当戴维和安琪这对华人小夫妻搬到澳洲内陆地区的时候，洋邻居一个比一个热情友好。有时他们会被请去喝咖啡，有时会被请去吃烧烤，有时碰到邻居家来了客人，也会被邀请去做客，让他们深切体会到了洋人的善良温暖。这对华人小夫妻为了报答邻居的厚爱，经常烧些中国菜招待洋人邻居。由此可见，这对华人小夫妻已经适应了国外的生活，并且已经很好地融入了当地的生活，对于国外一切新鲜的事物，他们都能很好地适应并接受了。

《哄着赶着向前跑》一文中，作者的孙女移民到墨尔本，她在北京读到小学六年级，一直是学校的优等生，还连续多年被选为班委和班长，而这次她移民到墨尔本，一切都要重新开始，最后经过她的努力，她很快地适应了移民新环境，并且在学习方面进步很大，迅速成了全年级的优等生。文中的孙女，作为学生，她移民到国外，并且在国外上学，是需要一段时间适应的，而这个适应的过程是很艰辛的，好在她最后很好地适应了。这也可以看出，大多海外华人都能慢慢融入新环境并各自安然生活着。

海外华人都是背井离乡在海外漂泊打拼，其中的艰辛和酸楚，恐怕只有他们自己知道,"举头望明月,低头思故乡"这句诗可能是身在异国他乡的海外华人最真实的心理写照。但在世界交流日益加深的当下,我们依然相信"莫愁前路无知己",这也为我们融入新的环境提供了时代的可能性,揣着一汪明月远望星辰,也未尝不是一件美事。

(三)奋斗追求与沉沦失德的纠结迷惘

吕顺的微型小说集《车站依旧》中有不少讲述人们不断奋斗追求的故事,也有不少讲述人们在这个物欲横流的世界迷失自己的本心、沉沦失德的故事。作者通过笔下的这些故事,对那些迷失本心从而忽视道德甚至触犯法律的人进行了严厉的批判,同时勉励人们要坚持自己的本心,努力奋斗拼搏,创造出属于自己的辉煌。

《幕后新闻》一文中,马明根是墨尔本的港资家族企业——澳洲宏海房地产集团公司的副总裁。他是一个德才兼备的精英人才。当初在程飞窃位素餐,薪酬越来越高,公司效益却日渐下滑的时候,经过董事会讨论,马明根等精英人才被请过来,很快挽救并发展了公司业绩。马明根在墨尔本大学读完 MBA 之后就进了宏海公司,他不仅将在中国投资的一个烂尾工程处理得干净利落,而且经他管理的两个新项目也取得了骄人的成绩。他为人坦诚正派,业务能力强,几年来管理过公司各个重要部门,肩负着公司的半壁江山,最终,他顺利成为澳洲宏海房地产集团公司的副总裁。马明根今天拥有的一切,都是因为他当初的努力和不懈追求而得来的。作者借这篇文章,告诉世人,在国外漂泊打拼的时候,要坚持自己的本心,坚持不懈地追逐自己心中所想的,最终将会获得成功,走向自己人生的辉煌。

《真假失踪》一文中的男主人公郝建在澳洲本来有着自己的工作,他却在这个物欲横流的世界迷失了自己的本真,投机取巧,帮助姐姐洗钱。

第十六章 澳大利亚华文微型小说代表作家作品研究

他将他姐姐受贿的钱款在墨尔本、悉尼、布里斯班三地赌场转来转去,大多数的赃款最后由赌场开出汇票转至房地产公司,洗白后用来购置房产。郝建的投机取巧使得他最终落得个被法院调查、房产和账户被冻结的下场,他也由文章开头的"假失踪"变成了后来的真失踪。

《拳击手雷蒙》一文中利欲熏心的老板把袋鼠们抓来训练成拳击手用来牟取暴利,袋鼠们反抗。在它们逃跑的过程中,凶神恶煞的老板残忍地把冰冷的枪口对准了袋鼠们。这个故事反映出了在当今这个物欲横流的时代,道德沦丧、人性的扭曲和自我丢失。万事利字当头,很多人在金钱的诱惑下只考虑自己的利益,这是很不正常的现象,却在当今社会中普遍存在。一些人在金钱的驱使下做了很多丧心病狂的事情,如《拳击手雷蒙》中的老板,动物本来是人类的朋友,他却把动物当成他牟取暴利的赚钱工具,对待动物也十分残忍。作者对文章中利欲熏心的黑心老板这样的人作了严厉的批判。文章最后的结局是美好的,袋鼠们虽然有伤亡,但最终都摆脱了残暴的老板的控制,回归到了美好的家园。作者用美好的结局来表达他对世人的希冀,作者希望世人在当今这个物欲横流的时代,要保持自己的善良,坚持自己善良的本心,不让自己的本心被世间的丑恶污秽所污染。同时,作者呼吁人们要爱护动物,动物是人类的朋友,而不是可以随意处置的物品。

人的一生都是在不断地奋斗追求着,追求着名利,追求着很多很多的东西,在奋斗追求的过程中,不要让这物欲横流的世界中的污秽所污染了,不要迷失在这条追逐的道路上,迷失了本心,走上歧途甚至不归路。保持自己的本心,坚持让它不被动摇,让自己不断地追逐下去,终有一天你会走上人生的巅峰,创造属于自己的辉煌。

吕顺的微型小说选集《车站依旧》以朴素自然的语言,向我们展现了一幅浓郁的移民生活画卷。他将海外华人的平常事信手拈来,尽显亲情与友爱的人性温暖,把海外华人对故乡的深情眷恋和他们在异国他乡的生存境遇娓娓道来，也向我们展现了他们对理想的不断奋斗追求或沉沦失德的纠结迷惘。他的微型小说以小见大，见微知著。吕顺以真诚的情感关注现实，以平实而富有意味的文笔再现生活，他的作品将文学的审美性与社会性结合起来，深度洞察人生和人性。在这个意义上，吕顺的微型小说完全可以成为广大读者珍视的文学精品。

（王筱雅　潘熹）

二　李明晏微型小说浅析
——以微型小说选集《老人和鸽子》为重点

李明晏，出生于黑龙江哈尔滨，原为黑龙江大学俄语系副教授、黑龙江作家协会会员，现为澳大利亚籍华文作家，澳洲中文作家协会（中华分会）会长、澳洲中文作家协会秘书长、《澳洲日报》《大洋时报》特约记者、广州私立华联大学客座教授。

赴澳洲前，李明晏利用业余时间从事俄罗斯文学翻译和儿童文学创作。主要译作有：长篇小说《妓女》《西方艳遇》《魔鬼峡谷》；中篇小说《夜里发生的事件》《穿透心灵》；文学创作主要有儿童小说《大雪之后》《大雨之后》。

1990年定居澳洲后，他主要从事文学创作，在澳洲、欧美，以及中国大陆、香港、台湾等地区发表了200余万字的作品。主要有长篇小说《蓝山谷墓地之谜》《澳洲C悲剧》《私生子》，中篇小说《爱恨恩怨在澳洲》，长篇纪实文学《澳大利亚情场赌场商场》，中篇纪实文学《在我们公寓大楼里》《从远东到西伯利亚》，散文《街头琴音》，等等。

李明晏的微型小说选集《老人和鸽子》（四川文艺出版社 2013 年版）共收录其微型小说 43 篇。因为特殊的成长经历（在俄罗斯侨民聚居区长大）和移民后对中西文化的比较审视。李明晏的作品中呈现出情感、精神和文化的丰富性，有移民者（包括中国人和俄罗斯人）的生存境遇和精神坚守，有清晰如昨的俄罗斯记忆和情感牵挂，有对现实人生的叙写和对善恶人性的廓清。下面分三部分分别予以论述。

（一）移民众生相

选集《老人与鸽子》中用较多篇幅描写了移民者在海外的生存状况。在新的环境中，生活习惯及文化传统的差异给移民者的生活带来了新的考验，在适应现实和精神坚守的矛盾中移民者的境遇让人感慨。

"出国热"是这些年来持续得最久的潮流，所有人都削尖了脑袋要去环境优美、人民素质高、社会福利好的资本主义国家。有钱的自然改了国籍在国外过着惬意生活，没钱的在国外照样要埋头苦干过日子，外国人的钱似乎比较好赚，很多人在国外端盘子洗碗就成了"富翁"，有了钱回国探亲时就有了底气，仿佛真的从骨子里脱离了中华民族成了另外一个民族。然而，外国的生活就真如想象中美好吗？移民不像旅游那样去去就回，这是一种赌博，把余下生命交付给一个完全陌生的国度作为赌注，有时是因为勇气，有时是因为盲目跟从。如人饮水冷暖自知，这其中的生活习惯、文化传统、社会风俗、人际关系的中外碰撞与艰辛，只有亲身经历过的人才懂。就算脱离了本国国籍，成为另一个国家的人，可人总是怀旧的，对生活了几十年的土地就像对待一本记录往昔的日记本一样，随意翻开哪一页，都是丢不掉的回忆，身在曹营心在汉，就像一滴油在两杯水之间游离，无法融入，永远流浪。

大部分移民澳洲的华人，虽身处澳洲享受社会福利国家的好处，但从小经受中华文化的耳濡目染，骨子里还是有中华民族的傲气。《苏珊和她的母亲》中母亲用生命为苏珊铺就了通往澳大利亚的留学之路，苏珊在澳洲组成小家庭过上幸福生活后，把母亲也接到澳洲享受社会福利。然而，苏珊没有意识到，在黄土地摸爬滚打了几十年的母亲，由于生活环境和文化背景的巨大差异，无法适应澳洲安逸优越的生活。老人家多年来形成勤俭节约的生活习惯，使得家庭矛盾日渐尖锐，最终，苏珊和丈夫为母亲寻找黄昏恋的行为导致老人离家出走。老人家就算脚踏天堂般的自由世界，心里也还是忘不了生她养她的那个国家。

《圣诞节大餐》中的"我"由于澳洲老公的一句"你是中国人呀"决心在西方人传统的圣诞节晚宴上摆上一桌具有中国特色的圣诞大餐，用中国传统的饮食文化征服西方人的火鸡烧鹅。"我"用一股不服输的心态硬是把西方圣诞节过成了中国春节，却受到了西方人的好评——虽居住在澳大利亚，却在这片土地上保持着一颗爱中国文化的火红的心。

有的中国商品在外国名声可能不大好，是因为有这样那样的奸商滔滔不绝、面不改色地说着大话骗取外国人的信任购买中国的山寨货，尽管这样的奸商只是少数，但国外产品向来以品质著名，中国商品到了国外对比十分明显，也难怪外国人一说起劣质产品就会想到"Made in China"了。

在《星期鞋》中，"我"和中国大陆的朋友在唐人街上遇到了一位卖鞋的小贩，他说起谎来面不改色，劣质鞋在他嘴里成了意大利进口的高档货，他口若悬河的本领迷住了朋友。在"我"揭穿他的鞋子的本质之后，他不但没有认识到错误，反而趁机夸下海口做出赔偿100澳元的承诺，并借此机会吸引了大批顾客卖出了所有的鞋子。当然，这个小贩并没有履行他的承诺，没有为这个品牌、为中国人挽回名誉，在一个星期之后消失得无影无踪。

《从垃圾堆里走出来的富翁》里的中国西北人本来和其他留学生一样辛苦打工，忽然之间变得悠闲起来。原来，他在垃圾堆里发现了宝藏，把"半新的衣服鞋子和东西"变成廉价的二手货，甚至利用澳洲人的善良，把居民们捐献给慈善机构的衣服占为己有。直到有一天一个老人发现了他卑劣的行为，气愤地指责他为小偷时，同住的留学生才知道他赚钱的法子，他却不以为然，我行我素，最后惹火了老人要报警，同屋的上海人也被气得搬走了。虽然西北人很有商业头脑，靠自己的努力和聪明得到了财富，如今已是澳洲的华商富豪，但他投机取巧耍小聪明的商业行为得不到同伴的认可，"当年被他吓跑的上海人说，虽然他已经进入富豪的行列，从头到脚一身名牌，但他身上的那种气味却是天长地久的"。作者对同胞这样的欺骗行径也是充满了愤慨，但无力阻止他们卑劣的赚钱的行为，只好感叹国人的丑陋习性真是深入骨子里了。

（二）俄罗斯情结

李明晏在俄罗斯侨民聚居区长大，所以俄罗斯风情和文化对他的影响很深远。可以说，在他的心里和记忆中有着鲜明的俄罗斯印象，他的作品中有着挥之不去的俄罗斯情结。

《圣诞夜》中作者由圣诞夜的歌声走进了童年的回忆。5岁那年在家乡哈尔滨过圣诞节时，一个俄国女人向"我"乞讨中国饺子时，"我"没能及时为她端出一碗热气腾腾的饺子，导致她最后成了圣诞夜路边的冻死骨。她本是一个优秀的话剧演员，漂泊在中国的舞台上演绎着各种光辉的俄罗斯女性形象，却因为对祖国的强烈思念，常常借酒消愁，以致让酒精坏了嗓子，落得一个悲惨的下场，而"我"也怀着对她深深的愧疚感，一直在心中缅怀着这个把优秀的俄罗斯文化带到中国的俄罗斯女人。

另一个由音乐走进童年回忆的故事是《那一天在悉尼歌剧院门前》，"我"听到悉尼歌剧院门口中国小伙子的小提琴声，"不由得想起童年时曾困扰我的俄罗斯眼睛"。一位白发苍苍的俄罗斯老人坐在长椅上用破旧的手风琴倾诉俄罗斯人流落异乡的心酸。然而，老人在复活节那天好不容易多得到一些钱，却遭到一个俄国醉汉的抢劫：醉汉砸破了老人赖以生存的手风琴，打伤了老人。从此，伤心的俄罗斯老人和他凄凉的手风琴声再也没有出现过，成了作者心中永远的惆怅。

作者过上幸福生活之后，却从未忘记在他生命中出现过的那些命运悲惨处境的人，他总用一种悲天悯人的情怀去关注现实，关注人民的疾苦。这也使得他的小说饱含情感，充满善良正义和同情心，沉淀着一种淳厚的人文关怀精神。

《俄罗斯老乡瓦西里》中的瓦西里对中国有着深厚的感情。他出生在哈尔滨，从小跟中国小伙伴宝财一起玩耍，宝财为了救溺水的瓦西里献出了年轻的生命，瓦西里成了宝财妈妈的俄罗斯儿子，尽到了做儿子的责任。然而瓦西里一家毕竟是属于俄罗斯的，瓦西里带着中国妈妈送的银锁回到了俄罗斯，他和宝财一家的故事也感动了许多人。然而在中苏关系恶化的阶段，故事变了味，银锁也成了"间谍联络的工具"。后来，他和澳大利亚姑娘的婚姻让他走上了幸福的生活，然而他一直惦记着他的中国妈妈，最终离开妻子和澳洲踏上了寻亲之路。中国妈妈的处境更凄惨，在"文化大革命"中受到了空前的凌辱，"小脚老太太玩弄俄罗斯小男孩的新闻轰动了大街小巷"，中国妈妈被这种荒谬的毁谤言论逼得自杀。而瓦西里在俄罗斯祭拜父母时遭遇抢劫，不幸身亡。"母子俩"的悲惨遭遇不免让人叹息。

（三）娴熟的艺术手法

李明晏作品的艺术手法主要有以下两种。

1. 对比写人

有了"丑"的对照，才能显出"美"的光彩。李明晏的微型小说擅长运用对比手法刻画人物，歌颂人间真爱良善，批判人性丑陋阴暗。

《老人与鸽子》中的主人公犹太老人为了占邻居便宜，把录像带拿到邻居家看，然后要求人家分摊租带费，借此谋取利益。就这样，投机取巧的老人给读者很卑劣的第一印象，但是他又多年如一日地用面包喂养野鸽子，看上去与他贪小便宜的性格很是矛盾。最后作者才慢慢揭开谜底，原来老人年轻时在纳粹集中营里饿极时曾扑杀了一只鸽子吃，才得以活下来，于是才用喂鸽子的行动来忏悔早年的过失。这个谜底也对老人的吝啬做出了合理的解释，使看上去矛盾的性格统一了起来，老人不再那么令人厌恶，而是令人同情了。通过老人前后自私行为和无私行为的对比，表达了作者对纳粹对其他民族造成的伤害之深的思考，对老人悲惨命运的同情。

在《球星的T恤》中，对比有多处、多种类型：小汤姆天真无邪的少年模样与疯狂追逐名牌的青年模样的对比；王太求阿炳办事时"那一双凄切的眼睛""感激的话说了一大箩筐"与发现被骗后"气势汹汹把那件名牌扔在阿炳鼻子底下"的行为作对比；阿炳"那双薄嘴唇犹如机关枪似的响了起来"与"此时阿炳那三寸不烂之舌打了死结，说不出一句话"作对比。多层的对比构成了莫大的讽刺，凭借巧舌如簧在中国与澳洲之间倒卖商品赚钱的人终将栽在自己最得意的本事上；王太在澳洲辛辛苦苦赚钱供儿子上学却把儿子养成了一个追逐名牌的人，外国的教育就一定比中国优越吗？通过对比结果不言而喻。另外，王太这种宠溺"小皇帝"的教育方法不论在中国还是在澳洲都只能制造一个"啃老族"，这也是作者希望读者深思的地方。

《发生在超级市场的真实故事》中，一个身材矮小的中国人，在超级市场付钱时，发现店员少收了钱之后，坚持要把多给的钱还给店员；而另一个高大英俊的华人，却想借机讹诈超市的钱。其貌不扬的华人拥有诚实的品格，外貌英俊的华人却借题发挥，通过旁观的观众的言语简洁地传达了作者自己的善恶观点。通过两个人心灵和外貌的反差对比，赞扬了矮个华人认真对待事情、严谨的生活作风,通过对比批评了高个华人借题发挥贪图小便宜的行为。

《两种人生》中五号病床是年过六旬的中国老人,探视他的人"犹如南太平洋的波涛,一浪接一浪"。六号病床的澳洲老人没有人来探视,"孤独一人蜷缩在被世界遗忘的病榻上"。两种强烈的对比看来,澳洲老人的晚年十分凄惨,没有亲人陪伴他走过人生最后的阶段;中国老人的晚年十分幸福,儿孙满堂,有一场体面的葬礼。但澳洲老人是单身贵族,将整个生命都留给自己,在青春年华里潇洒过完人生,中国老人的一生都在为子女打拼,直到临死之前才意识到自己没有过过一天属于自己的生活。透过两种人生轨迹,我们看到了两种文化、两种制度的不同之处,生命不单单是为了延续生命,每个生命都应该有自己的色彩。如果完全为了下一代而活着,那这样的生命延续不过是毫无意义的重复。作为一个独立的生命个体,我们的任务不仅是延续下一代,更要把生命过得精彩才对得起这份唯一。作者在小说中倾向于澳洲老人的生活方式,两种人生我们选择哪种,或是折中融合,就看我们自己的目标是精彩的人生,还是给下一代一个精彩的人生。

2. 幽默色彩

李明晏善于在微型小说中使用新奇的比喻和幽默的语言。

《圣诞节大餐》中"我"的澳洲老公要求"我"为他的同事做一桌西式的圣诞节晚宴,然而"我"是一个倔强的人,为了让西方人体验一把中国饮食文化,坚持在圣诞节那天摆上中式的大餐,"进行一场史无前例的多元文化饮食大革命"。圣诞节那天,"我高唱着革命歌曲,摆好了圣诞餐桌,迎来了贵客",对西方人看到满桌中国佳肴的表情的描写更是让人捧腹大笑:形容西方人的眼睛是"大大小小的玻璃球从眼眶里飞了出来""一触即发的原子弹",形容他们吃饭是"如同割草机一般,秋风扫落叶,中华美食载歌载舞地进入了西方人的胃里"，最后"我"用中国味十足的大餐征服了西方人的吃惯了火鸡烧鹅的胃。这口语化的语言读起来毫无晦涩之感，而且比喻十分新奇。李明晏像有一颗童心一般面对世界永远怀着微笑。

李明晏在国内经历过牢狱之灾，移民国外本为国外那一片能自由呼吸的天空。《女邻居玛丽娅》中的塞尔维亚女人玛丽娅"竟和早已从我记忆中消失了的街道妇女主任式的人物重逢"。在整栋大楼不堪越南小伙的噪声骚扰后，玛丽娅勇敢地"冲"了出来，和小伙子进行"枪林弹雨般的舌战"，"血战到底"，她"眸子闪着绿幽幽的凶光"，最后用深夜骚扰电话逼走了越南小伙。"不知为什么，玛丽娅那声悦耳动听的拜拜，竟成了革命样板戏《沙家浜》中阿庆嫂的一句经典台词：'哼，想和我斗！早就被我打得落花流水了！'"对经历了"文化大革命"的李明晏来说，这种人物无疑又唤醒了他不愉快的回忆，他用略带夸张的幽默语言和新奇的比喻刻画了一个得理不饶人的中国泼辣妇女主任似的人物。

李明晏的人生经历本身就是一部小说。特殊的成长经历和移民者的身份，让他的情感基因具有了多重性，让他的艺术创作有了大视野。情感的执着，精神的坚守，文化的认同，是小说家永恒的灵魂内涵。李明晏的微型小说，正是在对"寻梦者"（移民者）的生存境遇的现实呈现，对精神故乡的心理依恋，对社会人性的辨识分析中，实现了对情感、精神和文化的交融和书写。李明晏的微型小说作品语言幽默风趣，情节结构紧凑，文短意长，简约凝练。综观其文学作品，彰显出大智慧、大涵养。

（王妍　潘熹）

三 庞亚卿微型小说浅析

——以微型小说集《谁是澳洲人》为例

庞亚卿,笔名崖青,女,1948年生于上海,毕业于华东师大中文系。曾做过农民、工人、文员、编辑、外贸业务员等。1996年移民澳大利亚。现为中文教师。曾任澳大利亚新州作有协会理事、副会长,澳大利亚中文作家协会会长。刚从上海移居到悉尼时,澳洲的几家大报和周报的文学副刊早已人满为患,后来者只能见缝插针,可令人想不到的是,迟来的庞亚卿从默默无闻迅速进入拥有众多粉丝的知名作家的行列。现已出版作品《无背景状态》《S城》等。在澳洲、中国大陆、中国港台地区、美国等地发表大量散文、小说、杂文、评论等。

微型小说集《谁是澳洲人》(四川文艺出版社2013年版)的成书,不仅是庞亚卿近年来的精品成果,也是世界华文微型小说的又一结晶。选集共收录其微型小说43篇。作者从现实生活出发,以她独有的女性视角去挖掘人性中最本真的东西,将生活中的真善美呈现给读者。正如澳大利亚另一著名华人作家李明晏对她的评价:她的文学世界是对源自人性和天良的"真善美"的追求与讴歌。下面分三部分对此予以论述。

(一) 人性本能的真挚良善

人性的真善美一直是人们坚持和追求的信仰,是在当代社会推崇和倡导的;而作为一名在澳华人,庞亚卿的大部分作品是对人性真善美的追求和讴歌。在这部《谁是澳洲人》中又尤为突显,庞亚卿总是善于捕捉到生活中的那一抹本真，或许在她笔下，每一个人都被赋予了一定的善。这种真善美总是直击读者的心灵，唤起读者会心的微笑和内心的共鸣，产生强烈的心灵感应。其中，令人印象十分深刻的是《旅伴》。

《旅伴》中的女知青探亲返家途中和一个乡下女人邂逅在火车上。庞亚卿寥寥几笔，就活脱脱地展现了一个粗俗乡下女人的画像。由于知青的座位是临窗的，本以为上了火车，靠着窗可以静静享受窗外的风景，可是人还没坐稳，上来一个像山一样的胖女人坐在知青的旁边，而且侵占着知青的"地盘"，同时胖女人满身呛人的汗酸味也让知青受不了。女知青为了远离她身上的盐碱味，用背顶她，希望她自觉让开。可是不管怎样，胖女人始终不动，以致后来女知青突然站起身来，把胖女人闪倒在"我"的座位上，胖女人也没有丝毫的责怪和愤怒，只是难为情地低下头。女知青在车轮滚动声中，走进了梦乡，在梦里出现了笑吟吟向她招手的父亲母亲。可从梦里醒来，她发现自己是靠在胖女人的臂弯里，以致后来就是这样一个令自己厌恶的乡下女人用身上仅剩的钱用来给"我"买车票。钱花了，胖女人回家的几十里山路只能靠自己的双腿。戏剧性的扭转，在这一刻，我们仿佛会看见一个穿着黑不溜秋衣服的胖女人在山路上攀爬着，此时的背影却显得尤为高大。

在作者笔下，胖女人不再是遭人厌恶和嫌弃的对象，反而让我们看到了她身上闪闪发亮的真善美，也不再觉得那汗酸味难闻，不禁为庞亚卿的构思称赞，她表达的真善美正是当代社会所缺少的。她以另外一种方式告诉人们，以单纯的面貌和条件来判断别人，戴着有色眼镜看待某些人，殊不知往往是这些我们嫌弃和看不起的人，却做着让我们为之羞愧和感动的事。庞亚卿笔下的乡下女人，外表和内心强烈的反差，让我们无形中感受到"善良是人性之美"。这也是庞亚卿文学世界永恒的主题。

或许正因为作者对于真善美的讴歌，才让笔下的人物栩栩如生，印象深刻。拥有善于捕捉美的眼睛的作家才能头顶"王冠"。

《心灵音乐家》是庞亚卿笔下另外一篇真善美描写得非常精彩的佳作。如果说《旅途》在深刻的真善美描写中透露出一丝诙谐和讽刺，那么《心灵音乐家》则是带有一份感动和温馨。心灵音乐家不是真的音乐家，而是指两个同在异地求学的男女青年偶然认识，通过"心灵上的音乐"相识、相知、相爱。对于这篇文章，印象最深的莫过于：男女主人公笼罩在暗暗的橘红色的灯光里，带点嘶哑的乡村歌手甜蜜的歌声忽而跳荡，忽而飘摇。吉他时不时把滑音弄得令人心颤；但是在她朦胧的眼睛中，荡漾着一种深重的惆怅，好像她经历了太多伤心往事，而乳白色窗纱把外部的寒冷和飞雪都隔在了感觉之外。他们沉醉在婉转、流畅、细腻、柔美的曲调中，一位想摘茉莉花，又怕伤了茉莉花的天真可爱纯洁的姑娘呼之欲出。他们的心被洗得纯净、缥缈。女主人公仿佛回到了江南水乡，闻到了茉莉花的清香。黑夜弥漫在四野，风雪席卷着世界。在这样一个寒冷的冬夜，两盒音带伴随他们听了一遍又一遍漂泊者辛酸的歌。或许是异国他乡，或许是寒冷的夜让两颗渴望温暖的心不自觉地靠在了一起，成就了一段姻缘。

谁说这不是机缘巧合？女主人公曾经扬着骄傲的下巴坚定地说自己将来找的对象非懂音乐不可。头发花白的我们回到年少时代，此刻陪伴在自己身边的是一个五音不全的理工科男生。上苍让他们在一个大雪纷飞的夜晚，在一个人迹稀少的荒原，有了一段奇妙的相见和令人迷醉的时光。通过作者深刻的细节描写，我们仿佛看到了两个寂寞孤单的年轻人在黑夜里相互诉说，静静聆听，小提琴声轻拂着两颗孤独的心。一段奇遇，让我们都明白，这么多年的相守，懂不懂音乐不重要，所有的客观条件都显得苍白，因为除了他，又有谁能触动她生命的琴键，扣动她内心的琴弦？

（二）细腻独特的女性视角

犹如一首小诗必有诗味，即使淡淡的诗意也可称作好诗一样，微型小说亦是，在今日数码时代尤具独特的吸引读者之特色，其要旨则在于让读者阅后能回味出或淡或深的人生感怀，而尤其高明之作则会以作者独有的视角，另辟蹊径，令人心魂一震，目光一亮。庞亚卿作为一名女作家必有她独有的女性视角，而在这本作品集中则分为以女性的宽容关怀、女性的细腻和女权意识等三个方面为出发点。

我们常说女性是更感性的人，因为女性总是怀有那份宽容之心。在本集中的《谁是澳洲人》是庞亚卿的代表作，主人公哑女朱丽的开场告知我们，她是公司里持种族歧视最严重的一个。她不喜欢中国人，甚至指着茶点上的中文对人说：我可不想变成中国人。我们可以想象她对于移民过去的中国人有多么苛刻和吹毛求疵。她歧视这些在她眼中的外来人。可是在后来与"我"的交往中，她开始对中国人改观甚至友善，仅仅因为"我"获得了澳洲的身份。出乎意料的是，朱丽居然是黑人。行文至此，我们或许觉得好笑，一个每天嘲笑别人是"黑民"的人自己反而是"黑民"，可是在文章的最后，所有她曾看不起的中国人没有幸灾乐祸，反而希望朱丽能留在澳洲，这种女性独有的宽容之心给我们留下了深刻印象。其实，《惊鸿一瞥》这篇文章也是集中突显了女性的宽容之心。女主谢尼亚因为男主愚叟年轻时的政治问题受了很多牵连，甚至有一段痛苦的记忆，两人也在那个时候被迫分开。但是机缘巧合之下，俩人再次有了见面的机会，可是谢尼亚已经有了美满的家庭。至于那段受伤的记忆以及那些年自己承担的痛苦，她没有过多地责怪，而是选择了宽容。好不容易拥有的一次见面，二人也只是以"你好吗？珍重"，就此道别。女性的宽容总是在无形中给我们感动。

其实，女性有时不仅宽容，对于关怀，她们总是显得无私。文章《递一支爱的拐杖》，从题目中我们都能感受到那份关怀之心。对于因为求爱不成无数次想要自杀的伊森，他的同学、家人、老师甚至陌生人都无私地递出了那根爱的拐杖，想要把他从自杀的"边缘"拉回来。还好，伊森没有辜负大家的期望。而另一篇《理解万岁》则是一个"善意的谎言"包装的关爱故事，为了安慰离家出走的女孩，司机编了一个谎言：因为自己冲动之下打了孩子一巴掌，孩子也离家出走，但是再也没回来。他的话像一只温暖的大手抚平了女孩心里的疙瘩。两年之后，女孩再遇到这个司机，问及他的女儿回来没有才发现这是个善意的谎言。一个陌生的司机的关爱让女孩重修与家人的关系，庞亚卿笔下的女性独有的视角赋予了人们太多关爱。

我们总用"女人心，海底针"来形容女人，其实女性之所以拥有众多情绪，往往是因为她们拥有一颗细腻的心且注重细节。该集中的《放生》一文，以寥寥数笔写出一对饱受金融风暴冲击的夫妇的生活变故。男主人公因为金融危机，刚升上的经理职位半年就被"雷击"，在一天之内他成了无业游民。妻子的鼓励并没有让他重拾信心，他开始消极怨恨，放纵自己。而文章的高潮则是由丈夫失业后买的鱼引发的，妻子由小区荷花池中优游自在的鱼而联想到自己家被自己自私的爱禁锢的鱼，从而想到自己：有意放生，不止是放生鱼，也是放生自己，双方分手离开，从而各自走向另一种的"放生"境界。鱼和妻子是放生了，可是男主人公亲手"放生"了自己的幸福。女人的细腻超出你的想象；当她爱你时，她的细腻之心会使双方更幸福，可是当她选择放手时也会毫不犹豫。

虽然女性有时温柔似水，有时却坚强无比，她们身上的潜能超乎我们的想象，在庞亚卿的笔下，女性的女性意识也让我们称赞。文章《青春剪影》中的主人公无论是实干女孩爱琳、女权主义者金姆还是自强不息的洁妮，无不让我们为她们身上那份坚强感动，她们有女性意识。她们有"巾帼不让须眉"的豪情壮志，即使有太多的外在因素干扰着她们，她们也坚持着自己的原则。女性不应在任何时候都柔弱如水，应该学会独当一面。

（三）清丽简短的语言风格

语言风格就是血液，不同的血液成分对于性情有着或大或小的影响，不同的语言风格对作品的"外衣"也有着直接或间接的影响。从整本作品集看来。庞亚卿微型小说的另一特色就是清新简短的语言风格。她总是用极精练的语言，将世态人情写得栩栩如生、跃然纸上。

《心动如水》中的中国姑娘乔颖和一位身材颀长的西方男子凯恩邂逅在火车站。

>他的眼睛有点奇怪，有着两团碧莹莹的不肯熄灭的火焰。
>
>他快乐的心情就像一颗沾满印泥的图章，往哪儿一敲，就是鲜红的一块……

他那微曲的金发、深情款款的蓝眼睛，在乔颖的心中掀起了波浪。她隐隐约约地感觉到她和凯恩之间也许会发生什么，甚至有些期待，可又不想它来得那么快。可接下来的两个星期六，乔颖都没有在火车站遇到凯恩，心里有点失落。在她等待凯恩出现的那一刻，庞亚卿写道："身旁的瓶刷树上金黄色的瓶刷随风摆动，就像无数支爱神射出的箭头。"这么简洁的一句，似乎浓缩了绘画和音乐的艺术手法，令我们仿佛听到了舒伯特的小夜曲，看到了俄罗斯列宾的风景画，触摸到小说人物的内心感受，不由得想起了高尔基关于文学语言的真知灼见："真正的语言总是非常淳朴的，生动如画，而且几乎是肉体可以感触到的。应该写得能使读者看到语言描写的东西，就像看到了可以触摸的实体一样。"真实和自然的东西其实最易打动人，很多时候我们总想着怎么用更好的语言和优美的语句，往往故事编得越精彩,文学水平反而越低下。笔者认为,庞亚卿之所以成为在澳如此受欢迎的作家,与她本身的质朴与纯真不无关系。

作为千千万万自中国大陆出国奋斗的人来说,半生中的两种生活天地和心灵成长纠结盘绕,其中的缠绵如种种初恋旧情,也在庞亚卿的笔下巧妙地以短小的篇幅描绘如新。在《惊鸿一瞥》中,庞亚卿精简笔力概括了自"文革"至20世纪90年代这段漫长的沧桑岁月,刻画了中国当代历史上经历最坎坷的知识青年们悲惨的爱情故事。文中的谢尼亚和愚叟,初恋总是让人难忘怀念,现实的戏弄与牵扯,让他们在后来各自的人生变迁和命运的结局纠结中缠绕。历经时间和空间两人见面,可是见面后却是一句"你好吗?珍重"就分开,前后不到一分钟。我们不知道这一分钟对于主人公而言是怎样的心路历程。至于那双年代久远的高帮雨靴,那些年双方所受的苦和磨难,还用说吗?此时无声胜有声,读到此处不禁嘘声掩卷长叹,继而为两人的"爱情"而失声。简练的语言却给人余味,发人深省;细细品味也有别有风味。

如今分布在世界各地的华人数逾千万,他们生活的天地和其中的悲欢际遇,也是取之不尽的文学作品素材。庞亚卿作品量虽不多,但主题极其丰富,人性道德、官僚制度、虚伪善良等都在她笔下呈现。仔细观察,她总是以她独有的女性视角去看待当代社会的很多问题,如人性本能的真挚良善,女性的细腻、宽容和关怀,等等。我们不得不折服于她简短的文笔之下独有的女性视角的清新。其实,她的作品紧跟时代变化的社会现状,所以她的作品是极富现实意义的。我们在这个物欲浮躁的社会寻求一丝安逸,当代人物质生活提高,可是精神世界却出现了"黑洞",现实的压抑牵扯让我们开始迷失,想要寻找一条道路,或哭或笑或喜或悲时但愿我们能在庞亚卿的笔下能有一丝光明和安定。

(吴丹　潘熹)

四 心水微型小说浅论
——以微型小说集《飞鸽传书》为例

心水,原名黄玉液,祖籍福建同安,生于越南蓄臻。曾用笔名心水、醉诗、老黄、阿波、繁玉等。先辈务农,父亲经商。他中越文初中毕业,喜爱文学。17岁走上社会经商,同时开始写作,以业余撰稿人身份从事散文、新诗的创作。处女作散文《蚂蚁》发表在西贡《越华晚报》上,后开始写短篇小说。1968年短篇小说《春香湖》获英国伦敦广播电台东南亚征文奖。1973年成立风笛现代诗社,任社长。1979年定居澳大利亚,1989年入亚洲华文作协,1988年发表长篇小说《沉城惊梦》。小说把1975—1978年越南华侨的血泪史,透过时代背景呈现给读者。因作品富于时代色彩,深刻而又真实,1989年获台湾侨联总会主办的"年度海外华文创作首奖"。主要作品有《蚂蚁》(1962)、《春香湖》(1968)、《沉城惊梦》(1988)、《江湖夜雨七年灯》等。

心水的微型小说集《飞鸽传书》(四川文艺出版社2013年版)共收录其微型小说51篇,多数篇幅以自己的人生经历为基点,善于运用讽刺笔法造像叙事,不少作品具有批判性,敢于直击人性丑陋,展示人性弱点,在大视野中揭示文化碰撞后的矛盾和冲突。下面从三个角度予以论述。

(一)讽刺——抒写人生样态的笔法

文学艺术形式的表现方式是极其丰富和灵活的,讽刺艺术也不例外。在《飞鸽传书》集中,作者大量运用讽刺和嘲讽的笔法,将微型小说的讽刺艺术淋漓呈现，绘出一副恣肆磅礴的讽刺画卷。例如，在《水教授》一文中，作者就用讽刺笔法将水教授这一人物的"小丑"形象刻画得淋漓尽致。而《大老板》这篇文章与《水教授》有着异曲同工之妙，描绘的都是在社会上打拼、用自己的方式活下来并获得"成就"的人物形象。

《水教授》中的水教授千真万确是姓水，但读者理解中又有另外一层讽刺意思。"水"在中文里还有"假的""次品"的解释。"水"这个姓就为下文的事实与真相埋下了伏笔。水教授本是"南斯拉夫大学"的"客座教授"，可是他把"教授"印在名片上，并且在地方小报上做大量的招生广告。一个受人崇敬的"教授"在小报上做起了广告，这又是一次尖酸的讽刺。既然有教授的名号，这就说明有人肯定了他的才华与智慧，而他自己的行为却打了自己一耳光，尽管他的教授头衔是假的。一次在他的作品展览会上，他为在场的观众表演起了无人能读懂的"狂草"，是一幅题名为"百兽之王"的画作。场下有两个小朋友看到了画作就开始争论那究竟是"虎"还是"猫"。而水教授的回答是："是猫是虎，吹皱一池春水嘛！猫虎同科，难道你不懂？"他的回答不禁让人哑口无言。本文中共有三处对水教授"恶"的讽刺。其一，"水"这个姓就是对水教授这个教授职称的讽刺，名不副实。其二，在地方小报上做广告，美其名曰是"弘扬中国文化"，实则放下自尊，花点小钱刊发招生启事。其三，在表演时，借小朋友之口来说出那幅画实则是猫，而不是虎。再一次讽刺了水教授画技之差，不知是怎么当上所谓的"教授"的。作者通过三次讽刺，深刻地刻画出了水教授在追求名誉时的虚假与做作。

而在《大老板》中更是将讽刺艺术发挥到极致。大老板因姓大，故人称"大老板"，这与《水教授》中的水教授姓水是一样的具有讽刺意味。大老板久在商场混，于是托人用钱买了个"太平绅士"的头衔。从此，他的名片上除印原有的十余个社团职位外，定会将"太平绅士"的头衔印在最上角。人家的头衔都是通过自己的努力得来的，是自己地位和荣誉的象征，而大老板却是通过金钱买来的。通过大老板买头衔这一件事，间接地讽刺了现在社会上买官卖官的腐败现象。大老板热心公益，经常捐款，虽然每次数目都少，但钱少怕长计。久而久之，旧遇新知都对大老板仰慕不已。有一次，大老板请广东经贸团吃饭，"我"作陪。酒席尾声，众嘉宾都敬大老板，谢谢他的招待。几周后，"我"偶然碰到了那天也在酒席上的欧阳武，他向"我"大倒苦水，说那天真倒霉，碰到了瘟神大龙。那天大老板忘记带钱包，要他江湖救急，问他借了720元去结账，结果就不了了之了。可"我"以为是大老板一时太忙忘记了。只见欧阳武长叹一声："后生仔，你不知道社会上有厚黑学这种混混吗？以后见到都要避之则吉也。"对于这个结局，读者可能会很意外，但是在文章的前面，其实作者就为后文大老板的厚黑学埋下了伏笔，与《水教授》有异曲同工之妙。前文写到大老板花钱买了一个"太平绅士"的头衔，其实就间接地说出了大老板的爱慕虚荣、好面子。而后又写到大老板爱心公益，但每次捐款数额很少，这一行为其实也是为了提升他的地位和名声，并不是真的热心公益。再到后来又写了关于大老板施展厚黑学的各种高招，就实实在在地揭露了大老板的丑陋面孔。在《大老板》这篇文章里，讽刺与嘲讽无处不在。其实在追求地位与名誉的道路上，各色各样的人都存在，其中不乏这种虚伪做作的人，用金钱来换得地位和荣誉，这种人迟早会毁在自己的手里。

  大老板和水教授一样，同样是社会高层人物，同样是假的身份，但作者描绘出了两种不同的形象，发人深思。不过，在这两篇文章中，也有相同的地方，水教授和大老板都是狡猾虚伪做作的人，他们对于自己的人生都有与众不同的活法。但他们也算不上是大恶之人，只是人生当中的"小丑"罢了。尽管作者对于这两个人持批评态度，但在文中，还是给了他们两个人地位、荣誉和身份的象征。其实，每个人都有自己的生存方式，怎么活好，怎么过不好，见仁见智。

（二）警醒——直击人性丑陋的力量

心水的作品都是通过生活中的一件小事或者简短的对话来表达作者想要表达的思想情感。他的作品语言朴素，但内涵丰富，有一种直击心灵的力量。作品大多反映人性的丑陋，如贪婪、欲望、虚伪等。在《宿命》《寿宴》《比翼鸟》《放生》等当中都有体现。

《宿命》中的主人公丁竹，有一个表面很幸福的家庭，子女都已进读大学，妻子贤惠。但他却偏偏相信早年丁老夫人给他排过的"紫薇斗数"，说他命中注定"双妻命"。这一说法不仅仅他心里牵挂，丁太太更是当作头等大事，从此以后，丁太太对丁竹的行动样样掌握。老丁在婚后几年，因为受不了妻子的严厉对待，就开始悄悄地反抗。在网上交了一个"网妻"，论起了婚嫁，完成了他"双妻命"的宿命。可是在两人将要见面之际，"网妻"却寄来一封邮件，说自己已患上血癌，说是在生命的末期，能够嫁给老丁已是最幸福的事情。故事的结局出乎人意料，却又在情理之中。老丁的欲望让他自己在心灵上背叛了妻子，精神出轨。本以为他会有一个悲惨的结局，作者却在结尾用一种出人意料的结局结束了这篇文章。其实，丁竹是社会上很多男性的代表，受不了柴米油盐的平淡生活，受不了妻子日渐老去的容颜，忘记了曾经同甘共苦的誓言，选择一种遭世人唾弃的方式去寻求激情。这种人本应是人性丑陋的典型形象，但是，作者对于人性还有美好的向往和追求，所以给了丁竹一个好的结局，让他把错误扼杀在摇篮里。这个结局也是给社会上大多数的人敲响警钟，更是教给他们正确的道路。《谈虎》和《比翼鸟》也是对婚姻生活中的"欲望"进行讽刺。表面上是婚姻幸福、和谐美满，实则是因为年轻时太风流，欠下的债，使得两人不得不"形影不离"。心水的微型小说对于人性中的"欲望"进行了猛烈的抨击，却又偏偏都有一个还算完满的结局，无不表现了心水对于人性美的至真无限的追求与向往。

《网缘》和《妻命难违》则转换视角去刻画人性"恶"的另一个方面——虚伪。《网缘》中，林石丧妻后谢绝了一切应酬，独居守着和妻子生活了多年的平房。孝顺的儿子怕老头子闷，给他买了一台电脑解闷玩儿。结果，林石就在网上认识了阿兰。两人每天在网上互诉衷肠，情投意合。看过照片后两人便决定见面，见面后的两人有点相见恨晚之意。那晚就寝前，阿兰无意发现林石的假发放在床沿，口中两排门牙空空如也，脱下眼镜，左眼如线而右眼尚存，有点滑稽，比相片老多了。而她自己回到寝室后，把那头浓密的黑发拿下，顺手把假乳脱去，怔怔地看着镜子，仿佛镜中人不是自己。第二天，阿兰送林石回家后，便结束了这一段好情缘。这篇文章可谓一波三折，前面写林石对亡妻的守候，使读者以为林石对妻子有着无限的爱恋和忠贞。而后却又写林石认识了阿兰，两人情投意合，又使读者以为这会是一段好姻缘。可是结果偏偏出人意料，两个人都是虚荣心作祟，要给对方一个完美的形象，结果变成了自己都不认识的人，从而错失了一段情缘。"虚荣"也是人性中"恶"的一面，为了面子，为了形象，很多人会打肿脸充胖子。现在社会上有很多这样的人，特别是年轻人。不计后果地追名逐利，往往结果都事与愿违。《妻命难违》与《网缘》有异曲同工之妙。同样写人到中年的田鸡，因忍受不了妻子的冷落，在网上交了一个"如花似玉"的佳人，结果见面才发现，佳人比妻子老一二十岁：不甘寂寞的老太婆竟然用30年前的照片来征友！田鸡回家后气愤地切断了网线，发誓再也不上网。这两个故事的结局都让人啼笑皆非，主人公自食恶果的结局大快人心。因为欲望，因为虚伪，才有这样的事发生，才有这样的结局。可是这又不禁让人反思，我们的社会怎么了，为什么都会婚姻不幸福，背叛、出轨比比皆是，发人深省。

《寿比南山》这篇文章中对于人性的贪婪进行了着重的描写。主人公在七十大寿的时候祈求能够寿比南山。他80岁生日时儿子儿媳都已去世，已无人替他庆祝生日。90 岁的时候就已经住进了养老院,日子如白开水。到了快 100 岁时,见人就问:"寿比南山,南山究竟有多长命啊?"《寿比南山》对于人性中的贪婪有极细致的刻画,七十的寿诞,冠盖云集,门庭若市,就祈求能寿比南山。然而随着悠悠岁月流转,已经没有人记得他的生日。百岁时,他就后悔在七十大寿吹红烛时贪心地祈祷老天保佑他"寿比南山"。其实,这也是对社会生活的一种折射。有了就希望有更多,毫不知足,殊不知,知足常乐。如果说《寿比南山》是对生命的贪婪,那么《赔偿》中描写的则是对于金钱的贪婪。"才华横溢"的作家古风出车祸后,由于右手无法握笔而结束了作家生涯,靠着那点社会津贴过日子。他心有不甘,于是聘请律师打官司,不接受保险公司庭外和解的 22 万元赔款。他贪心地索要 150 万元,结果阴差阳错地只得到一台价值 4000 元的最新式声控计算机。这个结果也是让人忍俊不禁的,贪心不足蛇吞象,搬起石头砸自己的脚说的就是这样的人了。

纵观心水微型小说中对于人性丑陋的描写,尽管他对这些人性弱点进行了猛烈的抨击和讽刺,但是大部分文章还是有比较令人满意的结局,使那些主人公及时悬崖勒马,没有做出更加错误的事情。这也无不证明了心水内心深处对于人性还是存在美好的想象,有自己的人生追求和向往。

(三) 思考——表现文化碰撞的矛盾

心水是澳大利亚华裔微型小说家,他的文章有意无意都会透露出中国传统文化与外国文化的碰撞和冲突。选集中,在表现文化冲突矛盾方面,比较典型的是《礼物》和《金秘书》这两篇文章。这两篇文章描绘的都是外国家庭的幸福与美满,以及外国家庭的相处方式和人生态度,从侧面与中国式家庭进行了对比。

《礼物》一文讲述的是一个到处旅行的三子明哲，每次从外地回家一定会给在家牵挂的父母带一份礼物，而有一次，印度尼西亚的海底 9 级大地震引起了世纪浩劫，老三福大命大，在那里玩了 11 天后不再逗留，假若意犹未尽的话，后果不堪设想。而在家的父母更是牵肠挂肚，同时为明哲逃过劫数而深感庆幸。那天晚上凌晨，明哲回家了，第一句话就是："爸爸，临时才决定回来，所以没带礼物。"父亲高兴地说："能够再见到你，就是最好的礼物了。"这篇文章不仅像表面看到的只是宣扬亲情的可贵，它还从另一侧面描绘了异国文化与本国文化的冲突。作者生于越南，后来移居澳洲。所以他对于中国传统文化知之甚少，但是通过他对于澳洲家庭关系的描写，可以看到与中国文化的对比。中国传统式家庭是不会这么表达自己的爱意的，也可以说我们都不擅长表达，比较害羞内敛。而在澳洲是直接地告诉家人"我爱你"的。这一细微的对比突出了异国文化与本国文化的冲突。

　　《金秘书》则是通过另一角度来对比异国与本国家庭的相处方式。金秘书在外是卜先生漂亮能干的秘书，回到家金秘书摇身一变，成为老板娘。而卜先生就变成了唯命是从的"良人"兼全职总务、司机、秘书。这无不透露出这对夫妻的甜蜜与恩爱。只有在不同的场合扮演不同的角色，做好属于自己的那一份"工作"，才能保持婚姻的持久和新鲜。但是笔者感觉这种关系仅仅只存在于外国家庭里。在中国，有个名词叫作"妻管严"。这简单的三个字就揭示了在中国式家庭里丈夫和妻子地位的不平等。不论是在外还是在内，妻子都掌握话语权和行动权，丈夫都过得十分憋屈，但是这也不是全部，部分而已。不过，与外国家庭的相处方式对比就知道不足之处了。

　　同样，《三千烦恼丝》中表现出了这种强烈的文化冲突。"我"由于从小产生的阴影，一直对剪头发心有恐惧。每当理发师手持利刃在"我"脸庞随意移动时，"我"的神经就不听控制地紧张起来，肌肉僵硬，脑内飞转的都是刀片割切后血如泉涌的恐怖画面。因此，每次都要到了发长过耳有碍形象的时候才去剪发。并且，刮胡子、修脸皮等涉及用利刃的功夫能免则免。有一次去理发店剪头发时遇上了街坊戴维。戴维是个意大利人，有一口浓浓的乡音，五十开外，身材适中，略微发福，挺着个啤酒肚，眼睛湛蓝有光，人颇热情。剪发时，"我"不停地移动头脸，偷偷望向戴维，只见他安静地合起眼，任由小姐为他修剪。其实，在理发店遇上戴维"我"还觉得不可思议。"我"百般不解戴维整个秃光了的头颅，寸毛不生的头顶为何还要再花60元来"理发"。在"我"快离开时，给"我"理发的师傅解答了这个疑虑。"秃光了的头毛发再难生长，金钱买不回失去的头发，所以他常来此享受理发的滋味啊！"年过半百，一向视理发为受罪的"我"，在师傅微笑的话语中，总算明白，原来理发也是难得的享受。看到戴维后，才发现自己是身在福中不知福，"我"还保有三千乌丝，多棒啊！"我"因为从小的阴影，一直视剪发为噩梦，但没想到，秃头的戴维却定时来理发店"剪头发"。我们因为观念的不同，在剪发这件事上得到的反馈就不同。他得到的是舒服，是享受。而"我"得到的是害怕，是恐惧。其实，只要转变观念，就会发现不一样的风景。"享受"这一观念，也是中华传统思想与外国的差异所在。在中国，主张先苦后甜，不提倡享乐主义。《三千烦恼丝》从不同的侧面反映了中华传统文化与外国文化的差异所在，看到了中外文化观念中消费观念的差异，以及与此相关的家庭伦理和社会价值观念的差异。

　　在《飞鸽传书》集中，有1/3的篇幅是用来表现文化碰撞的矛盾，足见心水对于中国传统文化的重视。他希望通过这种矛盾和冲突，可以将中国文化与异国文化进行对比，从而引发思考，看到中国文化需要学习和进步的地方。

　　心水的作品虽然不多，在华人微型小说家中也不算特别出彩。但他的微型小说，主题极其鲜明，视角非常独特。他通过不同的环境和不同的角度刻画人性中的丑陋，并以自己的小说为媒介，向广大读者宣扬了深刻的道理。

心水把人性丑陋的部分描摹得入木三分，这与他独特的视角以及对于社会基层的关爱是分不开的。他的微型小说集《飞鸽传书》深刻地渗透了当代小说家的人文主义情怀和对于人性美的追求和向往。他的小说往往通过朴素的语言来凸显丰富的内涵和深刻的人生哲理，并带有现实批判意义。这样的微型小说，的确可以在当代华人文坛上占有一席之地。

（吴蕾　潘熹）

第十七章　新西兰华文微型小说代表作家作品研究

浅谈林宝玉笔下的"移民情结"
——以微型小说集《移民路》为例

林宝玉，女，祖籍广东梅县，出生于中国台北。新西兰奥克兰大学应用语言研究所、怀卡脱大学东亚研究所硕士。曾任中文教师，写作班教师，新西兰电台广播员，新移民教育指导员，新西兰华文作家协会副会长、会长，世界华文微型小说理事。其间，参与过历届"世界华文作家协会""世界华文微型小说"年会。现任奥克兰国际高中文学评论课程教师、奥克兰艺文协会会长、世界华文女作家协会永久会员。

《移民路》（四川文艺出版社 2013 年版）是林宝玉近年来创作的华文微型小说选集，共 60 篇，主要是围绕"我"（有时写作"阿宝"）之所见所闻，反映出不同人移民异地后的不同经历体验，透射出一段段五味杂陈的感悟情结。其艺术特色洗尽铅华，返璞归真，却恰到好处地应和了书中平凡一族的生活风貌，而其"大义"，既是几段不同的生命体验，更是一种升华的人生意味。下面从四个角度予以论述。

（一）异地求存的咸涩与艰难

美国作家福克纳说："人之所以不朽，不仅因为所有生物中只有他才能发出难以忍受的声音，而且因为他有灵魂，有同情心、自我牺牲精神和忍耐精神。"以此激励异地求存的移民者们也不失为一段中肯的告慰了，其中的"忍耐精神"更是一句永久性的昭示：异地求存，本就是一桩极其不易之事，是每个移民之人尤其是初来乍到者着蓄毕生之力为之奋搏打磨的一项人生功业，过程之艰不言而喻。林宝玉先生笔下一群移居新西兰的平凡人，同样为生活而无限执着于生活的热涡之中。

选集的同名篇目《移民路》中，作者从晴文的视角出发，以她同范芳及其子女的四段对话场景为分割点，记述了单亲母亲范芳携幼子再赴新西兰，欣然而去又黯然而归的一段历程。文中的范芳无疑是坚强而刚烈的，5年之后的新西兰之旅早已物是人非，而作为一名独立的东方女性，她选择将被丈夫离弃的苦楚吞在肚里，将昔日的光鲜抛之脑后，独自带着一双儿女踏上这片久违却孤独的土地，艰苦生活；而她又是何等倔强自尊的女人，独自咽下所有如鲠在喉的酸涩，仿佛生活不曾往她脸上烙过一丝印记。而范芳真实的处境却是读者有目共睹的：从专稿主编到网购生意，以至后来的敬老院打杂、夜市摆摊，也是一段由理想跌入现实的过程。作者叙述得不紧不慢，笔力不轻不重，全凭读者于微言中领会大义，这也是作者"微言大义"风格的又一体现；直至结局范芳携子黯然离去，读者幡然惊醒之余又若有所思，出乎意料又合乎情理。

范芳的移民之路充满坎坷且最终并未如她所愿，但我们并不认为范芳这一形象就具有悲剧色彩。理由有三：其一，就整部《移民路》呈现的意旨而言，作者在有关异地求存的篇目中旨在表现异邦的生存之艰，在某种程度上是具有现实客观性的，并非为了塑造人物而塑造人物。其二，姑且不论结局如何，作为主要人物引领线索的范芳始终有她的积极热情所在：对工作的积极，对生活的热忱，这是我们在她急转直下的就业形势中自始至终都能看到的。其三，作者于行文中精心安排了两句话来切开范芳前后两种生活的横截面。一句安插在文中作为情节转折的伏笔："仿佛生命的另一个春天即将登场，范芳怀着无限的希望，满满的期待。"另一句在文末以范芳本人口吻道出："生活里每一步脚印，带给我的似乎只是对未来的茫然。"范芳也总以她的形式抗衡着生活的负荷，因而范芳这一艺术形象在《移民路》中反而具有一定程度的正面意义，对异地求存的移民者们亦是一种不菲的精神勉励。

《转折点》则以作者自称的"阿宝"展开视角，通过其与好友萍的对话问答加上作者夹杂其中的论述作为表达方式，从平实生活的点滴出发。但不同于《移民路》中范芳坎坷经历的白描式铺陈，《转折点》更多是主人公阿宝内心的袒露。可贵的是，较于范芳结局的一丝苍凉感，阿宝则更显得从容淡定：面对萍不断的"泼冷水式"提问，阿宝只以一句"船到桥头自然直"作答，俗话一句却道出了作者心头的千头万绪。不仅仅对于异地求存之道，也是作者对于未知遭遇、未知人生的一段彻悟：从"船到桥头直不了"的困惑中悟出"山不转路转，路不转人转"的哲理。人是多么富于能动性的个体，适应环境以及改变环境与肉身对于自我的控制。只是前行中的我们，总爱被自己一度的骄傲绊住，顽固地掌着自我中心的船舵，即使偶遇激流而倍感孤单。具备了踏破风浪的勇气和一意孤行的坚韧，适时摆动一下船头又有何难呢？即使没有穿桥而过，调好渡头前行，峰回路转也只是迟早的事了。

移民之路何尝不是如此？正如文中阿宝所悟："移民，是段值得深思、耐人寻味的里程。在这段过程中，适者生存，而适者不良，就只好面对淘汰的命运了。为了迎合移植的新生命，要学习面对排山倒海而来的戒慎、疑虑，转变初期的冲击、不适，更需学习对外围所有人、事的感恩，以及适时调整甫踏入异邦、萦绕不去的思乡愁绪,均牵涉着定、静、思、虑、得的转捩功夫。"论及移民路之艰辛,异地求存问题便成为当务之急,既是难题,也就是促成学有所得的机缘。攻克便成收获。总之,移民路漫漫其修远兮,上下求索方可求兮。

(二)樊中作乐的宽慰与感怀

以樊笼来喻移民者所居的异国他乡或许过分偏激了些,但就初来乍到、人地双生的移民者们来说,却不失为一种恰如其分的说法。林宝玉先生本人也曾在其作品中借陶诗"久在樊笼里,复得返自然"二句调侃家人种菜一景,真可谓"樊中作乐也逍遥"。

而谈到所谓"樊中作乐"的"逍遥"之处,自然少不了"偷得浮生半日闲"的片刻快意。《人约黄昏后》一文中,作者如此这般向我们摊开了一幅月上梢头、黄昏漫步的移民春居图。10月的新西兰正春意盎然,一切方兴未艾,是一年里身上最为轻便的时节。在告结一天的繁忙之后,赶着夕阳迟落的光景,自当纷纷步出家门休闲活动一番。照应着复苏的氛围,作者奠定在文中的基调也是轻松和乐的;"太阳公"与"月儿姊"交班的比拟应用生动灵气。开篇尽管在叙黄昏却也轻快雀跃。异地的春天同样温暖,这是令人倍感宽慰的。

文中的"老两口"积极贯彻着"要活就要动"的养生理念,投入黄昏漫步的行伍,既在于运动生发的乐趣,又得生活支配下的片刻自在之乐,更为着漫长的行为形役后短暂的自由时间。闲庭信步,观光游览,结交新友,呼朋引伴,再赶着凌乱的步子去看场家庭电影。作者的笔调平淡朴实一如笔下这般生活小景,却深刻诠释着须臾美好的含义:虽近黄昏,但夕阳确是无限好。

另一番逍遥,则是互补于闲散漫步的动感舞步了,于是有了《舞》中别具风味的老年舞蹈俱乐部。文章在西方经典怀旧舞曲的张弛节奏中拉开序幕，作者将我们引入一场韵律十足的舞池盛会。《舞》中的"年轻老太太"阿宝，被隔窗老人们的翩翩起舞陶醉而心驰神往，又心系着"kee-pfit"的健身理念，却碍于身居异地的生疏感而怯于参与，恰得外裔友人的帮助学习老年舞步，并从此融入俱乐部，与不同地域种族的老年友人们共享习舞之乐，交接感受。值得一提的是，在这篇文本中，作者仅以阿宝一人的心路为线索，却将一段民族间的融洽气氛烘托开来。从阿宝胆怯而欲试的彷徨起笔，外裔人士的友善教助作为转折，直入大伙儿共享 bustrip 的情节高潮，情节依旧在欢快的舞曲中收官，首尾呼应而不雷同；前者为后者点明提要，后者为前者升华主旨。此时舞的宗旨已不再局限于简单的兴趣所向，更多意义上成为这个中西合璧的大家庭里交流学习的一种形式。作者在文章结尾处也赋予了《舞》新的含义，即舞出生命的乐章，舞出族群融合美丽的新一页。

假使将这种夹缝中的闲情逸致视作稍作慰态之事，那么得以知遇善意的有心人则对于在深水繁碌中翻腾着的异客们更是值得无限感怀的事情了。《Uncle Ron》即林宝玉先生对已过世的新西兰洋朋友的纪念之作。以"Uncle Ron"（罗恩叔叔）来称呼 Mr. Haxwell，既表达了善意的调侃，又流露出亲昵之感。文本记叙了 Ron 一家日常中的助人二三事：修水槽，过马路，以及帮助探视生病的新移民。这些看似微不足道的善举，他却始终亲力亲为，继承了西方人的率性，却不沾染丝毫西方反移民主义的跋扈。文段在讲述到 Mr. Haxwell 情急之下抓住老太太冲过马路之后的尴尬时，写他"只好犯错孩子似的，腼腆地，委屈地快步离开，了结了这场状似闹剧的好人好事"。读以至此，一个神态局促、憨态可掬的小洋老头形象仿佛跃然纸上。这既是作者叙事魅力之所在，也是 Mr. Haxwell 胸无城府、乐善好施的率真性情的生动体现。不仅如此，Ron 一家子也都是热情好客的典范，不光定期做些拿手点心宴请宾客，交流各异的饮食文化，还不时邀请基督信徒共诵圣诗，共享温馨午后，在谈笑风生中将人情的美满升向至高处。

既是纪念性的文字，就免不了落地式的一笔。末尾两段，作者以短短数十字将时间一掷千里，一句"去参加 Uncle Ron 的追悼仪式"，使得原本轻俏的基调陡然凝重。纵览全篇作者着力于绝大部分的篇幅回顾昔日与 Ron 一家的相处场景，轻松诙谐，水波不兴，在看似一切尘埃落定之时倏尔转到结局的沉痛悼念。一起一落的反差令人唏嘘扼腕，而以乐景衬哀思的手法活用，不仅是作者谋划布局的高超体现，更是主体情感的进一步加剧。作品《移民路》中诸类喻人感怀的篇章不在少数，且每每情之切，意之深。其实不仅对于移民者，广大读者也该懂得：好的文章悦纳人情而固有真意在，真实的我们置身于人情世故，接人纳物亦大有文章。遵循传统道法中的精神，择善而从，细大不捐；再鉴以半个 Uncle Ron 精神，异乡异客如此，万千读者亦然。

（三）聚散之间的思量与辗转

在漫长的移民路中，真正使人情难自制、奔涌涕泗的，往往并不是身居异地的窘境或物资匮缺，因为这些耗费的最多不过是劳其筋骨、饿其体肤的体力功夫，是可以凭借时间的磨炼和辛勤打拼后天馈获的。唯独千里共明月的离愁别绪，确是再丰裕的物质堆积也无法填补的。借作者之言："移民路千奇百怪，充满挑战，充满新奇。相对于移民历史较长的欧美国家，新西兰不同历史的新移民，移民路往往也有其不一样的轨道，唯一相同的应是对故乡的眷恋感。"

《聚散依依》中一群唱罢骊歌便各自散去的孩子，12 年后再度聚首。12 年里可供改变或是已然改变的人事不可估量，而一切改变都像是时间上的移民，真正不变的则是难移的本性。或许被阅历潜藏，但若再遇旧时好友就必然会被激发。正如文中阿秋的促狭，慧文的轻细，一桌人围着火锅谈天，彼此熟悉得不能再熟悉。而当众人调侃起移居新西兰归来探亲的阿芳时，气氛就开始显得微妙。旧友们的无心调侃却激发了阿芳的别样感触，熟悉的也显得不那么熟悉。作者在此匠心独具：就阿芳这一人物背景，将移民与故乡的关系问题转入一种更深层次的思考中去。阿芳的移民生活被大家当成玩笑调侃，而调侃中又是颇具讽喻性质的，具体表现在文中两组对话中：一组是阿秋、阿珍分别以"放逐"和"取经"正反讽喻阿芳的移民动机；另一组则是对阿芳"蛀书虫"的比喻，以及反把"养鸡厂""磨刀厂"的喻义本体化，达到讽喻效果。正印证了"说者无心听者有意"的道理，这也是值得读者深味的一点。作者并不从常理出发，大谈特谈重聚时对于故园故交的离思，也不肆意吐露物是人非、情随事迁的煽情，而是在一派祥和的团聚氛围中，"调侃"出个中的滋味，从本性的回归中寻找差异。小说中的冲突也并不通过一波三折的情节体现，而只是在阿芳细腻的内心独白变化中流露出一丝丝的冲突点，因而结局的散场依旧是温情圆满的。作者的构思巧妙而不流俗，立意不落窠臼，既肯定了伙伴的热情和对阿芳由衷的眷顾，也兼容了阿芳心底一抹淡淡的不适，在矛盾重叠中辗转，从而发出"真的月是故乡明？西出阳关无故人"的诘问。

文章结尾以李白诗句"请君试问东流水，别意与之谁短长"来凸显"聚散依依"的主旨，有别意而无离愁，也使得聚散之感哀而不伤。国人安土重迁的情怀是同历史一脉相承的，传至今日依然是灵魂深处流淌的血，这在文中几个小伙伴的身上也都有潜层次的体现；而阿芳作为新时期的一名知识青年，对于故国与异邦的关系显然有她的一番理解：故国虽好，移民再难，但在举世交流日益深厚的当今社会，国土以外的某个角落又何尝不是另一个家呢？在这时与其独善其身，安于一方水土，倒不妨踏出国门，融入更广袤的大家庭中去。再者，安于国土与移民异地究其本源，也未必是两种不能兼容的行为理念，更必要的是二者的相互借鉴与吸纳。正如"和谐起于差异的对立"同理。换言之，移民异乡，跻身异域国土并非易事，在异国他乡安家立业更难。就连精英们也为之殚精竭虑，广大的普通移民同胞们更是一职难求。因而，移民过程也是一个不断学习与思量的过程，在学得异地求存的技能之外，聚与散的常态无常，来与去的厚薄浓淡乃至取舍间的调剂黏合，思量辗转中都是门值得斟酌细味的学问。既已定性，何不放下归心，专注于眼下的人生？而身在故里的，获悉了移民路的艰难，多予人鼓励与体谅，岂不更快哉！

（四）俯仰上下的随兴与豁然

林宝玉笔下的新西兰，"居大不易，就业更难"，而积极求取、实打实干正是国人奋斗精神之所在。这在一定程度上拓宽了异地求存的渠道，增添了些许生存优势。然而，过于贲张的血脉在面临风云变幻的无常时往往显得捉襟见肘。积极上进就容易患得患失，国人传统文化中的"生于忧患，死于安乐"，放在家国破落的社会背景下和济国安邦的仁人志士上，是一句饱含现实价值与实际意义的训诫，但对于物欲横流、世风日下的现代人，尤其是为就业捆绑的移民们，过于"忧患"反而容易忽略生活的本真，只为活着而忘了生活，追求到最后适得其反。迎合当下时宜，随遇而安、豁然处之的"松绑精神"倒确乎是难能可贵的。

《随兴》中作者为我们塑造了一个随兴的美籍居民 Bird 形象。Bird 放弃高薪工作航游世界，抛锚新西兰之际凭借过人智慧另谋新职。而身在福中的他似乎并不知"福"，而是利用职务之便率领同事尽兴垂钓，并以"试试船的功能"幽默回应同事的疑惑。如此我行我素的做派，在商业领军的就业集团中太过鲜见。但也正是 Bird 过于随兴的性情，使他无法长居商业领军的公司，最终抱憾离职。对于 Bird 这一形象，作者在行文中并未掺杂过多主观上的评议，仅以客观叙述为主，更多是留给读者的权衡空间。其实，仔细思量之下，并不须拘于以某一种明确的褒贬情态来评议 Bird 的随兴。在社会法规的尺度以内，价值观念因人而异，我们也当予以尊重。尽管文中 Bird 因为自身过于随兴的个性而丢失工作或是现实社会诸如此类的情况，旁人看罢心生遗憾，但未必就要急着否定。得失成败同随兴豁达各占人生千秋，但凡正义之举或不危及他人社会，姑且以一句老生常谈的"不以成败论英雄"加以勉之吧。

随兴与豁然，也并非一朝一夕能铸就的心态，前者大多是本性使然，后者则需更深的素养阅历。我们常艳羡孩童的无忧，又迫使自己无限成熟，如此矛盾着找不出纯粹的乐趣。作者借《童心》中一帮小小孩与几个老小孩的社交游乐为叙事画面，阐发"童心方可同心"的道理。其实只要舍得排开所谓长者的威望、社会高阶的尊严，敞开未泯的童心，彼此关心、相互包容，年龄的落差、地域的界限又能构成什么隔阂呢？如此这般，拾得生活的真味，享受纯粹的乐趣，亦不再是难事。

林宝玉在其选集《移民路》中，留给读者的"移民"情结和深刻哲思难以言尽。作者在选材处理立足日常琐事，以小见大，平实中见真理；结构布局上大都篇幅精短而意味深长；情节构思在别具匠心的同时，兼顾自身"出乎意料而又合乎情理"的一贯风格。无须深语情已出，低吟浅唱的文字读来却大有一番酣畅淋漓之感。

作品对移民生活的点滴刻画细致入微，生动贴切，这也源于作者林宝玉先生自身的移民身份。而其身份的多重性与阅历的丰厚性也决定了《移民路》不仅是一部移民者的心路历程，也是一本世态万象，是当下众多困于生活又懂得尽享生活之乐并不懈追求更高生活的理想人士的心声概括。这种基于平民却又高于现实、审美价值与社会意义并重的作品，将载入文学史。

（吴燕慧　潘熹）

第十八章 美国华文微型小说代表作家作品研究

一 冰凌的幽默世界
——以微型小说选集《蓝色梦幻》为例

冰凌,本名姜卫民,旅美作家。祖籍江苏海门。1956年生于上海,1965年随家迁往福州。毕业于复旦大学新闻学院。1994年前往美国讲学,后旅居美国。1972年开始小说创作,至今已发表小说、散文、诗歌、报告文学和新闻作品等900多万字。其作品常被报刊转载,并被改编成影视剧等,并多次获奖。由其与友人在美国建立的"中国作家之家"到目前仍是中国在海外唯一的一家作家之家,并已无偿接待数百位中国作家和人士。他本人也被蒋子龙誉为"中美文学丝绸之路上的引驼人"。冰凌现任全美中国作家联谊会会长、美国诺贝尔文学奖中国作家提名委员会共同主席、纽约商务传媒集团董事长、国际作家书局总编辑、美国网络电视副总裁、美中经贸科技促进总会常务副主席、北京清华大学客座教授等职。

冰凌作为"幽默达人",他的人生、他的创作共同构成了他的"幽默世界"。尤其他的一系列的微型小说尽显了一个幽默艺术家从情感到语言手法的游刃有余和从容不迫。他的微型小说真正达到了拙而巧,朴而灵,简而精,淡而醇,化腐朽为神奇。凡此种种,都无不表明冰凌作品的世界是"幽默世界",更是"智慧世界"。

冰凌的微型小说选集《蓝色梦幻》(四川文艺出版社2013年版)共收录微型小说67篇。幽默不仅是冰凌微型小说的符号,也是其小说针砭的力量,更是其精神情怀的升华。冰凌的微型小说具有幽默的内涵、讽刺的力量和终极的人文关怀精神。下面分别这三个方面。

(一)幽默的内涵

如果说神笔马良是给所有画作赋予栩栩如生的生命力与活力,那么冰凌就是微型小说界的神笔马良,他善于运用最简单、最幽默的言语文字赋予作品最丰富的内涵,让人们在他构思的内涵中徘徊不舍。

微型小说篇幅很短,通常只是截取生活中具有特殊意义的一个片断、一个插曲或者一个镜头,即很短的时间段就是"顷刻",以及时迅速地反映生活。这里所说的"顷刻":"不是以时或分来衡量,而是用社会的审美的价值强度来计算……在短暂的时间段内惊人地集中了'最大量的思想',容纳了包含巨大生活容量的价值生活。"优秀的微型小说总是能以小见大,见微知著,蕴意十足。虽然每篇都很精短,却呈现出各种入世、温厚,心无所垢,极具内涵的幽默性。

冰凌先生笔下的人物都极具代表性并都有一定的含义,一个小小的作品中,出现的每个人物都是被赋予含义的。其中,人物身上性格的含义兴许是这个社会一些人的性格,他们的品行影射的就是社会中一些人的品行。幽默的文字可以平淡地叙述,却会给人们强大的震撼,这种作品中的情况内涵往往就是生活的真谛。例如《球赛》，整篇不过一二百字，于教练、刑书记、万主任、蔡副主任等几个不同职位的人统统出现，并且通过争先恐后的对话将每个人的性格和工作方法表现得淋漓尽致，每个人身上蕴含的意义都不一样，但极具代表性。于教练身为篮球教练的指挥方式当然是正常的赛场指挥，其他人都是纸上谈兵。邢书记则总是强调"冲！要冲，敢冲敢拼……"作为一个当场职位最高的人，一副唯我独尊、指点江山的模样。之后，对于书城这个没有听从贯彻他"冲冲冲方针"的人，他要求撤下换老黄上场，并认为老黄是个党员可以听从他的，带领大家冲冲冲。万主任则一直在强调："不能硬冲，要看住家，留两个人看家……"可以看出万主任的方针相比邢书记还是比较保守，不让硬冲，言语也没有邢书记的激烈。这就是身居人下，不能反其行，有主见但不能大胆地表现。而蔡副主任则总是默默地要求"盯住人，一个盯一个"。这个职位最低的一位要求一点不高，十足的保险，这是下位者的悲哀，就算有才华也不得展示出来。教练很是无奈地让球员"上吧，上吧"。结尾处妙用球"'被对方断去，一个快攻反击，扣篮进球，以及邢主任不断高喊的'冲，要冲，党员带头冲'"做结，将一个领导者唯我独尊的形象展示到极致。这个标题是"球赛"，但是打仔细咀嚼便可以领悟作者的用意，他在每个人身上都赋予了不同的含义。这是一场球赛，但是比赛的不是球员而是他们，那些信奉着不同工作纲领的人在这场球赛上各抒己见，上位者和下位者不同的权力，在球场上展现得淋漓尽致。但是在我们看来，这是一场必输的球赛，原因嘛，不言而喻。在简短的篇幅里点出荒谬之处，析出真理，让人在会心一笑中领会真理。因而不得不感叹冰凌的微篇小说，微而精，凝而神。

中国是个官本位思想积淀深厚的国家，人容易在官场社会和官场文化里展露出他的本性。而官场里人的本性往往具有变异性和畸形色彩，因此这对于揭示和展现官场文化是个很有利的试金石。对于官场文化，大部分人是不敢触碰和真实揭露的，然而冰凌先生是一位真实而勇敢的执笔者，他在他的《冰凌幽默小说选》里以近百篇的中短篇小说和微篇小说深刻揭露了官场文化中的劣根性，形成一大官场文化系列，这在当今文学创作上是很突出的。官场生活这个背景太复杂而且难以下笔，冰凌往往截取办公室这个小空间作为写作背景。在他的笔下，办公室这个背景极具内涵，他可以通过办公室小背景反映整个官场生活甚至整个社会。其中，他析出一个最深刻的内涵"官身不自由"，官场中人是最没有"言论自由"的群体，官场有官场的规则，官场的身不由己简言之：上级领导提倡的就是正确的。例如《打火机》，一个小小的物件，只因为过主任自己糊涂找不到了，便质问家人与小贺，并坚信自己不糊涂，而当第二天自己找到后，玩抚一阵，便咬牙扔掉了。次日，小贺便拿一个新的打火机递给过主任，说："这是您的打火机，刚扫地时，在您的办公桌下捡到的。"读到这里，人们不禁回想，过主任的打火机不是找到又被他自己扔掉了吗，小贺为什么拿了一个新的打火机说是过主任之前的呢？这个下属做得很"到位"啊，做面团不做石头。这就是冰凌的幽默智慧，这就是他的官场幽默。过主任标榜的是一个不会糊涂、不会犯错的领导。而小贺扮演的则是想领导所想，并坚信领导永远不会错，只管做好领导后盾的好下属。过主任那句"不会的，我不会糊涂"淡淡地隐含在文章中，却拥有不平淡的内涵，就这么一句足以概况全文。领导真的不会糊涂吗？在笔者看来，是领导不允许别人说他糊涂！过主任就像大多数"上面的人"一样，一旦身临上位，怎能向下？

说到内涵，不得不提这篇《"〇"的猜想》，一个〇的内涵，一个猜想〇的内涵。何科长对于上级局长批处的报告上的两个圈迷惑不解，便与任副科长一起商量揣度上级的意思。任副科长认为是因为看了两遍就画了两个圈，而何科长则深思不已："为什么要看两遍，会不会是对我们的报告有看法？第一个圈很随意，显然是随手画的，第二个圈很生硬，下笔很慢、很重。这说明霍局长对报告看法前后不一致。"两人猜测了一上午仍然无解，甚至找何科长和当刑警的儿子帮忙解惑。最后得知这两个圈，只是霍局长小孙子画着玩的。将下级那种极尽心力想领会领导一举一动的心理作为整篇小说的核心，两个○把两个下属搞得团团转。真是不得不感叹冰凌的匠心独运，这样充满幽默艺术的故事只有他能想得出了。他总能将最简单的事物赋予最深刻的内涵，一个随笔一画，让两个官场人士极力钻研，好想让人高呼一句"至于吗？"这便是冰凌先生的智慧，他能将这两个○安排在最复杂的官场背景中。在这样的背景中，领导任何隐含的举动都要领悟透彻，更何况一个批示报告的○呢，怎么能放过？

（二）讽刺的力量

冰凌先生的微型小说极具讽刺和警示的力量，往往通过最简单、最自然但最富有感情的语言，平铺直叙，当语言叙述到一定程度时又戛然而止，回味时惊觉其讽刺性充斥在字里行间。

冰凌先生笔下的幽默有时是一种讽喻，有时又是一种调侃。例如《"恩"重如山》，从加了引号的题目就可以看出其言不喻的讽刺性，岳七领着女儿岳妮风尘仆仆地赶到马腰村宇宙农药厂，对着厂长"扑通"跪下，昂头长叫"恩人——哎——"原来，其女儿喝此厂的农药自杀未遂，岳七笑称"其味就跟可乐一样"。厂长傻住了。人们都知道农药的用途，也知道人喝了农药，那是绝对活不下来的，穿肠烂肚那都是极可能的，然而岳妮本着要自杀的念头喝了此厂的农药，结果没有失去生命也没有穿肠烂肚，只是跑了一趟厕所，其父还笑称"和可乐一个味儿"。浓郁的讽刺性更是从字里行间溢出来，让人笑着称绝，这样的幽默智慧，这样的讽刺真是出人意料又合乎常理。

而《柳暗花明》这篇作品中的讽刺性更加强烈，《山村烟雨》这样一本内容很好的书打了五折都无人问津，然而改名为"黄昏，一个少妇闯进光棍村",书价更是调高了 2 倍后,"再订光棍村三千本,款已电汇"。这样的前后反差矛盾对比,使其讽刺艺术更加圆润和尖锐,大大增添了作品的讽刺力度,结尾处柴主任那句"无论如何,要满足广大读者的需求"更是将其讽刺性直接揭露,让人不禁感叹是什么需求!

整部作品中给人警示性最强烈的是这篇《"莎士比亚"》。《"莎士比亚"》这篇文章是以旁观者"我"开始叙述,以被戏称为"莎士比亚"的鲁小林一句"有他们笑我的时候,嘿,也有我笑他们的时候。看吧,历史会充分地证明"开始的故事。1969 年,他刚二十冒头,第一次提出了他要写《耻与恨》巨作的野心。这年冬天,他未动笔,称因天寒地冻,无热茶,食欲不满足。夏天,他未动笔,称因炎热无情,黑虫缠人,夜读伤眼。两年后,他仍未动笔,称因城市喧嚣,需与世隔绝。两年后又半年,他仍未动笔,称忙于恋爱,精力有限。5 年后,他还未动笔,他称因成家生子后,人若五花大绑一样,无法成事。最后他决定了,等到儿子 10 岁之后不再操心了,就开始扎扎实实写《耻与恨》。

看完这篇文章,其中令人深思的警示性在我们面前细细展开,一个季度推脱到下个季度,一年推脱到下一年,最后直接推脱到十年之后,天知道十年之后他又有什么理由来搪塞他自己。这样一篇精简的文章,通过对"莎士比亚"对话和性格的剖析和揭露,警示着他这种爱推脱,总是抱怨外界环境的世人。

(三) 终极的人文关怀精神

冰凌先生善于以简短的篇幅展现出人文关怀精神,用和谐的思维方式认识和处理事物,培育乐观、豁达、宽容的精神,培养自尊自信、理性平和、健康向上的社会心态,以开阔的心胸和积极的心境看待一切,关注生活中的每个细微之处,积极对待并享受生活。他着力丰富社会文化生活,满足人们的精神文化需求，充分发挥文学艺术陶冶情操、愉悦身心的独特作用，用健康丰富的文化生活有效调节人们的情感和心理，消除忧郁感、孤独感、失落感等不良情绪，让人们不仅生活上富裕，而且精神上感到愉快。

《中秋圆梦》是小说集另一篇比较有典型特征的微型小说，这里面截取的片断是女主人公白梦在中秋佳节发生的事。35岁未婚的白梦难忍家人唠叨，带侄女柔柔逛街，一名瘦高青年不慎将柔柔绊倒，正好惹到了此时心烦意乱的白梦，两人因此吵起来。吵到得知两人都是单身后，一时无言不知所措，随后怯怯和好，三个月过后，两人成了夫妻。又过了八个月，两人成了父母。作者就是通过这样具有典型意义的生活片断来感叹这就是生活：吵来吵去成就了一桩美好姻缘。用和谐的思维方式描写这个题材，积极展现和享受生活的美好，给人们展现生活的美妙，让人们对现实和未来充满期待。看似随意叙写，实则精心选择，韵味无穷。冰凌先生总是能截取这样一些往往被人忽略的题材，以相同的事件，通过不同的视角，使作品充满对生活的期待与向往，展现出终极的人文关怀。

冰凌的作品反映了对于文明、尊严、人性的呼唤，对于人性美的追求。在《郑国光的职责》中，作者以生活中最常见的交通工具公交车为背景。郑国光是一位高大尽责的售票员，对每个上车的乘客都要仔细地检查车票，但是一位长得很美的姑娘对他要查看月票的行为很厌恶，不过在郑国光的不断坚持下还是出示了月票。姑娘对他直斥"讨厌"，还认为他这是别有用心，这种人她见得多了。对于这种不礼貌的行为，郑国光只是很淡地解释了下，就继续售票去了。故事的转折点是称职的郑国光下班检查车厢时正好拾到那姑娘的钱夹，第二天他特意跑去她的工作地找她。姑娘见到他时还是不屑加冷笑，更加确定郑国光对她就是别有用心，带着讥讽的目光指着郑国光冷嘲热讽。郑国光面对出言不逊的她，没有解释，直接将钱夹递给她。姑娘满脸羞红地吐出一句"谢……谢……"不管是面对之前冷嘲热讽的她还是现在这个满脸歉意的她，郑国光只有那句"这是我的工作职责"。这位主人公郑国光就是冰凌小说中人之美、人之善的最好体现：他的身上充分地闪耀着人文关怀精神，面对非议，他坚持自己的职责；面对不配合，他坚持自己的职责；面对失物，还是尽着自己的职责。他的至善至美之处不仅因为他工作尽责，更是因为他做人尽责。

幽默就是善意的玩笑、温和的笑声、诙谐的描写。通常是把描写对象的优点和缺点、合理和荒唐、现实和虚构、同情和批判，对其弱点的深刻揭示和对这些弱点的理解、宽容、欣赏巧妙不露声色地杂糅在一起。使读者感受到的不是一种紧张和对立，而是一种温馨和欢愉。

幽默是一种性格，幽默是一种人生态度，幽默更是一种智慧、一种人生境界。现实生活中的姜卫民是一位热爱祖国、开朗乐观、热情善良、自强自立、心存感恩的旅美华人。而文学世界中的冰凌却又是一个思接千载、视通万里、穿梭六合、神游八极的幽默使者。冰凌作品的幽默是在响亮的笑声中揭露生活中的乖讹和诡异，同时以达观的态度善待人生，廓清人性。冰凌作品中的幽默是一种文学形式，也是一种情感符号，更是一种思考的力量，一种随意和舒展生长的人生情怀。

（肖蒙　潘熹）

二　纪洞天微型小说初探

——以微型小说集《木偶的新生》为例

纪洞天，福建厦门人，在国内从事新闻业近20年，福建作家协会会员。1991年出国，1994年在匈牙利任《欧洲导报》社长、匈牙利华文作家协会秘书长；2001 年任美国《环球导报》总编。现旅居美国加州，创立"世界华文小小说作家总会"，出任秘书长，成功策划了首届"汪曾祺小小说大奖赛"。

纪洞天的作品一是取材让中国大陆的读者有新鲜感，其反映的生活层面都是描写华人在海外的际遇、心态；二是故事好读，能吸引人读下去；三是别有寓意，文字背后有东西；四是文字流畅优雅，没有那种故作高深又读之拗口的欧式句子。纪洞天行走在中西社会之间，对中西文化有比较，有感悟，因而在他的小说中场景变化也就得心应手，无论国内、国外，描写得游刃有余。纪洞天对中国传统文化很有研究，特别是对测字这一古老学问，不仅仅是表面的喜爱，而是深入的了解。

纪洞天的微型小说选集《木偶的新生》（四川文艺出版社 2013 年版）共收录作品 53 篇，基本体现了纪洞天微型小说创作的风貌。其作品有以下三个特点。

（一）以轻松明快的语调展示与众不同的女性形象

在新时代，随着经济的发展、社会的进步，女性也发生了改变。在纪洞天的作品中，有不少篇章就是描写女性的，而这些女性不同于中国封建社会时期的旧女性，她们不仅貌美、聪慧，更重要的是追求思想上的独立。

《原装美女公证处》中，讲述的是随着科技的进步，越来越多的女性选择整容，以改变外貌。本来"爱美之心人皆有之"，更何况是女子，这本是人之常情，但随之也引发了一系列问题。在这个整容成风的时代，人人都变成了美女，自然也就很难知道谁才是生就的美人，许多的"原装美女"被人指责为"整容美女"。想想也知道，谁愿意无端地被人说成脸是假的？于是乎"原装美女"们提出了抗议，而"原装美女公证处"随之出现，它的主要作用就是能鉴别美女脸的真假。其实，先不论脸是天生的还是整出来的，从这篇文章中，读者可以很容易就看出女性对美的追求以及对自身权益的维护。纪洞天用轻松明快的笔调描写现实社会中的热门问题，表现出现代女性的独特魅力。

我们都知道，在网络时代，网上聊天越来越多。在《天上掉下个博客妹》中，描述的就是这么一个精通网络的女子，她仅凭博客中的信息就能推断出对方详细的家庭地址，并找上门来。这思维能力可以说让许多男人都望尘莫及。在故事结尾，虽说"吾公子"被吓得连家都不敢回，但我们不得不承认的就是——新时代女性的智慧确实不一般。

而《女数学博士求婚记》中，女主人公是一个数学博士，这本身就说明了现在与过去思想的不同，女子不仅可以读书，最重要的是成就还不比男子差；而在婚姻上，她也有足够的自由，再也不是凭"父母之命，媒妁之言"一局定音。从标题就可以看出女主人公思想的不同，她是主动"求婚"，而不是等着"被娶"。崔芳芷芳龄二十七，可以说是大龄女青年，可她有自己的想法，对于另一半本着"宁缺毋滥"的思想。当然，这一切最主要的原因就是在经济上新时代女性已经获得独立，她们就算不依靠男人也可以在这个社会上存活下来。借助《迷宫》中聪明的妻子对老公说的话："女人的迷宫是那么容易走的吗？记住，这门功课你得学一辈子！"

纪洞天用幽默的语言向人们展示了新女性在行为处事以及思想方面与传统女性的不同。其小说跟随时代的脚步，时刻围绕现实生活，在引人发笑的同时更显真实。

（二）以精炼娴熟的手法描写测字艺术的玄幻色彩

测字，是一门古老的传统学问，有神秘色彩，有哲学玄理，蕴含了心理学、逻辑学、文字学、历史学。纪洞天对测字有浓厚兴趣并深入研究。

在《木偶的新生》中，有许多篇章是有关于测字这一中国传统学问的，如《测字人生》《光绪皇帝测"王"字》《高洋测字》。而按照正统的马列主义观念，测字带有封建迷信色彩，有人甚至认为它是旁门左道。也因这一原因，测字一度式微，几乎从中国老百姓的日常生活中销声匿迹。直到改革开放后，测字才得到重新评价，在电影、电视剧以及文学作品中出现了少量的测字知识，但只是细枝末节。在纪洞天的作品中，你能发现他写测字的时候如数家珍，将文章中的人物写得活灵活现，由此可见作者对中国传统文化的关注与研究。

如果说《光绪皇帝测"王"字》中，清虚观的道长能够推测出光绪所想，只是因为他对光绪来到平遥之事早有耳闻，且见来者"有王者风度，气势不凡"，便知晓对方是光绪皇帝，再结合平日所知，要说是投机取巧不是不可的。但在《高洋测字》中，作者先写曹操这个测字四段的高手，再引出高洋这个测字九段的"测字皇帝"，其测字技巧只可用出神入化来形容，他不仅能根据字推测出自己在位几年，连何年何月何日寿终正寝也知晓，而后来事实也证明他的推测没有错误，这就让人不禁想——测字真有这么神？

也许，许多人会认为测字就是迷信，信测字就是信迷信。作为具有新思想的当代人，学习马克思主义的唯物观才是正途，至于那些中国几千年的传统封建思想就得摒弃。但事实真的是这样的吗？科学与迷信就是泾河和渭河，永远如此分明吗？从纪洞天的微型小说中，我们就可以知道，其实不一定"科学"就好、"迷信"就差。就拿《指数人》来说，原名"李伟"的主人公，却因为生活太过指数化而被人取名"指数人"，不仅紫外线强度要看指数，甚至谈恋爱也要按照恋爱公式来进行。可见，并不是每个人都喜欢用指数来决定生活中的一切的。"指数人"和妻子的生活过得并不和谐，妻子受不了他的指数化，他受不了妻子不按指数标准来。在文章的最后"指数人"想离婚，可"离婚的指数是多少呢？他手头没有数据。他查找了 Google，没找到，查找了《百科全书》也没有这一条目。他束手无策了，难道科学家们还没有研究出来？他不知该如何是好"。这样的结局无疑是让人哭笑不得的，在现实生活中，又有多少人和"指数人"一样，认为只要是科学就一定是正确的。可很多事情也告诉我们，如果我们的生活全由科学组成，以后将会是什么样的日子。就像《交叉点》中所说，许多人认为"科学与迷信是两条并行线，永远不会交叉的。什么阴阳五行、紫微八卦、面相测字、风水地理我全都不信"。但，有的事实摆在眼前，迷信与科学之间其实有交叉点。有些从古时就流传下来的东西，就如同测字，它给人一种玄幻的感觉，你不能全信，但有时又不得不承认它确实对。其实，既然存在就一定有它存在的理由，矛盾论不是还说什么都具有两面性吗？只要把握好那个度，迷信与否、科学与否其实并不是那么重要。

（三）以独特新颖的视角剖析人性的俗与恶

关于人性，从古至今一直都是热议的话题。那人性到底是善还是恶呢？这是许多人感到无解的一个问题，但不得不承认的就是在物欲横流的现代社会，人确实存在着许多劣根性。纪洞天以他对现代人的了解，用独特的手法向读者展示了存在于人类身上的人性的俗与恶。

这一点在《奇异的魔术》《偷梁换柱》以及《冒名顶替的恶果》中就有体现。《奇异的魔术》向我们展示了一个贪得无厌的年轻人，从刚开始的要魔术师变兔子，到金元宝、宝马车，再到美女老婆、大别墅，最后他亿万富翁的梦还没实现就为自己的贪婪付出了代价，消失在了舞台上。《偷梁换柱》中的便利商店店员因为不守职业道德，贪图他人的巨奖，最后把自己的工作给丢了。《冒名顶替的恶果》更是深刻地展示了人的劣根性，要好的朋友面对利益的诱惑互下套子，而亨利更是因为贪婪把自己的罪行暴露于公众眼前。

并不是每个人都有一颗奉献的心，有的人甚至希望所有人都一事无成，只有自己站在成功的顶峰。而最具代表性的就是《卖梦想的人》，一个普通的年轻人在"出售梦想商店"中买得发大财的梦想，几年后年轻人果然发了财，他再次来到商店。这一次，他向商店老板提出购买这个商店的要求，而他的理由竟然是不希望再有人买到梦想，用他的话来说就是："我好不容易挤上了公共汽车，我就不想让别人再挤上来。没有了出售梦想商店，买不到梦想，我的竞争对手就少了。"这就是人的私心，只不过在现实生活中，人们选择将之深埋在心底。而纪洞天在这里就将这种不可对人言的心理情感摆在了明面上。

谁不渴望成功，可成功的人永远只是少数。很多人害怕失败，就是因为这份害怕，多年之后依然一事无成。《上帝也帮不了忙》中，作者就打破我们一贯思想——上帝是万能的。主人公有幸遇见天使，并且得到一个愿望，但10年、20年、50年过去，直至他进入天堂再次遇见当初的那个天使，他依然没有发大财，也没有得到漂亮的妻子以及聪明可爱的儿女。其实，他有机会得到这一切，只不过许多次的机会摆在他面前他却一次也没有把握住。"你始终不敢跨出第一步，不敢为天下先，光是等着天上掉下金元宝，正好砸在你的头上。天下哪有免费的午餐？像你这样的人，就是上帝也帮不了忙啊！"

纪洞天在描写人性的时候带有很强的讽刺色彩，先不论在《奇异的魔术》《上帝也帮不了忙》《卖梦想的人》中的讽刺意味，让笔者印象最深的当属《新来的税务总监》。在文章中，作者先借用税务员的口向读者塑造了一个"纯粹的冷血动物"——税务总监，一切都按指令来完成的机器人当然不懂人情世故。在大家都无计可施的时候，"张总经理"却让这位油盐不进的税务总监放了他一马，这就不禁让人想，到底总经理有什么妙招呢？在故事的结尾我们才知道原来是"张总经理"给"机器人总监"找了个"机器人女友"。这真是一山还比一山高啊。这似乎告诉了我们一个道理——没有人可以做到公正无私,只因在这个物欲横流的社会,诱惑太多。而在《影子和书记》中,纪洞天运用拟人的修辞手法,不仅为文章增添不少的色彩,更在读者的内心留下了深刻的印象。作品描写的是一个有权有势的市委书记,因为贪污太多,最后连自己的影子都选择离开他的故事。作者将影子拟人化,不仅能言还有自己的思想。虽然影子只在故事的开头和结尾出现过,但它的每次出现都带有深意。坏事做多了,连最亲近的影子都会离开,但只要诚心改过,就可以重新做人。这也是作者要向我们传达的一种思想。

其实,谁的身上没有劣根性,人无完人,就算是神仙也会贪恋红尘,更何况我们这些本就在红尘中的凡人。纪洞天想向我们传达的思想就是:"恶"并不可怕,最可怕的就是不敢面对,只有正视它,才能有机会打败它。

(肖利美　潘熹)

第十九章 荷兰华文微型小说代表作家作品研究

浅谈池莲子的微型小说

——以微型小说选集《在异国的月台上》为例

池莲子,荷兰华裔作家诗人。原名池玉燕,女,1950年出生于浙江省温州市。1980年毕业于浙江温州市教师进修学院,并开始发表文学作品。1985年因中西婚姻移居荷兰。曾为中国散文诗学会会员,欧华国际学会会员"荷比卢华文写作会"创始人之一,海南诗社社刊《海外文学》主笔,等等。现任荷兰"彩虹中西文化交流中心"主任、中荷双语小报《南荷华雨》主编、世华作家交流协会欧陆秘书长。多年来笔耕不辍,已结集出版的文学作品有:诗集《心船》《爬行的玫瑰》,小说散文集《风车下》。散文诗《花草集》《池莲子短诗选》中英文版,列入"中外现代诗名家集萃"。获国际炎黄文化研究会颁发的第三届龙文化金奖(优秀诗集奖)。

微型小说选集《在异国的月台上》(四川文艺出版社2013年)共收录

微型小说47篇，其基本特色是这些作品以独特的地域风貌为经，以自己的酸甜苦辣为纬，描绘了海外华人的生存境况。本书主要写了作者在异国（荷兰）生活、情感的经历和自己的所见所闻，向我们展示了在荷兰努力生存的华人同胞的现状，他们备受艰辛，但是为了在荷兰站住脚跟，勇敢地活着，她带我们领略不同的国家民族风情，体会芸芸众生对人性的感悟。此书主要描写了以下三方面的内容。

（一）出国寻梦的艰辛与苦痛

随着经济的发展和国家政策的不断开放，移民的人也逐渐地增加。他们本以为外国的月亮会圆一点，但没想到刚一踏进别人家的"地盘"，便遭遇就水土不服、文化冲突、精神和物质的压力，使他们感到不适，但又不知道向谁倾诉。他们居住国外面临着一种复杂的文化背景、自身的文化身份也变独特而尴尬。他们正以一种尴尬的"边缘性"身份在不同文化的夹缝中生存。移民首先面临的是一个陌生的背景和语境，随之而来的是自己独特、尴尬的文化身份。为之奈何？为之奈何？是一条道走到黑，还是"放下屠刀，立地成佛"？前进与驻足，在这里有了第一次交锋，狭路相逢，到底谁能取胜？

中华民族自古就有随遇而安和一种温和包容的优良传统。大多数坚守了"既来之，则安之，便奋斗之"的人生信条和生存原则，于是他们此后的世世代代生于斯，长于斯，奋斗于斯，老于斯，死于斯⋯⋯

池莲子便是这股大潮当中的一个，1985年因中西婚姻移居荷兰。作为一个作家，她首先是一个人，必须先生存下来才有资格谈及其他。《在异国的月台上》这本微型小说集里，有很多便是对她当时生活的真实写照。

《在异国的月台上》的他，"一年多来的'旅欧'生活，咸酸苦辣都尝过，却没有甜过⋯⋯他长吁短叹地抽了一口烟，回味着。他去过警察局，坐过牢。去过比利时，也到过法国。在他的印象感觉中，这个自由的花花世界里，应有尽有。高速公路不足为奇，红灯楼、casino（超级赌场）也不过如此。唯一令人偶尔可以肃然起敬的，只有那高耸的教堂和古老的风车。是的，生活在这样的环境里，几乎全凭自我意识和自我要求去安排自己的生活，并适应一切。而他却感到莫大的委屈……"寥寥数语，作者的徘徊、踌躇、伤心、愤怒、无奈、沉沦便已跃然纸上了。

《SORRY》，讲述的是20世纪八九十年代大陆"出国潮"小故事。作品描写弄潮儿陈山为了躲避查税的公务员而四处闲逛，逛了家商店，却没钱购买任何东西，终于被人报警而抓进了收容所。这不过是他做的梦，但其实正是他在异国打工生活维艰、内心苦闷的真实写照。梦的描写已经包含了很现实内容，足以引发读者的深思，那么作品的结局就更为精彩。当陈山与国内的妻子通电话时，妻子却说"你什么时候设法将我带出去！……我再也等不了……"这就将现实与幻想的矛盾揭露得淋漓尽致。池莲子的作品立足于荷兰的社会生活，却具有透视现实、挖掘深蕴之内涵的本领，并且以矛盾冲突体现人物性格，在短小的格局和简洁的表述中给读者艺术的感染。

《她的梦呓》中的秦彬红的结局更是令人震撼，催人泪下。秦彬红为了出国，结了两次婚，离了两次婚。她是去世后的第三天，才被人发现的。在她生命中最后的那些日子里，她几乎天天把自己反锁在房里，不会客，不发信件，连她平时最喜欢的电话筒也给折断了。当人们来收拾她的遗体时，却发现她的床头还放着一张未写完的诗体样的字迹，只见那上头写道："一场虚幻的人生之梦即将结束，一条苍白的路即将走完，死的灵魂拯救不了生的罪过，生的遗憾可带进死的棺木，遗憾我从小没有父母之爱，遗憾我终身没有爱情之爱，遗憾我毕生没有子女之爱……"最令她遗憾的是，最后那段时间，她很想见见她的三个孩子。而她寄出的信都石沉大海。那位她最疼爱的老二却在她最后一次住院前，与她口角了一场，带着他的女朋友离她而去,再也没有了消息。

语言不通,文化习俗、风土人情全不一样,文化歧视、种族歧视,这一切都让在异国的人们苦不堪言。他们不惜一切得来出国的机会,在这个陌生的国度,却没有他们想象中的生活,面临的种种困难使他们在物质上和精神上都饱受折磨。

小说中那个落寞的、被折磨的、饱尝梦想和现实巨大落差的"他"的"悲剧"是作者的悲剧,也是一批批云集的出国者的悲剧。从地球的北极、穿过180个经度,到了南极,你会发现,地球上的一片片土地,其实并没有多大的差异。唯有我们能坚守自己的山河,坚守心中那块澄明的境地,吸收外国精华,注入民族血液,你我他才会活得更有尊严、更加幸福,世界才会因此而真正"大同"。

(二) 他国风情中的社会与文化

作为一个荷裔华人,小说也写了作家在荷兰生活中体验到的独特的地域风情。荷兰是个资本主义国家,高福利,又是个政治自由、社会风气宽容的国家,与社会主义的中国还是有很多不同的。具体而言,有以下两点不同。

首先,就生活环境而言,荷兰地处欧洲北部,景色宜人,有举世闻名的风车和郁金香,被称为"欧洲花园"。池莲子生活在那里,宁静而惬意,无忧无虑。池莲子用华人的视角观照荷兰,观照西方,用华人的眼光来了解荷兰评述西方。从池莲子的作品,可以为中国读者观察、了解荷兰乡村、城市的生活打开一扇窗户。在描写外国生活时,作者也从一个女性的视角出发,用那支灵秀之笔,将自己幻化为一条小溪,静静地默默地流着流着……

其次,荷兰的文化也很值得玩味,小说向我们展示了荷兰本土的社会制度和风俗习惯，更多的是借用中西方两个视度来诠释情感，给读者留下深刻的印象。荷兰的文化在作者笔下有以下三个特点。

1. 金钱物质下淡薄的亲情

《多了钱的女儿，没有了情》贝格尔太太有两个女儿，一个叫莎娜，一个叫索菲娅。莎娜的家境不理想，但对母亲还是很好的。自从半年前，莎娜的丈夫中了100万欧元大奖后，他们对人的态度完全变了。文中写道："那天母亲像平常一样到她家来探望他们，以前的话，她早就亲自去开门了。而这回，她让那保姆去开门，而自己一动不动地坐在中堂的椅子上。母亲见她那样子很不自在，心想她是否有点神经质，不正常啦？母亲还未来得及脱外衣，想在她身边坐下，而只见她突然站起来对母亲说：'唉，妈，你不可以就这样坐在这椅子上，先脱去你这肮脏的外衣，这椅子几千欧元买的。'"通过没钱时对母亲的态度和有钱时对母亲的态度的对比，反映出金钱物质条件下人们对亲情的冷漠和淡薄。荷兰社会福利高，人更讲究及时享乐，不像中国有"养儿防老"传统思想的影响，对孩子、对亲情的看重有种特别的执着。

2. 独具魅力的社会习俗

《西方的婚宴》中向我们展示了中西方不同的文化习俗，中国的婚宴是大家坐在一起大鱼大肉的吃喝，而国外（荷兰）则是大家在一起跳舞，而且主人家不会提供餐点。由此可知，从经济层面上看，中国的讲排场，西方的就更加经济温馨。但双方都能够以更适合自己的娱乐方式曾进交流，何乐而不为？这些描写社会风俗的小说，让中国人了解了外国人的生活，避免了一些因文化差异造成的误解。

3. 务实却又呆板的个人生活

《小芳出嫁》中的马立斯是一个荷兰人，也是一个拥有2000多亩地、300多头奶牛的"腰缠万贯"的农场主。本来可以悠闲地生活，但是情况真的是如此吗？"……但都是靠他一个人管理和调节，虽然全部是机械、电力自动化但每天工作十几个小时，几十年如一日。他从没有度过一个完整的假期，他去过最远的地方不超过50公里。他起床不刷牙，睡觉不洗澡，一年都穿同样的衣服……有一个夏天，她从他的衣柜里发现一件崭新而发黄的衬衣，那商标上的年号是'1983'……"小说从正面描述了荷兰农场主的生活，因为机械化，不需要太多的劳力，自己一个人就能搞定，不注重生活上的享受，也不注重亲情与爱情，对家庭的渴望、孩子的渴望不大，人生活得如此枯燥和乏味。也许就是这种勤勤恳恳的工作态度和清醒的头脑使荷兰的社会生产力大大提高。小说结尾"难道这就是洋人走在人类前头的标志吗"这句话堪称全篇的点睛之笔。是啊，当荷兰经济发展时，那片天空下的人们是不是少了点什么呢？

（三）人生样态中的友爱与真情

池莲子的小说也关注各阶层人物，用心理描述法、社会速描法，以不同的文化背景、简短的文字篇幅，写出了一个个栩栩如生的人间世态众生相，并且以生动鲜活的例子、妙趣横生的对话，赋予人物复杂的情感，从而将他们塑造得更加立体，更为血肉丰满。

《新来的邻居》中的桑德便是这样的一个典型，她工作细心、待人友好，对新来的邻居给予隆重的欢迎，却发现男主人是她原来的爱慕者。两人日久生情，彼此爱慕，但是当男邻居向她表白时，她却决然拒绝了。

第十九章　荷兰华文微型小说代表作家作品研究

文中这样写道:"他突然站起来,鼓起勇气上前握住她的那双小手,说:'我很爱你,难道你都没感觉吗?做我女朋友,嫁给我吧!'她颤抖着把她的小手抽回来喃喃地说:'不不,不可能。'只见她两眼的泪珠像雨点似的落下,转身飞也似的跑了。这时的他,比打了败仗更无奈!因为只有她知道,她小时候生过一场病,从此她变成一个失去性欲的人。"

桑德不喜欢男邻居吗?那么"颤抖""泪珠""飞般速度""装出的笑脸"这些词搭建的人物强烈情感作何解释呢?桑德独身多年,她为什么不接受呢?文章的结尾处做了解释,因为她小时生了一场病,从此失去了性欲!已经失去了爱人的能力了。虽然命运对她不公平,但是她并没有怨天尤人,没有放弃生命、放弃生活。她是爱人的,对待别人犹如亲友,但是对爱慕她的人决然拒绝,因为她给不了他想要的幸福,就算自己难过煎熬也不想他人也不幸。

《小天使的梦》中的小丽莎渴望父爱,渴望亲情,她从来没有见过她的父亲,父亲的长相是从别人的口中知道的。当外婆说要把爸爸和祖母接到荷兰来时,她的激动可想而知,在梦中看见了爸爸,还参加了他们的婚礼。因为丽莎的妈妈一次失败的婚姻使她不敢相信爱情,也导致丽莎到6岁还没有见过她的父亲。后来因为父亲要照顾祖母不能来荷兰,加剧了事情的进程。外婆认为父亲是个重视亲情的好人,叫母亲不要犹豫了,提前婚期把爸爸和祖母接过来。失去爱并不可怕,可怕的是从此失去了爱的勇气,是家人的亲情打开了母亲受伤的心,也圆了小丽莎的梦,让小丽莎不再成长于单亲家庭。文中小丽莎与爸爸这份父女天性,爸爸对祖母的浓浓孝道,在现在的社会中更应该倡导中华传统美德,亲情是不因时间的流逝就消失的,但是我们不能因其他外在的物质诱惑就放弃我们应尽的责任。

总之,池莲子以一个中国女儿、荷兰媳妇的眼光来观察社会,写下了在荷兰寻梦者的痛苦与艰辛、荷兰的风情,更深层地挖掘了人性的真、善、美。作者善于用独到的眼光审视日常生活,选取最能打动人心的视角和细节,展示芸芸众生的喜怒哀乐。在不经意之中,或点亮读者的目光,同时赋予作品难以言传的复杂情感、丰富的联想及深刻的反思,为世界华文小说贡献了一份新的文学。

(谢利君　潘熹)

附录：中国知网·微型小说论文录[*]

标 题	作 者	报 刊	日 期
读小小说	老舍	文学知识	1959 年第 1 期
短篇小说的丰收和创作上的几个问题	茅盾	人民文学	1959 年第 2 期
谈小小说	徐明	人民日报	1959 年 5 月 26 日
文艺杂志论小小说及其创作问题	米若	读书	1959 年第 13 期
什么是小小说	阿·托尔斯泰	新港	1962 年第 4 期
希望多登这样的微型小说	杨凤仪	劳动保护	1981 年第 5 期
谈微型小说的特点	佚名	文艺理论研究	1982 年第 2 期
一篇充分体现海明威艺术风格和创作特色的微型小说——读海明威的《桥畔的老人》	朱炯强	名作欣赏	1983 年第 1 期

---

[*] 中国知网是全球领先的数字出版平台，是一家致力于为海内外各行各业提供知识与情报服务的专业网站，http：//www.cnki.net。

续 表

标　题	作　者	报　刊	日　期
塞斯勃朗微型小说三篇	吉尔贝·塞斯勃朗	外国文学	1983年第2期
"小"字上作文章——微型小说杂谈	邓英樱	下关师专学报（社会科学版）	1983年第2期
论微型小说的创作	徐舟汉	丽水师专学报	1983年第3期
提倡微型小说的《文艺工作者》	立青	上海师范大学学报（哲学社会科学版）	1984年第3期
评近年来的微型小说——兼谈微型小说的艺术特征	王开阳	杭州师院学报（社会科学版）	1984年第4期
微型小说探微	宋丹	锦州师院学报（哲学社会科学版）	1984年第4期
一篇超"微型小说"	李伏伽	当代文坛	1984年第11期
微型小说古今谈	徐斐	浙江师范学院学报	1985年第1期
提倡写微型小说	鲁黎	纸和造纸	1985年第1期
论微型小说的沿革与特色	马国竞	广东民族学院学报（哲学社会科学版）	1985年第Z1期
关于微型小说的思考	郏宗培	文艺理论研究	1985年第2期
微型小说《臊》读后感	四石	江苏商论	1985年第2期

续 表

标　题	作　者	报　刊	日　期
微型小说刍议	晓钟	文学评论	1985年第3期
日本卓越的微型小说作家星新一	奥野健男 程在里	文化译丛	1985年第4期
微型小说遗物	卞劼生	财会通讯	1985年第5期
微雕之美 ——浅谈微型小说	杉沐	当代文坛	1985年第8期
小小说姓"小" ——小小说的主要特征	郑贱德	新闻与写作	1985年第11期
微型小说的新进展——"五百字小说" ——《中国电力报》编《五百字小说集·序》	肖德生	小说评论	1986年第1期
浅谈微型小说的艺术特色	樊笃涛	长安大学学报（建筑与环境科学版）	1986年第1期
捕捉"顷刻"以少胜多 ——小小说的选材	郑贱德	新闻与写作	1986年第1期
发现与思考 ——小小说的主题	郑贱德	新闻与写作	1986年第2期
目标要对准人 ——小小说的人物塑造	郑贱德	新闻与写作	1986年第3期
浅谈近年微型小说的结构美	王国全	佛山师专学报（社会科学版）	1986年第3期
论微型小说情节的审美特征和审美功能	刘一东	小说评论	1986年第3期

续 表

标　题	作　者	报　刊	日　期
微型小说的两种结尾	周铎堂	殷都学刊	1986 年第 4 期
要写得真实可信——小小说人物性格的描写	郑贱德	新闻与写作	1986 年第 6 期
怎样把生活素材变成小小说	郑贱德	新闻与写作	1986 年第 12 期
微型小说要素谈	徐舟汉	丽水师专学报	1987 年第 1 期
紧紧扣住读者的心——关于小小说的开头	郑贱德	新闻与写作	1987 年第 1 期
让读者去回味 ——小小说的结尾	郑贱德	新闻与写作	1987 年第 2 期
微型小说漫议	贾玉琦	苏州教育学院学刊	1987 年第 2 期
缩万丈于径寸——喜读《微型小说选（三）》	赵振兴	渤海学刊	1987 年第 2 期
古今微型小说之比较	赖征海	江西师范大学学报	1987 年第 2 期
微型小说取材艺术谈片	张颍东	阜阳师范学院学报（社会科学版）	1987 年第 2 期
试论微型小说的艺术特征	黎明	锦州师院学报（哲学社会科学版）	1987 年第 2 期
中苏当代一些微型小说的共同特点	徐大兰	外国文学研究	1987 年第 3 期

续 表

标 题	作 者	报 刊	日 期
捉住了四只色彩斑驳的小鸟——关于微型小说和余小慧的《微型小说四题》	王绯	文学自由谈	1987年第3期
微型小说谈片	王乐群	大庆社会科学	1987年第4期
"财迷"的秘密（微型小说）	石焕镇	江西老区建设	1987年第4期
鲁迅微型小说刍议	杨越林	九江师专学报	1987年第4期
日本现实社会的形形色色——星新一微型小说浅析	韩凤华	外国文学研究	1987年第4期
微型小说泛论	袁昌文	贵州民族学院学报（社会科学版）	1987年第4期
什么是微型小说	姜胜群	文艺评论	1987年第5期
也是一片艺术世界——读微型小说偶感	李佳	文艺评论	1987年第5期
逆转构思法——微型小说创作片言	王锡渭	新闻与写作	1987年第8期
故事在微型小说中的地位（上）	杨贵才	新闻爱好者	1987年第8期
故事在微型小说中的地位（下）	杨贵才	新闻爱好者	1987年第9期
论微型小说的审美特征	梁多亮	宜宾师专学报	1988年第1期
论微型小说体制的独特性	杨序春	怀化师专社会科学学报	1988年第2期

续 表

标 题	作 者	报 刊	日 期
说微型小说之"微"	宏宇	广西民族学院学报（哲学社会科学版）	1988年第2期
微型小说进课堂的启示——谈中、高级阶段汉语教材的编写	吴叔平	语言教学与研究	1988年第2期
郭沫若早年创作的微型小说	杏兆	郭沫若学刊	1988年第3期
散点透视呈新—微型小说创作的艺术特色	崔新京	日本研究	1988年第4期
晓雯的微型小说	陈犁	南方文坛	1988年第4期
微型小说写作技巧初探	李曼华	辽宁大学学报（哲学社会科学版）	1988年第5期
关于微型小说的情节（上）	杨贵才	新闻爱好者	1988年第5期
关于微型小说的情节（下）	杨贵才	新闻爱好者	1988年第6期
一次文学"百花奖"的尝试——"土路"同题微型小说竞赛之后	王凤玲	新闻与写作	1988年第9期
笔记·《聊斋志异》·微型小说	种扬	内蒙古电大学刊	1989年第1期
小刊物办大事——《花蕾》微型小说大奖赛入选作品集序	浩然	新闻与写作	1989年第2期

续　表

标　题	作　者	报　刊	日　期
孟伟哉与微型小说——读《父母儿女》	陈子伶	名作欣赏	1989年第2期
"叙事简净 用笔明雅"——谈《聊斋》中的微型小说	雷群明	蒲松龄研究	1989年第2期
艺术限制中的单一与丰富——微型小说人物创作谈之一	刘海涛	零陵师专学报	1989年第2期
古代微型小说艺术二题	陈沐三	盐城师专学报（社会科学版）	1989年第2期
论郭沫若的微型小说	金宏宇	南都学坛	1989年第2期
评《微型小说写作技巧》	沈嘉泽	贵州教育学院学报（社会科学版）	1989年第3期
微型儿童小说的审美价值——《现代微型小说精选》集儿童形象巡礼	书云	锦州师院学报（哲学社会科学版）	1989年第3期
试述微型小说的艺术特色	曾爱春	赣南师范学院学报	1989年第3期
国情·国格——评微型小说《摆小人书摊的人》	李溪溪	图书馆杂志	1990年第1期
米粒之珠——王云高微型小说的人生意识及风格	廖振斌	南方文坛	1990年第Z1期
微型小说的特点	于尚富	理论学刊	1990年第2期
气象万千的尺幅世界——论台港微型小说的创作	周文彬	华南师范大学学报（社会科学版）	1990年第3期

续 表

标 题	作 者	报 刊	日 期
论微型小说的模糊美	郑贱德 李宗国	海南师院学报	1990 年第 3 期
郭沫若早年创作的微型小说	石矢	郭沫若学刊	1990 年第 4 期
形式与意味：微型小说的审美建构方式	赵德利	汉中师院学报（哲学社会科学版）	1990 年第 4 期
微型小说简洁含蓄的语言风格的成因初探	黄党生	汉中师院学报（哲学社会科学版）	1990 年第 4 期
微型小说写作技法浅论	温存超	河池师专学报（文科版）	1990 年第 4 期
"红包"碰壁记（微型小说）	卢仁江	云南档案	1990 年第 6 期
艺术的选择与初熟——沈祖连微型小说简评	雷猛发	南方文坛	1990 年第 6 期
谈微型小说	佚名	文艺理论研究	1990 年第 6 期
来自北部湾的微型小说 ——读"沈祖连微型小说小辑"随感	张进	南方文坛	1990 年第 6 期
浅析沈祖连的微型小说	徐美	南方文坛	1990 年第 6 期
空白的意义——从一篇微型小说谈起	寿静心	新闻爱好者	1990 年第 9 期
怎样把生活素材变成微型小说——兼评李超的习作	郑贱德	新闻与写作	1990 年第 10 期

续 表

标 题	作 者	报 刊	日 期
微型小说创作漫谈	二木	新闻爱好者	1991年第1期
微型小说创作探微	黄名海	新闻界	1991年第1期
南珠异彩——浅论沈祖连微型小说创作	王保民	南方文坛	1991年第1期
我国古代幽默微型小说发展述略	向柏松	华中师范大学学报(哲学社会科学版)	1991年第1期
从蓄而突发到含而不露——谈微型小说结尾艺术的发展	郑贱德 韩允平	新闻与写作	1991年第2期
微型小说的艺术结构——古今微型小说浏览余笔	梁昭	南方文坛	1991年第2期
微型小说现象	郏宗培	文学自由谈	1991年第2期
微型小说的困惑	李旭	娄底师专学报	1991年第3期
微型小说幽默艺术探略	李旭	怀化师专学报	1991年第4期
微型小说的美学特征新论	凌焕新	南京师大学报(社会科学版)	1991年第4期
摭谈微型小说的审美属性	李旭	河池师专学报(文科版)	1991年第4期
错位:微型小说结构的一个组结——兼复李超同学	郑贱德 李友宏	新闻与写作	1991年第4期

续　表

标　题	作　者	报　刊	日　期
市民生态的"浮世绘"——谈卢振海的微型小说	陈侃言	南方文坛	1991年第5期
时代生活的特写——谈问题微型小说	郑贱德 王民洲	新闻与写作	1991年第7期
论微型小说情节的曲转性	刘海涛	中山大学学报论丛	1991年第24期
林文锦与其微型小说	高仕	华文文学	1992年第1期
浅谈微型小说的审美特征	贾乃升	青海民族学院学报	1992年第1期
微型小说：小说中的诗	魏家骏	淮阴师专学报（哲学社会科学版）	1992年第1期
白小易微型小说创作谈	阙斌	江汉大学学报	1992年第1期
微型小说的标题艺术美	李旭	九江师专学报	1992年第Z1期
促进对微型小说的理论研究——评梁多亮《微型小说写作》	李保均	当代文坛	1992年第2期
论微型小说的审美特征	寿静心	黄淮学刊（社会科学版）	1992年第4期
简化之美——谈《微型小说创作论》	黄光成	小说评论	1992年第6期
台港微型小说创作现象研究	樊洛平	郑州大学学报（哲学社会科学版）	1992年第6期

续表

标　题	作　者	报　刊	日　期
邱陶亮微型小说的悲剧意识浅议	陈佳扬	韩山师专学报	1993年第1期
从《孙"劳模"身体不太好》看微型小说中的典型形象塑造	王金星	四川师范学院学报（哲学社会科学版）	1993年第1期
《微型小说季刊》发刊词	黄孟文	华文文学	1993年第1期
微型小说的立意运思探幽	刘积琳	长春师范学院学报	1993年第2期
蒲松龄——中国微型小说的巨匠	赵馥	蒲松龄研究	1993年第Z2期
浓缩了的人生感悟——许行微型小说读后	关德富	松辽学刊（社会科学版）	1993年第3期
表现人物性格的亮点——微型小说人物描写的特点	田禾	淮阴师专学报	1993年第3期
论新时期微型小说的艺术追求	邓琴容	四川师范大学学报（社会科学版）	1993年第4期
微型小说创作技法举隅	张颖东	阜阳师范学院学报（社会科学版）	1993年第4期
新华小说的渊源与发展——兼论中新微型小说的特色	林高	学术研究	1993年第5期
人格中美与丑的纠缠——浅谈微型小说《罐头》的潜在内核	潘京	胜利论坛	1994年第1期

续 表

标　题	作　者	报　刊	日　期
微型小说的结构艺术	张松	达县师专学报	1994年第1期
理趣・谐趣・针孔成像——刘国芳微型小说漫谈	黄楠	江西社会科学	1994年第2期
微型小说的鉴赏与教学	王敏	职业技术教育	1994年第3期
微型小说的情节艺术	顾建新	镇江师专学报（社会科学版）	1994年第3期
商品大潮中的回声——评袁晓的小说兼谈微型小说文体的特点	瞿唯诚	镇江师专学报（社会科学版）	1994年第3期
生活・特色・精美——评许行的微型小说集《野玫瑰》	刘积琳	长春师范学院学报	1994年第4期
新加坡文坛的微型小说热	凌彰	外国文学动态	1994年第4期
方寸的魅力——回族作家沙鼋农微型小说管窥	贾羽	民族文学研究	1994年第4期
微型小说立意运思探幽	刘积琳	东北师大学报	1994年第6期
新加坡微型小说的繁荣及特色	白舒荣	台港与海外华文文学评论和研究	1995年第1期
浅谈微型小说巧妙多变的格局布置	雷永光	淄博师专学报	1995年第1期
黄孟文微型小说的艺术品位	李献文	衡阳师专学报（社会科学版）	1995年第2期

续 表

标 题	作 者	报 刊	日 期
微型小说的结构艺术——新加坡微型小说管窥	杨振昆	华文文学	1995年第2期
南洋微型小说初探	潘亚暾	华文文学	1995年第2期
妙在小大之间——微型小说艺术探微	胡凌芝	华文文学	1995年第2期
两种文化背景下的海外华文微型小说	王振科	华文文学	1995年第2期
微型小说的审美属性摭谈	李旭	思茅师专学报	1995年第2期
指导学员写"微型小说"的点滴尝试	柳春生	延安教育学院学报	1995年第2期
也谈微型小说的特点	杨文忠	河南教育学院学报（哲学社会科学版）	1995年第3期
为微型小说讨个说法	李海山 于华	河南师范大学学报（哲学社会科学版）	1995年第3期
中国古代的微型小说	徐迺翔	青岛海洋大学学报（社会科学版）	1995年第3期
微型小说同海外华人社会	黄万华	华侨大学学报（哲学社会科学版）	1995年第3期
微型小说：空白的艺术	徐高明	淮阴师专学报	1995年第4期
活跃于文坛的微型小说创作	许行	文艺争鸣	1995年第6期

续表

标 题	作 者	报 刊	日 期
微型小说的大学问	张磊	书城	1995年第6期
可贵的晚节——读李志成同志的微型小说《瞑目》	孙克辛	河北审计	1995年第10期
论微篇小说反差艺术规律	姚朝文	佛山大学学报	1996年第1期
怪诞·美学·主题——评田松林的一组微型小说《蒲堂闲墨》	刘乐群	渤海学刊	1996年第Z1期
世界华文微型小说创作研究	刘海涛	文学评论	1996年第2期
虚实相生隐显得当——微型小说结构含蓄技巧摭论	李旭	井冈山师范学院学报	1996年第2期
写其一点显出特色——微型小说人物性格刻画探微	李旭	荆门大学学报（哲学社会科学版）	1996年第2期
微型小说创作浅谈	王永仲	内蒙古民族师院学报（哲学社会科学汉文版）	1996年第2期
论微型小说的写作	蒋晓兰	安顺师专学报（社会科学版）	1996年第3期
艺术变形与叙述策略——世界华文微型小说创作研究三题	刘海涛	湛江师范学院学报（社会科学版）	1996年第3期
文体的自觉——论新加坡黄孟文的微型小说	古远清	台港与海外华文文学评论和研究	1996年第3期

续 表

标 题	作 者	报 刊	日 期
奇特的构思厚实的底蕴——读泰国钟子美的科幻微型小说	凌鼎年	台港与海外华文文学评论和研究	1996年第3期
日本近现代的掌篇小说——兼谈与中国微型小说的关系	渡边晴夫 刘静	陕西师范大学学报（哲学社会科学版）	1996年第4期
论司马政的微型小说	张国培	华文文学	1996年第4期
论泰华作家司马政的微型小说	张国培	中山大学学报（社会科学版）	1996年第4期
泰华微型小说论	赵朕	冀东学刊	1996年第4期
《枪口》的那一边——对徐光兴微型小说《枪口》的三点思考	李茂青	高等函授学报（哲学社会科学版）	1996年第5期
抒情范式与叙述分离——赵冬微型小说创作论	刘海涛	当代文坛	1996年第6期
论张挥的微型小说	陈剑晖	华文文学	1997年第1期
微型小说大师星新一	安源	世界文化	1997年第1期
漫谈微型小说——与保山师专文艺爱好者的一席谈	苗歌	保山师专学报	1997年第1期
微型小说的空白艺术	邢孔辉	琼州大学学报	1997年第1期
"微美艺术"的审美视界——读《泰华微型小说集》	包恒新	台港与海外华文文学评论和研究	1997年第1期

续 表

标　题	作　者	报　刊	日　期
"微型"的变奏——再论司马政的微型小说	胡凌芝	台港与海外华文文学评论和研究	1997年第1期
泰华微小说创作管窥——读《泰华微型小说集》	钦鸿	台港与海外华文文学评论和研究	1997年第1期
泰华年轻女性的微型小说	曾心	台港与海外华文文学评论和研究	1997年第1期
第二届世界华文微型小说研讨会综述	凌虹	台港与海外华文文学评论和研究	1997年第1期
简约精深言近旨远——试论我国当代微型小说的创作	刘晓伟	杭州教育学院学报	1997年第1期
黄孟文与微型小说	石川	海南大学学报（社会科学版）	1997年第2期
心灵与人性的雕刻——评泰华作家司马政的微型小说	饶芃子	华文文学	1997年第2期
从三篇微型小说看比较阅读训练	柳春生	延安教育学院学报	1997年第2期
既当领导又当作家的"两栖公仆"——韩英微型小说创作研讨会在广州举行	何百源	文艺理论与批评	1997年第3期

续 表

标　题	作　者	报　刊	日　期
试论微型小说的立意意识	祝德纯	湛江师范学院学报	1997 年第 3 期
泰华微型小说创作管窥——读《泰华微型小说集》	钦鸿	绥化师专学报	1997 年第 3 期
微型小说创作艺术探讨	阮礼义	泉州师专学报	1997 年第 3 期
根同株异竞映辉——司马政与黄孟文微型小说比较	赵朕	学术研究	1997 年第 4 期
新马泰华文微型小说的崛起与走向	杨振昆	云南社会科学	1997 年第 4 期
论朵拉的微型小说	朱立立	华侨大学学报（哲学社会科学版）	1997 年第 4 期
当代日中两国微型小说的发展及其特色	渡边晴夫	陕西师范大学学报（哲学社会科学版）	1997 年第 4 期
笑话与微型小说	张鹄	理论与创作	1997 年第 5 期
试论微型小说的求异思维	龙钢华	邵阳师专学报	1997 年第 6 期
微型小说沉没的家园	王良庆	农村工作通讯	1997 年第 11 期
微篇小说的命名及其艺术特质	姚朝文	佛山科学技术学院学报（社会科学版）	1998 年第 1 期
微型小说——当代文坛的轻骑兵	李全祯 刘雅珍	文艺评论	1998 年第 1 期

续 表

标　题	作　者	报　刊	日　期
文体的自觉——论黄孟文的微型小说	古远清	中南财经大学学报	1998年第1期
论新加坡作家张挥的微型小说	李雪梅	琼州大学学报	1998年第1期
当代文学格局中的微型小说	张炯	湛江师范学院学报	1998年第1期
论泰华的微型小说	张国培	华文文学	1998年第2期
事与愿违的泪中喜剧——林锦微型小说《也是英雄》的"悖反式结构"	阮温凌	世界华文文学论坛	1998年第2期
微型小说的审美张力及创作	王璞	大庆高等专科学校学报	1998年第2期
微型小说时空论	王晓青	海南师院学报	1998年第2期
都市梦呓与散文化叙述——衣若芬（台湾）微型小说创作论	杨凤英	湛江师范学院学报（社会科学版）	1998年第3期
报纸副刊为何不见了"微型小说"	齐霁 李兰瑛	采写编	1998年第3期
古韵新声回味无穷——《凌鼎年微型小说》读后	王淑秧	创作评谭	1998年第3期
谈马凡的微型小说	赵朕	盐城师专学报（哲学社会科学版）	1998年第3期
追求"尺水兴波"的艺术技巧——略谈司马政三篇不同类型的微型小说佳作	林承璜	世界华文文学论坛	1998年第3期

续　表

标　题	作　者	报　刊	日　期
谈郑若瑟的微型小说	赵朕	潍坊教育学院学报	1998年第3期
微型小说叙述技巧中的"影视蒙太奇"	陈静	新余高专学报	1998年第3期
微型小说创作中的求异思维	龙钢华	益阳师专学报	1998年第4期
微型小说：瑰丽的艺术世界	彭福华	井冈山师范学院学报	1998年第4期
微型小说 你听我说	董锋	文学自由谈	1998年第5期
《刘国芳微型小说》创作个性素描	周世泉	创作评谭	1998年第6期
《聊斋》超短篇章里的当代微型小说基因	谢倩 文娟	南京社会科学	1998年第10期
微尘中见大千——论马华作家年红的微型小说	翁奕波	华文文学	1999年第1期
微篇小说反差艺术的本质与审美特征	姚朝文	佛山科学技术学院学报（社会科学版）	1999年第1期
从新加坡微型小说看中西文化碰撞	汤重芬	暨南学报（哲学社会科学版）	1999年第2期
试论微型小说的求异思维	龙钢华	理论与创作	1999年第2期
微型小说空白技巧摭谈	吴道文	金筑大学学报（综合版）	1999年第2期

续 表

标 题	作 者	报 刊	日 期
论微型小说中荒诞艺术手法的审美特征	丁玲	常德师范学院学报（社会科学版）	1999年第2期
方兴未艾的微型小说	王毅	宁波教育学院学报	1999年第2期
微型小说幽默手法举要	董国政	唐山师专学报	1999年第3期
微型小说中道具的运用	张峰	娄底师专学报	1999年第3期
笑看无限往来人——黄仲鸣微型小说表达策略	费勇	华文文学	1999年第3期
微型小说结构与语言艺术断想	龚炜	黔南民族师专学报	1999年第4期
微型小说的虚实与藏露	张选民	榆林高等专科学校学报	1999年第4期
《世界微型小说佳作选》指瑕	凌鼎年	博览群书	1999年第6期
学写微型小说	浦建国	南京师范大学文学院学报	1999年第6期
试论微型小说的审美特征	龙钢华	理论与创作	1999年第6期
社会畸形心理的深刻剖析和形象展现——沈祖连微型小说论析之一	何波	钦州师范高等专科学校学报	2000年第1期
沙里看世界袖中笼大千——笔记袖珍体微型小说写作艺术初探	张峰 周探科	娄底师专学报	2000年第1期

续 表

标 题	作 者	报 刊	日 期
"与稿共舞"——论骆宾路的微型小说创作	李云芬	华文文学	2000年第2期
台湾微型小说创作的历史与现状	徐学	台湾研究	2000年第2期
八十年代新加坡华文微型小说的一种文化策略	王列耀	世界华文文学论坛	2000年第2期
略论微型小说的人物的描写技法	薛南	大理师专学报	2000年第2期
微型小说创作的民族化探讨	张燕	金筑大学学报（综合版）	2000年第2期
微型小说的悬念笔法	祝敏青	修辞学习	2000年第2期
台湾微型小说论	赵朕 赵焱	学术研究	2000年第3期
"冰山型人物"——微篇小说人物形象特点刍议	龙钢华	邵阳师范高等专科学校学报	2000年第3期
略论新时期微型小说的兴起与发展	乔琛	社会科学战线	2000年第3期
浅议技工课本中微型小说的结尾艺术	徐世文	兵团职工大学学报	2000年第3期
微型小说的变形表述	顾建新	中国矿业大学学报（社会科学版）	2000年第3期

续　表

标　题	作　者	报　刊	日　期
中国当代微型小说发展及动向	渡边晴夫	陕西师范大学学报（哲学社会科学版）	2000年第3期
刘国芳微型小说叙述技法撷谈	张峰 易宋江	娄底师专学报	2000年第3期
"精"——微型小说的本质特征	高同纯	淮南师专学报	2000年第4期
从新加坡微型小说看中外文化意识的融合与冲突	简雪娟	漳州师范学院学报（哲学社会科学版）	2000年第4期
斑斓多姿的奇葩——谈泰华作家郑若瑟的微型小说	赵焱 赵朕	廊坊师专学报	2000年第4期
论司马政微型小说的结构艺术	张晓平	当代文坛	2000年第5期
台湾微型小说论	赵朕	青海社会科学	2000年第6期
微型小说人物论	顾建新	甘肃社会科学	2000年第6期
论微型小说的人物美	张春	学海	2000年第6期
微型小说创作札记	李永康	中国农机化报	2000年7月1日
点亮一片读者星空	朱侠	新闻出版报	2000年8月8日
营造文学绿地　风景这边独好——众说纷纭微型小说	佚名	新闻出版报	2000年8月15日
激情与良知是文学的翅膀	赵兴中	重庆日报	2000年8月18日
微型小说文体与刊物定位	杨晓敏	新闻出版报	2000年9月15日

续表

标 题	作 者	报 刊	日 期
以精短的系列描绘时代画卷	朱诠	文学报	2000年11月2日
"冰山型人物"	龙钢华	文艺报	2000年11月21日
以精短的系列描绘时代画卷——访《小小说选刊》《百花园》月刊主编杨晓敏	木仝	出版发行研究	2000年第11期
"留白"的艺术与构思的精巧——略论微型小说的审美属性和创作特征	张学岚	中州学刊	2001年第1期
追求主题思想的深化——读曾心的微型小说	林承璜	世界华文文学论坛	2001年第1期
追求多向度、多层次的意向延展——论微型小说的写作艺术	石万鹏	临沂师范学院学报	2001年第1期
托物寓意含蓄蕴藉	梁多亮	西南电力报	2001年2月4日
微型小说创作纵横谈	冯莹	人民法院报	2001年2月21日
刘国芳微型小说印象	邵维加	长春教育学院学报	2001年第2期
微型小说隐藏艺术浅论——小说"镂空"技巧研究之一	韦妙才	钦州师范高等专科学校学报	2001年第2期
中国现当代微型小说发展浅探	黄秋平	求索	2001年第3期
微型小说创作民族化探讨	阳海洲	贵州教育学院学报（社会科学版）	2001年第3期

续 表

标　题	作　者	报　刊	日　期
步入微型小说的美学殿堂——评《微型小说艺术探微》	张春	常州工学院学报	2001年第3期
陡转与诗化：微型小说结尾艺术论	张峰 缪鑫平	娄底师专学报	2001年第3期
刘国芳微型小说印象	邵维加	甘肃广播电视大学学报	2001年第3期
华文微型小说的叙事自觉与阅读期待	林丹娅	厦门大学学报（哲学社会科学版）	2001年第3期
微型小说选材论	王馥庆	榆林高等专科学校学报	2001年第3期
微型小说的叙事策略	岳健康	重庆师院学报（哲学社会科学版）	2001年第3期
试论微型小说的环境描写	邵维加	抚州师专学报	2001年第4期
找准定位突出特色——谈《微型小说选刊》的办刊方略	张越	抚州师专学报	2001年第4期
综合与推广——刘海涛微型小说理论述评	姚朝文	湛江师范学院学报	2001年第4期
论东南亚华文微型小说的崛起	沈国芳	世界华文文学论坛	2001年第4期
直面消防：采撷亮点揭示原色——"南晓杯"微型小说征文赛随想	阿金	上海消防（国际中文版）	2001年第5期

续 表

标　题	作　者	报　刊	日　期
论微型小说的艺术特征	庄宗荣	福建商业高等专科学校学报	2001年第6期
微型小说的良种和沃土	邢可	文艺报	2001年9月4日
微型小说创出大产业	谢志强	文艺报	2001年9月4日
论微型小说文体的兴盛	任晓燕	文艺报	2001年9月4日
微型小说与先进文化	秦德龙	文艺报	2001年9月4日
谈"微型小说是平民艺术"	李利君	文艺报	2001年9月4日
微型小说缘何乏精品	陈熙涵	文汇报	2001年12月14日
论微型小说的审美场及其创设	韦妙才	佛山科学技术学院学报（社会科学版）	2002年第1期
试论微型小说作家的素养	任雪山	合肥教育学院学报	2002年第1期
微型小说：一种较理想的写作训练文体	方俊飞	莆田高等专科学校学报	2002年第1期
试论微型小说的结尾艺术	沈培玉	南京金融高等专科学校学报	2002年第2期
耕耘方寸间——丁新生微型小说创作印象	牛青坡	河南消防	2002年第2期
论东瑞的微型小说	林承璜	世界华文文学论坛	2002年第2期

续 表

标 题	作 者	报 刊	日 期
穿透与印证——邵远庆微型小说阅读札记	李少咏	当代文坛	2002年第3期
"南晓杯"微型小说大奖赛活动揭晓	余丰	上海消防	2002年第3期
越做越"大"的微型小说	孙荪	光明日报	2002年4月17日
与时俱进夺路而生	柳堤	中国新闻出版报	2002年4月19日
为微型小说举行成人礼	贝佳	文艺报	2002年4月23日
小说精神与微型小说的精品追求	刘文良	肇庆学院学报	2002年第4期
新加坡作家黄孟文和他的微型小说	宋方	天津成人高等学校联合学报	2002年第4期
"菲化"而不丧失根本——吴新钿的微型小说初探	古远清	广东教育学院学报	2002年第4期
机关流弊和干部畸形心态的剖示——沈祖连微型小说论析之二	何波	钦州师范高等专科学校学报	2002年第4期
方寸之内大千世界——简论微型小说的文体特征	何镇邦	南方文坛	2002年第4期
气象万千微型小说	宋子平	南方文坛	2002年第4期
小说精神与微型小说文体现实	王晓峰	南方文坛	2002年第4期
微型小说与细节描写	梁爱民 罗立新	忻州师范学院学报	2002年第5期

续表

标　题	作　者	报　刊	日　期
呼之欲出见功力——浅谈龙会吟微型小说对人物的刻画	伍经建	理论与创作	2002年第5期
微型小说事业家和职业期刊人——记《百花园》杂志社、《小小说选刊》总编辑杨晓敏	彭弘	出版广角	2002年第5期
微型小说兴起理论三题	李建东	文艺报	2002年6月18日
二十年木秀于林微型小说广受欢迎	杨宁	中国图书商报	2002年6月25日
微型小说呼唤精品	雷达	光明日报	2002年6月27日
简论"微型小说"	雷达	文学报	2002年6月27日
微型小说鉴赏论	邢可	理论与创作	2002年第6期
树立精品意识繁荣微型小说	刘文良	株洲师范高等专科学校学报	2002年第6期
二十年来微型小说理论研究述评	刘文良	甘肃社会科学	2002年第6期
微型小说：言简而意深	郑允钦	传媒	2002年第7期
微型小说的文体意义	吴秉杰	文艺报	2002年9月17日
欲从奇处起文思——浅谈丁新生微型小说的结构特征	杨焕亭	河南消防	2002年第9期
徒有形式之微鲜有内涵之丰	姜小玲	解放日报	2002年10月17日

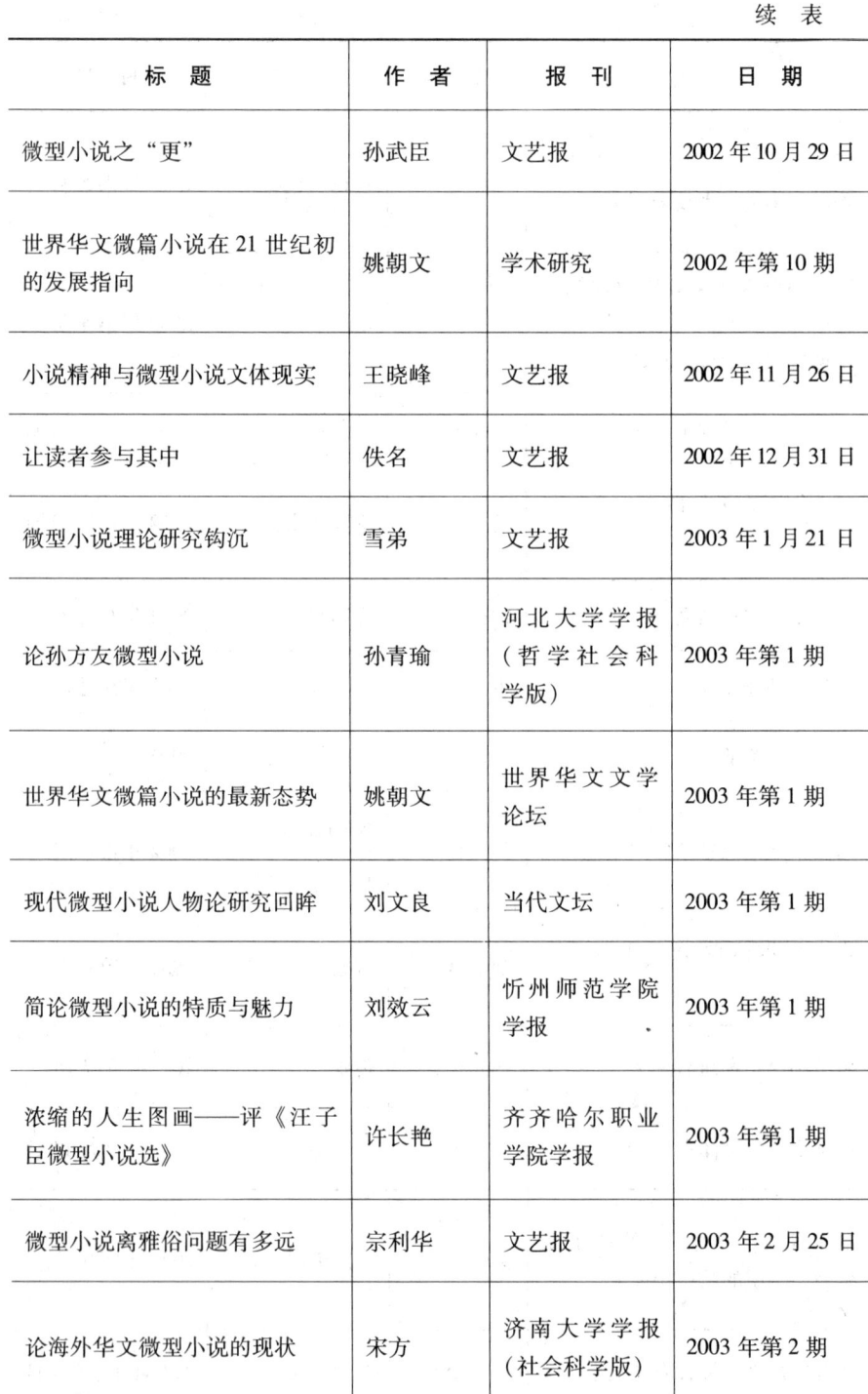

续　表

标　题	作　者	报　刊	日　期
微型小说之"更"	孙武臣	文艺报	2002年10月29日
世界华文微篇小说在21世纪初的发展指向	姚朝文	学术研究	2002年第10期
小说精神与微型小说文体现实	王晓峰	文艺报	2002年11月26日
让读者参与其中	佚名	文艺报	2002年12月31日
微型小说理论研究钩沉	雪弟	文艺报	2003年1月21日
论孙方友微型小说	孙青瑜	河北大学学报（哲学社会科学版）	2003年第1期
世界华文微篇小说的最新态势	姚朝文	世界华文文学论坛	2003年第1期
现代微型小说人物论研究回眸	刘文良	当代文坛	2003年第1期
简论微型小说的特质与魅力	刘效云	忻州师范学院学报	2003年第1期
浓缩的人生图画——评《汪子臣微型小说选》	许长艳	齐齐哈尔职业学院学报	2003年第1期
微型小说离雅俗问题有多远	宗利华	文艺报	2003年2月25日
论海外华文微型小说的现状	宋方	济南大学学报（社会科学版）	2003年第2期

续 表

标 题	作 者	报 刊	日 期
孙方友微型小说的独特魅力	孙青瑜	南方文坛	2003年第2期
打造"平民艺术"新工程	刘颋	文艺报	2003年3月4日
重新洗牌的微型小说世界	李利君	文艺报	2003年3月5日
耕耘方寸间——丁新生大校参谋长微型小说创作印象	牛青坡	消防月刊	2003年第3期
构建微型小说学——新千年微型小说理论研究管窥	刘文良	株洲师范高等专科学校学报	2003年第3期
无字处皆成妙境——论微型小说中的空白美	邓艳斌	零陵学院学报	2003年第3期
由《一个小时的故事》看微型小说中浓缩的人生	胡开杰	南京理工大学学报（社会科学版）	2003年第4期
再谈微型小说是平民艺术	杨晓敏	文艺报	2003年5月20日
20世纪90年代中后期微型小说研究述论	闫占士 杜文曦	湛江师范学院学报	2003年第5期
论简洁而精当的美国微型小说	陈薇薇	辽宁工程技术大学学报（社会科学版）	2003年第5期
微型小说理论研究的缺失	刘文良	云南社会科学	2003年第6期
微型小说人物语言探索	吕植家	广西大学学报（哲学社会科学版）	2003年第6期

续表

标　题	作　者	报　刊	日　期
朴实的人物写作——评丁新生的微型小说	孙青瑜	河南消防	2003 年第 6 期
小说中的俳句——谈微型小说的诗性特征	张伟	阴山学刊	2003 年第 6 期
概叙——微型小说的话语策略	查一路	湘潭师范学院学报（社会科学版）	2003 年第 6 期
微型小说飞出"金麻雀"	柳堤	中国新闻出版报	2003 年 7 月 2 日
十年开拓塑造品牌	杨晓敏	中国新闻出版报	2003 年 7 月 15 日
文学期刊的产业之路	王山	文艺报	2003 年 9 月 16 日
检查前后（微型小说）	田野	浙江消防	2003 年第 9 期
首届中国微型小说金麻雀奖揭晓	伊水	文艺报	2003 年 10 月 14 日
首届中国微型小说金麻雀奖获奖评语	佚名	文艺报	2003 年 10 月 21 日
首届中国微型小说金麻雀奖揭晓	李永康	文学报	2003 年 10 月 23 日
首届中国微型小说金麻雀奖揭晓	伊水	中国新闻出版报	2003 年 11 月 4 日
陈永林的微型小说	杨廷贵	文艺报	2003 年 12 月 2 日

续 表

标　题	作　者	报　刊	日　期
读了一篇微型小说	李普	同舟共进	2003年第11期
《微型小说选刊》：整合资源书刊互动	晓朱	出版参考	2003年第16期
《微型小说选刊》发展秘诀：刊内刊外都下功夫	朱胜龙	出版参考	2003年第33期
中国当代微型小说理论批评史论	阎占士	安徽师范大学硕士论文	2003年
论微型小说的外置情节	邵维加	江西省抚州市社科联论文集（2002—2003）教育文化类	2003年
刘国芳微型小说印象	邵维加	江西省抚州市社科联论文集（2002—2003）教育文化类	2003年
微型小说结构艺术探析	张松	西南民族大学学报（人文社科版）	2004年第1期
试论微型小说的新闻性	任雪山	合肥学院学报（社会科学版）	2004年第1期
回眸一笑百媚生——微型小说结尾艺术之管见	何有才 刘军海	陕西师范大学继续教育学报	2004年第S1期
试论微型小说与近似文体的区别	邵维加	东华理工学院学报（社会科学版）	2004年第2期

续 表

标　题	作　者	报　刊	日　期
论微型小说现代性的审美特征	邵维加	鄂州大学学报	2004年第2期
从《伊犁河》到《微型小说读者》——文学期刊如何走向市场	陈予	新疆新闻出版	2004年第2期
云水襟怀笔耕勤劬——凌鼎年与世界华文微型小说研究	单汝鹏	世界华文文学论坛	2004年第2期
看似莲花净，方知不染心	秦俑	陕西日报	2004年3月7日
心态式微型小说艺术变化撷谈	陈昭 董国政	唐山师范学院学报	2004年第3期
繁荣背后的隐忧——微型小说发展中亟待解决的几个问题	邓艳斌	湘南学院学报	2004年第3期
例说微型小说的审美特征	赵伶俐	安顺师范高等专科学校学报（综合版）	2004年第3期
武警大校的微型小说	孙荪	文学报	2004年4月8日
论微型小说的"味外味"	韦妙才	钦州师范高等专科学校学报	2004年第4期
神话传说先秦寓言与微篇小说	龙钢华	邵阳学院学报	2004年第4期
诙谐幽默百态人生	尹汉胤	人民日报	2004年5月11日
志怪志人小说与微篇小说	龙钢华	邵阳学院学报	2004年第5期
袁雅琴的微型小说	萧汉初	文艺报	2004年6月22日

续 表

标 题	作 者	报 刊	日 期
接受美学视界中的当代微型小说	许娟莉	西北大学学报（哲学社会科学版）	2004年第6期
微型小说的绿色通道	刘文良	株洲师范高等专科学校学报	2004年第6期
小名称如何经营成大品牌——《微型小说选刊》品牌经营策略透视	李建波	出版发行研究	2004年第6期
关于微型小说评点	黄立平	求索	2004年第10期
见证微型小说20年持续发展	禾家	中国新闻出版报	2004年11月18日
《微型小说选刊》创刊20周年纪念专辑	郑允钦等	文艺报	2004年11月23日
中学生微型小说写作教法及意义探讨	黄碧斋	华中师范大学硕士论文	2004年
英汉微型小说内指照应对比研究	刘彦琳	西南交通大学硕士论文	2004年
制约微型小说发展的七大因素	石鸣	文艺报	2005年1月4日
奇葩别样红——《微型小说选刊》20年长成英俊青年	佚名	中国新闻出版报	2005年1月14日
微型小说的百花园	杨晓敏 宋子平	中国新闻出版报	2005年1月14日

续 表

标　题	作　者	报　刊	日　期
一树春风千万枝	丁临一 冯骥才 乙丙 杨晓敏	文艺报	2005 年 1 月 20 日
树生态意识走绿色之路——生态微型小说一瞥	刘文良	当代文坛	2005 年第 1 期
第五届世界华文微型小说研讨会在印尼万隆召开	凌鼎年	世界华文文学论坛	2005 年第 1 期
同根异葩结新蕾——论世纪交替时期中国大陆、香港与印尼的华文微篇小说	姚朝文	世界华文文学论坛	2005 年第 1 期
笔记小说与微篇小说——以《太平广记》、《聊斋志异》和《阅微草堂笔记》为例	龙钢华	邵阳学院学报	2005 年第 1 期
文学大众化的奇观——关于微篇小说的繁荣与思考	龙钢华	湖南社会科学	2005 年第 2 期
聚焦底层凸显人性	乔丽娜	文艺报	2005 年 2 月 24 日
微型小说的属性分析	孟凡根	宿州学院学报	2005 年第 2 期
《历代微型小说选》词语札记	车淑娅	西南交通大学学报（社会科学版）	2005 年第 2 期
贺鹏微型小说创作漫评	高军	内蒙古日报（汉）	2005 年 3 月 12 日
软弱而坚挺的世界——丁肃清的微型小说创作	杨慧芬	邢台学院学报	2005 年第 3 期

续 表

标 题	作 者	报 刊	日 期
微型小说的暗示艺术	任雪山	合肥学院学报（社会科学版）	2005年第3期
华文微型小说的诗化韵味	凌焕新	常州工学院学报（社会科学版）	2005年第3期
笑傲世情——简论泰华作家郑若瑟的微型小说	朱文斌	常州工学院学报（社会科学版）	2005年第3期
走出对微型小说认识的误区	路霞	文艺理论与批评	2005年第3期
微型小说二十年成就大格局	徐春萍	文学报	2005年4月28日
浅议许国江微型小说中的人物刻画	刘喜庆	武警学院学报	2005年第4期
诗化微型小说的审美特征	吕植家	广西大学学报（哲学社会科学版）	2005年第4期
我看印尼华文微型小说创作	钦鸿	世界华文文学论坛	2005年第4期
论杂文的微型小说化倾向及其成因	米文佐	甘肃联合大学学报（社会科学版）	2005年第4期
琐细见宏阔钟磬有余音——黄建国微型小说简论	张影舒	浙江纺织服装职业技术学院学报	2005年第4期
悲壮与凄婉	蓝炳轩	广安日报	2005年5月8日

续　表

标　题	作　者	报　刊	日　期
微型小说是平民艺术	杨晓敏	文学报	2005年6月9日
大写微型小说	杨晓敏	文学报	2005年6月9日
微型小说的杂食主义者	杨晓敏	文学报	2005年6月9日
论微型小说的"陷阱式"叙事策略	韦妙才	广西教育学院学报	2005年第6期
微型小说大市场	中共河南省委政研室	河南日报	2005年7月28日
论沈祖连的微型小说	黄齐鹏	广西社会科学	2005年第8期
一种新文体的全方位崛起	宗利华	文艺报	2005年9月1日
微型小说的开拓与传播者	雪弟	金华日报	2005年9月4日
有限中隐无限：微型小说断裂式结构的审美取向——微型小说艺术研究系列	韦妙才	经济与社会发展	2005年第9期
微型小说：现实与理想	侯德云	文艺报	2005年11月15日
太仓市微型小说创作成果丰硕	傅小平	文学报	2005年11月17日
"小众"也能与"大众"比肩而立	徐升国 廖彦	中国邮政报	2005年12月10日
翻译微型小说二篇赏析	郭学荣	名作欣赏	2005年第21期
关于微型小说阅读和创作的札记	谢志强	文学报	2006年1月19日

续　表

标　题	作　者	报　刊	日　期
"小小说"与"大小说"——黄荣才《微型小说集》序	王富仁	小说评论	2006 年第 1 期
简评申平微型小说《爱情纽扣》的艺术特色	陈冰	襄樊职业技术学院学报	2006 年第 1 期
小中见大　意蕴深远——微型小说立意的审美取向初探	田景丰	广西民族学院学报（哲学社会科学版）	2006 年第 S1 期
许行：微型小说的一面旗	杨晓敏	文学报	2006 年 2 月 9 日
2006 早春微型小说一瞥	杨晓敏	文艺报	2006 年 2 月 16 日
在生活或者生活之外思考	宋子平	文艺报	2006 年 2 月 18 日
淡妆浓抹各呈其妙 ——略谈微篇小说情节的浓淡变化	龙钢华	湖南经济管理干部学院学报	2006 年第 2 期
论刘国芳微型小说的临川文化意蕴与特征	邵维加	东华理工学院学报（社会科学版）	2006 年第 2 期
用温暖拥抱生活用"仁"德构建和谐——刘黎莹获奖微型小说浅析	郭晓平	泰山学院学报	2006 年第 2 期
"中国微型小说教父"的梦想	舒晋瑜	中华读书报	2006 年 3 月 15 日
微型小说：咫尺天地　创造高效率的审美刺激	王璞	牡丹江师范学院学报（哲学社会科学版）	2006 年第 3 期
微型小说人物描写片谈	王振全 周志广	北京印刷学院学报	2006 年第 3 期

续 表

标 题	作 者	报 刊	日 期
妙笔著华章文坛添锦绣——读陈敏女士微型小说集《诗祭》	李继高	商洛学院学报	2006年第3期
巾帼挥笔著美文众芳国里展华章——钦鸿编《世界华文女作家微型小说选》撷谈	单汝鹏	临沧教育学院学报	2006年第3期
异动与变形——试论微篇小说的情节变化与审美兴奋点的形成	龙钢华	经济与社会发展	2006年第4期
当代微篇小说环境描写的基本类型	龙钢华	湖南城市学院学报	2006年第4期
巾帼挥笔著美文众芳国里展华章——钦鸿编《世界华文女作家微型小说选》撷谈	单汝鹏	世界华文文学论坛	2006年第4期
微型小说之缘	饶建中	创作评谭	2006年第4期
微型小说写作技巧初探	田景丰	玉林师范学院学报	2006年第4期
微型小说初长成	江曾培	文学报	2006年4月20日
春天的祝贺	汤吉夫	文学报	2006年4月20日
微型小说作家郑州聚会	奚同发	文学报	2006年5月11日
让微型小说飞起来	杨晓敏	文艺报	2006年5月20日
全国微型小说的"大本营"	郭海方	河南日报	2006年6月2日

续　表

标　题	作　者	报　刊	日　期
写凡人小事赞寻常之辈	拉栋	甘南日报（汉文版）	2006年6月25日
微型小说形式的极致之美	杨晓敏	文艺报	2006年8月15日
微型小说：突破自身局限实现更大发展	樊义红	乐山师范学院学报	2006年第8期
一篇富有东方审美情致的美文——陈启佑微型小说《永远的蝴蝶》赏析	王彩萍	名作欣赏	2006年第9期
微型小说的道德主题与悬念设置——以郑若瑟的《情债》为例	古远清	名作欣赏	2006年第9期
从传播看当代微型小说的繁荣	韩红梅	徐州工程学院学报	2006年第10期
微型小说创作创品牌	木弓	文艺报	2006年11月23日
欧·亨利微型小说的系统功能语言学分析	彭爱中	江西师范大学硕士论文	2006年
小书大文章	王晓峰	文学报	2007年1月4日
微型小说与橄榄形文化结构	王彦艳	文学报	2007年1月4日
微型小说存在的理由	侯德云	文学报	2007年1月4日
2006：中国微型小说盘点	杨晓敏	文艺报	2007年1月4日
方寸之间的世俗百态——陶然的微型小说述评	王者凌	佳木斯大学社会科学学报	2007年第1期

续　表

标　题	作　者	报　刊	日　期
在省略中见精美——微型小说结构技巧初探	田景丰	时代文学（双月版）	2007年第1期
阅读补充与阅读快乐——李永康微型小说新作阅读探索	刘连青	成都大学学报（社会科学版）	2007年第1期
一次别开生面的欢聚——第六届世界华文微型小说研讨会花絮	林承璜	世界华文文学论坛	2007年第1期
她在小说中寻找心灵的自由	李星	陕西日报	2007年2月12日
浅议冯春生的微型小说	卢凤岐	鄂尔多斯日报	2007年2月28日
围绕"人物语言"看微型小说的英译	陆秀英	新余高专学报	2007年第2期
《黄孟文的微型小说世界》序	赖世和	华文文学	2007年第2期
微型小说单本集列评鲁迅文学奖	王坤宁	中国新闻出版报	2007年3月13日
秦俑和他的小小说作家网	杨晓敏	文艺报	2007年3月31日
吉光片羽写就生活世象——评袁炳发微型小说集《弯弯的月亮》	晓宁	文艺评论	2007年第3期
现实的洞烛哲理的思悟——论汶莱华文作家煜煜的微型小说	宋毅 宁殿弼	青岛大学师范学院学报	2007年第3期
澳门举办"首届微型小说创作、赏析讲座"	施维文	世界华文文学论坛	2007年第3期

续 表

标　题	作　者	报　刊	日　期
新世纪中国微型小说的创作与评论	赵丹琦	求索	2007年第3期
微型小说的平台与高地	王晓峰	辽宁日报	2007年4月25日
别有洞天的微篇小说研究——龙钢华著《小说新论——以微篇小说为重点》序	陈平原	邵阳学院学报（社会科学版）	2007年第4期
当代小小说类纯文学期刊的生存之道	赵静	中共郑州市委党校学报	2007年第4期
刘国芳微型小说的情节结构类型	谢春荣 黄来明	东华理工学院学报（社会科学版）	2007年第4期
微型小说中人物语言翻译的"显"和"隐"	陆秀英	南昌大学学报（人文社会科学版）	2007年第4期
微型小说《回家》中的主人公作用及艺术手法	伍柳	柳州职业技术学院学报	2007年第4期
死亡的深情凝眸存在的伤与眷念——论马华作家方路微型小说《挽歌》的死亡意识	邱苑妮	世界华文文学论坛	2007年第4期
"江苏微型小说创作研讨会"在太仓召开	凌鼎年	文艺报	2007年5月12日
微篇小说与传统笔记小说	陈平原	文艺报	2007年5月15日
微型小说麦田的守望者	杨晓敏	文艺报	2007年5月17日

续 表

标 题	作 者	报 刊	日 期
冯骥才获中国微型小说事业终身奖	周凡恺 马涛	中国新闻出版报	2007年5月22日
百名专家郑州解读"微型小说"	左丽慧	郑州日报	2007年5月28日
微型小说发展渐成气候迈进经典尚需时日	舒晋瑜	中华读书报	2007年5月30日
精神家园的守护神 ——论《个人履历表——滕刚微型小说100篇》的人文关怀	黄小玲	广东海洋大学学报	2007年第5期
网络探究性学习：新课程视野下的一种教学模式 ——以选修课《微型小说欣赏》为例	王林发	中国教育学刊	2007年第5期
"第二届金麻雀小小说节"举行	王山	文艺报	2007年6月2日
微型小说是传播中国文化的桥梁	美籍华人学者穆爱莉	中华读书报	2007年6月6日
文化名流眼中的小小说	杨晓敏	中华读书报	2007年6月6日
让微型小说更上层楼	舒晋瑜	中华读书报	2007年6月6日
微型小说风景独好	王蒙 冯骥才 胡平 王晓峰 韩昌元 刘建生 穆爱莉	郑州日报	2007年6月7日

续 表

标 题	作 者	报 刊	日 期
微型小说有确定的发展前景	胡平	文艺报	2007年6月9日
微型小说的大众文化意义	杨晓敏	文学报	2007年6月14日
微型小说的小和大	侯德云	文学报	2007年6月14日
微型小说创作要有独特性	谢志强	文学报	2007年6月14日
微型小说的绽放形式	蔡楠	文学报	2007年6月14日
微型小说：新兴文体的现状和前景	王晓君	中国图书商报	2007年6月19日
充满活力的文体文化产业的形态	王山	文艺报	2007年6月21日
给石头穿衣	谢志强	文艺报	2007年6月30日
大众文化背景下的微型小说名称多样性研究	张春	文艺理论与批评	2007年第6期
那样的月白风清——范子平微型小说论	李建东	河南机电高等专科学校学报	2007年第6期
微型小说刻画人物形象的审美规范及超越	吕植家	文艺理论与批评	2007年第6期
《微型小说选刊》的品牌策略	李树兴	东南传播	2007年第6期
微型小说让郑州扬名	冯骥才	文学报	2007年7月5日
自由与限制	黄毓璜	文学报	2007年8月9日
小小说的草根写作	杨晓敏	文艺报	2007年8月16日

续　表

标　题	作　者	报　刊	日　期
微型小说的发展现状和滕刚的意义	郑允钦	文艺报	2007年8月25日
大众文化背景下的微型小说创作市场化研究	张春	传承	2007年第8期
创伤、惩罚和内省——论海明威的"微型小说"的主题建构及其解构	沈雁	名作欣赏	2007年第8期
追求"尺水泛波"的艺术魅力——论微型小说的写作技巧	林秀明	福建论坛（人文社会科学版）	2007年第S1期
大众文化语境中微型小说娱乐性审美研究	张春	文史博览（理论）	2007年第10期
当代视角传奇色彩	杨晓敏	文艺报	2007年12月1日
2007：中国小小说盘点	杨晓敏	文艺报	2007年12月20日
2007年度中国微型小说十大热点人物评出	佚名	文学报	2007年12月27日
杨晓敏：放大微型小说	谷凡 李雷	中国人才	2007年第12期
百花园里的一朵奇葩——大众文化背景下蓬勃发展的微型小说	张春	湖南师范大学硕士论文	2007年
泰国华文微型小说研究	杨芳青	福建师范大学硕士论文	2007年
12篇作品入选2007年度中国微型小说·微型小说排行榜	隋笑飞	中国改革报	2008年1月5日

续 表

标 题	作 者	报 刊	日 期
AB角的心灵对话——品鉴饶建中微型小说集《最后的选择》	陈志宏	创作评谭	2008年第1期
微篇小说的情节构成与表达要求	龙钢华	阴山学刊	2008年第1期
一种值得期待的文体——2007年度微型小说创作透视	卢翎	海南师范大学学报（社会科学版）	2008年第2期
试论微型小说的暗示艺术	柳海莲	创新	2008年第2期
文体意识与探索精神	杨晓敏	文艺报	2008年3月15日
危机与出路：关于新时期微型小说发展的思考	赵保全 潘利梅	辽宁工程技术大学学报（社会科学版）	2008年第3期
论微型小说立意的表现艺术	吕植家	文艺理论与批评	2008年第3期
一篇值得回味的微型小说——《永远的蝴蝶》赏析	郭健敏	安徽文学（下半月）	2008年第3期
监利"微型小说现象"引起关注	易飞 万东方	湖北日报	2008年4月17日
难以走出性别樊篱的书写——微型小说女作家创作群体的女性视野解读	张春	湖南工业大学学报（社会科学版）	2008年第4期
智慧、张力与温润：当代女性微型小说诗性审美探微	张春	内蒙古农业大学学报（社会科学版）	2008年第4期

续　表

标　题	作　者	报　刊	日　期
阅读微型小说的几种方法	王建莲 刘振国	文学教育（下）	2008年第4期
精短而又深长——评葛取兵的微型小说	余三定	理论与创作	2008年第4期
微型小说发展概观与大众文化视阈的考量	张春	五邑大学学报（社会科学版）	2008年第4期
论郑若瑟的微型小说创作	赵朕	华文文学	2008年第5期
"微型小说名作选"锁定中学生	舒晋瑜	中华读书报	2008年6月18日
微型小说理论的当下	王晓峰	辽宁日报	2008年6月25日
现代人生存悖谬的寓言化象征——滕刚微型小说解读	任雅玲	文艺评论	2008年第6期
2008·中国微型小说青春笔会在新乡举办	陈茁	河南日报	2008年7月4日
微型小说作家的形成是新时期文学的一个重要收获	王晓峰	辽宁日报	2008年7月7日
大众文化语境中当代微型小说的审美趣味	张春	绵阳师范学院学报	2008年第7期
"一叶落而知秋"——论孙方友微型小说	历亚丽	科教文汇（下旬刊）	2008年第7期
大众文化语境中女性微型小说世态书写研究	张春	宜宾学院学报	2008年第8期
对微型小说人物描写的探讨	王悦 周志广	科技信息（科学教研）	2008年第8期

续 表

标 题	作 者	报 刊	日 期
凌鼎年的微型小说新集《让儿子独立一回》	唐曦	图书馆杂志	2008年第9期
中学语文教学关注微型小说创作	尚振山	光明日报	2008年11月13日
拍案叫绝的微型小说	忻耘	文学报	2008年11月27日
小说界"第四家族"进入文学史	陈熙涵	文汇报	2008年12月10日
第七届世界华文微型小说研讨会在沪举行	傅小平	文学报	2008年12月11日
第七届华文微型小说研讨会在沪召开	金鑫	中国新闻出版报	2008年12月11日
"微型小说"进入文学史	马信芳	深圳特区报	2008年12月12日
微型小说：敢问路在何方	胡平	中国图书商报	2008年12月23日
大美无形——评尹全生微型小说《海葬》中鸽子爷的形象塑造	张泠	名作欣赏	2008年第17期
微型小说文体特征论——以《微型小说选刊》（1996—2005）为例	侯学标	上海大学硕士论文	2008年
有种姿态叫反拨——大众文化负面效应中的微型小说独特审美研究	张春	河北经贸大学学报（综合版）	2009年第1期

续表

标　题	作　者	报　刊	日　期
20世纪90年代后微型小说女作家群概观及其文化意义	张春	重庆邮电大学学报（社会科学版）	2009年第1期
第七届华文微型小说研讨会在沪召开	金鑫	高校社科动态	2009年第1期
成人的童话社会的明镜——评凌鼎年微型小说集《让儿子独立一回》	胡德才	社会科学论坛（学术评论卷）	2009年第1期
论微型小说结尾的意义未定性与整体内部构造	吕植家	文艺理论与批评	2009年第1期
论凌鼎年的微型小说创作	胡德才	南通大学学报（社会科学版）	2009年第1期
"润物细无声"——凌鼎年先生微型小说选集《让儿子独立一回》评析	胡德才	绵阳师范学院学报	2009年第1期
"两难原则"在微型小说创作中的运用	张浩文	小说评论	2009年第S1期
愁悯下的温暖 荒诞中的真诚——论范子平的微型小说创作	李建东	河南机电高等专科学校学报	2009年第2期
河南微型小说创作的历史渊源	杜晓萍	湖南工业职业技术学院学报	2009年第2期
第七届世界华文微型小说研讨会在上海顺利召开江曾培、黄孟文等4位荣获"终身成就奖"	申微文	世界华文文学论坛	2009年第2期

续 表

标 题	作 者	报 刊	日 期
《世界中学生华文微型小说大赛优秀作品选》出版	乔文	世界华文文学论坛	2009年第2期
一花独秀——文莱微型小说微探	王文津	世界华文文学论坛	2009年第2期
《中国新文学大系·微型小说卷》隆重推出标志着微型小说从此堂堂正正地进入文学史	初英子	世界华文文学论坛	2009年第2期
小里乾坤——陶然微型小说论	凌逾	当代作家评论	2009年第2期
微型小说：当代文学的一道风景	湖南工业大学张春	人民日报	2009年3月26日
五十位微型小说作家集体亮相中国现代文学馆	文新	文艺报	2009年4月23日
陈勇微型小说创作研讨会在汉召开	熊唤军	湖北日报	2099年4月27日
江西微型小说三十年	雪弟	创作评谭	2009年第4期
江苏成为微型小说创作中心的标志和成因分析	徐习军	淮海工学院学报（社会科学版）	2009年第4期
当代微型小说审美的创新与成熟	刁丽英	淮海工学院学报（社会科学版）	2009年第4期
主题与叙述：滕刚微型小说论	李阳	长沙铁道学院学报（社会科学版）	2009年第4期

续表

标题	作者	报刊	日期
微型小说"意"的发现	张颖东	阜阳师范学院学报（社会科学版）	2009年第4期
微型小说要创造可持续发展的形象	谢志强	文艺报	2009年5月21日
高端纵论微型小说现状与发展	左丽慧	郑州日报	2009年5月25日
文化强市要着力打造文化品牌	王泽远 华小亚	河南日报	2009年5月27日
关注草根　关注生命——解读"微型小说桂军"	高盛荣	南方文坛	2009年第5期
聆听故土上空飘扬的炊烟——改革语境中的三十年微型小说乡土回眸	张春	文艺理论与批评	2009年第5期
20世纪90年代中国微型小说纵论	张春	湖南工业大学学报（社会科学版）	2009年第5期
走向成熟的微型小说文体	凌鼎年	钦州学院学报	2009年第5期
草根文学的一大奇观——新时期微型小说成因探赜	龙茜 龙钢华	邵阳学院学报（社会科学版）	2009年第5期
微型小说创作要有独特性——由外国微型小说现象谈起	谢志强	钦州学院学报	2009年第5期
事业产业兼重打造文化品牌	百文	中国艺术报	2009年6月5日
小小说文体与刊物定位	杨晓敏	中国艺术报	2009年6月5日

续 表

标　题	作　者	报　刊	日　期
微型小说三十年：从"创作现象"到"文化现象"	刘海涛	中国艺术报	2009年6月5日
气象万千微型小说	宋子平	中国艺术报	2009年6月5日
微型小说的明天更美好	王蒙	文艺报	2009年6月9日
微型小说做出大文章	王巨才	文艺报	2009年6月9日
微型小说生命所在	何弘	文艺报	2009年6月9日
文学期刊的通俗化与通俗化的文学期刊——以"微型小说现象"为例	李娟	中州学刊	2009年第6期
书写浮华背后落定的尘埃 ——改革语境中的三十年微型小说城市叙事	张春	文艺理论与批评	2009年第6期
山东警营跑出微型小说"三驾马车"	付强 辛星	人民公安报	2009年7月11日
杨晓敏评论集《微型小说是平民艺术》研讨会在京召开	王山	文艺报	2009年8月11日
微型小说情节设置方法简探	李艳芳	文学教育（下）	2009年第11期
简单生活中的人性显现——略论陈赞一的微型小说创作	郭海荣	美与时代（下半月）	2009年第12期
中国微型小说30年之发展历程——兼评近年微型小说名家名作	刘海涛	名作欣赏	2009年第28期

续 表

标　题	作　者	报　刊	日　期
《微型小说选刊》的办刊特色研究	付黎霞	河南大学硕士论文	2009 年
《微型小说选刊》编创和经营研究	陈琳静	河南大学硕士论文	2009 年
当代文学境域下的中国微型小说发展态势研究	刁丽英	苏州大学硕士论文	2009 年
站在传统文化立场上虚构的乌托邦世界——评司玉笙的微型小说《高等教育》	李宗刚	山东商业职业技术学院学报	2010 年第 1 期
微型小说：25 年的思与行	冯辉	中州大学学报	2010 年第 1 期
传统出版商借"微型小说"尝试数字化发行	罗添	北京商报	2010 年 1 月 22 日
天津出版传媒发起建立"微型小说基地"	陈香	中华读书报	2010 年 1 月 27 日
借力微型小说番薯网淘金数字出版业	薛娟	中国经济时报	2010 年 1 月 28 日
百名作者力捧微型小说数字化	窦新颖	中国知识产权报	2010 年 1 月 29 日
微型小说的实验文本	邵燕君	文学报	2010 年 2 月 4 日
海内外微型小说的双向交流正在形成	凌鼎年	世界华文文学论坛	2010 年第 1 期
谈曾心的微型小说创作	钦鸿	世界华文文学论坛	2010 年第 1 期

续 表

标 题	作 者	报 刊	日 期
《江苏微型小说》创刊号出版	娄镇洋	世界华文文学论坛	2010年第1期
微型小说与草根写作	郭震海	文艺报	2010年3月22日
李东东出席"中国微型小说数字航母"启动仪式三强携手构建中国微型小说数字航母	袁国女	中国出版	2010年第3期
试论当代文学语境中微型小说的价值	刁丽英	盐城工学院学报（社会科学版）	2010年第3期
第8届世界华文微型小说研讨会在香港召开	宗微音	世界华文文学论坛	2010年第3期
第二届世界中学生华文微型小说创作大赛颁奖	江微声	世界华文文学论坛	2010年第3期
"微"之四维——朵拉微型小说读后	曹惠民	常州工学院学报（社会科学版）	2010年第3期
微型小说手法：杂文的另一种抒写	米文佐 贾晓霞	甘肃高师学报	2010年第3期
世界华文微型小说30年发展历程及拓展路径	姚朝文	佛山科学技术学院学报（社会科学版）	2010年第4期
微型小说阅读应考策略	李娟	学知报	2010年5月18日
江西微型小说散论	高军	创作评谭	2010年第5期
论朵拉微型小说的哲理意蕴	易立君	云梦学刊	2010年第5期

续表

标　题	作　者	报　刊	日　期
抚州有个"微型小说作家群"	雪弟	创作评谭	2010年第5期
雏形期小说的文体意义——以《搜神记》中的两篇微型小说为例	周先慎	古典文学知识	2010年第5期
江西微型小说创作态势两人谈	秦俑 田双伶	创作评谭	2010年第5期
结合科研搞教改 将微型小说引进写作课堂	吕植家	高教论坛	2010年第6期
当代华文微型小说的发展特征	龙钢华 龙茜	文艺理论与批评	2010年第6期
论微型小说的叙事时间变形	陈晨	新疆职业大学学报	2010年第6期
论欧美微型小说对中国微型小说的影响	龙茜	社会科学家	2010年第6期
微型小说言约旨远三十年柳暗花明——评《四川三十年微型小说选》	向荣 颜复萍	青年作家（中外文艺版）	2010年第7期
浅谈戴希微型小说的当代性品格	郭虹	青年作家（中外文艺版）	2010年第8期
谈朵拉微型小说的艺术美感	林艳艳	湖北广播电视大学学报	2010年第12期
现实人生的悲剧性呈现——论近年来微型小说创作的悲剧意蕴及发展趋向	薛英	名作欣赏	2010年第21期

续 表

标 题	作 者	报 刊	日 期
微博发展前途不可限量	诸葛漪	解放日报	2010年11月2日
"江苏微型小说发展论坛"在连举办	王震彩	连云港日报	2010年11月3日
关于孙犁在当代文学史上的地位与微型小说的发展——我对中国当代文学史的两点建议	渡边晴夫	新时期与新世纪文学国际学术研讨会暨中国当代文学研究会第16届学术年会会议论文摘要汇编	2010年
朴一微型小说研究	申大石	延边大学硕士论文	2010年
真实性情 亮出本色	张春	郴州日报	2011年1月9日
读姚伟的微型小说	姚讲	宝鸡日报	2011年1月21日
论李永康微型小说的审美特征	张春	湖南工业大学学报（社会科学版）	2011年第1期
外国微型小说在中国的初期接受	张白桦	内蒙古工业大学学报（社会科学版）	2011年第1期
彭晓玲微型小说论	张春	钦州学院学报	2011年第1期
《世界华文微型小说100强》（第一辑）出版	乔丁丁	世界华文文学论坛	2011年第1期
丁肃清微型小说的审美追求	秦桂敏	小说评论	2011年第S1期

续表

标　题	作　者	报　刊	日　期
平民艺术——微型小说的审美意蕴	秦桂敏	大舞台	2011 年第 2 期
海外华文微型小说漫评	曹惠民	济宁学院学报	2011 年第 2 期
凌鼎年微型小说集子《同是高材生》出版	乔一文	世界华文文学论坛	2011 年第 2 期
生命质感与心灵透视——陈敏小小说简评	杨晓敏	商洛学院学报	2011 年第 2 期
世界华文微型小说创作及理论研究现状管窥	滕永文	文学教育（下）	2011 年第 2 期
论新时期微型小说的底层文学性	张春	西华大学学报（哲学社会科学版）	2011 年第 3 期
生活的艺术观照和微型小说的文体特色——以鲁兴华、包作军《"骆驼"的罗曼史》为例	冯英涛	时代文学（下半月）	2011 年第 3 期
"一滴水"中见艺术	谭谈	文艺报	2011 年 3 月 16 日
杨晓敏："在贵州办微型小说笔会是应有之义"	杨俊福	贵州民族报	2011 年 4 月 18 日
像写连续剧一样写微型小说	穆肃	东莞日报	2011 年 4 月 26 日
寓意·荒诞·叙事层面——析李永康微型小说的艺术表现	刘连青	成都大学学报（社会科学版）	2011 年第 4 期

续 表

标 题	作 者	报 刊	日 期
黄孟文微型小说人物心理分析	姚静媛 李元素	广西民族师范学院学报	2011年第4期
当代微型小说文体的界定与论争	刁丽英	浙江工商职业技术学院学报	2011年第4期
微型小说阅读新途径：手机出版	徐小红	洛阳理工学院学报（社会科学版）	2011年第4期
谁听见蝴蝶的歌唱	雨香花	商洛日报	2011年5月14日
生活和艺术的双重积累	赵淑萍	宁波日报	2011年5月27日
导向·标杆·审美享受——评《微型小说美学》	陈辽	常州工学院学报（社会科学版）	2011年第5期
"写作应当有感而发，不做奴隶"	杨俊福	贵州民族报	2011年6月8日
深含文化底蕴充溢人文情怀——评聂鑫森微型小说集《大师》	余三定	湖南工业大学学报（社会科学版）	2011年第6期
刘国芳微型小说研究	曹梦贤 孙仁歌	滁州学院学报	2011年第6期
"金麻雀"从中原大地飞向世界	舒晋瑜	中华读书报	2011年7月6日
集小小说30年大成 拓展文学读写市场	杨晓敏	中华读书报	2011年7月6日
以小小说的名义	杨晓敏	文艺报	2011年7月27日
"小小说金麻雀奖"的意义	王晓峰	文艺报	2011年7月27日

续　表

标　题	作　者	报　刊	日　期
微型小说文体流变考	何弘	文艺报	2011 年 7 月 27 日
生活的艺术观照和微型小说的文体特色——以鲁兴华、包作军《"骆驼"的罗曼史》为例	冯英涛	时代文学（下半月）	2011 年第 7 期
微型小说空白艺术的非范畴化阐释	胡艳彬	民营科技	2011 年第 8 期
惟楚有材于斯为盛	刘小林	常德日报	2011 年 9 月 24 日
写实与魔幻交相辉映	何镇邦	中国艺术报	2011 年 11 月 2 日
微型小说的艺术与文化基底	方卫平	文艺报	2011 年 12 月 2 日
微型小说的可能性	张鸿声 刘宏志	光明日报	2011 年 12 月 5 日
小小说文体的倡导与实践	杨晓敏	中华读书报	2011 年 12 月 14 日
简论 2011 微型小说年选	卢翎	文学报	2011 年 12 月 22 日
微型小说中古典人物的再现	梁思影	重庆科技学院学报（社会科学版）	2011 年第 16 期
谈黄孟文微型小说创作近年来的关注角度	李元素	重庆科技学院学报（社会科学版）	2011 年第 19 期
微型小说叙事时间研究	李阳	中南大学硕士学位论文	2011 年

续 表

标　题	作　者	报　刊	日　期
大众文化语境下微型小说创作研究	汲长路	山东师范大学硕士学位论文	2011年
朝鲜族微型小说的特征研究	崔萍	延边大学硕士学位论文	2011年
叙事学视角下中国微型小说英译研究	骆莉	华中师范大学硕士学位论文	2011年
试从新加坡华文微型小说的创作论华文作家的文化身份建构	蒋潺	东北师范大学硕士学位论文	2011年
"名家尝试"与"名称产生"——中国现代文学第一个十年时期的微型小说发展概观	张春	文艺理论与批评	2012年第1期
浅谈微型小说的空白艺术	杨超 张萍	理论观察	2012年第1期
素材选择见才情——袁炳发小小说印象	杨晓敏	绥化学院学报	2012年第1期
微型小说　大意趣——袁炳发《弯弯的月亮》作品集读后	杨运泰	绥化学院学报	2012年第1期
吉光片羽写就生活世象——评袁炳发微型小说	晓宁	绥化学院学报	2012年第1期
微型小说创作的"陌生化"	袁炳发	绥化学院学报	2012年第1期
温情的关注与诗性的追求——2011年微型小说漫评	卢翎	小说评论	2012年第2期

续 表

标　题	作　者	报　刊	日　期
微型小说文体特征刍议	滕永文	文学教育（下）	2012 年第 2 期
小小说是真的"小"吗——《走进小说天地》写作指导及佳作点评	崔益林	写作	2012 年第 Z2 期
"名刊倡导"与"名称迭变"——中国现代文学第二个十年时期的微型小说发展概观	张春	文艺理论与批评	2012 年第 3 期
微型小说创作艺术谫论	滕永文	文学教育（下）	2012 年第 3 期
从"杀羊"事件看修辞接受的社会性——浅谈于心亮微型小说《杀羊》	柯丽华	文学教育（下）	2012 年第 3 期
微型小说的忧患表达	许锋	光明日报	2012 年 5 月 8 日
浅谈微型小说创作中存在的几点问题	车淑萍	大众文艺	2012 年第 5 期
微型小说的结尾艺术	顾建新	写作	2012 年第 7 期
王蒙微型小说语境研究	李娟	福建师范大学硕士学位论文	2012 年
微型小说的空白艺术	杨超	齐齐哈尔大学硕士学位论文	2012 年
论多元文化语境下的黄孟文微型小说创作	李元素	广西师范学院硕士学位论文	2012 年
"飞翔"的姿态——论谢志强的小小说创作	戎露	宁波大学硕士学位论文	2012 年

续　表

标　题	作　者	报　刊	日　期
器道相谐的书写与超越——聂鑫森小小说论	张春	西华大学学报（哲学社会科学版）	2012年10月30日
小小说：一种以小博大的叙事艺术——以四川作家作品为例	向荣	当代文坛	2012年12月
论东瑞的小小说创作	吴莹莹	华侨大学硕士学位论文	2013年
中日现当代小小说比较研究	朱园园	辽宁大学硕士学位论文	2013年
微型小说研究	商玉玛	中央民族大学硕士学位论文	2013年
星新一小说在中国的接受	丁茹	山东师范大学硕士学位论文	2013年
微型小说的另类文本——滕刚微型小说论	雷娟	吉林大学硕士学位论文	2014年
星新一作品社会现实性研究	黄博琛	河南师范大学硕士学位论文	2014年
新世纪小小说初探	卢翎	天津师范大学学报（社会科学版）	2015年1月20日

参考文献

一 著作类

1. 黄霖、韩同文选注:《中国历代小说论著选》(上下册),江西人民出版社 2000 年版。

2. (汉)班固:《汉书》(颜师古注),中华书局 1962 年版。

3. [日]小林多喜二:《小林多喜二全集》第 10 卷,新日本出版社 1969 年版。

4. 罗荪:《文学运动史料选》(四),上海教育出版社 1979 年版。

5. 鲁迅:《鲁迅全集》,人民文学出版社 1982 年版。

6. 中国社会科学院文学研究所现代文学研究室编:《"两个口号"论争资料选编》(上),人民文学出版社 1982 年版。

7. 文天行等:《中华全国文艺界抗敌协会史料汇编》,四川省社会科学院出版社 1983 年版。

8. 周扬:《周扬文集》,人民出版社 1984 年版。

9. 蓝海:《中国抗战文艺史》,山东文艺出版社 1984 年版。

10. 陈平原:《在东西方文化碰撞中》,浙江文艺出版社 1987 年版。

11. 梁多亮:《微型小说写作》,四川文艺出版社 1989 年版。

12. 刘海涛:《微型小说的理论与技巧》,中国人民大学出版社

1990 年版。

13. 杨昌江、甘德成编著：《微型小说技法与鉴赏》，学苑出版社 1990 年版。

14. 毛泽东：《毛泽东选集》，人民出版社 1991 年版。

15. 李运抟：《当代小说世界面面观》，长江文艺出版社 1991 年版。

16. 于尚富、许廷钧：《微型小说纵横谈》，文化艺术出版社 1991 年版。

17. 王保民：《微型小说百家创作谈》，河南人民出版社 1992 年版。

18. ［捷］米兰·昆德拉：《小说的艺术》，孟湄译，生活·读书·新知三联书店 1992 年版。

19. 王岳川：《后现代主义文化研究》，北京大学出版社 1992 年版。

20. 吴培显：《新时期小说的语言变异》，石油大学出版社 1993 年版。

21. 刘海涛：《规律与技法——微型小说艺术论》，新加坡作家协会 1993 年版。

22. 吴高福：《新闻学原理》，武汉大学出版社 1993 年版。

23. 刘海涛：《现代人的小说世界——微型小说艺术论》，上海文艺出版社 1994 年版。

24. 李鹏程：《当代文化哲学沉思》人民出版社 1994 年版。

25. 汪曾祺：《汪曾祺文集·文论卷》，江苏文艺出版社 1994 年版。

26. 江曾培：《微型小说面面观》，百花洲文艺出版社 1994 年版。

27. 杨匡汉：《扬子江与阿里山的对话》，上海文艺出版社 1995 年版。

28. 邢可：《怎样写微型小说》，中国华侨出版社 1996 年版。

29. 刘海涛：《叙述策略论》新加坡作家协会 1996 年版。

30. ［泰］司马政主编：《世界华文微型小说论文集》，泰华文学出版社 1997 年版。

31. 孟繁华：《众神狂欢——当代中国的文化冲突问题》，今日中国出版社 1997 年版。

32. 庞守英：《新时期小说文体论》，山东大学出版社 1997 年版。

33. 周宪：《中国当代审美文化研究》，北京大学出版社 1997 年版。

34. 刘洪涛：《湖南乡土文学与湘楚文化》，湖南教育出版社 1997 年版。

35. 刘海涛：《世界华文微型小说研究》，中山大学出版社 1998 年版。

36. 凌鼎年：《微型小说杂谈》，黄河出版社 1998 年版。

37. 黄万华：《文化转换中的世界华文文学》，中国社会科学出版社 1999 年版。

38. 钱中文：《文学理论：走向交往对话的时代》，北京大学出版社 1999 年版。

39. 戴锦华：《隐形书写：90 年代中国文化研究》，江苏人民出版社 1999 年版。

40. 李运抟：《中国当代小说五十年》，暨南大学出版社 2000 年版。

41. 凌焕新：《微型小说艺术探微》，南京师范大学出版社 2000 年版。

42. 顾建新：《微型小说学》，中国文联出版社 2000 年版。

43. 赵炎秋、毛宣国：《文学理论教程》，岳麓书社 2000 年版。

44. ［英］迈克·费瑟斯通：《消费文化与后现代主义》，刘精明译，译林出版社 2000 年版。

45. 畅广元：《文学文化学》，辽宁人民出版社 2000 年版。

46. 陆扬、王毅：《大众文化与传媒》，上海三联书店 2000 年版。

47. 陈晓明：《移动的边界——多元文化与欲望表达》，湖北教育出版社 2000 年版。

48. 戴锦华：《书写文化英雄》，江苏人民出版社 2000 年版。

49. 陶东风：《文化与美学的视野交融》，福建教育出版社 2000 年版。

50. 邹广文：《当代中国大众文化论》，辽宁大学出版社 2000 年版。

51. 马烽：《马烽文集》，大众文艺出版社2000年版。

52. 李运抟：《中国当代文学的文化旅程》，花城出版社2001年版。

53. 童庆炳：《维纳斯的腰带》，上海文艺出版社2001年版。

54. 王岳川：《中国镜像：90年代文化研究》，中央编译出版社2001年版。

55. [英]约翰·费斯克：《解读大众文化》，杨全强译，南京大学出版社2001年版。

56. 吴培显：《诗、史、思的融合与失衡——当代文学的一种反思》，中国文联出版社2001年版。

57. 李运抟：《裂变中的守成与突奔》，湖南师范大学出版社2002年版。

58. 曹文轩：《20世纪末中国文学现象研究》，北京大学出版社2002年版。

59. 姚朝文：《华文微篇小说学原理与创作》，中国文联出版社2002年版。

60. 黄发有：《准个体时代的写作——20世纪90年代中国小说研究》，上海三联书店2002年版。

61. 刘海涛：《规律与技法：转型期的微型小说研究》，中国社会科学出版社2002年版。

62. 刘海涛：《历史与理论：20世纪的微型小说研究》，中国社会科学出版社2002年版。

63. 刘海涛：《群体与个性：世界华文微型小说家研究》，中国社会科学出版社2002年版。

64. 赵园：《城与人》，北京大学出版社2002年版。

65. 陆学艺：《当代中国社会阶层研究报告》，社会科学文献出版社2002年版。

66. ［法］米歇尔·德·塞尔托：《多元文化素养》，李树芬译，天津人民出版社2002年版。

67. 吴培显：《当代小说叙事话语范式初探》，湖南师范大学出版社2003年版。

68. 陈平原：《中国小说叙事模式的转变》，北京大学出版社2003年版。

69. 谢志强：《微型小说讲稿》，人民日报出版社2004年版。

70. 侯德云：《微型小说的眼睛》，大连出版社2004年版。

71. 黄书泉：《文学转型与小说嬗变》，安徽教育出版社2004年版。

72. 贺绍俊：《都市化与文学时尚化》，中国社会科学出版社2004年版。

73. 李利君：《微型小说的九十年代后》，作家出版社2004年版。

74. 雪弟：《微型小说散论》，北方文艺出版社2005年版。

75. 吴培显：《当代新潮文学与先进文化方向》，岳麓书社2006年版。

76. 黄发有：《文学季风》，山东大学出版社2006年版。

77. 龙钢华：《小说新论——以微篇小说为重点》，湖南人民出版社2006年版。

78. 江曾培：《微型小说的渊源和发展》，上海辞书出版社2006年版。

79. 李永康：《为了一种新文体——作家访谈录》，中国文联出版社2006年版。

80. 温儒敏：《新文学现实主义的流变》，北京大学出版社2007年版。

81. 李运抟：《中国当代现实主义文学六十年》，百花洲文艺出版社2008年版。

82. 刘增杰：《师陀研究资料》，知识产权出版社2009年版。

83. 杨晓敏：《微型小说是平民艺术》，河南文艺出版社2009年版。

84. ［日］渡边晴夫：《超短篇小说序论》，东京有限会社DTP出版社

2009 年版。

85. 童庆炳：《中国古代文论的现代阐释》，中国人民大学出版社 2010 年版。

86. 李运抟：《现代中国文学思潮新论》，广西师范大学出版社 2011 年版。

87. 陈勇：《中国当代微型小说百家论》，内蒙古人民出版社 2011 年版。

88. 聂鑫森：《名居与名器》，地震出版社 2012 年版。

89. 秦俑：《杨晓敏与小小说》，郑州大学出版社 2013 年版。

90. 凌鼎年：《世界华文微型小说作家微自传》，美国环球作家出版社、捷克华文作家出版社 2014 年版。

91. 赵富海：《杨晓敏与小小说时代》，作家出版社 2014 年版。

92. 刘海涛：《智慧与创意——小小说解惑》，中国社会科学出版社 2014 年版。

93. 黄万华：《新马百年华文小说史》，山东文艺出版社 1999 年版。

94. ［新加坡］黄孟文：《微型小说微型论》，大将出版社 2007 年版。

95. ［新加坡］赖世和：《黄孟文的微型小说世界》，大将出版社 2007 年版。

96. ［马来西亚］戴小华：《当代马华作家百人传》，马来西亚作家协会 2006 年版。

97. ［日本］渡边晴夫：《微型小说：发展与交流》，东京都清濑市上清户 2008 年版。

98. ［日本］渡边晴夫：《超短篇小说序论》，DTB 有限会社 2009 年版。

99. （1994 年新加坡）第一届世界华文微型小说研讨会论文集。

100. （1996 年泰国曼谷）第二届世界华文微型小说研讨会论文集。

101. （1999年马来西亚吉隆坡）第三届世界华文微型小说研讨会论文集。

102. （2002年菲律宾马尼拉）第四届世界华文微型小说研讨会论文集。

103. （2004年印度尼西亚万隆）第五届世界华文微型小说研讨会论文集。

104. （2006年汶莱斯里巴加湾）第六届世界华文微型小说研讨会论文集。

105. （2008年中国上海）第七届世界华文微型小说研讨会论文集。

106. （2010年中国香港）第八届世界华文微型小说研讨会论文集。

107. （2012年中国上海）第九届世界华文微型小说研讨会论文集。

108. （2014年马来西亚吉隆坡）第十届世界华文微型小说研讨会论文集。

二 论文类

1. 陶晶孙：《卷首琐语》，《大众文艺》1930年第4期。

2. "左联"：《中国无产阶级革命文学的新任务》，《文学导报》1931年第1卷第8期。

3. 丁玲：《我的创作经验》，《中华日报·文化批判》1932年第12期。

4. 苏雪林：《沈从文论》，《文学》1934年第3期。

5. 穆木天：《我们需要文艺批评》，《救亡日报》1937年9月25日。

6. 孙犁：《关于墙头小说》，《晋察冀日报》1940年9月14日。

7. 向阳：《开展"街头诗"和"墙头小说"运动》，《江淮日报》1941年5月8日。

8. 老舍：《多写小小说》，《新港》1958年第2期、第3期合期。

9. 鲁秀珍：《读本期"墙头小说"》，《北方》1958年第9期。

10. 老舍：《读小小说》，《文学知识》1959 年第 1 期。

11. 茅盾：《短篇小说的丰收和创作上的几个问题》，《人民文学》1959 年第 2 期。

12. ［俄］阿·托尔斯泰：《什么是小小说》，《新港》1962 年第 4 期。

13. 吴泰昌：《最初的〈救亡日报〉》，《新闻战线》1979 年第 4 期。

14. 陆万美：《迎着敌人的刺刀坚持战斗的"北平'左联'"》，《中国现代文学研究丛刊》1980 年第 1 期。

15. 陈灵犀：《社会日报杂忆》，《新闻与传播研究》1981 年第 4 期。

16. 峻青：《于精微处下功夫——短篇小说琐谈》，《百花园》1983 年第 4 期。

17. 茅盾：《烽火连天的日子——回忆录（二十一）》，《新文学史料》1983 年第 4 期。

18. 立青：《提倡微型小说的〈文艺工作者〉》，《上海师范大学学报（哲学社会科学版）》1984 年第 3 期。

19. 黄子平：《论中国当代短篇小说的艺术发展》，《文学评论》1984 年第 5 期。

20. 陈有生等：《访文学翻译家朱雯教授》，《中国翻译》1984 年第 10 期。

21. 晓钟：《微型小说刍议》，《文学评论》1985 年第 3 期。

22. 黄子平：《微型小说——暗示的艺术》，《中国青年报》1985 年 5 月 24 日。

23. 王科：《他赋予小说：当代性与历史感——漫论赵大年的小说创作》，《民族文学研究》1986 年第 3 期。

24. 黄俊英：《略观国统区抗战小说风貌》，《社会科学辑刊》1987 年第 4 期。

25. 郭天等：《论〈战友〉周刊在福州地区开展的抗日宣传活动》，

《党史资料与研究》1987 年第 6 期。

26. 陈达专：《向人生的深处开掘——苗族青年女作家贺晓彤及其小说创作》，《民族文学》1988 年第 3 期。

27. 甄崇德：《西北战地服务团的文学创作活动》，《新文学史料》1989 年第 1 期。

28. 蓝华增：《云南现代作家、文学社团和期刊》（之三），《楚雄师专学报》（社会科学版）1990 年第 2 期。

29. 龚曙光：《生命的告白——读蔡测海小说的感受》，《民族文学研究》1991 年第 2 期。

30. 高洪：《〈晋察冀日报〉的副刊》，《新闻与传播研究》1991 年第 2 期。

31. 于方：《艺文短波："全国微型小说大奖赛"郑州揭晓》，《人民日报》1991 年 8 月 9 日。

32. 蔡测海：《微型世界》，《读书》1992 年第 3 期。

33. 贾羽：《方寸的魅力——回族作家沙甩农微型小说管窥》，《民族文学研究》1994 年第 4 期。

34. ［日］渡边晴夫：《现当代中日两国微型小说交流的一端》，新加坡：首届世界华文微型小说研讨会，1994 年。

35. 严家炎：《〈20 世纪中国文学与区域文化丛书〉总序》，《理论与创作》1995 年第 1 期。

36. 潘吉光：《聂鑫森小说论》，《当代作家评论》1996 年第 3 期。

37. 穆欣：《忆新垦文艺社——三十年代河南的一支文艺轻骑》，《新文学史料》1997 年第 2 期。

38. 薛新力：《抗战时期重庆的文学艺术》，《渝州大学学报》（哲学社会科学版）1997 年第 2 期。

39. 方厚枢：《"文革"十年的期刊》，《编辑学刊》1998 年第 3 期。

40. 杨剑龙：《大众文化与文学的世俗化》，《文艺报》1999 年 11 月 2 日。

41. 刘树元：《故事以外的追求——读满族作家孙春平的小说》，《民族文学研究》2000 年第 3 期。

42. 李敬泽：《短篇：冷清与热闹》，《人民日报》2000 年 12 月 2 日。

43. 黄发有：《文学期刊与 90 年代小说》，《文艺争鸣》2002 年第 1 期。

44. 王一川：《当代大众文化与中国大众文化学》，《美术广角》2001 年第 2 期。

45. 何联华：《近 20 年来少数民族小说发展轨迹》，《民族文学研究》2002 年第 2 期。

46. 马小朝：《中西悲剧精神审美发生特征比较》，《南京师范大学文学院学报》2002 年第 2 期。

47. 查本恩：《夏衍的报刊编辑思想探析》，《新闻大学》2001 年第 3 期。

48. 贺绍俊：《与聂鑫森的一次"后对话"》，《理论与创作》2002 年第 3 期。

49. 邢可：《微型小说的尴尬——再谈微型小说的名称》，《微型小说俱乐部》2002 年第 5 期。

50. 刘文良：《树立精品意识 繁荣微型小说》，《株洲师范高等专科学校学报》2002 年第 6 期。

51. 金民卿：《有中国特色大众文化的理论思考》，《特区实践与理论》2002 年第 11 期。

52. 丁帆：《女性主义与男性文化视阈》，《海南师范大学学报》（社会科学版）2003 年第 1 期。

53. 于春芹：《王蒙等获微型小说金麻雀奖》，《人民日报》2003 年 12

月 24 日。

54. 杜霞：《九十年代女性主义写作的再审视》，《齐鲁学刊》2004 年第 4 期。

55. 郭若平：《论经济全球化条件下我国的先进文化建设》，《党建研究》2004 年第 9 期。

56. 朱自奋：《"手机小说"：商业性压倒文学性》，《文汇读书周报》2004 年 9 月 10 日。

57. 杨晓敏、宋子平：《小小说的百花园：此葩别样红》，《文学报》2005 年 1 月 13 日。

58. 宗利华：《一种新文体的全方位崛起》，《微型小说出版》2005 年第 2 期。

59. 周吟：《周瘦鹃文学活动研究》，硕士学位论文，华东师范大学，2005 年。

60. 田滋茂等：《微型小说理论高端论坛发言摘要》，《文学报》2006 年 1 月 14 日。

61. 王晓峰：《微型小说：温暖和谐的审美艺术》，《文艺报》2005 年 1 月 15 日。

62. 段崇轩：《消沉中的坚守与新变——1989 年以来的短篇小说》，《文学评论》2006 年第 1 期。

63. 王富仁：《"微型小说"与"大小说"——黄荣才〈微型小说集〉序》，《小说评论》2006 年第 1 期。

64. 吴俊：《平民、平民文学和平民利益》，《文汇报》2006 年 2 月 13 日。

65. 舒晋瑜：《让微型小说更上层楼》，《中华读书报》2007 年 6 月 6 日。

66. 雷达：《让微型小说更上层楼》，《中华读书报》2007 年 6 月 6 日。

67. 张春：《百花园里的一朵奇葩——当代大众文化背景下蓬勃发展的微型小说》，硕士学位论文，湖南师范大学，2007年。

68. 甘浩：《〈大众文艺〉文化历史形态的还原——文艺大众化运动生成历史的个案研究》，硕士学位论文，山东师范大学，2007年。

69. 张春：《大众文化背景下的微型小说名称多样性研究》，《文艺理论与批评》2007年第6期。

70. 何镇邦：《想起"湘军"一宿将》，《时代文学》2007年第6期。

71. 沈琳：《现代乡土小说中的城市书写探微》，《文艺理论与批评》2008年第1期。

72. 刘文良：《终极关怀：生态影视的崇高之维》，《湖南工业大学学报》（社会科学版）2008年第2期。

73. 申玉山等：《〈晋察冀日报〉与抗战新文化建设》，《河北师范大学学报》（哲学社会科学版）2008年第2期。

74. 张春：《难以走出性别樊篱的书写——微型小说女作家创作群体的女性视野解读》，《湖南工业大学学报》（社会科学版）2008年第4期。

75. 蔡子谔：《沙飞创造的奇迹：〈晋察冀画报〉在硝烟中出版》，《档案天地》2008年第5期。

76. 张春：《大众文化语境中当代微型小说的审美趣味》，《绵阳师范学院学报》2008年第7期。

77. 李云雷、石天强：《底层文学：一种新的文学想象？》，《中国教育报》2008年10月10日。

78. 谷显明：《尴尬·堕落·漂泊——新世纪小说中进城乡下女性生存境遇探析》，《湖南工业大学学报》（社会科学版）2009年第3期。

79. 张春：《微型小说：当代文学的一道风景》，《人民日报》2009年3月26日。

80. 刘海涛：《微型小说三十年：从"创作现象"到"文化现象"》，

《中国艺术报》2009年6月5日。

81. 金光：《微型小说连接大世界，"微型小说节"在郑州举行》，《人民日报》（海外版）2009年6月15日。

82. 刘先琴、董一鸣：《文坛飞出"金麻雀"——微型小说现象透视》，《光明日报》2009年6月30日。

83. 张春：《聆听故土上空飘扬的炊烟——改革语境中的三十年微型小说乡土回眸》，《文艺理论与批评》2009年第5期。

84. 凌鼎年：《走向成熟的微型小说文体》，《钦州学院学报》2009年第5期。

85. 范伯群：《1921～1923：中国雅俗文坛的"分道扬镳"与"各得其所"》，《文学评论》2009年第5期。

86. 张春：《书写浮华背后落定的尘埃——改革语境中的三十年微型小说城市叙事》，《文艺理论与批评》2009年第6期。

87. 顾建新：《形神兼备写真人——读彭晓玲的小说集〈谁来疼惜你〉》，青衣舞翩跹博客，2009年8月8日。

88. 汪卫东：《〈野草〉的"诗心"》，《文学评论》2010年第1期。

89. 龙钢华：《弘扬民族的叙事话语——评赵炎秋、陈果安、潘桂林著〈明清叙事思想研究〉》，《湖南工业大学学报》（社会科学版）2010年第2期。

90. 张丽军：《论鲁迅与老舍的"底层叙述"》，《文艺理论与批评》2010年第4期。

91. ［日］渡边晴夫：《小林多喜二与壁小说》，《佛山科学技术学院学报》（社会科学版）2010年第4期。

92. 犁航：《谈文化还是讲故事》，《人民日报·海外版》2010年12月24日。

93. 杜竹敏：《〈民国日报〉文艺副刊研究（1916—1924）》，博士学位论文，复旦大学，2010年。

94. 黎跃进：《日本20世纪30、40年代战争文学与民族主义》，《衡阳师范学院学报》2011年第2期。

95. 阎丽杰等：《胡风的艺术形式论》，《鞍山师范学院学报》2011年第3期。

96. 冯峰：《人文精神的承诺和坚守——聂鑫森文化小说创作解读》，《湖南工业大学学报》（社会科学版）2011年第6期。

97. 聂鑫森：《短篇小说创作刍议》，《湖南工业大学学报》（社会科学版）2011年第6期。

98. 陈敢：《晴空一鹤排云上——聂鑫森小说创作论》，《湖南工业大学学报》（社会科学版）2011年第6期。

99. 余三定：《深含文化底蕴 充溢人文情怀——评聂鑫森微型小说集〈大师〉》，《湖南工业大学学报》（社会科学版）2011年第6期。

100. 张春：《"名家尝试"与"名称产生"——中国现代文学第一个十年时期的微型小说发展概观》，《文艺理论与批评》2012年第1期。

101. 杨超、张萍：《浅谈微型小说的空白艺术》，《理论观察》2012年第1期。

102. 杨晓敏：《素材选择见才情——袁炳发小小说印象》，《绥化学院学报》2012年第1期。

103. 杨运泰：《微型小说 大意趣——袁炳发〈弯弯的月亮〉作品集读后》，《绥化学院学报》2012年第1期。

104. 晓宁：《吉光片羽写就生活世象——评袁炳发微型小说》，《绥化学院学报》2012年第1期。

105. 袁炳发：《微型小说创作的"陌生化"》，《绥化学院学报》2012年第1期。

106. 卢翎：《温情的关注与诗性的追求——2011年微型小说漫评》，

《小说评论》2012 年第 2 期。

107. 滕永文：《微型小说文体特征刍议》，《文学教育》（下）2012 年第 2 期。

108. 崔益林：《微型小说是真的"小"吗？——〈走进小说天地〉写作指导及佳作点评》，《写作》2012 年第 Z2 期。

109. 张春：《"名刊倡导"与"名称迭变"——中国现代文学第二个十年时期的微型小说发展概观》，《文艺理论与批评》2012 年第 3 期。

110. 滕永文：《微型小说创作艺术谫论》，《文学教育》（下）2012 年第 3 期。

111. 柯丽华：《从"杀羊"事件看修辞接受的社会性——浅谈于心亮微型小说〈杀羊〉》，《文学教育》（下）2012 年第 3 期。

112. 许锋：《微型小说的忧患表达》，《光明日报》2012 年 5 月 8 日。

113. 车淑萍：《浅谈微型小说创作中存在的几点问题》，《大众文艺》2012 年第 5 期。

114. 顾建新：《微型小说的结尾艺术》，《写作》2012 年第 7 期。

115. 李娟：《王蒙微型小说语境研究》，硕士学位论文，福建师范大学，2012 年。

116. 杨超：《微型小说的空白艺术》，硕士学位论文，齐齐哈尔大学，2012 年。

117. 李元素：《论多元文化语境下的黄孟文微型小说创作》，硕士学位论文，广西师范学院，2012 年。

118. 戎露：《"飞翔"的姿态——论谢志强的小小说创作》，硕士学位论文，宁波大学，2012 年。

119. 张春：《器道相谐的书写与超越——聂鑫森小小说论》，《西华大学学报》（哲学社会科学版）2012 年第 5 期。

120. 向荣：《小小说：一种以小博大的叙事艺术——以四川作家作品

为例》，《当代文坛》2012 年第 12 期。

121. 吴莹莹：《论东瑞的小小说创作》，硕士学位论文，华侨大学，2013 年。

122. 朱园园：《中日现当代小小说比较研究》，硕士学位论文，辽宁大学，2013 年。

123. 商玉玛：《微型小说研究》，硕士学位论文,，中央民族大学 2013 年。

124. 丁茹：《星新一小说在中国的接受》，硕士学位论文，山东师范大学，2013 年。

125. 雷娟：《微型小说的另类文本——滕刚微型小说论》，硕士学位论文，吉林大学，2014 年。

126. 黄博琛：《星新一作品社会现实性研究》，硕士学位论文，河南师范大学，2014 年。

127. 卢翎：《新世纪小小说初探》，《天津师范大学学报》（社会科学版）2015 年第 1 期。

三 作品类

（一）中国大陆

1. 《长江文艺》编辑部编：《双跃进：微型小说选集》，湖北人民出版社 1958 年版。

2. 王细级等：《三报丰收：微型小说集》，广东人民出版社 1959 年版。

3. 王宝树等：《留不住的岳母》，广东人民出版社 1959 年版。

4. 山西日报社编：《微型小说选》，山西人民出版社 1959 年版。

5. 安徽人民出版社编：《安徽微型小说选》，安徽人民出版社 1959 年版。

6. 贵州日报政治部文化部编：《新高潮中出新人：微型小说集》，贵州人民出版社 1959 年版。

7. 《新港》文学月刊编辑部：《微型小说选》，百花文艺出版社 1965 年版。

8. 张牧岗等：《微型小说选读》，湖南教育出版社 1982 年版。

9. 孟伟哉等：《微型小说一百篇》，贵州人民出版社 1985 年版。

10. 《中国青年报》文化生活部编：《千字小说征文选》，中国文联出版公司 1986 年版。

11. 韦晓：《讽刺微型小说 60 篇》，上海文艺出版社 1986 年版。

12. 周安平等：《现代微型小说精选》，广西人民出版社 1987 年版。

13. 邓开善：《台港微型小说选》，湖南文艺出版社 1987 年版。

14. 汪曾祺：《新笔记小说选》，作家出版社 1992 年版。

15. 王保民：《微型小说百家代表作》，河南人民出版社 1992 年版。

16. 江曾培：《世界华文微型小说大成》，上海文艺出版社 1992 年版。

17. 生晓清：《中国大陆微型小说家代表作》，香港神洲出版社 1992 年版。

18. 廖怀明：《海那边中国人——东南亚华文作家微型小说导读》，南海出版公司 1992 年版。

19. 张记书：《真梦》，香港长城书社出版公司 1993 年版。

20. 金锐、刘勇：《当代微型小说家代表作》，长江文艺出版社 1993 年版。

21. 中国微型小说学会：《春兰——世界华文微型小说大赛获奖作品集》，上海文艺出版社 1994 年版。

22. 郭迅、凌鼎年：《当代微型小说精品集·星星闪亮》，海南国际新闻出版中心 1994 年版。

23. 王渝：《世界华文微型小说名家名作丛编》（欧美卷），上海文艺出版社 1996 年版。

24. 汪曾祺：《汪曾祺全集》卷四，北京师范大学出版社1998年版。

25. 李春林、郑允钦：《微型小说三百篇——（微型小说选刊）精华本》，百花洲文艺出版社1999年版。

26. 杨晓敏、郭昕、寇云峰：《1999中国年度最佳小小说》，漓江出版社2000年版。

27. 许行：《一束鲜花》，长春出版社2001年版。

28. 杨晓敏、郭昕：《〈小小说选刊〉十五年所获奖作品精选》，长江文艺出版社2001年版。

29. 杨晓敏等：《2000中国年度最佳小小说》，漓江出版社2001年版。

30. 聂鑫森：《都市江湖》，华文出版社2002年版。

31. 杨晓敏等：《2001中国年度最佳小小说》，漓江出版社2002年版。

32. 杨晓敏、郭昕：《当代小小说名家珍藏》（上、中、下），河南文艺出版社2002年版。

33. 中国作家协会创研部编：《2002年中国微型小说精选》，长江文艺出版社2003年版。

34. 杨晓敏等：《中国当代小小说排行榜》（上、下卷），漓江出版社2003年版。

35. 杨晓敏等：《2002中国年度最佳小小说》，漓江出版社2003年版。

36. 凌鼎年：《中国武侠微型小说选》，上海人民出版社2003年版。

37. 《百花园》杂志社编：《首届中国小小说金麻雀奖获奖作品集》，漓江出版社2004年版。

38. 中国作家协会创研部编：《2003年中国微型小说精选》，长江文艺出版社2004年版。

39. 杨晓敏等：《2003中国年度最佳小小说》，漓江出版社2004年版。

40. 李利君：《小小说的九十年代后》，作家出版社2004年版。

41. 钦鸿：《世界华文女作家微型小说选》，上海人民出版社2004年版。

42. 杨晓敏：《中国小小说金麻雀文库》（15 册），北方文艺出版社 2005 年版。

43. 中国作家协会创研部编：《2004 年中国微型小说精选》，长江文艺出版社 2005 年版。

44. 杨晓敏等：《当代小小说名家珍藏》（上、中、下），河南文艺出版社 2005.

45. 杨晓敏等：《2004 中国年度小小说》，漓江出版社 2005 年版。

46. 百花园杂志社编：《第二届小小说金麻雀奖获奖作品》，漓江出版社 2005 年版。

47. 杨晓敏等：《2005 中国年度小小说》，漓江出版社 2006 年版。

48. 杨晓敏：《中国小小说典藏品》（第一、二辑，共 24 册），河南文艺出版社 2006 年版。

49. 杨晓敏等：《2006 中国年度小小说》，漓江出版社 2007 年版。

50. 田双伶：《爱情鸦片》，河南文艺出版社 2007 年版。

53. 中国小说学会编：《新世纪中国微型小说精选》，天津人民出版社 2007 年版。

54. 杨晓敏等：《2007 中国年度小小说》，漓江出版社 2008 年版。

55. 张维、张子秋：《五十年花地精品选·微型小说卷》，花城出版社 2008 年版。

56. 香港超域国际教育中心编：《世界中学生华文微型小说大赛优秀作品选》，上海文艺出版社 2008 年版。

57. 钦鸿：《香港微型小说选》，江苏文艺出版社 2009 年版。

58. 李性亮：《收脚印》，作家出版社 2009 年版。

59. 杨晓敏等：《2008 中国年度小小说》，漓江出版社 2009 年版。

60. 杨晓敏、秦俑：《中国当代小小说大系（1978—2008）》，河南文艺出版社 2009 年版。

61. 江曾培：《世界华文微型小说精选》（海外卷）（上），上海外语教育出版社 2010 年版。

62. 江曾培：《世界华文微型小说精选》（海外卷）（下），上海外语教育出版社 2010 年版。

63. 王往：《蜗牛天使》，吉林出版集团有限责任公司 2010 年版。

64. 万芊：《乡音》，光明日报出版社 2010 年版。

65. 宗利华：《左手日记》，光明日报出版社 2010 年版。

66. 朱雅娟：《神箭手》，光明日报出版社 2010 年版。

67. 马新亭：《人类起源》，吉林出版集团有限责任公司 2010 年版。

68. 杨崇德：《故乡的云朵》，吉林出版集团有限责任公司 2010 年版。

69. 邓洪卫：《难说的话》，光明日报出版社 2010 年版。

70. 闵凡利：《一路莲花》，吉林出版集团有限责任公司 2010 年版。

71. 黄克庭：《逃离地球》，光明日报出版社 2010 年版。

72. 红酒：《花戏楼》，光明日报出版社 2010 年版。

73. 许均铨：《一份公证书》，光明日报出版社 2010 年版。

74. 相裕亭：《威风》，吉林出版集团有限责任公司 2010 年版。

75. 安石榴：《全素人》，光明日报出版社 2010 年版。

76. 徐慧芬：《今生来世》，吉林出版集团有限责任公司 2010 年版。

77. 范子平：《欧文的试验》，光明日报出版社 2010 年版。

78. 芦芙荭：《错出的姻缘》，吉林出版集团有限责任公司 2010 年版。

79. 墨中白：《天安门的天》，光明日报出版社 2010 年版。

80. 侯发山：《爱的礼物》，吉林出版集团有限责任公司 2010 年版。

81. 杨晓敏：《冬季》，吉林出版集团有限责任公司 2010 年版。

82. 吴万夫：《捡回的忧伤》，吉林出版集团有限责任公司 2010 年版。

83. 王海椿：《双灯》，吉林出版集团有限责任公司 2010 年版。

84. 陈永林：《一条水性杨花的蛇》，吉林出版集团有限责任公司

2010 年版。

  85. 许行:《立正》,光明日报出版社 2010 年版。

  86. 司玉笙:《中国算盘》,光明日报出版社 2010 年版。

  87. 秦德龙:《正步走》,吉林出版集团有限责任公司 2010 年版。

  88. 曹德全:《生命》,光明日报出版社 2010 年版。

  89. 魏永贵:《爱的毒药》,光明日报出版社 2010 年版。

  90. 喊雷:《生死抉择》,吉林出版集团有限责任公司 2010 年版。

  91. 周波:《一张可持续发展的脸》,光明日报出版社 2010 年版。

  92. 非鱼:《半个瓜皮爬上来》,光明日报出版社 2010 年版。

  93. 秦俑:《被风吹走的夏天》,吉林出版集团有限责任公司 2010 年版。

  94. 周海亮:《帘卷西风》,吉林出版集团有限责任公司 2010 年版。

  95. 张国平:《神手》,光明日报出版社 2010 年版。

  96. 庄学:《左为上,右为上》,光明日报出版社 2010 年版。

  97. 连俊超:《在荒原上到处游荡》,光明日报出版社 2010 年版。

  98. 谢志强:《享受错误》,光明日报出版社 2010 年版。

  99. 程宪涛:《相似的爱情》,光明日报出版社 2010 年版。

  100. 孙方友:《冷面杀手》,吉林出版集团有限责任公司 2010 年版。

  101. 杨海林:《白玉双鱼》,吉林出版集团有限责任公司 2010 年版。

  102. 刘正权:《精彩马上回来》,吉林出版集团有限责任公司 2010 年版。

  103. 蔡楠:《白洋淀》,吉林出版集团有限责任公司 2010 年版。

  104. 刘万里:《永不凋谢的玫瑰》,光明日报出版社 2010 年版。

  105. 伍中正:《就要那棵树》,吉林出版集团有限责任公司 2010 年版。

  106. 孙春平:《同一首歌》,吉林出版集团有限责任公司 2010 年版。

  107. 江岸:《亲吻爹娘》,光明日报出版社 2010 年版。

  108. 沈红:《夏日最后一朵蔷薇》,光明日报出版社 2010 年版。

109. 增颖：《小人物的幸福生活》，吉林出版集团有限责任公司 2010 年版。

110. 高海涛：《穿越侏罗纪》，光明日报出版社 2010 年版。

111. 凌鼎年：《天下第一桩》，光明日报出版社 2010 年版。

112. 陈振林：《父亲的爱里有片海》，光明日报出版社 2010 年版。

113. 李国新：《儿子的旋律》，光明日报出版社 2010 年版。

114. 孙道荣：《你有多重要》，光明日报出版社 2010 年版。

115. 符浩勇：《今天你微笑了吗》，光明日报出版社 2010 年版。

116. 张晓林：《谗言》，光明日报出版社 2010 年版。

117. 赵文辉：《掌上花开》，光明日报出版社 2010 年版。

118. 巩高峰：《一只不符合审美标准的猫》，光明日报出版社 2010 年版。

119. 丘脊梁：《地下的辉煌》，光明日报出版社 2010 年版。

120. 野莽：《流泪的百合花》，光明日报出版社 2010 年版。

121. 魏金树：《看谁踩上西瓜皮》，吉林出版集团有限责任公司 2010 年版。

122. 曾平：《厂子》，吉林出版集团有限责任公司 2010 年版。

123. 邵孤城：《寻找刁德一》，光明日报出版社 2010 年版。

124. 尹利华：《人品是个大问题》，光明日报出版社 2010 年版。

125. 蒋寒：《午餐的启示》，光明日报出版社 2010 年版。

126. 乔迁：《爱情水》，吉林出版集团有限责任公司 2010 年版。

127. 何葆国：《八月盛宴》，光明日报出版社 2010 年版。

128. 吴佩芳：《晚晴》，光明日报出版社 2010 年版。

129. 绕建中：《珊珊和莎莎》，光明日报出版社 2010 年版。

130. 中学：《汽车路过相思河》，光明日报出版社 2010 年版。

131. 金光：《旋转世界》，吉林出版集团有限责任公司 2010 年版。

132. 海飞：《青衣花旦》，光明日报出版社 2010 年版。

133. 刘柳：《豆豆树呀快快长》，光明日报出版社 2010 年版。

134. 安庆：《此案的时光》，光明日报出版社 2010 年版。

135. 刘立勤：《永远的隔壁》，光明日报出版社 2010 年版。

136. 高军：《一辈子也不说》，吉林出版集团有限责任公司 2010 年版。

137. 申平：《通灵》，吉林出版集团有限责任公司 2010 年版。

138. 胡炎：《秋天的走向》，吉林出版集团有限责任公司 2010 年版。

139. 徐均生：《人主持的最后一次会议》，吉林出版集团有限责任公司 2010 年版。

140. 韩昌盛：《开往梅陇的地铁》，吉林出版集团有限责任公司 2010 年版。

141. 杨晓敏等：《2009 中国年度小小说》，漓江出版社 2010 年版。

142. 聂鑫森：《最后的绝招》，吉林出版集团有限责任公司 2010 年版。

143. 吉林出版集团有限责任公司编：《世界微型小说名家名作百年经典》第 1—10 卷，吉林出版集团有限责任公司 2010 年版。

144. 凌鼎年：《欧洲华文微型小说选》，内蒙古文化出版社 2011 年版。

145. 凌鼎年：《大洋洲华文微型小说选》，内蒙古文化出版社 2011 年版。

146. 凌鼎年：《美洲华文微型小说选》，内蒙古文化出版社 2011 年版。

147. 杨晓敏等：《2010 中国年度小小说》，漓江出版社 2011 年版。

148. 张志平、王军杰：《常德优秀微型小说选》，湖南人民出版社 2011 年版。

149. 《百花园》杂志社编：《第五届微型小说金麻雀奖获奖作品》，漓江出版社 2011 年版。

150. 李浙杭：《宁波当代微型小说选 2000—2010》，宁波出版社 2011 年版。

151. 方东方、陈永林：《不可不读的中国百年百篇经典微型小说》，石油工业出版社2012年版。

152. 杨晓敏、秦俑：《21世纪中国最佳小小说2000～2011》，贵州人民出版社2012年版。

153. 吴万夫：《坠落过程》，四川文艺出版社2012年版。

154. 奚同发：《木儿，木儿》，四川文艺出版社2012年版。

155. 符浩勇：《黎明没有岸》，四川文艺出版社2012年版。

156. 何葆国：《像我的人》，四川文艺出版社2012年版。

157. 孙道荣：《生死朗读》，四川文艺出版社2012年版。

158. 戴希：《面具》，四川文艺出版社2012年版。

159. 聂鑫森：《鸳鸯锁》，四川文艺出版社2012年版。

160. 白小易：《客厅里的爆炸》，四川文艺出版社2012年版。

161. 刘殿学：《有关部门》，四川文艺出版社2012年版。

162. 李永康：《失乐园》，四川文艺出版社2012年版。

163. 墨白：《六十年间》，四川文艺出版社2012年版。

164. 万芊：《铁哥们》，四川文艺出版社2012年版。

165. 尹全生：《大隐于野》，四川文艺出版社2012年版。

166. 朱道能：《一路向北》，四川文艺出版社2012年版。

167. 刑可：《语杀》，四川文艺出版社2012年版。

168. 刘永飞：《刺客》，四川文艺出版社2012年版。

169. ［美］欧·亨利等：《天堂之门》，四川文艺出版社2012年版。

170. 梁闲泉：《太阳照常升起》，四川文艺出版社2012年版。

171. 王孝谦：《魔椅》，四川文艺出版社2012年版。

172. 张文宝：《掀起窗帘的一角》，四川文艺出版社2012年版。

173. 王琼华：《咣当》，四川文艺出版社2012年版。

174. 安庆：《流浪乐手》，四川文艺出版社2012年版。

175. 曾颖:《借脸》,四川文艺出版社 2012 年版。

176. 刘黎颖:《青花瓷》,四川文艺出版社 2012 年版。

177. 乔迁:《玩笑》,四川文艺出版社 2012 年版。

178. 曾平:《奸细》,四川文艺出版社 2012 年版。

179. 胡炎:《狼人日记》,四川文艺出版社 2012 年版。

180. 余显斌:《最后的梵唱》,四川文艺出版社 2012 年版。

181. 庄晓明:《空中之网》,四川文艺出版社 2012 年版。

182. 劳马:《幸福百分百》,四川文艺出版社 2012 年版。

183. 王保忠:《窃玉》,四川文艺出版社 2012 年版。

184. 周德东:《隔壁有人吗》,四川文艺出版社 2012 年版。

185. 郭凯冰:《古典邂逅》,四川文艺出版社 2012 年版。

186. 徐社文:《冰清玉洁》,四川文艺出版社 2012 年版。

187. 甘桂芬:《清明谷雨》,四川文艺出版社 2012 年版。

188. 陈然:《我没什么可说的》,四川文艺出版社 2012 年版。

189. 黄建国:《陌生人到梅庄》,四川文艺出版社 2012 年版。

190. 司玉笙:《会走的椅子》,四川文艺出版社 2012 年版。

191. 周波:《十日烦》,四川文艺出版社 2012 年版。

192. 闵凡利:《莲花的答案》,四川文艺出版社 2012 年版。

193. 鲁迅等:《飘零》,四川文艺出版社 2012 年版。

194. 孙方友:《探监》,四川文艺出版社 2012 年版。

195. 莫言等:《最后的人》,四川文艺出版社 2012 年版。

196. 喊雷:《梦非梦》,四川文艺出版社 2012 年版。

197. 白旭初:《陪衬人》,四川文艺出版社 2012 年版。

198. 魏金树:《即时一杯酒》,四川文艺出版社 2012 年版。

199. 马新亭:《谁的手》,四川文艺出版社 2012 年版。

200. 谢志强:《疾病表演者》,四川文艺出版社 2012 年版。

201. 王海椿：《米兰一街》，四川文艺出版社2012年版。
202. 高海涛：《天外》，四川文艺出版社2012年版。
203. 郑洪杰：《胆小鬼》，四川文艺出版社2012年版。
204. 凌鼎年：《天使儿》，四川文艺出版社2012年版。
205. 侯德云：《圆的正方形》，四川文艺出版社2012年版。
206. 汤其光：《一声叹息》，四川文艺出版社2012年版。
207. 王蒙等：《永远的门》，四川文艺出版社2012年版。
208. 刑庆杰：《百魔咒》，四川文艺出版社2012年版。
209. 相裕亭：《小站不留客》，四川文艺出版社2012年版。
210. 滕刚：《惊悉》，四川文艺出版社2012年版。
211. 戴涛：《一片苍茫》，四川文艺出版社2012年版。
212. 苏童等：《灵魂之裸》，四川文艺出版社2012年版。
213. 杨汉光：《落币无声》，四川文艺出版社2012年版。
214. 刘万里：《长在心上的树》，四川文艺出版社2012年版。
215. 黄克庭：《证词》，四川文艺出版社2012年版。
216. 郭震海：《传世忠告》，四川文艺出版社2012年版。
217. 陈武：《一路上》，四川文艺出版社2012年版。
218. 邱海泉：《小心，有狼出没》，四川文艺出版社2012年版。
219. 刘政权：《走不完的街》，四川文艺出版社2012年版。
220. 朵拉：《巴黎春天的早餐》，四川文艺出版社2012年版。
221. 游瑞：《鸡皮疙瘩》，四川文艺出版社2012年版。
222. 沈祖连：《无奈有奈》，四川文艺出版社2012年版。
223. 杨海林：《鱼篮观音》，四川文艺出版社2012年版。
224. 陈毓：《夜的黑》，四川文艺出版社2012年版。
225. 一冰：《第十八层公寓》，四川文艺出版社2012年版。
226. 刘建超：《英雄传说》，四川文艺出版社2012年版。

227. 伍中正：《守住玉米》，四川文艺出版社 2012 年版。

228. 徐慧芬：《取暖》，四川文艺出版社 2012 年版。

229. 易水寒：《角色》，四川文艺出版社 2012 年版。

230. 许锋：《预言家》，四川文艺出版社 2012 年版。

231. 宗玉柱：《梨花柜》，四川文艺出版社 2012 年版。

232. 李伟明：《疑似梦境》，四川文艺出版社 2012 年版。

233. 刘靖安：《桃花扇》，四川文艺出版社 2012 年版。

234. 曹多勇：《月亮眼》，四川文艺出版社 2012 年版。

235. 蒋寒：《隐居城市》，四川文艺出版社 2012 年版。

236. 刘会然：《午夜的守候》，四川文艺出版社 2012 年版。

237. 刘公：《傻子一样的葡萄》，四川文艺出版社 2012 年版。

238. 矫友田：《火舞的蝴蝶》，四川文艺出版社 2012 年版。

239. 孙春平：《老人与狐》，四川文艺出版社 2012 年版。

240. 周海亮：《请求支援》，四川文艺出版社 2012 年版。

241. 陈大超：《智慧诊所》，四川文艺出版社 2012 年版。

242. 唐丽妮：《那年花事》，四川文艺出版社 2012 年版。

243. 蔡楠：《乐园颂》，四川文艺出版社 2012 年版。

244. 契科夫等：《痛说从前》，四川文艺出版社 2012 年版。

245. 郭学荣：《大雪》，四川文艺出版社 2012 年版。

246. 陈敏：《情感种植园》，四川文艺出版社 2012 年版。

247. 常聪慧：《兄弟树》，四川文艺出版社 2012 年版。

248. 徐均生：《天塘山的咒语》，四川文艺出版社 2012 年版。

249. 孙禾：《种相片》，四川文艺出版社 2012 年版。

250. 微型小说选刊杂志社编：《中国微型小说百年经典》第 1—10 卷，百花洲文艺出版社 2012 年版。

251. 钦鸿、闻彬：《回家——马来西亚华文微型小说选》，江苏文艺出版社 2014 年版。

252. 凌鼎年：《亚洲华文微型小说选》，美国环球作家出版社、捷克华文作家出版社 2014 年版。

（二）海外（含港澳台）

1. ［新加坡］黄孟文：《黄孟文微型小说评选》，云南园雅舍 1996 年版。

2. ［新加坡］林锦：《春是用眼睛看的》，七洋出版社 1997 年版。

3. ［泰国］曾心：《蓝眼睛》，时代论坛出版社 2002 年版。

4. ［美国］黄河浪：《生命的足音》，香港明报出版社有限公司 2003 年版。

5. ［美国］连芸：《命运之路》，香港明报出版社有限公司 2003 年版。

6. ［泰国］郑若瑟：《情债》，香港获益出版事业有限公司 2004 年版。

7. ［新加坡］希尼尔：《希尼尔微型小说选》，玲子传媒出版 2004 年版。

8. （中国澳门）许均铨：《澳门许均铨微型小说选》，华人国际新闻出版集团有限公司 2006 年版。

9. ［泰国］洪林：《泰国华文文学史探》，汕头大学出版社 2008 年版。

10. ［泰国］郑若瑟：《情真》，时代论坛出版社 2008 年版。

11. ［印度尼西亚］林万里：《挡不住的笔》，印尼印华文学社 2008 年版。

12. ［马来西亚］朵拉：《朵拉微型小说自选集》，上海文艺出版社 2008 年版。

13. ［新加坡］黄孟文：《黄孟文微型小说自选集》，上海文艺出版社 2008 年版。

14. （中国香港）东瑞：《雨中寻书》，香港获益出版事业有限公司

2008 年版。

15. （中国香港）东瑞：《相逢未必能相见》，香港获益出版事业有限公司 2008 年版。

16. ［泰国］梦凌：《我的世界里雨还在下》，泰国泰华现代诗研究社出版，2008 年版。

17. ［泰国］司马政：《司马政微型小说自选集》，上海文艺出版社 2008 年版。

18. （中国香港）殷培基、刘开鸣：《第二届汇知：世界中学生华文微型小说创作大赛得奖作品集》，香港超域国际教育中心 2008 年版。

19. （中国香港）香港超域国际教育中心编：《世界中学生华文微型小说大赛优秀作品选》，上海文艺出版社 2008 年版。

20. ［马来西亚］曾沛：《马来西亚当代微型小说选》，马来西亚华文作家协会 2010 年版。

21. ［马来西亚］年红：《爱的赌注——年红小说选》，马来西亚彩虹出版有限公司 2011 年版。

22. （中国香港）东瑞：《留在记忆里》，香港获益出版事业有限公司 2009 年版。

23. （中国香港）东瑞、瑞芬：《香港极短篇》，香港获益出版事业有限公司 2010 年版。

24. ［印度尼西亚］晓星：《最后三秒》，印尼印华作家协会 2010 年版。

25. ［印度尼西亚］袁霓：《失落的锁匙圈》，香港获益出版事业有限公司 2010 年版。

26. （中国香港）殷培基：《第一届全港学界微型小说创作比赛得奖作品集》，灵粮堂刘梅轩中学 2012 年版。

27. ［马来西亚］陈政欣：《风中文字》，雪隆兴安会馆出版，2013 年版。

28. ［澳大利亚］心水：《飞鸽传书》，四川文艺出版社2013年版。

29. ［泰国］司马政：《我也要学中文》，四川文艺出版社2013年版。

30. ［新加坡］艾禺：《红蜻蜓》，四川文艺出版社2013年版。

31. （中国澳门）许均铨：《西蒙的故事》，四川文艺出版社2013年版。

32. （中国香港）东瑞：《转角照相馆》，四川文艺出版社2013年版。

33. ［泰国］老羊：《芒果飘香的时候》，四川文艺出版社2013年版。

34. ［马来西亚］朵拉：《早上的花》，四川文艺出版社2013年版。

35. ［澳大利亚］吕顺：《车站依旧》，四川文艺出版社2013年版。

36. ［荷兰］池莲子：《在异国的月台上》，四川文艺出版社2013年版。

37. ［美国］纪洞天：《木偶的新生》，四川文艺出版社2013年版。

38. ［美国］冰凌：《蓝色梦幻》，四川文艺出版社2013年版。

39. ［新加坡］希尼尔：《青鸟架》，四川文艺出版社2013年版。

40. ［澳大利亚］李明晏：《老人和鸽子》，四川文艺出版社2013年版。

41. ［泰国］杨玲：《曼谷奇遇》，四川文艺出版社2013年版。

42. ［泰国］陈博文：《书魂》，四川文艺出版社2013年版。

43. ［新加坡］林子：《微澜》，四川文艺出版社2013年版。

44. ［澳大利亚］庞亚卿：《谁是澳洲人》，四川文艺出版社2013年版。

45. ［新西兰］林宝玉：《移民路》，四川文艺出版社2013年版。

46. ［新加坡］林高：《数字人生》，四川文艺出版社2013年版。

47. ［新加坡］骆宾路：《神来之笔》，四川文艺出版社2013年版。

48. ［印度尼西亚］金梅子：《客家面》，四川文艺出版社2013年版。

49. ［新加坡］林锦：《搭车传奇》，四川文艺出版社2013年版。

50. ［新加坡］周粲：《咖啡喝到一半》，四川文艺出版社2013年版。

51. ［印度尼西亚］晓星：《竹竿里的秘密》，四川文艺出版社2013年版。

52. ［印度尼西亚］袁霓：《雅加达的圣诞夜》，四川文艺出版社 2013 年版。

53. ［新加坡］黄孟文：《吻别孩子，吻别马尼拉》，四川文艺出版社 2013 年版。

54. ［泰国］曾心：《消失的曲声》，四川文艺出版社 2013 年版。

55. ［新加坡］董农政：《窗外是窗外吗》，四川文艺出版社 2013 年版。

56. ［马来西亚］曾沛：《原创》，四川文艺出版社 2013 年版。

57. ［马来西亚］碧澄：《诗人的夜》，四川文艺出版社 2013 年版。

58. ［马来西亚］陈政欣：《文学的武吉》，马来西亚有人出版社 2014 年版。

59. ［马来西亚］陈政欣：《马来西亚微型 15 家》，马来西亚华文作家协会 2014 年版。

60. ［马来西亚］朵拉：《迷路的蝴蝶寻美的历程》，漫延书房 2014 年版。